KB188593

취작약

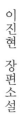

이진현 장편소설

가하)

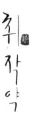

지은이 | 이진현
펴낸이 | 이형기
펴낸곳 | 도서출판 가하

초판인쇄 | 2012년 7월 14일
초판발행 | 2012년 7월 19일
출판등록 | 2008년 10월 15일 제 318-2008-00100호

주 소 | 서울 영등포구 당산동5가 33-1 한강포스빌 1209호
전 화 | 02-2631-2846
팩 스 | 02-2631-1846
www.ixbook.co.kr

ISBN 978-89-6647-307-6   03810

값 12,000원

copyright ⓒ 이진현 2012

목차

0

봄 같은 겨울날이었다.

　대제국 신국(晨國)의 강성한 귀족들은 앞다투어 자신들의 정원을 희귀한 꽃나무 가꾸는 일에 제법 공을 들였고 최근 따스한 햇살을 받은 이른 꽃나무들은 수줍게 꽃망울을 터트릴 준비를 하고 있었다.

　진제강은 이웃나라 온국(溫國)의 왕제 신분으로 나라 안에 머물면서 귀족 연회에 초대를 받곤 했다. 딸을 가진 귀족들은 그를 신랑 후보로 점찍고 넌지시 의중을 떠보려고 하기도 했고 설사 그렇지 않더라도 이미 다섯 해 전부터 이 나라에 정착해 무역을 통해 부를 축적한 그와 인연을 맺기 원했다.

　오늘 그를 초대한 이는 왕의 친족이었다. 진제강의 어머니이자 온국의 후비 예연현은 비록 미약하나마 신국의 왕족 출신이었다. 진제강이 신국에서 별다른 경계와 감시 없이 머물 수 있는 이유도 그에게 신국의 피가 섞여 있기에 가능했다. 모후의 가까운 혈육도 남아 있지 않았고 얽히고설킨 혼인 때문에 만들어진 인연일 뿐이었지만!

　그는 이곳에 머물던 처음 두 해에 칩거에 가까운 태도를 보여 사

7

교적이지 못한 인물로 알려졌지만, 최근의 행보는 달랐다. 더구나 귀족대신들의 연회는 사교의 장이자 정보를 습득하는 장소이기도 했다.

초대받은 이들은 연회장으로 꾸민 넓은 정원을 보고 저마다 탄성을 질렀다. 가장 먼저 봄이 찾아왔다고 하던 자랑이 거짓이 아닌 것이, 각종 색색의 비단으로 만든 인위적인 꽃들이 화사하게 나무 위에 매달려 있었다. 먹고 마시며 웃고 떠드는 사이 정원에 어둠이 내리기 시작했다. 조용히 움직이는 시종들이 색색의 옷을 입힌 등불로 곳곳에 어둠을 밝히기 시작했다. 그중 가장 밝은 곳은 단 위의 무대였다. 신국이 강성한데다 한동안 전쟁도 없는 평화로운 시절이 지속되자 귀족들은 향락에 빠져들었다. 귀족들의 옷차림도 화려하기 그지없었고 장식들도, 그리고 무엇보다 여자들의 옷차림은 최근 유행인 양 쇄골과 가슴을 드러내 보일 듯 노골적이었다. 사르락거리는 비단소리에 붉게 물들인 입술, 과하다 싶게 화려한 머리장식들. 온국이었다면 눈 둘 곳 없어 민망해했을 차림들이 이곳에서는 꽤나 자연스러웠다.

조금 전부터 무대에서는 하늘하늘 날개옷이라도 입은 듯한 선녀 같은 여자가 가무극의 주인공으로 등장해 사랑의 아픔을 토로하고 있었다. 몇 겹의 옷을 입었는데도 속살이 훤히 비치는 것 같은 착각을 일으키게 만드는 여자의 옷도 사내들을 위한 편의였다. 부부동반으로 온 나이든 귀족들은 이미 부인들에게 허벅지와 옆구리를 꼬집히면서도 청년으로 회춘한 듯 눈을 빛내며 무대에서 시선을 떼지 않았다.

서로의 숨소리만 듣고 눈빛만 마주쳐도 상대의 속내를 읽을 것처럼 깊이 아끼고 사랑하던 남녀가 전쟁으로 이별하고, 적국으로 끌려간 여자는 정인을 기다린다. 사로잡은 적국의 장군이 온갖 재물과 힘으로 위협해도 여자는 흔들리지 않는다.

세상에 그런 여자가 있을까.

빠르게 이야기 속으로 흠뻑 빠져든 제국의 귀족들과는 달리 진제강은 무대 위의 공연에 집중하지 못하고 불편한 시선으로 주인공 여자를 못마땅하게 바라보았다. 지겨울 정도로 가식적인 이야기를 즐겨 듣는 것은 여자들뿐이겠거니 했는데 나이 든 귀족대신들도 숨소리조차 내지 않고 빠져들어 있었다. 이 자리에 마음이 불편한 사람은 오직 그, 진제강뿐인 듯했다.

여자가 달에 걸고 사랑을 맹세할 때도 그는 냉소를 머금었다. 사내가 꽃과 비교하며 정인을 칭송할 때는 추임새를 넣으며 감탄하는 다른 귀족들과는 달리 분노로 입매가 굳어서 겉으로나마 웃고 싶어도 웃을 수 없었다.

"예뻐요?"

충분히 아름다운 여자가 제 아름다움을 정인에게서 확인받으려고 할 때는 불현듯 가슴에 통증이 일어 숨이 거칠어졌다.

"정말 예뻐?"

한낮에 탐스럽게 꽃잎을 벌린 분홍빛 작약 한 줄기 흑단 같은 머리에 꽂고 세상에서 가장 귀한 보석을 얹기라도 한 듯이 교만한 태도로 돌아서며 예쁘냐고 묻던 그의 가슴속 여자가 무대 위의 여자와 겹쳐졌기 때문이었다.

"예뻐."

그는 오래 고민하지 않고 대답했었다. 한때 그에게 그녀만큼 예뻤던 여자는 없었던 것도 사실이었다. 꽃으로 장식하지 않아도 그 자체로 향기를 발산하며 그의 가슴을 설레게 만들던 여자였다.

"정말?"

아름다운데다 사랑의 힘까지 보태져 교만하게 보이기까지 했다.

그래서였을까. 그냥 순순히 예쁘다 했으면 될 것을! 화사하게 웃으며 여자가 확인차 반문하자 장난기가 발동한 그가 한 대답이 문제였다.

"세상에 예쁘지 않은 꽃도 있나?"

제 아름다움을 칭찬하는 것이 아니라는 사실을 인지한 순간 아직 소녀에 불과한 여자의 미소는 온데간데없이 얼어붙었다. 마치 당장 눈앞에 서 있기라도 한 것처럼 그 순간의 여자 얼굴이 생생했다. 탐스런 분홍빛 작약 꽃을 머리에서 뽑아 그의 발밑에 던지고 쌀쌀하게 사라져버리던 모습도!

유쾌하게 웃으며 그녀가 던진 꽃을 주워들었던 그는 그녀 몸의 일부처럼 남아 있는 잔향을 느낄 수 있었다. 갓 꺾은 줄기에서 나오는 풀내음과 꽃에서 나는 익숙한 향기조차 지금 이 순간 재현할 수 있을 것 같았다.

굳이 물어야 아나.

흑단 같은 머리카락 풀어 만지고 싶고 붉은 입술 겹쳐 깨물고 싶은 욕구가 그 안에 있다는 것을 모르는 여자는 순진하기만 했다. 그 몸을 각인하듯 제 것으로 만들고 싶은 욕구에 숨이 텁고, 순간순간

취,작약

아래로부터 솟구치는 열기에 갈망이 더해간다는 사실을 모르던 여자.

지난 몇 년간 깊이 봉인해둔 불편한 기억이 떠오르자 울컥 짜증이 밀려왔다. 그런데 무대 위의 여자는 아는지 모르는지 한숨 쉬며 달을 보고 토로했다.

"견우와 직녀도 살아 있으면 일 년에 한 번은 만나는데!"

일 년에 단 한 번밖에 만나지 못하는 견우와 직녀가 부럽다고 토로하는 무대 위의 여자.

일 년? 겨우 일 년?

그는 다섯 해째 살아 있으면서도 만나지 못하고 있었다. 어쩌면 죽는 날까지 다시 볼 수 없을지도 모르는 여자. 그 고통을 감당하느니 서둘러 잊는 법을 터득하는 게 나을 테지.

그는 더 이상 무대 위의 이야기에 몰입할 수 없었다. 피 한 방울 흘리지 않고도 사람을 고통스럽게 만들다니! 이런 이야기인 줄 알았으면 아예 정중히 초대를 거절하고 오지 않았겠지만 그렇다고 당장 공연 도중 일어서서 나갈 수도 없었다. 입 안의 침이 마르고 어깨를 비롯해 그의 근육은 단단히 경직되었다.

어느 순간 눈앞의 공연은 절정에 달해 비극적으로 이어지지 않을 것 같던 연인이 재회하고 있었다. 그들의 아픈 사연을 알게 된 사내의 부하가 목숨을 걸고 여자를 적에게서 구해냈던 것이다.

"죄는 제가 달게 받겠습니다. 서로 그리워하는 두 분을 만나게 해드린 것이 죄가 된다면요."

그리워하면서도 함께하는 미래를 꿈꾸지 못하겠다는 여자에게 마음이 변하지 않으면 되는 것이지 세상 잣대와 손가락질이 두려울 게 무어냐고 말하며 정인을 만나보도록 설득했다.

연극을 보는 동안 내용에 공감하지 못하고 비웃고 냉소하며 순간순간 고문을 받는 듯하던 제강도 그 장면을 보는 데는 가슴에 울림이 있었다.

주군의 마음을 읽고 먼저 움직이는 수하가 있다면!

본국에 사람을 보내야겠다는 생각이 든 것도 불면으로 지새우던 바로 그날 새벽이었다. 그의 고통을 망각으로 지울 수 없다면 어떻게든 해결해야만 했다. 그의 뜻을 읽고 몸소 적진으로 뛰어드는 수족이 없다면 그 스스로 움직여야 했다. 아니면 정말 죽는 날이 돼서야 후회할 것인가!

I

　본국으로부터는 지난 한 달 사이 연이어 소식을 전해오고 있었다. 지난 다섯 해 동안 드문드문 이어지던 서신이 이제는 답을 요구하며 기다리는 인편까지 보태졌다. 첫 번째 소식은 왕의 지병이 악화일로라는 것. 그러니 속히 귀국하여 혼란한 정세를 바로잡아주어야겠다는 왕의 친서!

　처음 본국을 떠나올 때는 혈혈단신이었으나 이제는 타국에서도 남부럽지 않은 일가를 이루었다. 장사로 시작하여 경제적 기반을 닦고 그러는 사이 학문하는 자, 재주 있는 자들이 자신의 뜻을 펼치기 위해 부유한 그의 집 처마아래 하나둘 몰려들었다. 그들에게는 진제강이 이웃나라의 왕제라는 사실과 본국의 왕이 후손 없이 아프다는 사실도 더욱 포부를 펼치고 싶은 유혹을 만들었다.

　본국에는 또 한 명의 왕제가 있으니 돌아가려면 더 늦기 전이 기회였다. 그러나 정작 그를 모시는 아랫사람들이 귀국 준비를 할까 물었을 때 진제강은 묵묵부답이었다. 한때 심각한 일 없고 바람처럼 떠돌고 싶어 했고 잘 웃던 그가 어느 날부터인가 웃음을 잃고 어디로도 떠나고 싶어 하지 않았다.

최측근인 재사 문언을 비롯해 그가 움직이지 않을 줄 아는 이들은 더 이상 채근하지 않았다. 애초에 그가 왕제로서 권력의 욕심을 품고 있었다면 지금보다 더 많은 것들을 이루었을 것이다. 특히나 정략적 혼인은 단숨에 본국과 타국에서의 입지를 넓히는 데 작용했을 것이다. 그러나 진제강은 그 문제만큼은 수족들의 어떤 조언도 받아들이지 않았다. 초조함에 밤잠을 못 이루며 왕제에게는 재촉하지 못하고 재사 문언에게 채근하는 자들도 있었다.

문언의 가문은 이웃한 몇 나라들에서도 명망 있는 귀족가문으로 알려져 있었다. 올곧은 성품에 모략과는 담쌓고 재상으로 나라의 안위에만 관심을 보이던 그의 고조부 대에, 그 집안을 눈엣가시처럼 보던 귀족들로부터 무고를 당한 후 아예 궁벽한 시골에 낙향하여 학문에만 매진하였다. 그러나 어려서부터 신동으로 그 재능을 익히 보였던 문언이 제 뜻을 세상에 펼쳐보겠다고 상경을 했고, 그 와중 질 나쁜 패거리들에게 곤혹을 치르는 것을 마침 진제강이 발견하여 구해준 후로 이내 함께하고 있었다. 신국에 자리 잡기까지 그들은 한동안 여러 나라들을 여행했다. 그 사연을 들어 아는 문객들은 문언 또한 온국에서 제 뜻을 펼칠 기회를 노릴 거라 짐작하고 있었다. 하지만 문언은 선뜻 그들에게 동조하지 않았다.

"야망이 넘치는 주군을 원했으면 다른 이를 찾았어야지!"

왕제에 이어 재사까지 그렇게 말하자 나머지 문객들과 수족들도 하나둘 욕심을 내려놓았다. 그러던 차에 오늘은 본국을 경유해 돌아온 상단으로부터 전해진 소식에 술렁거렸다. 온국 왕의 오른팔이었던 장군 호광의 부고 때문이었다. 오늘 인편이 건네준 왕의 친서에서도 갑작스런 호광의 죽음으로 근심이 크다고 했다.

왕은 지병으로 앓아누워 정사를 제대로 돌보지 못하고 국경을 책임지고 병부를 손에 쥐었던 장군은 국가 간의 행사를 앞두고 젊은 나이에 요절했다. 호광은 장인 위백양과 함께 본국의 정치 중심에 서 있던 인물이었다. 이웃한 나라들이 평화를 도모하며 동맹을 다지는 의미로 진행할 예정이던 회맹을 앞두고 있었기에 그 충격은 더욱 컸다.

눈을 빛내며 이제야말로 호재가 찾아왔다고 내심 기대하는 이들의 이목은 왕제에게 쏠렸다.

그런데 묵묵히 소식을 듣기만 하던 제강이 지나는 말로 물었다.

"접경지대에서 싸움이 있었나?"

그들 본국의 남쪽에 자리한 나라는 여타 동맹국들과는 달리 국경 문제로 자주 분쟁이 있곤 했었다.

"아니요. 일촉즉발이긴 하나 쥐 죽은 듯 조용하답니다."

"그럼 호광, 그의 사인에 대해 따로 들은 바는?"

한창의 젊은 나이에 죽음을 맞기에는 뭔가 석연치 않다는 의미가 담겨 있었다.

"훈련도중 낙마로 인해 그리 되었다고 들었습니다. 삼국회맹을 위한 군사훈련 중이었다고 합니다."

재사 문언이 말했다.

말 위에서 살다시피 하던 이가 낙마라.

"가족은……."

통제 불능의 상태에서 말이 먼저 떨어졌다. 순간 제강은 후회했으나 이미 주워 담을 수 없어 말끝을 흐렸다.

"서모와 이복동생, 그리고 부인과 아들이 하나 있다고 들었습니다."

부인과 아들 하나.

듣고 싶지도 알고 싶지도 않았으나 저도 모르게 이미 묻고 만 후라 답은 들은 후였다. 순간 무뎌졌다 생각했던 그의 심장 한곳에서 시작된 통증이 어깨와 등을 타고 퍼져나갔다.

제강은 더 이상 궁금한 게 없다는 태도로 입을 꽉 다물었다.

왕의 친서를 들먹이며 귀국에 관한 논의를 하고 싶었던 문객 학사들의 얼굴에 실망감이 깊었다.

왕의 오른팔인 장군의 부고가 안타까운 일이긴 하나 그 가족에 대한 관심만으로 끝나다니! 국가적 혼란이 예상되는데 돌아가 힘이 되야 하지 않겠냐는 제안이 조심스레 나왔지만 여전히 묵묵부답.

즐겨하던 활쏘기 연습도 거르고 그날 저녁의 식사도 하는 둥 마는 둥, 낮부터 서가에 들어섰으나 딱히 책을 손에 잡지도 않았다. 문 앞에 서서 기척을 죽이고 그의 거동을 살피던 시종의 전언에 재사를 비롯한 이들의 얼굴에 근심이 서렸다.

그는 일찍 침소에 드는가 싶더니 밤늦게 자리에서 일어나 술을 청했다. 전에 없던 일이라 그를 모시는 시종들은 고개를 갸웃하며 긴장했다.

그가 술잔을 기울이는 사이 옷매무시도 제대로 다듬지 못하고 문언이 달려왔다. 가쁜 호흡을 채 감추지 못하는 문언을 보고 제강이

醉. 작약

쓴웃음을 지었다.

"자네도 갑자기 술 생각이 나던가?"

"잠이 오지 않아서요."

말과는 달리 잠자리에 들었다가 허겁지겁 달려온 터라 머리도 흐트러지고 두건도 채 갖추지 못한 상태였다.

"눈치도 없는 자 같으니. 부르려면 아름다운 가희를 불렀어야지, 재미없는 재사라니!"

호색과는 담 쌓은 듯하던 이의 입에서 나온 가희라는 단어가 문언을 긴장시켰다.

"어, 이제라도 가희를 부를까요?"

가희 아니라 시첩이라도 주군이 원하기만 한다면 당장 들일 수 있음을 문언이 태도로 보였다.

"아니, 그저 밤도 늦고 해서, 혼자 마셔볼 생각이었어."

"혼자 드시면 몸을 상하십니다. 제가 부족한 줄은 아나 없는 것보다는 나으실 겁니다."

물리칠 거라고 생각하면서도 미련을 버리지 못해 한 말이었는데 다행히도 받아들여졌다. 제강이 넓은 소매를 들어 맞은편 자리를 가리켰다.

문언이 숨을 고르며 정좌하고 맞은편 의자에 앉았다.

열어놓은 창을 통해 들어오는 정원의 풀냄새 섞인 바람이 서늘했다. 촛불의 일렁임 정도는 낭만으로 여겨질 정도였다.

시종이 술잔을 가지고 오는 동안 제강은 벌써 제 잔에 술을 따라 입 안에 털어 넣었다. 문언도 제강이 주는 술을 제법 호기롭게 받아

단번에 삼키려고 하였으나 식도를 타고 뜨거운 불길이 일자 연거푸 기침을 해댔다.

정신이 아득해지는 느낌.

문언은 술을 잘하지 못했다. 더구나 제강이 마시던 술은 독하기로 유명한 화주였다.

"대작을 기대하진 않아."

제강이 쓴웃음을 지으며 말하고는 다시 문언의 잔에 술을 따랐다.

원하는 것은 망각!

보름 전 초대받아 참석했던 연회로부터 시작된, 기억을 들쑤시는 머릿속을 가라앉히는 것, 그리고 고장 난 것처럼 욱신거리는 심장을 안정시키는 것. 그래야 어떻게든 잠을 이룰 수 있을 것 같았다.

그러나 기대했던 바와는 달리 술은 그의 정신을 흐트러뜨리지 못했다. 도리어 그간 죽은 듯 욕구라고는 없던 마음이 무언가를 향한 갈증을 강렬하게 호소했다. 사람을 죽이는 것은 비단 창과 칼만이 아님을 그는 알았다. 몹쓸 기억만으로도 어느 때는 창과 칼보다 더 충분했다. 단숨에 죽음에 이르지 않는다는 사실에서도 잔인하기로는 따를 수 없다고 제강은 생각했다.

"문언, 너는 내가 어찌하길 바라나."

다른 이들 같으면 벌써 몇 번의 채근이 있을 법도 하건만 아직 아무런 언급이 없는 것을 두고 하는 말이었다.

"제가 원하는 대로 하시렵니까?"

문언이 질문의 방향을 틀었다. 결정 권한이 누구에게 있는지 너무나 잘 아는 대답이었다.

취작약

"내가 어찌하길 바라는지 물었다."

"돌아가셔야지요."

그의 조언은 처음부터 그랬다.

"주군을 필요로 합니다. 처음부터 그리하셨어야 했습니다."

모든 것은 때가 있는 법! 우유부단한 성격에 몸이 약한 작금의 왕을 폐하고 그가 왕위에 올랐어야 했다. 그랬다면 온국이 지금의 강국들 사이에 끼어 고통을 당하는 일은 없었을 것이다. 그가 섬기는 주군 진제강이라면 약소국으로 전전할 본국을 누구도 넘보지 못할 강국으로 만들 수 있을 터였다.

"내 혈육을 내 손으로 해하고 말이지?"

그들 누구도 과거 그가 치렀어야 할 대가에 대해서는 언급 자체를 회피하고 있었다. 제 것이 아닌 것을 훔쳐서 가지라고 자극하고 들쑤시는 자들은 예전에도 그의 지척에 있었다.

제강의 비난에 문언이 조심스레 대답했다.

"대의를 위해 작은 희생은, 감수하라고 배웠습니다. 제왕의 자리는 인정에 매여 넘기는 자리가 아닙니다. 장자라도 자격이 없으면 더 큰 혼란을 만들 뿐입니다."

작은 희생?

제위는 서열 순이 아니다?

문언의 말이 옳았다. 작은 희생쯤 눈감고 해치웠다면, 그랬다면 지난 5년의 불면과 헛된 그리움 따윈 가슴에 담을 일이 없었을 것이다.

경여.

문득 떠오른 이름 하나를 혀끝에 붙이는 순간 가슴이 타들어가는 고통이 일었다. 본국의 소식을 들은 순간부터 스멀스멀 오래된 상처를 간질이듯 떠오르려고 하는 이름이었다.

그를 말라 죽게 만드는 이름, 위경여!

창과 칼보다 더 고통스럽게 그의 폐부를 찌르는 무기. 아리도록 그의 심장을 한 꺼풀씩 도려내는 잔인한 존재. 누구 앞에서나 두려움 없이 당당했던 그를 부끄럽게 만들던 단 한 사람.

"저를, 그런 여자로 만들고 싶으신가요?"

충격으로 오들오들 떨면서도 한겨울의 밤하늘처럼 시린 눈으로 바라보던 여자.

그 여자를 마지막으로 보았던 곳은 본국 왕의 연회 장소였고 그는 취해 있었다. 다른 사내의 곁에 서 있는 것이 당연해진 여자. 앞으로 평생 그런 고통을 겪어야 한다는 사실이 끔찍했던 그는 술로 잊고자 했다.

술에 취해 헛된 욕망에 사로잡혔다고 해도, 한때 정인이었다고는 해도 이미 남의 여자가 되어버린 사람에게 해서는 안 될 행동을 하고 말았던 그. 피한다고 피했으나 인적 드문 곳에서 그 여자와 마주친 순간 그는 도망치듯 서둘러 지나치려는 여자의 손목을 쥐고 잡아끌었다.

"이러지 마세요."

작은 소리로 저항하며 버티는 말이 더욱 그의 상처를 긁었다.

"놓아주세요."

그의 모후가 머물던 폐쇄된 궁, 비어 있는 전각의 정원 안에서 여자의 손을 놓아주었다.

"취하셨어요."

여자는 서둘러 거리를 두며 말했다.

전에는 하지 않던 그 모든 행동이 그를 거슬렀다.

"취하긴 했지만 사람을 알아보지 못할 정도는 아니지. 너도 나를 따라 나섰으니 서로의 뜻이 통한 거 아닌가!"

그녀를 부르는 호칭이 있음에도 그는 일부러 무시했다. 더구나 따라왔다고 하는 것은 말장난에 불과했다. 일방적으로 그가, 힘으로 끌고 왔을 뿐!

거친 숨을 몰아쉬며 몸을 훑는 노골적인 시선에 당황한 그녀는 서둘러 도망치려고 했으나 담 벽과 그의 몸 사이에 갇혔다. 그녀 특유의 향이 너무나 근접해서 느껴지자 그는 욕망을 충족시키고 싶은 뜨거운 열기에 사로잡혔다. 어떻게든 밀어내려는 그녀의 저항을 물리치고 제 팔 안에 가둔 그는 제 것임을 확인하듯 목덜미와 쇄골의 패인 살결에 뜨거운 입술을 내리눌렀다. 위경여는 그의 본능적 야성을 흔들어 깨우는 여자였다. 사내로서의 욕구를 통제할 수 없게 만들었다. 흐느낌에 가까운 억눌린 신음 소리가 먼저 났다. 그리고 가쁜 호흡 사이로 그녀가 말했다.

"저를, 그런 여자로 만들고 싶으신가요?"

그런 여자? 정부를 둔 유부녀? 지아비를 배신한 여자?

안 될 게 뭐냐고, 무슨 상관이냐고, 무슨 의미가 있는 거냐고 말해서 기어코 그 여자의 눈물을 보고만 후에야 그는 잡은 손을 놓아주었고 도망치듯 그 길로 고국을 떠나왔다.

원한다고? 아직도 원해?

그는 스스로를 비웃었다.

남의 여자를! 더구나 다른 사내와 5년간이나 굴러먹던 여자를!

그 자신의 머릿속을 헤매는 생각만으로도 충분히 고통스러웠다.

이런 날을 기다렸던 건가.

모든 것을 놓아버렸다고 생각한 날로부터 미련 따위 한 터럭도 움켜쥐지 않았다고 생각했는데 가슴 한 구석에서 시작된 충동이 온 마음을 사로잡는 것으로도 모자라 그를 들쑤셨다. 누르고 싶고 무시하고 싶은 마음이 크면 클수록 마음속의 열망도 커져가기만 했다.

얼마 전 연회에서 돌아온 다음 날 그가 은밀히 본국에 보낸 인편은 새로운 그의 연락을 기다리는 중이었다.

어쩌면 이것은 다시 오지 않을 기회인지도 몰랐다. 5년 전 그 시간. 분노와 배신감에 사로잡혀 있던 그 시간. 그 후의 삶이 이토록 고통스러울 줄 알았다면 그는 지금과 같은 선택을 하지 않았을 것이다. 지난 5년간 한결같이 악몽 같던 시간을 되돌릴 수 있기를 소원했던 그였다.

위경여, 그 여자는 처음부터 그의 것이었다.

내 것!

머리카락부터 발끝까지 그녀의 몸 어디도 그의 손길이 닿지 않은 곳 없는 여자.

그 여자가 다시 혼자가 됐다. 아직 젊은 나이에!

호광의 곁에 있는 것도 눈 뜨고 볼 수 없어 떠나왔다.

다시 그 여자를 손에 넣을 기회가 왔는데 누군가 다시 채가기라도 한다면!

제위를 놓은 것은 후회하지 않으면서 여자를 놓친 것에는 유독 짙은 후회가 뒤따랐다. 불안감에 술까지 더해져 사고가 명료하게 이어지지 못했다. 그러나 분명한 것은 다시 빼앗길 수 없다는 것!

그러나 빼앗기는 이상으로 두려운 것이 있었다.

통제되지 않는 그 자신의 마음!

애증, 이라고 하나. 제 것임을 확인하고 싶은 마음 이상으로 갈갈이 찢어내고 상처를 돌려주고 싶은 마음 또한 그의 것이었다. 마음 깊은 곳, 아직 낫지 않은 그곳에서 피가 흐르면, 무슨 짓을 저지를지 그 스스로도 장담할 수 없었다. 그 자신의 고통을 끝내고 싶지만 상대를 증오하는 마음이 통제되지 않으면 재회는 불가하다. 더 큰 후회를 불러올지도 모른다.

"나는 결코 이전의 내가 아닌데…….."

혼잣말처럼 제강이 말했다.

나는 결코 이전의 내가 아니다. 다섯 해 전의 진제강이 아닌 것은 분명하다.

하지만 그 여자, 위경여도 마찬가지일 터!

다른 사내의 아들까지 낳고 무엇 하나 부러울 것 없이 아낌 받으며 살았을 그 여자를 다시 보는 것이 옳은 일일까.

아무런 일도 없었던 것처럼 마주 선 그 여자를 대할 수 있을까.

그가 왕이 되지 못한 것은 그녀의 잘못이 아니라고 내뱉던 그 입으로, 이제 왕이 될 테니 다시 받아주겠다 말하려나.

정비 따윈 꿈도 꾸지 말라고, 질리도록 품다 버릴 시첩의 지위에 만족할 수 있겠냐고 모욕을 안겨줘 볼까.

생각만으로도 한순간이나마 위로가 되었다.

바로 그때, 어느새 눈이 풀리고 혀가 꼬이고 몸을 가누지 못하는 문언이 정신만은 명료하게 말했다.

"그러니까…… 돌아가셔야 합니다. 백성들 모두가, 기다리고 있습니다."

"과연 그럴까."

정말 나라 사람 모두가 그를 기다릴까.

아니, 단 한 사람. 그를 다시 보기 원치 않는 사람이 있다. 그 여자는 결코 원치 않을 것이다. 그의 앞에서 그것이 소원이라고 말했던 여자.

다른 사내의 자식을 낳고 다섯 해를 살면서 무정하게도 그에게 소식 한 줄 전하지 않던 그 여자. 결국 그를 극심한 불면의 밤으로 지새우게 만든 그 여자!

지금 이 순간만큼은 그 또한 다시 보기를 원치 않았다.

"나를 보지 않는 게 네 소원이라고?"

그래요, 라고 숨 쉬듯 자연스레 대답하던 여자.

"네 소원이라니, 평생 눈앞에서 보지 않고 살게 해주지!"

그는 이를 갈며 맹세했었다. 다시 보게 된다면, 그것은 확실히 스스로의 맹세를 깨는 일이었다.

그래도 가볼까. 살아도 살아 있는 것 아닌 듯 몸의 일부가 마비된 듯한 이런 삶을 연명하느니 제 몸에서 피가 흐르든 상대의 몸에서 흐르든 얼마나 아픈지 끝까지 가볼까!

취.작약

"모두가 원한다면, 한 사람쯤, 그깟 한 사람쯤 무시해도 상관없을까."

"……그렇습니다."

다섯 잔을 넘기지 못하고 문언은 결국 상 위에 이마를 대고 쓰러졌다. 취하지 않고는 잠조차 깊이 이룰 수 없던 그로서는 부러운 일이었다.

그 여자, 위경여가 그에게서 앗아간 것이 비단 편안한 잠뿐이던가.

제강은 그대로 앉아 재회한 그녀를 어떻게 대할지 온갖 상념에 빠져들었다. 괴롭지만 때때로 희열이 되는 상상이 잇따랐다.

희뿌연 여명이 밝아올 무렵, 그는 문밖에서 꾸벅꾸벅 졸고 있는 시종을 깨워 귀국차비를 하라고 일렀다. 졸음이 묻어 있던 시종의 눈이 순간 번쩍 뜨였다.

모두가 고대했던 그의 귀국결정은 무척이나 갑작스러웠다.

2

정신없는 가운데 보름이 지났다.

남편의 사고소식을 듣던 날로부터 보름. 그녀가 어떤 고통을 겪든지 시간은 멈추지 않고 흐른다는 사실을 새삼 깨달았다.

아직도 실감이 나지 않았다. 당장이라도 남편이 성큼성큼 걸어 들어올 것만 같았다.

"호부인 마님!"

사색이 되어 먼저 돌아온 그의 시종은 경여를 보자마자 눈물부터 흘리느라 제대로 소식을 전하지 못했다.

"이 일을 어쩝니까. 장군께서! 장군께서 그만⋯⋯!"

경여는 지아비의 부음을 듣고도 한동안 넋을 놓고 서 있기만 했다.

"에구머니!"

여 시종 하나가 서둘러 안채로 들어가 서모에게 소식을 전했다. 여기저기서 숨을 참는 소식과 탄식의 말이 새어나왔다. 나쁜 소식은 순식간에 온 집안으로 퍼져 나갔다.

취작약

"얘야, 이게 무슨 말이니? 무슨 일이 있다는 게야? 아니지? 응? 아닌 게지?"

서모가 신발도 신지 않고 버선발로 나와 경여에게 물었다.

건장한 그가, 더구나 아침나절 전날의 숙취로 얼굴은 푸석했으나 지아비의 출정에는 신경도 안 쓰고 오로지 자식을 끼고 앉았다며 타박하던 그가 천지간에 생사의 경계를 넘었다는 말은 쉽게 믿기지 않았다.

경여도 전령이 가져온 소식으로는 아무것도 확실하게 대답할 수 없었다.

"염이에게 쏟는 그 손길, 내게도 좀 나누어줘 봐."

그는 아침나절 아들의 방에 들렀다가 눈길을 피하고 거리를 두는 경여에게 나지막이 말했었다.

"이젠 그럴 때도 되지 않았나."

그의 푸념을 자르듯 경여는 말했었다.

"아랫사람들이 기다립니다. 다녀오세요."

그는 애써 외면하고 밀어내려는 경여를 빤히 쳐다보았다.

무정한 여자. 다른 사내의 곁에서는 잘도 웃던 여자에게서 웃음을 못 본 지가 다섯 해째.

그가 또 뭐라고 타박할까 불편한 마음으로 그의 눈길이 못내 불편하다고 생각하는데 그가 본론인 듯 말을 꺼냈다.

"아이에게도 동생이 필요하지 않겠어?"

흠칫.

그것은 아주 작은 움직임이었다. 아주 작은 혼란조차 읽히지 않으

27

려는 경여가 겨우 평정을 가장했음에도 그는 그 찰나간의 움직임을 눈치 챘다. 그래도 용기를 내서 별러온 말을 꺼냈다.

"아이 하나 더 낳아줘."

그 말은 단순히 아이를 기대한다는 의미가 아니었다. 기어이 경여가 한 걸음 뒤로 물러섰다. 그의 눈썹이 미세하게 치켜 올라가는가 싶더니 입가에 쓴웃음을 지었다. 그러고는 관심을 아들에게 향했다.

"염아, 어머니에게 동생을 낳아달라고 해볼까?"

그는 너스레를 떨듯 아이를 어르고는 자리에 내려놓았다.

"좋은 아버지가 되어줄게."

그는 거칠게 닦달하지 않고 다정스레 그녀의 마음을 보듬었다.

아직 경계를 풀지 못한 채로 경여는 사실을 인정했다.

"당신은 이미 좋은 아버지예요."

생각지 않은 칭찬에 고무되어 조금 전 실망감은 온데간데없이 사라지고 그의 얼굴에 웃음이 한가득 피어났다.

"좋은 지아비도 되고 싶은데? 응?"

경여가 평정을 가장하며 숨조차 멈추고 있음을 알면서도 그는 굳이 경여의 어깨에 손을 올려놓았다.

"응?"

그는 응석을 부리는 아들과 크게 다르지 않았다.

"돌아와서, 이야기해요."

슬쩍 옆으로 걸음을 옮겨 그의 손길을 피했다. 그가 무얼 해도 그녀에게 좋은 지아비가 될 수는 없었다. 하지만 아침부터 그의 마음을 상하게 하지 않으려고 겨우 고른 대답이었다.

그런데도 그는 그러겠다는 응답을 들은 것처럼 밝게 웃으며 알겠다고 하고는 성큼 방을 나섰다.

그가 돌아와 다시 물어보면 아직 깊이 생각해보지 못했다고, 조금 더 시간을 달라고 예의 전과 같은 대답을 할 것이다. 그는 실망하겠지만 어쩔 수 없다고 생각하며 배웅하기 위해 따라나섰던 길에 본 것은 그의 넓은 등! 조금은 쓸쓸해 보이는 그의 등!

그는 약간은 호탕하고 들뜬 태도로 시종과 몇 마디 말을 주고받더니 약사발을 단숨에 넘겼다. 배웅을 위해 그녀가 다가갔을 때는 이미 입가심을 한 후였다.

"나는 또 아주 무심한 사람인 줄 알았더니!"

그는 기분 좋은 웃음을 웃고는 다녀오겠다고 말하고 집을 나섰다. 의아한 경여가 시종에게 약사발을 가리키며 무엇이냐고 묻자 시종은 약간 당황한 기색으로 시선을 피하며 큰 마님이 준비한 보약이라고 얼버무렸다.

큰 마님이라고는 존대하여 불리고 있으나 호광의 서모는 계실이었다. 정실부인이 사망한 후 후처로 들어왔으나 정실이 될 수 없는 분명한 한계를 처음부터 명확히 해둔 것이다. 그러므로 이 집의 내실 살림에 있어 결정권한은 호광의 아내인 위경여에게 있었다. 이제껏 그런 사실에 대한 원망을 드러내지 않던 큰 마님은 최근 제 배로 낳은 아들의 혼인 문제로 마음이 상한 후 두문불출하던 차였다.

호광의 부친에 대한 원망을 쏟아내더니 이제 마음정리가 된 것인가.

경여는 같은 여자의 입장에서 이해하는 마음이었다.

하지만 아침의 그때만 해도 이런 식의 결말은 꿈에도 생각지 못했다. 사촌 시동생 호정엽이 붉어진 눈으로 나타나기까지 그녀는 넋을 놓고 아무런 준비도 명령도 하지 못하고 있었다.

"형수님!"

더 이상 아무런 말을 잇지 않아도 슬픔에 찬 그의 얼굴을 올려다보는 것만으로 충분히 현실을 인식할 수밖에 없었다.

"정말로 그이가 명을 다했나요? 숨을, 쉬지 않아요?"

묻는 경여의 입술이 떨렸다.

"이럴 때일수록 정신을 바짝 차리셔야 합니다."

"말도 안 돼. 왜요? 어째서! 아침만 해도 다녀오겠다며 걸어 나갔던 그이인데요?"

더구나 그처럼 건장한 사람이!

반쯤 혼이 나간 경여의 반응에 호정엽은 경황 중에도 내심 안도했다. 그간 냉담해 보였던 것은 겉모습일 뿐 정이 없는 것은 아닌 듯했기 때문이었다. 친동기간처럼 호광과 지내온 그로서는 부인에 대한 사촌 형의 마음을 알고도 남았다. 하지만 형수 위경여는 항시 형에게 냉담했다.

"손써볼 틈도 없이 말이 거칠게 날뛰고 그 와중에 낙마하여 목이 부러지는 사고를 당하셨습니다. 고통은 느끼지 못하셨을 거라고 합니다."

"어떻게, 그래요? 어떻게 그런 일이……."

호정엽은 침통한 표정으로 묵묵히 그녀가 사실을 받아들이도록 잠시 기다려주었다.

취작약

"저는 도무지, 도대체 무엇을, 어떻게 해야 할지 모르겠어요."

목이 메어 경여는 말을 잇지 못했다. 그러나 그가 기대했던 상실의 눈물은 보여주지 않았다.

"천천히 하셔도 됩니다. 마음을 굳건히 하시는 게 필요합니다. 염이는, 염이에게는 뭐라고 하셨습니까?"

그제야 경여는 아들에게 아무런 이야기도 해주지 않았음을 깨달았다.

"염이! 염이요?"

"염이는, 어디 있습니까?"

그들은 정원의 한쪽 구석에서 놀고 있는 염에게 다가갔다.

천진한 아이는 개미떼가 제 덩치보다 열 배는 커다란 죽은 사마귀를 나르는 모습을 지켜보고 있었다.

"염아!"

어머니의 음성에 아이가 즉각 반응하며 일어섰다.

아이는 어머니를 닮아 투명한 피부에 가지런한 눈썹을 하고 아이다운 맑은 눈으로 좋아하는 어머니와 숙부에게 달리듯 걸어왔다.

"어머니! 숙부님!"

장난이 심해서 혼내는 경우도 없을 정도로 예의 바르고 말수 없는 아이였다.

이렇게 어린 나이에 아비 없는 아이가 되다니!

경여가 아이와 눈을 맞추며 무릎을 꿇고 다정한 손으로 얼굴을 쓸었다.

"어머니, 왜요?"

아이는 어머니와 숙부가 평소와는 달리 슬퍼하고 있다는 사실을 감지했다. 경여는 선뜻 입을 열지 못했다.

"형수님, 제가 이야기할까요?"

그들 모자 뒤에서 기다리던 호정엽이 나섰다. 아이의 맑은 눈이 숙부를 향했다. 누가 되었든 어머니가 슬퍼하는 이유를 빨리 알려달라고 말하는 듯했다.

"아니요, 도련님. 제가 전할게요."

"아이 때는 잘 모를 수도 있습니다. 죽음이란 것이 잘 와 닿지 않기도."

"우리 염이는 영리한걸요."

어머니의 칭찬에 염이 빙그레 웃었다.

하지만 그렇게 말하고도 경여는 바로 입을 열지 못했다.

염은 숙부의 눈빛이 젖어 있는 것을 보고는 고개를 갸웃했다. 걸음마를 막 시작한 후에 몇 번 넘어진 적이 있던 염은 아버지 호광이 엄한 태도로 스스로 일어나게 만들었던 일을 떠올렸다. 어머니를 찾고 막 울음을 터트리려는 것을 어떻게 알았는지 아버지가 했던 말!

"사내자식이 쉽게 눈물을 보이면 안 돼."

그런데 지금은 숙부의 얼굴도 슬픔에 잠겨 있었다. 다행인 것은 어머니도 슬퍼 보였지만 울지 않는다는 사실이었다.

염이 어머니에게 숙부가 울 것 같다고 놀리듯 속삭이려는데 경여가 굳어진 입매를 풀고 침을 삼키고는 천천히 말했다.

"염아, 아버지가 돌아가셨어."

아버지가 돌아가셨다?

염은 어머니의 얼굴에 시선을 고정하고는 천천히 눈을 깜빡였다.

그 또래 아이들에게 죽음은 어떤 의미로 다가올까.

"아버지가요?"

"음, 이제 다시 뵙기 힘들 거야."

염은 돌아가셨다는 의미는 몰라도 다시 보지 못할 거라는 의미는 확실히 알았다. 이제껏 슬픔을 겨우 눌러 참고 있던 호정엽이 형의 유일한 핏줄 앞에 다가와 무릎을 꿇고는 와락 염을 당겨 품에 안았다.

"염아! 너도 어엿한 사내이고, 네가 이제 이 집안의 가장이다. 아버지를 보내드리고 어머니도 지켜야 해!"

어머니를 지켜야 한다.

염은 똘망똘망한 눈으로 숙부를 안고 고개를 끄덕였다. 그러는 동안에도 염의 시선은 어머니에게 붙박여 있었다.

한두 시각 후에 호광을 실은 수레가 도착했다. 마침내 눈이 붉게 젖은 그의 부하들이 들것에 실린 그를 중당으로 옮겼다. 그의 시신을 따라가 확인하고 집안이 떠나가도록 서럽게 운 사람은 경여가 아니고 서모였다. 그녀는 싸늘하고 창백한 호광의 얼굴을 확인하고는 제 배로 낳은 자식을 잃은 것처럼 듣는 이의 애간장을 끊을 듯 서럽게 울었다. 그 소리가 시발점이 된 듯 울음을 참고 있던 그의 군사들도 하나둘 어깨를 떨며 울었다. 무너지듯 바닥에 주저앉은 자들도 있었다.

그가 주검으로 돌아온 것은 확실했다. 살아 있고 어딘가를 다쳤다면 그의 수족 같은 부하들과 시종들이 이렇듯 슬픔만 드러낼 뿐 손

놓고 있지는 않을 것이다. 의원을 부르랴 시중을 들랴 바쁘게 뛰어다닐 이들이 모두 넋을 놓고 외실 침상 위에 누운 그를 바라보기만 할 뿐이었다. 그 가장 먼 곳에 경여가 있었다.

아직 어린 아들에게 입힌 상복은 볼수록 아련했다. 제법 그럴듯하고 의연하게 예를 다하는 모습을 볼 때마다 남녀를 가리지 않고 안타까운 탄식의 한숨을 내쉬었다. 하지만 경여는 그의 시신을 안으로 맞고 장례절차를 의논하기 위해 일가친족들이 모여들고 그의 사촌동생 호정엽과 염이 다가올 때만 겨우 푸석하고 지친 얼굴을 들었고 대부분은 무표정하게 제 자리를 지키고 있을 뿐이었다. 사실 그때부터 친족들의 수군거림이 이어졌다.
어쩌 제 배로 낳지 않은 서모가 더 서럽게 우느냐고! 어째서 다섯 해를 몸 섞고 산 부인의 눈물이 말라붙었냐고!
그런 그녀를 감싸준 이는 호정엽이었다. 그는 서모와 이복동생보다 더 적극적으로 개입하여 도와주었다. 사촌이라기보다는 형제 사이라고 해도 믿을 정도로 호광과 호정엽은 닮았고 우애도 깊었다. 그것은 사냥에서 위험에 처한 호정엽을 호광이 구해주면서 더욱 돈독해졌다고 했다. 청년 시절 그들은 부친을 따라 사냥에 참여했다가 위기를 맞았는데 막상 호랑이를 만나자 공포로 굳어져 꼼짝도 못 하던 호정엽을 대신해 호광이 용감하게 나섰던 것이다. 그때의 사고로 호광의 몸에 상처가 생겼고 그것은 마치 우애의 상징처럼 두 사람 사이에 거론되곤 했다.
경여는 그의 생전에도 남편과 살가운 모습을 보이지 않아 정엽과

翠岽

도 따로 말을 섞을 일이 거의 없었다. 하지만 호정엽은 데면데면하기보다는 싹싹한 태도로 형수를 대했다. 그것이 때로 부담스럽기도 했는데 이번처럼 어려운 때를 당하고 보니 듬직한 일가친척의 역할을 맡아주었다. 일일이 모든 절차의 확인과정에서 경여의 형식적인 허락을 구하였지만 원활한 장례절차가 진행된 데는 사촌 시동생의 숨은 공이 컸다.

그런 그의 얼굴에 긴장에 감돌았다. 천운을 받아 다시 소생할지도 모른다는 한 가닥 기대가 꺼지고 마침내 죽음을 인정하고 입관 작업을 하던 이들 중 한 사람으로부터 호출을 받은 직후였다. 무슨 일일까. 뭔가 잘못된 걸까. 아들 엽에게 아버지가 죽었음을 알리기는 했지만 정작 그녀는 지아비의 죽음을 받아들일 준비가 되어 있지 않았다.

호정엽이 다시 그녀 앞에 나타났을 때 경여가 물었다.

"무슨 일이에요?"

앞뒤 내용을 자른 짧은 물음이었다.

"무엇이 말입니까?"

처음과는 달리 거리감이 느껴지는 눈매로 호정엽이 반문했다.

"왜 입관하던 이가 도련님을 따로 뵈었어요?"

"절차 때문에 잠시 상의할 일이 있었습니다. 형수님께서 모르셔도 되는 일이기에……."

"정말요? 그이에 관한 일이라면 저도 꼭 알려주세요. 어떤 일이든지요."

생각보다 경여의 의지가 강하다는 사실을 감지한 그가 조금 전과는 다른 눈빛으로 경여를 바라보았다.

"왜 그런 말씀을 하십니까?"

지아비 호광을 미워했고 곁을 주지 않았지만 그것은 살아 있을 때의 이야기였다. 경여는 평생이라는 끔찍하게 긴 시간 동안 그를 미워할 수 있을 줄 알았다. 미워했던 마음이 죄가 될 만큼 짧은 시간만 함께할 줄 몰랐던 것이다.

"그이의 죽음이 믿어지지 않아요. 그이가 그처럼 무방비했다는 사실도 믿기지 않아요. 아무리 운이 없더라도 그렇듯 어이없게 죽을 사람이 아니에요."

신중한 얼굴로 경여를 바라보던 호정엽이 물었다.

"마음에, 걸리는 일이 있으신 겁니까?"

호광의 죽음을 단순한 사고사로 보지 않을 이유가 있는지 돌려 묻는 것이다. 그 물음만으로도 이미 반은 대답을 들은 듯 경여의 얼굴은 하얗게 질렸다.

마음의 의심.

확실하지 않은 일을 사촌 시동생에게 말해야 할까.

"그런 건 아니지만, 혹여라도 그런 일이 있다면 제게도 알려주세요."

"예, 그러겠습니다. 그리고 형수님!"

호정엽은 조심스레 운을 떼었다.

"눈물 흘리셔도 됩니다. 실컷 우셔도 됩니다. 아무도 형수님을 뭐라고 하지 않습니다."

사내인 그의 얼굴과 소매도 상실의 고통으로 이미 물기 가득했다.

하지만 경여의 마음은 얼어붙었다. 혼란스럽기만 할 뿐 응당 나와야 할 눈물은커녕 아무런 고통조차 느껴지지 않았다.

"현실이, 아닌 것 같아요. 꿈을 꾸고 있는 것 같아요. 아직도, 믿을 수가 없어요."

그녀의 말대로 표정은 반쯤 얼이 빠진 사람 같았다.

사람의 죽음이 이토록 쉬운가. 다른 이도 아닌 건장한 사내인 그가!

"그러면 내실로 잠시 들어가시겠습니까? 위공께서도 사람을 보내셨습니다. 친족들과 힘을 합쳐 밖의 일을 처리할 터이니 너무 염려하지 마십시오."

아버지 위공.

호정엽은 그녀를 위로하기 위해 꺼낸 말이었지만 경여는 그로 인해 가늘게 몸을 떨었다.

"과부가 되는 것이 낫겠니?"

불과 얼마 전, 왜 얼굴에서 그늘이 떠나지 않느냐는 말끝에 나온 친정아버지의 말이 떠올랐던 것이다. 마치 작금의 상황을 예견이라도 했던 것일까.

지금 가장 만나고 싶지 않은 이가 바로 친정아버지 위공이었다. 그녀의 의심을 사실로 받아들여야 할까 봐서 두려웠다.

아니죠. 당신, 아닌 거죠?

나 때문에, 아버지 때문에 이렇게 된 거 아니죠?

늦은 밤, 이른 새벽 제 무릎을 베고 곤하게 잠이 든 아들의 어깨를 쓸며 경여는 대답 없는 지아비의 위패를 바라보곤 했다.

혼인절차 이상으로 장례 절차는 장중하고 무거웠다. 눈꺼풀은 무겁고 손마디는 퉁퉁 부어 있었다.

"어려운 일이 있으시면 언제든지 말씀하십시오."

장례를 마치고 집으로 돌아가기 전 인사를 하러 들렀던 호정엽이 말했다.

"말씀만으로도 고맙습니다. 그간 애써주셨어요."

"염이를 생각해서라도, 몸을 많이 상하시면 안 됩니다."

경여도 고개를 끄덕여 의지를 보였다.

호정엽의 말대로 경여는 어떻게든 살아가야 했다. 남겨진 아들과 함께!

지독한 여자. 무정한 과부.

많은 조문객들을 맞으면서도 그녀는 정작 감정적인 수습은 하지 못했다. 혼인했을 때의 막막함 이상으로 갑작스레 혼자가 되었다는 사실을 실감할 수 없었다. 지난 5년간 보호자였던 남편을 잃었다는 것을 실감한 것은 겨우 눈을 붙이기 위해 들어선 그녀만의 공간, 내실에서였다.

삶을 견딜 수 없다고 생각했지만 지난 5년간의 지아비를 죽음으로 내몬 삶을 원한 것은 아니었다. 그런데도 지아비를 죽인 것이 자신일수도 있다는 생각이 떠나지 않았다.

하루 사이에 머리카락이 백발로 세어버렸다는 누군가의 사연처럼 그녀 자신도 단 며칠 만에 늙어버린 듯 몸의 기능이 뻣뻣해졌다. 미움으로 시작한 인연이 연민으로 끝을 맺었다.

취,작약

그리고 내실 빈방의 적막에 둘러싸여 아무것도 하지 않고 앉아 있던 한 순간, 현실에의 깨달음 하나가 피부로 와 닿았다.

"차라리 과부가 되는 것이 낫겠니?"

유혹처럼 느껴지던 그 말!

이제 누구도 저 문을 열고 들어와 자신과 동침하지 않을 거라는 사실의 자각.

호광은 아들 염에게 좋은 아비였으나 경여에게는 그렇지 못했다.

사내는 전쟁에 나가고 가문을 지킨다. 아내 된 자는 그 사내의 위안을 위해 보이지 않는 쉼터가 된다. 적어도, 그런 일은 할 수 있겠지.

경여는 단 한 가지를 제외하고는 그의 말대로 따르기 위해 죽을힘을 다해 노력했다.

사실 우는 것은 쉬웠다. 그러나 경여는 눈물로 그의 영전에서 죄책감을 씻어내고 싶지 않았다. 그녀 아닌 다른 사람과 혼인했더라면 그는 아내와 더 많은 자녀들로 인해 화목한 가정을 이룰 수 있었을 것이다.

미안해요, 외로운 사람인 줄 알면서 당신에게 좋은 아내가 되어주지 못했어요.

미안해요, 이렇게 갑작스레 당신이 떠나갈 줄 몰랐어요.

미안해요. 당신에게 잘못한 게 너무 많아요.

서모와 그 혈육의 휑휑한 눈빛을 보면서 경여는 죽은 남편을 동정했다.

사촌 시동생 호정엽이 없었으면 어쩔 뻔했나.

물에 젖은 두꺼운 솜이불처럼 경여의 온몸은 무겁게 늘어졌다. 더이상 버티려고 해도 그럴 수 없게 눈꺼풀이 무겁기만 했다. 그녀는 천천히 이불 속으로 들어갔다. 잠이 오기는 할까 싶었는데 버거웠던 눈을 내리감는 순간의 행복감이 너무 커서 다시 한 번 더 눈을 떴다가 감아보고 싶은 충동이 일었으나 몸이 따라주지 못했다.

까무룩 잠이 찾아왔다.

어둠 속 깊이 꼭꼭 감춰두었던 마음이 저절로 풀어져 꿈이 되었다.

꿈은 즉각 5년 전의 어느 밤으로 돌아갔다.

그녀 자신의 혼인식 날 저녁. 그것은 깊고 깊은 마음 한구석에 봉인해두었던 기억이었다. 의식이 있는 한 단 한 번도 생각지 않고자 했던 그날의 기억은 고된 며칠 때문인지 꿈에서 깨야한다고 생각하면서도 경여는 속절없이 꿈의 기억에 이끌려갔다.

혼인한 이래 그녀는 세 번째로 울었다. 첫 번째는 죽을 것 같은 고통으로 아이를 낳던 날. 두 번째는 거의 죽음의 문턱을 넘어설 만큼 지아비 호광의 발길에 채이고 두들겨 맞던 날.

아무리 떠올리기 괴로웠어도 앞의 두 번과는 영 다른 눈물이었다. 아무리 울어도 돌아갈 수 없지만 이제나마 옴짝달싹 할 수 없던 발 한쪽에 옭아매진 족쇄 하나를 풀었다는 사실이 감사하기만 했다.

잃어버린 삶, 잃어버린 꿈을 되돌릴 수 없다고 해도 좋았다.

3

멀리서부터 들려오는 불안정하고 다급한 발소리.

낯익은 발소리여서 경여는 더욱 두려웠다.

이제 그녀의 마음은 누구의 것도 될 수 없을 것이다. 곧 혼인할 신부의 차림으로 아름답게 단장했지만 마음은 아직 그녀의 것이었고 혼인할 지아비에게는 결코 주지 않을 것이다.

의지가 굳은 성난 발소리에 이어 다급하게 뒤따르는 소리만으로도 그녀는 그것이 누구의 것인지 알아버렸다.

"아, 아니 되십니다, 그곳에는 들어가시면 안 되십니다."

세상 아무리 귀한이라도 들어올 수 없는 곳. 그런데 신랑도 아니면서 혼인할 신부의 방에 난입하려는 사내!

다른 이도 아닌 이곳 온국에서 나는 새도 떨어뜨릴 것 같은 권력을 쥔 위백양의 집에서 그런 일이 있다면 결코 살아서 나갈 수 없으리라. 그가 아무리 귀한 이라도!

하지만 그러한 상식을 모를 리 없는 그는 작정한 듯 막무가내였다. 여종이 당혹하여 그의 앞을 가로막기도 하였으나 집어던지듯 시종들의 만류를 뿌리치고 결국 그는 신부의 방으로 들어섰다.

　"사, 사람을 부르겠습니다. 이곳에는 아무도 들이지 마시라고……."

　신부의 차림을 한 경여의 앞에서 얼어붙은 듯 숨도 내쉬지 못하고 눈을 부릅뜬 침입자의 뒤에서 여종이 기어들어가는 음성으로 말했다.

　경여가 여종에게 고개를 가로저어 기다리도록 말했다. 어찌 할 바 모르는 여종의 앞에서 그가 큰 소리 나게 문을 닫아걸었다. 그 어떤 방해자도 없이 둘만 있게 되었다.

　그가 국경순시로부터 돌아온 지 두 달이 지난 후였다. 그 사이 그를 만난 것도 두 차례. 경여는 자신의 마음을 속이며 그를 만났지만 더 이상 지속될 수 없음을 스스로 인정한 후에는 한 달 전부터 이제껏 만남을 청하던 그의 서신과 인편을 거절해왔다. 때론 몸이 좋지 않다고 했고 때론 다른 일로 시간을 내기 힘들다고 했다. 혼인준비가 척척 진행되면서 그에게도 전달되었을 소식은 아마도 청천벽력 같았을 것이다. 결국 담을 넘어서라도 보고자 했던 그와는 달리 경여는 어머니의 내실로 숨어들어 문을 굳게 닫아걸고 나가지 않았다.

　이틀 전에는 경여가 아닌 아버지 앞에서 난동을 피운 그로 인해 집안이 발칵 뒤집혔었다. 이미 경여가 알던 세상은 끝났고 모든 것을 포기하였으나 생각지 않게 그를 마주한 그녀 또한 정신이 없기는 마찬가지였다.

　어쨌거나 그를 단 한 번도 보지 않고 다른 사내와 혼인할 수 없음은 알고 있었다. 혼인한 후에라도 이런 날이 언젠가는 올 줄 알고 있었다. 그러나 도무지 마음이 감당할 수 없게 너무나 고통스러웠다. 어디론가 숨어들거나 연기처럼 사라져서 그에게 절대 보여주고 싶지 않은 모습이었지만 의자에 앉아 경여는 그를 마주 보았다.

두 달 전까지만 해도 혼인할 것으로 믿어 의심치 않던, 바라보는 것만으로도 가슴이 뛰던 사내. 그런 그가 생전 처음으로 머리칼과 의복은 흐트러지고 눈엔 핏발 선 모습으로 경여를 쏘아보고 있었다.

이전엔 어떻게든 그의 몸을 만지고 싶어서 조금만 흐트러진 모습을 보여도 거침없이 손을 뻗어 단정히 해주었는데!

경여는 가지런하고 짙은 그의 눈썹과 긴 머리칼을 만지는 것을 좋아했지만 이제 더 이상은 그럴 자격이 없었다.

이런저런 핑계로 만나주지 않으니 더욱 믿을 수 없고 몸이 달았던 그는 황망한 표정으로 멈춰 서서 신부의 옷차림을 한 경여를 무섭게 쏘아보았다. 단 한 번도 그의 그런 무서운 눈길을 받아본 적 없었다.

"저, 아이의 말이 옳습니다. 이곳은 들어오시면 아니 되십니다."

경여의 그 말이 도화선이 되었다. 얼어붙은 듯 서 있던 그가 걸음을 떼더니 단숨에 혼례복 차림의 그녀의 소매부리를 낚아챘다.

아름다운 붉은 색 혼례복을 입고 있는 여자. 그 자신의 신부로 올 줄 알았던 여자.

"경여! 네가 어떻게 나 아닌 다른 사내와 혼인할 수 있나."

그것은 비난이라기보다는 혼잣말에 가까웠다. 믿을 수 없다는! 눈으로 확인하고도 인정할 수 없다는!

그의 숨결은 감정의 파고로 격하게 들썩였다.

경여의 가슴 또한 거칠게 뛰었다. 작금의 현실을 인정할 수 없기

43

는 그녀 또한 마찬가지였다. 그러나 현실을 망각하고 마음의 소리에 귀를 기울이자고 애써 마음을 다잡아도 그의 앞에 서기만 하면 무너졌다. 그의 눈을 응시하고 다정함과 열정이 뒤섞인 그의 손길이 닿기만 해도 경여는 얼어붙은 듯 움츠러들었다. 이제 다시 아무 일 없었던 것처럼 가장하는 일은 불가능했다.

그제 밤 경여를 만나야겠다고 난동을 피우는 그로 인해 한바탕 소동이 벌어졌었다. 경여의 아버지 위백양은 그가 보는 앞에서 경여에게 시종을 보내 만날 의사가 있는지 물었다. 경여의 대답은 분명한 거절이었다. 돌아가라는 점잖은 타이름에도 제강은 분노를 참지 못해 위백양에게 경여를 내놓으라고 소리쳤다.

"이미 혼사가 정해진 것을 나보고 어찌하라고!"

위백양도 어쩔 수 없다는 듯 말했지만 눈매는 조금도 주눅 들지 않고 여유로웠다.

사냥과 싸움에서는 다급하고 당황한 쪽이 진다. 그간 침착하고 여유롭던 제강의 태도는 눈 씻고 봐도 찾을 수 없었다. 그간 몸에서 배어나던 왕제의 권위도 찾아볼 수 없었다. 위백양이 보기에 진제강은 예기치 않은 상황에 당혹해 이성을 잃은, 그저 계집에 미친 사내에 불과했다.

"경여는 내 사람입니다. 이런 식으로 다른 사내에게 보낼 수 없습니다."

위백양은 곱게 타이르듯 말했다.

"아무리 왕제전하라도 불가능한 일이 있다는 것을 인정하셔야 합니다. 세상에 여자는 많습니다. 내 딸아이를 귀히 여기셨어도 그깟 여자 하나 때문에 위신을 잃으면 되겠습니까.”

위신을 잃는다?

그의 말은 위로가 아니라 조롱이었다.

“제위도 놓고 나라도 포기하는 분께서 겨우 여자 하나를 두고 추태를 보이겠습니까?”

위백양의 점잖은 말은 이 어이없는 상황의 원인이 제강에게 있음을 지적하는 것이었다.

순간 제강은 이성을 놓고 앞에 놓인 위백양의 집무실 탁자를 엎었다. 탁자 위에 있던 찻잔의 물이 튀고 도자기들이 바닥으로 떨어지며 깨졌다. 밖에서 지키던 시종 둘이 놀라 안으로 들어오려고 했으나 위백양의 제지를 받고 어정쩡하게 그대로 문밖에 서 있었다.

“내게 그 일로 깨달음을 주고 싶었다고 해도 이런 식으로 경여를 이용하는 건 맞지 않아! 이것이 아비로 할 짓입니까!”

“제왕의 기운을 가진 자가 그것을 외면하고 책임도 놓고 있으면 제 일신은 편할지 모르나 백성이 편치 않은 법입니다. 왕제께서 그것을 안다면 내 뜻을 거스르진 않았을 텐데요.”

살기와는 다른 불꽃이 위백양의 눈에서 튀었다. 그들은 조금도 물러서지 않았다.

“역심 따위 관심 없다고 했을 텐데! 그렇게 왕의 자리가 탐나거든 잘난 위공께서 직접 보위에 오르시든가.”

확실히 그들 나라의 왕실 위세는 실추되었고 태자 제위마저 겨우 이었으나 병약하여 근심이 되었고 이전에 나라를 세우면서 얻었던 선업과 공업도 희석된 지 오래였다.

나라를 위한 최선의 길을 고심하여 던진 노신의 마음을 역심으로 비하하는 말이 위백양의 자긍심에 생채기를 냈다.

"하, 내 나이 젊었고 아들을 잃지 않았다면 진즉에 온국의 제위는 진씨가 아닌 위씨 것이 되었을 테지. 그러나 그 또한 지나친 욕심인 걸 아는 까닭에 자중하고 있는 것을 모르다니!"

위백양에게 온국은 위태로운 지경에서 아들을 희생해가며 지킨 나라였다. 온국에 대한 충심을 탐욕으로 몰아세우는 것은 그의 진정을 왜곡하고 모욕하는 일이었다.

그들은 서로에 대한 적대감을 더 이상 감추지 않았다.

제강은 자신을 이용해 반역의 음모를 꾀하다 아니 되니 이런 식의 보복을 하려 하냐고, 그가 눈을 뜨고 있는 한 경여가 다른 사내와 혼인하는 꼴은 보지 못한다고, 상대가 누가 되었든 죽여버리고야 말겠다고 미친 듯이 날뛰었다.

"죽여버리겠어, 호광이든 누구든 경여 앞에 세우는 자는 살려두지 않아!"

집무실 안의 모든 집기들이 순식간에 부서지고 바닥에 내동댕이쳐졌다. 귀한 물건들이 파손되고 실내가 엉망이 되어도 위백양은 눈도 꿈쩍 안 했다.

"이러다간 경여를 차지하기 전에 왕제의 목숨도 위태로우시겠군. 얘들아, 왕제의 몸이 상하지 않게 모셔라!"

시종들이 위백양의 명령에 따라 제강을 저지하며 그의 사지를 잡으려고 달려들었지만 어지간한 장정들 네댓의 힘으로도 분노에 찬 제강을 저지할 수 없었다. 그래도 위백양은 눈썹 하나 흔들리지 않았다.

"내 딸이, 경여가 원치 않는다고 하질 않나. 이건 내 의지가 아니오. 경여가 원치 않는다네. 자네를 만나보기 원치 않아."

화가 나면 무슨 짓은 못 하겠냐고 쓴웃음을 지으며 오히려 시종들을 말린 사람도 위백양이었다. 경여를 직접 만나야겠다고 소리치는 그를 건너다보며 위백양은 순순히 사람을 시켜 경여를 부르도록 시켰다. 하지만 경여에게서 돌아온 답은 만나지 않겠다는 것이었다. 위백양은 진제강이 어떻게 미쳐 날뛰어도 경여와 마주하지 않게만 할 뿐 왕제의 몸에 위해를 가하지 말도록 명령했다. 제강을 따라온 예궁의 호위들도 어쩌지 못하고 그가 다치지 않도록만 둘러쌌다.

위부의 시종들은 결사적으로 주군의 명령을 지켜냈다. 긁히고 부어오른 주먹과 흐트러진 숨결로 씩씩대던 제강은 결국 제 풀에 지쳐 숨을 헐떡였다. 그 참에 시종들도 숨을 골랐다.

"내가 경여의 손발을 묶어두고 있다고 생각하십니까, 왕제전하? 그렇지 않음을 확인하고 나면 인정하시겠습니까? 제 의지로 싫다고 하는 말도 듣지를 않으시겠다? 정히 그렇다면야!"

소란이 지속되자 마침내 위백양이 시종들에게 길을 열게 하고 경여가 있는 내실로 향했다. 그 뒤를 제강이 따랐다. 하얗게 질린 얼굴로 아비 손에 끌려나와 내실 정원에서 그와 마주한 경여는 미친 듯 이성을 놓은 제강의 모습을 확인하자 찰나 간에 두 눈 가득 눈물이 고였다.

"말해봐라, 네 입으로 말을 해봐. 너, 이 혼인을 싫다고 했니?"

당장이라도 집어삼킬 듯 바라보는 제강 앞에서 경여는 차마 대답하지 못했다.

"아버지!"

"이제라도 혼인을 파하고 눈앞의 사내를 따라가겠니?"

"대답해, 위경여!"

"그래, 내가 억지로 너를 혼인시키는 것이냐!"

두 사람의 질타에 눈물로 흔들리던 경여가 마침내 의지를 그러모아 입을 열었다.

"제가 원합니다. 제가 원해서 혼인하는 거예요."

만족스럽게 입매가 풀어지는 위백양과 하얗게 질려버린 그.

"왜? 왜!"

그는 경여의 대답을 듣고도 믿으려고 하지 않았다.

"저는 아버지가 허락하고 인정하는 사내와, 혼인하려는 것뿐입니다."

결코 그가 알아왔던 경여가 할 말이 아니었다.

"제정신이야? 아비가 시키면 독약이라도 마실 건가?"

그녀는 사력을 다해 간절하게 그만 들을 수 있도록 입모양으로 애원했다.

돌아가요, 제강. 이렇게, 힘들게 하지 마요.

그러나 그는 경여의 애원을 읽지 못한 것처럼 외면해버렸다.

"정말로 이 혼인을 하겠다고?"

먹먹한 눈길로 그를 바라보며 할 수 있는 말은 많지 않았다.

"당신도 좋은 사람, 만나요."

위백양의 눈에 의기양양한 빛이 서렸다. 그 뒤에 선 위부인은 보기 안쓰러웠던지 손으로 입을 가리고 흐느낌을 참았다.

순간 넓은 내실 정원에 무너지듯 바닥에 주저앉았던 제강의 눈에 살기 어린 광채가 희번덕거렸다. 그리고 그는 전혀 예기치 않게 경여가 있는 방향이 아닌 물건들을 잔뜩 쌓아놓은 창고로 달려가 도끼로 자물쇠를 부수고는 비단 천과 기름을 찾아내 불씨로 불을 붙였다. 기름 젖은 두루 말린 비단은 소리를 내며 탔다. 이러다가는 온 집안이 불바다가 될 수도 있겠다고 판단한 위백양이 시종들에게 강력히 왕제를 제압하도록 시켰다. 그를 가격해 정신을 잃게 만들고 예궁의 호위들이 데려가도록 한 후에야 소동은 일단락이 되었다.

이후 혼인하는 날까지 경계는 철통같았다. 그런데 너무 조용해서 이상하던 전날과는 달리 결국 진제강은 혼인식으로 어수선한데다 사람들의 눈길을 피해 경계가 드러나지 않는 사이 다시 난입한 것이었다.

"사람들이 올 겁니다. 사람들에게 들키면, 명예에 누가 되십니다. 어서……."

손을 놓고 떠나달라고 말하려는 그녀의 눈앞을 투명한 물기가 막아섰다. 다른 사내와 혼인하는 것은 자신의 의지라고 말하려고 했으나 그의 눈을 마주하는 순간 흩어져버렸다.

고통스럽지만 이렇게라도 당신을 보고 싶었어요.

"평생을 함께하겠다 맹세한 여자를 잃는 것 이상으로 내가 두려울 게 뭐야?"

경여는 가슴이 먹먹해 아무 말도 할 수 없었다. 허면 왜 아버지의 심기를 거슬렀냐는 원망의 소리도 나오지 않았다. 이미 되돌릴 수 없는 일이었다. 그렇지만 그를 만류해야 했다. 이토록 이성을 잃은 그를 보는 것은 처음이었다.

"이러지 마요."

그녀는 겨우 쥐어짜는 음성으로 말했다.

"나는 그래도 이 자리에 서지는 않을 줄 알았는데!"

날카롭게 그녀의 가슴을 할퀴는 말이었다. 죽으면 죽었지 살아서 이 자리에 서 있으리라곤 둘 중 누구도 생각지 못한 일이었다.

"내가 원해서 하는 일이라고 했잖아요."

"그래, 이런 일을 추진할 사람은 위백양뿐이지."

힘줄 솟은 이마에 이를 갈듯 말하는 그에게 경여는 체념이 서린 낮은 음성으로 고백했다.

"그래요, 저는 아버지의 명을 거스를 수 없는 몸입니다."

"아니, 너는 내 여자야! 위경여는 내 사람이라고!"

그가 버럭 분노를 토해냈다.

위경여는 진제강의 사람이다!

그것은 한때 꿈꾸기를 평생의 소원이었다.

그럴 수만 있다면! 정말 평생 그렇기만 하다면!

그렇지만 경여는 고개를 가로저었다.

"왜 내게 오지 않아? 함께 떠날 수도 있잖아!"

어젯밤 뜬눈으로 밤을 샌 그였다.

한밤중 도망쳐 나온 경여가 함께 떠나자고 말해주기를!

그러나 작은 발소리에도 민감하게 가슴이 뛰었던 것과는 달리 그녀는 오지 않았다.

"모든 걸 버리고요?"

"왜? 그깟 것들이 다 무어라고!"

"정말, 그럴 수 있어요?"

두려움 섞인 그녀의 반문에 그가 생경한 눈빛으로 바라보았다. 가장 잘 안다고 생각했던 이의 낯선 모습을 막 발견한 것처럼.

서로가 원하는 것이 무엇인지 안다고 생각했는데!

그가 믿을 수 없다는 듯 반문했다.

"위경여는 그것이 아니 되나?"

그것이 이유가 되어 눈물이 또 그녀의 말을 막았다. 되었다면 마음을 준 정인 앞에서 가장 보이고 싶지 않은 모습으로 이 자리에 서 있지는 않았을 것이다.

"놓아줘요!"

"이제라도 함께 떠나! 함께 가자고! 다 버리고 떠나!"

이틀 전 제집에 난입해서 소동을 벌이느라 다친 그의 상처가 손과 목, 얼굴에 남아 있었다. 그것을 보는 경여의 마음이 더욱 상했다.

"그, 그렇게는 하지 못해요."

뒤로 물러서는 태도에 그가 못 들은 척 그녀의 몸을 안다시피 해서 들고 방을 빠져나가려고 했으나 그녀가 질질 끌려가면서도 있는 힘을 다해 버텼다.

"저는 떠나지 못합니다."

사람들이 온다고 황망하게 전하는 여종의 말에 조급증이 났지만 경여는 눈물로 애원했다.

저는 당신과 떠나지 못해요.

그것이 얼마나 싫고 두려운 일인지 그는 영영 모를 것이다.

"이 혼인을 하겠다고? 정말 다른 사내의 아내로 살 작정이야?"

제강이 그녀가 가장 두려워하는 일을 직접 입에 담았다.

"이제는 어쩔 수 없는 일"

"우리가 마음먹으면 될 일이지, 뭐가 어쩔 수 없어! 가! 함께 가자!"

그는 자신들의 미래가 걸린 일에 벌써 체념해버린 그녀에게 버럭 화를 냈다.

이토록 쉽게, 아무것도 해보지 못하고 포기하라고?

그는 도무지 수긍할 수 없었다. 너무 쉽게 포기하고 물러서는 경여를 이해할 수 없었다.

다시 강하게 팔을 끄는 그의 힘에 당하지 못한 그녀가 바닥에 주저앉아 그의 발치에 엎드렸다.

"제발! 제발, 이러지 마요. 우리 두 사람 다 후회할 거예요."

그는 경여의 의지가 굳음을 알고는 당혹감에 휩싸였다. 그 자신보다 더 그를 떠나서는 살 수 없을 거라고 믿었던 여자가 아버지의 명령을 거스를 수 없다며 다른 사내와 혼인하겠다고 말하다니! 함께 도망칠 수 없다고 말하다니!

경여가 다시 뒷걸음질 치며 문으로부터 멀어져 침상 발치의 나무 기둥에 필사적으로 매달렸다.

"갈 수 없어요!"

"이대로 이곳을 떠나면 다시는 너를 보지 않을 거야. 그래도 좋아?"

취작약

위경여가 가장 두려워하는 일이었다. 하지만 한 손으로 눈물을 훔치며 말했다.

"저 또한 이 순간 이후로는 만나지 않을 거예요."

이제 다시는, 절대 만나서는 안 되는 사람이었다.

만나지 않겠다고? 이대로 아비가 시키는 혼인을 받아들이겠다고? 다른 사내와 몸을 섞으며 살겠다고?

내 여자가? 누구에게도 줄 수 없는 내 것인데?

정말 미치는 꼴을 보려는 건가?

제강은 도저히 감당할 수 없는 격한 분노에 휩싸여 저항하는 경여의 양팔을 붙잡아 몸을 가뿐하게 세워 제 눈앞에 두고 흔들었다.

"다시 말해봐. 내 눈을 보고 말해, 정말 나를 안 보고 살겠다고?"

"오늘, 지금 이 순간 이후로 당신을 만나지 않을 거예요. 내겐 없는 사람"

그의 오른손이 불시에 경여의 왼뺨으로 날아갔다.

경여의 몸이 휘청이며 바닥으로 쓰러지는 순간 저도 모르게 팔을 짚었다.

아앗! 저도 모르게 입에서 터져 나온 신음. 눈에서 불꽃이 튀는 듯했고 귀에서 윙윙거리는 소리가 났다. 바닥을 짚은 팔 위로 찌르르 전기가 흐르는 것처럼 지독한 충격이 전해졌다.

천천히, 아주 천천히 그에게 뺨을 맞았다는 사실을 깨달았다. 생전 처음 그에게 맞은 뺨이 빨갛게 손자국을 내며 부어올랐지만 감각도 없는 것처럼 경여는 소리도 내지 않았다.

오히려 놀란 사람은 그였다. 때린 사람은 그였고 맞은 사람은 경여였는데 바닥에 내동댕이쳐지듯 떨어지는 경여를 보고는 그 자신이 모욕적으로 뺨을 맞은 것 같았다.

제어되지 않는 분노! 그 자신이 어디까지 망가질 수 있는지 두려워졌다. 이 모든 것은 경여 때문이었다. 지금의 경여는 그가 알던 여자가 아니었다. 속절없이 고개를 숙이고 가늘게 어깨를 떨고 있는 허수아비 같은 여자에게 그가 물었다.

"내가 네게 없는 사람이라고?"

경여는 더 이상 그를 보지 않았다. 그 순간의 위경여는 그가 지금껏 보아온 여자가 아니었다. 어딘가에 정신을 놓고 온 여자라면 이해할 수 있겠다.

왜 이래, 위경여! 너 도대체 왜 이러는 거야!

이게 무슨 일인지 정말 몰라? 몰라서 이래? 정말 제정신이야?

불길한 예감은 이미 있었다. 그녀를 잃게 될까 봐 전전긍긍하면서도 그는 어떻게든 방법이 있을 거라고 생각했었다. 하지만 이제는 정말 막다른 곳에 도달했다는 생각이 들었다.

"손찌검해서 미안해. 그럴, 그럴 생각이 아니었어. 나도 모르게 그만"

분노도 반감도 드러내지 않는 경여가 두려워진 그는 경여가 쓰러진 바닥에 무릎을 꿇었다. 그것으로도 부족해 제강은 경여의 한 팔을 들어 경여의 손으로 자신의 뺨을 쳤다. 경여가 저항하며 그에게서 손을 빼내려고 하는 과정에서 두 사람은 어쩔 수 없이 마주 보게 되었다.

슬픔 가득한 경여의 눈을 마주 보던 그가 잡았던 경여의 손을 놓

취, 작약

고 부은 경여의 뺨을 감추듯 두 손으로 경여의 얼굴을 감싸 안았다.

손만 잡아도, 눈으로 바라보기만 해도 그녀가 무엇을 생각하고 원하는지 안다고 생각했다. 그런데 지금은 아무것도 알 수 없었다. 말로도 설득할 수 없었다. 그는 두려워졌다. 살아 있는 한 놓지 않을 거라고 생각했던 경여를 잃어버릴 수도 있다는 사실에 가슴이 서늘했다.

두려움을 잊기 위해 그가 먼저 경여의 입술을 찾아 포갰다. 그러나 거의 동시에 경여도 이끌리듯 그의 입술을 따라 올라왔다. 따뜻하고 익숙한 느낌 그대로, 그가 알고 있는 그대로의 위경여. 이제야 그가 아는 여자를 되찾을 것 같았다. 경여의 얼굴을 감싼 그의 손에 힘이 들어갔다. 더욱 가까이 끌어들였다.

뜨거운 숨결과 점막, 혀와 혀가 닿고 물고 빠는 사이 그들은 잠시나마 무뎌진 가슴에 의한 환각인 듯 현실을 떠났다. 그의 손에 붙잡혀 있던 경여의 손이 스르르 그의 목에 감겼다. 너무나 그리운 감각에 미쳐버릴 것만 같았다. 숨을 고르기 위해 아주 잠깐 떨어진 사이에도 경여는 그의 귓불과 뺨, 눈과 이마, 목덜미에 입술을 누르고 혀로 핥으며 그의 체취를 삼켰다.

이제 겨우 위로받은 듯 그대로 경여의 입맞춤에 빠져 있던 그가 갈증을 참지 못한 듯 다시 경여의 입 안으로 들어왔다. 서로의 타액을 삼키고 혀를 감아올리고 제게로 빨아들이며 열락에 잠겼던 경여는 옷자락 속으로 파고드는 그의 손길에 감았던 두 눈을 반짝 떴다.

서둘러 그녀의 손이 그의 손을 제지했다. 그대로 세상이 멈춘 듯 그들은 서로의 눈빛에 고정되었다.

경여의 다잡았던 마음이 강렬한 유혹에 흔들렸다.

하아. 세상이 미쳐 돌아가든지 그녀가 미친 것이 분명했다. 그렇지 않고서야 어떻게 다시 이 사람을 안겠다고!

잠깐 정신이 어떻게 되고 미쳤었던가 보다.

차라리 정신이 나가고 미쳐서라도 그를 따라나설 수만 있다면!

유혹은 뿌리칠 수 없을 만큼 깊었다.

날 데려가요. 함께 떠나요. 죽더라도 함께 죽어요.

제강, 당신만 좋다면 함께해요.

그때 그가 말했다.

"함께 떠나. 함께 가!"

떠나고 싶어! 이 사람과 함께 떠나고 싶어!

조금만 더 미치면! 아무 생각도 하지 않고 그저, 미쳐버릴 수 있다면!

경여가 가늘게 몸을 떨며 깊은 갈증을 해소하듯 그의 가슴에 파고들며 입술로 너무나 달콤한 그의 입술을 찾았다.

그는 조급한 경여의 갈증을 얼마든지 해소시켜 줄 것처럼 고개를 숙여 입맞추었다. 그가 조금이라도 떨어질 것 같으면 그의 목을 안은 경여의 팔이 끌어당겼고 숨을 고르기 위한 아주 잠깐의 이별조차 견디지 못하고 달려들었다. 숨결과 열정을 드러내고 돌려주는 행위가 지속되는 동안 그는 조금 안도했다.

이 여자는 어디로 가지 않아, 다른 누구의 신부도 되지 않을 거다.

경여는 내 사람이야.

경여가 몸으로 그렇게 말하고 있었다. 그를 안은 팔에서, 그의 입술에 달라붙은 그녀의 입술에서, 저항하지 않는 그녀의 몸에서 그는 그 모든 사실을 읽어냈다. 너무나 사랑스러워 그는 경여의 부드러운 젖가슴을 옷 위로 만졌다. 그런데 마치 그것이 신호이기라도 한 것처럼 경여가 화들짝 놀라며 몸을 뗐다. 그가 다시 그의 품 안으로 경여를 끌어안으려고 했지만 경계 가득한 경여의 눈이 두려움을 담고 뒤로 주춤 물러섰다.

몸이 굳은 경여가 급하게 그의 몸을 밀치고 서둘러 자리에서 일어났다.

"제강, 나는 떠날 수 없어요! 이 혼인, 무를 수 없어요!"

입과 마음이 다르게 말하고 있는 경여.

그는 경여의 두 팔을 단단히 잡고 제게로 끌어당기며 당부했다.

"경여야, 내가 빌어! 내가 사정한다고! 한 번만, 이번 한 번만 내 말을 들어!"

경여의 가슴이 그의 말에 무너져 내렸다.

빌어야 할 사람이 누구인데, 빌겠다고 말하다니! 함께 가자고 사정하다니!

그가 얼마나 자긍심 높은 사내인 줄 아는 경여가 마지못해 고개를 가로저었다.

그는 절박한 몸짓으로 그녀의 몸을 안아 들려고 했다. 제 발로는 따라나서지 못할 여자라는 걸 알기에 그는 어떻게든 이 집을 벗어나기만 하면 된다고 생각했다. 그러나 허겁지겁 제 몸에 매달리던 조금 전과는 달리 경여의 저항은 심했다. 이미 흐트러진 머리장식과 머리카락, 그리고 구겨지고 밀려난 옷들. 그가 힘으로 번쩍 그녀를 어깨에 걸쳐 멨다. 온몸을 비틀며 저항이 더욱 심해졌고 경여가 울먹이며 소리쳤다.

"제발, 제발요! 갈 수 없어요, 저는 이미 그분의 여자입니다."

그 사람의 여자!

그 말을 입 밖에 내는 순간 모든 것이 기정사실로 굳어지는 듯 보였다. 우선 그가 그대로 멈춰 섰다.

갈 수 없다고? 그 사람의 여자라고?

명료하지 않은 머릿속에서 그녀가 하는 말이 무엇인지 깨닫기까지는 조금 시간이 걸렸다. 그의 아비가 문 앞에 사람을 세우고 지켜서라도 떠나지 못하게 했을 거라는 생각도 해보았으나 차마 그녀를 다른 사내 품 안으로 밀어 넣었을 것이라고는 생각지 못했다.

발작하듯 세찬 경여의 저항과 충격 속에서 천천히 제강이 그녀를 바닥에 내려놓았다.

"너 스스로, 그자에게 갔어?"

그 순간을 어떻게 말해야 하나. 스스로 가지 않았다고? 아니면 스스로 간 거나 마찬가지라고?

그 일과 관련해 위경여가 세상 누군가에게 끝까지 함구하고 싶은 사람이 있다면 그 사람이 바로 진제강이었다. 절망에 잠긴 눈은 그를 제대로 보지 못했다.

"그 일은 더, 말하고 싶지 않아요."

단 한 번도 의심하지 않았던 일! 다른 사내와 알몸으로 뒤엉켜 몸을 나누는 그녀를 상상하는 일은 쉽지 않았다. 그렇지만 그녀의 말은 사실일 것이다. 그래서 이토록 완강하게 그를 따르지 못하겠다고

취, 작약

말하는 것이리라.

위백양! 사람을 움직이는 수가 뛰어난 자이고 보니 사람을 묶어놓지 않고도 손쉽게 제 마음대로 조종하는 데 능하다는 것은 이미 알고 있었다.

눈물로 범벅이 된 얼굴로 경여가 숨을 몰아쉬며 쐐기를 박았다.

"그 사람과 잤어요. 그, 사람에게…… 정조를 잃었어요."

혀를 깨물고 죽어도 그의 앞에서는 인정하고 싶지 않던 사실을 결국은 말해버렸다. 말하고 싶지도 기억하고 싶지도 않은 일. 순간 경여의 얼굴이 화끈거렸다. 이렇게 해야만 그를 보낼 수 있다는 사실에 경여는 수치심으로 그 자리에서 죽고 싶었다. 이러지 않기 위해 그간 보고 싶은 유혹도 참고 견디며 만나지 않았던 것인데!

그의 눈가에 경련이 일었다. 제강은 의지를 동원하여 쥐어짜내듯 말했다.

"상관없어. 그깟 하룻밤, 상관없다고!"

앞으로 더 많은 날들을 함께하면 돼!

상상할 수 없는 일이지만 무엇으로 협박했든 간에 그만의 여자였던 경여가 꺾였고, 그녀의 아비가 억지로 밀어 넣은 침상에서 어쩔 수 없이 보낸 밤이라면!

경여는 거짓이라도 그를 떨쳐내기 위해 자신의 의지였다고는 말하지 않았다.

그래, 그거면 됐어. 나는 상관없어!

그녀를 잃는 일에 비하면 그가 모르는 하룻밤 따위 아무래도 상관없었다. 그렇게 제강이 스스로의 마음을 단속하는데 경여가 천천히 고개를 가로저었다. 그녀의 눈물은 결코 멈추지 않을 듯했다.

"그 사람과 밤을 보냈어요. 당신과 그랬던 것처럼 그 사람과 도…… 그랬다구요."

누가 연인의 배신을 듣고 싶어할까. 세상 어떤 사내가!

"듣기 싫어! 그만해!"

그러나 경여의 입에서 더 기가 막힌 말이 튀어나왔다.

"지금, 홀몸이 아니에요."

"뭐?"

"홀몸이 아니에요."

연거푸 따귀를 두 대 맞았다고 해도 이토록 모욕적일까. 위경여를 마음에 품은 이래 단 한 번도 그녀가 다른 사내의 것이 되거나 다른 사내의 아이를 배는 일은 상상해본 적도 없다. 그런데 지금 위경여가 있을 수 없는 이야기를 하고 있었다. 다른 사내의 아이를 뱄다고 고백하는 여자가 다름 아닌 위경여였다.

새로이 알게 된 사실은 두 달이 걸린 그의 국경 순시가 왕의 단독 명령은 아니었다는 것이었다. 순간 더는 지탱할 수 없게 그의 세상이 무너졌다. 무릎에 힘이 빠졌다. 함께 떠나자고 이 자리에 있는 것이 아무런 의미 없는 일인 것 같았다. 그래도 그는 마지막 희망을 쥐어짰다.

"그만해! 상관없다고 했지! 다른 건 다 필요 없어. 지금, 정말로 네가 원하는 게 뭐야?"

울듯이 웃는 경여의 표정은 처연했다.

"지금 이렇게, 당신을 마주하는 자체가 내겐 고통이에요."

醉, 작약

이미 돌이킬 수 없는 일.

경여는 그가 남들의 입에 오르내리는 것을 원치 않았다. 눈 뜨고 깨면 사라지는 꿈, 악몽이었으면 하고 그녀는 바랐다. 그러나 그런 밤은 이미 두려울 정도로 지속되고 있었다.

"그러니, 괜한 풍파 따위 만들지 말고 돌아가요."

다시금 경여는 소매로 흐르는 눈물을 닦아냈다.

괜한 풍파. 호사가들의 입소문. 그깟 것들은 아무 상관없었다. 그의 세계에서 위경여가 존재하지 않게 되는 마당에 무슨 짓을 한들!

"이러지 마!"

지금 이 순간 무엇이든 감싸 안아줄 것 같은 그에게서 경여는 안도하기보다 오히려 죄책감을 느꼈다.

그는 너무 좋은 사람이었다. 너무 좋은 사람이어서 속일 수도 없는 사람이었다. 그녀 스스로 현실을 부정해버리고 싶었지만 그의 곁에 있는 한 지울 수 없는 일이었다.

"괜찮다고 말하지 말아요! 나는 괜찮지 않아요. 나는 조금도 괜찮지 않아요! 나는 전혀 괜찮지 않다고요!"

신경질적으로 쏟아내는 경여의 말이 방 안을 울렸다. 그는 그 속에서 경여의 상처를 보았다. 섣부른 위로의 말이 더 큰 상처가 될 거라는 사실도! 하지만 가장 분명한 것은 혼란 때문에 경여가 잘못된 판단을 해서는 안 된다는 것이었다.

"그깟 하룻밤 아무려면 어때요. 아무렇지 않게 당신에게 가려고도 했어요. 정말 그렇게 하려고도 했어요. 내가, 내가 말하지 않으면 모를 수도 있으니까, 아니, 모를 테니까."

그녀 스스로 그렇게 믿고 싶었다.

"하지만 그게 안 돼요. 안 되는 걸 어째요. 없던 일처럼, 그냥 없던 일처럼 당신과 하룻밤을 보내면 다 잊을 수 있을 거라고 생각했어요. 그럴 수 있기를 바랐어요."

어쩐 일로 그녀가 먼저 손을 내밀었던 날의 일을 이야기하고 있었다. 무엇엔가 쫓기듯 서두르던 경여가 거의 마지막 순간 마음을 바꾸고는 흐트러진 옷을 추스르던 모습이 어제의 일인 것처럼 떠올랐다.

울듯이 웃으며 경여가 토로했다.

"아무렇지 않을 수 있으면 그렇게 했을 거예요. 나라고 이러고 싶은 건 아니에요. 하지만 안 돼요. 당신이 만지면 겨우 잊을 수 있다고 생각했던 일이 떠올라요! 마음대로 안 돼요! 앞으로도 나는 당신 못 봐요!"

그도 경여가 무슨 말을 하고 있는지 알았다. 그래서 최근 한껏 달아오른 그를 유혹하듯 안겼다가 금세 차가워져 밀쳐내며 변덕을 부렸다는 사실도 이제야 알게 되었다.

"무슨 일이 있었건 이건 답이 아니야."

경여는 고개를 가로젓고는 눈물을 훔쳤다. 더 이상은 자신의 상처와 고통을 드러내고 싶지 않았다.

"나는 오늘 호광이란 사내의 신부가 될 거예요. 그분의 자식을 키우고, 가문을 지키는 여자가 될 거예요."

전에 없던 경여의 결연함이 느껴졌다.

그가 꿈꾸던 세상이 여지없이 깨지고 있었다. 경여와 함께하려던

취,작약

아름다운 세상이!

"그러려면 처음부터 내게 오지 말았어야지."

처음부터 마음을 흔들지 말았어야지.

원망 섞인 허탈한 첨언.

경여는 제 혀를 깨물고 싶은 심정으로 토로했다.

"당신이 왕이 되지 못한 것, 그건 다른 이의 탓이 아니랍니다."

왕이 되지 못하면 내 것이 되지 않는다?

벌써 몇 번째 듣는지 모르는 모욕이었다. 그러나 다른 누구도 아닌 그녀의 말이 가장 아팠다.

"그래서 정말로 나를 떠나겠다고? 그자와 이대로 혼인하겠다고?"

"그래요. 그러니, 당신도 어서 여기를 떠나요. 더 낭패를, 겪기 전에, 그렇게 해줘요. 제강, 이런 모습 보기 싫어요!"

그러나 그의 입에서 나온 말은 충격적이었다.

"내가 호광을, 그자를 죽이면 이 혼인도 없던 일이 되겠지?"

형형한 그의 눈빛은 결코 실언으로 넘길 수 없게 만들었다.

흐흑. 경여는 두려움에 깊은 숨을 삼켰다.

그녀 때문에 살인자가 되겠다는 사내가 정상인가.

"내, 아이의 아비를 죽이면 나도 당신에게 못 가요."

독하게 마음을 먹지 않고는 그를 떼어낼 수 없었다.

"배 속의 아이에게서 아비를 빼앗고 싶어요? 태어나지도 않은 이 아이에게, 아비의 원수가 누구인지 알려줘야 해요?"

너무나 끔찍한 상상에 경여는 스스로도 몸서리쳤다. 눈물을 훔친 보람도 없이 그녀의 얼굴은 다시 눈물로 젖어 있었다.

그가 천천히, 그러나 결연한 태도로 일어섰다.

이제 떠나려나.

이제 이 사람, 보잘것없는 나란 여자 버리고 떠날까.

하지만 그의 입에서 나온 말은 경여의 예상을 빗나갔다.

"죽을까?"

사랑을 잃느니 죽는 게 낫다.

그의 눈빛에는 두려움도 망설임도 없었다.

"함께, 죽을까?"

남의 여자가 되는 꼴도 못 보겠고 혼자 살아갈 자신도 없으니 그가 아는 최후의 방법이었다.

당신은 그러면 안 돼요!

경여가 세차게 고개를 가로저었다.

"정말 모르는군요. 아니요, 나는 그러고 싶지 않아요. 이것이 끝이 아니길 바라요. 나는 나대로, 당신은 당신대로 살아가길 원해요. 죽을 것 같았으면 여기까지 안 왔어요. 정말로 내가 원하는 것이 죽는 것이었다면 이렇게, 이 자리에서 당신을 보기 전에 죽었을 거예요."

그도 알았다. 이제 겨우 알게 되었다. 설득해보고 그래도 안 되면 억지로라도 들쳐 메고 도망치리라고 생각하면서 이 자리에 선 그와는 달리 경여의 결심이 굳건하다는 사실을 이제 겨우 알게 되었다. 가슴 한 켠이 절망감으로 서늘해졌다. 지금껏 그가 간절히 원해서 얻지 못한 것은 없었다. 그런데 이제 단 한 사람, 그에게 가장 소중한 사람이 떠나려고 하고 있었다.

"제강, 우리……, 그만 나를 좀 놔주면 안 되겠어요? 당신, 떠나고

취작약

싶어 했잖아요. 자유롭게 세상을 주유하면서, 그렇게 살아요."

그는 경여를 낯설게 바라보았다. 간절한 눈빛으로 자신을 그만 놓아달라고 말하는 여자. 다른 누구의 강요도 아니고 스스로 혼인을 선택한 거라고 말하는 여자를 생경하게 바라보았다.

이 여자는 정말 몰라서 내게 이런 말을 하는 건가.

"그건 네가 곁에 있을 때 말이지."

그가 잇사이로 내뱉었다.

"……살아요, 제강. 그렇게 살아줘요. 내가 있는 듯이, 내 몫까지, 그렇게 살아줘요. 나도 당신이 곁에 없어도 살 테니까, 어떻게든 살아갈 테니까, 당신도……."

나쁜 여자!

살겠다고? 다른 사내와 혼인해서라도 살겠다고?

그것이 네가 원하는 바라고?

"내 소원이에요, 제강. 내가 가장 원하는 일이에요. 정말, 안 되겠어요?"

눈물 한가득 맺힌 눈으로 그녀가 간절히 말했다.

순간 꽉 다문 그의 턱에 경련이 일었다.

"다시는, 만나지 말자고 했나? 정말로?"

"네, 그것이 우리 두 사람에게 좋은 일이니까요."

"후회하지 않겠어? 너는, 다시는, 나를 보지 않고도 살 수 있겠어?"

"어떻게든, 살아갈 거예요. 배 속의 아이도 있고, 또 내겐 오늘 밤 혼인할 지아비가 있으니까요. 그러니 당신도"

나도 다른 여자와 혼인하고 살아보라고?

저의 배신으로도 모자라 그 마저 그런 일에 동참하라고?

함께하는 동안 소원이라고는 말해본 적 없던 여자가 기껏 한다는 말이 서로를 보지 않고 살자는 것이라니!

"나는 살아보고 싶어요. 당신이 없으면 아프겠지만 살아야 하는 다른 이유가 있으니까, 그래도 죽는 것보다는 나으니까, 살다 보면 잊을 수도 있을 테니까, 아버지와 어머니를 실망시키지 않고, 이렇게라도 사는 길을 택하고 싶어요."

경여의 말에 그의 심장이 얼어붙었다. 이 여자가 위경여인가, 그가 알던 위경여인가 싶었다.

그의 어조는 조금 전과는 달리 확연히 거리감을 두고 있었다.

"그런 걸 소원이라고? 그게 정말 내게 하고픈 말이야?"

이런 말을 듣자고, 이런 결말을 내자고 이곳에 달려왔던가.

그의 비난 앞에서 경여가 토로했다.

"달리 뭐라고 말해요. 내가, 어쩌길 바라요!"

정말 모를까.

제강은 헤어져서는 살 수 없다고, 그를 따라나서겠다는 답을 끝까지 내놓지 않는 여자를 부릅뜬 눈으로 바라보았다.

"그래, 그토록 소원이라니, 어렵지도 않은 일이지. 그깟 소원은 일도 아니지!"

이제 너의 희망을 이룰 거야. 우리는 살아서 두 번 다시 만나지 않게 될 테니!

그가 성큼 걸음을 옮겼다. 예기치 않게 닫아건 문이 확 열리자 밖에서 발을 동동 구르던 여종과 건장한 사내 시종들 대여섯이 화들짝 놀라며 비켜섰다.

경여는 자신도 모르게 그를 따라 한 걸음 뗐다. 그러나 이내 멈춰 섰다. 등을 돌리고 떠나는 그의 뒷모습에 가슴이 무너졌지만 끝내 그녀는 그를 부르지 않았다.

가요, 제강! 가서 마음껏 살아요. 당신이 하고픈 모든 것 꿈꾸며 살아요!

혹여나 경여가 그를 따라나설까 여종이 들어와 망부석처럼 서 있는 경여를 붙잡아 의자에 앉히고 그녀의 흐트러진 옷을 수습하고 머리도 다시 만져주었다.

억눌렀던 감정 때문에 가슴이 먹먹하게 아픈 경여는 흐느낌을 삼키며 숨을 골랐다.

위경여의 시간은 그날 거기서 멈춰 있었다.

4

"호부인!"

"호부인 마님."

부리는 사람들에게 지난 5년간 그녀는 그렇게 불렸다. 더 이상은 위가의 여자가 아니고 호광 장군의 안사람으로!

"호부인 마님."

그런데 그녀를 부르는 소리는 더 이상 꿈속의 일이 아니었다. 화들짝 정신이 들면서 베개에서 무거운 머리를 든 경여는 반쯤 몸을 일으켰다.

"호부인 마님."

이번에는 더욱 선명한 음성이었다. 바깥 집사의 심부름을 도맡아 하는 시종이었다.

"마님, 잠시 나와 보셔야겠습니다."

칠흑 같은 어둠이 방 안까지 뒤덮은 늦은 시간. 그녀가 잠자리에 든 지 채 한 시각도 지나지 않았다.

눈물을 훔치고 잠긴 음성을 고르며 경여가 물었다.

萃, 작약

"무슨 일인가요?"

집안일을 듬직하게 보살펴왔던 집사의 전언이라면 중요한 일이라는 생각이 들었다. 그런데 뜻밖의 소식이었다.

"조문객이 오셨습니다."

이 늦은 시간에? 더구나 열흘이나 지났는데?

어둠 속에서 매무시를 가다듬던 그녀는 잠시 그대로 멈추었다.

"사정이 있어 조금 늦으셨다고 합니다. 그대로 돌려보내기에는 귀한 손님인지라⋯⋯."

귀한 손님.

하기야 무례하다 싶을 정도의 늦은 밤 조문행위도 탓하거나 거부하지 않는 일 자체가 귀한 손님이 아니고는 불가한 일이리라.

그녀는 몸이 좋지 않다는 핑계로 까다롭게 굴면서 집사의 애를 태우는 대신 옷매무새를 갖추고 손님을 맞기 위해 나갔다.

"외국으로부터 막 도착하신 터라 거절하지 못했습니다."

입이 무겁고 일처리도 깔끔한 집사의 판단이라면 믿어야 했다. 더구나 살아서 명예를 누리던 때와는 달리 죽은 이를 기억해주고 달려와 주었다는 데야.

"알겠어요."

누구인지 묻지 않았다. 손님을 맞을 의무감으로 발걸음을 옮길 뿐.

집사가 안내하는 중당으로 들어서자 정갈한 의복과 관모를 쓰고 시종이 내놓은 차를 음미하던 사내가 예의를 갖추며 자리에서 일어났다. 옥같이 투명한 하얀 얼굴에 눈이 맑고 선이 고운 사내였다.

"호부인이십니다."

집사가 그녀를 소개하자 사내는 온화한 미소를 지으며 다시 예를 갖춰 인사를 했다.

"조문이 늦었습니다. 더구나 이렇게 늦은 시각 찾아뵈어 실례를 한 것은 아닌지"

"찾아주신 것만으로도 감읍합니다."

그녀가 자리에 앉기를 청하자 사내도 앉았다. 그는 예의를 벗어나지 않는 범주에서 경여를 샅샅이 훑었다.

"외국으로부터 돌아오셨다고 들었습니다. 그이와는 친분이 있으셨는지요?"

그녀가 아는 호광은 말 수 적고 사람들과 잘 어울리지 않던 사내였다. 마음만은 모질지 못하여 제 수하의 사내들 중 싸움에서 전사한 병사들의 가족들에게 제 사재를 털어서라도 보상을 하곤 했지만 그런 행위마저도 내놓고 하거나 겉으로 살갑게 위로의 말을 건네지 않았다.

"아, 제 소개가 늦었군요. 저는 문언이라고 합니다. 왕제전하를 모시고 있습니다."

순간 경여의 숨이 멎었다.

외국으로부터 돌아왔다고 하고, 왕제라고 하면……!

떠오르는 사람은 단 한 사람이었다. 진제강!

경여의 눈꼬리와 입술 끝이 가늘게 떨렸다.

문언은 맑은 눈으로 경여를 응시하며 말했다.

"막 돌아온 터라 어수선한 가운데 그래도 예가 아니라고 저를 택

取|작약

하여 다녀오라 하셨습니다. 심심한 위로를 전한다고 말씀하셨습니다."

"……그분, 께서요?"

모든 것을 꿰뚫어볼 것 같은 문언의 눈은 거짓을 말하고 있는 것 같지는 않았다. 그러나 그의 주군이 정말로 위로하는 마음이었을까. 시간이 그의 마음을 돌려놓았을까.

"혹여 불편하신 일이 있으면 언제든 예궁으로 사람을 보내십시오. 도울 수 있는 일이 있다면 가리지 말라고 하셨습니다."

예읍. 예궁.

선왕의 후비가 아들 진제강에게 남겨준 땅. 지금 그곳에 그가 머물고 있다.

다시 한 번 경여는 문언의 얼굴을 빤히 바라보았다. 외국생활 가운데 그가 심경의 변화를 일으켰던가.

"말씀만으로도 감사드립니다."

문언은 약간은 어리둥절한 경여의 반응을 보고 넌지시 물었다.

"혹여, 전하실 말씀이라도"

"아니, 없습니다. 그런데, 왕제전하는 아주 돌아오신 건가요?"

"예, 왕께서 자리보전하고 누워 계시고 직접 여러 차례 인편을 보내 귀국을 종용하셨습니다. 아마도 국사에 직접 참여하시게 될 듯합니다."

후사 없는 왕의 뒤를 이어 섭정의 형태로 즉위하게 될 것이었다.

"예."

그리고 한 가지 더. 묻고 싶은 것이 있었다. 그를 앞에 두고는 감히 묻지 못하겠으나 그의 수족이니 크게 문제없을 것 같았다.

"그분은, 아직 혼자이신가요?"

"예. 벌써 여러 해 전부터 배필을 맞으시라 권하고 있으나 워낙 꿈쩍도 않으시는지라 걱정이 많습니다. 이제 돌아오셨으니 서둘러 찾으셔야겠지요."

문언의 말은 막힘없었다. 그것이 그녀에게 어떤 파장을 불러일으키는지 알지 못한 채.

"그래도 호광 장군께 후사가 있어 다행입니다. 아드님이 계시다고."

"예, 아직 어립니다."

"장군의 핏줄이니 장성하면 큰 역할을 하시겠지요. 그런데 아무래도 집안의 어른이신 노부인이 계시다고는 하나 장성한 사내가 없으면 집안일을 부리는 데 힘이 좀 드시겠습니다."

"아, 그이에게 배다른 형제가 있습니다."

"그래요? 호광 장군에게는 서모라고 들었는데, 그러면 노부인께서 낳은 혈육인가요?"

"예."

"그러면 바깥 살림과 토지를 비롯한 자산관리는 누가?"

"아들이 자라기까지는 어머님과 도련님이 맡아서 해주실 겁니다. 그리고 사촌 아우가 한 분 계신데 그분도 미더운 분입니다."

"아."

문언이 오기 전 들은 바로는 호광의 서모는 계실이라고 했다. 집안의 안살림은 맡아보되 정실부인으로서의 권한이 없는 존재. 그것은 재산분배에 대해 명확히 하기 위한 제도였다. 막강한 영향력으로 조정의 인사권과 군권을 쥐고 흔드는 위백양의 딸이니 호가의 재산문제에서 모자의 몫을 쉽게 빼앗기지는 않을 것이라고 생각되면서도 이제 집안의 기둥인 호광이 없는 마당에 계실의 지위는 의미가 없어진 것이나 마찬가지여서 어쩐지 불길한 예감이 들었다.

문언은 관심 없는 듯하면서도 꼬치꼬치 집안의 대소사를 묻고는 고개를 끄덕이며 한 시각을 머무르다 돌아갔다.

내실로 돌아오는 경여의 걸음은 무거웠다.

왕제 진제강, 그가 돌아왔다. 그리고 세상이 뒤집어져도 있을 것 같지 않은 일, 그가 죽은 남편의 조문을 했다.

참 이상도 하지.

어떻게든 생각지 않으려고 했던 사람을 5년 만에 꿈속에서 만났다. 결국 그 꿈은 그의 소식을 듣기 위해서였던가. 어차피 다시 보게 될 일은 없겠지만 그가 본국에 있다는 사실을 아는 것만으로도 그녀의 마음은 혼란스러웠다.

한번 달아난 잠은 쉬이 찾아오지 않았다. 그러나 새벽까지 뒤척이던 그녀는 다시 꿈을 꾸었다.

늦은 밤 조문 왔던 이는 그를 섬기는 문언이라고 했으나 꿈속에서 조문을 온 사람은 바로 그였다. 혼인하던 날의 꿈으로 촉발되어 그가 보냈다는 사람의 조문을 받고 보니 그를 한 번이라도 만나보고픈 경여의 바람이 투영된 것인 듯했다.

"……왕제전하."

제강!

5년간 필사적으로 떠올리지 않았던 이름.

그는 하나도 변하지 않은 모습 그대로였다. 매서운 제강의 눈이 그대로 그녀를 집어삼킬 듯했다. 예리하지만 한때 그녀에게만은 부드럽게 빛나던 눈.

당신은 이제 나에게 화를 내지 않네요.

혼인하던 날에는 그토록 원망하며 나를 바라보더니 이제는 나를 다시 그렇게 바라봐요.

"호부인께 삼가 조의를 표합니다."

그의 입에서 나오는 호부인이라는 호칭은 굉장히 낯설었다.

흘릴 눈물이 없을 거라 생각되었던 뻑뻑한 눈가가 다시 촉촉이 젖어들었다.

눈감는 날까지 다시는 보지 않기를 원했던 이.

그 또한 그리되기를 소망한다고 했다. 시간은 잔혹하여 그 없이 단 하루도 살지 못할 것 같은 날이 하루 이틀 쌓여 5년이 되고 보니 언제 그랬냐는 듯 살아지고 있었다.

시름시름 앓다가 죽었더라면! 지금 이 자리가 그녀의 지아비를 문상하는 자리가 아니고 그녀 자신의 장례식이었더라면!

그렇다면 그는 그녀가 혼인하던 그날처럼 맨발로 달려와 조문해 주었을까.

흠흠.

가주로서 손님을 무례히 맞는 그녀를 향한 경고처럼 집사의 기침

소리가 들렸다.

경여는 그제야 그의 얼굴로부터 시선을 떼고 발치를 내려다보았
따다. 당장이라도 돌아서 나갈 것 같은 착각 속에서 그는 조금 전 그
자리에 그대로 서 있었다.

"여, 여독으로 피곤하실 텐데 이렇게 찾아주시니 감읍할 따름입니
다."

"도리어 나로 인해 쉬고 계신 분을 불러내고 귀찮게 한 것은 아닌
지"

그는 어쩐지 거리를 두려고 했다.

"아닙니다. 차를 드시겠습니까?"

얼핏 자신도 모르게 올라간 눈길은 다시금 그를 훔쳐보았다.

그는 거절하지 않았으며 전과는 달리 한껏 예의를 차리고 있었다.

집사가 차를 준비하겠다며 나간 사이 침 삼키는 소리조차 부담스
러울 정도로 적막한 공간은 고문이나 다름없었다.

살아서는 다시 볼 수 없을 거라고 체념했던 사람을 슬픔의 끝에서
보게 되다니. 다른 이의 아내가 된 것도 모자라 남편을 먼저 보낸 여
자가 되어 조문객으로 옛 정인을 마주하게 되다니!

그런데 뻔뻔하게도 그의 얼굴에서 눈을 뗄 수 없었다. 눈 감으면
사라질까 두려워하며 그를 마냥 바라보았다. 그의 눈빛은 천천히 온
화한 예전의 모습으로 돌아갔다.

당신도 내가 그리웠던 거죠? 그래서 이렇게 달려온 거죠?

현실에서는 결코 있을 수 없는 일이었지만 꿈이라는 것을 인지하
니 조금은 대담해졌다. 그녀는 마음을 거스르지 못하고 천천히 손을

뻗어 탁자에 올려진 그의 손을 더듬어 올라갔다. 마디 굵지만 부드러운 그의 손을 만지는 것만으로도 경여는 황홀했다.

아아, 그래, 이런 느낌이었지. 이런 사람이었어.

그리고 어느 순간 경여는 대담하게도 그의 무릎에 앉아 예전 정인이었을 때처럼 얼굴을 쓰다듬고 있었다. 거절하지 않고 호응하며 다정하게 그녀의 등을 쓸어안던 그가 말했다.

"호장군의 아들이 아직 어려 상주노릇을 하지 못했겠습니다."

아들! 염!

"……한번, 보시겠어요?"

제강은 당장 대답하지 않았다. 다만 눈매가 아주 잠깐 가늘어졌을 뿐.

그에게 보여주고 싶다!

이성으로는 있을 수 없는 일이라고 생각하면서도 말릴 새도 없이 경여는 그의 무릎에서 일어나 시종을 불러 아이를 데려오도록 시켰다. 하지만 그녀를 멈추게 한 것은 그였다.

"늦은 밤의 결례도 부족해서 자는 아이까지 깨울 필요는 없습니다."

그가 쌀쌀하게 말하며 자리에서 일어섰다.

"아, 아니요. 잠시만 기다려주시면 제가"

그녀가 허둥대며 그를 붙잡아 자리에 앉히려 하자 그가 단호한 어조로 일소했다.

"내가 그 아이를 보고 싶을 것 같습니까?"

순간 오래전 단 한번 그녀에게 화를 내던 그의 모습이 겹쳐졌다.

몇 년 전의 일인데도 맞은 뺨이 화끈거리며 부어오르는 느낌이 그대로 재현되었다. 살아서는 두 번 다시 만나는 일이 없을 거라고 장담하던 그의 말투가 귓전을 울리는 듯했다.

당혹한 경여가 멈칫했다.

"어, 그게……. 여독으로 많이 피로치 않으시면……."

나를 다시 보고 품어줄 수 있다면, 나의 아이도 받아줄 수 있지 않을까요.

어쩌면 단 한 번뿐인 기회! 그간 마음 깊은 곳으로부터 미망으로만 가지고 있던 꿈을 이룰 수도 있겠다는 욕심! 그에게 확인받고 싶다는 욕심이!

쿵쾅쿵쾅. 쿵쾅쿵쾅. 가슴이 세차게 뛰었다.

이것이 마지막일지도 모르는 일인데!

어떻게든 이 사람을 이대로 보내면 안 된다.

소매를 붙잡아 자리에 앉히려는 그녀를 참을 수 없는 듯 바라보는 눈빛은 몸이 헤픈 유녀를 바라보는 눈빛처럼 싸늘했다.

그가 성큼 자리를 박차고 일어났다.

"아니, 내가 보고픈 이는 이미 보았으니, 그걸로 되었습니다."

흠칫!

보고픈 이는 이미 보았다.

그것이 누구인지는 굳이 말할 필요도 없을 거라고 그의 눈이 말하고 있었다.

"왕제전하."

제강!

"가지 마세요. 가지 말아요, 제강!"

경여는 그의 손에 매달려 그가 밀쳐내려고 해도 온몸을 붙이듯 그에게 밀착되어 떨어지려고 하지 않았다. 5년 전에는 스스로 그를 놓았던 경여라고는 생각할 수 없었다. 너무나 필사적이게도, 그를 놓으면 안 될 것 같았다.

그렇지만 그는 냉정했다. 조금도 망설임 없이 그녀의 손을 풀어내고 거칠게 밀쳐냈다. 그 반동으로 경여가 바닥에 내동댕이쳐졌어도 돌아보지 않았다.

이것이 당연한 결말임을 경여도 알았다. 알면서도 가슴은 무너졌다.

무엇이, 어디가 지옥인 줄 모르겠어요. 당신을 만나지 못하고 사는 삶이 더 괴로운 건지 당신을 보면서 아픈 게 더 괴로운 건지!

그런데 문턱을 나서기 전 그가 잠시 멈추어서 등을 돌린 그대로 물었다.

"우리가 다시 보게 될 것 같습니까?"

보고 싶어요.

욕심, 내 몹쓸 욕심인거죠?

하지만 그의 어조는 다시 만나게 될 거라는 건지 다시는 못 보게 될 거라는 건지 알 수 없었다. 그는 굳이 답을 듣지도 않고 성큼 방을 나섰다.

제강! 기다려요! 나는 당신 보고 싶어요.

한 번만, 한 번만 더 내게 당신 얼굴을 보여줘요. 한 번만이라도! 더는 만날 일 없을 테니 이렇게라도 한번만 내게 다정하게 대해줘요. 제강! 제강!

차갑게 성큼 성큼 멀어지는 그를 붙잡기 위해 울면서 내달리다가 잠에서 깼다. 어흑! 잡을 수 없는 그의 뒷모습이 마치 현실의 일인 듯 가슴이 조여들었다.

깊은 적막 속에서 경여는 허탈한 심정으로 한참을 오도카니 어둠 속에서 앉아 있었다.

그러다가 마침내!

"……제강."

경여는 속삭이듯 낮은 음성으로 그의 이름을 불러보았다.

부르면 안 될 것 같던 이름.

그런데 아무 일도 일어나지 않았다. 이름을 부르는 건 고사하고 가슴에 떠올리기만 해도 죽을 것 같았는데 아무 일도 일어나지 않았다. 허탈했다.

방금 전 꿈속에서 대담하게 그의 무릎에 앉아 뺨을 부비던 감촉이 그리웠다. 아무도 깨어 있지 않은 깊은 밤의 적막이 무거웠다.

아이 방으로 가서 그 여린 몸을 품에 안고 따뜻한 살결에 몸을 부벼 혼자가 아님을 실감해볼까. 아이는 작은 손으로 열렬히 어미를 환영해줄 텐데.

그러나 아직도 한 사람에 대한 그리움이 깊었다. 애써 생각지 않으려고 해도 격한 감정은 조금도 잦아들지 않았다. 불시에 그의 이름이 다시 입 안에서 맴돌았다.

제강.

한때는 떠올리기만 해도 하늘이 무너질 것 같던 그 이름. 불러도 아무렇지 않은 그 이름을 지난 5년간 봉인해둔 것처럼 철저하게 지우고 살았다.

그런데 아무렇지 않은 것이 아니라 천천히, 아주 천천히 너무 많은 감정이 떠밀려 왔다. 마음과는 달리 탁 풀려버린 몸을 말고 앉아 경여는 숨죽여 울었다.

우린 너무 멀리 왔어요.

너무나 그리운데,

한 번만이라도 당신을 안아보고 싶은데,

너무 오래 당신을 보지 못했어요.

하루에도 수십 번씩 그립던 사람인데!

이름을 떠올리는 것만으로도 가슴이 타들어갈 것 같던 사람인데!

너무 오래 당신을 보지 못했어요.

경여의 가녀린 어깨가 떨렸다. 이룰 수 없는 헛된 꿈이 그녀를 울렸다.

5

예궁.

한때 선왕의 후비가 머물던 곳. 그리고 지금은 그녀의 아들 진제강, 왕제가 머무는 곳.

예읍의 사람들은 순박하고 신실했다. 후비의 자녀들인 진제강과 화원을 주군으로 섬겼다. 오랫동안 제강이 타국으로 떠나 돌아오지 않자 화원의 자녀들 중 하나가 예궁의 주인이 되리라 생각하며 그들의 소식에 귀를 기울였다. 그러던 것이 비어 있던 주군의 거처에 비로소 주인이 들었으니 그들에게는 생각지 못한 큰 경사였다.

바쁜 중에도 수십 명의 시종들은 신이 나서 온 집 안 구석구석의 먼지를 털어내고 청소를 하고 있었다. 주인이 돌아온 지 이십여 일이 지났을 뿐인데 언제 조용했나 싶게 북적였다. 오로지 조용한 곳은 그가 머물고 있는 넓은 서가, 전경각뿐이었다. 한가롭고 고요하고 아늑한 그곳은 예궁뿐 아니라 온국에서도 부러움을 사는 곳이었다. 이미 예궁의 전경각을 흉내내어 서가를 지은 귀족도 있었으나 소장중인 장서목록에서 비교되지 않았다.

구석구석 제집처럼 꼼꼼히 챙기던 누이 화원 공주가 비어 있는 내실을 돌아보며 그가 머무는 서가 쪽으로 눈길을 주었다.

먼지도 털고 곱게 새 단장도 했으되 온기를 만들어줄 내실의 주인이 없다. 화원의 눈가에 근심이 서리고 입에서는 한숨이 절로 나왔다.

"정말로 아무도 없었나요?"

화원의 뒤를 따르던 사가 조완이 의아한 눈빛으로 쳐다보았다.

화원은 이렇게 눈치가 없기는, 하며 말끝을 이었다.

"여자 말이에요, 정말 오라버니에게 그간 아무 여자도 없었냐고요."

혼인하지 않은 것이야 분명하니 어쩔 수 없다 해도 내실 한 켠을 차지할 여자쯤은 한 사람정도 데리고 돌아올 줄 알았던 것이다. 만약 그랬더라면 화원의 근심 하나는 확실히 사라졌을 것이다. 그런데 부엌일을 돌보는 나이든 여 시종 몇을 제외하면 그와 함께 온 시종들은 대부분 사내들이었다.

"아, 예."

"그곳에서 시중들던 시첩조차 없었다구요?"

"예."

"하, 그런데도 모시는 자들이 아무도 그 일을 심각하게 생각지 않았다고요?"

"예, 그게…… 왕제전하께서 어찌나 질색을 하시던지, 차마 누구도 다시는……."

조완이 얼굴을 붉히며 말끝을 흐렸다.

"확실히, 오라버니가 좋아할 만한 여자였어요?"

화원은 미심쩍은 음성으로 말했다. 왕제를 모시고 돌아온 젊은 사내들은 하나같이 호색과는 상관없어 보이는 인물들뿐이었다. 주군의 취향이 어떠한지 제대로 파악은 하고 여자를 들이기는 한 걸까 화원에게 의심이 든 것은 어쩌면 당연한 일이었다.

조완은 깊은 밤 조심스레 밀어 넣은 시첩을 끌어내고는 분노하던 주군을 보지 못해서 하는 말이라고는 차마 고하지 못했다.

"그러니, 오라버니가 남색 취향인 것 아니냐는 악의적인 소문이나 만드는 것일 테죠!"

본국에 있는 화원에게도 들려올 정도면 꽤 심각한 수준이었다.

"어, 어, 그게, 그런 일은……."

당혹하여 얼굴을 붉히고 제대로 대답하지 못하는 조완을 보니 화원은 더욱 답답했다.

"혹여, 그 말이 사실인가요?"

"아, 아닙니다, 공주전하."

"아니면 확실히 아닌 일로 만들어야죠. 가짜 시첩이라도 옆에 세웠어야죠. 무슨 일들을 그렇게 해요?"

아직 혼인 전인 조완의 수줍은 성격으로는 공주와 함께 남녀 간의 일을 이야기한다는 사실 자체가 불가능했다.

재사 문언을 데리고 물어볼걸, 하고 화원은 후회했다. 도무지 조완에게서는 원하는 대답을 속 시원히 들을 수가 없었다.

"재사는 어디에 있어요?"

"전하와 함께 서가에 있습니다."

"그리로 가죠."

그런데 그들보다 먼저 시종이 찾아와 방문객이 있음을 전하고 있었다. 시종을 지나치던 화원의 발길이 잠시 멈추었다.

"누가 찾아왔다고?"

"위공께서 뵙기를 청하십니다."

본국의 사정을 꿰뚫고 있던 문언의 눈가가 미세하게 흔들렸다. 이렇게 빨리 대면하게 될 것이라고는 생각지 못했다. 확실히 위백양은 상대의 허를 찌르는 날카로움이 있었다.

그런데 시종이 어떻게 할까요, 하고 다시 한 번 고한 후에도 제강은 손님을 맞겠다는 말을 하지 않았다.

위백양. 무시할 수 없는 조정대신.

화원의 미간에 미세한 선이 생겼다가 사라졌다. 결코 반길 수 없는 이름이었다. 위백양에 이어 저절로 연결되는 이름 때문이었다.

한때 화원의 지우였던 위경여, 그녀의 아비.

입 안의 혀처럼 굴지는 않았어도 진제강을 혈육처럼 아낀다고 말하던 그. 하지만 제왕이 되는 것을 포기하자 딸을 빼앗아 다른 사내에게 주는 비정한 아비.

그 일로 인해 아끼던 오라비 진제강이 어떤 고통을 겪었는지 알기에 화원은 지난 5년간 공공연하게 마주치곤 하던 위백양도 위경여도 곱게 대하지 않았다.

여기가 어디라고 감히 걸음을 해! 낯도 두껍게!

꼴도 보기 싫으니 쫓아버리라는 명령을 기대하며 화원은 제강의 처분을 기다렸다. 그러나 한때는 짓궂은 장난기 가득했던 제강의 얼굴에서는 어떠한 감정도 엿볼 수 없었다. 화원은 그러한 사실이 더 두려웠다.

오라비 진제강을 마음 닫아걸게 만든 이. 세상 무엇도 두려울 게 없던 이를 이토록 숨어들게 만든 이.

화원은 지난 5년간의 외유를 마치고 돌아온 그가 예전의 모습 그대로 돌아오기를 바랐으나 현실은 그렇지 못했다.

"잘 있었니?"

다정한 말은 건넸지만 그의 눈빛도 얼굴도 어딘지 모르게 변해 있었다. 화원이 먼저 달려가 안기지 않았으면 그는 품에 안아주지도 않았을 것이다. 외유와 세월이 만든 변화라고 하기에는 너무나 다른 사람인 듯했다.

"생각할 게 무어 있어요. 그런 자는 만나볼 필요도 없다 하고 대문 닫아걸어요. 오라버니!"

제강은 화원의 눈매에 서린 단호함을 읽었다. 전에 받은 모욕을 확실히 되갚아줄 기회라고 생각하는 듯했다.

제강은 마지막 조우에서의 위백양의 비릿한 웃음이 떠올랐다. 화원 못지않게 그도 생각 같아서는 당장 달려가 문 밖으로 던져버리고 싶은 충동이 일었다. 혹은 자신의 발아래 무릎 꿇리도록 다리를 부러뜨리든가.

"어찌 할까요?"

시종은 주군의 반응을 살피며 기다리다 못해 물었다.

그간 시간이 흘렀고 과거의 일은 과거의 일로 덮어두어야 했다.

"객실로 모셔라."

제강의 음성에서는 감정을 찾아볼 수 없었다.

"정말 만나보실 생각이에요?"

화원이 믿을 수 없다는 눈으로 물었다.

"왜, 친히 수고롭게 걸음까지 하셨는데."

"부처님 가운데 토막이 따로 없네요."

화원의 꼬인 심사가 드러난 말에 그는 웃었다. 그러고도 그는 손님을 한 시각 이상을 기다리게 했다.

누구도 위백양을 그렇게 대한 이가 없었으리라.

문언이 주군의 심기를 환기시켰다.

"주군."

"재사!"

화원이 천천히 고개를 가로저었다.

그럼에도 문언의 채근이 종종 이어졌다. 위백양이 무슨 일로 찾아왔는지 호기심이 일었다. 그러나 제강은 한동안 책에만 시선을 두고 있었다.

화원은 시종이 손님을 맞기 위해 돌아가는 모습을 지켜본 후에 서가의 한곳에 자리하고 앉아서 상황을 지켜보았다. 그사이 문언이 도움을 청하듯 화원에게 눈길을 보냈다. 문언의 읍소 섞인 요청을 화원은 묵살하며 모른 체했다.

책장이 넘어가지도 않는 것을 주군은 정말 모르고 있을까.

"왕제전하!"

제강은 미동도 없었다.

두려우신 겁니까.

위백양이 알수록 두려운 존재이기는 했다. 10년 전 온국이 남쪽에 국경을 마주한 야만국 흑국과 교전 중이었을 때, 하나뿐인 아들을 잃었을 뿐만 아니라 조롱하듯 적장이 보내온 아들을 삶은 고깃국을 눈 하나 깜짝 안 하고 마셨던 이. 그러고도 적의 도발에 응하지 않고 냉정하게 성을 지켰던 이.

문언은 적으로 돌릴 수 없는 이를 기다리게 하고 모욕을 주는 주군에게 묻고 싶었다. 그러나 평정을 유지하고 있는 것 같은 제강에게서 두려움의 감정은 느껴지지 않았다.

무시하려는 겁니까? 모욕을 주고 싶으신 겁니까?

과거의 보복을 하려 한다 해도 지금은 그 시기가 아니었다. 훗날 충분히 힘을 기른 후에 해도 늦지 않았다.

한참 후에야 제강이 시종을 불렀다.

문언과 화원의 시선이 그의 얼굴에 따라붙었다.

"위공은 떠났느냐?"

스스로 모욕감을 느끼고 떠나길 기다렸던가.

"아니요, 기다리고 계십니다."

시종이 의아한 얼굴로 대답했다.

그러자 제강의 시선은 다시 책으로 옮겨갔다.

"왕의 대신입니다. 더 기다리게 하시는 건 큰 결례……."

또 얼마나 기다리게 할까 싶어 문언이 참견하다 제강의 쌀쌀한 눈길에 흠칫 입을 다물었다.

"돌아가게 할까요?"

화원이 마침내 입을 열었다.

제강과 화원의 눈이 허공 중에서 마주쳤다. 화원의 눈매와 입가, 어조는 예리했다.

"아무리 왕의 대신이라도 오라버니가 원치 않으시면 만나지 않으셔도 되잖아요. 정히 싫으시면 제가 가서 둘러대고 보내고 올 수도 있어요."

"아니, 굳이 네가 나설 필요는 없다."

잠시 후, 제강이 천천히 책을 덮고는 자리에서 일어났다.

다섯 해나 지났음에도 과거의 편린을 벗어나지 못하고 있는 오라비를 확인하는 화원의 심기는 좋지 않았다. 제강의 뒤를 따르려는 문언을 화원이 붙잡아 앉혔다.

화원의 말투는 냉랭했다.

"재사에게 할 말이 있으니 그대로 있어요."

문언이 눈으로는 주군을 좇으며 화원 공주의 말을 기다렸다.

"예, 공주전하."

"재사, 오라버니를 모시는 자들이 하나같이 간과하고 있더군요. 어린 나이에는 여색에 깊이 빠질까 우려해서 시중드는 자들을 선별하죠. 하지만 지금 오라버니 연치가 결코 어리다고 볼 수 없죠."

화원이 말을 끊고 문언을 건너다보았다. 문언도 화원 공주가 무엇을 우려하는지 짐작하는 얼굴이었다.

조완의 섬세하고 수줍은 성향도, 문언의 단정하고 틈 없는 태도에도 불구하고 화원은 우려되는 부분을 확인하고 싶었다.

"혼인은 여러 조건을 따져본다 해도, 시중드는 여자가 하나도 없다는 게, 말이 된다고 생각해요?"

"아, 그게, 그쪽으로는 워낙 강경하셔서."

문언의 대답도 조완과 크게 다르지 않았다.

"오라버니, 결코 예전에는 여색에 관심 없는 분은 아니었어요."

하마터면 화원도 그럴 수도 있다고 오해할 뻔도 했지만 위경여의 몸을 탐닉하다 들킨 후로는 아예 감추려고 하지도 않는 모습에 더 어이없었던 과거. 한때 제강은 화원의 지우 중 유독 위경여에게만 더 차갑게 굴었고 위경여도 그 때문에 상처를 받고 화원에게 토로하기도 했었다.

"조완과 재사 때문에 소문이 더 부풀려진 것 같은데, 어때요, 그 사이 오라버니의 취향이 변하기도 할까요?"

화원은 부군 유준걸에게도 그렇게 물었었다. 믿었던 여자에 대한 배신으로 상처가 깊으면 그럴 수도 있을까, 하고.

"그건 아니십니다."

웃으며 답하는 문언의 말에 화원의 찌푸린 미간이 슬쩍 풀렸다.

"정말요?"

"예, 그저 못된 소문일 뿐입니다."

"그렇다면 못된 소문을 잠재워야죠."

전경각으로부터 위백양이 기다리는 객실까지 가는 길은 결코 멀지 않았다. 그런데도 그 길은 세월을 거슬러 올라가는 듯했다. 5년 만의 해후. 위경여가 그런 것처럼 위백양 또한 다시 보고 싶지 않은 존재였다. 상대 또한 마찬가지일 터였다. 그럼에도 위백양은 무던하게 기다리고 있었다.

　마침내 제강이 느릿한 걸음으로 손님방에 나타난 후에도 위백양
은 간헐적으로 하얗게 센 긴 수염을 쓸어 넘기며 너털웃음을 웃는
여유까지 보였다.

　두 사람은 잠시 서로의 기 싸움이라도 하듯 마주 보고 앉아 있기
만 했다. 먼저 입을 뗀 사람은 위백양이었다.

　"오랜만에 돌아오시더니 밀린 일로 무척 바쁘신가 봅니다."

　아무런 사감도 없다는 듯, 불쾌함 따윈 조금도 묻어 있지 않은 무
던한 말투였다.

　이렇듯 겉보기에는 사람 좋아 보이는 자가 뒤로는 잔인한 짓들을
서슴없이 해치우다니!

　제강은 새삼 속으로 이를 갈았다.

　"왕의 대신께서 오시기 전에 먼저 찾아뵈었어야 하는데요."

　전혀 그럴 마음이 없다는 것은 이미 제강의 표정으로 드러난 상태
였다.

　"아닙니다. 딸애를 대신해서 이 늙은이가 감사드려야지요."

　제강의 눈이 가늘어졌다.

　위백양에게 그가 아는 경여 말고 딸이 또 있었던가.

　게다가 딸을 대신해서 감사? 무슨 감사?

　무엇을 떠보려 하는 것인지 불쾌감이 들었으나 의문은 곧 해소되
었다.

　"돌아오셔서 경황이 없으신 중에도 사위의 조문까지 해주셨다
고……."

순간 제강의 입매가 굳어졌다. 즉각 문 밖에 있을 문언에게 시선이 꽂혔다. 가증스런 노신이 왜 제 발로 먼저 찾아왔나 했더니 빌미는 자신이 먼저 주었던 것이다.

뱉도 없이 조문을 했나, 그런 의미인가.

혼인하던 날 미친놈처럼 소동을 일으키고는 세월이 흘러 조문을 하다니, 그런 마음?

"의당 해야 할 일입니다. 그렇다고 당사자도 아닌 위공께서 직접 답례로 방문하실 필요까지는!"

"허허, 소신이 왕제전하를 아들 이상으로 얻고 싶어 했음을 모르지는 않으실 겝니다."

정확히 말하면 아들과 다름없는 사위. 그러나 위백양은 제강에게 경여를 선뜻 건네주는가 싶더니 잔인하게 빼앗아 다른 사내에게 주었다.

진제강과 호광.

호광이 아무리 젊고 무모할 정도로 용맹하다고 해도, 왕의 신임을 받는 장군이라고 해도 가문으로나 인물 됨됨이, 전망으로 보아도 그들은 비교할 상대가 아니었다.

"지난 일은 거론치 않았으면 합니다."

제강은 불편한 심기를 그대로 드러냈다.

그러나 뻔뻔한 노인은 천연스러운 얼굴로 너털웃음을 지으며 말했다.

"이제라도 지난 일로 만들지 않으면 되질 않습니까."

이제라도, 지난 일로 만들지 않으면 된다?

그 말은, 다시 딸을 내주겠다고? 집 안에 굴러다니는 물건 하나 인심 쓰듯이 말인가?

어이가 없어 한동안 노려보기만 하던 제강의 입가가 서서히 풀렸다. 그리고 분노나 서운함 따위는 찾아볼 수 없는 부드러운 음성으로 말했다.

"사람의 마음이 언제까지나 한곳에만 머물던가요. 누구보다 잘 아실 만한 분이 위공이라 생각했는데요."

이번에는 노인의 표정에서 웃음기가 지워졌다. 감읍하여 넙죽 절하고 제안을 받을 것이라고는 생각지 않았으나 마음에서 지웠다는 말은 예상치 못한 듯했다.

그들은 한동안 불꽃이 튈 것 같은 눈으로 서로를 노려보기만 했다. 이미 모욕한 자와 모욕 받은 자가 뒤바뀌었다.

"외국생활이 몸에 잘 맞으셨나 봅니다."

노인이 보기에도 확실히, 한때 그 앞에서 미쳐 날뛰던 제강의 태도는 전과는 달리 무척 냉정했다. 도착 즉시 호가에 사람을 보내 문상을 했다기에 그 마음을 짐작한다고 웃고 말았더니 그것이 본마음이 아니었던가.

의당 해야 할 일이라!

그는 왕제의 대답을 속으로 곱씹었다.

"궁금하시면 위공께서도 한번 유람을 해보시든지요."

제강의 눈은 웃지 않는데 입은 한껏 미풍을 머금고 있었다.

"허허. 아직도 서운한 마음이 풀리지 않으신 게지요."

"하, 내가요?"

제강이 평정을 잃지 않고 조용한 가운데 차를 마셨다.

그 모습을 물끄러미 지켜보던 위백양의 눈가에 설핏 당혹감이 스쳤다. 그리고는 상대가 무안할 정도로 빤히 제강의 얼굴을 뜯어보았다.

이건 또 무슨 꿍꿍이인가.

제강이 쏘아보자 위백양이 서둘러 헛기침을 하고는 말했다.

"아, 남녀 사이란 것이 그렇다고들 하지만, 그렇듯 갑자기 불이 붙을 줄 몰랐습니다. 아무리 왕제전하를 생각해도, 자식으로 엮인 사이를 갈라놓을 수가 있어야지요."

그들 사이에 오갈 만한 화제라야 별것 없으리라 생각했던 제강으로서는 순간 허를 찔린 것이었다.

지난 과거. 다시 돌이키고 싶지 않은 시간. 호광과 위경여를 두고 하는 말이었다.

우지끈!

순간 제강이 움켜쥐었던 의자의 살이 힘을 이기지 못하고 부서졌다. 일부 목재의 거스러미가 그의 손바닥 안에 박혀들었다. 기분 나쁜 상처와 살에 박힌 가시에서 맺힌 핏물이 바닥에 떨어졌다. 가슴이 홧홧하니 당장이라도 터져나갈 듯했다. 그래도 제강은 꼼짝 않고 앉아 있었다.

위백양의 시선이 바닥으로부터 피가 흐르는 그의 주먹, 그리고 무덤덤한 제강의 얼굴에 고정되었다. 노인의 입가에 흐르는 냉소는 가면을 쓴 젊은이의 위선쯤은 꿰뚫어본다고 자신하고 있었다.

그러나 그의 입에서 나오는 말은 달랐다.

"잘못 알았던 게지요. 나는 또 왕제께서 문상까지 해주셨다기에 마음을 푸신 줄 알았더니."

표정 걷힌 제강의 싸늘한 태도는 위백양조차 순간 말을 잇지 못하게 했다.

"참 고약한 분이라는 사실을 새삼 깨닫게 하십니다."

"제가, 요?"

"내키지 않아도 해야만 하는 일이 있다는 건 위공께서 더 잘 아시리라 생각됩니다. 또한, 풀고 말고 할 마음 같은 건 없습니다. 제게만 귀한 시간 아니고, 위공께는 더 아껴 쓰셔야 할 시간일 테니, 귀한 시간 그만 낭비하지요!"

제강의 태도는 듣는 사람이 무안할 정도로 단호했다.

죽을 날이 얼마 남지 않았느냐는 의미가 다분했다. 나라 안에서 그를 상대로 이렇게 무례한 언사를 할 수 있는 이는 없었다.

그럼에도 위백양은 한 치의 노여운 기색도 드러내지 않았다.

"뭐, 되었습니다. 이 늙은이가 주책을 좀 부렸습니다. 어린 아들 하나 데리고 졸지에 홀로 된 딸의 처지가 안타까워 그만."

노인은 마시던 차를 비우고는 느리게 자리에서 일어섰다.

"그럼 이제라도 달리 좋은 사내를 찾아봐야겠습니다. 이 나라 안에 왕제전하만 한 분은 없으나 마음이 그러하시다니 어쩔 수 없이 다른 사내에게 보내야겠군요."

위경여에 다른 사내를 붙여?

위백양은 잔인했다. 아무렇지 않은 한마디로 제강의 치명적인 상처를 헤집고 들쑤셨다. 아무리 제어하려고 해도 그의 온몸에 불이

取. 芍約

붙는 것 같았다. 아직도 선홍색 피가 뚝뚝 흐르는 주먹을 말아 쥐자 아직 박혀 있던 날카로운 나뭇조각 거스러미가 더 깊이 파고들었다.

"아들까지 딸린 과부 딸, 누구에게 보내든 나와는 상관없는 일입니다."

이를 갈듯 제강은 한 마디 한 마디 끊어 말했다.

그러면서도 제강은 폭주하지 않기 위해 자제력을 끌어 모았다. 그어떤 분노가 사람의 이성을 잃게 만들 수 있는지 그는 이미 몸소 배웠다. 그는 천천히 호흡을 고르고 고통을 망각하기 위해 천천히 눈을 감았다.

위백양의 미간이 아주 약간 좁아졌다.

"아들이 있기는 하나 아직 젊고 그 미모가 쓸 만하니 원하는 사내가 있을 겝니다."

위경여를 원하는 사내? 그것이 눈앞의 상상으로 떠오르는 순간 형형한 살기가 제강의 눈빛에 떠올랐다.

죽여버려!

상을 엎어버리고 싶은 충동이 일었지만 제강은 초인적인 힘으로 눌러 참았다. 분노를 일으키는 늙은 대신을 죽여버리든지 그의 앞에 무릎을 꿇든지 해야 했다. 죽이는 것도 무릎을 꿇는 것도 결코 어렵지 않았다. 죽여버리고 나면 속은 시원하겠으나 그 여자를 다시 보지 못하게 될 것이고, 무릎을 꿇는다 해도 당장 약만 올릴 뿐 제 여자로 만들어주지 않을 게 뻔했다.

"왕을 사위로 맞기 원하시면 아직 늦지 않았습니다. 폐하의 후첩으로 들이시죠."

"무슨 그런 말씀을."

진제강의 입가에 냉소가 스쳤다.

"모르셨습니까? 한때 폐하께서 위공의 따님을 마음에 품었었는데요. 아마도 위공의 지난 공적과 호광 장군의 치적을 높이 사 넓은 아량으로 받아주실지 압니까?"

제강의 조롱에 위백양의 심기도 파르르했다.

"문까지 배웅해드리지 못한 점 용서를 구합니다."

배웅은커녕 이대로 있다가는 당장 날선 무기를 들어 위백양의 심장에 칼을 깊이 꽂고 싶은 심정이었다.

제강은 싸늘하게 냉갈하고 먼저 밖으로 성큼성큼 나왔다. 밖으로 향할수록 그의 걸음은 점차 빨라졌다. 서둘러 그의 뒤를 따르는 문언의 걸음도 빨라졌다.

문언은 달려 나가는 와중에도 시종에게 따르도록 명령했다. 어떻게든 제강을 말려야만 한다는 것을 본능적으로 느꼈다.

거의 뛰다시피 마구간으로 달려간 그는 놀란 시종들이 서둘러 비켜서는데도 너무 빠르게 돌진하는 바람에 밀려나거나 엉덩방아를 찧었다.

푸르르르.

주인의 불안정한 심기가 그대로 전해졌는지 말들이 동요하기 시작했다.

그 와중에도 오직 한 가지에만 몰두하며 안장을 집어 들어 말 등에 올리고 거칠게 올라탔다. 제대로 달래거나 기다려주지 않고 무작정 후려치는 고삐와 채찍에 놀란 말이 번쩍 몸을 치켜들고는 바닥을 박차고 달려 나갔다. 열리지 않은 울타리와 목책들이 부서졌다.

숨을 몰아쉬며 달려든 문언도 서둘러 말안장을 얹고 그의 뒤를 따랐다.

"왕제전하! 주군!"

목책과 곳곳을 가로막은 울타리를 곡예 하듯 뛰어넘는 제강의 모습은 위험천만하기만 했다. 이러다가는 호광의 뒤를 따르지 말라는 법도 없었다. 그를 섬기는 마을의 외곽을 가로지르자 닭들과 돼지, 개들도 혼비백산하여 사방으로 튀었다.

무슨 일인가 하여 놀란 주민들의 걱정스런 눈길이 그와 문언이 지나간 자리를 따랐다.

바람을 가르고 숨이 턱까지 차오르도록 아무도 없는 산중턱 들판으로 달려간 후에야 그는 미친 듯 억눌렀던 분노를 터트리며 고함을 내질렀다. 그도 부족했던지 애먼 나무에 화풀이를 했다. 피가 맺히고 멍이 들도록 발길질하고 주먹으로 나무를 내리치기를 멈추지 않는 그를 말려야 했다. 분노에 이성을 잃고 자해하도록 놔둘 수는 없었다.

문언이 뒤로부터 제압하듯 주군을 나무로부터 떼어놓으려고 했지만 힘에 부쳤다. 몸싸움으로 번진 행위에서 문언은 옆구리와 가슴, 왼쪽 어깨와 오른쪽 광대뼈를 얻어맞고 바닥에 쓰러졌다. 하늘이 노랗고 번쩍 별이 보였으며 숨을 제대로 내쉴 수 없었다. 그대로 문언은 바닥에 널브러졌다. 그 혼자의 힘으로 제강을 멈추게 할 수 있으리라는 생각 자체가 틀렸다는 사실을 뼈저리게 느끼며!

가슴 밑바닥으로부터 터져 나오는 분노가 고함이 되어 몇 번이고 포효한 후에야 제강은 가까스로 감정을 진정할 수 있었다.

털썩! 주저앉아 씩씩거리는 제강의 숨소리는 아주 지척에서 들렸다.

"누구냐, 호가의 집에 조문한 자가!"

죽은 듯 기절하고 싶은 심정이었지만 무시할 수 없는 물음이었다. 더구나 알고 묻는 터에는.

"……저입니다."

다시 한 번 벌이 번쩍 할 것이라는 예상으로 온몸이 긴장하는 것과는 달리 제강이 나지막이 물었다.

"내 마음을, 내 머릿속을 읽는다는 자가 어찌!"

이를 가는 그의 음성. 이어서 들썩이는 거친 호흡.

제 뜻을 거스른 조문은 그를 분노케 했다.

죽은 자에 대한 최소의 예의 따위? 의당 해야 할 일?

"네 보기엔, 내가 죽은 자를 조문하고 싶을 것 같았나?"

제강의 생각 같아서는 축하사절을 보내도 시원치 않을 판이었다. 아니, 땅을 파고 관 속에 누운 자를 꺼내 실컷 모욕하고 돼지우리에 내던져도 시원치 않았다.

그가 호광을, 위경여를 용서했다는 착각 따위 한순간이나마 만들어주고 싶지 않았다.

"그런 것이 아니고, 호부인을 만나 뵙고 싶었습니다."

문언은 가끔 주군의 심기를 잘못 읽을 때가 있기는 했다. 그러나 이번은 그의 심기를 잘못 읽어서가 아니고 호기심 때문이었다.

"재사를 갈아치워야겠다."

문언은 두려웠지만 거짓을 고할 수 없었다.

"왕제전하를, 5년간 고국을 떠나 헛돌게 만든 이가 궁금했습니다."

누구를 통하기보다는 저 혼자 조문을 다녀오면 모를 줄 알았다. 이렇게 빨리 주군과 위백양이 조우하여 알게 될 거라고는 예측하지 못했다.

"누가 나를, 그리 만들었다고?"

불시에 목에 걸린 가시 같은 말에 제강의 언성이 높아졌다. 상처를 직시하는 건 결코 반갑지 않은 일이었다.

"무척, 아름다우셨습니다."

어째서 그토록이나 주군이 마음을 잡지 못하는지 알 수 있을 정도로! 슬픔에 잠긴 모습조차. 그 꾸미지 않은 모습조차 눈을 뗄 수 없을 정도로!

진제강의 귓전에 아들이 딸렸지만 아직은 그 미모가 쓸 만하다던 위백양의 말이 들리는 듯했다.

"어디서 감히 그 여자를 입에 올려!"

제강이 분기를 담아 소리쳤다.

아무도, 그간 아무도 그의 앞에서는 일부러라도 위백양과 위경여, 호광에 관한 화제는 입에 담지 않았던 것이 사실이었다.

"그따위 여자!"

그의 가슴을 헛헛하게 만들고 세상 모든 것에 흥미를 잃게 만든, 그 몹쓸 여자!

그 여자를 가질 계획이다. 그러나 위백양이나 문언이 생각하는 방

식은 아니다.

"주군께서, 혼인하셨는지 물으셨습니다."

제강의 시선이 휙 문언을 외면했다.

경여를 위시해서 여자라면 치 떨리게 싫었지만, 지금 이 순간만큼은 경여에게 상처를 주기 위해서라도 대여섯 명의 처첩을 거느리고 있었더라면 하는 심정이었다.

천천히 오른쪽 팔로 땅을 짚어 몸을 일으키던 문언이 억지로 숨을 고르며 말했다.

"왜 이리, 화가 나셨는지 압니다. 그렇지만 위공이 먼저 찾아온 것은 결코 나쁘지 않습니다."

말들은 조금 멀리 떨어져 그들의 눈치를 보며 풀을 뜯고 있었다.

"꽤 조급했던 모양입니다."

하긴 전과는 달리 이미 한번 혼인했고 아이까지 딸린 여자이고 보니 그럴 만도 했나.

신음 소리가 절로 나오고 얼굴이 부어올라 말이 빠르게 이어지지 않았지만 문언이 조언했다.

"아무리 화가 나셔도 모든 건 때가 있습니다. 취하실 것은 제때 취하셔야 합니다. ……주군의 영역에 들여놓은 후에 미워하셔도 늦지 않습니다."

取, 작약

경여는 친부를 대면하는 일이 죽기보다 싫었다. 혼인해 있을 당시에도 그녀는 간혹 호광과 함께 머리를 맞대고 숙고하며 머물러 차한잔 하곤 하던 아버지와 마주하기 싫어 부러 병을 칭하기도 했었다.

그러나 상을 치르고 한 달이 지날 무렵 아버지 위백양이 다녀갔다. 서모의 여종이 경여에게 중당에서 기다리는 부친의 소식을 전했지만 가지 않았다.

얼마 후 서모가 다시 경여를 불렀다. 이번에는 중당이 아닌 내실이었다.

시어머니는 황망한 일을 당한 경여가 지금껏 잘 버텨준 것을 위로하며 친가로 잠시 돌아가 휴식을 취하라고 했다. 마침 위백양과도 그 일에 대해 잘 논의했으니 쉬고 오라는 시어머니의 명령을 딱히 거절할 수 없어 한 달 요량으로 돌아와 있던 그녀는 그만 돌아갈 차비를 취하라고 시종에게 명령을 내렸다가 발밑이 무너지는 경험을 했다.

"무어라고 했느냐?"

"따라온 호가의 시종과 말들은 이미 돌려보냈다고 하십니다."

그것이 무엇을 의미하는지를 깨닫자 얼굴에 피가 몰렸다.

인연을 끊는다!

혼인한 남편도 없는 마당에 시가에서 살지 않는다는 것은 재가를 준비하라는 것과 다를 바 없었다. 서모와 친부가 논의한 것이 무엇인지 깨달은 순간 경여는 배신감으로 심장이 서늘해졌다. 자신의 삶을 다시 또 누군가의 손에 쥐어줄 생각은 없었다. 당장 달려가 아버지에게 자신의 뜻을 묻지도 않고 결정한 일을 가지고 따져야 했다. 아버지와 했던 약속은 이미 충분할 만큼 지켰다.

"아버지를 뵈어야겠다."

경여가 서둘러 걸음을 중당의 집무실로 향하자 시종이 뒤따르며 말했다.

"지금은 출타하시고 안 계십니다."

경여의 걸음이 일순 무뎌졌다.

그래, 뭐든지 준비되어 있는 답을 가지고 있는 아버지가 당황하는 일 같은 건 없을 터였다. 게다가 시종으로부터 최근 비단과 곡식과 말, 그리고 장신구들을 사들이느라 창고와 중당을 오가는 발길이 소란하다는 말까지 덤으로 듣자 심장이 일렁거렸다.

재가. 재혼.

그녀의 아버지가 준비하고 있는 것은 그녀의 혼인이었다. 과부가 되어 돌아온 지 석 달도 되지 않은 딸을 또 누군가에게 던져주려는 것이다. 한 번은 어쩔 수 없었지만 다시는 아비의 제물이 되어 숨죽여 살지 않겠노라고 경여는 의지를 다졌다.

해거름 무렵까지도 진정되지 않는 마음을 다스리며 정원에서 서성이는 경여에게 시종이 와서 아버지가 귀가했음을 알려주었다. 마음을 단단히 하고 아버지를 보러 가던 경여는 도중 하루가 다르게 줄기가 쑥쑥 자라 올라오는 작약 꽃밭에서 위백양과 마주쳤다. 일견 보기에도 그는 경여 못지않게 심기가 편치 않은 듯했다.

"나를 기다렸다고?"

의아한 눈빛이 경여에게 꽂혔다.

"예, 아버님께 인사를 전해야 할 듯합니다. 이제 그만 돌아가고자 합니다."

부녀 사이는 확실히 다섯 해 전부터 소원했다. 경여가 친정으로 돌아온 후에는 더욱 살갑지도 않게 데면데면하고 서로 오가는 말수도 없었던 것이 사실이었다.

"후응. 죽은 자에 대한 슬픔은 적당해야지. 젊은 나이에 언제까지 수절하려고 드는 게냐."

꿈에서도 듣기 싫은 기분 나쁜 웃음소리.

"그것이 저의 뜻입니다."

그러나 위백양은 경여의 말을 듣지 못한 듯 딴청을 피웠다.

"염이는 어디 있니?"

돌연 화제를 바꾸는 아버지의 말에 경여는 긴장의 끈을 바짝 조였다. 무심한 듯 해도 모든 걸 파악하고 있는 존재가 바로 그녀의 아버지였다. 더구나 지금까지 단 한 번도 손자의 존재를 기껍게 찾아본 적 없는 그였다.

"여, 염이는 왜요?"

"왜는, 할애비가 손자를 보겠다는데 왜라는 소리가 가당키나 한다든?"

경여가 친정으로 돌아온 이래 단 한 번도 아이를 따로 부르거나 안아주지 않던 무정한 할아버지가 바로 그였다는 사실을 잊은 듯했다.

"아비가 없으니 할애비라도 그 빈자리를 메워주려면 이제라도 자주 봐야지."

그는 시종을 시켜 아이를 데려오도록 시켰다.

"염이와 함께 시가로 돌아가겠어요."

경여가 화제를 다시 원점으로 되돌렸다. 그러나 묵묵부답. 반응이 없었다.

"조만간에 날을 정해 돌아갑니다."

불길하고 싸한 침묵은 시종이 완전히 시야에서 사라질 때까지 지속되었다.

"벌써 여름인가."

혼잣말처럼 푸른 작약 줄기를 둘러보던 그가 시종이 완전히 멀어지고 둘만 남았을 때 경여의 허를 찔렀다.

"남아라. 안 그래도 천천히 말해주려고 했더니라. 남아서 아비가 정해주는 사내와 혼인해."

철렁.

이제 위백양은 그의 뜻을 숨기려고 조차 하지 않았다.

"저는 아버지의 뜻대로 혼인하지 않습니다."

醉, 작약

후웅. 위백양의 입 꼬리가 올라갔다.

"제 입으로 혼인하고 싶다는 과부가 어디 있누."

"이번에는 죽어도 혼인하지 않아요. 아버지가 저를 누군가의 혼인침상에 들여보낸다면 그날로 차갑게 식은 저를 묻으셔야 할 겁니다."

"그토록 결연하다고?"

놀라거나 당황하는 어조가 아닌, 정말 그럴까 싶은 어조였다. 아무리 말로는 싫다고 해도 아비의 뜻을 따를 수밖에 없음을 아는 자신감이 묻어 있기도 했다. 그녀는 비굴하게 무릎 꿇고 애원해서라도 아버지가 동정해준다면 빌고 싶은 생각이 간절했다.

"예, 싫습니다. 이번만큼은 제 뜻대로 살게 해주세요. 제가 지난 다섯 해를 어떻게 견디며 살았는지 아신다면, 이제 더는 저를 원치 않는 길에 등 떠밀지 마세요."

순간 위백양의 미간에 작은 경련이 일었다. 경여의 몸에 시꺼멓게 든 멍을 떠올린 듯했다.

"그, 후에도 네게 손을 대더냐?"

매서운 눈매로 서슬 퍼런 위백양의 기세는 죽은 자의 무덤도 파낼 것 같았다.

"그랬니?"

다그치는 물음에 경여가 낮은 소리로 대답했다.

"……아니요."

그의 얼굴에 피어올랐던 분노가 차츰 희석되었다. 그리고 이어지는 한마디!

"너도 썩 잘한 건 없다."

아버지의 말은 그녀의 혼인생활이 어떠했는지 알고 있다는 말이었다. 하긴 호광이 아버지에게 어떻게 변명했을지 짐작이 안 가는 것은 아니었다.

"혼인하라고 하셨지, 어떻게 살아야 한다고 말하신 건 아니었어요."

"내가 턱없이 부족한 신랑감을 네게 주었더냐?"

그의 눈에 분노가 서렸다.

경여도 당당하게 그의 눈빛을 맞받았다.

"원치 않는 사람인 줄 모르셨어요?"

"흥, 그 정도면 이 나라 안에서 둘도 없는 신랑감이었다. 네 마음이 다른 곳에 가 있으니 그 모양이었지, 호광은 어디 내놔도 못난 사내는 아니었어. 그런 너를 참아준 것도 그렇고 말이다. 호광이 혼인하기 한참 전부터 너를 좋아했던 걸 아느냐."

그것은 경여에게 아무런 소용도 없는 일이었다.

"그래, 그러니 이제나저제나 참아준 게지. 그리 허무하게 갈 줄은 몰랐을 게다."

살아 생전 아들 같은 사위라고 치켜세우던 것에 비해 너무나 무감정한 말이었다.

"그래도 이번 혼인만큼은 네가 원하는 대로 해주려는 게다."

내가 원하는 혼인? 그런 것을 상의 한 마디 없이 결정했다고?

그녀는 아버지를 믿지 않았다.

"원치 않습니다. 무엇보다 지아비를 잃은 지 채 여섯 달도 지나지 않았어요."

애도의 기간을 두고 하는 말이었다. 그들 나라의 법은 과부의 재가가 자유로웠다. 다만 한 가지, 죽은 자에 대한 예의로 여섯 달은 슬픔에 잠겨 애도하는 기간이 필요했다. 그러던 것이 시간이 흐르매 점차 그 법도 희석되기는 했으나 그럼에도 과부가 혼인해서 여덟 달 이하의 아이를 출산할 경우 아이는 새로 혼인한 사내의 적자로 인정받을 수 없었다.

"저런! 뒤늦게 없던 정도 생길까! 호광이 저승에서라도 기뻐 춤추겠구나."

"아버지!"

경여는 사람의 감정을 쥐락펴락하며 상대의 슬픔이나 아픈 곳을 배려하지 않는 냉정한 아버지가 싫었다. 그가 자애로운 아버지가 아니라는 사실을 확실히 안후에도 충격은 꽤 오래 남았다.

"훗, 어디, 정말 싫다, 싫단 말이지? 흠, 그 재가의 상대가 진제강이라도 싫으냐?"

아, 세상에!

불시에 눈에서 빛이 번쩍할 정도로 뺨을 세차게 얻어맞은 듯했다. 경여의 안색이 창백하게 변했다.

아버지에게 금기란 없는 것일까.

진제강! 한때 그녀의 정인이자 아버지 위백양이 인정했던 사람.

그래서 혼인에 대해 그토록 자신만만했던가.

아무리 그래도 그렇지, 아버지가 언급한 이름은 두 사람 사이에 오갈 수 없는 이름이었다. 그것을 누구보다 모를 리 없는 장본인이!

"놀리지 마세요. 저는 5년 전의 제가 아닙니다."

그토록 그를 원하고 다른 사내와의 혼인을 원치 않는다고 했음에도 협박까지 일삼으며 호광과의 혼인을 일사천리로 진행했다. 그렇게 다른 사내의 품으로 밀어 넣었던 아버지가 이제는 희망을 버린지 오래인데 다시 옛 정인에게 보내주겠다고 한다. 그것은 있을 수 없는 일이었다.

"내가 일전에 누구를 만나고 왔는지 아느냐?"

설마! 경여의 눈이 휘둥그레졌다.

왕제를 만났다고, 벌써?

도대체 무슨 염치로!

"왕의 수명이 얼마 남지 않은 듯하다. 왕제도 이번에야말로 정신을 차리고 돌아왔겠지. ……그러니 너도, 다시 제자리로 돌아가는 게다. 호광의 명이 짧았던 건 되레 잘된 일이다."

아, 저 죽은 이를 모독하는 뒤틀린 심사!

경여는 수치심과 더불어 딸의 인생을 아무렇지도 않게 쥐고 흔들려는 아버지에게 화가 났다.

"아니요, 그러지 않겠어요."

그녀는 단호하게 고개를 가로저었다.

"왜? 왕제가 받아주지 않을 것 같으냐?"

그렇다. 진제강이 받아줄 리도 없겠지만 받아준다 한들 그와 마주할 수 없었다.

수치심으로 경여의 얼굴이 붉게 물들었다.

"설마! 받아줄 거라고 생각하세요?"

取. 잠약

"왕제가 돌아와 바로 사람을 보내 조문한 걸 안다."

호가에 그의 사람이 있다는 말이었다. 일을 추진하는 데 있어 믿는 바가 있다는 말이었다.

잘근 입술만 깨무는 그녀를 바라보는 위백양이 흡족하게 웃으며 말했다.

"너는 조신하게 아비가 하는 대로 따르면 된다."

그는 상대가 왕제인걸 알면 경여가 순순히 따를 것이라고 생각한 모양이었다.

"혼인하지 않는다고 하였습니다. 그 사람은 이제 저와는 상관없는 사람입니다."

경여의 음성과 태도에서 진의를 확인한 순간 노인의 눈에서 불꽃이 튈 듯했다.

"그토록 울며불며 매달릴 때는 언제고? 그러면 다른 사내가 낫겠느냐?"

그녀의 가슴이 무너졌다.

불안정하게 오락가락하는 노인의 심사는 확실히 편치 않아 보였다. 전과 달리 이번에는 누구를 선택할지 고를 수 있는 기회를 주는 것만으로도 감읍해야 할까.

그때 시종이 아이를 품에 안고 들어섰다.

"아기씨를 모셔왔습니다."

염은 영문도 모른 채 시종의 품에 안겨 주위를 두리번거리다가 위백양과 함께 있는 경여를 보고는 환하게 웃음을 지었다.

"할애비에게 오너라. 안아보자."

어머니에게 달려가려는 아이를 낚아채듯 안으며 말했다.

아이는 천성이 착하고 까다롭지 않아 조금 수줍어하면서 할아버지의 품에 안긴 채로 시선은 어머니를 향했다.

"어디 보자, 우리 토끼!"

경여도 어안이 벙벙하여 그저 지켜볼 뿐이었다. 지금껏 단 한 번도 보여준 적 없는 다정한 할아버지의 모습이었다.

"저 토끼 아닌데요."

해맑은 아이의 진지한 대답.

"그럼 강아진가?"

이번에는 키득거리며 염이 대답했다.

"강아지도 아닌데요."

다른 때의 경여라면 아이의 웃음소리를 듣는 것만으로도 마음이 풀어졌을 것이다. 하지만 지금은 너무나 어이없는 아버지의 계획을 듣고서 어지러운 심사를 추스르기에도 바빴다.

"그럼 누구냐?"

"염이에요."

"그래, 염아. 그랬지. 나는 누구냐?"

"외할아버지요."

"그렇지. 내가 네 할애비다."

위백양은 그렇게 말하며 아이의 모습을 꼼꼼히 훑었다.

"우리 염이는 누구를 닮았누?"

"어머니요!"

염은 아무런 의심 없이 자신의 믿는 바를 순진하게 대답했다. 아

取作약

버지를 닮지 않았으니 사람들이 인사치레처럼 해온 말들을 그대로 옮긴 것이다.

"어머니? 어디…… 그런가?"

염에게서 경여에게 옮겨온 그의 눈빛이 평소와는 달라 경여의 양팔에 소름이 돋았다. 목덜미와 머릿속도 서늘해졌다.

아주 잠깐이었지만 당당히 마주 볼 수 없을 만큼 그의 눈빛은 영혼까지 꿰뚫어보는 듯했다.

염은 확실히 경여의 눈매를 닮았다. 하지만 다른 부분은 딱히 그렇다고 말할 수 없었다. 경여는 어서 내실로 돌아가 무거운 머리를 베개에 눕히고만 싶었다.

그는 다시 염에게 시선을 고정한 채로 경여를 향해 말했다.

"혼인하는 게다. 혼인해."

"네에?"

염이 호기심 어린 눈빛으로 반문했다.

"너 말고 네 어미 말이다."

아이가 아직은 어려서 혼인이 무엇인지 알 리 없다고 안심하면서도 경여가 낮은 음성으로 대답했다.

"……싫다고 하였습니다."

"훗, 허면 다른 사내를 알아보마."

"아버지!"

위백양의 태도는 조금도 거리낌 없었다. 아이를 방패처럼 이용하니 경여가 달리 어떤 반항도 하지 못할 거라고 믿는 듯했다.

"우리 손자, 할애비랑 꽃구경할까?"

"어머니는요?"

한 걸음 물러난 경여가 따라오지 않을까 싶은 모양이었다. 그러나 위백양은 태연했다.

"염이랑 할애비가 가는데 설마 어미가 따르지 않을까."

그 이중적 의미에 쭈뼛 곤두선 경여에게 비열한 웃음을 지으며 위백양이 말했다.

아비의 말을 듣지 않으면 어찌 되는지 알겠지!

그의 입으로 내뱉은 이상 한다면 하고 말 것이다.

"좋아요!"

염은 좋아라하며 할아버지의 목에 팔을 둘렀다.

"염이 있는 데서 다른 이야기는 하지 마세요."

경여가 마지못해 그들의 뒤를 따르며 나지막하게 경고했다.

"후웅, 그러면 너도 철없는 소리 하지 마라. 자존심 같은 걸 세우려 하느냐? 왕제의 생각을 돌리지 못하면 어차피 네가 좋다고 해봐야 다 소용없는 게다. 소용없지!"

마지못해 아버지와 아들의 뒤를 따르던 경여는 아버지의 말속에서 진제강의 대답을 읽었다.

그가 먼저 거절했다?

자존심 따위가 무슨 소용이냐고?

수치심으로 경여의 얼굴이 확 달아올랐다. 차라리 잘된 일이라는 것은 두 번째로 들었다. 그에게는 이미 잊혀진 존재. 의미 없는 존재! 당연한 일인데도 직면하고 인정해야 하는 순간 가슴이 서늘했다.

취안

"시, 시가로 돌아가 염이를 키우며 살겠습니다."

부끄럽게 마주하느니 차라리 그를 포기하는 것이 낫다고 경여는 생각했다.

"그곳에선 널 받아주지 않을 게다. 너도, 네 아들도!"

시어머니는 어차피 호광의 서모. 직접 제 배로 낳은 자식도 아니었다. 그런 그녀의 시어머니에게 경여 모자는 눈엣가시라는 것을 알고 있었다.

화사한 꽃들이 만개한 정원은 아이의 시선을 사로잡았다. 다양한 색색깔의 나비들이 꽃들 사이를 가볍게 춤추고 있었다.

"우리 염이, 나비를 잡을 수 있을까?"

아이는 할아버지의 말을 잘 따랐다. 위백양은 염이가 그의 말을 쫓아 나비의 움직임을 따라 앞으로 내달리자 경여를 향해 말을 이었다.

"너뿐 아니라 염이의 명예까지 더럽히고 싶니? 호가의 그 모자가 너와 네 아들을 두고 뭐라고 말할지 아직도 몰라?"

두 달 빠른 조산이었다. 그리고 그것은 발을 헛디딘 사고 때문이었다.

"그, 그이는 인정했어요."

다른 누구도 아닌 그 자신이 현장에 있었기에 그는 당황하고 또 미안해했다.

"죽은 자가 무슨 소용이냐! 그 호가의 모자가 네가 호광을 만나기 전에 왕제와도 그런 사이였다고 떠들고 다니는 순간 소문은 걷잡을 수 없을 게다. 그래도 좋으냐?"

끔찍한 상상. 더구나 왕제도 국내에 돌아와 있는 마당에 그런 소문으로 남의 입에 오르내리는 것은 원치 않았다. 위백양이 그런 잡음과 구설수 등을 입막음 하는 조건으로, 그리고 경여의 퇴로를 차단하기 위해 그깟 호가의 얼마 안 되는 재산쯤 떡고물로 던져주었던 것이다.

돌아갈 곳을 없게 만드는 아버지의 재주에 그녀는 치를 떨었다.

빠른 걸음으로 아버지의 곁에 서서 따졌다.

"아직도 모르세요? 그 사람은, 그분은, 마음이 떠나면 무서운 분이십니다. 왜 저를 욕보이려고 하세요? 제가 정말 그 사람을 다시보기 원할 거라고 생각하세요? 이렇게, 이런 식으로 만나기를 원했을 거라고 생각하세요? 단 한 번이라도, 조금이라도 제 마음, 짐작해보셨어요?"

다섯 해를 억눌러온 분노가 터져 나왔다. 피를 토하는 심정이라고 다를까. 다른 사람도 아닌, 지난날을 알고 있는 아버지가 그녀의 가슴을 후벼 파고 있다는 사실을 믿을 수가 없었다.

"아버지의 명을 거부할 수 있겠어?"

미리 알기라도 했던 것처럼 놀리듯 말하던 사람의 음성이 떠올라 경여의 가슴이 조여들었다.

혼인후로 감정을 드러내지 않던 경여의 눈시울이 붉어진 모습을 여과없이 들켜버렸다. 위백양은 걸음을 멈추고 턱을 단단히 굳힌 채로 당장이라도 눈물방울을 뚝뚝 떨어뜨릴 것만 같은 경여의 모습을 무심히 바라보기만 했다.

경여가 호흡을 고르고 감정을 누르며 나지막이 토로했다.

"이제까지는 아버지가 원하는 삶을 살았어요. 다섯 해를 꼬박, 아버지가 주신 삶을 살았어요. 그걸로는 부족한가요? 정말 제가 그 사람에게 돌아갈 수 있을 거라고 생각하세요?"

눈싸움을 하듯 그들은 한동안 서로를 응시하기만 했다. 결국은 경여의 눈에서 참고 참았던 눈물이 뺨을 타고 흐르는 것을 보고서야 위백양은 입을 열었다.

"내가 다른 사내에게 보내겠다고 했니? 한때 죽고 못 살겠다던 사내에게 돌아가라는 게다. 그렇게 억울했으면 혼인식 날 왕제와 도망이라도 치지 그랬니?"

눈물조차 마음대로 흘릴 수 없는 것이 그녀의 현실이었다. 경여는 아들에게 눈물을 들키지 않으려고 서둘러 뒤돌아섰다.

혼인식 날 도망치지 그랬냐고?

어이없는 아버지의 말에 경여가 울 듯이 웃었다.

그녀라고 왜 그런 생각을 해보지 않았을까.

백 번이라도! 천 번이라도!

부질없는 후회를 수천 번 해도 돌이킬 수 없었다.

붉어진 눈시울로 결연하게 돌아선 경여가 말했다.

"저를 놀리세요?"

"왜? 내가 너를 묶어서 가둬두기라도 했단 말이냐?"

그 이상을 하셨죠!

묶어두고 가둬둔 그 이상으로 심한 일을 하셨죠. 인정했던 사위감이 마음에 들지 않는다는 이유로 딸에게 치욕을 안겨주셨어요!

경여의 원망 가득한 시선을 먼저 피한 쪽은 위백양이었다.

"어머니! 할아버지!"

그들을 부르는 염의 음성에 두 사람 모두의 이목이 아이에게 향했다. 염은 조심조심 다가가도 먼저 알아채고 날아가 버리는 나비 때문에 도움을 요청하고 있었다.

"염아, 눈으로 보기만 해야지."

달래는 경여의 말에 수긍하면서도 약간 풀이 죽어 돌아오는 염에게 위백양이 말했다.

"할애비가 재미난 것 보여줄까?"

그는 염의 손을 잡고 연못가에 자리 잡은 배롱나무에 다가갔다. 경여도 그가 무엇을 보여주려는지 알았다. 일명 간지럼나무. 어린 시절의 경여도 마냥 신기해했던 것. 역시나 염도 할아버지의 손길에 간지럼타듯 움직이는 나무가 신기한 듯 나무가 반응할 때마다 까르르 웃었다. 염은 저도 해보겠다며 재미를 붙였다.

잠시 아이의 노는 모양새를 바라보던 그가 헛기침을 하고는 못마땅한 어조로 말했다.

"그깟 하룻밤 없는 셈치고 따라나섰어도 그만이지! 너 그렇게 죽고 못 사는 왕제는 다를 줄 아니! 열 여자 마다않는 게 사내다."

당시로선 인정할 수 없었겠지만 두 사람이 도망쳐 살다가 이런 날을 맞았다면 위백양은 못 이기듯 인정했을 것이다. 지금의 결과로만 놓고 본다면!

하지만 경여는 달랐다.

"아버지는 모르세요."

누구도 모르고 알 필요도 없다. 세상 누구도!

취작약

"왜, 왕제가 배 속의 아이를 받아주지 않을 것 같더냐?"

"받아준들 제가 살 수 있었겠어요?"

"왜 못 살아! 바보같이!"

순간 경여는 마치 아버지의 말을 듣지 않고 원치 않는 사내를 따라나섰다가 후회하는 사람인 양 착각마저 들었다.

정말 어이없는 일이었다. 모든 사람이 그와 같은 편리한 기억의 소유자는 아니었다. 과거에도 지금도 경여는 아버지의 명령을 거부할 수 없는 처지였다. 아버지 위백양의 그늘에서는 절대 그의 뜻을 따르지 않을 수 없다. 어려서는 어여쁜 딸이었는지 몰라도 지금의 그에게는 장기판 위의 말, 언제든 쓰고 버릴 수 있는 소모적인 말과 다를 바 없었다.

"지금도 변한 건 없어요, 아버지. 그때도 따라나서지 못한 사람을 지금 따를 수 있을 거라고 생각하지 마세요. 아버지께서 포기하세요. 그러실수록 저와 아버지만 부끄러워질 뿐이에요."

"흥! 정말 싫었다면 돌아온 첫날부터 사람을 보내 너를 찾아왔겠니? 그냥 한번 해보는 소리일 게다."

그냥 한번?

"그분이, 뭐라고 했는데요?"

자신도 통제되지 않는 사이에 덜컥 입에서 나온 말에 위백양의 시선이 비웃듯 잠시 머물렀다.

그것 봐라. 너도 네 마음을 어쩌지 못하는 게다. 그렇게 조롱하는 듯했다. 하지만 이어진 그의 말은 더욱 모욕적이었다.

"자식 딸린 과부는 필요 없다고 하더구나."

순간 숨길 수 없게 하얗게 질리는 경여의 안색을 위백양은 놓치지 않았다.

잔인한 말이었다. 아무리 그것이 위경여가 처한 현실이라고 하더라도!

혼인 후에 단 한 번 마주했던 그의 말까지 겹쳐져 경여는 혀를 깨물고 싶은 심정이었다.

왕제 진제강이 그냥 한번 던져본 말일 거라고?

경여는 단호하게 고개를 가로저었다.

"그보다 더 분명한 거절도 없겠네요."

아버지의 계획이 얼마나 비현실적인 것인지 이제라도 깨닫는다면 다행이라고 생각했다. 하지만 위백양의 대답은 달랐다.

"흥! 제가 원하는 것만 하면서 살면 얼마나 좋을까? 아직도 세상을 제대로 모르는 게다. 마음이 동하고 품고 싶지 않아도 해야만 하는 일도 있는 법이지."

위백양도 제강의 무례하기까지 한 푸대접이 반가울 리 없었지만 직접 대면한 덕에 확인한 사실들은 있었다. 자신을 편히 대할 수 없다는 것은 경여에 대한 마음을 풀지 않았다는 것, 그리고 5년의 외유에도 불구하고 여전히 제 감정도 수습하지 못하는 애송이에 불과할 정도로 정치적이지 못하다는 것!

5년만의 귀국이 무엇을 말하는가. 결국 그도 현실을 인정하고 왕이 되기 위해 돌아온 것이다. 그렇다면 누구보다 그 자신, 위백양과 손잡는 것이 옳았다. 과거의 일을 가지고 속 좁게 구는 것은 공사구분을 놓치고 있는 것이다.

取자약

무엇이 우선인지도 모르고서! 그래서야 훌륭한 제왕으로서의 자질을 갖추었다고 할 수 있을까.

적절한 시기에 왕제가 돌아왔다. 또 적절한 시기에 딸이 과부가 되었다. 혹 같은 자식까지 두었지만 쓸데없는 혹이라고 생각했던 손자도 다시 보니 어쩌면 상황이 좋지 않을 때 좋은 패가 되어줄 수도 있을 것 같았다. 여차하면 꺼내 들 마지막 패!

위백양은 생기라곤 하나 없는 경여의 머리부터 발끝까지 찌푸린 눈길로 훑어보았다. 예로부터 어미가 사랑스러우면 그 자식까지 예뻐 보인다고 했다. 그러나 지금의 경여는 혹 같은 자식까지 잊을 만큼 고혹적인 과부로는 보이지 않았다. 순간 아들까지 딸린 과부 딸 누구에게 던져주든 상관없다던 제강의 악의적인 말이 저절로 떠올랐다.

마음에 상처 입은 사내의 악담일 뿐이다!

경여는 아직 젊고 아름다웠다.

나쁘진 않아. 아직은 곱다.

"과부 노릇은 충분히 했으니 이제 네 자신을 좀 가꾸도록 해. 자고로 예쁜 꽃을 꺾고 싶은 게 사내들이다."

어이없고 단단한 철벽같은 아버지의 고집 앞에서 경여는 몹시 마음이 상했다. 말로 해서는 그의 고집을 꺾을 수 없다는 사실도 뼛속 깊이 느꼈다.

7

   왕의 쾌유를 기원하는 연회에 초대된 제강은 궁에 들었다. 그의 입궁을 기다렸던 듯 왕을 모시는 시종이 반갑게 다가와 예의를 갖추고는 앞장섰다.

   병색이 완연한 왕은 아직 기운을 차리지 못하고 침전에서 누워 진제강을 맞았다. 왕은 자주 피로하고 코피를 쏟으며 오후가 되면 미열이 나며 오한이 들곤 한다고 했다. 식욕도 잃은 지 오래여서 그 어떤 산해진미도 서너 수저 이상 들지 못했다. 두 해째 아예 몸져누운 왕의 간병에 지친 듯 왕의 곁을 지키는 왕비의 얼굴에서도 피로한 기색이 완연했다.

   불편한 마음을 어찌해 숨기려 해도 현재의 왕비의 관점에서는 진제강이 아직 죽지도 않은 형의 자리를 빼앗으러 온 찬탈자로 보였다. 제강은 왕비의 그러한 태도를 슬쩍 보고 피하는 눈길에서 읽었다. 그러나 그는 개의치 않았다. 생모였던 후비가 죽은 후 정비와 그들의 일족으로부터 그는 언제나 환영받지 못하고 경계당하는 존재였다.

취, 착약

어린 나이부터 보호받지 못하고 그들에게 견제당하지 않기 위해서였을까. 그는 언제나 감시하는 자들의 눈길을 피하고 궁을 떠나 자유롭게 살고 싶다고 생각했다. 그에게 부족하다던 야망은 단지 한 여자와 함께라면 얼마든지 버려도 좋을 욕심이라고 생각했다. 죽은 친어머니를 보아도 선대왕의 사랑을 원했지만 사납고 질투심 많은 정비의 미움을 받으며 눈물짓곤 했었다. 한 사내의 여자로만 살고 싶어 하는 이를 위해서라면 굳이 그런 외롭고 비인간적인 자리에 데려와 생기를 잃게 하고 싶지 않았다. 결국은 그 때문에 그 여자를 잃고 고통스런 세월을 보내기는 했지만!

천성이 착하고 모질지 못했던 이복형 태무는 마음으로 환영하며 힘겹게 미소를 지으며 제강을 맞았다.

"어서 오너라. 어서 와."

기운과 몸만 허락되면 당장 침상에서 일어나 품에 안을 기세였다. 제강이 급하게 예를 갖추고는 내미는 왕의 수척한 손을 잡았다.

"폐하."

태무를 낳은 정비의 미움을 받았을지언정 제강은 이복형을 진심으로 미워한 적은 없었다. 아프다는 말을 들었지만 눈으로 직접 보니 상태가 심각함을 알게 되었다. 못 본 지 겨우 다섯 해가 지났을 뿐인데 태무는 한창 젊은 나이의 왕의 모습이 아니었다.

"자주 찾아보라 했거늘 불러야만 이렇게 나타나다니! 그런데 손은 왜 이 모양이야! 힘을 주체하지 못해 장작이라도 패는 것이냐!"

왕은 붉게 긁히고 피가 맺힌 그의 오른손을 쓸며 말했다. 결국 쾌유를 기원하는 연회라는 것도 그를 불러내기 위한 핑계일 뿐이라는 말이었다.

제강은 서둘러 손을 빼냈다.

"참석하지 않으면 폐하의 쾌유를 원치 않는 거라 협박하시니 달리 방법이 없더군요."

실제로는 왕의 부름으로 그가 귀국하였고 정치 일선에 등장한다는 사실을 공식적으로 알리는 자리였다.

"내게는 시간이 별로 없는 듯한데 제강 너는 믿는 바도 없이 태연하기만 하니, 내가 몸이 단다."

지난번 인사차 들렀을 때는 대놓고 그를 보지 못하고 죽는 줄 알았다고 해서 왕비를 기함시키더니 오늘도 왕비의 미간을 찌푸리게 만들었다.

"폐하."

왕비가 사색이 된 얼굴로 그의 삿된 생각을 부정했다.

죽는 순간까지 자신의 죽음을 인정하지 못하고 정리하지 못하는 이들도 문제였지만 너무나 친숙하게 죽음을 받아들이는 것도 듣는 이로서는 편치 않은 일이었다. 그런데 쓴웃음을 짓는 왕의 표정에는 이미 두려움을 넘어선 자의 달관이 엿보였다. 하지만 죽는 순간까지 죽음을 인정하지 못하는 것이 왕의 신세였다.

"제강을 보니 기운이 나는 것도 같아. 내 일을 덜어줄 테니 실제로 큰 힘이 될 테고."

왕비는 침상에 누운 자신의 남편과는 혈색도, 체격도 다른 제강의 존재가 달갑지 않았다. 이제껏 아픈 아들의 곁을 떠나지 않던 태후가 제강의 인사를 받지 않겠다며 자리를 피해버린 이유도 알 것 같았다.

왕실 혈통의 보존이 중요하다고 설득하는 왕에게 태후는 그 아이는 어려서부터 꼴도 보기 싫었다, 고 얄은 속내를 고해하고는 자리를 떨치고 일어나버렸다.

"어머니는 어려서부터 제강을 미워했어."

쓴웃음을 지으며 어머니의 옷자락이 사라지기도 전에 왕이 왕비에게 말했다.

"저도 그리 예뻐하지는 않으셨어요."

"그거야……."

왕은 무엇이 생각난 듯 말을 하려다가 멈추고는 웃음으로 말끝을 흐렸다.

"이유를 아세요?"

왕비가 그의 말꼬리를 붙들자 그는 말 대신 손사래를 쳤다.

"이건 알지. 그대와 내가 혼인하게 된 것은 사실, 제강의 덕분이었다는 거. 지금 와서 돌아보면 내게는 잘된 일이고 그대에겐 그렇지 못한 일이라 하더라도."

"그렇지 않습니다."

왕비는 눈물을 훔치며 남편에 대한 애정을 고백했다.

"그대에게 노년을 의지 삼을 아들 하나 주지 못했는데도?"

"그래도 당신은 제게 좋은 지아비이십니다."

왕의 입가에 잠시나마 만족한 웃음이 머물렀다.

선대왕에게는 정비 외에 후비가 셋이나 있었는데도 태후는 다른 후비들과 그 혈육들보다 유독 제강의 친모와 제강, 그리고 화원을 눈엣가시처럼 여겼다. 최근 왕의 병색이 깊어지며 혈육이 없는 왕의 후계로 여럿이 지목되었지만 그중에서도 제강을 가장 열외로 치고 싶어 했던 이가 태후였다. 국내에서 입지를 다지며 귀족들을 회유해 가는 스무 살의 이복동생 현회가 있었지만 왕은 태후에게 이웃나라에 머물고 있는 제강이 가장 적임자임을 설득해왔다.

"아무리 국세가 기울었어도 적어도 선제들의 제사를 보존하려면 제강이 필요합니다. 후비와 현회가 입 안의 혀처럼 굴어도 제위에 오르고 나면 어머니와 비를 홀대할 겁니다. 사감이 어머니의 총기를 흐리게 하고 있는 겁니다. 그만한 왕의 재목을 찾기는 힘드실걸요. 그래서 어머니께서도 어려서부터 제강을 미워하셨던 걸 압니다. 제 자리를 위협할까 봐서."

제강의 곁에 힘 있는 귀족들이 모이는 것을 싫어하여 더욱 미워하고 견제했다는 것도. 그래서 가장 힘 있는 귀족대신인 위백양의 딸을 그의 여동생인 가원 공주의 지우로 가까이 두고 태자와의 자연스런 접근을 계획하고 혼인을 추진하려고 했다는 것을.

그러나 그 일은 되려 제강과 경여의 감정을 확인하게 만들었을 뿐이다.

"아픈 내가 몸소 연회를 열어야만 이렇듯 너를 볼 수 있는 게냐."

왕은 무거운 침전의 분위기를 일소하듯 농으로 애써 서운함을 풀어냈다.

왜 그렇게 돌아오지 않았는지, 돌아오고도 왜 자신을 찾아오지 않았는지 힐책하는 말이었다. 한편으로는 애정하는 이복동생에게 하는 푸념이기도 했다.

"그런데 정말로, 아직도 혼자인 게냐?"

취작약

왕의 물음은 단순한 호기심처럼 들리지 않았다.

"그 인사는 하도 받아서 귀에 딱지가 앉을 것 같습니다."

"이웃나라의 명성 자자한 집안들에서 너와 인연을 엮기 위해 줄을 섰다는 이야기를 들었는데?"

"원치 않는 일입니다."

제강은 한마디로 일소했다.

"하기는."

위경여!

왕은 순간 한때 제강의 연인이었던 여자를 떠올렸다.

아직도 잊지 못한 건가. 그래서 아직 혼자인 건가.

당연히 적자인 태자가 이어야 할 제위를 혹여 후비의 자식이 탐할까 태후가 전전긍긍했던 것과는 달리, 어쩌면 제강은 노련한 정치가의 자질은 없는지도 모른다. 제강과의 혼인을 원하는 이웃나라 중 어느 한 가문의 여자와 혼인하기만 했어도 본국에서의 제강의 입지는 더욱 커질 수밖에 없었을 텐데. 아마도 그랬다면 왕인 자신이 나서서 귀국을 종용하지 않았어도 이웃나라와 연계한 귀족대신들이 미리부터 제강의 귀국을 졸랐을 것이다.

"이제 돌아왔으니 내가 너의 비를 정해주는 것은 어떠냐?"

왕의 표정에서는 농담인지 진담인지 알 수 없었다. 왕비도 제강이 어떤 반응을 보일지 궁금했는지 차분히 지켜보았다.

"폐하의 쾌유가 먼저입니다. 쾌유하신 연후에"

"내가 소개하는 아가씨를 만나보겠니? 만나보는 것 정도는 어렵지 않겠지. 그렇지 않니?"

"폐하!"

"그게 아니면, 따로 숨겨둔 여자가 있든지."

왕의 말에 제강이 쓰게 웃었다.

"그랬으면 좋았을 뻔했습니다."

애써 의연한 척해도 왕의 얼굴에 피로한 기색이 깊었다. 더는 농을 할 여유가 없었던지 낮은 음성으로 말을 이었다.

"호광 장군을 잃어 나라 안팎으로 상심이 크다."

"예, 들었습니다."

잠시나마 제강의 심기를 짐작해보고자 했던 왕은 아무것도 읽지 못하자 더욱 피로한 안색으로 눈을 감았다가 뜨고는 추억의 한 자락을 끄집어 올렸다.

"사실 그때, 호광 장군이 혼인한다고 하여 반가웠다가 상대가 누구인지 듣고 많이 놀랐었다."

아무런 사심 없이, 그저 추억을 더듬는 것이라고 해도 제강에게는 불편한 화제였다. 하지만 왕이 그것을 화제로 삼은 것은 의도한 바가 있음을 제강도 모르지 않았다.

"폐하!"

"뭇 귀족영애들을 싫다고 거절하니 하는 말이다. 아직도 그 마음인가 해서."

왕의 말에 왕비가 호기심 어린 눈길로 두 사람을 번갈아 바라보았다.

"몹쓸 호기심이십니다."

마른 입술로 말을 잇기가 힘겨워 보였지만 무슨 일이 떠올랐는지 웃음기가 먼저 돌았다.

"제위냐 여자냐, 나를 겁주던 네가 아니더냐."

떠올리고 싶지 않은 일. 치기 어린 지난날일 뿐이라고 웃으며 말할 수 있다면!

아주 잠깐 제강의 입가에 쓴웃음이 스쳐갔다.

"왕제께서 폐하를 겁주셨어요?"

이제껏 가만히 그들의 대화를 듣고만 있던 왕비가 호기심을 참지 못하고 끼어들었다.

제강과는 달리 유쾌한 웃음이 묻어난 왕이 대답했다.

"으음, 어찌나 기세등등하게 말하던지, 어머니보다 더 두렵던걸."

"도대체 무슨 일로요?"

"제강, ……네가 말해봐라."

왕은 마른 입술을 축이며 억지로 말을 잇는 것이 여의치 않은 듯했다.

그것은 오래된 추억의 한 조각이었다. 처음엔 열 살의 나이에 제강의 누이인 화원 공주의 말동무와 공부 친구인 지우의 신분으로 궁에 들어오곤 하던 경여가 열다섯 살이 되면서 어느 날 화원이 아닌 태자의 누이동생 가원 공주의 지우로 옮겨갔다. 왕비의 꿍꿍이가 무엇인지 알게 된 제강은 분노하여 태자의 궁으로 찾아갔다.

"어인 일로……."

그의 방문에 놀라는 시종의 만류에도 개의치 않고 내실로 들어서려던 그는 전각 뒤편에서 들리는 슬의 음률을 따라 성큼 누각으로 향했다.

"누구도 방해하지 말라는 명이 계셨사온데……."

시종이 막아섰지만 제강은 거침없이 밀쳐내고 앞장섰다.

태자궁의 화려한 누각에서 다과를 사이에 두고 지척에 앉아 그의 예상대로 태무와 경여가 좋은 한때를 보내고 있었다. 정작 있어야 할 태무의 누이 가원 공주만 보이지 않았다.

제강은 화사하게 웃으며 태자를 상대로 이야기를 나누는 경여를 집어삼킬 듯 쏘아보았다. 당혹하며 굳어지는 경여의 모습에 의아해하다가 누각 입구에 들어서는 제강의 존재를 확인한 태자 또한 순식간에 얼굴에서 웃음이 사라졌다.

"제강, 네가 어쩐 일이냐?"

"드릴 말씀이 있습니다."

제강은 경여에게서 눈길을 떼지 않으며 말했다.

"지금?"

"예."

"손님이 있는 줄 알면서도 말이지. 그리 급한 일이 무엇일까?"

태자는 제법 여유롭게 무례한 동생의 태도를 꼬집었다.

"제게는 무엇보다 급한 일입니다."

"그럼 어디, 들어보자."

태자가 그대로 앉아 말했다.

"잠시 따로 뵙기를 청합니다."

"손님을 혼자 두는 건 예의가 아닌데. 그냥 여기서 말하면 안 되는 일이냐?"

取 작약

"뭐, 태자전하께서 정히 원하신다면."

제강의 시선은 처음부터 새초롬하게 그의 눈길을 피하는 경여에게 고정되어 있었다.

말해보라는 태자의 허락에 제강이 거침없이 물었다.

"위경여를 어떻게 생각하십니까?"

"뭐?"

순간 어른스럽던 태자는 허를 찌르는 물음에 아직은 소년다운 수줍음을 보였다. 이성에 관한 물음을, 더구나 당사자의 면전에서 말하라고 하니 당혹스럽지 않을 수 없었다.

그 자리에 당사자가 앉아 있음에도 전혀 개의치 않는 제강의 말투에 경여의 안색도 붉으락푸르락했다.

"정말 무례하구나."

"따로 시간을 내어달라 말씀드렸지만 듣지 않으신 분은 태자전하이십니다."

"이게 무슨 시건방진 태도야!"

서둘러 태자가 일어나 제강의 팔을 잡아끌고 누각에서 멀어졌다. 제강은 처음부터 의도했던 듯 순순히 태자의 뒤를 따랐다. 두 살 차이의 나이에도 불구하고 이미 태자와 제강의 체격은 또래라고 해도 무방하게 비슷했다.

"이게 무슨 짓이냐, 제강?"

태자가 당혹한 얼굴로 말했다.

"위경여를 어떻게 생각하느냐고 물었을 뿐입니다. 대답하기 곤란한 질문입니까?"

재차 다그치는 제강의 물음에 태자는 말을 더듬기까지 했다.

"그, 그야 아름답고 마음도 착하고 좋은 가문의 여자이지. 그렇지만 네 태도는……."

"왕비전하께서 혼인하라 명하면 혼인하실 만큼, 말입니까?"

태자의 붉어진 얼굴이 대답을 대신했다.

가늘게 뜬 눈으로 바라보던 제강이 화제를 바꾸었다.

"제위를 원하십니까?"

이번에는 다른 이유로 태자의 얼굴이 굳어졌다. 일국의 태자에게 당연한 제위를 원하느냐 묻는 무례함의 근원이 무엇인지 알기 때문이었다. 아무리 우유부단하고 착한 태자라도 제강이 묻는 말이 무슨 의미인지 모르지는 않았다.

"너!"

감히 후비의 자식으로 태자의 지위에 있는 그를 협박하려 드느냐는 분노가 태무의 얼굴에 드러났다.

"왕비전하께서 의심하지만 저는 제위를 원치 않습니다. 아니, 차라리 이 지겨운 궁을 벗어나 살고 싶습니다. 하지만 세상에서 단 하나, 양보할 수 없는 게 바로 위경여입니다. 제위는 원치 않지만 형님이 경여와 혼인하겠다면 저 또한 제위와 경여를 빼앗을 생각입니다."

하얗게 질린 태무의 얼굴에는 싸울 의지가 없었다. 그는 다만 마음에 걸리는 것을 드러냈다.

"어머니의 의지가 굳은데."

경여가 좋은 여자인 것은 알지만 제강과 맞서 빼앗을 자신은 없었

취작약

다.

"방법을 알려드릴까요? 왕비전하께서 골라준 여자가 아닌 다른 여자를 마음에 담으시면 됩니다."

그것이 결론적으로는 어머니의 분노를 사는 건 마찬가지라고 생각하면서 태무는 제강의 결연한 눈빛을 보고 더 말을 잇지 못했다.

"태자께서 내 것을 탐내지 않으면 저 또한 태자전하의 것을 넘보지 않을 겁니다. 그 말씀을 드리고 싶었습니다. 그럼 이만."

올 때와 마찬가지로 총총히 멀어지는 제강의 뒷모습을 보면서 태무는 묘한 경외심을 느꼈다.

훗날 호광의 혼인상대가 누구인지 알고 난 태무는 놀라지 않을 수 없었다. 자신을 그렇게까지 협박했던 제강이 순순히 위경여를 포기할 것이라고는 생각지 못했던 것이다.

"그래서, 지금의 왕비전하를 만나신 일을 후회하십니까."

제강의 물음에 왕은 다시 현실로 돌아왔다.

"아니, 그렇지 않지. 왕비는 내게 좋은 사람이다."

"그러면 된 거네요."

"하하, 그러한가. 으흠, 나는 오늘 네게 좋은 사람을 소개해주고 싶은데."

제강의 눈매가 슬쩍 가늘어지는 것을 보고도 왕은 말을 이었다.

"당신이 말해봐요."

두 사람은 이미 사전에 말을 맞춰둔 듯, 왕비가 조심스레 말했다.

"친가의 사촌 여동생입니다."

졸지에 중매쟁이 부부에 둘러싸인 제강의 입매가 굳었다. 주춤 물러서려는 왕비에게 왕이 계속하라는 눈짓을 했다.

"꼭 친가의 사람이어서 만나보시라는 것은 아닙니다."

아직은 낯선 왕제에게 살갑게 말을 꺼내기가 어색했던지 왕비가 변명처럼 말했다.

"음, 사내같이 활달한 모양새가 있어서 골칫거리이긴 한데 너라면 얌전한 아가씨로 만들어줄 수 있을 것 같아."

너무 노골적인 말이었다.

"폐하, 생각해볼 여지는 주고 이후 더 진행하셔도 늦지 않습니다."

"나도, 그리고 부왕께서도 허약한 군주였지. 어쩌면 우리 피가 약한지도 모르겠다. 다행인 것은 너도 현회도 그렇지 않지만 서둘러 혼인하고 후손을 보아야지. 현회는 이미 혼인했고 자손도 보았는데 네가 아직 혼인하지 않아 근심이 크다."

"그래서 이렇듯 서둘러 중매쟁이 노릇을 하시겠다고요?"

"흠, 당장 한번 보고 혼인하라는 것 아니니까 만나보기나 해."

왕은 그가 외국에서 비를 맞지 않은 것은 잘한 일이라고 생각했다.

"너무 오래 비의 자리를 비워두는 것도 좋지 않아. 내 보기엔 두 사람, 잘 어울릴 것 같다. 그대가 보기에도 그렇지?"

왕은 왕비에게 동조를 구했다. 서투른 중매쟁이의 역할에 왕비도 빙그레 웃으며 동의했다.

"네가 돌아오니 한결 마음이 편안해서 잠자리도 편하다. 가장 시급한 병부의 일부터 네게 맡겨볼 생각이다."

왕은 제강이 거절하지 못하도록 서둘러 물러가도록 했다.

왕의 침전을 나온 제강은 천천히 걸음을 옮겼다.

연회준비로 궁궐 곳곳이 술렁였다. 다른 사람이었다면 왕궁은 호기심의 장소였을 것이다. 그러나 진제강에게 그곳은 결코 좋은 추억의 장소는 아니었다. 좋은 일보다는 나쁜 일이 더 많았다. 예컨대 어머니의 죽음, 정비의 홀대, 그리고 경여와의 한때.

더구나 연회 따위는 번거로울 뿐이라고 제강은 생각했다. 다른 때였다면 그는 연회 초대를 거절했을 것이다. 그러나 다른 이도 아닌 왕의 호의를 무시할 수는 없었다. 나라 안의 많은 이들이 그가 돌아왔음을 알고 있었지만 공식적으로 확인시켜 줄 필요가 있었다. 왕은 그 기회가 연회라고 생각한 모양이었다.

"제위냐, 여자냐 나를 협박하던 네가 아니냐."

새삼 추억을 더듬는 왕의 말로 인해 그날의 일이 떠올랐다.

그날 태자궁을 나와 자신의 궁으로 돌아오고 얼마 지나지 않아서 경여가 그를 찾아왔다.

"앉지."

그녀가 찾아올 것을 예상했던 듯 그는 고개를 들지도 않고 건성으로 책장을 넘기며 말했다.

"얼마나 무례한 짓을 했는지 몰라요?"

제강은 문 앞에 서서 쌀쌀하게 내쏘는 경여의 모습을 천천히 훑어보았다. 태자의 면전에서 새침을 떨던 때와는 달리 지금은 그가 아는 경여의 있는 그대로의 모습이었다.

"왜, 태자비, 왕비가 되고 싶은데 그걸 못 하게 해서 화가 났어?"

천연스런 그의 말투는 밉살맞았다. 잘못했다 빌어도 시원치 않건만 도리어 경여의 화를 북돋는 말이었다.

경여의 눈매에 힘이 들어가며 일그러졌지만 그마저도 그에게는 경여의 사랑스러움을 줄이지 못했다. 당장 볼이라도 깨물어주고 싶다고 그는 생각했다. 짐짓 속내를 감추는 그의 얼굴이 실룩였다. 그 모습을 빤히 바라보면서도 경여는 그에게 기회를 주는 의미로 차분히 물었다.

"무엇을 잘못했는지 정말 모르는 거죠?"

하지만 그에게서는 답이 없었다. 도리어 평소에는 잘 읽지도 않는 책읽기를 방해한 경여가 귀찮다는 듯한 태도에 경여는 속으로 열을 세고는 그 자리에서 획 돌아서서 문으로 향했다. 그렇지만 어느새 그가 먼저 문을 가로막아 섰다.

"비켜요!"

"그 말만 하려고 온 건 아닐 거 아냐! 할 말이 더 있어서 온 것 아니었나?"

언제 그녀를 무시했나 싶게 사근한 말투였다.

"비키라고 했죠! 무례한 왕자전하와는 아무 말도 하고 싶지 않아요!"

경여의 태도에서는 서슬 퍼런 위엄까지 느껴졌다.

"내가 뭘 잘못해! 내 것을 훔쳐 가려는 도둑에게 미리 경고했을 뿐인데. 위경여라면 안 그랬을 것 같아? 응?"

取。작약

"다른 사람도 아닌 태자전하 앞에서, 그것도 나를 허수아비처럼 만들어놓고 말이죠?"

"왕비전하의 명을 거절할 수 있겠어?"

그의 사랑스럽고 천진한 고집쟁이는 제법 당차게 말했다.

"내가 어떻게 행동해야 하는지는 나도 알아요. 그 정도는 안다구요."

경여가 분노를 드러내며 발까지 굴렀다.

그래, 그럴 수도 있겠지.

그의 눈매가 가늘어졌다.

"위공은 어때? 아버지의 명을 거부할 수 있겠어?"

찌르르. 가슴으로부터 뜨겁고도 불길한 열감이 퍼져 나갔지만 경여는 우겼다.

"아, 아버지는 내 뜻을 무시하지 않으실 거예요."

바보!

순진한 바보!

제강은 더 이상 경여를 다그치지 않고 다만 어깨를 으쓱해 보이며 말했다.

"잘못했어."

다른 누구에게도 쉽게 잘못했다 말하는 사내가 아니라는 걸 그들 모두 알고 있었다. 정비에게조차 굽히지 않아 더욱 미움을 받는다는 사실도.

작은 한숨과 함께 경여의 가슴이 부풀어 올랐다.

"무엇을요?"

제강으로서는 마지막 시험을 통과하는 일이 남았다. 불편한 심기를 가라앉히기 위해 호흡을 조절하는 경여를 굳이 더 자극할 필요는 없다고 생각한 그가 낮은 음성으로 대답했다.

"위경여를 믿지 못하고 무례하게 나선 거."

"그것만?"

경여는 그가 진심으로 사과하는 것인지 알고 싶은 것이다.

"다른 것도 있지만 그게 제일!"

흡족하게 빛나는 눈빛을 애써 감추며 경여의 눈매가 엄해졌다.

"다음에도 또 그러면 정말……."

"다신 안 해."

다신 안 한다는 말 한 마디에 위경여의 분노가 눈 녹듯 풀렸다.

"바보! 왕비전하가 아시면 가만있지 않았을 거란 말예요. 안 그래도 되는데 왜 굳이 사서 미움을 받아!"

그 때문에 불안했던 경여는 아무렇지 않게 자신의 잘못을 인정하는 제강의 태도에 마음을 풀었던 것이다.

잔소리쟁이!

그렇지만 경여의 잔소리가 그를 염려하기 때문이란 것을 그도 모르지 않았다. 세상 아래 화원을 제외한 누군가가 그를 제 몸처럼 걱정하고 염려해준다는 사실이 그로서는 즐거웠다.

지금도 위경여는 제 아버지가 자애로운 사람이 아니라는 것을 모를까?

종종 그와 마주치는 궁녀들이 예를 표한 후에도 얼굴을 붉히고 홈

쳐보며 지나갔다. 그의 발길은 어머니가 머물던 전각으로 향했다. 아름답고 자애롭던 어머니. 그런 어머니에게 궁은 결코 편히 머물 곳이 되지 못했다. 도도하고 기가 센 정비의 그늘에서 타국 출신의 후비로서 몸을 낮추어야만 했다. 그런 후비를 위로하듯 왕은 특별히 나무와 꽃이 만발한 정원으로 전각을 꾸며주었다. 그러나 주인이 사라진 지 오래인 전각은 이미 예전 모습을 찾아볼 수 없었고 돌보는 이의 손길이 사라진 정원도 야생의 모습으로 거칠었다. 한때 궁에서 가장 아름다운 꽃과 나무들이 자라던 전각이라고는 생각할 수 없었다.

되돌려놓아야지.

제강은 결의를 다졌다. 다른 건 몰라도 어머니의 추억이 서린 장소를 이런 식의 흉가처럼 방치하는 것은 용납할 수 없었다. 그에게 이곳은 어머니의 추억과 더불어 첫정의 추억도 함께인 곳이었다.

제 의지만으로 아버지의 뜻을 꺾을 수 있다고 믿었던 고집불통 순진한 소녀. 거기에 어머니를 잃고 슬픔에 잠겨 숨어 있던 비밀공간에서 처음 마주쳤던 어린 계집아이의 모습이 겹쳐졌다.

그의 나이 열 살. 여동생 화원의 나이 일곱 살 때였다.

죽음이 무엇인지 모르는 화원과는 달리 그는 어머니를 영영 다시 볼 수 없다는 사실을 알고 혼자 슬픔을 삭이며 어머니의 정원 비밀 공간에 숨어 있었다. 어머니가 더 이상 숨 쉬지 않는다는 사실, 그를 향해 눈을 맞추고 웃어주지 않는다는 사실, 더 이상은 그 품 안이 따뜻하지 않다는 사실이 몹시 충격이었다. 어른들만의 장례 준비가 이루어지는 동안 그는 자주 그만의 비밀공간에 숨어 있었다.

그를 찾는 소리들이 몇 차례 들렸으나 그는 그때마다 숨소리조차 내지 않고 버텼다. 하지만 나뭇가지를 들추고 바위틈에 숨은 그를 발견한 것은 돌보는 시종들이 아니었다. 당돌한 어린 계집아이였다.

"거기서 뭐 해?"

제법 어른 둘 정도는 앉아 있어도 될 것 같은 공간이 신기했는지 아니면 그곳에 숨어 있는 제강이 신기했는지 아이는 천진하게 물었다.

"응? 거기서 뭐 하는 거야?"

처음 보는 낯선 계집아이였다.

"방해하지 마."

숨바꼭질이라도 하는 줄 아는 걸까.

눈을 부릅뜨고 겁줘서 쫓아 보내려고 했는데 계집아이는 말도 타지 않았다. 도리어 좋은 비밀장소라도 발견한 듯 기뻐하며 몸을 숙여 무릎걸음으로 그가 있는 쪽으로 걸어 들어왔다. 처음 들추었던 나뭇가지를 놓자 그곳은 외부와 차단되어 낯선 세계처럼 보였다.

"어딜! 방해하지 말라고 했지?"

당돌하고 겁 없는 아이는 더욱 가까이 다가왔다. 나무틈새로 쏟아지는 빛 때문에 완전히 어둡지도 않은 공간이어서 그랬을까.

"우아, 신기하다."

꼬물꼬물 그의 곁에 다가온 아이는 지척에서야 그의 눈가와 소매가 젖어 있다는 사실을 안 듯했다.

"울었어? 어머니한테 혼났어?"

계집아이는 동생 화원의 또래 정도로밖에 보이지 않았다. 그제야 제강은 마찬가지로 어머니를 잃고 혼자가 된 화원을 챙겨야겠다는 생각이 들었다.

"강해져야지. 네가 오빠잖아, 제강. 네가 화원을 돌봐주렴!"

어머니의 마지막 말.

"내 아들, 내 아이, 불쌍해서 어쩌니!"

그는 더 이상 궁에서 불쌍한 존재가 되고 싶지 않았다. 눈을 부릅 뜬 그는 계집아이에게 말했다.

"아니, 울지 않았어. 그리고 이젠 내게 어머니가 안 계셔."

"아, 안됐다. 나는 어머니가 머리도 예쁘게 빗어주셨는데."

어머니에게 혼나고 질질 짜는 게 아니라는 걸 말하고 싶었을 뿐 그 사실로 동정받고 싶었던 것은 아니었다는 걸 계집아이는 모르는 듯했다.

그는 일부러 아무런 대답도 하지 않았다.

불편하면 제가 먼저 자리를 뜨겠지. 이곳은 다른 누구의 방해도 받고 싶지 않은, 그만의 장소였다.

그런데 계집아이는 잠깐 동안 뭔가 고심하는 듯하더니 꼬물꼬물 품 안에서 작은 주머니를 묶은 끈을 풀고 그 안에 손을 집어넣어 무언가를 꺼냈다.

"이거 먹으면 기분 좋아져."

무슨 짓이냐고 말리기도 전에 계집아이는 그에게 한 팔을 의지해 짚고서 몸을 겹치다시피 하고 거의 강제로 입 안에 넣어주었다. 하나를 먼저 제강의 입에 넣어주고 제가 있던 자리로 돌아와 또 하나를 꺼내 제 입에 넣고 오물거리는 계집아이의 볼 한쪽이 통통하게 부풀었다. 그리고는 연신 달착한 침을 삼키느라 바빴다.

그의 입 안 가득 달콤한 사탕의 단내가 풍겼다. 하루 온종일 먹지 못했다는 사실 때문인지 사탕은 지금까지 그가 먹어본 어떤 것과도 비교할 수 없었다.

당혹한 그에게 계집아이가 천연스레 물었다.

"이름이 뭐야?"

"가버려! 방해하지 말라고!"

"혼자서 울려고?"

"안 울었다니까!"

"응, 울면 안 돼!"

제법 진중한 약속을 받아내듯 그에게 말하고는 갑자기 나타났을 때와 마찬가지로 계집아이는 바닥을 기어서 나뭇잎 사이로 머리를 들추고 밖으로 나갔다.

아무에게도 보이고 싶지 않은 약한 모습을 들켰다는 창피함이 아직 사라지지 않은 상태에서도 입 안에서 살살 녹는 사탕은 무척 달았다. 조금씩 충격이 가시고 현실을 인정하면서 그는 어머니가 말한 대로 동생을 찾아봐야겠다고 생각했다.

밖을 향해 나가던 그는 입구 쪽에서 반짝이는 물건을 발견했다. 입구 쪽이 잘 가려졌는지 확인하고 옷에 묻은 흙먼지를 털어낸 후에 그는 주워든 물건을 손 안에서 펴들었다. 짙 푸른색의 차갑고 둥근 패옥 장식. 햇빛 한 자락을 받아 푸르게 반짝이는 패옥은 어린 그가 보기에도 귀한 물건처럼 보였다. 계집아이가 가지고 있던 복주머니

취, 자약

와 함께 묶여 있던 장식이 떨어진 듯했다. 서늘한 패옥 장식에 그의 체온이 섞이니 금세 따뜻해졌다.

사탕 한 알과 패옥 한 조각!

사탕은 어린 계집아이가 할 수 있는 최선의 위로였다는 것을 그는 훗날 알았다. 세상에 믿고 의지할 존재라고는 여동생과 단둘뿐이라는 것을 실감하며 감당하기 어렵게 외롭고 슬픈 날이면 그날, 어머니의 장례식 날 맛보았던 사탕과 패옥을 떠올렸다. 사과 과즙 향이 밴 사탕의 맛은 이미 애틋하게 남아 있지만 차가운 패옥조각을 바라보면 가슴 한 켠이 따뜻해졌다. 다시 세상과 맞서 살아갈 힘을 얻었다. 때로는 자신의 이름도 알려주고 계집아이의 이름도 알아두었다가 나중에 돌려줄걸, 하는 후회도 따랐다. 사내로 성장하며 그의 꿈속에서 어린 계집아이는 어느 날 부쩍 자라 아름다운 여자가 되어 있었다.

그 패옥의 주인이 위경여라는 것은 훗날 알게 되었다.

여기쯤이었던가.

방치된 정원의 풀숲을 헤치고 자신의 어린 시절 비밀장소를 찾아보려던 그는 이내 생각을 거두었다. 아무렇게나 자라난 잡초들이 얽혀 도무지 그 안을 헤치고 들어가 볼 수 없을 지경이었다.

쓴웃음을 지으며 발길을 막 돌리려던 그때 한 여자를 발견했다. 한때 아름답던 전각의 꽃담을 만져보기도 하고 회랑의 기둥을 마치 먼지를 털 듯 쓸어보기도 하는 그녀는 그의 기억 속 위경여와 닮은 모습을 하고 있었다.

이젠 대낮에 헛것을 보기도 하나.

그의 쓴웃음이 깊어졌다.

위경여가 이곳에 있을 리 없다. 지아비 잃고 과부된 여자가 왕실의 연회에 참석할 리 없었다. 그런데도 그의 눈앞에서 오가는 여자는 위경여를 닮은 것이 확실했다. 자매라고 해도 믿을 만큼! 뭔가 세월의 깊이가 더해져 조금은 원숙해지고, 뭔지 모를 슬픔에 잠겨 있는 듯한 모습과 수수한 옷차림인 것을 빼면!

잠시 마음에 미혹되어 보인 헛것이라면 다시 감았다가 뜬 눈에는 보이지 않아야 옳다. 하지만 그 여자는 천천히 걸음을 옮겨 남들이 대낮에도 꺼려하는 안쪽으로 거리낌 없이 들어서고 있었다.

정말로 위경여인가?

그의 머리보다 발이 앞섰다. 순간 그는 서늘해지는 가슴이 고통으로 비틀리는 고통을 감내하면서도 그녀를 좀 더 가까이에서 확인하기 위해 걸음을 옮겼다.

이웃나라의 여자들과는 달리 이곳의 유행 기조는 아직도 고리타분할 정도로 정숙함이 근간에 있었다. 가슴골은커녕 쇄골도 훔쳐보기 힘들고 다만 화려한 요대를 이용해 가슴 아래에서 얼마나 조이느냐에 따라 가슴윤곽과 허리선이 드러났다. 그래도 화려하고 기품 있는 색감의 옷차림을 볼 수 있었는데 그의 눈앞에 나타난 여자는 은색 비녀와 단아한 진주로 만든 머리장식, 그리고 흰색 비단 옷에 가슴 아래 요대 또한 느슨하게 묶고 있었다.

낮과 밤인 것만 달랐다. 예전 늦은 밤 술에 취해 다른 사내 곁에 있는 위경여를 견딜 수가 없어서 한껏 모욕을 안겨주었던 마지막 만

남의 장소.

헛것이라도 가까이서 확인해보자던 그의 심사를 비웃기라도 하듯 열 보 정도의 거리를 남겨두고 따라갔을 때 그의 존재를 확인한 여자의 얼굴이 하얗게 질리더니 뒷걸음질 치다가 이내 내달리듯 도망쳐버렸다. 과거의 한때처럼!

생각지 않은 재회는 그녀에게도 몹시 충격적이었던 모양이었다.

그녀가 서 있던 곳. 그 자리에는 그 순간이 그만의 착각이 아니었던 것이라고 알려주듯 희미한 작약향이 남아 있었다.

헛것? 허상이라고?

차라리 헛것을 보는 것이 나았을 뻔했다. 다섯 해만의 만남에 인사조차 없이 허겁지겁 도망치는 여자보다는!

도망치는 것! 그것이 네 대답인가?

아직도? 언제까지?

한동안 그의 가슴에 격랑이 일었다.

아직 해거름 전이었지만 궁에는 하나둘 때 이른 등불이 내걸렸다.

대연회가 열리곤 하는 정원 요지연은 굳이 등불 때문이 아니라도 연못을 끼고 있는 정원의 꽃나무들로 인해 화려하기 이를 데 없었다. 색색의 비단 등롱이 걸려 연못 주위도 환했고 연못 속 또 다른 전각인 양 모양 그대로 거꾸로 비춘 누각의 모습이 화려한 볼거리였다.

왕은 근 한 달여 만에 연회자리에 모습을 드러내 자신의 존재를 알렸다. 쾌유를 비는 귀족대신들의 인사를 받으며 자리를 지켰으나 보는 이들도 위태로움을 감지했다. 왕은 제강과 현회, 두 이복동생들과 친 혈육인 가원 공주의 자녀들, 그리고 화원 공주의 어린 자녀들을 반가이 맞았다. 왕의 오른편 자리에 앉은 태후는 연신 손자손녀들이 체력이 바닥난 아들에게 해가 될까 염려하듯 눈짓으로 제어하곤 했다.

태후의 의중에 가원 공주의 여섯 살 난 어린 아들에 대한 미련이 있는 듯하다는 문언의 말 때문에 제강은 잠시 철없는 아이를 눈여겨보기도 했다. 아무리 수렴청정을 염두에 둔다고 해도 너무 어렸다. 게다가 선대왕의 친 혈육이고 장성한 왕위 계승자 후보가 둘이나 있는데 그들을 제치고 공주의 혈육으로 왕위를 세우는 일은 선뜻 수긍할 수 없는 일이었다.

태후와 마찬가지로 아직 살아 있는 선왕의 후비이자 왕위서열 3위인 이복동생 현회의 모비도 제강을 견제하는 눈빛으로 훔쳐보곤 했다.

모후. 모비.

어미 없이 살아남은 것만도 은혜인 줄 알라고 태후는 한때 그에게 경고했었다. 그와 화원에게만 없고 태무와 가원, 현회에게는 있는 존재. 어려서는 그들 오누이에게 결핍감을 느끼게 하던 존재였는데, 성인이 된 지금에는 쇠락한 후비의 존재가 처량할 정도였다.

제강의 존재는 연회에서 단연 돋보였다. 그간 소원했던 친인척들의 인사를 받기에 바빴고 누이 화원 공주 내외와 장난스런 철부지 삼남매 조카들의 어리광을 받아줘야 했으며 틈틈이 젊은 귀족대신 자제들과 인사를 나누었다. 그것이 태후의 심기를 거스르는지 못마

취작약

땅한 눈길이 그를 따라붙곤 했다.

그 정점에서 그는 한 여자를 소개받았다. 화원 공주가 그를 이끌고 왕비가 상대를 데려와 마주하게 만들었는데, 왕비의 사촌이자 우대신인 정시중의 딸 정림이었다. 그것은 왕비일족의 압력이기도 했다. 그들이 내미는 정략혼으로 당장 빈약한 진제강의 입지를 세우라는 유혹이었다.

생기발랄한 열여덟의 정림은 호기심 어린 대담한 시선으로 그를 마주 보고 인사를 나누었다. 그녀에게서는 처녀다운 수줍음이나 내숭은 찾아보기 힘들었다.

"이름을 알려주지 않는 풍속을 가진 이들도 있다면서요. 왕제전하도 만나보셨어요?"

"그런 이들이 있기는 합니다."

"이름을 모르면 상대를 어떻게 불러요?"

"모두가 그런 것은 아니고 귀한 여자들만 그렇게 합니다. 누군가 그 여자의 이름을 알고 있다는 것은 마음을 주었다는 의미로 받아들인다고 하더군요."

"흐음, 정말 이상한 풍속이네요."

왕비가 무난한 화제로 이끌었다.

"왕제전하의 예궁 서가에는 진귀한 책들이 많다던데요."

벌써 화원이 어떻게 그에게 접근하라고 알려준 듯했다.

"우대신 정공의 서가도 못지않을 듯합니다만."

"아무래도 오래 이국에 계셨으니 이곳에서는 구하지 못하는 책들이 있겠지요."

"왕비전하께서는 책읽기를 좋아하시는군요."

"예, 저도 그렇지만 정림도 좋아합니다."

"명리 언니라면 좋아하겠지만 저는 별로……."

화원이 서둘러 정림의 말을 가로챘다.

"악기를 다루는 솜씨도 뛰어나 우리 아이들의 선생님으로 모실까 하는데요."

"그 또한 저보다는 명리 언니가 더"

푸홋, 제강의 입가에 설핏 웃음기가 스쳤다. 왕비와 화원이 어떻게든 정림을 조신한 아가씨로 포장하려 하는데 정림은 일부러 그의 관심을 끌려고 애쓰지 않는다는 사실이 즐거워졌다.

"'명리'라는 분이 궁금해지는군요."

"제게는 의자매예요. 미인도에서 걸어 나온 듯, 서왕모의 선녀인 비경이 환생한 거라고 추종자도 꽤"

그의 앞에서 자신의 매력을 한껏 뽐내도 부족할 텐데 알지도 못하는 다른 여자의 이야기를 하다니! 왕비의 입에서 한숨이 절로 나왔다.

"림아, 왕제전하는 명리에게 관심이 없으실 거야."

왕비의 조언에 정림의 눈이 반짝였다.

"정말 그럴까요?"

그녀의 눈에는 의구심이 담겨 있었다.

"얼마나 아름다운 의자매인지는 몰라도, 눈앞의 아가씨에게 더 관심이 가는데요."

"거짓말!"

취작

정림이 당돌하게 말했다.

"이, 이 무슨 무례한!"

순간 당혹감에 빠진 왕비와 조금 싸늘한 웃음을 짓는 화원 사이에서 제강이 물었다.

"왜 그렇게 생각할까요?"

"사람을 알기 위해 굳이 여러 말을 해볼 필요도 없어요. 눈빛만 봐도 알죠. 왕제전하의 눈빛은 제게 오래 머물지 않아요."

"아, 자, 잠시만요."

당돌한 정림의 태도에 얼굴을 붉히며 어찌할 바 모르던 왕비가 정림의 손목을 잡아끌고는 종종걸음으로 사라졌다.

화원이 한마디 거들었다.

"아직 어려서 그렇지 솔직하고 꾸밈이 없어요."

"그래서, 너도 마음에 든다고?"

"뭐, 아직 철이 좀 없어 보이긴 하지만 생기 넘쳐 보이잖아요."

어머니 대신 오라비에게 어울리는 여자를 찾아주고 싶은 화원에게 흡족한 조건의 여자는 아직 없었다. 정림이 생기 넘쳐 보인다는 화원의 말은 특별히 연회자리에 있는 위경여를 두고 한 말이었다. 처음 화원이 어딘가를 보더니 눈살을 찌푸릴 때도 그것이 위경여의 존재 때문임을 제강은 알았다. 이후로 일부러 그가 경여를 발견하지 못하도록 가리고 선다든지 정림이나 다른 사람들을 핑계 삼아 멀리 떨어뜨려 놓으려고 하고 있다는 것을 알면서도 그는 모른 체 속아주고 있었다.

연회 장소에 도착한 이래로 제강은 의도하지 않아도 자꾸만 어느 한쪽으로 신경이 쓰였다. 그의 일거수일투족을 지켜보는 시선들 속에서도 유독 거슬리는 존재감.

"집 단장이 마무리되면 연회를 열어 정림을 초대해요, 오라버니. 재미있을 것 같아요."

그가 따로 계획을 세우지 않아도 화원이 알아서 진행하고도 남을 것이다. 그런데 이 자리에 들어선 후부터 가슴이 이토록 불편한 것은 불편한 존재가 가까이 있다는 것일 터. 화원의 바람대로 모른 척하며 따르던 그는 눈을 들어 위백양의 곁에 그림자처럼 붙어 있는 위경여를 바라보았다. 그가 낮에 어머니의 빈 전각에서 본 여자는 결코 환각이 아니었다. 온갖 화려한 장신구와 옷차림의 여인들 사이에서 과부는 화장하지 않는다는 관례를 따라 은색 비녀장식 하나로 머리를 올리고 다소곳하게 서 있는 여자는 낮에 본 그 여자였다. 이렇듯 만날 줄은 생각도 않고 도망쳐버린 여자, 위경여!

자신의 뜻과는 달리 문언이 조문하고 돌아와 여전히 아름답더라고 하던 말이 떠올랐다. 다섯 해 만에 한자리에서 보게 되는 존재. 다시 보지 않기를 바란다고 했지만 그들이 온국에 머무는 한 불가능한 소원이었다. 그들은 위경여의 혼인 후에도 지금같은 자리에서 몇 차례 마주칠 기회가 있었다. 그때는 그녀의 곁에 다른 사내가 서 있었다는 것이 그들 사이에 변화된 모습이었다.

"참 뻔뻔한 아버지와 딸이에요."

불쾌한 기분을 그대로 드러내듯 미간을 찌푸리며 화원이 말했다. 그의 시선을 좇아 위경여를 확인하고서 하는 말이었다. 더 이상은 완전히 없는 듯 무시해버릴 수 없다는 사실을 인정하는 말이기도 했다.

"과부된 지 채 두 달밖에 지나지 않았어요. 아직 애도의 기간도 채 넘기지 않았는데, 재가이야기가 나오는 게 말이 되요, 오라버니?"

"왜? 축하의 말이라도 건네지 않고."

무덤덤한 그의 반응에 화원이 당혹해서 물었다.

"축하요?"

"그럼 너는 한때 지우였던 사람이 불행한 게 낫겠니?"

희원의 가슴이 크게 들썩였다.

"죽은 사람은 안되었지만 위경여는 아니에요. 오라버니는 도대체 무슨 생각으로!"

화원의 표정은 싸늘했다.

"그럼 너 대신 나라도 축하해줄까?"

"오라버니!"

화원이 질린 얼굴로 서둘러 그의 소매를 붙잡으며 만류했다.

"인사는 해야지, 오랜만인데."

그가 부드럽게 화원의 손길을 떼어놓고는 위백양 부녀에게 향했다.

그가 원했던 재회장소는 결코 아니었다. 조금 더 늦게, 조금 더 비밀스런 공간에서 보고 싶던 존재. 하지만 낮에 한번 스친 것만으로도 그에게는 제법 마음의 준비를 할 여유가 생겼다. 그리고 과부 위경여가 이렇게 빨리 궁중 연회의 장소에 나타났다는 것은 위백양의 말대로 새 남편을 찾으려는 노력으로 읽혔다. 그리고 보면 왕비와 정림, 화원에 이어 위백양과 위경여까지 그들에게 겸손과 체면치레

따위는 중요하지 않은 듯했다.

사실 그가 그녀의 존재를 발견한 순간부터 주변의 잡다한 것들이 빛을 잃었다. 스스로를 다잡아도 눈길은 어느새 그녀 주위를 맴돌았다. 점잖게 자리를 지키고 앉아 유쾌하게 웃으며 대화를 나누는 위백양의 곁을 그림자처럼 지키는 여자. 아무리 외면하고 무시하려고 해도 그의 신경은 이미 그쪽으로 신호하고 있었다. 등을 돌리고 서 있어도 옆으로 비스듬히 서 있어도 강하게 그의 감각을 잡아끄는 존재. 심장이 거세게 뛰고 있음을 무시할 수 없었다. 입이 마르고 피가 말랐다.

이 순간 제강은 그들 존재를 무시할 수도 있었고 그렇다고 한들 과거 그들의 관계로 볼 때 누구도 이상하게 생각하지 않을 것이다. 그러나 제강은 정면돌파 하기로 작정했다. 그의 심장을 아리도록 한 꺼풀씩 벗겨내던 여자. 더 이상은 스스로를 고문하듯 그런 통증을 용납하지 않을 작정이었다.

"오라버니!"

화원이 소리를 낮춰 그를 제지하려 했으나 그의 걸음을 막지는 못했다.

위백양에게 다가가는 걸음걸음에 아찔한 현기증이 동반되었다. 좌중도 마찬가지였다. 그가 누구에게 가는지 분명해진 순간 묘하게 실내가 술렁이며 조용해졌다.

그는 위백양과 예를 갖춰 인사를 나누었다. 확실히 첫 만남이 아니라는 사실이 훨씬 더 상황을 적시하는 데 나았다.

위백양이 버릇처럼 느긋하게 수염을 쓰다듬으며 경여에게 말했다.

"얘야."

그러나 위경여는 그와 시선을 맞추지 않았다.

왕제전하를 뵙습니다, 하고 미세하게 떨리는 작은 음성이 들려왔을 따름이다.

"의외로군요. 아직 근신 중이실 거라고 생각했는데요."

연회에 참석한 다른 여성들보다 차분하고 소박한 분위기의 옷차림이기는 했으나 제강의 말로 인해 위경여의 안색이 더욱 창백해졌다. 듣기에 따라서는 배려차원의 인사말 같기도 하였으나 지아비를 잃은 지 얼마 되지도 않은 여자가 연회 참석은 무리 아니냐고 꼬집는 듯했기 때문이었다.

"아, 그게, 내자가 고뿔로 앓아누운 터라 마침 딸아이가 집에 머물러 있던 중이고 해서 말입니다. 상심해서 집 안에만 머물기에는 날이 너무 좋질 않습니까. 더구나 국왕 전하의 쾌유를 비는 자리이니."

위백양의 말로 제강은 다시 한 번 깨달았다. 위경여는 아버지의 명령을 거부하지 못하던 여자라는 사실을!

"아, 저런. 부인께서 어서 회복하셔야 할 텐데요."

"왕제전하께서도 염려하시더라는 말을 전하면 곧 털고 일어날 겁니다."

"제가 작은 도움이라도 된다면 다행이겠습니다."

짧게 이어진 침묵이 오가는 사이 위백양은 눈치 빠르게 두 사람만을 남겨두고 누군가에게 서둘러 볼일이 있는 체하며 자리를 비켜주었다.

연회장에 모인 모든 사람이 노골적으로 혹은 다른 데 관심이 있는 척하며 그들을 주시하고 있는데다 단둘이 있는 모양새가 되고 보니 마음이 편할 리 없었다. 의기양양한 태도로 과시하듯 대신들과 이야기를 나누는 위백양과 달리 우대신 정시중 쪽의 불편한 시선이 머물렀다.

이제 위경여를 고문하듯 피를 말리는 것도 편하게 대하는 것도 오로지 진제강이 마음정하기 나름이었다.

"꽤나 멀리 가버린 줄 알았습니다."

낮의 일을 빗대 그가 나지막이 말했다.

순간 창백한 여자의 얼굴이 더욱 해쓱해지며 내리뜬 속눈썹이 파르르 떨렸다. 그가 대놓고 낮의 일을 언급할 거라고는 생각지 못한 듯했다.

"그, 그, 런 곳에서 뵐 거라고는 생각지 못해서."

결국 그녀도 그와 마찬가지였다는 말이었다.

"그럼 어디가 좋을까요."

"예?"

아주 잠깐 두 사람의 시선이 마주쳤다.

"정말, 다시 보는 일이 없길 바랐습니까? 내가 돌아오지 않길 바랐다는 말이라면."

깍듯하게 예의를 차려 존대하는 것도 어색했지만 싸늘한 그의 태도가 긴장하게 만들었다.

"아, 아니요. 왕제전하. 그런 일은……."

기어들어갈 것 같던 위경여가 말했다.

"그렇지 않습니다."

"그럼, 돌아오길 바랐습니까?"

경여는 짓궂고 집요한 그의 질문을 피해 화제를 바꾸었다.

"……좋은 아가씨를 만나신 듯합니다."

그녀도 정림과 그의 만남을 보았다는 말이다.

좋은 여자를 만났다? 비단결 같은 마음씨로 그가 좋은 반려를 만나라는 축복을 해주려고?

그의 입매가 굳었다. 이번에는 태도가 돌변하여 은근슬쩍 말을 놓았다.

"내가, 누군가와 혼인해서 돌아왔으면 더 좋았을까?"

눈맞춤도 못하고 부들부들 떨리는 손을 감추려는 위경여의 노력이 눈물겨울 지경이었다.

"으응?"

그가 대답을 재촉했다.

"그, 그야 화원 공주께서도, 돌아가신 모후께서도……."

한때는 위경여에게 당연해 보였던 왕제 진제강의 비(妃)라는 자리. 그 자리에 다른 누군가를 떠올리는 것만으로도 위경여의 가슴은 아프게 조여들었다.

"그대는……?"

"예?"

"그대도 좋아했을까?"

"왕제전하께 좋은 일이라면 당연히……."

"재미없군! 그런 뻔한 답을 듣자고 묻는 것이 아닌 줄 알 텐데."

그가 싸늘한 웃음으로 위경여의 말을 끊었다. 순간 그의 눈에 살의가 스쳐 갔다.

"내가, 사람들의 눈을 피해 만나자 하면?"

"……예?"

다시 눈을 든 위경여와 그의 시선이 부딪쳤다. 안부인사 던지듯 아무렇지 않게 던지는 그의 진의를 파악하자면 고개를 들지 않을 수 없었다. 그의 눈꼬리에 웃음기가 돌았다. 하지만 그녀의 가슴은 도리어 서늘해졌다. 이 순간의 그는 웃으며 살인도 마다않을 사람처럼 보였다. 한 치의 연민도 없이!

그가 이번에는 의심의 여지없이 분명한 의미를 담아 전했다.

"응? 옛정을 확인해보는 의미로!"

그는 당장이라도 집어삼킬 듯한 눈으로 그녀를 응시하고 있었다. 눈빛 한번 맞추지 않는 경여가 야속했던 그였다.

옛정이라고 말하면서 호색한 눈빛으로 그녀가 입은 옷을 한 꺼풀씩 벗겨낼수록 그녀의 숨이 고르지 못했다. 이럴 때는 아버지라도 곁에 있기를 바라며 주위를 둘러보았지만 아버지 위공은 도리어 그녀의 눈길을 피해 아예 등을 돌리고 대신들과 호탕하게 이야기를 나누었다.

"내가 불편한가?"

그가 경여의 눈길을 좇으며 물었다.

그는 사람들의 이목이 두렵지 않은 걸까. 경여는 떨리는 음성으로 대답했다.

취. 작약

"불편합니다."

"왜?"

"그걸 모르신다면 왕제전하의 기억력을 의심……."

"내 기억을 의심해?"

그의 싸늘한 웃음이 그녀를 소름돋게 만들었다.

"도가 지나친 농담은 예의가 아니십니다. 왕제전하, 이제 그만 물러갈까 합니다."

아무도 도와주려 하지 않으니 스스로 도망칠 수밖에!

그가 자신들을 지켜보는 이목에는 상관없이 둘 사이의 거리를 좁히며 바짝 다가와 거의 그녀의 귓가에만 들리게 말했다.

"왜? 재가의 상대를 찾아보시려고?"

확실히 그의 비아냥은 정도를 넘어섰다. 경여가 서둘러 뒤로 한 걸음 물러서는데 그의 말이 채찍처럼 날아들었다.

"끝까지, 잘 돌아왔다는 말 한마디 해주지 않는군. 빈말 인사로도 한마디가 없어."

언제까지나 그럴 수 있는지 침조차 삼킬 수 없는 고문을 가해볼 수도 있었는데 그들 사이를 방해하는 존재가 끼어들었다.

"형수님."

"아! 도련님."

제강은 순간 안도의 숨을 쉬며 상대를 바라보는 위경여의 팔목을 비틀고 싶은 충동이 솟구쳤다.

호정엽. 죽은 호광의 사촌동생은 예의 바르게 그에게 인사를 건넸다.

"돌아오셨다는 소식은 들었습니다. 강건해 보이십니다."

"사촌의 일로 상심이 크겠습니다. 안 그래도 호부인을 위로해드리던 참이었는데."

경여는 그의 입으로 듣는 호부인이라는 호칭이 낯설었고, 위로의 말을 하고 있었다고 둘러대는 그의 태도에 놀랐다.

"예, 그러시면 이제 예의는 충분히 갖추었으니, 형수님을 그만 제게 양보하시지요."

진제강은 호정엽의 예의 바른 태도에 감춰진 분노를 읽었다.

"그럼 이만!"

진제강은 양해를 구하고 위경여와 총총히 사라지는 호정엽의 뒷모습을 바라보았다.

닮았다. 사촌이면서 죽은 위경여의 남편과 호정엽은 닮았다. 다른 점이 있다면 예전 호광은 차마 그의 앞에서 위경여에게 말을 걸 엄두도 내지 못했다면 호정엽은 혼인으로 맺어진 제 가족이라는 핑계로 훔쳐 달아날 수도 있다는 사실이었다. 예전 같으면 위경여가 그 아닌 다른 사내와 이야기한다는 것은 있을 수 없는 일이었다.

죽은 위경여의 지아비와 혈연으로 이어진 사촌 시동생. 그는 연회에 참석하기는 했으나 사람들과 어울리지 못하고 겉돌던 호부인 위경여가 왕제와 대면하자 서둘러 구원의 손길을 내밀었다. 진제강과 위경여는 호사가들의 입에 오르내려도 호정엽과 위경여는 그렇지 않았다. 재가하기 전까지는, 더구나 호가의 집안과는 끊을래야 끊을 수 없는 자식까지 둔 여자이니 사람들의 눈으로 보기에는 보호자나 다름없이 임의롭게 생각했다. 그러나 호정엽의 눈빛은 사촌 형수를

취.작약

바라보는 것이 아니었다. 사내의 직감으로 제강은 알아차렸다.

호정엽과 위경여의 만남을 싫어하는 사람은 단지 진제강만이 아닌 듯했다. 떨떠름한 표정으로 다가온 위백양은 멀어지는 호정엽과 위경여의 모습을 바라보았다.

"다시 한 번 호가와 인연을 맺는다 해도 나쁘진 않겠습니다."

아무 상관없다는 듯 말하는 진제강의 태도가 또한 거슬렸을 것이다. 한때 딸의 혼인에 미쳐 날뛰는 모습을 보았던 터라 더욱더!

"인척지간일 뿐입니다. 왕제전하야말로, 왕비전하의 인척들과 발빠르게 입지를 넓혀 가시려나 봅니다."

정시중과 정림을 두고 하는 말이었다.

제강이 입가에 미소를 지으며 말했다.

"아름답고 재미있는 아가씨더군요. 위공과는 달리, 호부인께서도 정림을 두고 칭찬을 하던데요."

"예, 허나 그만한 가문과 미모를 갖춘 아가씨는 이곳 온국에서도 얼마든지 찾을 수 있을 텐데요."

한때는 경여를 두고 감정이 솟구쳐 죽일 듯 고함을 치고 욕설을 하던 때가 있던 그들이었건만 지금은 무심할 정도로 점잖기만 했다.

"이곳에서 정림보다 더 좋은 아가씨를 아십니까?"

아무리 당당하고 뻔뻔한 위백양이라도 과부 딸을 두고 정림과 비교할 수는 없을 터였다.

"새것만 좋으란 법은 없지요. 때로 옛것과 지나간 것이 더 정이 가는 수도 있습니다."

역시나 위백양은 뻔뻔함으로 그를 실망시키지 않았다.

"글쎄요, 너무 오래되면 종종 잊어버리기도 합니다."

위백양은 일전과는 또 다른 진제강의 미온적인 태도를 가늠해보았다.

진제강이 모호한 태도로 말을 이었다.

"세월이 흐르면 변하는 것들이 많으니, 그 가치를 확인하고 알아보도록 일깨워줄 필요도 있지요."

오래전 일이라 잊었으니 다시 일깨워보라는 의미인가. 단번에 거절하지 않는 태도만으로도 위백양으로서는 진전이라고 생각했다.

"나와 위공, 그러고 보면 참, 끊을 수 없는 인연인가 봅니다. 이리 다시 볼 줄, 아셨습니까?"

애 딸린 과부 딸은 필요 없다던 일전의 모욕과는 확실히 변한 태도였다.

"끊을 수 없는 인연이라는 말씀, 와 닿습니다."

허허, 웃는 위백양의 모습에서 희망의 끈을 놓지 않으려는 속내가 읽혔다.

그때 이복 삼왕제인 현회가 호기심을 누르지 못하고 그들에게 다가왔다.

"폐하의 쾌유를 기원하는 연회가 아니라 형님의 귀국환영 연회 같습니다."

웃으며 이야기하고 있지만 속내는 결코 유쾌하지 못한 말투였다.

"네가 그리 믿고 싶다면이야!"

"결국 본심을 드러내셨군요."

현회가 위백양에 개의치 않고 나지막한 음성으로 말했다.

"나는 전부터 형님이 궁 밖으로만 나돌고 제위에 관심이 없다 해도 믿지 않았습니다. 이웃나라에서 명성을 떨치고 귀국을 종용해도 돌아오지 않는다기에 정말 그런가, 믿을 뻔도 했지 뭡니까."

부루퉁한 그의 속내가 그대로 드러났다.

"네가 폐하께 도움이 되었으면 내가 이 자리에 있지 않아도 좋았겠지."

제강이 남의 말처럼 하자 현회의 얼굴에 울분이 가득 솟구쳤다.

"위선자!"

위백양은 들어도 못 들은 듯 아무렇지 않은 태도로 두 사람 사이의 견제를 지켜보았다.

"너의 생각까지 고쳐줄 수야 없겠지. 하지만 네가 형님을 도와 왕권을 세우고 변방의 국인들을 보호했다면, 그들이 이 땅의 국인으로 태어난 것을 후회하지 않도록 만들 수 있다면, 제위는 네 것이 될 수도 있었을 게다. 내가 없는 동안 폐하를 도와 강건한 국정을 이끌었더라면 말이다."

제강은 현회에게 그 자신이 먼저 기회를 잃은 거라고 말하고 있었다.

"그리고 이런 자리에선 예의를 갖춰 인사를 건네는 것이 먼저라는 것도 알아야지."

노 대신까지 있는 자리에서 호전적인 태도는 도움이 되지 않는다는 것을 지적한 것이다. 현회는 분함을 삭이며 이를 악물었다.

그때 사각이는 비단치마자락이 겹치는 소리를 내며 화원 공주가 정림과 함께 다가왔다.

"오라버니, 정림 아가씨가 정원 구경을 하고 싶다고 하니, 함께 가요."

정림이 자신의 의지라는 듯 그에게게만 보이게 고개를 끄덕였다. 위백양 또한 두 사람 사이에 오가는 묘한 눈빛을 놓치지 않았다.

왕은 어두운 낯빛으로 이미 자리에서 일어섰고 연회자리는 조금씩 취기가 오르며 음악과 흥이 오르고 삼삼오오 정담을 나누는 자리로 변해갔다. 태후는 친정일족인 후씨들과 정담을 나누고 있었다.

제강이 정림, 화원과 함께 누각을 나서려는데 화원의 남편인 유준걸이 막내 딸아이의 손을 잡고 화원을 찾았다. 자연스레 정림과 그만의 오붓한 산책길이 되었다. 그들의 뒤로 왕비와 정시중 일족의 기대에 찬 흐뭇한 눈길이 뒤따랐다.

후유.

정림의 입에서 흘러나온 홀가분한 한숨소리에 저절로 제강의 시선이 머물렀다. 화려한 요대를 꽉 조인 상태여서 일견 보기에도 숨쉬기가 편해 보이지는 않았다.

정림이 생긋 웃으며 변명처럼 말했다.

"이제 겨우 편해졌네요. 아휴, 따라다니는 눈들이 너무 많아요."

"왕비전하를 비롯해서 말이지요?"

제강이 웃으며 거들었다. 그의 시선은 무심하게 아름다운 풍경을 훑으며 호정엽과 사라진 위경여를 찾고 있었다.

"자다가도 꿈속에서 들을 정도로 어찌나 잔소리를 해대시던지. 하지만 왕제전하께 잘 보이고 싶지 않았어요."

"왜죠?"

그는 불쾌한 기색 없이 물었다.

"왕비전하도 아버지도 모두 내게 무엇을 바라는지 알고 있거든요. 귀한 사람이 되고 싶은 마음은 있지만 마음도 없이 정략으로 가는 건 싫어요."

"그럼 이제, 천천히 서로를 알아가면 되겠군요."

듣기에 따라서는 좋은 의미로 해석할 수도 있는 대답이었다. 정림은 그의 진심을 확인하고 싶은 마음 그대로 그를 빤히 바라보았다. 하지만 그의 시선은 아주 잠시만 그녀에게 머물렀을 뿐 연못 건너 먼 곳을 바라보고 있었다.

"아직까지 비를 맞지 않은 왕제전하에 대해 말들이 많아요."

"그래서 정림 아가씨가 궁금한 건 무엇입니까?"

"다른 소문들은 저 또한 개의치 않지만 한 가지만은 궁금해요."

정림은 호기심 어린 그의 눈빛을 맞받았다.

"호부인과 관련된 거예요."

이 나라 안에서 그와 위경여의 사이를 모르는 사람이 과연 얼마나 될까. 그는 당혹하거나 불쾌한 기색없이 웃음을 거두지 않은 눈매로 말했다.

"천천히 알아가는 사이에서 답하기에는, 아직 좀 이른 것 같은데요."

"조금 더 알게 되면 답해주실 수 있을까요?"

"필요하다면. 그러면 우리가 좀 더 가까워질 수 있을까요?"

"어, 그건 왕제전하께 달렸죠. 그리고 사실은 아까, 왕제전하의 서

가보다는 마구간이 더 궁금해요."

제강은 솔직한 정림의 태도에서 편안함을 느꼈다.

"예궁으로 초대해야겠습니다."

"정말요?"

정림의 걸음이 까치발을 든 것처럼 가볍고 사뿐해졌다. 그런데 조금 걷던 정림이 뭔가에 스친 후에 신경이 쓰이는지 손가락을 연신 살피며 미간을 찌푸렸다 펴기를 반복했다.

"어디가 불편한가요?"

"어, 그게, 가시가 박힌 듯한데 잘 보이질 않아요."

"어디"

그가 봐도 되겠냐고 양해를 구하고는 정림이 내미는 오른쪽 두 번째 손가락을 유심히 보았다. 부드러운 살갗을 스쳐보면 뭔가 남아있는 듯했지만 쉽게 빠지거나 걸리지 않았다.

"아주 작은 가시조각이 남아 있군요."

"집에 돌아가 유모에게 바늘로 빼달라고 해야겠어요. 아프긴 하겠지만"

말은 그렇게 했지만 산책하는 중에도 계속 신경이 쓰이는지 소매안에서 꼼지락거리는 것을 본 그가 말했다.

"많이 불편합니까."

"별것도 아닌 가시조각 하나일 뿐인데 자꾸 신경이 쓰이네요."

그도 먼발치 위경여와 다정히 걷는 호정엽이 기분 나쁘게 신경쓰였다.

"음, 도움이 되는 방법이 있기는 한데."

"어떻게요?"

"오해하지 않으신다면."

그리고 남들의 이목에 신경 쓰지 않는다면!

"제가 왕제전하를 오해할 일이 무엇……."

그러나 정림의 말이 끝나기도 전에 그가 손을 이끌어 그에게 향했다. 무슨 사내의 눈동자가 투명하게 빛나는지. 정림은 시선을 사로잡은 그에게 빨려 들어갈 것 같았다.

바로 그 순간 또 다른 충격이 이어졌다. 그가 천천히 정림의 손가락을 자신의 입 안에 살짝 물고는 독을 빨아내듯 흡입하는가 하면 이로 잘근 무는 듯한 행동을 취했기 때문이었다.

어린 시절 유모 혹은 어머니에게서나 받을 수 있던 다정한 행위.

가시 박힌 손가락보다 그의 행위로 인해 정림은 눈이 휘둥그래지고 숨이 가쁘고 맥이 빠르며 아찔한 현기증을 느꼈다.

"되, 되었습니다."

그러나 부드러운 그의 입 안에서 혀에 감긴 정림의 손가락에 힘이 가해질 때마다 순간순간 심장이 옥죄었다 풀어지기를 반복했다. 예상치 못한 너무나 친밀한 행위였다. 그녀가 감당하기에는 너무나 버거운 행위이기도 했다. 하지만 정림은 그에게서 손을 빼내지 못했다. 뜨겁고 촉촉한 그의 혀가 손가락에 감겨 고통을 유발하면서도 심장을 관통해 발가락까지 짜릿하게 만들었기 때문이었다. 이 낯선 감각을 달리 설명할 수 없었다.

잠시 후 그가 매끄러워진 정림의 손가락을 확인하고는 아주 작은 조각을 뱉어냈다. 하얗게 질렸던 정림의 얼굴이 그와 눈이 마주치자 순식간에 새빨갛게 달아올랐다. 말괄량이 수다쟁이 같던 정림이 한동안 말을 잇지 못했다.

제강은 정림이 제법 당차고 용감한 듯해도 아직은 남녀관계에 있어 서투르고 순진하다는 사실을 알았다. 그가 천천히 정림의 손을 놓아주었다.

"아직도 불편합니까?"

정림은 갑작스레 온몸이 불덩어리 같고 심장이 고장 난 듯 세차게 뛰고 있는 사실에 더 놀라고 있는데 그는 조금의 동요도 없이, 무슨 일이 있었냐는 듯 편안해 보인다는 것을 알아챘다.

"정림 아가씨!"

정림은 그의 입을 통해 불리는 제 이름이 지금까지와는 다르게 느껴졌다. 그의 살짝 치켜 올라간 눈썹 끝이 사랑스럽다는 사실도 거의 동시에 느꼈다.

"어, 아, 아니요. 저, 정말 편해졌어요."

못 본 듯 딴청을 피우는 연회의 참석자들 대부분이 그들의 다정한 모습을 이미 확인한 후였다. 그것으로 왕제 진제강과 호부인 위경여를 의심의 눈길로 바라보던 사람들의 호기심도 일부 사그라들었다.

취작약

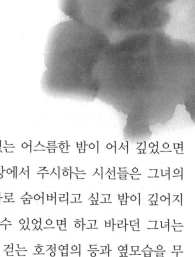

8

　연회장을 나와 정원을 감싸고 있는 어스름한 밤이 어서 깊었으면 좋겠다고 생각하던 경여였다. 사방에서 주시하는 시선들은 그녀의 신경을 예민하게 만들었다. 어딘가로 숨어버리고 싶고 밤이 깊어지면 그래서 서둘러 집으로 돌아갈 수 있었으면 하고 바라던 그녀는 호위하듯 조금 앞서거니 뒤서거니 걷는 호정엽의 등과 옆모습을 무심히 바라보다 정원을 가로지르는 연못 건너편으로 아주 잠깐 시선을 돌렸을 뿐이었다.

　하필이면 그 순간! 예기치 않은 뻐근한 둔통이 가슴을 쥐어짰다.

　흐읏.

　그냥은 참아낼 수 없는 고통이 찰나간에 가슴에서 온몸으로 퍼져 나갔다.

　경여가 걷던 걸음의 방향을 틀며 억눌린 신음 소리를 내자 호정엽이 놀라 물었다.

　"괜찮으십니까, 형수님?"

　경여는 괜찮다고 말하고 싶었으나 부지불식간에 가슴이 뜨끔하며 조여드는 격통이 일자 찌푸린 미간을 펴지 못했다.

"형수님, 어디가 불편하시면……."

"아, 아니. 괜찮습니다."

식은땀을 흘리며 경여가 겨우 말했다.

외면하듯 눈을 감았지만 조금 전 시야에 들어왔던 모습은 이미 눈이 아닌 가슴에 각인된 후였다. 감정이 헝클어져 도무지 풀어낼 수 없을 것 같은 혼란한 상태였다.

왕제 진제강과 정림의 다정한 모습. 그들은 연인처럼 다정해 보였다. 그가 아무렇지 않게 마주 보고는 정림의 손가락을 끌어당겨 입으로 가져가던 모습이 느리게 각인되었다. 뜨끔뜨끔 누군가 무딘 바늘로 찔러대듯 심장이 움찔거리며 경련을 일으켰다. 어느 순간 멈춰버려서 그 자리에 있는 줄도 몰랐던 가슴을 쥐어뜯고 싶게 만들었다.

그가 이미 자신의 소유를 주장할 수 없는 사람임을 알고 있음에도 어쩔 수 없었다. 뻐근하게 밀려왔다 소름돋게 아픈 통증이 지속되었다. 감추려고 하면 할수록 거세져서 숨을 쉬는 일조차 자연스럽지 못했다.

호정엽은 왼쪽 가슴을 쓸어내리는 경여의 손길을 주시했다.

"감추기만 한다고 능사는 아닙니다. 형수님이 아프면 염이는 누가 돌보겠습니까?"

그의 말에 경여는 퍼뜩 현실로 돌아왔다. 새삼 부끄러움으로 고개를 들지 못했다.

"아, 아니요, 정말로 괜찮아요."

취.작약

그러나 그는 빠르게 주위를 둘러보더니 경여의 소매를 조심스레 붙잡고는 근처에 앉아서 쉴 수 있는 바위 쪽으로 안내했다.

"식사는 제대로 하고 계십니까?"

가슴의 통증이 어깨와 등줄기로 이어졌지만 그것은 호정엽이 던지는 질문에 집중하느라 희석되었다.

"네, 그럼요."

"제 보기엔 아직 해쓱해 보이십니다."

그의 말에 경여의 오른손이 저절로 제 볼을 감쌌다. 사촌 시동생의 눈에 해쓱해 보인다는 자신이 다른 사내의 눈에 아름답게 보일 리 없는 것은 당연할 터! 아름다운 여자들 틈에서 초라하고 해쓱해 보이는 과부의 모습으로 왕제를 대면했을 것을 생각하니 난감한 생각이 먼저 들었다.

"친정에 머물고 계시다기에 돌보는 사람도 있고 신경 써줄 사람도 있으니 조금은 나아지실 줄 알았는데요."

"아, 도련님, 저는 괜찮아요. 정말요!"

그러나 그는 쉽게 그러냐고 넘어가주지 않는 단호한 표정이었다.

경여가 입 꼬리를 올리며 농을 던졌다.

"이렇게 걱정하실 줄 알았으면 남들의 손가락질을 받든 말든 화사하게 꾸미고 올 것을 그랬죠?"

그럼에도 호정엽은 웃지 않는 얼굴로 그녀를 빤히 바라보기만 했다.

"사실 이런 자리에는 어울리지 않는 걸 아시잖아요. 아버지 때문에 혼자 오시게 할 수 없어서, 그래서 그런걸요."

변명을 하게 되고 말이 길어질수록 호정엽의 표정은 더욱 믿지 않
는 눈치였다.

"어, 정말인데요."

"아닌 척하는 태도가 더 좋게 보이지 않습니다."

"조금 피곤한 것은 사실이에요. 돌아가서 쉬면 나아지겠죠."

경여는 지금껏 단 한 번도 그녀 자신과 지아비 호광의 모습이 진
제강에게 어떻게 보여졌을지 생각해본 적 없었다. 남들 앞에서 다정
히 어깨를 감싸는 행동이나 가벼이 손을 잡는 행동이 누군가에게는
견딜 수 없는 고통이었겠다는 사실을 오늘 처음으로 깨달았다.

연회에 참석할 때만 해도 제법 여유롭던 위백양의 태도는 궁에서
돌아오는 내내 붉으락푸르락했다. 경여의 옷차림과 왕제를 대하던
태도, 호정엽과 사라져버려 정림에게 기회를 주었다는 사실을 지적
하며 못마땅하게 쏘아보았다.

"사촌 시동생과 그렇고 그런 사이라고 입방아에 오르고 싶은 게
아니면 처신 똑바로 해라."

고문도 그런 고문이 없었다. 경여는 어서 수레에서 내려 자신의
처소로 돌아가고만 싶었다. 이미 오늘밤은 충분히 지옥이었다.

마침내 집으로 돌아와 시종의 도움을 받아 수레에서 내리자 경여
는 아들부터 찾았다.

"염이는요?"

아들을 돌보는 시종이 이미 잠들었다고 전해주었다.

"아이가 어디로 갈 턱이 있나."

취작약

따가운 아버지의 시선을 뒤로하고 경여는 머물고 있는 별채로 향했다. 세상모르고 편안한 얼굴로 잠이 든 아들의 모습을 확인하고서 경여는 무너지듯 바닥에 주저앉았다. 아버지의 생각과는 달리 그녀는 아이의 존재를 확인해야만 했다. 그래서 그녀가 처한 현실을 다시 일깨워야만 했다.

　사람들의 눈을 피해 만나자 하면 만나겠냐고 묻던 그의 눈빛과, 누군가와 혼인해서 돌아왔으면 좋았겠냐고 하던 그의 말이 귓전을 맴돌았다. 당연히 만날 리 없고, 그가 좋은 여자를 만나 혼인하기를 바란다고 하였지만 실상 그가 정림과 다정한 모습을 보고는 가슴이 갈기갈기 찢기는 고통을 경험했다.

　경여에게 중요한 존재는 이제 그가 아니었다. 아직 어린 아들! 그녀에게 남은 가장 소중한 존재는 아들 하나여야만 했다. 잔인하게 가슴을 후벼 파며 놀리듯 사람들 눈을 피해 야합을 즐기자고 하는 진제강이 아니었다.

　"끝까지, 잘 돌아왔다는 말 한마디 해주지 않는군. 빈말 인사로도 한마디가 없어."

　무심하게 원망하던 그의 말도 이미 아프게 귓전을 맴돌았다. 아름다운 정림이 곁에 있는데 자신의 안부인사 따위가 중요할까.

　그간 탈진의 경험은 몇 차례 있었지만 오늘밤이 최고조였다. 까무룩 무거운 눈꺼풀을 뜨는 것조차 새삼 버거웠다. 그렇지만 다시 눈을 떠 경여는 잠든 아이의 모습을 바라보았다. 어디로도 사라지지 않고 부정할 수 없는 현실을 보았다.

　이게 무슨 추태인지 모르겠다, 염아.

스물세 살의 과부 위경여. 젊은 나이에 애까지 딸린 상태로 친정 아버지에게 재가를 강요받는 처량한 신세.

애 딸린 과부는 원치 않는다고 했다던가.

당연히 그럴 거라고, 누구라도 그럴 거라고 생각이 들면서도 아무렇지 않을 수는 없었다. 그때, 5년 전 그날 앞날이야 어찌되든 그를 따라나섰으면 어땠을까. 그가 상관없다고 했으니 아이도 그를 아버지라 부르며 자랐을까. 그랬다면, 오늘 그가 다른 여자와 다정한 모습을 보고 가슴이 아플 일은 없었겠지?

그런 일이 가능했을까. 아무런 구김없이, 밤마다 악몽이 두려워 깊은 잠을 이루지 못하는 일 같은 건 없었을까. 그의 곁에서 행복했을까.

아이를 물끄러미 바라보는 동안 경여는 가슴 한구석의 가시에 찔려 천천히 고개를 돌렸다.

아이 때문이 아니라고 하면서도 경여는 한순간 몹쓸 생각도 해보았던 것이다.

너만 없었으면……!

돌아오는 길에 그녀를 흔들던 그 생각이 부끄러웠다.

염아, 어미가 참 못났다.

지난 다섯 해를 하루하루 숨 쉬고 버티고 살게 해준 염이 아주 잠깐이나마 부스럼인 양, 거추장스러운 혹인 양 생각했던 것이다. 그녀의 가슴을 흔드는 단 한 사람 때문에!

마치 정말 아이만 없었다면 마음 깊이 원했던 그와 맺어질 수 있었던 것처럼!

췡작약

그에게 갈 수 없었던 것은 아버지 위백양도, 아들 염 때문도 아니었다. 오로지 그녀 자신 때문이었다. 그런데도 그가 다른 여자에게 곁을 주는 다정한 모습을 보고나서는 세상의 모든 것이 색을 잃었다.

무딘 바늘의 고문이 다시금 시작되어 가슴이 몹시 아팠다. 호정엽과 함께일 때는 결코 보여서는 안 된다고 눌러 참았던 눈물이 맺히며 콧잔등을 시큰하게 했다.

아까는 잠시 미쳤던 게다. 손에 쥔 것도 아니면서 그를 놓고 싶지 않아 현실을 부정하고 싶었던 거다.

염아, 너를 원망하지 않아. 너를 원망하는 게 아니다.

하지만 헛된 갈망과 터무니없는 소유욕은 정림과 왕제의 다정한 모습을 훔쳐본 순간 사라지기는커녕 더욱 강렬해졌다. 5년 만에 처음으로 그의 꿈을 꾸었던 날처럼 경여는 너무나 그리운 그의 품에 안겨보고 싶었다. 정림에게 했듯이 그가 다정한 눈으로 자신을 바라봐주기를 갈망했다.

그가 호정엽에게서 자신을 낚아채 아무도 없는 전각에서 안아주었다면……?

너무나 허탈해서 쓴웃음마저 나는데도 경여는 그 헛된 꿈을 부여잡고 싶었다. 다시는 만나지 않기를 소원한다고 했던 말은 거짓이라고, 이제라도 그렇듯 가까이서 다시 보게 돼서 좋았다고 말해주고 싶었다. 하지만 이후로도 진제강에게는 결코 할 수 없는 일들이었다. 해서는 안되는 일들이었다.

아이의 존재를 확인하고 자신의 처지를 재확인하며 천천히 자리에서 일어난 경여는 자신의 침소로 돌아왔다. 몹시 피곤한 하루였는데도 여느 때와 마찬가지로 쉬이 잠을 이룰 수 없었다.

다섯 해 만에 돌아온 그! 장난기 어리고 따뜻하게 웃던 눈빛이 사라진 그는 낯선 사람 같았다. 경여가 화원 공주의 지우로 처음 그를 보던 날을 떠올리게 만들었다. 그때도 그는 그녀에게 곁을 주지 않던 낯선 사람이었다. 누이인 화원 공주에게 다정하게 대하던 모습을 보지 못했더라면 본시 차가운 사람인 줄 알았을 것이다. 그는 처음부터 그녀가 누구의 딸인지 알고 있었다고 훗날 말했다. 어쩌면 평생 그렇게 냉랭한 태도를 견지했을 그. 정비의 딸인 가원 공주의 못된 장난이 아니었더라면 그와 그녀의 인연은 그렇게 끝나고 말았을지도 몰랐다.

그가 경여에게 다정해진 이유는 그녀가 어린 시절 그를 위로하고 사탕을 건넸던 꼬마 계집아이였다는 것을 알았기 때문이었다. 갑작스런 다정함과 장난기의 발동은 그녀뿐만 아니라 화원 공주까지 놀라게 만들었다. 그는 이후로 감춰놓았던 열정을 드러내기 시작했다. 이성에 대한 호기심과 열정이 보태져 그를 제지하기란 어려웠다.

그가 정말 혼인하여 아내와 아이들의 손을 잡고 나타났더라면 좋았을까. 누군가의 사랑스런 지아비의 모습으로 나타났더라면 대하기 편했을까.

아마도……! 어쩌면……!

그와 그가 선택한 비의 행복을 빌어주었을 것이다. 하지만 그와 정림과의 다정한 모습은 그녀를 아프게 했다. 세상에 그런 고통이 있는 줄도 모르게 불시에 가슴을 짓이겼다. 피가 통하지 않는 고통.

취|작약

앞으로도 익숙해져야 할 고통이 될 것이다.

그는 그녀가 아는 그 누구보다 열정을 가진 사내였다.

열정. 육체적 욕구.

그녀를 불편하게 만드는 행위.

생각만으로도 몸도 마음도 불편해져 답답함을 풀어내듯 방 안을 서성였다. 밤이 허락되지 않는다면 낮동안만이라도 그의 곁에 있고 싶었다. 혹여라도 그런 날이 가능하다면!

고요하고 깊은 밤 어느 곳에선가 그녀와 마찬가지로 잠을 이루지 못하는 이가 있었던지 묵직한 현금의 소리가 느리게 한 줄씩 울려퍼졌다. 그 소리가 자장가가 되어주길 바랐으나 괜한 심사만 부추겼다.

띠잉.

한참 후에 또 띠링.

현금의 음률이 망설이듯 이어졌다. 망설이고 그러면서도 중단하지 못하고 변주되는 음률은 깊은 밤에 더욱 멀리 퍼져나갔다. 아버지 위백양의 문객 중 누군가도 잠을 이룰 수 없는 모양이었다.

며칠 후.

오후에 시종이 달려와 경여에게 집무실이 있는 중당으로 들도록 전했다.

경여가 아버지의 집무실로 들어서는데 우두둑 소리를 내며 이를 가는 소리가 들렸다.

"나를 거슬러. 감히, 내 말을 거스르고 정가와 손잡겠다고!"

우르르 쾅.

온갖 집기와 화병, 연적이 부서지는 소리가 이어졌다. 어지간히도 마음이 상하지 않고는 이렇듯 평정을 잃은 모습을 보기 힘들었다.

"여보, 제발 진정하세요. 그렇게 화만 내시지 말고 좀 진정하시라고요. 이게 다 무슨 일이랍니까. 예?"

어머니 위부인의 울먹이는 음성도 흘러나왔다.

"아직도 교훈이 부족했던가! 아직도 부족해?"

혼잣말처럼 되씹던 위백양은 안으로 들어서는 경여를 잡아먹을 듯 쳐다보았다.

"애야."

위부인은 경여가 아버지의 노여움을 받는 대신 다른 때를 보라고 눈짓했다. 그러나 경여는 차분한 태도로 발밑에 뒹구는 책 뭉치와 사기조각을 주워냈다.

"왜 아직도 그 꼴이냐! 집 안 곳곳 창고 가득히 네 원하는 것 뭐든지 꾸미고 치장할 수 있는데 어째서 핏기 하나 없는 그 꼴이야!"

엉뚱한 불똥이 경여에게 튀었다. 그리고 그 억지의 끝은,

"내일 당장 왕제를 찾아가거라."

어이없는 명령이었다!

순간 조심했음에도 아주 가는 파편이 경여의 손가락에 박혀들었다. 날카로운 아픔과 더불어 또르르 피가 배어나왔다. 그러나 손가락의 상처보다 아버지의 말이 더 무서웠다. 천천히 몸을 일으키는 경여를 못마땅하게 바라보는 위백양은 의혹의 여지없이 자신의 의지를 전달했다.

취. 작약

"가서 옛정을 되살려서라도 왕제의 마음을 돌려놓으란 말이다."

그녀 자신이 품었던 욕망을 들키기라도 한 것처럼 경여는 얼굴이 화끈거렸다. 거울을 보는 것처럼 아버지의 욕심과 연회에서 돌아오던 밤 자신의 욕심이 겹쳐졌다. 억지도 그런 억지가 없었다. 이제 와서 무슨 염치로 떠나간 사람을 다시 제 사람으로 만들라고 하다니!

경여는 밖으로 나가 시종을 불러 실내를 치우도록 시켰다.

"못 들었니? 온 나라 사람들에게 왕제와 정림의 혼인이 당연하다고 생각되기 전에, 내일 당장 찾아가보란 말이다!"

"아버지!"

낮은 한숨에 이어 경여가 작정하고 말을 하려고 하자 위백양이 손사래를 쳤다.

"다 필요 없다. 왕제가 정림과 혼인하는 꼴을 눈으로 본다면 너도 결코 편치는 않겠지."

그전까지는 아무런 사감도 없었으나 왕제 진제강과 연결된 후로는 고문이 되어버린 이름, 정림!

꽃다운 열여덟의 아름다운 귀족 여자. 위경여가 스스로를 부정하게 만들었던 여자. 정림, 현 왕의 처가 친족, 대부 정시중의 딸.

그가 누구에게나 쉽게 곁을 주지 않는 사람인 걸 안다. 그런 그가 연회에 참석한 많은 이들의 이목이 집중된 가운데 정림과 다정한 모습을 보여주었다. 호감 이상을 드러냈다.

확실히 지금의 왕제에게 잘 어울릴 여인이었다. 가문으로도, 그녀 자체만으로도 거절할 수 없는 존재일 것이다.

창백한 경여의 얼굴에 악의적으로 꽂히는 시선과 더불어 어이없는 명령이 이어졌다.

"조문에 대한 답례차 방문이라고 하는 것도 좋겠지. 뭐라고 꼬드겨도 좋으니 그 자의 약속을 받아내. 너와 혼인하겠다는 약속 말이다. 정가의 딸은 아직 처녀다운 수줍음을 미덕인 줄 알 테니 너는 그와는 달라야겠지. 옛정을 되살려 왕제를 몸 달게 해라!"

조문에 대한 답례인사? 그것을 빌미로 옛정을 되살려?

아비의 말은 대놓고 어떻게든 우선 그를 침상으로 끌어들이라는 말이었다. 처녀가 주저하며 행하지 못하는 일을 과부인 경여는 가능하지 않겠냐고 노골적으로 말하고 있었다.

그렇게만 하면 그를 되찾을 수 있을까. 나머지는 아버지 위백양의 추진력을 믿기만 하면 되는 걸까.

하지만 그것이 얼마나 불가능한 것인 줄은 누구보다 그녀 자신이 더 잘 알고 있었다. 경여의 입가에 자조 섞인 서늘한 미소가 스쳤다.

"제가 그럴 수 없다는 건 누구보다 아버지께서 더 잘 아실 거예요."

"네 발로는 못 가겠다? 허면 내가 왕제를 초대하랴? 하룻밤 시첩으로 들여보내 줄 테니 옛정을 되살려보겠니?"

"아버지!"

"여보!"

위부인이 하얗게 질려 말을 막았다.

시첩!

귀족들은 때로 그렇게 인연을 만들곤 했다. 아름다운 가희들을 두는 이유도 그런 경우 때문이기도 했다. 그래서 누구의 가희가 아름답더라는 말도 돌았다. 직접 눈으로 보고 싶은 귀족들은 서로 이유를 만들어 접근하기도 했다. 그러나 딸을 가벼이 시첩으로 들이는 경우는 드물었다.

"좋은 날을 잡고 덜컥 애라도 들어서면!"

그의 계획은 저열했다. 무엇보다 애도의 기간 따위는 안중에도 없고 딸의 평판 따위도 중요치 않았다.

"바닥을 보이시네요."

"어쩌겠니?"

농이 아니었던 듯 일말의 주저도 없는 아버지의 다그침이 이어졌다.

"정말 부끄럽게 만드시는군요. 왕제께서 그런 일을 받아들이지도 않겠지만 저 또한 할 수없는 일입니다."

"왜 못 해! 혼인식 날 그런 난동을 부리던 사내가 아니더냐. 연회 때 널 찾은 것도 다 마음이 있기 때문인 게다."

사람들의 눈을 피해 만나자고 떠보던 그였다. 옛정을 확인해보자고 하던 그였다. 굳이 남들의 눈을 피할 필요도 없이 아버지 위백양의 제안을 못이기는 척하고 받아들이기만 하면 되는 일이었다. 어쩌면 그는 비웃으면서 그런 제안을 받아들일 수도 있었다. 그러나 경여는 그렇게는 죽어도 그의 앞에 설 수 없었다. 그의 비웃음이나 조롱이 두려워서만은 아니었다.

결코 지나치는 말도, 빈 말도 아닌 아버지의 집요한 요구! 철없는 아들이라야 안된다고 엄히 혼을 내고 돌려세울 텐데!

"연회에서의 일을 보지 못하셨어요? 정림과 왕제전하, 그곳에 있던 모두가 본 걸 아버지만 못 보셨어요?"

경여는 겨우 평정을 유지한 채 방을 나섰다.

"그것도 다 네가 왕제를 피해 도망쳤기 때문인 게다! 다 네가 자초한 게야!"

분노 섞인 위백양의 말이 경여의 등에 꽂혔다.

그는 딸에게 불가능한 것을 요구하고 있었다. 다른, 많고 많은 이유 중에 그것이 가장 그의 곁으로 갈 수 없는 이유였다.

"그게, 아비로 할 수 있는 말이에요?"

소리죽인 위부인의 음성이 문턱을 넘었다.

"안 될 게 뭐야! 당신은 저 애가 수절해서 혼자 살길 바라나?"

어머니가 된 입장에서 그럴 리 없음을 아는 물음이었다.

"아무리 그렇더라도 때라는 게 있어요. 너무 서두르지 마세요. 남들의 이목도 생각하셔야죠. 당신은 때로 예라는 것도, 체면이라는 것도……."

"그래서, 왕제를 다른 계집에게 빼앗기고 닭 쫓던 개 지붕 쳐다보듯이 말인가? 왜 그런 짓을 하나!"

취, 작약

9

여 시종 하나와 건장한 남 시종 하나.

집안에서는 자유롭게 움직이는 듯해도 밖으로 나오고 나서야 경여는 아비가 결코 호락호락한 사람이 아님을 알게 되었다. 경여에게 감시하는 자를 딸려 내보낸 것이다. 그래봐야 경여는 혼자 도망치지 못했다. 집 안에 혈육인 아이를 두고 있는 데야 혼자서 어디로 갈까.

어쨌든 경여는 아버지에게 외출허락의 명분을 얻을 수 있었다. 그토록 아버지가 바라마지않는 왕제에게 다녀오겠다는 데야!

위공은 경여의 단장한 모습을 꼼꼼히 살피는 것도 잊지 않았다. 만족스럽지 않은 듯 눈살을 찌푸렸으나 아무 말도 하지 않았다.

화려하게 장식한 이인용 작은 수레 안에 경여가 올랐다. 남자 시종이 수레 밖 마부의 자리에 여 시종과 자리를 잡았다.

집을 나서고 얼마 되지 않아 경여는 밖으로 향한 창의 휘장을 걷고 호가의 시댁을 먼저 들르자고 했다. 시종은 당황하며 위공의 뜻을 관철하려 했다.

"시가 사람들은 어찌 지내고 있는지 궁금해요. 편지조차 전하지 못했으니 먼저 들를게요. 어차피 돌아가는 길도 아니고 그게 더 낫겠어요."

전에 없이 단호한 경여의 태도에 시종도 알겠다고 했다.

경여는 제 의지대로 호가에 들러 시모에게 먼저 안부를 전했다. 떨떠름하게 인사를 받으며 경여를 바라보는 눈길에는 따스함이라고는 찾아볼 수 없었다. 오로지 강한 경계심만 있을 뿐!

경여는 짧은 인사를 나누고 내실에서 나와 5년간 부리던 집안 식솔 같은 시종들과도 인사를 나누었다. 그들은 경여가 떠난 후 예전 같지 않다며 친동기간보다 더 반갑게 경여의 손을 잡았다.

이곳에 아직도 아버지의 사람이 있을까. 그렇다면 몸가짐과 행동, 말을 조심해야 했다. 목적한 바를 이루고 사람들을 보았으니 되었다고 웃으며 걸음을 돌리려는데 따라가 모시고 싶다며 손을 놓지 않는 정 많은 노인의 눈에 눈물이 고였다. 죽은 남편 호광을 자식처럼 길러준 유모였다. 주름진 거친 손을 토닥이며 경여는 다음에 또 보러 오겠다고 약속하고 수레에 올랐다.

"한 군데만 더 들러요."

경여가 출발하기 전 호정엽의 집을 알려주었다.

"하지만 위공께서는……!"

떨떠름하게 말끝을 흐린 시종은 경여의 재촉에 마지못해 방향을 잡았다. 그들의 수레가 호정엽의 집 앞에 도착했을 때 먼저 온 손님의 수레가 대기 중이었다. 가능하면 타인의 이목을 피하고 싶었던 경여는 잠시 망설였다. 돌아갔다가 다시 걸음 하기는 쉽지 않은 상태였다. 결국 시종들을 밖에 세워두고 경여는 호정엽을 만났다. 수

레를 지키며 대기 중이던 손님의 시종이 지나치는 그녀를 쳐다보았
다.

손님이 있다면 기다리겠다는 경여의 전갈에도 호정엽은 서둘러
그녀를 보러 왔다.

"이렇게 찾아오실 줄은 몰랐는데요. 혹 무슨 급한 일이라도……?"

그는 경여와의 대면이 썩 편치만은 않은 듯했다.

"아니요, 잠시 외출 나올 일이 있어서 지나는 길에 들렀습니다. 제
가 방해가 된 건 아닌가요?"

"형수님도 참! 건강은 좀 어떠십니까."

"도련님께 염려 끼치지 않을 정도는 됩니다."

"염이도 데려오지 그러셨습니까."

"아, 그게, 다른 볼일로 잠시 나온 터라 그 생각까지는 미처……!
다음에 다시 뵈러 올 때는 염이도 꼭 데리고 오지요. 혹 짬이 나시면
도련님께서 보러 오셔도 좋을 듯하구요."

"저야 그러고 싶지만, 위공께서 좋아하지 않으실 텐데요."

그도 이미 경여가 친정으로 돌아가 있다는 사실이 무엇을 의미하
는지 알고 있었던 것이다. 더구나 지난 연회에서 위백양으로부터 지
아비가 죽은 이상 위가의 딸은 위가에서 책임진다며 거리를 두라는
경고마저 받은 터였다.

"정말 지나는 길에 들르신 겁니까?"

호정엽이 망설이는 경여의 눈빛을 놓치지 않았다.

경여가 조심스레 찾아온 용건을 털어놓았다.

"도련님, 일전에 제게, 어려운 일이 있으면 도와주신다고 말씀하

셨죠."

"예."

그는 여전히 경계하는 눈빛이었다. 그 말은 경여가 호가의 사람으로 머물 경우에 해당하는 것이었다. 친정으로 돌아가 재가하려는 사촌 형수를 도와줄 생각은 없었다.

"아버지께서 제게, 원치 않는 재가를 시키려고 하세요."

"그러실 생각으로 친정에 돌아간 것 아니었습니까?"

쓴웃음을 지으며 호정엽이 반문했다. 마음속에 묻어두었던 실망감을 드러냈다.

"아니요, 저는 그럴 생각 없어요."

경여의 말에 그의 표정이 조금 누그러졌다. 지난번 연회에서 왕제와 마주했을 때 그는 단 한 번도 지아비 호광 앞에서 당황하지 않던 그녀가 흔들리는 모습을 보고 화가 났었다. 다른 이도 아닌 혼인 전 깊은 사이라고 알려져 있던 왕제가 아닌가. 곁눈질하고 수군대는 이들에게는 아랑곳 않고 집어삼킬 듯 바라보던 왕제를 보며 치밀어 오르는 분노를 가라앉힐 수 없었다. 아직 젊은 형수가 재가하는 것은 막을 수 없었다. 하지만 그 상대는 적어도 왕제가 아니어야 했다. 왕제 또한 많은 귀족가문의 처녀들을 두고 굳이 과부 혼인을 할 이유가 없기는 했지만!

"무엇을 도와달라고 하시는 겁니까?"

최근 삼왕제 진현회가 자주 그와 교류를 청했고 오늘은 급기야 찾아오기도 했지만 사촌 형에 대한 예의와 궁금증으로 인해 양해를 구하고 경여를 맞은 그였다. 진중한 형수가 이유 없이 자신을 찾아오

취화악

지는 않았을 것이란 사실이 그의 호기심을 더욱 자극했다.

"아버지가 어떤 분인 줄 아실 거예요. 이대로 있다가는 아버지의 명령에 따를 수밖에 없어요. 제겐 달리 믿을 만한 사람도 없어요."

묵묵히 경여의 방문 이유를 듣는 동안 호정엽에게 새로운 계획이 섰다.

마침내 한낮이 지난 후에야 위가의 수레는 애초에 목적한 예읍의 왕제궁 앞에서 멈추었다.

말의 거친 숨소리가 가라앉고 수레의 진동이 확실히 멈춘 후에도 경여가 안에서 미동도 않자 밖에서 시종의 헛기침 소리가 몇 번 들렸다.

어디인지 내려서 확인하지 않아도 가슴이 먼저 알았다.

정말 이래야 할까. 그를 만나면 꿈처럼 담담히 말을 건넬 수 있을까.

하지만 이제 다시 못 볼 테니 마지막 인사 정도로 생각해두자고 경여는 마음을 다스렸다. 또 아버지의 뜻을 거스르지 못해 온 거냐고 비웃더라도, 당장 문밖으로 쫓아낼지라도 먼발치에서나마 다시 한 번 그를 보고 싶었다.

숨을 고르고 천천히 수레에서 내린 경여의 뒤로 여 시종이 따라왔다.

왕제궁을 지키는 위사들이 서 있었다. 경여는 채 열 걸음도 걷지 않고 다시 한참을 우두커니 서서 망설였다. 아버지에게 등 떠밀려 이런 상황을 맞기 전에 더 일찍 서둘렀어야 했다.

뭐라고 말을 하란 말인가.

온 나라가 알다시피 이제 과부가 되어 다시 혼자가 되었으니 혼인하자고? 이제야말로 아버지가 허락했으니 가능하다고?

자신도 모르게 헛웃음이 나왔다.

정말 미쳤다 치고 그렇게 말한다면 그는 뭐라고 할까.

웃으며 흔쾌히 그러자고 할까. 아니면 애 딸린 과부는 원치 않지만 가끔 사람들의 눈을 피해 만나는 건 가능하겠다고 하려나?

그가 정말로 싫어하지 않는다면……! 이제라도 받아주기만 한다면……!

무엇이든 희생하고라도 그의 곁에 있고 싶다는 욕심이 퍼뜩퍼뜩 솟구쳤다. 생명을 덜어서라도. 그와 함께 남은 온 삶을 나누고 늙어갈 수 없다면 단 몇 해만이라도! 한 해, 혹은 두 해만이라도! 호광과 살았던 세월이 결코 쉽지 않았지만 익숙해졌던 것처럼, 그와도 그런 삶을 살 수 있다면……!

생각만으로도 몸이 떨렸다. 아버지의 계획대로 그의 욕정을 자극하고 못 이기는 척 그와 몸을 나누고 혼인을 종용할 수 있을까.

5년 전으로 돌아갔다고 생각해요. 나는 아직도 당신을 생각만 해도 마음이 아파. 숨을 쉬는 것도 괴로워요. 그러니 날 살리는 셈 치고 지금이라도…… 혼인해줘요.

그렇게 말할 수 있다면! 그토록 뻔뻔한 여자였냐고 비난받더라도!

마음이 흔들렸다.

여 시종은 한참 전부터 꼼짝도 않고 왕제궁의 높은 문 위에 걸린 현판을 올려다보기만 하는 경여를 의아하게 바라보았다.

경여는 한순간 퍼뜩 정신이 들었다. 뺨을 세차게 맞은 듯했다.

그를 대면할 수 없다!

그것은 너무나 분명한 사실이었다. 돌아가야 했다. 돌아가야 한다고 생각했다. 시종이 뭐라고 하건 몸을 돌려 다시 수레에 오를 생각으로 몸을 돌리던 바로 그때였다.

"어, 또 뵙습니다, 호부인!"

나쁜 일을 하다가 걸린 것처럼 경여가 화들짝 놀라 소리 나는 곳을 바라보았다. 외출했다가 돌아오는 듯 시종 두 명과 함께 그녀를 지나치던 사내가 살갑게 아는 체를 했다.

그의 사람.

재사 문언.

그늘 하나 없이 환하게 웃는 그를 경계하기란 어려운 일이었다.

"이곳엔 어쩐 일이십니까?"

가장 먼저 눈에 띈 건 귀공자같이 투명한 문언의 얼굴 오른쪽에 난 상처였다.

"아, 그게, 지난번 조문하신 일로 감사의 말씀을 드리러……."

"아, 그러시군요. 지난번 위공께서도 다녀가셨는데요."

너무 빈약하고 속 보이는 변명을 들킨 것 같아 경여의 뺨이 달아올랐다.

"예, 그래도 예의가 아니라고 저를 다시 보내셨습니다."

문언은 해맑은 미소로 반응했다.

주군의 마음이 정말로 떠난 것인지 확인해보고 싶었던 것이겠지.

위백양의 이목을 속이는 것은 필요하겠으나 경여의 이목까지 속였다간 앞으로 일이 더 꼬일 뿐이라는 사실에 문언은 어째야 할지 잠시 망설였다.

"왕제전하께선, 입궁하셔서 아직 돌아오지 않으셨습니다. 그래도 이곳까지 친히 오셨으니 안으로 들어가시죠."

아주 잠깐의 무모할 정도의 상상과 용기는 어디로 가고 급격히 소심해진 경여가 세차게 고개를 가로저었다. 그가 없다니, 천만다행이었다. 그를 만나지 않고 돌아갈 핑계가 생겼다.

"아니, 아닙니다. 주인도 계시지 않은 곳에, 다음에, 다음에 뵙지요."

"입궁하신 지 한참 되셨으니 조금 기다리시면 만나실 수도 있을 겁니다. 다음이라 하시면 또 언제가 될지 기약할 수 없지 않겠습니까? 예궁의 자랑인 전경각은 아무나 구경할 수 없는 곳이라고들 합니다. 이런 기회가 없습니다, 호부인!"

문언은 혹여 경여가 당장 도망이라도 칠까 염려한 듯 오른쪽 소맷자락을 붙잡았다.

화들짝 놀라며 경여가 그의 손을 무안하지 않도록 치웠다. 그러나 경여는 친절한 문언의 제안을 차마 거절할 수 없었다.

문언이 눈짓으로 경여를 따라온 여 시종을 따로 안내하도록 시켰다. 허락을 구하듯 여 시종이 멈칫거리며 경여를 쳐다보았다. 경여는 고개를 끄덕여 여 시종에게 따르도록 시켰다.

"차는 전경각으로 내오도록 하고!"

"예."

시종들은 능숙하고 효율적으로 움직였다.

경여는 문언이 안내하는 대로 뒤를 따랐다. 문 하나를 넘을 때마다 사람들이 보였다. 문객들이 머무는 객실에는 제법 많은 사람들이 있었다. 또 다른 문을 지나니 금을 타고 아쟁을 길들이는 소리도 공력 있게 들렸고 또 다른 문 안에서는 가기들이 아름다운 옷을 입고 새와 꽃의 모양을 흉내 내며 춤사위를 다듬고 있었다. 드넓은 연무장과 담을 마주한 후원의 나무들이 연푸른빛으로 빛나고 있었다.

문언의 말대로 서가인 전경각은 예궁의 자랑이었다. 학문하는 자들이나 진귀한 서적을 구하는 자들은 예궁의 전경각에 소장하고 있는 장서들을 구경하고 싶어 몸살을 앓았다. 진제강이 이웃나라에 머물던 시기에 구한 책들까지 더해져 장서목록은 더욱 그 가치를 논할 수 없을 정도였다. 또한 서적과 상극인 불을 피하기 위해 만든 인공 호수와 주변의 정원은 그 풍광이 무척 아름다웠다. 바로 이웃한 후원의 작약 화원도 절경이었다.

"서가는, 왕제전하께 허락을 받아야 하지 않나요?"

경여가 조심스레 물었다.

전에도 그곳은 아무나 출입할 수 있는 곳이 아니었다.

"설마, 호부인께 보여드렸다고 저를 혼내실까요?"

문언이 의심 없이 반문하고는 말을 이었다.

"아, 오늘따라 햇빛이 더욱 좋습니다."

그는 여유로운 걸음으로 경여를 안내했다. 녹음 우거진 숲 사이로 단아한 서가의 건물과 담이 보이자 문언이 생각난 듯 물었다.

"혹시, 거위를 싫어하실까요."

"거, 위요?"

"예, 전경각 정원 연못에 거위 일가가 살고 있는데 혹여 겁내하실까 미리 말씀드리는 겁니다."

"거위들이 지금도 있나요?"

문언에 의해 잊고 있던 존재 하나가 일깨워졌다.

"어? 알고 계셨습니까?"

"예."

어려서 개에 쫓겼던 기억이 있는 경여는 개는 두려워했지만 거위는 달랐다. 제법 개처럼 침입자에게 경고도 하고 제 영역을 잘 지킨다며 그가 들여놓은 거위 한 쌍은 어느새 식구를 불려 연못의 주인이 되었고 한 무리의 일가를 이루고 있었다.

"낯선 사람을 경계합니다."

그의 말이 떨어지고 채 얼마 지나지 않아 그들로부터 먼 연못가에서 물놀이를 즐기던 십여 마리의 거위 무리 가운데 대장으로 보이는 한 마리가 그들을 발견하고는 꽥꽥 소리를 내며 날개를 펴고 달려왔다.

"꺼려 하시면 제 뒤에……."

문언이 경여를 보호하듯 숨기려고 하는데 거위는 개의치 않고 경여의 주변을 왼쪽으로 오른쪽으로 빙빙 돌더니 슬그머니 날개를 접고는 유유자적한 노인처럼 별 관심 없는 듯 제 무리들에게 돌아갔다. 매일 보아온 집안 식솔들을 대하듯 하는 모습에 도리어 놀란 이는 문언이었다.

"오랜만에 보는데도 낯선 이로 여기지 않는가 봐요."

다소 우스꽝스럽게 걸어가는 거위의 뒤태를 바라보는 경여의 가슴이 선득해졌다.

세월의 더께를 입어 웃자란 나무들과 산책로를 따라 난 징검다리처럼 박힌 평평한 돌. 연못은 전보다 더 깊고 넓어졌고 전에는 못 보던 회랑도 생겼다. 익숙한 것과 낯선 것을 부지불식간에 찾아내며 낮은 담벽을 타고 그늘진 그곳 어딘가에 그와 그녀가 함께했던 흔적들이 있었다. 한번 열린 금기의 빗장은 닫힐 줄을 몰랐다. 화원 공주와 사람들의 눈을 피해 제강이 경여와의 밀회를 위해 택한 곳도 이곳 예궁이었다.

당당하게 모습을 드러낸 전경각의 계단을 올라서며 경여는 잔뜩 긴장하고 있다는 사실을 들키지 않기 위해 문언에게 말했다.

"어디를 다녀오시는 길이었어요?"

"아, 예, 최근 왕제전하의 입맛이 없으신 듯해서 조금 먼 곳까지 시종과 장을 보고 오는 길이었습니다."

물오르고 신선한 귀한 생선.

그가 좋아하는 것.

함께 미복을 하고 낚시를 즐겼던 적도 있었고 배를 타고 호수에 나가 사람의 키를 넘기는 연꽃 그늘 속에서 한때를 보낸 적도 있었다. 새록 추억이 떠오를 것 같아 경여는 애써 떨쳐냈다.

"재사께서 그런 일도 하십니까?"

"하하, 저는 세상 곳곳을 들춰보는 게 좋습니다. 담 안에 틀어박혀 있는 건 체질에 맞지 않아서요."

문언은 때때로 서책의 거풍을 위해 사용하기도 하고 주로 열람실로 사용하는 방으로 안내했다. 창이 없는 벽 한면은 책가도 그림으로 고고해 보였다.

창을 열면 조금 전 그들이 눈에 담았던 풍경이 그대로 펼쳐지는 곳이었다. 예궁의 드넓은 서가 후원은 그녀에게도 결코 낯선 곳이 아니었다.

고급 목재를 다듬어 만든, 솜씨 있는 장인의 솜씨가 돋보이는 고풍스런 탁자 위에는 책을 읽을 때 사용하게 만든 귀한 야명주 두 개가 옥을 깎아 만든 받침 위에 올려져 있었다.

"왕제전하께서 오래 떠나 계셔서 전 같지 않습니다만, 그래도 화원 공주께서 세심하게 돌보고 꾸미셨으니 나아질 것입니다."

문언의 말에 고개를 끄덕이는 경여의 입가에 얼핏 미소가 걸렸다.

경여가 앉도록 의자를 내어준 문언이 새삼 경여를 훔쳐보았다. 물기 촉촉한 눈으로 주위를 둘러보는 여인의 모습은 아무리 봐도 아이를 낳은 여자가 아닌 듯했다. 일전의 어두운 밤 불빛 아래서와는 또 다른 모습이었다. 조문 때도 그녀가 들어서는 순간부터 다시 스쳐지나갈 때 그를 사로잡은 특유의 향이 있었다. 제사에 올릴 향 때문에 희석되긴 했으나 낯설지만 청량감 있는 그녀만의 체취가 독특하다고 생각했는데 서가 안으로 들어서니 오늘은 그 향이 더욱 분명했다.

이게 무슨 향이지?

어디선가 쉽게 맡아보았던 향인데 당장 명쾌하게 떠오르지 않았다. 풀잎향도 아니고 흔히 맡는 여인들의 달착한 꽃 향도 아닌데!

문언은 홀린 듯 경여를 바라보는 눈길을 뗄 수 없었다.

"그런데요."

취. 작약

경여가 힐끔 문언의 얼굴 상처를 보고는 물었다.

"싸움을 즐겨하지 않으실 것 같은데, 거기, 상처는, 어쩌다 그런 건가요?"

"아, 이거요?"

문언이 그제야 알겠다는 듯 오른쪽 광대뼈의 푸르딩딩하게 멍든 자국을 손으로 살짝 덮었다. 시종이 귀한 달걀을 가지고 와서 손에 건네주었지만 문언은 효과가 제대로 있을지 장담할 수 없어 상처에 대고 굴리기보다는 보양이라도 할 목적으로 당장 깨서 삼켜버렸다. 하지만 이렇게 일찍 호부인을 만나게 될 줄 알았더라면 한나절이라도 열심히 문질러볼걸 하고 후회가 됐다.

난처한 일은 또 있었다. 어차피 방문목적이 조문에 대한 감사차 방문이라고 하니 그녀에게도 사실을 알려서 부담을 더는 게 나을 듯했다.

이번엔 호부인에게서 왼쪽 얼굴마저 상처를 얻게 되려나.

잠깐 드러난 소맷자락 사이로 보았던 호부인의 손은 가녀리고 부드러워 그리 매울 것 같지 않았다.

문언은 그들이 지나온 후원의 전경이 보이도록 닫아두었던 창을 활짝 열었다. 두 번째 창을 열고나서야 경여에게 다가온 문언의 입에서 작은 한숨이 새어나왔다.

"저기, 일전에 조문 갔던 일말입니다, 호부인."

"예."

"사실은, 주군의 뜻이 아니었습니다."

심기를 거스르지 않기 위해 최대한 조심스럽고 은근한 말투로 말

했다. 여차하면 왼쪽 뺨을 내밀어야 하는 것 아닌가 했는데 의외의
반응이 나왔다.

푸훗.

어쩐 일로 경여의 입가에 웃음이 머물렀다.

"왜요?"

"알고 있었어요."

"예? 어떻게……."

당황한 이는 오히려 문언이었다.

경여가 부드럽게 말을 이었다.

"그날 재사께서 필요한 일이 있으면 예궁으로 연락하라, 그렇게
말씀하셨어요."

"예, 그랬지요."

문언은 고개를 끄덕였다. 그날 경여의 작은 움직임까지도 모두 기
억하고 있었다. 저토록 아름다운 이여서 주군이 그토록 마음에서 지
울 수 없었겠구나, 하고!

"왕제전하였다면 절대, 그렇게 말하지 않았을 거예요."

하기는!

모시는 주군의 심사가 그렇게 뒤틀려 있을 줄은 문언도 미처 몰랐
던 일이었다.

"사실은 주군을 모신 지 이제 갓 다섯 해가 안 되었습니다."

경여는 이해한다는 듯 고개를 끄덕였다.

"아. 이런! 주책맞은 입이 문제였군요."

문언이 싱긋 웃었다. 그리고는 덧붙였다.

취, 작약

"왕제전하께 무척 혼이 났습니다. 괜한 일에 끼어들었다고요."

"그랬을 거예요."

경여가 안되었다는 듯 문언의 얼굴 상처를 바라보았다.

문언이 겸연쩍은 웃음을 보였다.

"뭐, 그래도 결국엔 저의 조언을 받아들이셨습니다."

"네?"

문언이 의미심장하게 씩 웃었다.

"그런데 호부인께선, 조문이 왕제전하의 뜻이 아닌 줄 알면서도 이렇게, 오셨군요."

이제 겨우 두 번의 만남으로 알게 되었지만 문언은 상대의 경계심을 풀어놓았다가 어느 순간 허를 찔렀다.

"그것은……."

어쩔 수 없는 사정이 있다고 말할 필요까지는 없었다.

문언이 싱긋 웃고는 주위를 둘러보며 말을 돌렸다.

"호부인께선 이곳이 마음에 드십니까?"

"예, 저는 전부터, 이곳이 좋았습니다."

경여는 그가 열어놓은 창으로 가서 아름다운 예궁 후원의 모습을 다시 한 번 눈에 담았다.

"저도 좋아집니다. 안주인이 어서 들어오셔서 곳곳에 더욱 생기 넘치게 되었으면 합니다."

찌르르. 가슴의 상처가 도졌다.

언제쯤이면 아무렇지 않게 이런 말을 흘려들을 수 있을까.

경여가 작은 음성으로 서둘러 말했다.

"예, 곧 그렇게 되겠지요."

"화원 공주께서 부쩍 서두르고 계십니다."

그의 말에 왕궁의 연회에서 싸늘하게 바라보던 화원 공주의 눈빛이 새삼 떠올랐다.

그때 시종이 예의 바르게 다가와 차를 두고 나갔다. 단아한 차향이 은근하게 퍼졌다.

문언이 차를 권하며 물었다.

"아, 호부인께서도 화원 공주전하와 교류가 있으십니까?"

"네, 열 살 때부터 화원 공주전하의 지우였는걸요."

문언이 그들의 나이를 거슬러 올라가 헤아리며 물었다.

"아, 그러면 그 인연으로 왕제전하와 일찍 만나셨던 건가요?"

"예, 그런 셈이에요."

"열세 살, 열네 살의 왕제전하는 어떤 분이었나요?"

"좋고 싫은 게 분명하셨죠. 아이 같지 않으셨어요. 화원 공주께는 다정한 오빠였지만 다른 이들에게는 무척, 까다로운 분이었어요."

"호부인께도요?"

"예, 제게도 좋은 분은 아니었어요."

"그럼 언제부터⋯⋯?"

"그건⋯⋯, 저어, 이제 재사께서도 저보다는 정림 아가씨에게 더 관심을 가지셔야 하지 않을까요? 지난번 연회 이후로 왕제전하와 정림 아가씨에 대해 기대하는 사람들이 많아요."

"아, 예. 저도 들었습니다."

굳이 눈길을 피하는 경여의 담담한 말끝에 문언이 물었다.

취작약

"정말로, 호부인께선"

문언이 잠시 말을 끊었다가 경여의 이목이 그에게 집중되기를 기다려 물었다.

"왕제전하께서 다른 여인과 혼인하셔도 괜찮으시겠습니까?"

착하고 여린 심성으로만 보였던 문언이 꿰뚫는듯한 시선으로 경여를 바라보고 있었다. 조금의 거짓도 용납하지 않겠다는 듯.

경여의 입술 끝이 떨렸다.

"무슨, 그런 물음이. ……괜찮지 않으면요?"

감정을 쉽게 감출만큼 경여는 노련하지 못했다.

"왕제전하와 호부인, 가까운 사이셨다고 들었습니다."

화악 귓불이 뜨거워졌다. 마치 문언이 그녀의 방문목적을 알고 있는 것 같았다.

경여가 강하게 부정했다.

"그건 정말 오래전, 과거의 일입니다."

"되찾고 싶지는 않으십니까?"

"무슨 그런……!"

그녀 자신뿐만 아니라, 아버지에 이어 문언까지! 어쩌면 세상 사람들 모두가 그렇게 생각한대도 부정할 수가 없겠다.

"두 분의 마음만 변치 않았다면 안 될 것도 없지 않을까요?"

"그분의 마음도 모르시잖아요."

경여는 제 마음을 감추며 반 걸음 물러났다.

"왕제전하의 마음은 압니다. 모르는 건 호부인의 마음인데요."

그의 마음을 안다고?

문언의 자신만만한 말투와는 달리 경여는 의구심을 가졌다.

이 사람은 나를 떠보려는 거구나. 지난번 조문 때처럼!

경여는 금기의 빗장을 단단히 닫아걸었다.

"저는 그런 일이, 가능할 것 같지 않아요. 그리고, 그분은 저를 미워하세요."

무엇보다 그것이 중요한 이유였다. 진제강이 위경여를 미워하고 있다는 것!

지난번 연회에서 그는 세련된 태도로 속마음을 짐작할 수 없게 포장하고 말을 건넸지만, 경여는 그 속에 감춰진 분노를 느낄 수 있었다.

"제가 굳이 말하지 않아도 왕제전하를 지척에서 모시는 재사께서 모르실 리는 없을 것 같은데요."

더구나 그를 모시는 재사의 입장에서는 위경여보다 더 좋은 조건의 여자를 찾는 것이 옳지 않을까. 당장 물망에 오른 정림만 해도 무엇 하나 부족함이 없는 것은 분명해 보인다.

"예, 그렇습니다. 그런데 호부인께선, 왕제전하께서 조금도 미워하지 않기를 바라셨습니까?"

미워하는 줄은 알았지만 문언의 입을 통해 확인하는 것은 또 달랐다. 경여는 한편으론 자신의 마음을 들킨 것 같아 가슴이 호되게 뛰고 얼굴에 열이 올랐다.

그렇다면 요? 혹여 라도 내가 그런 마음을 품는다는 게 가능할까요?

다른 누구도 아닌, 그의 재사라면 대답을 알고 있지 않을까.

"아무렇지 않게 호부인을 대하신다면, 그게 더 이상한 것 아닙니까? 정말로 왕제전하께서 전과 다름없이 호부인을 대하길 기대하셨습니까?"

만약 그런 것을 기대한다면 너무나 터무니없는 욕심일 터였다. 그러나 아무리 그렇더라도……!

두려움은 그녀 자신을 위축되게 만들었다.

"저는 그분에게 아무것도 기대하지 않아요."

문언이 물끄러미 그녀를 바라보더니 들릴 듯 말 듯 한 마디 했다.

"그렇다면 정말 큰일입니다."

이후 경여는 그곳 서가의 장서목록을 넘겨보기도 하고 장서실에서 조심스레 책을 넘겨보기도 했다. 그 사이 문언은 더 이상 불편한 화제로 그녀를 이끌지 않았다. 그럼에도 시간이 흐를수록 경여의 마음은 점점 불편해졌다.

이렇게 기다리다가 정말로 그를 마주하게 되면 뭐라고 해야 하나. 정말 그를 만나기 위해 이곳에 남아 있는 건가, 아니면 잠시나마 그와의 추억을 더듬어보고 싶은 건가.

생각이 깊을수록 머리는 어지럽고 가슴은 고르지 못하게 뛰었다.

"그만, 가봐야 할 것 같아요."

문언은 처음과 달리 더는 붙잡지 않았다.

그러나 돌아오는 길에 경여는 어쩔 수 없는 호기심으로 서가 후원에서 인접한 작약 화원 쪽으로 향했다. 아직 절정을 맞기에는 이르지만 막 꽃들이 봉오리를 터트리고 있어 예궁의 작약도 아름답겠다고 생각했다. 하지만 그들 추억 속의 작약 꽃밭은 심하게 망가져 있었다. 줄기가 꺾이고 채 개화하지 않은 꽃송이들이 짓이겨져 있었다.

지난번 정림과 그의 모습을 발견했을 때는 둔하게 지속되던 가슴 통증이 이번에는 날카롭게 베인 것처럼 쓰라렸다.

미워하고 있다는, 그의 마음을 확인하는 것은 새삼 아팠다. 알고 있는 것을 확인하는 일로도 이렇게 아픈데 그보다 더한 일들로 상처 받는 일은 견딜 수 없었다.

희고 붉고 연한 꽃송이들이 짓이겨진 채 흙바닥을 뒹구는 참상. 드넓은 꽃밭 어느 곳에서도 제대로 남은 것이 없었다. 참담해진 작약 꽃밭 앞에서 경여는 도망쳐야 한다고 생각하면서도 쉽게 걸음을 떼지 못했다.

"저기."

경여의 입 안이 타들어가고 침이 말랐다. 왜, 누가 이렇게 만든 거냐고 물을 수도 없었다.

"아, 그제밤 고삐 풀린 말 한 마리가 난동을 부리는 바람에 그만, 아름다운 화원을 망쳤습니다."

그는 경여가 묻지도 않았는데 변명처럼 둘러댔다.

문언은 창백한 그녀의 얼굴을 바라보았다. 경여의 얼굴은 확연하게 상처받은 이의 것이었다.

"이젠 정말…… 돌아가 봐야 할 것 같아요."

"호부인!"

경여는 문언이 붙잡기라도 할까 봐 두려워하는 것처럼 몸을 돌려 뛰듯이 걸으며 잰걸음으로 멀어졌다. 그 모습을 물끄러미 바라보던 문언은 조금 전 위경여의 시선이 머물던 꽃밭을 바라보았다. 확실히 밤보다는 한낮에 보니 그 참담함이 더했다.

　이틀 전 밤늦게 궁에서 돌아온 왕제는 침전으로 들지 않았다. 잠이 오지 않으니 책을 넘기다 침수들겠다는 주군을 혼자 남겨두기에는 걸음이 떨어지지 않아 문언이 무심코 창 하나를 열어두었던 것이 화근이 될 줄이야!

　달콤한 듯하면서도 서늘한 향. 꽃향기에 취해 기분 좋은 잠에 취했던 문언은 시종이 깨우는 바람에 한밤중에 일어났다. 주군을 말릴 사람은 재사뿐이라며 허겁지겁 알리는 소리에 비몽사몽간 따라나섰던 문언은 전경각 서쪽 너른 작약 꽃밭 한가운데서 원한 깊은 행동으로 꽃밭을 무참하게 망가뜨리고 있는 그를 발견했다. 아름답던 꽃밭은 이미 한밤의 침입자로 인해 짓이겨지고 쓰러진데다 꽃들은 성한 곳이 없었다.

　"전하!"

　꽃밭의 안위보다 걱정되는 것은 주군의 상태였다. 지난 5년간 이토록 격앙된 감정을 드러내 보인 적 없는 그였다. 가슴이 들썩이도록 숨을 몰아쉬고 침의가 흙투성이가 되든 말든 맨발로 달려 나온 한밤의 기행.

　"주군!"

　문언이 다가가 서둘러 제지한 후에야 그는 악몽에서 막 깨어난 사람처럼 주위를 둘러보았다. 칠흑 같은 어둠 속 화원 주위로 소리에 놀란 시종 하나가 들고 나온 불빛 주위로 서너 명의 시종과 문사들이 걱정스레 서 있었다.

고통스런 그의 표정이 천천히 걷히는 것을 문언은 가만히 지켜보았다.

"밤이 늦었습니다."

진제강은 무엇엔가 홀린 사람처럼, 혹은 몽유병에 이끌린 사람처럼 아무런 대꾸도 없이 걸음을 옮겼다.

불을 밝혀 든 시종이 서둘러 그의 앞을 따랐다. 나머지 모여들었던 사람들의 표정은 얼떨떨했다. 기행? 광란? 전에 없던 왕제의 행동은 그들에게 염려와 근심을 만들어주었다.

"작약향이 때론 사람의 짜증을 돋굴 때가 있지."

문언은 임기응변으로 말하고는 자신의 거처로 돌아왔었다.

작약향? 왕제의 기행이 단지 그 때문이었을까?

문언은 갑자기 짚이는 게 있어 시들고 일그러진 붉은 작약꽃송이를 집어 들었다. 푸른 잎이 쑥쑥 자라 오르는가 하더니 수줍게 봉오리 졌다가 어느 새 한낮에는 활짝 개화하고 밤에는 다시 오므라드는 홍작약과 백작약, 적작약이 뒤섞인 서쪽 음지의 꽃밭.

무심코 꽃향기를 맡던 문언의 정신이 번쩍 들었다.

아! 낯익다고 생각했던 위경여에게서 나는 향은 작약의 향이었다. 향긋하고 달콤하게, 또는 나른하게 사람을 꾀는 향이 아니고 서늘하고 시원하게 주위를 환기시키는 향이었다. 이유가 있겠다고 생각했으나 꽃이 무슨 죄가 있다고 그랬을까 싶게 광인처럼 망가뜨린 꽃밭은 결국 호부인 위경여가 원인이었다.

"저는 그분에게 아무것도 기대하지 않아요."

秋작약

조금 전 경여의 말이 헛된 메아리처럼 들렸다.

한쪽은 상대로 인해 얼음이었다가 불이었다가 하며 갈피를 잡지 못하는데!

문언은 혹여라도 그녀가 주군 앞에서 그처럼 서늘하지 않기를 바랐다. 단 하루도 잊은 적 없었다는 고백은 아니더라도 그래서는 주군의 마음을 더 엇나가게 할 뿐이었다.

아닌 척해도 마음을 감추는 일에 서툰 사람들!

쓴웃음을 지으며 문언이 멀어지는 경여의 뒷모습을 바라보았다.

막 풋사랑을 앓는 소년소녀도 아닌 이들이 상대에 대한 이야기만 나오면 도무지 평정을 유지하지 못한다. 여자는 그리워하면서도 두려워하고 남자는 그리운 마음을 안으로 삭이며 애써 증오인 양 덮는다.

문언은 한때 사랑하던 정인들이 두려움과 미움을 내려놓았을 때 어떤 모습으로 서로를 대할지 궁금해졌다.

"주군, 꽤 늦으셨습니다."

그날 밤 문언이 반갑게 제강의 뒤를 따르며 말했다.

그를 섬기는 문사와 무사들을 통틀어 가장 말이 많은 자가 바로 문언이었다. 살가운 그 태도에 어느 순간 익숙해지기는 했지만 아직 지난번 사건 이후로 마음이 풀리지 않은 제강은 문언이 없는 듯 대꾸도 하지 않았다.

밤바람이 시원한데도 그는 일부러 창문을 열지 않았다.

"호부인께서 다녀가셨습니다."

문언은 그 말이 하고 싶어 입이 간지럽던 차였다. 역시나 반응이 곧바로 왔다. 휙 돌아보는 제강의 눈에 분노가 일었다.

　"또 무슨 헛소리를 지껄이진 않았겠지?"

　"예, 뭐, 매를 버는 게 어떤 건지 확실히 배웠으니까요."

　문언이 제 얼굴의 상처를 더듬자 제강도 멋쩍은 듯 슬쩍 외면했다.

　"상처가 왜 그리 더디 낫지? 피가 잘 돌도록 시종에게 달걀을 보냈을 텐데."

　"예, 받기야 받았습니다."

　"일부러 내게 보란 듯 시위하는 건 아니고?"

　"제가 어찌 그런……."

　심약하고 어수룩하게 보이다가도 언제든 돌변하는 여러 얼굴을 가진 이가 문언이었다. 제강은 속지 않았다.

　"흠. 무슨 일로 찾아왔다고 하던가?"

　"감사인사입니다."

　"뭐?"

　치켜뜨는 그의 시선을 피해 문언이 눈을 내리깔고 대답했다.

　"지난번 조문에 대한 답례차……. 위공께서 억지로 보내신 듯했습니다."

　문언의 대답은 모래알을 씹는 듯 껄끄러웠다.

　"그래서?"

　"조문은 전하의 뜻이 아니었다고, 사실대로 말씀드렸습니다."

　제강의 턱이 단단하게 굳었다. 더 이상은 기다려도 아무런 반응을 엿볼 수 없을 것 같았다.

"실망하시거나 화를 내실 줄 알았는데, 그렇지 않았습니다."

실망하거나 화를 낸다?

제강은 세금을 거두고 성벽을 쌓는 일에 관심이 있는 듯 탁자에 앉아 손에 잡히는 책을 펴들었다.

심성이 착한 여자였으니까!

너무 착해서 탈이지.

너무 착해서 그에게만은 몇 년째 지옥 같은 고통을 안겨주었을 뿐이지.

위경여를 생각하면 마음이 뒤틀리는 것을 그 자신도 어쩌지 못했다.

문언은 집요했다.

"글쎄, 어렵게 고백했는데, 알고 계셨다네요?"

"……어떻게?"

궁금해서 묻지 않고는 못 배긴 제강의 낮은 음성에 문언의 입가에 웃음이 번졌다.

"언제든 어려운 일 있으면 예궁으로 연락하라, 제가 그리 말해서요."

그가 용서치 않을 줄 알고 있었다는 말이다. 그래도 실망하는 모습을 보였으면 그의 마음에 작은 위로라도 되었을까.

"함께 후원을 걸었습니다."

문언은 책에서 눈을 들지 않는 제강을 바라보았다. 쓸데없는 소리 하려거든 나가보라고 할 만도 한데 그런 명령이 없었다. 언제까지라도 듣고 싶은 마음 때문일까.

"거위가 낯선 이를 위협하지 않을까 염려했는데 그렇질 않았습니다."

순간 제강의 입술에 슬쩍 웃음기가 돌 것 같았으나 입매가 굳었다. 이후로는 미동조차 없었다.

문언이 차분히 말을 이었다.

"서가에서 한동안 머물며 주군을 기다리셨습니다. 그런데, 작약 화원 쪽을 보시더니 더 머물지 않고 바로 돌아가셨습니다."

순간 제강의 턱에 힘이 단단히 들어갔다.

작약 화원!

하필이면 그가 이틀 전 망가뜨린 곳!

오늘 위경여가 찾아올 줄 알았으면 참았을까. 아니, 그녀가 올 줄 알지도 못했을 뿐더러 그 자신조차 어쩔 수 없는 충동에 따른 일이었다.

호부인이 돌아간 후에 문언은 정원을 가꾸는 시종을 통해 들었다. 8년 전 제강이 경여와 함께 심고 가꾸었던 꽃밭이었다는 것을! 그리고 작약은 위백양 가문에서 가꾸는 꽃이라는 것을!

5년 만에 돌아와 하필이면 예기치 않게 작약꽃 흐드러지게 핀 여름 밤, 평소에는 치자향에 묻혀 지나쳤을지도 모를 작약의 향은 창을 통해 바람에 실려 서가를 채웠고 무장해제되어 있던 그를 한순간 미치게 만들었던 것이다.

진제강이 한때 위경여와 관련된 모든 것들을 없애버리려고 했던 흔적. 그리고 그 일을 당사자인 위경여가 알게 되었다는 사실!

取작약

문언이 조심스레 그의 눈치를 보며 화제를 바꾸었다.

"정림 아가씨와는 어떠셨습니까?"

"언제부터 내가 모든 일을 재사에게 고해야 했지?"

순식간에 돌변한 싸한 음성.

지난 5년간 아무리 흔들고자 했어도 꿈쩍도 않던 주군이 최근에는 너무 빠르게 변화하곤 했다.

"대부 정시중과 감정으로 얽혀 좋을 일이 없습니다, 주군. 정말로 정림 아가씨를 아내로 맞으실 생각이 아니시면…….."

"왜, 재사가 보기에 정림이 부족한가?"

화원 공주까지 가세하여 정림과 그를 부추겼다간 눈 깜짝할 사이에 혼인 말이 오갈 수도 있었다.

"예? 하지만 전하께서 마음에 두신 분은…….."

제강이 싸늘하게 쏘아붙였다.

"과부가 가당키나 해? 위백양의 딸로 아내를 삼을 생각은 없어!"

마음과 다른 말.

문언이 걱정하는 것은 그것이었다. 위백양을 자극하다 결국 정림으로 인해 정시중과 어긋나게 될까 봐! 제강이 아내를 얻는 일로 양쪽의 감정 모두를 상하게 만들까 봐!

"그 말씀은…….."

이해가 되지 않아 더 물으려는데 제강이 읽던 책을 소리 나게 덮고는 다른 책으로 손을 뻗었다.

"정림과 혼인하는 것을 고려 중이다."

그를 모시는 모두가 찬성하고 축하할 일이었지만 마음과는 다른 결정을 내리는 주군의 심사가 혼란스러워 문언은 당혹했다.

"주군!"

차르륵.

훑듯이 건성으로 책장을 넘기는 소리.

그 소리에는 제강의 불편한 심기가 그대로 묻어났다.

더 말하고 싶지 않다, 고 제강이 온몸으로 말하고 있었다.

하지만 문언은 궁금했다.

"비가 아니라면 그럼, 호부인은 어쩌시려고……."

호부인! 그가 가장 경멸하는 호칭!

"내가 그 여자를 어떻게 해야 하나?"

"예? 하지만 주군께선 아직……."

스스로도 돌아보지 못하고 인정하지 않는 감정을 알려준다 한들 좋은 반응이 나올 리 없었다. 쌀쌀한 제강의 반응에 문언은 차마 다음 말을 잇지 못하고 말을 돌렸다.

"그게, 다른 사람도 아닌 위공의 따님입니다."

그것을 모를 왕제가 아니었다. 하지만 문언으로서도 답답하기는 마찬가지였다.

"이 나라에서 가장 무시할 수 없는 힘을 가진 분이 바로 위공입니다. 섣부르게 적으로 돌렸다간 다른 어떤 귀족들보다 위험한 존재도 바로 위공입니다. 한미한 집안의 여자라면 몰라도 위공의 따님을 취하시려면 혼인은……."

"둘 사이를 오가며 저울질하는 동안 위백양은 몸이 달아 그 여자를 내게 줄 거야. 시첩으로 족할 테니 굳이 혼인까지 할 필요는 없지."

시첩으로 족할 거라고?

"최근 삼왕제께서 부쩍 긴밀하게 움직이고 있습니다. 그런데 이때 위공에게 모욕을 안기고 적으로 돌리겠다 하시는 겁니까? 주군! 그것은…….."

"거참! 곁이 시끄러우니 글이 눈에 들어오지 않는군."

제강의 입에서 드디어 축객령이 내려졌다.

이크!

문언은 서둘러 자리를 떴다. 머릿속은 여전히 혼란스러운 채로!

도대체 무슨 생각일까. 주군은 정말 호부인을 시첩으로, 하룻밤 여자로 품고 버릴 수 있다고 생각하는 걸까. 자신의 마음까지 부정하면서 도대체 무엇을 얻고자 하는 것일까.

10

제강은 제법 냉정하고 속을 알 수 없는 태도로 대부 정시중의 집과 행사에 적극적으로 참여하며 위백양과 문언의 속을 태웠다. 공식적인, 그리고 비공식적인 행사에서 목격되는 왕제와 정림의 다정함을 눈여겨 본 사람들은 당장 그들의 혼인소식을 접한다 해도 당연하게 여길 정도였다.

그런데 어느 날 왕제궁을 지키던 위사가 외출하던 문언에게 다가왔다.

"재사님, 잠시 드릴 말씀이 있습니다."

"무슨 일인가?"

위사는 주위를 살피며 문 안쪽으로 조금 들어가 은밀하게 보고했다. 위사의 말은 어제 낮부터 이곳을 주시하는 이목이 있다고 했다.

"지금도?"

"예, 번을 서듯 지나기도 하며 지키는 듯합니다. 지금도 보시면 왼편쪽에 마차를 세워두고 그 안에 사람이 있습니다."

당장 의심이 되는 쪽은 삼왕제였다.

"혹 그자들 중 아는 얼굴이나 짐작 가는 쪽이 있나?"

위사는 없다고 했다.

문언은 잘했다고 칭찬을 하며 어깨를 두드려주고는 유유자적한 걸음으로 위사가 말한 마차가 있는 방향으로 걸음을 옮겼다. 멈춰 선 마차 안에 드리운 장막이 흔들리며 서둘러 닫히는 것을 문언은 놓치지 않았다.

정시중을 비롯한 대부분의 대신들은 현왕의 후사가 없으니 당장 섭정으로 제강을 세우는 데 이견이 없었다. 삼왕제의 불만이 노골적이기는 했으나 그 또한 당장 드러나는 움직임은 없었다. 삼왕제 혹은 현왕의 처가 쪽 세력이 아직 권력을 놓지 못하겠다는 것인가.

아무렇지 않게 훑고 지나치던 문언은 그들의 움직임을 예의 주시했다. 그들이 교대하는 것을 기다리게 하여 뒤를 쫓은 문언은 예궁을 감시하는 이들이 위백양의 사람들임을 알게 되었다.

문언은 수곤을 위사 중 하나로 위장하게 하여 깊은 밤 그들에게 접근하게 했다.

수곤은 술과 안주를 가지고 마차로 접근했다. 수곤이 다가가자 처음 그들은 마차의 바퀴에 문제가 있는 것처럼 이리저리 부산하게 움직였으나 위가의 사람들 같은데 어려운 일이 있으면 함께 돕자고 수곤이 팔을 걷어붙이자 이내 당황하며 자리를 뜨려고 했다.

수곤은 그들의 소매를 잡고 술을 권하며 지키는 일을 하는 것이 쉽지 않다고 너스레를 떨었다.

정체도 들통 나자 더 이상은 경계할 것이 없는 듯 그들은 수곤과 술을 주거니 받거니 하며 경계를 풀었다.

"지키는 데는 이유가 있을 것 아닙니까? 나도 도울 수 있으면 도울 테니 말해주면 좋을 듯한데요. 하나보단 둘이 낫지 않겠소?"

"어, 그게⋯⋯."

"예궁을 찾는 사람들을 지켜보는 겁니까?"

손사래를 치며 부정하던 위가의 시종이 말했다.

"아, 아니, 그런 것이 아니라, 집안사람을 찾으려고⋯⋯."

다른 이가 옆구리를 찌르는 바람에 말끝을 흐렸다.

"아, 집안에 없어진 사람이 있나 봅니다. 그런데 그런 사람이 예궁으로 왔을까 봐서요? 설마! 흐음, 도무지 이해가 안 되는데요."

술이 떨어진 것을 핑계로 마차 안에서 나온 수곤이 안에서 기다리는 문언에게 정황을 보고했다. 위백양의 집안사람이 사라졌고 위백양이 예궁에 사람을 보내 감시한다는 것은 사라진 사람이 혹여라도 예궁에 나타날까 싶어서일 것이다.

"누굴까요?"

전후 사정을 모르는 수곤이 문언에게 물었다.

문언의 미간이 걱정스레 좁아졌다.

호부인, 위경여!

그러나 섣불리 움직일 수 없었다.

"위공의 집에 드나드는 사람을 찾아봐야겠다."

이틀 후 문언은 수집한 정보를 토대로 이번에는 예궁에서 사가로 일하는 젊은 서생 같은 분위기의 조완을 위백양의 집에 보냈다. 조완은 호가의 사람이라고 밝히고 지나는 길에 호부인을 만나러 들렀다고 했다. 그러나 내실로부터 돌아온 대답은 호부인의 몸이 편치

취작약

않으니 전할 말이 있으면 남기고 가라는 것이었다.

위경여가 사라졌다, 아들과 함께!

위가의 잔심부름을 하는 사람을 통해 들은 말도 크게 다르지 않았다. 닷새 전부터 경여와 그 아들의 모습을 전혀 보지 못했다고 했다.

더 이상 지체할 수 없어 문언은 제강을 찾았다. 대부 정시중의 일행들과 함께 사냥에 나섰다가 그곳에서 하룻밤 유숙하고 돌아온다는 말에 문언은 서둘러 직접 정시중의 집으로 갔다. 급하게 전할 말이 있다며 주군을 찾는 문언을 두고 시종들이 서로 눈길을 주고받았다. 정시중이 엄히 말하길 정림과 왕제가 있는 곳의 출입을 금했던 것이다.

"자, 잠시만 기다려주십시오."

시종 하나가 마침 지나는 여자를 보고는 반색을 하며 말했다.

문언의 시선이 저를 두고 멀어지는 시종을 따랐다.

눈이 부시다는 것이 이런 경우를 두고 말하는 것인가. 혼을 **빼앗**긴다는 것도?

시종이 반색을 하며 쫓은 여자는 그림 속 선녀 같은 존재였다. 투명한 백옥같이 하얀 살결에 검고 풍성한 머리카락이 돋보이는, 걸음걸이도 바라보는 눈빛 하나에도 우아함이 깃든 존재.

그녀의 눈길이 시종에게서 문언에게로 옮겨왔을 때 문언은 숨이 멎는 듯했다. 하지만 아름다운 그녀는 쉬이 미소를 보여주지 않았다. 깊은 눈매로 그의 내면을 꿰뚫어볼 듯하던 그녀가 마침내 그에게 다가오기까지는 긴 시간이 걸린 듯했다.

"제가 모시겠습니다."

여자가 따라오라며 길을 안내했다.

마음이 어지러웠지만 문언은 여자의 걸음걸이에 맞추었다. 정시
중의 후원으로 향하는 동안에도 문언은 꿈길을 걷는 듯했다. 그가
자신을 소개해야겠다고 생각한 것은 한참을 말없이 따라가던 중이
었다.

"저는 주군을 모시는 문언이라고 합니다."

"아, 왕제전하의 재사를 이제야 뵙게 되었네요."

그녀는 마치 오래전부터 그를 알고 있던 것처럼 말했다.

아름다운 새소리에 이어 잘 조율된 공후소리가 이어지고 맑은 웃
음소리가 들려왔다. 결코 크지 않지만 아담하게 자리잡은 누각의 가
장자리에 자리한 진제강과 정림이 함께 있었다. 환한 대낮이기는 했
지만 으슥하고 인적 드문 곳에서 젊은 남녀 둘만 있다는 것은 많은
사람들에게 오해를 살 만한 일이었다.

"그런데 왕제전하는 사람들이 있는 곳에서만 유별나게 다정하세
요."

정림이 불평처럼 토로하던 순간이었다.

"내가요?"

웃음 띤 얼굴로 대답할 말을 고르던 제강의 시선이 문언을 보고
눈살을 찌푸렸다.

"언니!"

정림이 반색을 하며 맞았다.

"왕제전하께 손님이 찾아오셨습니다."

문언을 안내한 여자가 두 사람을 방해한 이유를 말했다.

取, 작약

"문언! 이곳까지 직접 찾아오다니, 무슨 일이지?"

"드릴 말씀이 있습니다, 주군."

"자리를 피해드릴까요?"

정림이 공후를 내려놓고 문언을 안내한 여자에게 다가갔다. 우대신 정시중의 유명한 가희인 제명리였다. 그런 와중에도 정림은 제명리 곁에서 선 문언을 호기심 어린 눈으로 바라보았다. 그간 몇 차례 본적이 있지만 예의 바르게 목례 정도만 하고는 사라지곤 하던 왕제의 재사에 대한 호기심 때문이었다. 소년 같은 눈빛을 하고 있지만 예의에 어긋나거나 책잡힐 일을 하지 않고 눈에 잘 띄지도 않으니 왕제의 그림자라고 해도 잘 몰랐다.

정림이 제명리의 팔을 끼고 사라진 후에야 제강이 입을 열었다.

"문언, 염려가 지나친 것 아니야?"

놀리듯 불만스런 어조였다. 그는 문언이 정림과 가까워지는 것을 경계해서 방해하는 것으로 생각한 듯했다.

문언은 앞뒤 말 자르고 본론을 꺼내들었다.

"호부인께서 사라졌습니다."

"뭐?"

순간 제강의 눈매가 파르르 가늘게 떨렸다.

"사흘 전부터 예궁을 지켜보는 눈이 있어 알아보았더니 그런 일이 있어서 위백양이 심어놓은 자들이었습니다."

진제강은 조금 전까지만 해도 차와 음악에 빠져 기분 좋게 웃음이 머물던 얼굴이 아니었다.

"사흘 전에 사라졌다고?"

"알아보니 닷새 전부터 보이지 않았다고 합니다."

닷새 전? 그는 제 사냥감이 영역을 벗어났어도 알지 못하고 있었다. 한심하게도!

"위백양이 장난질을 치는 건가?"

"아니요, 호부인께선 아들과 함께 사라졌다고 합니다. 집안이 발칵 뒤집혀 밖으로는 쉬쉬하나 은밀하게 찾고 있는 듯합니다."

"제 발로 걸어 나갔다고? 그 잘난 위공이 전혀 눈치를 못 챘고?"

"예, 그런 듯합니다. 주군께서도 아셔야 할 것 같아서 급하게 이렇듯 실례인 줄 알면서도."

이제 더는 제강의 표정에서 여유로움을 찾아볼 수 없었다. 좋은 시간을 왜 방해하느냐는 질책도 없었다.

"호광의 집에는? 시가로 돌아간 것은 아니야?"

"아닙니다. 그곳에도 사람을 보냈으나 돌아오지 않으셨다고 했습니다."

말이 끝나기가 무섭게 문언은 생전 두 번째로 제강의 입에서 심한 욕설이 튀어나오는 것을 들었다.

"왜, 왜 단 한 번도, 순순히 따르지를 않아!"

왜 단 한 번도 그 여자는 제 마음대로 되어주지 않는가.

실제로 경여는 예궁을 방문하고 사흘이 지나 아버지의 이목을 피해 이른 새벽 아들을 데리고 도망쳤다. 위백양은 은밀하게 나라 안 곳곳을 훑었고 예궁까지 사람을 심어두었다.

제강은 정림과 제명리에게 서둘러 인사를 하고 예궁으로 돌아왔다.

"좀 더 자세히 말해봐."

예궁으로 돌아온 제강이 말에서 내리기 무섭게 뒤를 따르는 문언에게 지시했다.

문언은 다시 한 번 주군에게 과정을 보고했다. 그렇다고 크게 변화할 내용도 없건만 제강은 같은 말을 묻고 또 물었다.

"이유가 있을 것 아니냐. 왜, 무엇 때문에?"

"위공께서 최근 호가와의 인연을 끊고 재가하라고 압력을 넣으셨던가 봅니다."

그 대상 중 하나가 왕제인 그라는 것을 경여도 알고 있을 터였다.

위백양! 생전 도움이 안 되는 인간!

그토록 완곡하게 경여에게 관심이 없다고 말했음에도 제멋대로 나대서 계획을 어그러뜨리다니! 그리고 위경여! 왜 단 한 번도 순순히 따라주지 않는가! 다른 이에게는 제대로 반항도 못 하면서 왜 유독 내게만!

제강의 가슴이 심하게 요동쳤다.

못된 여자! 제 아버지의 명을 따라 억지 혼인을 하고 그 사내와 5년이나 살았던 여자가, 그동안에는 단 한 번도 도망쳐볼 생각도 못 했으면서 왜 이제와서!

"확실한 건가? 위백양 그자가 술수를 쓰는 건 아니야?"

제강이 이를 갈며 물었다.

"사람을 심어 알아봤습니다. 확실히 집 안에서 호부인을 본 이가 없다고 합니다."

"아이는?"

"아이도 보지 못했다고 합니다. 함께 간 걸로 생각됩니다."

"도망쳤다고……?"

5년 전에도 하지 않던 짓을!

함께 가자고 해도 꿈쩍도 않던 여자가!

그녀는 제 아버지에게서 도망친 것이 아니었다. 진제강, 그로부터 도망치겠다는 것이었다. 제강의 머릿속이 바빠졌다.

"찾아라, 문언. 사람을 풀어 위백양보다 먼저 찾아!"

그리고는 가슴에 걸리는 일이 있었다. 두 번 다시 만나지 않겠다고 하던 여자가 그에게 먼저 찾아왔었다고 했다. 무슨 말을 하려고 왔던 것인가. 혹시 떠나기 전의 마지막 인사 같은 것?

"문언, 그날 그 여자가 이곳에 왔을 때, 아무런 눈치도 채지 못했나? 아무런 언질도 없었어?"

"예, 전혀."

"조금도 이상한 점이 없었어?"

"예."

제강의 표정에 불안감이 어렸다.

"찾아라, 문언! 어떻게든 위백양보다 먼저 찾아. 꼭 찾아서 내게 데려와!"

"예."

문언이 막 문턱을 넘으려는데 제강이 다시 불렀다.

"문언! 위백양 집에 사람을 심었다고 했지?"

"예, 주군."

"그날, 나를 만나러 여기 왔던 날, 어떻게 왔는지 알아봐. 그날 여기 오기 전, 그리고 돌아갈 때까지 경여의 행로가 어떠했는지 샅샅이 훑도록 해!"

문언이 알겠다고 말하고 수곤을 부르며 서둘러 그의 곁을 떠났다.

위백양은 그가 어떻게 나오든 그와 경여와의 혼인을 추진했을 것이다. 첫날 위백양의 방문에 끓어오르는 분노를 참지 못해 애 딸린 과부 딸에 조금의 관심도 없다고 쏘아붙였지만 그렇다고 손 놓고 포기할 위백양이 아니었다.

그를 떠보듯 딸에게도 압력을 가했던가. 도망치게 만들 정도로? 설사 그렇다고 해도 아비 명에 따라 죽은 듯 시집오는 일이 그토록 못 견딜 일인가. 딸 가진 귀족들이면 누구나 원한다는 그와의 혼인을, 머리 조아리고 엎드려 발밑에서 빌어도 시원치 않을 판에!

몇 날 며칠 모든 일을 작파하고 눈 감으면 떠오르는 그 작고 부드러운 몸을 올라타고 지겨울 정도로 원 없이 욕구를 풀어보는 것이 그토록 사치인가. 실컷 품고 품은 후에 기진할 정도로 나른해져서 깊은 잠을 한번 자보는 것이 그토록 못 이룰 꿈이었던가.

단 한 번도 흡족하게 안아본 적 없는 여자였다. 다른 사내와 몸을 섞고 살았던 여자라도 상관없다고 생각했다. 어찌되었든 잠시라도 마음껏 품을 수만 있다면!

다시 보지 않겠다는 약속, 지키지 않아.

위경여! 널 찾아낼 거다. 찾아내서 내 앞에 데려올 거야. 이제 어떤 식으로든 널 가질 거야. 싫다고 해도 소용없어!

위백양의 딸인 것도, 그래서 설사 위백양이 그녀를 빌미로 자신을 움직이려 하더라도 아무 상관 없어졌다.

힘들어요.

더는 못 하겠어요, 제강.

어쩌다 겨우, 몇 달을 벼르고 싶다는 여자의 마음을 돌려 품에 안아도 그의 욕구와 열정을 따라오지 못하던 여자.

5년의 숱한 새벽 실컷 품겠다고 생각하고 달려들면 여지없이 꿈이어서 실망하곤 했던 그였다. 이제 더는 공허한 실망감으로 인해 허탈해지는 일이 없도록 계획을 세우고 있던 마당에 정작 위경여가 사라졌다는 말은 발밑이 무너지는 것과 같았다.

찾아! 찾기만 해! 이제 다시는 섣부르게 도망치지 못하게 해줄 테니 어떻게든 찾아내!

이제는 남의 이목 따위 상관없이 철저하게 너를 내 여자로 만들어서 내 앞에서 울부짖고 애원하게 만들어줄 거야.

그런 상상만으로도 그는 급격히 흥분했다. 지난 5년간 충분할 만큼 괴로웠으니 그것으로 되었다. 이제 다시 위경여를 품고 싶은 욕망을 눌러 참는 일은 없다.

생각만으로도 피가 아래로 몰려 불끈거렸다. 그러나 현실적인 문제를 감안하자 새삼 급격히 피가 식었다. 어린 아들을 데리고 여자 혼자 숨어 지내는 것은 결코 쉽지 않은 일이었다. 어디서 누구를 만나 무슨 험한 꼴을 당할지 알 수 없는 일이었다. 제강은 분노와 걱정으로 하루하루 피가 말랐다. 그는 밤새 잠을 이루지 못하고 집안 곳곳을 서성였다.

11

"저희가 합니다, 저희가 해요."

거친 밭을 일구는 노부부는 연신 무언가 할 일을 찾고 도우려는 경여의 행동을 제지했다. 경여의 어린 아들은 그저 어머니의 꽁무니만 졸졸 쫓으며 즐거워했다. 열흘 전 앞을 분간하기 어려운 새벽 집을 나설 때만 해도, 마차 안에서 숨죽이며 목적지를 향해 가슴 두근거리며 도망쳐 나올 때만 해도 염은 불안하게 경여 품에 안겨서 잠시도 떨어지지 않으려 했었다.

처음 2, 3일은 당장이라도 아버지가 보낸 사람들이 들이닥칠 것 같아 예민해진 신경줄로 작은 소리에도 뒤척이며 경계하고 잠을 이루지 못하던 경여였다. 하지만 닷새가 지나며 마음이 풀리기 시작했다. 아버지 위백양의 힘이 전국에 걸쳐 닿지 않는 곳이 없다고 해도 이렇게 먼 곳, 인적 드문 산 속에 자리한 오두막까지 미치지는 않을 것이라는 사실에 안도했다.

더구나 이곳은 죽은 남편의 사촌인 호정엽의 영역이었다. 호정엽이 함께 붙여준 호위는 듬직한 일꾼의 몫 이상을 해주었다.

호가와 위가에 있을 때와는 비교할 수 없게 소박하고 거친 옷을 입고 있어도, 그래서 얼핏 보기에는 시골 아낙 같아 보여도 위경여는 가까이서 보면 은은한 향내가 날 것 같은 투명한 살결과 반짝이는 눈빛이 사람의 눈길을 사로잡는 여인이었다. 더구나 긴장이 풀려 해사하게 머금은 입가의 미소까지 더해지자 노부부도 홀린 듯 바라보곤 했다.

"저도 뭔가 도움이 되어야죠."

"생전 흙도 물도 만져보지 않으셨을 귀한 분이, 어째."

호광의 유모였던 노파는 이미 호가의 서모 모자에게서 쫓겨나 갈 곳이 없던 터에 호정엽의 배려로 경여 모자와 함께 지내게 된 일이 꿈만 같았다.

"그런 말 마세요. 저는 이곳이 좋아요. 이렇게 사는 것이 좋아요."

"안 하던 일 갑자기 하시면 몸살 나십니다."

"피곤하니까 잠도 더 잘 오는 것 같은데요."

사실이었다. 이곳에 도착한 첫날은 낯선 환경 때문에 잠을 설쳤지만 다음 날부터는 노부부를 도와 일을 배웠고 몸이 곤할수록 생각은 줄었고 잠도 전보다 늘었다. 까무룩 어둠 속에서 아무런 방해 없이 깊은 잠을 자는 것은 여전히 불가능했지만.

아들을 데리고 호정엽이 준비해준 말과 마부 역할을 하던 호위와 함께 마차를 타고 이곳까지 오는 동안, 그리고 도착해서도 경여는 깜빡깜빡 졸음에 들었다. 그러나 꿈자리는 편치 않았다. 아버지가 보낸 이들에게 쫓기는 꿈, 누군가에게 가위눌려 숨을 쉴 수 없어 괴로워하다가 화들짝 놀라 깨곤 했다. 이제 더는 아버지의 손에 놀아나 원치 않는 혼인을 하지 않아도 된다는 생각에 마음이 놓이다가도 진제강을 생각하면 가슴에 무거운 돌덩이를 올려놓은 듯했다.

그날 조금 더 기다려서라도 그를 보았더라면 좋았을까. 아주 먼발치에서라도!

경여는 가끔씩 주어진 자유 속에서 그를 향한 마음이 풀어져 이리저리 얽히곤 하는 상상에 빠져들기도 했다.

행복해요.

이대로 살아도 좋을 것 같아요.

하지만 당신이 곁에 있다면!

그날 오후 호정엽이 찾아왔다. 염이 먼저 알아보고 그에게 달려가 안겼다. 그도 반갑게 조카를 안고 어르며 놀아주고는 그들 뒤를 따르는 경여를 꼼꼼히 살피는 것도 잊지 않았다. 그는 집 안 곳곳을 둘러보고 필요한 양식과 옷감, 가재도구들을 풀어놓고도 부족한 것이 없는지 살피고 물었다.

"정말 괜찮으십니까?"

경여가 만족스럽게 고개를 끄덕였다.

그는 귀하게만 자란 귀족 영애의 삶을 누리던 경여가 견뎌낼 수 있을지 아직도 믿지 못하는 눈치였다. 하지만 좀 더 나은 처우를 바라며 그에게 매달리는 상상은 부질없었다.

"언제까지 이렇게 지낼 수 있다고 생각하십니까?"

호정엽이 눈살을 찌푸린 채로 물었다.

"저는 만족해요. 염이가 자라면 좋은 의지가 될 것 같은데요."

경여가 웃으며 말하자 호정엽도 쓴웃음을 지었다.

"위공이 알게 되면 그대로 있지는 않으실 겁니다. 제게 대한 의심이 걷히면 조금 더 편한 곳으로 모시겠습니다. 그동안은 조금만 참으십시오."

"저는 괜찮습니다. 아버지도 곧 포기하실 거예요."

정림과 진제강이 혼인한다면 당장 아버지가 그녀의 혼인을 서두를 이유도 사라진다. 그동안은 죽은 듯 몸을 낮추고 살다가 때가 되면 염과 함께 넓은 세상을 여행하게 되는 날이 오지 않을까.

"염이도 아직은 많이 어리고, 형수님도 보살핌이 필요합니다. 젊은 여자가 홀로 버텨내기에는 쉽지 않은 세상입니다."

호정엽이 현실을 일깨워주었다.

"도련님이 도와주셨잖아요."

그는 조금도 의심 없이 의지하는 경여의 태도에 내심 움찔했다.

"요 며칠, 곰곰이 생각해봤습니다."

호위를 딸려 보내긴 했으나 그도 결코 마음이 편치는 않았다는 말이었다.

"일단 형수님의 의견을 따르긴 했지만, 이렇게 계시는 건 마음이 놓이질 않아서요. 그래서인데, 제게 오시는 게 어떻겠습니까?"

호정엽의 제안은 의외였다.

"네?"

"다른 뜻은 없습니다. 형수님과 염이를 제대로 돌보고 싶습니다. 젊은 여자가 혼자 아이를 키워내는 건 아무래도……."

"도련님!"

당황한 경여의 시선을 마주한 그에게서는 책임감과 의무감이 흔들림 없이 굳건했다.

"잘 생각해보십시오."

"그이에게 빚이 있다고 생각하시죠?"

함께 사냥하다 위기에 처했을 때 당황한 호정엽을 구해준 사람이 호광이었다. 그 후로 호정엽에게 호광은 언제나 든든한 맏형이자 영웅이었다.

"그, 것과는 상관없습니다."

"혹여 그렇다고 해도 그러시면 안 돼요. 저를, 여자로 생각하셨어요? 아니잖아요."

호정엽의 귓가 주변이 붉게 변했다. 다른 사람도 아니고 불과 얼마 전까지만 해도 호광의 아내였던 사람을 여자로 본다고는 말할 수 없었다.

"꼭 그래야만 같이 지낼 수 있는 건 아닐 겁니다."

당장 급하게 몰아세워 경여에게 두려움을 안겨주고 경계하도록 만들 필요는 없다고 생각했다.

"아니요, 동서의 마음을 아프게 하지 마세요. 이렇게 도와주신 것만으로도 감사해요. 그이도, 그렇게 생각할 거예요. 염이와 저, 그렇게까지 도련님께 폐를 끼치고 싶지는 않아요. 저는 지금 이대로도 좋아요. 이렇게 도와주셔서 고맙게 생각해요. 정말로 저희 모자에게 큰 힘이 되어주셨어요. 이제는 저와 염이 어떻게든 꾸려갈게요. 염려하지 마세요."

너무 완곡하게 말하는 경여에게 달리 여지가 없어 보였다. 경여의 뒷모습을 바라보는 호정엽의 눈길은 복잡미묘했다.

경여의 작은 행복은 오래가지 못했다. 호정엽의 방문이 꼬리가 밟혀 불 꺼진 밤을 틈타 침입한 다섯 명의 장정들은 노인 부부와 경여를 쉽게 제압했다. 노인 부부는 심하게 몸을 떨며 엎드려 바닥에서 일어나지도 못했고 경여도 필사적으로 저항하였으나 수적으로나 힘으로도 상대가 되지 않았다. 호정엽이 마음이 놓이지 않는다고 했던 것은 결국 이런 상황을 우려했던 것이리라.

가장 최악의 상황. 결국은 팔과 가슴, 발목을 묶여 꼼짝 못 하게 되고서야 마무리되었다. 아이는 자다가 얼결에 놀라 자지러지게 울며 경여에게 가려고 했으나 사내들이 떼어놓았다.

"아이를 다치게 하지 마세요!"

"누구도 다치게 하고 싶지 않습니다. 그러자면 호부인께서 협조를 해주셔야 가능합니다."

그들 중 대장으로 보이는 사내가 경여에게 말했다.

생각했던 것보다는 덜 최악의 상황인 걸까. 그의 태도는 위협적인 가운데서도 정도 이상의 힘을 사용하지 않았고 그들 모자에게 심한 두려움을 야기하지 않으려고 한다는 느낌이 들었다.

"이렇게 시킨 사람이 아버지예요? 나를 놔주세요! 보지 못했다고 말해주세요. 나는 돌아가지 않겠어요."

"호부인, 저희는 명령대로 따를 뿐입니다."

건장한 체격의 사내가 차분하게 말하며 그녀를 달랬다.

"그리고 부인을 놓아드리면 저희가 죽습니다."

취, 작약

아버지의 사람 중에 저런 자가 있었던가.

경여는 낯선 의심으로 사내를 유심히 쳐다보았다. 그의 태도는 단호하면서도 무례하지 않았다.

"조용히 따르시면 호부인께도, 어린 공자께도 해를 끼치지 않을 겁니다."

도성으로 들어오는 수단은 짐을 실은 마차를 이용했다. 흔들리는 마차에서 곤하고 지치고 불안한 경여 모자는 잡혀온 곳이 친정이 아니라는 사실에 깜짝 놀랐다. 마차는 깊은 밤 대문을 통과해 중문을 넘어선 후에야 멈춰 섰다.

아버지의 분노한 얼굴을 대면할 것이라고 생각했던 경여는 사내에게 등을 떠밀리듯 내리고서 깜짝 놀랐다.

"여기는……?"

아버지의 사람들이 아니었던가. 그래서 그토록 조심스럽고 경계하는 빛이었던가.

아는 얼굴을 찾아 해명을 듣고 싶었지만 문언의 그림자도 볼 수 없었다.

혼인도 하기 전에 아버지가 팔아넘긴 것일까.

"예읍, 예궁입니다."

사내가 확인시켜주며 경여의 몸을 묶었던 끈을 풀어주었다. 약한 피부여서 당장 드러난 손목 근처에 멍이 들었지만 크게 상하지 않고 데려왔으니 그로서는 한시름 던 셈이었다.

아이는 불안해하는 어머니의 무릎을 베고 칭얼거리다가 잠이 들어서 위사가 안고 있었는데 결박에서 풀려나자마자 경여가 아이를 받아 안았다.

결국 그를 만나게 되는 걸까.

이곳 어디에서 당장이라도 그가 나타나는 걸까.

그렇지만 수곤과 위사들에 둘러싸여 내실로 들어서는 동안에도 문언이나 왕제의 모습은 볼 수 없었다.

가슴이 서늘하게 콩닥거렸다.

내가 없어진 줄 어떻게 알고 찾아 나섰을까. 어떤 마음으로! 왕제의 비가 되어줄 여자는 이미 찾은 줄 알았는데!

경여는 방 안에 들어선 후에도 아이를 침상에 내려놓지 않았다. 어떻게든 아이의 체온을 나누며 떨리는 가슴을 제어해야만 했다.

"지키는 자들이 있으니 다른 생각은 마시고 쉬십시오!"

그가 말하지 않아도 창문을 열지 못하도록 밖에서 단도리 작업하는 소리가 들려왔다.

"그, 사람은요?"

경여는 묻지 않을 수 없었다.

"예?"

"왕제전하, 그분은요? 나를 이곳으로 데려온 사람은 그분인가요?"

"예. 하지만 오늘은 뵙기 힘드실 겁니다."

"내 부모님도, 아는 일인가요?"

"아니요, 모르십니다. 호부인을 이곳에 모신 줄 아는 사람은 아주 극소수입니다. 그러니 아랫사람들도 알게 된다면 호부인을 이렇게 풀어드리지 않을 겁니다. 모시는 데 불편하고 아니하고는 오로지 호

취작약

부인께서 어떻게 하는가에 달려 있습니다."

그는 할 말을 마치고는 조용히 문을 닫고 방을 떠났다.

정갈한 의복과 따뜻한 목욕물, 단출한 식사, 잠자리가 제공되었지만 정해진 공간을 벗어나는 것은 허용되지 않았다. 문 앞에는 위사 둘이 교대하며 철저하게 지키고 있었다.

염이 깨어 칭얼거렸다. 경여는 제 마음의 불안을 돌볼 여유도 없이 놀란 아이를 진정시켰다.

"괜찮아. 어미가 곁에 있어, 염아. 무서울 것 없어."

"어머니!"

염은 생전 처음 겪은 공포에 몸을 떨며 잠시도 그녀의 품에서 떨어지지 않으려고 했다. 아이의 등을 토닥이며 의지삼아 경여도 떨리는 마음을 진정시켰다.

"우리, 나비인사 해볼까, 염아."

불안하고 두려운 눈빛의 아이는 경여의 말에 따랐다.

서로 마주 보고 서로의 체온을 느끼면서 얼굴을 맞대고 이마를 맞대고 가늘고 긴 속눈썹을 부딪치며 가볍게 하는 인사. 경여는 전에도 아이를 재울 때나 마음이 울적할 때 나비인사로 마음을 안정시키곤 했다.

키득키득.

다행히 아이는 불안정하나마 겨우 여유를 찾고 있었다. 과거 경여와 더불어 나비인사를 하던 행복한 기억이 살아난 때문이었다.

겨우 밥을 먹고 잠이 든 아이를 품에 안고 얼핏 잠이 들었다고 생각한 찰라 문밖에서 인기척이 났다. 이미 밤이 지나고 이른 새벽이었다.

"호부인, 주무십니까?"

자신을 수곤이라고 소개한 그의 수하였다.

"아니요."

다소 곤혹스러웠던 수곤의 음성에 안도의 느낌이 배어나왔다.

"왕제전하께서 뵙자고 하십니다."

온몸에 서늘한 소름이 돋아나면서 경여는 불편한 잠자리에서 조용히 몸을 일으켰다.

"부인!"

수곤이 채근하자 경여는 낮은 음성으로 문을 사이에 두고 대답했다.

"염이를, 아이를 재우는 중이에요."

"예."

그는 인내심을 가지고 기다려주었다. 그러나 그것은 마음의 준비를 위한 핑계일 뿐 염은 이미 새근새근 고른 숨소리를 내며 잠든 후였다.

이곳에 도착한 직후에는 당장이라도 그를 대면해서 무슨 짓이냐고 따지고 싶었다. 자신을 찾아낸 사람이 아버지라고 생각했을 때도 두려웠지만 집이 아닌 예궁의 내실에 갇혀 있다는 사실도 두려운 일이었다.

나를 어떻게 할 생각인 거예요?

나를 어쩌려고 이곳에 데려온 거예요?

그를 대면하지 않으면 안 된다. 두렵지만 묻지 않을 수 없었다.

취 작약

그가 아버지 위백양을 좋아하지 않는다는 사실은 이미 알고 있었다. 경여의 혼인으로 인해 미움이 더 깊어졌을 것은 분명했다. 경여는 도무지 그의 생각을 읽을 수 없었다. 더구나 아버지의 말을 빌리면, 애까지 딸린 과부 딸은 필요 없다고 말했다던 그였다. 궁중 연회에서 잠깐 만났던 그도 여전히 화를 내고 있었다.

미워한다는 것은, 용서하지 않았다는 것은, 그래도 잊지 않았다는 걸까?

한순간 경여는 그가 전과 마찬가지로 열정적인 사내일까, 하는 데 생각이 미쳤다. 몇 년간 지옥같은 삶을 살면서 생각해본 적 없던 일이었다.

"석녀처럼 살겠다고? 그렇게 평생? 그럴 거면 혼인은 왜 했어!"

때때로 저주처럼 비웃으며 모욕을 주던 지아비 호광의 음성이 들려오는 듯했다.

혼인은 호광과 했지만 그녀의 첫 사내는 진제강이었다. 하지만 그와는 달리 처음부터 남녀 간의 잠자리는 경여에게 불편했다. 더구나 혼인하지 않은 연인들이 타인의 눈을 피해 욕망을 충족하는 일이란 쉽지 않았다. 그가 왕자의 신분이었어도 마찬가지였다. 욕망에 이성을 잃으면 주위를 돌아보지 않는 그와는 달리 경여는 항시 타인의 눈길을 의식해야만 했다. 그를 통해 이성에 대한 호기심을 충족하고 여자가 되었지만 어리고 수줍은 그녀는 두려움에 떨면서 사람들의 눈을 피해야 했고, 그런 와중에 그와의 행위에 몰입하기란 어려운 일이었다.

그 또한 다급한 열기와 경여에 대한 욕망을 채우기 위해 다정하고 배려심 많은 연인은 되지 못했다. 비단같이 부드러운 경여의 살결을 만지고 더듬어 내리는 순간부터 그는 조급하게 격한 열정을 풀어내려고 했다. 제법 냉정함을 유지하고 있다가도 둘만 있는 것을 확인하면 경여를 품에 안고 몸 구석구석을 만지려고 했다.

"그 생각밖에는 안 하죠?"

새치름하게 흘기는 경여의 핀잔에도 그는 아랑곳하지 않았다.

"위경여가 다른 생각을 하게 해줘야 말이지."

"내가 뭘……?"

"밤새 질리도록 품어봤으면 좋겠다.

그는 흡족하지 않은 마음을 그렇게 표현하곤 했었다.

혹시, 이제라도 그런 걸 원하는 걸까.

그렇다면 당신, 실망할 거예요. 제강, 차라리 나를 미워해요.

몸이 걷잡을 수 없게 떨렸다.

아름다운 처녀 정림과 혼인할 수 있는데 굳이 그가 자신을 원할 리 없다고 생각하면서도 경여는 마음을 다잡았다. 하루 온종일 그가 언제 방문을 열고 들어설까 두려워하기보다는 그가 도대체 무엇을 하려는 것인지 알고 떨어야 할 것 같았다. 지금 그녀의 처지는 강력한 보호자인 아버지의 그늘에서 스스로 도망쳐 나온 여자였다.

"내가, 따로 만나자고 하면?"

연회에서 그의 물음. 호정엽의 제안도 두려움을 안겨주었지만, 왕제도 원하기만 한다면 이대로 숨겨놓은 그의 여자로 살 수도 있을 터였다.

들키고 싶지 않아. 누구에게도! 그 사람에게라면 더욱 더!

경여는 두려움을 떨치고 안내하는 이를 따라 그를 만나러 갔다. 한 걸음 한 걸음 떼어놓을 때마다 마음은 더욱 무거웠다.

이래서야 그 사람 앞에 제대로 설 수 있을까.

그녀의 발밑에 등불을 비추며 앞서 걷는 수곤의 뒤를 따라 걷다 보니 어느 순간 불 켜진 외전 건물 앞에 도착했다.

주렴 사이로 촛불이 일렁이는 단촐한 침전.

수곤의 재촉을 받으면서도 경여는 그대로 문밖에 우두커니 서 있었다. 한 걸음도 뗄 수 없었다. 결국은 참다못한 그가 안에서 문을 벌컥 열어젖혔다.

"도망치다 못해 이젠 새삼 내외도 할 참이야?"

놀라며 한 걸음 물러서는 경여를 예상한 듯 그가 손목을 꽉 움켜쥐고 안으로 이끌었다.

놓아달라고 말할 필요도 없이 그는 경여를 방 안으로 들이고는 그대로 쥐었던 손목을 놓아주었다. 촛불이 거세게 일렁이며 꺼질듯 휘청이는 것과 눈앞이 아찔하고 거의 동시에 가슴이 거세게 요동쳤다. 위압적인 그의 큰 키 앞에서 새삼 그녀 자신의 존재가 무척 작고 여린 듯 느껴졌다.

경여는 마른 입술을 축이고 그에게서 한걸음 물러섰다. 어떻게든 그와 거리를 두고 싶었다. 그가 움켜쥐었던 손목이 당장 불에 달군 뜨거운 인장을 찍은 듯 욱신거렸다.

"뭔가, 뭔가 착오가 있었나 봐요."

"무슨 착오?"

그는 단단히 화가 난 듯 삐딱하게 대꾸했다. 조금 전 그를 스칠 때 얼핏 약하게나마 술내음도 난 것 같았다.

"집으로 돌아가겠어요."

"집? 어느 집? 열흘 전에 도망쳐 나왔던 집? 아니면 오늘 잡혀 온 그 시골구석의 집?"

"나를 왜 이곳으로 데려왔어요?"

"후훗, 글쎄. 그 시골구석에 주인 없는 여자가 있다고 하길래 호기심이 일었던가."

꼬인 심사를 드러내는 쌀쌀한 태도에 경여는 더욱 위축되었다.

"무슨 생각인지 몰라도, 그러지 마세요. 돌려보내 줘요."

"다시 그곳으로 돌아가 살겠다고?"

"그래요."

"제 몸 하나 지키지 못하는 여자가 무슨 수로!"

"그렇지 않아요."

결과를 놓고 볼 때 어쩌면 잘되었다고 생각하면서도 그는 분노를 드러냈다.

"세상이 얼마나 험한지 아직 제대로 모르는군. 겁 없이 아버지에게서 도망친 결과가 어떤 건지 아직도 모르겠지? 응?"

이글거리는 그의 시선을 마주하는 것은 고문이나 다름없었다. 전에는 그의 분노도 두렵지 않았다. 달래고 어르고 때로 새침하게 반응하면 저절로 풀어졌다. 하지만 이제 그는 다정한 연인이 아니었다. 그녀가 달랠 수 없는 사람이었다.

"어, 어떻게 내가 그곳에 있는 줄 알았어요? 왜 나를 이곳으로 데려왔어요?"

"왜? 위경여도 생각이란 걸 해보면 알겠지. 그래, 내가 왜 위경여를 데려왔을까?"

혐오감 섞인 그의 얼굴에서 답을 찾기는 힘들었다.

"혹시라도 나를 이용해서 아버지와 싸우려는 거라면……."

"그러면?"

그가 가소로운 듯 반문했다.

"소용없어요."

"어째서?"

"아버지에게 중요한 사람은 아버지뿐이니까요. 그리고 이렇게 빌미를 주면 아버지가 원하는 일이 될 뿐이에요."

그는 담담하게 말하는 경여를 빤히 쳐다보았다.

"위경여가 위백양의 딸로서만 가치가 있는 건 아니지."

"그건 무슨 말이에요?"

"지금 이곳에 있는 위경여는 그냥 위경여일 뿐이라는 거지. 내가 원하기만 하면 얼마든지 취할 수도 있고 버릴 수도 있는!"

경여의 눈빛이 눈에 띄게 흔들렸다.

"그래서 원할 때 얼마든지 취하고 버리는 여자로 만들겠다고요?"

그가 이제부터 하려는 일을 그녀가 확인시켜 주었다. 지켜줄 지아비도 없고, 제 스스로 아비의 그늘에서 도망쳐온 여자. 그가 원한 방식과는 다르지만 거절할 이유가 없었다. 거칠 것 없이 욕망을 풀어놓을 수 있다는 사실이 그를 과도하게 흥분시키고 있었다.

그는 노골적으로 그녀의 몸매를 훑는 시선을 거두지 않았다.

"그럴 가치가 있는지 이제부터 확인해볼 생각이야."

그가 한 걸음 더 그녀에게 다가왔다.

그의 시선이 머무는 곳마다 따끔따끔 생경한 열기가 번져갔다. 그녀 안의 모든 물기를 앗아가는 듯했다. 경여가 조심스레 뒷걸음질 쳤다.

그가 그녀에게 관심을 가지는 이유는 오로지 하나. 몸을 나누는 일뿐이라고 말하는 듯했다.

"다, 당신은, 그보다는 좀 더 자부심 넘치는 사내인 줄 알았는데요."

"사내는 다 똑같은 사내일 뿐이지. 자부심 따위가 무슨 상관이야."

연회에서와는 달리 예의나 체면, 이성 따위는 사라진 그의 태도는 무척 위험해 보였다. 최소한의 자부심도 걷어내고 욕망이 이끄는 대로 부녀자 탈취도 꺼리지 않겠다는 그의 태도는 이성을 잃은 사내의 모습이었다.

경여는 그와 논쟁하기보다는 달래는 쪽을 선택했다.

"이제 곧 아침이에요. 경황도 없이 먼 길을 오게 돼서 피곤해요. 그만 돌아가 볼게요. 낮에, 맑은 정신으로 이야기해요."

"나는 위경여와 말로 할 생각이 없는데. 그간의 회포를 풀어보자고!"

그가 조심히 뒷걸음질 치려는 경여의 허리를 바람처럼 낚아챘다. 순간 훅 끼쳐오는 그의 체취에 경여는 아찔해서 눈을 감았다. 그의 단단한 팔 안에 꼼짝없이 갇혀버렸다.

"이, 이러는 건 싫어요."

떨리는 음성으로 경여가 낮게 거부했다. 단단한 그의 팔 안에서 경여는 두려움을 삼키며 그와 그녀 사이에 두 팔을 완충역할 삼아 몸을 웅크렸다. 차분한 척 말하려고 해도 어쩔 수 없이 떨려나왔다. 이 밤에 그가 원하는 건 분명해 보였다. 어떻게든 그를 자극시키지 않고 달래야 했다. 그가 완력으로 욕망을 풀어내지 않도록 해야 했다. 전에도 그는 격한 열정으로 달려들었지만 결코 그녀가 싫다고 하는 일은 하지 않았다.

"음? 이러는 건 싫어요."

한순간 그녀를 안은 그의 몸이 가늘게 경련했다. 경여의 손이 얇은 옷 위로 부드럽게 그의 가슴을 지나 팔을 쓸었다. 그녀의 허리를 단단히 감아 안는 그의 손에 더욱 힘이 들어갔다. 그리고 나머지 자유로운 다른 손으로 진의를 파악하듯 경여의 얼굴을 감싸고 턱을 들게 했다. 물기 어리고 아직 확신에 차지 않은 눈으로 경여는 그를 올려다보았다.

긴 속눈썹을 천천히 깜빡이며 속삭이듯 말했다.

"힘으로 하지 않아도 되잖아요."

"도망치지 않겠다고?"

그가 혼란스런 음성으로 물었다. 그의 미간에 주름이 잡혔다.

"내가 갈 곳이 어디 있어요? 이미 당신 품에 있는데."

그것은 사실이었다.

하지만 위경여가 이렇게 순순히 몸을 내주겠다고? 고고한 체, 정숙한 체, 한껏 모욕당한 체 눈물 한가득 머금고는, 저를 그런 여자로 만들고 싶은 거냐고 울먹이던 여자가?

마치 그의 의심을 풀어내듯 그의 가슴께에 막아선 그녀의 팔이 스르르 얇은 그의 침의 위로 달래듯 부드럽게 쓸었다. 그것만으로도 그의 날선 신경이 봄눈 녹듯 사라졌다.

"힘으로 하는 건 싫어요."

다시 한 번 나지막하게 그녀가 속삭였다.

주저하며 천천히 부드럽게, 그의 몸을 따라 가슴에서 복부로 내려가는 경여의 손길에 따라 그의 몸에 열기가 퍼졌다. 감질나게 천천히 그의 가슴에 내려앉는 그녀의 뺨도 그를 혼란스럽게 하기는 마찬가지였다. 저를 그런 여자로 만들고 싶은 거냐고, 한껏 모욕당한 얼굴로 울어버릴 것 같던 여자가 이제는 스스로 그의 여자가 되겠다고 한다. 지아비가 죽고 없으니 이제는 괜찮다고 생각하는 걸까.

"그럼, 나를 믿게 해봐."

"음……?"

아래로 내려가던 그녀의 손길이 허리 즈음에서 멈칫 주저하더니 그를 올려다보았다. 그를 믿게 하려면 어떻게 해야 할까.

"머리, 풀어!"

그가 욕망으로 번뜩이며 충혈된 눈으로 명령했다.

그녀와 몇 번의 정사를 가졌지만 남의 이목을 의식하고 경여의 수줍음으로 인해 단 한 번도 제대로 침상에서 알몸으로 정교를 나눈 적이 없었다. 위경여 스스로 제 머리장식을 떼어내고 뽀얗고 투명한 제 살결을 전부 보여준 적도 없었다.

그는 오늘 위경여와 전에는 하지 못했던 금기를 사정없이 걷어낼 작정이었다. 머리도 풀게 하고 허리띠도 온전히 풀고 실오라기 하나 걸치지 않은 알몸으로 만들어서 완전히 제 것으로 만들 생각이었다.

다시는 도망치지 못하도록!

꼭 그래야 하느냐고 묻듯이 경여가 그의 가슴에 머리를 기댄 채로 말갛게 그를 올려다보기만 했다. 그가 그녀의 두 팔을 붙잡고 천천히 자신에게서 떼어놓았다.

"머리를, 풀어!"

그는 아주 작은 감정의 흔들림도 놓치지 않으려는 듯 경여에게 시선을 고정했다. 눈도 깜빡이지 않았다.

경여가 천천히 손을 올려 제 머리를 틀어 올린 두 개의 비녀 중 하나를 뽑아냈다. 그리고 나머지도 마저 뽑아내자 스르르 긴 머리카락이 물결치듯 그녀의 어깨와 등을 덮으며 흘러내렸다. 그녀 스스로 머리를 풀었다는 사실이 그의 경계심을 덜어내기는 했으나 완전히 의심을 없애지는 못했다.

"허리띠!"

부끄러움으로 경여의 눈빛이 동요했다.

어디까지 해야 그가 의심을 풀까. 어디까지 그를 허락할 수 있을까. 경여가 떨리는 손을 주저하며 올리다 매듭 근처에서 머뭇거리는데 그로부터 질책이 날아왔다.

"내가 할까?"

"아, 아니요. 내가 해요."

경여의 손이 가슴 아래 가로지른 요대의 끈을 풀자 스르르 발밑으로 넓은 허리끈이 떨어졌다. 더불어 겉옷의 여밈 역할을 했던 허리끈이 사라지자 옷섶이 벌어졌다.

"한 가지씩 말해줘? 옷 벗는 법, 몰라?"

그의 인내심이 바닥을 드러내고 있었다.

한 꺼풀씩 벗겨나간 옷이 그녀의 발밑으로 툭툭 떨어져나가고 이제 가슴 위까지 덮은 얇은 치마와 그 아래 속옷만 남았다.

"마저 벗어."

"그러지 말고…… 침상으로 가요."

환한 촛불 아래서가 아니고 휘장으로 한 꺼풀 가려진 침상 쪽의 어둠이 더 나을 것 같았다. 길게 늘어뜨린 머리카락이 그나마 노골적인 그의 시선을 피하게 하고 두려움도 감추게 했다. 경여는 온전히 드러난 어깨를 한 손으로 감추며 다른 한 손으로 언제까지고 우두커니 서 있을 것만 같은 그의 팔을 이끌었다.

짙은 청색에 금색 수를 놓은, 안이 비치는 얇은 비단 휘장을 걷고 안으로 들어가 그를 침상에 걸터앉게 했다. 더위를 피하면서도 한기를 막아주는 얇은 이불이 가지런하게 펼쳐진 침상에서는 곧 있을 열기는 짐작할 수 없었다. 느슨하게 끈을 맨 그의 침의 옷 섶 사이로 햇빛에 그을은 그의 맨살이 드러났다. 그는 더 이상 숨기기 힘든 욕망으로 불편한 숨을 내쉬었다. 그의 허벅지 사이, 그의 몸의 중심부가 이미 바지 섶을 밀어 올리며 흥분하고 있었다.

어쩌면, 어쩌면 그와 끝까지 몸을 나누지 않고도 그의 욕망을 가라앉힐 수 있겠다고 경여는 생각했다. 그의 다리 사이에 자리잡고 왼손으로는 그의 어깨를 짚고 서서 적절하게 거리를 유지하며 경여는 아직도 의심을 버리지 않는 그의 뺨을 부드럽게 쓸었다. 달리 노력하거나 꾸밀 필요도 없이 꿈속에서 그녀는 이렇게 그의 무릎에 앉아 아기처럼 안겨 있던 적도 있었다.

취.작약

"나를, 피 말려 죽일 작정이야?"

그가 닿을 듯 말듯 느리게 그의 몸을 쓰다듬고 유혹하는 경여의 손길을 참다못해 으르렁거리듯 경고했다. 그는 더 이상 그녀 스스로 알몸이 될 때까지 기다릴 수 없는 듯 거칠게 남은 치마끈을 풀고는 되는대로 둘둘 말아 아무렇게나 벽 쪽으로 집어던졌다. 그녀의 허리를 휙 잡아채서 중심을 잃게 하고 놀라며 제 몸 위로 쓰러지는 경여를 받아 안으며 순식간에 그의 무릎 위에 눕게 했다.

"제강, 급할 것 없잖아요. 천천히 해요……, 읍."

놀라며 발버둥치는 경여의 몸을 단단히 잡은 그가 눈앞에 드러난 풍만한 젖가슴을 향해 입술을 내렸다.

급할 것 없지 않냐고, 천천히 하자고? 단 한 번만이라도 위경여가 그와 같은 열망을 똑같이 가져보게 하고 싶다는 욕망이 그를 거칠게 만들었다.

그녀에게는 낙인을 찍듯 충격적인 행위였다. 뜨거운 그의 숨결이 먼저 닿는가 했는데 타액으로 젖은 혀가 유두를 핥았고 이어 크게 베어 물었다. 그가 핥고 깨물고 흡입하는 젖가슴을 통해 낯선 감각이 쭈뼛이 온몸을 관통했다.

그의 어깨를 밀어내기 위해 손을 뻗었지만 그가 한순간 몸을 돌려 그녀를 침상에 눕히고 그 위로 올라와 자리를 잡자 사각이는 이불 위에 눕고 말았다. 이제 그녀를 안고 지탱하지 않아도 되는 그의 자유로운 두 손이 마음껏 그녀의 젖가슴을 움켜쥐고 소유하며 희롱했다.

"아, 제강, 이러지, 말아요. 흐읍."

그의 몸 아래에서 빠져나오려는 경여의 시도는 무기력했다. 가슴으로부터 쇄골과 목, 귓불을 타고 점점이 올라오던 그의 입술이 그녀의 입술에 겹쳐졌다. 서둘러 도망치려는 그녀의 혀를 붙잡은 것도, 입 안 곳곳에 그의 흔적을 새기는 것도 한순간의 일이었다.

그의 손길은 단 한 곳의 금기도 허용하지 않을 듯 거침없었다. 손 안에 쥔 젖가슴을 일그러뜨리고 엄지손가락을 이용해 유두를 희롱하던 그의 한 손이 복부와 배꼽을 지나 더 아래로 내려갔다. 열이 오르는 몸 위로 얼음물을 맞은 듯 놀란 경여가 그의 손목을 필사적으로 움켜쥐었다.

"제발, 제발요!"

그가 답답하다는 듯 물었다.

"어떻게 하라고?"

거절하는 거라면 억지로 몸을 열어서라도 가지면 그만이지만 입으로는 아니라고 하면서도 경여는 이상하게 애를 태웠다.

"힘으로 하는 것도 싫고, 서두르는 것도 싫다? 더 말해봐, 또 싫은 게 있어?"

"그, 그게……, 내, 내가 위로 가요."

"뭐?"

그의 눈이 휘둥그레졌다. 싫다는 말이었다면 차라리 더 편했다.

제가 위로 올라가겠다고?

경여가 서둘러 마른침을 삼키고는 말했다.

"내, 내가 할 테니까 당신은 움직이지 마요."

순간 그의 눈가가 미세하게 떨리고 입술이 꽉 다물렸다. 전에는 단 한 번도 시도하지 않았던 경여의 요구. 다섯 해 사이, 그가 모르

취작약

는 위경여의 취향. 죽은 지아비 호광을 상대로 그랬다고 생각하니 몸이 싸늘하게 식었다.

그런데 그때 문밖에서 그들을 막아선 것은 재사 문언이었다.

"왕제전하!"

"뭐야!"

아직 그녀의 몸 위에 올라탄 채로 그가 밖을 향해 거칠게 고함을 쳤다. 그 순간에도 여전히 그의 손은 경여에게 붙잡혀 있었다.

"방해하지 말라고 했을 텐데!"

새로운 생명을 가진 존재인 양 그녀와 잇닿은 몸의 중심부에서 꿈틀대는 그의 부피는 이전보다 더욱 크고 단단하며 거셌다.

"긴히 드릴 말씀이 있습니다."

밖에서 들리는 문언의 음성은 차분했다.

"물러가! 아침에, 날이 밝으면 듣겠다."

진제강의 결의가 섞인 음성이었다. 그러나 문언도 지지 않았다.

"손님이 찾아오셨습니다."

곧 날이 밝을 것 같기는 하지만 이렇게 이른 새벽에 손님이라고? 왕의 밀사라고 해도 절대 환영받지 못할 존재였다.

"하! 말이 되는 소리를 해!"

그를 방해하기 위한 거짓말로 알아들은 제강이 고함을 쳤다.

"정말입니다."

"그래서? 이 야심한 시각에 찾아온 손님을 내가 맞아야 하나?"

"그것이, 호부인의 시가 쪽 사람입니다."

순간 떨고 있는 경여와 그의 시선이 마주쳤다. 확실히 진제강도

241

예상치 못한 인물이기는 했다.

"누구라고?"

그가 나지막이 되물었다.

호정엽! 호광의 사촌 동생. 눈엣가시처럼 연회에서도 마치 제 것인 양 위경여를 감싸고돌던 사내!

"관심이 지나치다 했지. 처음 봤을 때부터 관심이 지나쳐 보였어!"

그가 이를 갈듯 말했다. 겨우 그에게서 풀려날 수 있겠다고 경여가 채 안심하기도 전에 그가 천천히 경여의 어깨와 그 아래 겨드랑이와 젖가슴 주위를 입술로 애무했다. 그의 행위는 거친 말과는 사뭇 달랐다.

"나와 보셔야 할 듯싶습니다."

문언이 재차 재촉했다.

이제껏 잠자코 있던 경여가 거들었다.

"제강! 제발!"

문밖의 문언에게 들릴세라 작은 음성으로 속삭였지만 두 눈은 애원을 담아 그를 응시했다.

하지만 그의 의지는 단호하고 거침없었다.

"돌려보내! 그자를 만날 이유 따위 없어!"

"호부인과 조카를 찾습니다."

"사라진 사람들을 왜 내게 와서 찾아?"

경여가 당사자로 그 자리에 있지 않았다면 믿지 못할 만큼 그는 천연스러웠다.

"도련님이, 도망치도록 도와준 거였어요."

경여가 고백했다.

그는 죽일 듯 경여를 쏘아보았다. 새삼 그의 눈에서 불꽃이 이는 듯했다.

"하필이면! 호광으로도 부족해서, 사촌 시동생 품으로 도망쳤다고? 나는 안 되고 그자는 된다고?"

두려움에 떨면서도 경여는 또박또박 말했다.

"도련님은 그런 분 아니에요."

"바보 천치 같으니! 사촌 시동생의 숨겨진 여자로 살고 싶어? 지금이라도 보내줘?"

그의 말은 저열했다.

"모두가 당신처럼 생각하는 건 아니에요."

무시하듯 그의 손길이 거칠게 속치마 사이로 파고들자 경여가 다급하게 그의 손을 붙잡았다.

"제강!"

그의 눈썹이 못마땅하게 일그러졌다.

"힘으로 하는 건 싫다며?"

"싫어요."

"그런데?"

왜 저항하고 막으려고 하느냐고 묻는 것이다.

"내 생각도 좀 해줘요. 당신에게 안길 생각이지만, 도련님이 와 있는 걸 알면서는 그러기 싫어요. 이 집 안에 죽은 그 사람의 친족이 있는 걸 알면서 그럴 수는 없어요. 보내고 와요. 음? 그리고 밤새 몇 번이고…… 당신이 원하는 대로 해요. 응?"

밤새도록? 몇 번이고?

"밤은 길어요, 제강. 응? 방해받기 싫어요. 당신도 그렇잖아요?"

조금 전과는 달리 교태를 부리듯 몸을 떨면서도 적극적으로 그의 몸을 만지는 위경여의 유혹은 치명적이었다. 그녀가 한 것이라고는 정말로 원한다는 듯 그의 몸을 몇 번 쓰다듬은 것뿐이었는데 그 이상을 하는 그녀의 모습이 상상되자 아찔한 현기증마저 일었다.

"가서 그자를 쫓아내고 오라고?"

"음. 어서요."

그는 굳이 그럴 필요가 없었다. 당장 욕망을 누를 필요도 없이 지금 당장 위경여를 품을 수도 있었다. 하지만 그의 몸 아래 깔린 여자가 더 큰 쾌락을 보장하며 그것을 요구하고 있었다.

"……제강!"

과연 그를 설득할 수 있을지 자신이 없으면서도 경여는 주저하듯 그의 이름을 불렀다.

"말도 안 돼!"

그가 거칠게 토로했다.

경여는 그가 당장이라도 그녀 안으로 파고들까 봐 떨면서도 가까스로 안타까운 표정을 지었다.

"으응? 그렇게 해요."

갈등하며 한순간 눈을 질끈 감았던 그가 천천히 그녀에게서 몸을 일으켰다. 고르지 못한 숨을 고르고 흐트러진 옷가지를 거칠게 꿰는 그의 모습에 경여가 적이 안도했다. 그가 몸을 일으키는 것과 거의 동시에 경여도 그 틈을 놓치지 않고 침상 가장자리로 달아나 한 팔로 드러난 가슴을 가리고 한 손으로는 이불을 끌어올려 턱 바로 아래까지 가렸다.

험악한 표정으로 그가 씩씩거리며 경여의 하는 모양새를 쏘아보았다.

벗을 때는 그토록 느리게 애를 태우더니 도망치는 건 순식간이군!

"기다릴 거라고?"

"음, 여기서 기다릴게요. 도련님을 보내고 와요."

"여기서 꼼짝도 하지 마."

"응. 기다릴 거예요."

"지금 그대로!"

"응. 어디 안 가요."

경여는 수줍어하면서도 해사하게 웃기까지 했다.

진제강은 그 모습을 보면서 한순간이나마 들끓는 욕정을 당장 가라앉히고 자유롭게 풀어버리고 싶은 충동이 앞섰다. 하지만 흡족하지 못할 것이다. 하기는 이대로 물러서는 것도 흡족할 리 없었다. 한시가 다급한 마당에 무엇을 위해 아껴두나, 충동질하는 갈등을 누르고 자제하는 일은 결단코 쉽지 않았다.

끄응!

일단 마음을 정한 그는 흐트러진 옷을 마저 추스르고 침상에서 일어났다.

한순간 그가 막무가내로 달려들 것 같은 강렬한 눈빛에 불안했던 경여는 속으로 안도의 숨을 내쉬었다. 당장 눈앞의 위기는 그럭저럭 넘긴 셈일까.

일단 침상에서 일어선 후 그는 한 번도 경여를 돌아보지 않았다. 그가 완전히 방을 나선 후에야 경여는 서둘러 침상을 기어 나와 떨리는 손으로 바닥에 떨어진 옷가지를 수습하고 머리를 다시 틀어 올렸다. 그러는 동안에도 부들부들 온몸이 떨렸다.

이 방에서 그를 다시 기다리다니!

그런 일은 없었다. 돌아온 그의 분노도 두려웠지만 어떻게든 당장의 위기를 넘기는 것이 중요했다. 옷을 제대로 입는 둥 마는 둥하고 경여는 서둘러 염이 자고 있는 내실로 돌아왔다.

경여는 호정엽이 찾아왔다는 사실에 희망을 품었다. 아무리 막무가내인 왕제라도 이제는 남의 눈을 의식해 그들 모자를 돌려보내 줄 수밖에 없을 것이라고 생각했다. 예궁에 머무르며 아버지에게 도움을 청할 수는 없는 일이었으니 안 그래도 사촌 시동생에게 연락이 닿을 수 있도록 노력해봐야겠다고 머리를 굴리던 참이었다. 노부부 또는 호정엽이 보내준 사내가 밤을 달려 호정엽에게 상황을 알리고 도움을 청한 모양이었다.

하지만 경여의 기대와는 달리 날이 밝은 후에도 경여 모자는 호정엽을 만나지 못했다. 뿐만 아니라 다음 날도, 그 다음 날도 진제강을 다시 볼 수 없었다. 그는 사람을 통해 경여를 부르지도, 찾아오지도 않았다.

이제 몸이 다는 건 경여였다. 그가 어떤 감언이설로 호정엽을 속여 넘긴 걸까. 오후부터 흐리더니 내리기 시작한 빗소리가 더욱 마음을 무겁게 했다. 경여가 위사들의 제어에도 불구하고 문밖으로 나가려고 하자 위사 중 하나가 당황하며 누군가에게 달려갔다. 그리고 얼마 후 경여와 위사들 사이에 선 이는 수곤이었다. 그의 위치는 본래부터 그곳인 양 방 안으로는 한 걸음도 들여놓지 않았다.

"호부인께서 얌전히 있지 않으면 아이를 떼어놓으라고 하셨습니다. 그러길 원하십니까?"

수곤은 당황하는 기색이나 감정 없이 왕제의 명을 전해주었다.

경여는 세차게 고개를 가로저었다.

"왕제전하를 만나게 해주세요. 이렇게 사람을 가둬놓는 법이 어디 있어요? 그 사람을 만나겠어요. 보게 해줘요."

다시 그와 단둘이 대면하는 일은 두려웠지만 그가 당장 찾지 않는다는 사실에 용기를 냈다. 어차피 그가 훔쳐와 제집에 가둔 여자를 취하기로 작정한다면 누구도 말릴 수 없는 일이었다.

"전하께서는 지금 출타 중이십니다."

"돌아올 거 아니에요? 기다렸다가 만나겠어요."

"안 되십니다."

그러나 경여는 그가 말을 채 끝내기도 전에, 위사들이 서둘러 붙잡기도 전에 몸을 움직여 내달렸다. 비가 쏟아지고 어둠 속이기는 하지만 경여는 예궁의 구석구석을 잘 알고 있었다. 그가 정말 침전에 없는지 확인해보고 서가로 가볼 생각이었다.

그런데 어디선가 급하게 멈추어선 말발굽 소리와 말울음소리에 섞여 여자의 비명에 가까운 울음소리가 들려왔다. 위사 하나가 당황하며 말을 제지하려 하자 여자는 말에서 내려 안으로 달려들고 있었다.

"만나야겠어요! 왕제전하를 만날 거예요!"

호위조차 없이 말 한 필에 의지해 폭우를 뚫고 달려온 사람은 다름 아닌 정림이었다.

"아, 아가씨, 이러시면……."

"전하께선 아직 돌아오지 않으셨는데"

경여를 붙잡아 세우려고 쫓아왔던 수곤도 정림을 발견하고는 서둘러 경여의 입을 막고 어둠 속으로 몸을 숨겼다. 경여도 이렇게 예궁에서 정림과 마주치는 상황은 예견하지 못했다. 결국 그녀를 막아서던 수곤의 말은 사실이었다. 왕제는 어디론가 출타한 상황에서 밤이 늦도록 아직 귀가하지 않고 있었다. 경여가 제 입을 틀어막은 수곤의 손을 내렸다.

경여가 혹시라도 돌발행동으로 왕제에게 누가 될까 두려워한 수곤이 진의를 파악하듯 경여를 뚫어지게 바라보다가는 천천히 손을 내렸다. 그녀를 어떻게 대해야 할지 혼란스러운 듯했다.

"돌아가시죠. 주군께서 돌아오시는 대로 알려드리겠습니다."

그러나 수곤의 말이 끝나기도 전에 주위가 조용해지더니 우산을 받쳐든 문언과 함께 왕제 진제강이 나타났다.

회랑을 따라 들어서던 그는 중문과 객실의 경계 사이에서 시종과 실랑이를 벌이고 있는 정림을 발견하고는 주위를 물리쳤다.

경여와 수곤도 아직 그 자리에서 상황을 지켜보았다.

문언이 건네주는 우산을 들고 그가 정림에게 다가갔다. 그 사이 위사 하나가 문언에게 달려가 귓속말로 무언가를 전했다. 문언의 시선이 위사의 말을 따라 수곤과 경여가 숨은 곳을 향했다. 문언이 정림과 왕제를 일별하고는 걸음을 옮겼다.

제강이 정림에게 다가가 우산을 씌워주었다. 하지만 정림은 이미

取﹒錯愕

머리카락부터 옷까지 흠뻑 젖어든 상태였다.

"정림! 이 밤중에 어떻게……."

정림은 그의 말을 기다리지 못하고 빠르게 내쏘았다.

"혼인하신다는 말을 들었어요."

정림의 입을 통해 나온 말에 경여도 놀랐다. 하지만 제강은 수긍도 부정도 하지 않았다. 그저 묵묵히 정림을 바라볼 뿐이었다.

"사실이, 아니죠? 아버지께서 잘못 들으신 거죠? 왕제전하께서 혼인이라니, 누구와……. 아니죠? 아닌 거죠?"

그가 혼인한다고?

정림이 충격을 받고 찾아올 만도 했다. 그 소식을 들은 경여 또한 가슴이 먹먹해지고 어질해졌다.

"말해보세요. 왕제전하가 도둑장가를 드는 것도 아니잖아요? 혼인하는 것이 숨겨야 할 비밀도 아니잖아요! 정말로 혼인하세요?"

"그래."

쿵!

그의 입을 통해 듣는 혼인 소식에 경여의 다리에서 힘이 빠졌다. 당장이라도 수곤이 그녀의 팔을 잡아주지 않았다면 그 자리에 주저앉을 것만 같았다.

"혼인한다고요? 소문이 사실이에요?"

물음에 대한 대답 대신 그가 낮게 말했다.

"곧 만나러 갈 생각이었어."

믿을 수 없는 소문에 빗속을 뚫고 사실을 확인하겠다는 신념 하나로 달려왔던 정림의 몸에서 기운이 빠져나갔다. 휘청이는 정림의 몸을 받치듯이 그가 두 팔을 잡아주었다. 정림이 천천히 진저리치며 그의 팔을 떼어놓으려고 했으나 그가 단단히 쥐고 있자 이번에는 그의 소매를 움켜잡고 그의 진심을 읽어내기라도 할 듯이 그를 올려다보았다.

"어떻게, 도대체……."

경여도 궁금했다. 그가 귀국해서 채 몇 달도 안 되었다. 그가 혼인한다면 그 상대는 정림일 거라고 생각했는데, 정림이 아니라면 누구라는 말인가.

"어떻게! 그러면 그동안은 나를 놀린 거였어요? 그래요?"

"정림! 당신은 좋은 여자야. 내게는 과분할 만큼."

격하게 정림이 고개를 가로저었다.

"누가 그런 소리를 듣고 싶대요? 좋다고 하면서 놓아주는 사람이 어디 있어요? 정말 그 여자와 혼인하는 거예요? 잘못 들은 말이 아니란 말이에요?"

그는 할 말을 찾지 못하는 사람처럼 묵묵히 정림을 내려다보기만 했다.

"정말이냐고 묻잖아요! 대답해주세요, 왕제전하!"

"내가 먼저, 찾아가서 말해야 했어. 그러지 못한 건……."

정림이 다시 한 번 세차게 고개를 가로저었다.

"내가 그, 애 딸린 과부만도 못해요?"

애 딸린 과부! 이 나라에 그가 혼인할 만한 애 딸린 과부가 위경여 말고 또 있던가.

경여의 혼란스러움을 정리해주듯 정림이 퍼부었다.

"말해줘요, 왕제전하! 아직도 옛정에 휘둘리세요? 아니면 그 아버지 위공 때문인가요?"

옛정! 아버지 위공!

그의 혼인상대가 누구인지는 이제 분명해졌다. 그와의 혼인을 피해 도망쳤건만 생각지도 못하게 예궁에 잡혀 온 신세가 되었고 더구나 왕제와 혼인까지 한다고 한다. 경여로서는 도대체 어떻게 돌아가는 상황인지 알 수 없었다.

수곤이 다시 한 번 경여의 몸을 조심스레 이끌었다. 더 이상 주군의 사생활을 드러내고 싶지 않은 뜻을 읽은 경여가 순순히 돌아서 그를 따라 몇 걸음 걷는데 그들 앞을 막아서는 사람이 있었다.

문언이었다.

"호부인!"

"재사!"

이 밤, 도대체 어떻게 돌아가는 상황인지 왕제를 통해 확인하기 어렵다면 가장 나은 차선은 문언을 통해 듣는 것이었다.

수곤이 문언에게 말했다.

"송구합니다. 호부인께서 굳이 왕제전하를 만나겠다고 고집하셔서."

문언은 수곤에게 고개를 끄덕여 보였다.

"호부인은 내가 모시지."

수곤이 사라지자 경여가 물었다.

"재사는 알죠? 정림의 말이 무슨…….."

"비가 거셉니다. 안으로 들어가시죠."

경여가 완강하게 고개를 가로저었다.

"이게 무슨 일이에요? 왜 정림이 이 밤중에 달려오고, 내가 왕제전하와 혼인한다는 말을 해요?"

"날이 밝으면 전하께서 말씀하실 겁니다."

"재사, 나는 지금 알아야겠어요. 재사께서 말씀하지 않으시면 왕제전하를 만나서 확인하겠어요."

"주군을 오늘 뵙는 건 좋지 않을 듯합니다. 어서 안으로 들어가시죠."

제강과 정림 쪽을 보니 그도 뿌리치는 정림을 달래며 비를 피해 안으로 들어가기를 권하고 있었다.

"비는 피하고 가. 여름비라도 이렇게 몸이 식으면 고뿔에 걸려."

"무슨 상관이에요?"

정림은 모르겠지만 경여는 정림을 대하는 그의 태도에서 그가 진심으로 아끼고 있다는 사실을 알았다. 그는 모든 여자에게 친절한 사내는 아니었다. 때로 몰인정할 정도로 매몰차게 굴어서 곁에 있는 사람을 불편하게 할 때도 있었다.

그런 그가 정림을 앞에 두고 비를 피하고 가라고 말한다. 그리고 정림은 말처럼 매몰차게 그를 거절하지 않았다. 우산을 받쳐 든 그와 마지못해 걸음을 옮기는 정림의 모습은 위경여의 눈에 시리도록 아프게 파고들었다.

문언은 경여 모자가 머물고 있는 곳까지 함께하여 젖은 옷을 벗고 빗물을 닦아내도록 시간을 준 후 따뜻한 차를 권했다. 아직도 물기 젖은 머리카락을 수건으로 닦아내며 경여가 물었다.

取, 작약

"재사! 정림의 말은……."

"사실입니다."

문언이 뜸들이지 않고 차분한 음성으로 확인시켜주었다.

"이해할 수 없어요. 왜, 왜요?"

"위공과 주군 사이에 이미 끝난 이야기인지라 저도 잘 알지 못합니다."

과연 재사가 모르는 일이 있을까 의심이 일었지만 경여는 질문을 바꾸었다.

"내가 떠난 건 어떻게 알았어요? 나를 어떻게 찾아냈어요? 그리고 왜……."

"호부인께서 궁금해하시는 어떤 것도 제가 답해드릴 수는 없을 것 같습니다. 나중에 주군께 물어보시지요."

"지난번에 도련님이 찾아왔다고 말하셨어요."

"예."

"사실이에요?"

"그렇습니다."

"그런데 왜……."

"주군께서 직접 만나셨고 돌려보내셨습니다."

"도련님이 순순히, 그냥 돌아갔다구요?"

"순순히 돌아간 건 아니셨습니다."

"그럼요?"

문언이 곤혹스런 표정으로 아무 말도 하지 않았다.

"혹시 도련님을 다치게 하셨어요?"

"아니요, 그런 일은 없었습니다. 그만 쉬십시오."

"재사! 말해주세요."

문언이 문 앞까지 걸어갔다가 천천히 돌아서더니 말했다.

"들으시면 마음만 상하십니다."

고인에 대한 예의나 그녀에 대한 평판 따위는 완전히 무시한 진제강의 태도를 모르는 것이 나았다. 이른 새벽 무례하게 찾아온 호정엽을 맞이한 진제강은 흐트러진 의복을 수습하지도 않은 상태로 손님을 맞았다.

사촌 형수와 조카를 돌려달라고 요구하는 호정엽에게 그는 나른하면서도 온화한 태도로 당혹감을 표현했다. 그가 귀국한 이래로 위경여와 은밀하게 야합을 즐겨온 사실을 토로하고 그 결과 경여가 이미 회임한 사실을 밝혔다.

"노파심에 말씀드립니다만 혹시라도 호부인, 혼인 전에 왕제전하를 만나실 생각은 안 하시는 게 좋을 것 같습니다. 주군의 심기가 몹시 편치 않으십니다. 서로 후회할 일을 만드는 건 좋지 않으십니다."

말하는 문언의 태도에서는 호정엽이 찾아왔던 날 그들 사이에 어떤 일이 있었는지 알고 있는 것 같았다. 경여의 얼굴이 화르락 붉어졌다.

편안히 잠든 염의 곁에 억지로 몸을 누이면서 경여는 정림의 당찬 행동이 부럽다는 사실을 인정했다. 마음으로 원하는 이를 놓치지 않기 위해 정림은 예의나 체면 따위는 조금도 생각지 않았다.

붉은 비단으로 화려하고 아름답게 수놓은 혼례복.

췌, 작약

예궁에서 열흘 밤을 보내고 시종의 권유로 목욕을 마치고 돌아온 그들 모자 앞에 아름답게 수를 놓은 붉은 혼례복이 놓여 있었다.

"예읍의 여자들이 며칠 밤을 꼬박 새서 만들었답니다."

차를 내온 어린 여 시종이 자랑스럽게 말했다.

경여의 눈에도 급하게 만든 의복이라고는 상상할 수 없게 공들여 만든 것이 역력했다. 하긴 누가 왕제의 비가 입을 혼례복을 대충 만들 수 있을까.

놀란 경여의 눈길을 피하며 여 시종이 밖으로 나가려는 듯하더니 수곤이 문 밖에서 눈짓을 하자 주저하며 이미 얼굴을 익힌 염에게 다가갔다. 염은 배가 고팠던지 시종이 가져온 꿀 타래를 손에 들고 막 입에 넣으려고 하고 있었다.

"공자님, 강아지 보러 갈까요?"

염이 눈을 빛내며 고개를 끄덕였다.

"호부인, 공자님과 잠시 나가봐도 될까요? 제가 잘 돌봐드리겠습니다."

"어머니, 강아지요, 강아지!"

이곳에 온 이래 경여의 품을 떠나지 않던 염의 경계심이 풀린 듯했다.

"멀리 가면 안 돼, 염아. 바로 보고 올 거지?"

"예."

한 손에는 달콤한 꿀을 바른 타래를 한 입 물고 다른 한 손은 어린 시종의 손을 잡고 문턱을 넘으려던 아이는 다시 돌아와 탁자에서 팥경단을 마저 들었다. 순간 어? 하며 긴장을 감추지 못하던 시종의 얼굴이 급하게 제 얼굴을 찾았다.

경여의 얼굴에도 자연스레 웃음이 머물렀다.

"입어보시겠습니까?"

경여가 언제까지고 혼례복을 건너다보기만 할 뿐 손도 대지 않자
이번에는 나이든 시종이 권했다. 그 말에 경여의 얼굴에서 그나마
잠시 머물던 웃음기가 씻은 듯이 사라졌다.

"아, 아니요."

경여는 뒷걸음질 치며 한 발 더 물러났다.

"이곳에 강아지가 있어요?"

경여는 괜히 염을 떼어놓았다는 불안감이 들었다.

"예, 왕제전하 안 계시고 이곳 궁을 지키는 동안 키우던 개가 세이
레 전에 새끼를 낳았는데, 눈도 뜨고 막 배도 떠서 걸으려고 하는 게
예쁩니다. 공자님도 좋아하실 거예요."

"사납지는 않나요?"

경여는 불안감을 떨치며 물었다.

"사람을 잘 따라서 쓸모없는 녀석이라는 소리도 듣는 걸요."

워낙 염이 낯선 곳에서 오래 있지는 못할 거라고 안도하며 아이를
기다리던 경여는 차를 다 마시고 찻주전자가 식은 후에도 아이가 오
지 않자 불안감이 커졌다.

"염이를, 찾으러 가봐야겠어요."

경여가 문 앞을 지키고 선 위사에게 말하자 마치 경여를 기다리고
있었던 것처럼 수곤이 다가왔다.

"안내해줘요. 이렇게 오래 있을 아이가 아니에요."

"호부인."

수곤이 낮게 말했다.

"앞장서요!"

하지만 수곤의 말은 충격적이었다.

"공자께선 이 궁에 계시지 않습니다."

"그게 무슨 말이에요?"

"왕제전하께서, 시키신 일입니다."

"염이를 떼어놓으라고 했다고요? 그 사람이요?"

경여의 가슴이 덜컥 내려앉았다.

"정말, 그 사람이 아이를 떼어놓으라고 했어요?"

분노로 음성이 떨려나왔다.

"잘 돌봐줄 시종들이 있습니다. 걱정하지 않으셔도 됩니다."

"안 돼요! 염이를 돌려줘요! 어디 있어요? 어떻게 아이를 떼어놓아요? 그럼 아까 어린 시종아이까지 나를 속였다는 말이에요?"

"진정하십시오."

"어떻게 진정해요? 어떻게 이렇게 비열해요? 어떻게 내 아이를 훔쳐 갈 생각을 해요? 안그래도 염이가 얼마나 놀랐는데!"

경여는 위사들을 밀치고 수곤을 밀치고 어딘지 모를 아이가 있는 곳으로 달려가려고 했으나 역부족이었다. 하지만 어디서 나오는지 모를 경여의 힘 또한 그들이 막기에는 버거웠다. 곧 예궁의 주인과 혼인하기로 결정된 안주인을 힘으로만 제압할 수도 없는 일이었다.

이러지도 저러지도 못하는 위사들이 큰 곤욕을 치르는 동안 수곤이 말했다.

"진정하십시오, 호부인! 놀라신 건 알겠습니다. 하지만 달리 생각해주십시오. 제가 부인이 보는 앞에서 아이를 빼앗아 가는 게 나았겠습니까? 공자께선 놀라지 않으셨고, 잘 돌봐줄 사람들이 있으니 너무 염려 마십시오."

"그 사람을 불러줘요. 내 아이 내놔요! 어서, 어서 돌려줘요! 안 그래도 이곳이 낯설어서 자다가도 경기하듯 놀란단 말이에요."

"혼인이 먼저입니다. 혼인 후에는 다시 보실 수 있을 겁니다. 왕제 전하께서 무엇을 염려하는지 아실 텐데요, 호부인."

그녀가 다시 도망칠까 봐 아이를 볼모 삼아 숨겨두었다고 말하고 있는 것이다. 그녀 스스로 이 상황을 만든 거라고 책임소재를 말하고 있었다. 그 어떤 위협도, 읍소도 수곤을 움직일 수 없다는 사실은 분명했다.

그녀가 자의로 이곳에 머무는 것이 아니고 붙잡혀 온 존재라는 사실을 새삼 깨닫게 했다. 경여의 눈에서는 눈물이 멈추지 않았다.

수곤은 곧 예궁의 안주인 될 경여가 자신을 원망하며 흐느껴 울자 당혹했다.

"왕제전하를 거스르지 않으신다면, 곧 다시, 만나게 되실 겁니다. 그러니, 부인, 제발 눈물을 거두십시오."

"인사도 못 했단 말이에요. 아이에게 아무 말도 못 했단 말이에요. 어떻게 이럴 수가 있어요? 어떻게 이래요?"

그에게 휘둘리고 무기력하기만 한 그녀 자신이 한없이 원망스러웠다. 눈앞에서 아이를 잃어버리다니! 경계를 늦추지 않은 그녀 자신을 원망했다.

翠, 작약

"부인, 우셔도 소용없으십니다. 재사께서 말씀하기를, 이곳을 떠나지 말게 하라고 하셨습니다. 제가 어떻게 해드릴 수 있는 일이 아닙니다."

왕제의 갑작스런 혼인소식에 사람들이 여럿 모이는 곳이면 남녀를 불문하고 어디서든 들썩였다. 특히 왕제에게 소속된 마을에서는 더 심했다.

예궁에서 사가의 일을 보고 있던 조완은 잠시 고향에 다니러 갔다가 돌아오는 길에 그 소식을 들었다.

"어, 왕제전하께서 혼인하신다구요?"

불과 그가 한 달 전만 해도 이렇게까지 급진전 될 줄 몰랐던 조완은 반가운 마음에 끼어들었다.

"아, 사가님, 아직 소식 못 들으셨습니까."

마을 사람들 중에 그를 알아본 이가 반갑게 그를 끌어들였다.

조완은 경전해석과 그림에 재주가 있었고 왕제의 문객으로 있다가 그 재주를 인정받아 이야기를 정리하고 역사를 기록하는 역할을 하고 있었다.

"예, 혼인을 하신답니다."

"아, 이렇게 기쁜 일이! 그간 문객들과 좌장들이 아무리 권해도 듣지 않으시더니! 정말 잘된 일입니다."

조완이 밝게 웃자 마을사람들의 인상이 더욱 찌푸려졌다.

"사가님도 참! 잘된 일이라뇨."

"그러게요, 아니함만 못한 일이지요."

"거 참, 하필이면!"

"어, 대부 정시중 어른의 따님이면 어디 내놔도 기울지 않을 텐데요?"

조완의 말이 끝나기 무섭게 따라붙는 한숨들!

"그러면야 오죽 좋겠습니까."

"아니란 말인가요?"

"위공의 따님과 혼인하신답니다."

위공의 딸이라면, 얼마 전 과부가 된 호부인 위경여?

"어, 어! 아니, 어쩌다가……."

조완으로서도 의외였다.

우대신 정시중과 교류할 때 따라가 보았던 조완은 주군이 정림과 거니는 모습을 보며 선남선녀가 따로 없다고 생각했었다. 잘 어울리는 인연으로 보였다.

"누가 아니랍니까. 왜 이렇게 기우는 혼인을 하시려고 하는지 모를 일이라고들 합니다."

예궁의 문객들은 누구라도 진제강이 위백양을 싫어한다는 사실을 알고 있었다.

"어이쿠, 진작에 좋은 혼처 있을 때 하셔도 좋았잖아."

"기껏 먼 타국에서도 혼자 지내셨는데 말이야. 게다가 곧 왕이 되시면 얼마든지 더 좋은 비전하를 얻으실 텐데."

왕제의 과부 혼인. 그의 모후나 선왕이 살아 있었다면 가능했을까. 이번 경우는 그가 왕이나 태자가 아니었던 것이 파격에 가까운 혼인을 가능케 했다. 그러나 예궁 내에서도 혼인과 관련해서는 여론이 크게 다르지 않았다.

조완은 서둘러 예궁으로 돌아왔다. 이미 이십여 명이 둘러앉아도 여유로운 집무실 안은 싸한 분위기였다. 혼인을 축하하고 반기는 분위기가 아니었다.

조완의 인사를 받는 둥 마는 둥 인상이 구겨져 있었다. 조완의 이목은 많은 사람들 속에서 문언을 찾았다. 다른 누구보다 재사 문언의 반응이 궁금했던 것이다. 문언의 반응이 궁금하기로는 조완뿐 아니라 그 자리에 있는 모든 이들도 마찬가지인 듯했다. 하지만 문언은 주변의 관심은 모르겠다는 듯 그 어느 때보다 창백한 얼굴에 입을 꾹 다물고 눈을 지그시 감고 있었다.

문언을 따르는 수곤이 자리를 수습해보라고 쿡쿡 찌르곤 했지만 몸이 몹시 괴로운 문언은 예고 없이 치미는 헛구역질을 참는 것만으로도 곤욕이었다. 어젯밤 왕제를 상대하느라 마신 술로 머리가 흔들리고 깨질 듯 아파 어떻게든 머리가 울리지 않도록 참아보는 중이었다.

"재사께서 말리셨어야 합니다. 즉위하신 후에 왕후의 예로 비를 맞으시는 게 무엇보다 순리인 것을 모르지 않으실 테니!"

주군이 옳은 선택을 하도록 설득하고 조언하는 역할을 해야 하는 문언의 직무유기 아니냐는 말이었다.

스읍.

술렁이는 회의석상에서 지금껏 잠자코 앉아 있던 문언의 입술이 불편하게 움직였다. 그러자 모두의 시선이 문언에게 쏠렸다.

지끈.

워낙 약한 주량에 제강을 상대로 호기롭게 시작했으나 결과는 뻔했다. 그러나 분노한 제강을 호부인의 거처로 못 가도록 붙잡아두는 데는 성공했으니 그나마 다행이었다. 문언이 심한 말을 쏟아내 제강을 막기는 하였으나 그조차 짐작만 하였을 뿐 확신하지 못했던 일에 대해 새롭게 알게 되었다.

그렇다고 시시콜콜 지난밤의 일을 이야기하고 양해받을 수도 없었다. 몸의 고통을 참지 못해 그리 된 것이니 말들을 나누라고 손짓하고는 문언이 지압을 하듯 관자놀이와 몇 군데를 손으로 꾹꾹 눌렀다.

과음하셨군.

조완은 비집고 나오려는 웃음을 겨우 참았다.

점차 조완뿐 아니라 실내의 학사들도 문언의 상태를 알아차리고는 투덜거렸다.

"거참, 이기지도 못하는 술을 왜 마시고는!"

"쯧쯧!"

나이든 학사들 중에서는 아예 대놓고 불만을 드러냈다. 중요한 이야기를 나누어야 할 때에 전혀 도움도 안 되고 입이 붙었냐는 타박이었다.

먼 외국생활을 갑작스레 청산하고 돌아온 왕제가 그제 공식적으로 혼인소식을 알렸을 때 문언을 제외한 그의 휘하 사람들은 처음에는 입이 귀에 걸려 축하인사를 전했으나 그 상대가 누구인지를 듣고는 싫은 표정과 벌어진 입을 다물지 못했다.

애까지 딸린 과부라니!

후사 없는 왕의 뒤를 이어 곧 제위에 오를 귀한 이! 위경여는 그런 이의 반려로는 아무리 좋게 봐도 턱없이 부족한 존재였다.

"왕제전하께 다시 한 번 확인을 해봐야겠습니다. 아니면, 이제라도 다시 생각해보시라고 간언이라도!"

벌떡 자리에서 일어나는 자와 서둘러 말리고 끌어내리는 자!

항시 재사의 말을 수긍하던 이들조차 혼인의 재고를 제언하기에 이르렀다.

이 혼인은 누가 봐도 그 상대가 위백양의 딸이 아니고서는 불가한 일이었다. 위백양이 왕위를 찬탈한대도 제대로 된 저항도 못 해보고 눈 뜨고 당할 것 같은 힘없는 왕실이라지만 그들이 보기에는 해도 해도 너무한 일이었다.

수곤이 다시 문언의 옆구리를 찔렀다. 주군의 분노가 엉뚱하게 불똥이 튈까 두려운 눈치였다.

문언이 물을 마시려고 앞의 잔을 들었으나 이미 비어 있자 수곤이 얼른 물을 따라주었다. 도대체 갈증은 몇 주전자의 물을 들이부어도 해결되지 않고 있었다. 문언이 물을 단숨에 다 마시고는 잔을 놓으며 말했다.

"주군께서도 충분히 숙고하여 결정하신 일입니다. 그리고 요즘 심기가 편치 않으십니다. 조심들 하시는 게 좋을 듯합니다."

문언이 하지 않으면 수곤이라도 하고 싶은 조언이었다.

왕제의 심기가 편치 않은 걸 모르는 이가 있을까. 요 앞전 보름은 거의 두문불출 상태였고 어쩌다가 마음에 차지 않는 일에는 사소한 일조차 버럭 고함을 질러댔기에 누구라도 알 수 있는 일이었다. 그러더니 갑자기 잠도 제대로 못 자고 충혈된 붉은 눈으로 문객들과 수하들이 있는 객실에 나타나서는 다짜고짜 혼인을 하겠다고 선언한 것이다. 허락을 구하는 것이 아니고 이미 결정되었으니 정해진 시일에 혼인할 수 있도록 준비하라는 명령이었다.

"그것 보라고! 그 능구렁이 같은 위공 때문에 내키지 않는 혼인을 하시는 게야."

정치적 목적을 위해 위백양이 진제강에게 손을 내밀었다는 추측이 이어졌다. 어제 왕제가 늦은 저녁까지 위백양의 집에 머물렀다는 사실도 예궁 사람들에게는 충격을 더했다.

"재사는 정말 이 혼인을 반대하지 않으십니까?"

말수 적고 신중한 나이 든 학사 하나가 물었다.

"예."

"어째서요?"

문언의 진의를 의심하는 시선들이 날아왔다. 최근 그가 위백양의 집을 드나든다는 동태까지 거론되며 문언이 위백양과 손잡은 것 아니냐는 유언비어까지 나돌았다.

"호광 장군은 백성들에게 신망이 두텁던 분입니다. 그런 이의 미망인이 거리에 나앉게 되었는데, 왕제전하께서 거두어주신다면 나쁘기보다는 인심을 얻는 일이 될 것입니다."

"거리로 나앉기는! 그 아비가 어떤 자인데."

다른 이가 끼어들었다.

"하고많은 여자 중에 어째서 하필이면 애까지 딸린 과부를……."

문언의 말에 기다렸다는 듯 웅성이며 불평이 따라왔다.

取, 작약

"위공이 어떤 분이십니까. 정사의 안정을 꾀하는데도 더불어 좋습니다. 이는 왕제전하께서 신중하게 결정하신 일입니다."

못마땅한 정도가 아니라 아예 입매를 굳히고 팽 돌아앉은 이도 있었다.

"그래도 이건 너무합니다. 호부인은 아직 과부 된 지 여섯 달도 안되었는데 이렇게까지 서두를 필요가 무엇입니까!"

"그래요, 우리 왕제전하께서 너무 아까운 거 아니오."

왕제전하를 홀리는 경국지색인가 보네, 하는 소리도 들렸다. 그렇다면 더욱 안 되는 일이니 뜯어말려야 한다는 두런거림도.

경여를 보지 못한 이들이지만 어쩌면 그 말은 맞는 것 같다고 문언은 생각했다. 보통의 경국지색이라면 재사 입장에서는 뜯어말리는 것이 옳았다. 그들이 꿈꾸는 나라를 만드는 데 주군의 심기를 흐트러뜨려 망쳐놓을 테니!

"최소한의 애도기간은 두어야 하지 않나? 그런데 닷새 뒤라니? 이게 무슨 도둑장가도 아니고!"

과부의 혼인이 자유로워도 그것만큼은 불문율 같은 거였다. 그래야만 혼인한 여자가 임신을 한다고 해도 문제되지 않았다.

문언이 정색을 하고 말했다.

"그 문제 또한, 사람들의 입에 오르내리지 않도록 할 겁니다."

그리고는 정말 못 견디겠다고 생각하며 자리에서 일어났다.

울렁이며 울컥 치미는 헛구역질에 머리 안쪽을 쪼아대는 통증. 숙취에는 뭐니 뭐니 해도 자리에 누워 증상이 가라앉길 기다리는 게 가장 나은 방법일까.

"말들이 많을 것인데, 재사는 정말 이대로 관망만 하시겠다고요?"

울화를 참지 못한 이가 벌떡 일어나 문언의 등에 대고 말했다.

문언이 천천히 돌아섰다.

"무슨 말들이요?"

"그렇질 않습니까. 호부인이 누굽니까. 바로 얼마 전 돌아간 호광과 혼인 전부터 왕제전하와 염문이 있던 사람입니다. 그런 사람이 애도의 기간도 갖지 않고 이렇듯 혼인한다면 말하기 좋아하는 이들에겐 충분한 호사거리가 아니냐 말입니다."

"맞습니다. 과부를 탐해서 일부러 돌아오신 것 아니냐는 말도 들었습니다."

더한 말이 오간다 해도 어쩔 수 없는 일이었다.

"흠! 주군께서, 주인 있는 여자를 탐한 것도 아니니 문제될 게 없군요."

"그뿐이면 좋게요. 드러내고는 못해도, 호광 장군의 죽음이 워낙 급작스럽다보니 왕제께서 사주한 것 아니냐는 소리도 합디다."

지금까지와는 다르게 얼음장 같은 음성으로 문언이 결론지었다.

"입에 담지 못할 소리로군요. 일고의 가치도 없습니다."

문언이 휘청이며 자리를 비운 후에도 회의실 안은 고성과 불만이 한동안 가득했다.

조완이 빠르게 문언의 뒤를 따라나섰다.

자신의 숙소로 향하던 문언이 울렁이는 속을 달래느라 잠시 멈추어 섰다가는 조완을 돌아보았다.

"자네는 또 뭔가? 내게 더 할 말이 있나?"

"아니오, 저는 그저 궁금해서……."

"지겹지도 않나. 무엇이 궁금해?"

이마에 맺힌 식은땀을 소매로 닦으며 그가 느리게 걸음을 옮겼다. 조완도 바짝 그의 뒤를 따랐다.

"왜 재사께서는 호부인에 대해 후하십니까?"

"내가?"

"예. 무릇 왕제전하를 모시는 입장이라면, 아까 집무실에 있던 모든 이들의 심정이 별반 다르지 않을 듯합니다. 그런데 유독 재사께서만 호부인을 옹호하시니, 알 수가 없어서요."

옹호한다.

후하다.

"그래서, 자네가 보기엔 내가 왜 그러는 것 같은데?"

조금 전 조완은 곁에 앉았던 이가 전하는 귀엣말을 떠올렸다 혀끝에 맴도는 말을 망설이며 조완은 유혹을 떨치듯 도리질 쳤다.

그 모양새를 보던 문언이 재차 반문했다.

"무슨 말이 그리 어려워?"

망설임 끝에 조완이 말을 이었다.

"그게, 설마 정말로 위공께 설득당하거나 하신 건……."

문언이 조완의 대답을 끝까지 듣기도 전에 피식 웃음을 터트렸다. 위가의 사자가 그를 만나러 은밀히 다녀가긴 했다. 그렇다고 진제강의 재사 문언이 위백양의 사람이 되었다는 말이 나는 것은 심했다.

"못 말리겠군. 조완, 자네까지?"

실망이라는 말을 입에 담지 않았지만 문언이 어떻게 생각하는지를 아는 까닭에 조완은 얼굴이 상기되었다.

"그러실 분이 아닌 줄 압니다. 하지만 이해가 되질 않습니다. 도대체 왜 만류하질 않으시는지"

"조완! 주군이 누구를 원하는지 아는데, 자네 같으면 정림이 아니라 천하의 다른 미녀를 안겨준들 만족하실까?"

"예?"

"나는 주군께서 맑은 정신으로 제왕지치에 힘쓰시기를 바라지. 호색? 백 명의 미녀를 궁에 두고 매일 밤 한 명씩 탐하신다 해도 상관없어. 그런데 주군께서 원하는 건 고작 한 사람뿐이잖나. 과부면 대수인가. 원수의 딸도 아니잖아!"

설사 원수의 딸이라도 상관없다고 문언은 생각했다.

한 사람의 여자 때문에 몇 년 동안 타국을 떠돌고, 밤잠을 이루지 못하고, 삶이 고통이라는데. 그 작은 욕망 하나 이루지 못한대서야 제왕이 된들 맑은 정신으로 치국할 수 있을까.

조완이 곰곰이 생각하는 듯하더니 안심하며 말했다.

"저는 또, 혹여라도 재사께서 정말 위공께 무슨 약점이라도 잡히신 줄 알고 걱정했습니다."

이번에는 정말 어이없는 듯한 문언의 웃음이 이어졌다.

조완의 의문은 씻은 듯 사라졌지만 아무리 불평을 덮는다 해도 확실히 여러모로 신부 측에 불리한 상황이었다. 그러나 혼인은 거침없이 빠르게 추진되었다. 그러나 깊이 들여다보면 저간에 남모르는 사정이 있었다.

취作약

12

닷새 전부터 급하게 손님을 맞을 잔치 준비로 분주했던 예궁에 어둠이 내리고 있었다. 더불어 색색의 아름다운 비단 주렴과 등롱이 걸렸다. 예인들이 꾸민 넓은 연회장에는 음악과 술과 음식들이 풍성했다. 대낮처럼 곳곳에 화려한 불을 밝힌 예궁은 축하하러 온 사람들과 시종들, 선물이 실린 마차와 화려한 장식의 수레들로 북적였다.

경여는 그 자리에서 친정 부모를 다시 만날 수 있었다. 아버지 위공은 과정이야 어찌되었든 혼례복을 입고 있는 경여를 건너다보며 결과에 흡족해서 수염을 쓸고 있었는데 입가에 웃음이 떠나지 않았다. 그와는 달리 어머니 위부인은 그간의 날들을 염려와 회한으로 눈물지었음이 분명한 안색이었다.

"예쁘구나."

다시금 눈에 고이는 눈물을 훔치며 위부인이 말했다. 지난날 진제강을 잊지 못하고 죽을 것 같은 경여에게 정히 원하면 배 속의 아이를 지우고 진제강에게 가라고 말해주었던 어머니였다.

경여는 위부인의 손을 잡고 작은 음성으로 부탁했다.

"염이가 어쩌고 있는지 찾아봐주세요, 어머니."

"그래. 그러마. 염려 마라."

"갑자기 떨어져서 무척 놀랐을 거예요."

"알았다."

모녀간에 나지막이 오가는 대화는 위백양에게 관심 밖이었다.

"염이 걱정은 말고, 손이 귀한 왕가이니 후사를 보는 것이 우선이다."

한시라도 경여의 마음을 다독여주는 것과는 어긋났다. 경여의 안색이 굳어지자 위부인이 잡은 경여의 손을 다독였다.

위부인의 눈에 조금도 손대지 않은 채 밀쳐둔 죽과 다과가 들어왔다.

"뭘 좀, 먹어두렴. 안 그러면 제 풀에 지친다. 긴 하루가 될 테니."

"나중에요, 어머니. 지금은 생각 없어요."

위부인은 다시 한 번 경여의 손을 꼭 쥐었다가 놓고는 남편의 등을 떠밀었다.

"그만 나가요. 염이를 봐야겠어요."

경여는 마음속으로 갈등하다 결국엔 확인을 해보기로 했다.

"잠시만요."

"응?"

사이좋게 방문을 나서려던 친정 부모가 그녀를 돌아보았다.

"아버님께 잠시 드릴 말씀이 있어요, 어머니. 잠시만요."

"그래?"

취작약

무심한 얼굴로 걸음을 멈추고 딸을 바라보는 위백양의 뒤로 어머니가 나가고 문이 닫혔다.

"내게 할 말이 있다고?"

"네."

"오늘은 해가 어디에서 떴는지 내가 확인을 못 해봤구나."

껄껄 웃는 위백양의 기분은 확실히 나빠 보이지 않았다.

"제게, 죽은 그이와 혼인하라 명하실 때, 아버님께서 하신 말이요. 태후께서 왕제전하의 목숨을 노린다고 하셨어요."

"그랬지."

그는 순순히 인정했다.

"왕제전하는 순행에서 무사히 돌아오셨구요."

"네가 내 말을 어기지 않고 혼인하기로 했으니까."

"다시 돌아온 지금은요?"

위백양은 경여가 염려하는 것이 무엇인지 단박에 알아챘다.

"지금은 상황이 달라졌지. 언제고 때를 노리는 자는 있겠으나 이제 태후가 왕제를 죽여 무엇을 얻을 수 있겠니."

사실 태후의 불안감을 이해 못 할 그가 아니었다. 정비의 후손도 아닌 제강에게, 더구나 엄연히 정비의 몸에서 태어난 적장자가 있는 마당에, 제강에게서 제왕의 기운이 보인다고 하니 태후의 입장에서는 눈엣가시일 수밖에 없었다.

"그럼 이제, 왕제전하의 목숨을 노리는 가장 위험한 이가 아버님이 아니라고 믿을 수 있나요?"

"허허, 애비를 못 믿겠다? 지금이야 내가 무엇 때문에 그러겠니.

아무런 이득도 없이. 하다못해 혈육이라도 있어야 어린 것을 두고
섭정이라도 할 것 아니냐. 그러자면 네가 부쩍 노력해주어야지."

아버지의 입에서 후손이 언급될 때마다 혼례복 아래 감춰진 경여
의 피부에 소름이 돋아났다. 왕제와 그녀 사이에 공식적으로 인정받
은 아들이 있다면 섭정도 불가하지 않다고 인정하는 것이나 다름없
었다. 다루기 쉽지 않은 빼딱한 사위보다는 어리고 힘없는 손자가
더 낫다는 생각을 아예 노골적으로 드러내다니!

그만큼 딸인 경여를 믿는다는 것인지, 아니면 그녀의 힘으로 어쩔
수 있겠냐는 것인지 알 수 없었다.

"그래서, 호광, 그 사람의 죽음에 아버지가 연관되신 건가요?"

알았건 몰랐건 그녀 자신이 어쩌면 살인의 공모자일 수도 있겠다
는 사실이 그녀의 눈물을 앗아갔었다.

순간 오늘만큼은 무엇에든 자비를 보일 것 같던 위백양의 눈매가
가늘어졌고 파르르 떨렸다. 주위의 모든 것을 얼려버릴 듯한 살기
어린 기운이 방 안에 감돌았다. 그리고 잠시 후, 헛헛한 웃음과 함께
그가 습관처럼 수염을 쓸었다.

"너는, 아비를 아주 형편없는 자로 여기는구나."

"그러⋯⋯셨어요?"

"호광이 죽으면 왕제가 돌아올 거라는 걸 알았냐고? 피를 보지 않
고도 제위에 오를 수 있는데도 불구하고 의무 따위 내팽개치고 도망
쳤던 자가, 다시 그 자리를 찾겠다고 돌아올 줄 내가 어찌 알겠니."

그의 눈과 입술은 다르게 말하고 있었다.

"⋯⋯정말요?"

취작약

노여움이 지나쳐 불꽃이 튈 것 같은 눈으로 그가 낮게 말했다.

"너와 염이를, 가장 잘 보살펴줄 이가 누구인지 안다. 그래도 아비를 못 믿는다니, 달리 증명해줄 방도가 없구나. 이제는 네가 직접, 왕제 곁에서 지켜보거라."

화원 공주는 노련하게 손님들을 맞으며 훌륭한 안주인의 역할을 해내고 있었지만 근접하기 어려운 쌀쌀한 눈빛을 하고 있었다. 부군인 유준걸이 농을 걸며 풀어주려 했으나 반응은 미미했다. 그러자 아름답게 성장한 세 자녀의 손을 잡고 그가 "숙모님을 뵈러갈까?" 하고 인사를 했을 때 절정에 이르렀다.

"내 아이들이 그 여자를 숙모라고 부르는 꼴을 보라구요?"

비록 문밖 너머에서 나는 소리였지만 찬 서리가 배인 그녀의 음성은 신부인 경여의 귀에도 들려왔다.

"화원!"

소리 죽인 유준걸의 음성도 들렸다. 화원 공주의 성정은 굳이 말하지 않아도 경여가 잘 알고 있었다. 어려서부터 함께 자라며 공부한 지우였기에. 제강과 경여의 관계를 안 후에도 한동안은 쌀쌀한 태도를 보였었다.

호기심을 감추지 못하고 신부를 바라보는 왕가의 사람들과 여타 귀족들도 있었다. 정시중은 양녀 제명리와 함께 참석했는데, 겨우 표정관리를 하며 위백양과 제강에게 축하의 인사를 전했다. 그리고 눈빛 가득 감출 수 없게 비난을 담은 호광의 사촌 호정엽까지!

그러나 정작 신랑의 표정은 밝지 않았다. 뿐만 아니라 혼인식이 진행되는 내내 단 한 번도 신부와 눈을 맞추지 않았다.

혼인식에 참석해준 데 대해 감사의 인사를 대신하여 술과 차를 따르는데 호정엽이 마지못해 차를 받으며 잇새로 씹어뱉듯이 축하인사 대신에 경여에게만 들리게 말했다.

"이럴 거면서 도망치겠다고 한 겁니까?"

죽은 자에 대한 예의도 지키지 못할 거면서!

날카로운 지적이었다. 이런 결과를 기대했던 거냐고 경멸 섞인 눈빛으로 묻고 있었다. 그렇다고 경여 입장에서는 원치 않는 혼인이라는 변명을 입에 담을 수도 없었다.

"미안해요."

쥐구멍이라도 들어갈 듯 읊조리는 경여의 손이 떨렸다.

"야합도 모자라 회임까지 하셨다니, 훗날 형님을 어찌 보시려고……."

"네?"

바로 그때 먼 숲으로부터 시작된 듯한 바람소리가 잔치를 위해 펼쳐둔 차양을 스윽 휘몰아치는가 싶더니 후두둑하고 굵은 빗방울이 예고도 없이 떨어지기 시작했다.

잔치에 참여했던 손님들이 놀라며 우왕좌왕했고 순식간에 떨어지는 빗줄기를 피해 서둘러 차양 밑으로, 회랑 쪽으로 내달렸다.

마음이 급해진 경여는 호정엽에게서 잔을 받아 들던 손이 미끄러져 바닥에 놓쳤다. 경여와 거의 동시에 호정엽도 잔의 파편을 치우기 위해 몸을 구부렸다.

"어찌됐든 엽이는 형님의 혈육이니 이후로도 지켜볼 겁니다."

취, 작약

호가와 위경여의 관계가 단절된 것이 아니라고 말하고 있었다.

신부가 젖지 않도록 하기 위해 시종이 우산을 들고 그들 사이로 서둘러 달려왔고 그러기 전 신랑이 먼저 다가와 몸을 숙이는 경여의 소매를 잡아 일으켰다. 잔 따위는 상관없다는 듯 그는 경여의 손목을 쥐고 성큼 걸음을 내딛었다. 그들 뒤로 호정엽의 시선이 집요하게 따라붙었으나 제강은 개의치 않았다. 오히려 지난번 연회에서와는 사뭇 달라진 입장을 호정엽에게 보여준 것 같아 만족스러웠다.

그의 보폭에 맞추기 위해 경여는 거의 뛰다시피 해야만 했다. 뿐만 아니라 그에게 잡힌 소매를 통해 전달되는 열기는 낙인이라도 찍을 듯 뜨거웠다.

쏴아아아.

마른 대지를 때리는 빗줄기는 거셌다. 가장 가까운 누각으로 들이닥쳐 비를 피하는 동안 맞은 빗줄기에도 제법 옷이 젖었다. 지붕을 때리는 빗소리도 거셌다.

소맷자락을 들어 아직 흡수되지 않은 물방울을 털어내는 경여의 움직임을 바라보는 제강의 시선은 곱지 않았다.

서둘러 다가온 시종이 두 사람에게 건네는 수건으로 물기를 닦으며 제강이 못마땅하게 말했다.

"이제 호가와의 인연은 끊어!"

입이 붙은 듯 한 마디도 하지 않던 그가 맨 처음 입을 연 말이 이전의 인연을 끊으라는 것이었다. 아이에게는 혈연으로 이어져 종숙이 되니 당연히 그럴 수 없었는데도!

경여가 막 아들의 안부를 물으려는데 이번에는 문언이 폭우를 뚫고 달려왔다.

"잠시 지나가는 소나기치고는 빗줄기가 꽤 거셉니다."

"손님들에게 불편이 없도록 해."

"예, 객실들을 열어 실내에 상을 차리도록 공주전하께서 지시하셨습니다."

화원의 꼼꼼한 배려를 알 수 있는 부분이었다.

진제강이 격하게 대지를 적시는 빗줄기를 바라보며 말했다.

"우리는 잠시 여기서 비를 피했다가 그치는 대로 돌아가도록 하지."

시종과 문언이 그의 말에 복종해 그들 부부만을 남겨두고 성큼성큼 달려 사라졌다. 누각과 그 아래 연못 위를 두드리는 빗줄기 소리가 모든 것을 쓸어 담을 듯했다.

시종이 두고 간 등불 하나로 어둠을 밝히며 그들은 한동안 그곳에 서 있었다. 빠르게 퍼져나가는 불꽃처럼 객실의 곳곳에 환하게 불이 켜지는 모습이 그들이 선 자리에서 고스란히 보였다. 왁자지껄하며 즐거이 어울리는 사람들의 소리도.

확실히 신방에서 그를 마주 대하는 것보다는 사방이 뚫려 있는 이곳 누각이 더 나았다. 그렇다고 해서 편안할 수도 없었다. 요부처럼 밤새 그와 몸을 섞을 것처럼 애태우고 도망친 일에 대한 비난이 심히 두려웠다. 그날 차라리 진실을 알았다면 그는 이런 혼인을 굳이 하려고 했을까. 거칠게 뛰던 경여의 가슴은 아직도 진정되지 않았고 숨을 쉴 때마다 고르지 못한 압박감으로 불편감을 숨길 수도 없었다.

"먼 길을 달려온 사람 같군."

그가 경여의 불편한 상태를 감지하고는 말했다.

그의 시선이 고르지 못하게 들썩이는 가슴께에 멈춰있는 것을 깨닫자 그녀의 몸이 뜨거워졌다. 호정엽이 찾아왔다는 문언의 전언을 듣고 그를 마지막으로 대면한 것이 이레 전이었다. 그날은 몹시도 분노하고 혼란스러워하면서도 한껏 달아올랐던 모습과는 달리 오늘은 정염의 감정 따위는 찾아볼 수 없게 차분한 태도였다.

때때로 사람들은 혼인식 날의 날씨로 그들의 미래를 점치곤 한다. 아무리 길일을 점쳐 날을 잡아도 예기치 않게 눈과 비, 바람이 부는 날이 있다. 길일이라고 우기며 진행한 그의 억지를 말릴 수 있는 사람은 아무도 없었다.

늦은 밤의 소나기. 앞으로 평탄치 않을 그들의 혼인을 예견하는 날씨일까.

"비가, 쉬이 그치지 않겠어요."

"비 따위, 아무래도 상관없어."

폭풍우가 몰아친들 그에게는 아무 상관없었다.

"날이 좋지 않아 걱정되나?"

그가 무감정하게 물었다.

"아니요."

"그래, 이깟 날씨 따위가 뭐야. 위경여의 첫 번째 혼인날이 좋았다고 그 끝도 좋았나?"

아무리 그렇다고는 해도 그냥 비도 아니고 돌풍을 동반한 폭우는 그들의 혼인을 축하하는 날씨가 아닌 것은 분명해 보였다.

경여의 시선이 들이치는 비에 젖고 있는 그의 한쪽 어깨를 발견했다.

"안으로 좀더, 들어와요."

그제야 그가 경여의 시선이 머문 젖은 어깨를 확인하고는 한 걸음 더 안으로 옮겨왔다.

"아버지도 저도, 손해 볼 것 없는 혼인이에요."

낮부터 생각했던 일을 먼저 입에 담은 사람은 경여였다.

"하지만 당신은, 그렇질 않죠."

혼인을 피해 도망까지 쳤던 여자가 하는 말로는 어울리지 않는다고 생각하며 그의 입가에 냉소가 스쳤다.

"위가의 사람들이 내 생각도 하나?"

그의 마음이 삐딱하게 드러난 한마디였다.

"안 하죠. 안 해요."

"그런데 왜? 내가 싫다고 하면 이제라도 물러줄 생각이 있나?"

그도 결코 원치 않는 혼인이라는 뜻일까.

유쾌한 웃음소리가 객실로부터 이어져 폭우소리를 뚫고 간간이 이어졌다. 마치 그들과는 다른 세상에 머물고 있는 듯한 착각이 들었다. 혼인 전날 정림과 비를 피해 들어가던 그의 뒷모습이 떠올랐다.

"그걸, 원해요?"

그렇다는 대답을 들으려는 것은 아니었다. 하지만 경여가 들이치는 비를 피해 누각 안쪽의 나무 의자에 앉은 후에도 그는 말을 잊은 사람처럼 아무 말도 하지 않았다. 그러나 무언가, 어떤 말인가를 기다리는 사람 같았다.

"정림과 혼인하려고 했던 거, 아니었어요?"

새삼 궁중연회에서 정림과 다정하던 그의 모습이 눈앞에 펼쳐지는 듯했다.

그가 몸을 틀어 흘깃 경여를 내려다보았다. 혼례복 차림 그대로 앉아 있는 경여의 모습은 흡사 5년 전 다른 사내와 혼인하려던 모습 같았다. 그의 가슴이 뒤틀렸다.

"때로는 원치 않아도 해야 하는 일이 있다고 누가 그러더군."

원치 않아도?

"그래서, 지금 원치 않는 일을 하는 거예요?"

"왜! 위경여와 혼인하고 싶어 몸이 달았다는 고백이라도 듣고 싶은가?"

경여가 젖은 옷에 몸을 떨며 잠시 주저했다.

그날의 일을 이야기해야 할까. 그를 유혹하려고 했던 것도, 기만하려 했던 것도 아니라고 말한들 그가 믿어주기나 할까.

"훗! 사내를 실컷 달궈놓고서, 한껏 열락에 들뜨게 만들어놓고서, 하룻밤 여자로는 안기지 않겠다, 그래서 바짝 약을 올려놓고는 도망친 거 아니었어?"

"아, 아니에요! 그건, 그래서가 아니고……."

"혼인을 원치 않아? 도망치고 싶었나? 그깟 하룻밤, 실컷 품게 해주지 그랬어? 지난 다섯 해, 죽은 지아비에게서 배운 기술 좀 발휘해볼 일이지, 왜! 고고한 체하는 위경여 따위 깨끗이 잊을 수 있게!"

그의 독설은 경여의 입을 막았다.

"그, 그런 건……."

뭔가 입을 열어 말을 하려고 해도 아무런 말도 나오지 않고 그저 입만 벙긋할 뿐이었다.

"흥! 그 밤의 대가, 두고두고 받아내려면 어쩌겠어."

두고두고?

그런 마음이었던가.

실망할 텐데!

수치스럽더라도 그날 밤 그에게 실상을 알게 했어야 했던가.

경여가 허탈한 음성으로 말했다.

"그래도, 염이를, 그렇게 데려간 건, 잘못한 거예요. 미워해도 나를 미워할 일이지, 아이는 아무런 잘못 없어요."

순간 그가 참을 수 없다는 듯 누각의 입구로 걸음을 옮겼다. 밖으로 손을 뻗어 빗줄기를 직접 가늠한 그가 말했다.

"그만 일어나."

무심하게 들리는 그의 음성이 경여로서는 실망스러웠다. 신방에 들기 전에 그의 오해를 풀고, 염에 대해서 듣고 싶었다.

"왕제전하!"

홱 돌아본 그의 눈에 억지로 누르고 있는 분노가 슬쩍 드러났다.

"가군! 제강! 둘 중 하나로 해. 혼인한 내 아내라는 사실이 익숙해지게."

그리고는 시종을 불러 우산을 들게 하고 경여를 내궁의 신방으로 안내하게 했다.

정림을 대하던 다정한 모습과는 사뭇 다른 그의 태도가 서늘하게 느껴졌다.

잠시 주춤하던 빗소리가 언제부턴가 다시 거세게 창틀을 때렸다. 혼인의 밤이 깊어 가는데 신랑은 신방에 들지 않고 있었다.

가군! 제강!

가군! 제강!

그가 정말 자신의 지아비가 되었다는 사실이 믿기지 않았다. 가슴이 화르락 달아올랐다가 서늘해지곤 했다.

아름답게 수놓은 붉은 색 비단 천에 색색의 수를 놓은 비단 주렴들이 신방의 창과 문을 장식했다. 어머니의 염려에도 불구하고 음식을 입에 대지 않은 경여의 기력도 떨어졌다. 하지만 혼인을 앞두고 아침부터 아무것도 목을 통해 넘길 수 없었다.

그와 그녀, 그리고 아들 염. 정말 자신들이 이렇게 한가족으로 묶여 살 수 있을까.

경여는 새삼 자신의 창백한 손을 내려다보았다. 왼손에 끼워진 화려한 문양의 금가락지 한 쌍을 천천히 오른손으로 더듬어보았다.

이젠 확실히 혼인을 했고 무를 수도 없다. 앞으로 한 가지, 단 한 가지만 완벽하게 해결된다면 그녀로서는 더 이상 바랄 게 없는 미래다.

앞으로 주어진 시간 동안 그와의 정상적인 혼인이 가능한지 아닌지 확인해볼 수 있을까. 그 사이 시간이 많이 흘렀고 다른 사람도 아닌 그녀가 마음으로 원하던 진제강이니까 혹여 가능하지 않을까.

경여는 작은 희망을 품고 싶었다.

그를 기다리는 경여의 가슴은 이미 새카맣게 타들어가고 있었다. 기다림이 길어질수록 경여의 마음은 더욱 조급해졌다.

　잘된 일이라고, 남들도 다 그렇게 사는 거라고 위로 아닌 위로를 건네던 어머니의 말을 믿고 싶었다. 죽은 남편과는 가능했지만 다른 이도 아닌 진제강과는 정 없이 살아갈 수 없었다. 경여는 마음도 몸도 두려웠다. 호광이 죽은 후 이제 한시름 덜었다고 겨우 생각하던 차였다. 그녀 자신이 여자이든 아니든 상관없다고 생각했지만 다시 현실에서의 심각한 고민거리가 되어버렸다.

　뭐라고 말해야 하나.

　지척에서 발소리가 들릴 때마다 경여의 심장이 덜컥 내려앉곤 했다.

　그리고 영영 오지 않을 듯했던 사람이 어느 순간 방문을 넘고 들어와 서 있었다. 이미 거추장스러운 혼인예복은 벗어버리고 짙은 청색 비단으로 만든 평소의 옷차림 그대로 그가 문 앞에 버티고 서 있었다.

　비를 피해 누각에서 잠시 머물 때보다는 흐트러진 모습이었다. 초대된 손님들과 인사치레로 오간 축하주 때문이었다. 누각에서는 열린 공간이어서 몰랐으나 그가 들어선 이래 방 안의 공기는 숨 막힐 듯 팽팽했다. 문 앞에 서 있을 뿐인 그로부터 풍기는 위험한 열기는 그가 숨 쉴 때마다 시시각각 변했다. 그는 집어삼킬 듯 그녀를 바라보고 있었다.

　경여는 자리에서 일어나려고 했으나 다리가 후들거리고 몸이 무거워 일어설 수 없었다. 침이 말라 입 안도 썼다. 숨을 쉬는 일도 자연스럽지 않았다.

"그대 아버지, 내 장인이 말이야, 축하주를 주면서 이런 말을 하더군. 단 한 번도 내가 위경여의 지아비, 위공의 사위가 될 것을 의심한 적이 없었다는 거야."

경여는 그가 모르는 곳으로 숨어들고만 싶었다.

"한때 나의 믿음도 그랬는데 말이지."

공허함이 담긴 그의 웃음소리도 경여에게는 고통이었다.

"말해봐! 도망치면, 정말 다시 안 볼 수 있을 거라고 생각했나?"

선득하게 날아든 그의 말은 호가와의 인연을 끊으라는 말만큼이나 차가웠다. 그리고 확실히 신방에 든 신랑으로서 신부에게 물을 만한 물음은 아니었다.

경여는 자신과 혼인한 낯선 사람을 물끄러미 바라보았다. 그가 결코 다가서기 편한 사람은 아니었지만 이렇듯 낯설게 느껴진 적도 없었다.

"그 사내에게도 그랬나? 호광, 그자에게도 그렇게 했어?"

그녀를 자신의 궁에 들인 후로 내내 머리를 떠나지 않던 물음이었다. 결국은 머릿속에서 맴돌던 그 말을 토해내고야 말았다. 그 무엇도 비교하지 말자고 생각했던 그였지만 속좁은 사내의 한계라고 해도 할 말이 없었다.

방 안의 모든 것을 얼어붙게 만들 것 같은 침묵이 단단하고 무겁게 그늘졌다.

"왜 그래요, 무슨 일이에요?"

"왜 골이 났어요? 그러지 말아요."

예전 같았다면 경여는 애교 섞인 음성으로 그렇게 물으며 은근히 몸을 기대왔을 것이다. 그렇지만 경여는 지금 부정한 여인이 스스로를 인정하는 것처럼 대답했다.

"아니요."

"골 난 거 아냐!"

그는 그렇게 뿌루퉁해서 대답할 테고, 경여는 더 궁금해서 물었을 것이다.

"그럼 왜 심술이에요?"

그런데 이젠 세상이 아무리 바뀌어도, 시간이 흘러도 죽어도 그렇게는 물어볼 수 없다.

"그런데 왜 내겐 그럴 용기가 생겼지?"

하필이면 꿈같은 그날의 일이 떠올라 경여는 울고 싶었다. 오늘과는 너무나 대비되는 날이었는데!

"이런 날이 올까 두려워서요."

솔직한 그녀의 고백에 그의 눈매가 가늘어졌다.

"두렵긴 하던가?"

"죽을 만큼."

도망치고 싶을 만큼!

이후에도 정적이 흘렀다. 죽을 만큼 두려웠다고 고백하며 운을 뗀 신부는 아무리 기다려도 말을 잇지 않았다.

두려웠다는 말 말고는 달리 할 말이 없어?

쳐다보는 것만으로도 가슴은 저릿저릿한데 미동도 않고 있는 여자의 태도가 순간순간 그를 쥐고 흔들었다. 도무지 그는 아무리 자제하려고 해도 평정을 찾을 수가 없었다. 주먹을 쥐락펴락하며 숨을 골랐다.

"이런 식으로, 이렇게 당신과 마주하고 싶지 않았어요."

허벅지 위로 옷자락을 움켜쥔 그녀의 손에 식은땀이 흥건하게 배어 있었다. 어쩌면 이 긴장감을 견디지 못하고 기절할 것 같은 두려움에 경여는 더욱 정신을 가다듬었다.

"그건, 위경여의 알량한 자존심인가?"

그 자신은 그녀를 얻기 위해 무슨 짓이든 할 수 있건만, 눈앞의 여자는 거절하고 도망치는 것 말고는 할 줄 아는 게 없었다. 그를 위해서는 무엇 하나 놓지도, 주지도 않는 여자!

"호광의 죽음을 사주한 이가 왕제전하이십니까?"

도망쳤던 여자를 붙잡아 제집 그늘에 두었던 날, 그리고 위백양의 집에 찾아가 혼인을 확정하고 돌아온 날 제강은 경여를 찾아가 다그치려고 했다. 그때 어떻게든 뜯어말리려던 문언의 날카로운 말.

문언은 그가 위경여의 남편을 죽이도록 시켰냐고 물었다.

마음으로, 저주로 사람을 죽일 수 있다면!

그는 백 번 천 번 그렇다고 말해주었을 것이다.

그런데 문언과는 다른 이유로 경여는 그의 마음을 헤집었다.

"혼인을 원치 않았으면 나를 찾지 말았어야 했어요. 아버지가 뭐라 해도 나는 어떻게든 당신을 안 보려고 했을 거예요. 아버지가 무어라고 갖은 술수를 부렸어도 당신이 원치 않으면, 나는 죽어도 이 자리에 있지 않았을 거예요."

"누가 원치 않는대! 내가? 내가 왜?"

그가 버럭 고함을 쳤다.

"응? 위가의 부녀에게 받은 모욕을 고스란히 돌려줄 수 있는데, 내가 왜 거절을 하지? 응? 힘으로 하는 것도 싫고 서두르는 것도 싫다, 사내 몸을 타고 주도하겠다는 여자를 내가 왜 거절해?"

문언의 말대로 호광을 죽이고 위백양을 죽여서라도 가지고 싶던 여자. 그를 막는 것은 무엇이라도 걷어내고, 그녀가 위경여여서 안 된다면 끌어내리고 평생 그의 그늘에 가둬두고서라도 가지고 싶던 여자. 헤어졌던 시간 동안 추억이 흐려지고 망각으로 빛바래 잊히기보다는 강렬한 욕구만 더해졌다. 그러니 그에게 그녀를 원하는 거냐고 묻는 거라면 굳이 대답해주는 것이 어려울 것도 없다.

제가 한 말이 독이 되어 돌아오자 경여는 하얗게 질린 얼굴로 겨우 얕은 숨만 뱉어냈다.

"거참, 재미있군. 위공을 그토록이나 미워했는데, 생전 처음 의견이 일치했으니!"

그가 굳이 혼인을 원했다고 확인시켜 주는 말에 경여는 혼란스러웠다.

"거짓말! 당신은 원치 않는다고 했어요."

"이젠 내 마음도 읽나?"

"애 딸린 과부는 필요 없다고……."

"아하."

결국은 마음이 꼬여 뱉어낸 말, 그것이 화근이었나!

"위공이 하는 말을 믿으셨다?"

어이없는 비웃음에 이어 양팔을 옥죄고 정신 차리도록 흔들며 도대체 자신에 대해 아는 것이 무어냐고 묻고 싶은 충동이 일었다. 하지만 그녀에게 손대는 순간 모든 것은 통제 불능이 되어버릴 것이다.

"그렇게나 아비의 말을 잘 듣던 위경여가 왜 생각을 바꾼 거지? 왜 도망치는 길을 굳이 택해서 여러 사람 번거롭게 해!"

그것은 그녀를 제집에 가둔 첫날부터 달려가 묻고 싶은 말이었다.

그의 다그침에 경여가 물기어린 눈을 들어 물었다.

"그럼 내가 어떻게 했으면 좋았겠어요?"

그걸 몰라? 그걸 꼭 말로 해야 안다고?

모르면 알게 해줘야지!

그는 성큼 경여 앞에 섰다. 그리고는 경여를 자리에서 일으켜 세우고 한 팔로 거칠게 경여의 뒷머리를 끌어당기고 고개를 숙여 입술을 덮었다.

흡. 놀란 경여의 입술이 단단히 맞물려 열리지 않았다.

"열어."

그가 입술을 포갠 채로 명령했다.

"……제강."

경여가 달래듯 그의 이름을 부르는 사이 그의 집요한 혀가 기회를 놓치지 않고 이사이로 파고들었다. 고개를 한껏 뒤로 제쳐 입을 더 벌리게 하고 흠칫 놀라며 도망치는 경여의 혀를 찾아낸 그는 탐욕스럽게 감아 옴짝달싹 못하게 하고는 강하게 빨았다. 그를 제지하기 위해 경여의 손이 그의 가슴팍에 닿았지만 그는 단단히 양손으로 경여의 얼굴을 쥐고는 심한 갈증을 털어내듯 경여의 타액을 삼키고 혀를 빨아들이며 흡입했다.

읍. 읍. 읍.

더는 도망치려는 시도조차 못하고 경여는 그에게 혀를 빼앗겼다. 숨도 빼앗겨 몸을 가눌 수도 없게 되었을 즈음 그가 입술을 뗐다.

허억.

경여가 숨을 몰아쉬며 어지러움을 견디기 위해 그의 가슴에 머리를 기댔다. 다리의 힘도 풀려 제대로 서 있기 위해서는 그가 한 팔로 경여의 허리를 잡아주어야 했다. 그에게 단단히 매달려 경여가 숨을 고르고 있는데 그의 옷깃을 붙잡은 경여의 손을 그가 천천히 잡아내렸다. 긴 포의 옆트임 사이로 내려가던 그의 손길이 아랫배를 지나 바지 속으로 들어갔다.

아직도 정신이 들지 않은 경여의 손에 거슬거슬한 그의 체모가 만져지고서야 경여는 화들짝 놀라며 손을 떼려고 했지만 그가 끝내 숱 많은 체모 사이에서 불끈 뜨거운 열기를 전하며 굳건하게 일어서 있는 그의 남성을 확인하게 했다.

고문에 가까운 그의 행위는 그녀의 피를 말렸다. 아랫배로부터 단단히 뭉치며 퍼지는 낯선 긴장감과 통증에 그녀의 몸이 떨렸다. 지난 다섯 해 동안 너무나 익숙했던 고통. 그와 그녀, 그리고 아들 염의 달콤한 꿈은 결코 이루어질 것 같지 않았다.

결국 경여는 애원 섞인 어조로 그의 이름을 불렀다.

"제강!"

그는 놓아주길 원하는 경여의 작은 손을 천천히 아래에서 위로 훑듯이 움직이게 했다. 그와는 또 다른 그가 그녀의 손아래에서 거칠고 생생하게 분노하고 있었다.

그가 느꼈을 모욕감, 수치심을 새삼 떠올리는데 그가 한 마디 한 마디 곱씹듯 내놓았다.

"네가 어떻게 했으면 좋았겠냐고?"

그래요, 이제 내가 어떻게 해야 당신의 마음을 풀 수 있겠어요?

그가 제 감정의 밑바닥에 깔린 앙금을 드러냈다.

"그땐 잘못했다."

이미 늦어버린 말.

"죽도록 그리웠다."

지금도.

"후회하며 살았다."

언제나.

"그런 말은, 생각나지 않던가."

제강의 눈은 분노를 가득 담고 있는데 입에서 나오는 말은 부드러웠다.

그가 거칠게 쥐고 있던 손의 힘을 풀자 서둘러 경여의 손이 그의 바지 속에서 나왔다.

순간 처음으로 제강은 문언에게 고마운 마음이 들었다. 그날 경여를 찾아내고 제 집 안에 들여놓던 날 미친 듯 화가 나 경여를 찾아갔더라면 분명 두고두고 후회했을 것이다. 분노와 욕구가 뒤엉켜 경여를 상처 낼 정도로 다그치고 몇 번이고 거침없이 제 욕구를 풀어냈을 것이다. 이전의 배려 따위는 신경 쓸 틈도 없이 다리를 벌려 세우고 그 어떤 제어도 걷어내고 폭력적으로 경여를 안았을 것이다.

결코 하룻밤에 두 번 이상 허락하지 않던 여자를 다그쳐 몇 번이고 품었더라면 지금 저 몸에는 그가 만들어낸 상처와 멍으로 남아나지 않았을 테지!

 상상만으로도 충동에 질까 두려운 그가 조금 거리를 두듯 경여에게서 물러나 몸을 뗐다.

 "화가 났군요. 하지만 당신도 나를 보고 싶진 않았을 거예요."

 아직 아무것도 보여준 게 없는데 기껏 말 한 마디 가지고 화가 난 거냐고 말하는 여자.

 "그야 모르는 일이지. 그런데, 정말 나를 안 볼 생각이었다면, 왜 찾아왔었던 거야? 문언을 만났던 날 말야."

 "……당신의 마음을 알고 싶었어요. 오랫동안 소식 듣지 못하고, 본 적도 없으니……. 아버지가 추진하는 혼인에 대해, 어떻게 생각할지 알 수 없었으니까."

 그가 더 해보라고 말하는 것처럼 고개를 까딱했다. 확실히 5년 전 경여가 그 어이없는 혼인식을 하던 날 그는 경여가 자신을 버린다면 이후 다시는 보지 않을 생각이었다.

 "그런데 재사, 와 이야기를 나누다가 무서워졌어요."

 결코 사람들의 손가락질이 두려웠던 것은 아니다. 그가 바라는 것이 무엇인지 알았기 때문이었다.

 제강이 말했었다.

 "지금 이 자리서 잡지 않는다면 평생 너를 다시 보지 않을 거야!"

 그는 한때나마 그녀를 마음에 담았다는 사실을 저주하며 등을 보이고 떠나갔다. 그랬던 그가 다시 나타났다. 꿈만 같았지만 그녀는

 췻, 작약

도리어 안 보고 살았던 때보다 더 고통스러웠다. 백 배, 천 배, 만 배 더!

"문언이 겁을 주었어?"

그가 의심스럽다는 듯 물었다.

"아니요."

그래, 그럴 리 없었다.

"그런데 왜?"

"내가, 내 자신이 무서워졌어요. 욕심을 품게 될까 봐."

욕심? 나와 혼인하고 싶은 마음이 들까 봐?

감추지 않는 경여의 대답에 그의 마음이 약간이나마 풀렸다.

그게 그토록 잘못된 건가?

"그리고 망가진 작약 꽃밭을 보았어요. 당신이 나를, 얼마나 미워하고 있는지 확인하고서야 내가 얼마나 헛된 꿈을 꾸고 있는 것인지 알아버렸어요."

한순간의 광증이 몰고 온 만행! 결국 스스로의 행동 때문에 계획이 엇나가고 말았음을 그는 인정하고 싶지 않았다.

그래서, 마음이 아팠나, 위경여?

그래서, 혼비백산 도망쳐버리기로 결심했어? 너 혼자 편하자고?

"내가 이 밤에, 잠자리를 하자고 하면 따를 건가?"

순간 불에 덴 듯 놀란 표정을 감추지 못하고 경여가 그를 올려다보았다.

오늘의 신방은 형식적인 것이었다. 하지만 잔뜩 흥분한 그의 상태는 확실히 확인한 후였다. 애도의 기간이 그들 사이에 남아 있었다.

친족들을 비롯해서 이번 혼인의 속내를 아는 사람들은 이런 혼례의 예가 어디 있느냐고 수군댔지만 정작 그는 개의치 않았다. 위백양이 혼인하기 전까지는 딸을 돌려달라고 말했지만 제강은 그조차 동의하지 않았다. 혼인하는 그날까지 제집에 두고 제 사람들의 감시를 붙이지 않고서는 마음이 놓이지 않았다. 그러나 아무리 그라도 신부와의 잠자리는 피해야 했다. 혹여 그들 사이에 태어날지도 모르는 아이의 명예를 위해!

　그것을 알면서도 그는 경여가 여전히 새침을 떨며 제 명예를 지키겠다고 거부할지 궁금했다.

　천천히 붉어진 얼굴을 숙이며 경여가 보일 듯 말 듯 고개를 가로저었다.

　"고고하게 품위를 지키시겠다?"

　그가 잔인하게 확인했다.

　이가 부딪칠 정도로 떨면서도 경여는 말했다.

　"나를, 위해서만은 아니에요. 이후로도 밤은 많지만 오늘은……."

　오늘은 아니다.

　경여의 대답은 확실히 과거와 하나도 변한 게 없었다. 대부분은 그의 요구를 새침하게 거절하곤 하던 경여는 과거에도 그에게 미안한 일을 하고나면 마지못해 들어주곤 했었다.

　"정말은 안 하고 싶지만 그러면 제강이 싫어하니까!"

　마지못한 경여의 말도 당시에는 사랑스럽기만 했다.

　아직도 이 여잔 그 행위를 힘겨워할까. 아니면 다른 사내와의 숱한 관계에서 욕정을 알아 먼저 안기고 달려들까.

취작약

확인하고 싶은 마음과 아닌 마음이 세차게 갈등하며 공존했다.

"여자일 뿐이에요. 오라버니 마음속에 위경여가 얼마나 특별한 여자인지 몰라도 지금은 그냥 특별할 것 없는, 과부 위경여일 뿐이에요. 왜 그렇게 위경여에게서 벗어나지 못해요? 그 여자가 뭐가 그렇게 특별해요?"

혼인 소식을 듣고 가장 먼저 달려온 화원은 분통을 터트렸다.

"위경여가 아니면 어때요? 닮은 여자면 어때요? 오라버니는 그저 위경여에 대한 환상을 품고 있는 것뿐이에요!"

마음껏 품고 갈증이 해결되고 나면 정말 다르게 보일까.

"당신이 그 집에서 도망쳤을 때, 그리고 내가 당신 아버지보다 먼저 찾아냈을 때, 나는 혼인하지 않고도 얼마든지 당신을 차지할 수 있었어."

두려운 일이지만 경여도 인정했다.

"알아요."

지금도 그는 원하기만 하면 그녀를 혼인 침상에서 얼마든지 품을 수 있었다. 아무도 그를 말릴 수 없었다.

그의 시선이 제 몸에 닿은 것을 느낄 때마다 경여의 몸이 굳었다. 애도의 기간이 주는 유예된 시간에 경여는 어떤 식으로든 노력해볼 생각이었다. 그와 자신, 그리고 염을 위해서! 그와의 모든 혼인 조건을 유지해야만 겉으로나마 가족의 울타리 안에서 그를 볼 수 있을 것이기에! 하지만 오늘 당장 그것이 불가능한 현실로 드러나는 것은 원치 않았다.

어떻게든 오늘을 넘기고 견뎌낼 수 있으면 좋겠다고 생각하는데 정작 이 밤에 함께 잠자리에 들겠냐고 묻던 그는 성큼 탁자에 다가가 술을 한 잔 따르고는 제 입에 단숨에 털어 넣었다.

"빗소리까지 들리니 잠자기엔 더없이 좋겠군."

그것으로 할 말은 끝난 듯 그대로 등을 돌려 나가려던 그를 불러 세운 것은 경여였다.

"자, 잠깐만요."

그가 등을 보인 그대로 멈춰 섰다. 천천히 돌아보는 그의 눈빛에 경멸이 드러났다.

"왜? 싫다고 하더니 실은 원한다는 건가. 함께 밤을 보낼까?"

경여가 고개를 가로저었다. 확실히 그가 보기에도 욕정에 흔들리는 여자의 얼굴은 아니었다.

"그게 아니면?"

"나를 미워하죠? 나를 원망하는 거죠?"

비를 피하던 누각에서도, 신방에 들어온 후에도 경여는 예전과는 달리 그의 마음을 읽을 수 없었다.

"미워하지. 원망해."

그가 순순히 대답했다.

"그런데 왜 나와 혼인했어요?"

그의 말대로 굳이 혼인하지 않아도 그는 얼마든지 경여를 취할 수 있었다. 어차피 아버지에게서 도망친 여자였다. 숨겨두고 제 원할 때 얼마든지 품어도 상관없는 여자였다.

"이 혼인, 정말 원해요? 원해서 하는 일이 맞아요?"

경여의 간절한 마음이 담긴 물음이었다. 애틋하게 정림을 위로하던 그의 모습이 아프게 떠올랐다. 뜨겁다가 차갑다가 하는 그의 마음을 종잡을 수 없었다.

"원하지. 내게 안겨준 모욕을 얼마든지 되돌려줄 기회인데, 왜 내가 원치 않을 거라고 생각하지?"

듣고 싶은 말이기도 하고 아니기도 했다. 허탈한 마음에 온몸을 긴장시켰던 힘이 스르르 빠져나갔다. 혼인을 원하지만 그 이유는 그녀가 바라는 것과는 달랐다.

"다른 사내에게 빼앗기지도 않겠지만, 내 것이되 내 것이 아닌 여자! 그게 바로 위경여야! 호정엽이 찾아왔을 때 확실히 알았지. 위가의 부녀가 원했던 대로 왕이 되기 위해 돌아왔으니, 더는 도망가지 마! 그 자리에 있어."

외롭고 쓸쓸하게, 그때 따라나서지 않았던 일을 후회하면서 시들어 죽게 만들고 싶은 충동!

엇나가고 비틀린 충동이 귀국 이래 종종 그를 사로잡았던 것도 사실이었다.

그가 방을 나간 후 경여도 스르르 무너지듯 다시 의자에 앉았다.

이유야 어떻든 당신이 이 혼인을 원해서 하는 거라고 하니 다행이에요.

경여는 그래도 작은 짐 하나를 덜어낸 듯 안도의 마음이 들었다. 그리고 그가 왜 이 원치 않는 혼인을 했는지 알 것 같았다.

전에는 마음은 주었으나 혼인하지 못했다. 이제 혼인은 하였으나 마음은 없다. 그래서 그의 곁에 있어도 그의 마음을 읽을 수 없었던 것이다. 전과는 달리!

진제강은 위경여를 괴롭히고 핍박하며 말려 죽일 작정이다.

어차피 경여는 그의 마음이 아니라면 이 혼인에서 잃을 게 없었
다.

한참을 그대로 앉아 있던 경여가 천천히 몸을 일으켜 세웠다. 무
거운 머리장식으로부터 혼인예복을 하나씩 하나씩 제거해 가지런히
개키고 탁자 한 켠에 올려놓았다. 머리카락을 틀어 올렸던 장식을
뽑아내자 길고 윤기 흐르는 숱 많은 머리카락이 흘러내렸다.

두 번의 혼인! 한 번은 원치 않는 사람과 또 한 번은 그토록 원하
던 사람과!

외롭고 아픈데도 눈물은 나오지 않았다.

13

    빗소리가 잠자기에 좋겠다던 그의 말은 맞았다. 밤새도록 거세게 지붕과 창을 때리던 빗소리에 마음이 신산했지만 새벽을 맞으면서는 등을 토닥이는 자장가 소리인 양 수면에 들게 했다.

    그녀를 깨운 것은 요란하게 앞을 다퉈 홰를 치는 닭소리 때문이었다. 어젯밤 의례히 신방에 피워둔 은은한 꽃향이 방 안 가득 퍼져 있었다.

    아직은 낯선 예궁 내실임을 깨닫고 무릎을 세우고 일어나 앉았던 경여는 주위가 적요한 이유가 빗소리가 멈추었기 때문이라는 것을 인지했다. 금침을 걷고 자리에서 일어선 경여는 침의를 가지런히 하고 맨발 그대로 바닥을 사뿐히 딛고 방을 가로질러 창을 열었다. 정원으로부터 물기 젖은 풀냄새가 바람에 섞여 시원하게 풍겨왔다.

    어제까지는 문 앞에 감시하는 위사들이 있었지만 지금은 없다. 경여는 조금 이르기는 하지만 새벽 예궁 산책을 나가보기로 했다. 정상적인 혼인이라면 전날의 곤한 일정을 고려하여 부부가 잠자리에서 일어난 기척이 있을 때까지는 일부러 깨우지 않는 것이 관례였다. 그리고 사람들 앞에 나서기 전 의복 수발을 부인이 하게 하는 것은 잠자리에 이어 감출 것 없는, 가장 친근한 관계임을 깨닫게 하기 위함이기도 했다. 어젯밤 많은 이들에게서 축하주를 받아 마시고 제법 취했던 그를 생각하면 한낮에나 일어날지도 모르겠다고 경여는 생각했다.

그가 깨는 기척이 있을 때 알리도록 시종에게 당부해두면 되리라고 생각하면서 경여는 회랑을 지나 산책에 나섰다. 잠결에 겨우 눈을 비비고 그녀를 따르기 위해 달려나온 시종을 물리친 경여는 여유로운 걸음으로 주위를 살폈다. 혼인잔치에 예기치 않게 찾아온 폭우로 인해 채 치우지 못한 장식과 등, 의자와 상이 고스란히 물기 젖어 있는 모습이 눈에 들어왔다.

왕제 진제강의 비. 익숙해져야 할 새로운 신분. 더불어 이곳 예궁은 이제 그녀의 집이었다. 그와 그녀, 그리고 아들 염이 함께하는 집!

염을 떠올리는 순간 지금까지의 평온한 마음이 조급해졌다. 이렇게 오래 아들과 떨어져 있었던 적이 없었다. 그녀만큼이나 불안해하며 떨고 있을 아이! 어젯밤에도 그에게 아들에 대해 물었어야 했는데 험악한 분위기에 기회를 놓쳤다.

염이 아직 어리고 순하니 그가 조금만 친절히 대해준다면 물과 기름, 나무와 불처럼 섞이지 못할 것도 없겠다고 경여는 생각했다. 그는 아직 자신에 대한 미움과 원망을 놓지 못한 듯했지만 아이에게 미움을 전가하지는 않을 거라고 생각했다.

착한 아이니까, 누구에게도 미움 받지 않을 예쁜 아이니까.

취. 작약

처음엔 목적한 곳이 없었지만 걷다 보니 그녀의 걸음은 서가가 있는 전경각으로 향했다. 작약 화원을 떠올리면 마음이 편치 않았지만 가장 아름다운 연못과 정원을 가진 그곳. 그곳에서 염을 비롯한 진제강의 아이들이 책을 읽고 그림을 아끼며 성장할 수 있다면……!

아주 잠깐이지만 상상만으로도 가슴이 벅차올랐다. 그에게 사랑받는 염. 그리고 그와 그녀 사이에서 태어난 아이들! 아이들!

그러자면 그녀가 해결해야 할 일이 있었다. 그녀만이 해결해야 할 문제!

빗물을 머금은 나무들이 간간이 물기를 털어내는 소리조차 사랑스럽게 들리는데 정작 경여의 마음은 걸음만큼 가볍지 않았다.

"해산을 하고 나면 달라지기도 합니다."

호광과 경여의 사이가 소원한 것은 호가의 내실에 있는 시종들에게는 공공연한 비밀이었다. 모르쇠로 일관하던 다른 시종들과는 달리 그의 유모였던 이는 그렇게 말하며 달래기도 했다.

"아기씨가 잘못될까 봐 꺼려하는 부인들도 있습지요."

하지만 염을 낳은 후에도 여전히 그들 부부의 소원한 관계가 개선될 기미가 보이지 않자 그의 유모도 걱정스런 모습을 감추지 못했다.

정교에서 즐거움을 찾지 못하는 여자들이 있기는 했다. 그러나 대체로 첫아이를 출산하고 난 후에는 나아진다고도 하고 그 후에는 적극적으로 잠자리를 원해서 늦은 밤 아내의 목욕하는 소리에 화들짝 놀란 사내들이 일부러 깊이 자는 체하기도 한다고 했다. 때로 산고의 고통이 심하게 각인되어 몇 년씩 요리조리 잠자리를 피하는 아내들도 있으나 그 또한 해를 넘기며 나아진다고도 했다.

"왕제에게도 이랬나?"

거절당하고 분함을 참지 못한 호광이 씩씩거리는 숨소리와 함께 내뱉곤 하던 말이었다.

빗물이 만든 작은 물웅덩이를 피해 건너며 경여는 한숨을 내쉬었다.

동생을 보자며 올해 들어 부쩍 보채던 호광은 급기야 그녀를 의원에게 보이기도 했다.

"정교 자체에 혐오감을 갖는 이도 있습니다. 드물게는 사내들도 그러한데, 때로 마음에서 오는 병은 의원이나 약재로 해결되지 않습니다."

진중한 의원은 난색을 표하며 고개를 가로저었다.

이런 날이 올 줄 알았다면 그때 좀 더 적극적으로 방법을 찾아볼걸 그랬나.

예궁의 심장과도 같은 서가 전경각도 사람의 온기 하나 없이 적요했다. 간밤 비로 인해 습기 먹은 서고에서는 종이와 나무, 먹의 냄새가 짙게 배어 있었다. 오늘쯤은 서가를 관리하는 이가 향초를 피워 습기를 제거하겠다고 생각하며 왕궁 서고에도 없다는 귀한 의학서들이 있는 곳을 찾아보려고 하는데 그림을 보관 중인 안쪽 문의 빗장이 풀려 있는 것이 보였다. 책도 귀하지만 소장 중인 그림들은 더욱 귀해서 간혹 도둑이 들기도 하나 아직 단 한 번도 전경각의 소장품이 유출된 적은 없었다. 그만큼 허술하지 않은 단속을 하는데 어젯밤은 혼인잔치가 있었고 손님들로 북적였으나 경비가 허술했던 것일까.

서고에서 화고로 통하는 문을 열고 안을 들여다보았지만 어둠이 묻어 있는 내부는 야명주로 비춰보아도 흐트러짐 없이 정돈되어 있었다.

서가의 담당자나 문언에게 알려 차후에 다시 확인해야겠다고 생각하며 빗장을 단단히 걸고 책 한 권을 골라 열람실로 들어서는데 서고에서와는 달리 희미한 향내가 코끝을 스쳤다. 방을 가로질러 창을 열자 바로 사라졌지만 결코 쉽게 구할 수 없는 고고한 향이었다.

어젯밤 폭우 속에 손님용 객실이 아닌 깊은 곳에 위치한 전경각까지 들어올 수 있는 사람은 손에 꼽을 수 있었다. 그러나 가장 가능성 있는 화원 공주는 손님을 맞고 지휘하느라 몹시 분주해서 한가롭게 서가를 찾을 여력이 없었을 것이다.

누군가 이곳을 무시로 드나들 수 있는 이가 아무도 방해하지 않을 곳을 찾아들어와 밀회를 즐긴 걸까.

"비전하."

내실 시종이 건물 밖에서 그녀를 찾는 소리가 들렸다.

외전 침실에서 왕제의 기상을 알리는 전언이었다. 산책을 시작했을 때와는 달리 조급한 걸음으로 경여는 그의 침전을 향했다. 다시 그를 마주할 거라고 생각하니 조금 전까지의 평정은 거짓말처럼 사라지고 가슴이 거세게 뛰었다. 머릿속은 더욱 혼란스러웠다.

너무 일찍 일어난 것 아닌가. 숙취에 시달리거나 해서 마음이 꼬여 있지 않아야 할 텐데.

경여는 그의 심기를 거스르지 않고 염에 대해 이야기할 수 있기를 바랐다. 그의 침전에 도착한 후에야 경여는 자신의 수수한 차림새에 신경이 쓰였다. 여유로운 산책 후에 목욕을 마치고 성장한 후에 그를 기다릴 생각이었으나 계획은 이미 빗나간 후였다.

침전의 가장 안쪽 문을 열기 전에 시종을 향해,

"혹 왕제전하의 심기가……."

어떠하냐고 나직이 물으려는데 어느새 목욕을 마친 듯 머리카락의 물기를 털어내며 상체를 고스란히 드러낸 채로 들어서던 그와 마주쳤다. 하반신에는 겨우 수건 하나를 걸쳤을 뿐이라는 사실도 인지하지 못할 정도로 경여는 화들짝 놀라 얼어붙었다.

그도 잠시 멈칫하는가 했지만 곧 아무렇지 않게 침전 안쪽으로 들어섰다.

"정숙한 아내가 되어 가장 먼저 하는 일이 내 심기를 묻는 일인가? 그러기엔 너무 이른 시간 아니야?"

그가 놀리듯 물었다.

그사이에도 그는 경여의 차림새를 꼼꼼하게 훑었다. 그와는 달리 경여는 벗은 그의 탄탄한 어깨와 가슴을 바로 보지 못하며 눈길을 피했다. 목욕시중을 들고 그의 뒤를 따르던 아직 어린 남 시종이 경여를 따라온 나이든 여 시종의 눈치를 살피더니 밖으로 사라졌다.

그의 움직임에 따라 긴장하거나 이완되는 근육의 움직임이 생생했다. 지척에서 훅 끼쳐오는 그의 향취에 경여의 얼굴은 더욱 달아올랐다.

"이렇게 이른 아침에 무슨 일이냐고 묻고 있는데?"

그가 머리카락의 물기를 터는 행동을 멈추고 빤히 경여를 바라보았다.

취.작약

아들 염도 목욕을 시키고 나면 물기를 털기 무섭게 옷을 입히기도 전에 유쾌하게 웃으며 달아나곤 했지만 어린 사내아이의 몸과 성인 사내의 알몸은 달랐다.

"자, 잠시, 치, 침의라도 걸치시면……."

경여가 시선도 맞추지 못하고 말도 더듬자 그의 입가에 짓궂은 웃음기가 퍼졌다.

"이른 아침 의복정제도 하기 전에 내 침전을 찾은 이가 누구인데! 게다가 부부 사이에 어울리지 않는 수줍음이라니. 내가 왜!"

"왕제전하."

자신을 부르는 경여의 호칭을 듣기 무섭게 그의 입가에서 웃음기가 사라졌다.

"사람들 앞에 나서기 전에 연습이 좀 필요하겠군."

"가, 가군."

경여는 잘못을 지적받은 아이처럼 풀죽은 음성으로 시정했다.

"음, 무슨 일로 이 새벽에 행차하셨는지도 대답해봐."

"의복정제의 관례 때문에……."

그제야 그도 문밖에서 새로 지은 그의 의복을 단정히 받쳐 들고 있는 여 시종에게 잠시 눈길을 주었다.

"아."

그도 이제는 경여의 방문목적을 이해한 듯했다. 하지만 무안한 경여를 배려해 침의를 걸치려는 시도조차 하지 않고 빤히 경여의 머리부터 발끝까지 훑어보았다.

혼인 전에는 시종이 하거나 직접 해온 일이지만 혼인을 하였으니 챙겨줄 아내가 있다는 사실을 깨닫는 기회이기도 했다.

"그런데 비는 어디서 무엇을 하고 왔길래 머리카락과 치맛단이 이슬에 젖으셨나."

"사, 산책을 하던 중이어서요."

경여는 지아비의 의복정제를 돕겠다고 온 터에 실상 자신은 아직 침의 차림인 것을 그제서야 깨닫고 낭패감에 입술을 깨물었다.

"내가 비의 예상을 깨고 너무 일찍 일어난 모양이군."

그는 더 이상 경여의 옷차림을 탓하지 않았다.

지척에 선 그로부터 열기가 훅 끼쳐왔다.

"그럼 어디 호사를 누려볼까."

그가 장난스레 말하자 여 시종이 조금 떨어진 탁자에 의복이 담긴 상자를 놓고 서둘러 사라졌다.

경여가 떨리는 손으로 잘 손질되고 개켜진 의복을 한 가지씩 입도록 도와주었다. 그가 아슬아슬하게 허리 아래를 걸치고 있던 수건을 바닥으로 툭 던지는 순간 배꼽 아래로 이어지던 거슬거슬한 털이 풍성한 계곡을 이루고 그 사이로 슬그머니 존재감을 드러내는 양기 충전한 것을 스치듯 보았다.

그는 느리게 경여가 건네는 의복을 받아 입었다. 마침내 마무리하는 시점이 되어 예복의 깃을 세우고 장식을 달고 요대를 고정시키는 몫은 경여가 할 일이었다. 놀리듯 유쾌하게 척척 그녀가 건네주는 의복을 입던 그의 표정이 일의 마무리 시점에서 얼핏 올려다보았을 때는 단단히 입매가 굳어 있었다.

요대를 두르기 위해서는 팔을 벌리고 선 그의 허리를 감싸듯 안아

야 했고 그의 가슴 부위에 그녀의 뺨이 닿아야 했다. 경여는 떨리는
손으로 옥장식이 있는 요대를 두르고 한 발 물러섰다.

"되었습니다. 어디 불편하신 데가 있나요?"

"아니."

말은 아니라고 하면서도 잇새로 내뱉는 낮은 음성도 어딘지 불길
해보였다.

경여가 어렵게 눈맞춤을 위해 그를 올려다보자 그는 언제부터인
지 당장이라도 불꽃이 튈 것 같은 눈으로 바라보고 있었다.

"왜, 왜요? 혹시 불편한 데가 있으면……."

경여의 음성이 저절로 떨려나왔다.

그는 아무 말도 하지 않았다. 그 침묵이 너무 무거워 그를 올려다
보는데,

"호광, 그자와 혼인했을 때에도 이렇게 했나?"

불시에 터져 나온 말이었다.

그 말의 의미가 가슴에 꽂히는 순간 경여는 온몸에 찬물을 뒤집어
쓴 것 같았다. 다른 사내를 만지던 불결한 손으로 어디를 만지느냐
고 책망하는 소리처럼 들렸다.

그것은 물음이 아니었다. 혼인의 관례이니 당연히 그렇게 했을 것
이고 그것을 확신하는 말이었다. 묻고 싶지 않아도 물을 수밖에 없
다는 몹쓸 호기심에 져버렸다는 사실을 그 스스로 인지하고 긴장된
턱 선이 가늘게 경련을 일으키고 있었다. 앞으로 살아가는 동안 얼
마나 더 많은 알고 싶지 않은 것들을 알게 될지 그는 두려웠다. 자신
이 얼마나 치졸한지 알면서도 어쩔 수 없이 묻고 말았다.

"어, 저⋯⋯."

경여가 당혹해 말을 고르는 사이 그가 서둘러 말했다.

"앞으로 더는 이런 수고할 필요 없어."

다리에 힘이 풀려 주저앉을 것 같은 경여를 앞에 두고 그가 뼛속까지 얼려버릴 듯한 냉기를 일으키며 밖으로 성큼 나가버렸다.

그를 찾아다니는 일은 숨바꼭질 같았다. 연무장에, 마구간에, 대장간에, 서가로, 후원으로 달려갔지만 그는 항시 사람들과 함께였고 그녀를 보고도 못 본 체하거나 어떻게든 말을 걸려고 하는 경여를 제지했다.

"나중에!"

그녀를 훔쳐보는 눈길들에는 경계심과 불안감이 서려 있었다.

결국 그를 만나기 위해서는 늦은 밤 외전 그의 침전이 가장 적합한 장소였다. 혼인하고 사흘 만이었다. 새벽이 가까워서야 안으로 들어서던 그는 회랑에서 계단으로 연결되는 통로에 웅크리고 앉아 기다리고 있는 경여를 보고는 경계하며 멈춰 섰다.

"이 밤에 무슨 일이야?"

그를 마지막으로 보았을 때만큼이나 환영하지 않는다는 것을 분명히 내포한 음성이었다.

경여가 침전 입구의 문을 가로막으며 그의 앞에 섰다.

"이제는 더 이상 나중이라는 말은 하지 말아요."

경여가 단호하게 말했다. 혼인하고 신방에서 그를 맞아 떨고 있던 여자가 아니었다. 그의 쌀쌀한 일갈에 상처받고 울던 여자가 아니었다.

"그러니 무슨 일이냐고 묻고 있잖아."

"아이를 어디에 숨겼어요? 염이요!"

순간 일말의 기대감으로 설레던 그의 가슴이 서늘해졌다.

위경여의 아이.

그에게는 세상에서 지워버리고 싶은 존재였다.

새삼 그녀에게 다른 사내와 낳은 아이가 있음을 일깨워주다니!

곁을 주지 않는 냉랭한 어조로 그가 물었다.

"그래서 요 며칠 나를 그렇게 따라다녔나?"

어찌나 그가 가는 곳마다 경여가 나타나는지 덕분에 그의 사람들은 두 사람이 '애도의 기간'도 갖지 않는 것이 아닌가 염려하는 기색이었다.

"말해줘요, 혼인하고 나면 아이를 보게 해준다고 했잖아요."

그 때문에 경여는 믿기지 않으면서도 그와 염과 함께 사는 꿈을 꾸기도 했던 것이다. 하지만 그의 반응은 쌀쌀하기만 했다.

"내가?"

"그때, 아이를 데려갔던 사람이 그렇게 말했어요."

"나는 그렇게 약속한 적 없어."

경여의 얼굴에 불안이 가득했다.

"내게 안겨준 모욕을 얼마든지 되돌려줄 기회인데, 왜 내가 원치 않을 거라고 생각하지?"

"다른 사내에게 빼앗기지도 않겠지만, 내 것이되 내 것이 아닌 여자!"

그가 했던 말들이 떠오르며 이 또한 그녀를 괴롭히기 위한 방법인

가보다는 생각이 들었다.

"미워하려거든 나를 미워해요. 나는 얼마든지 미워해도 좋지만, 그 아인, 아직 어려요. 어미의 손길이 필요해요."

한때 위경여의 부른 배도 보았고 실제 그녀가 한 아이의 어머니라는 것을 알면서도 가장 인정하고 싶지 않은 사실이기도 했다.

"누구를 미워하든 내 마음이지. 그리고, 그 나이면 어미 없이도 잘 자라!"

그가 무정하게 말하고는 양팔을 벌리며 막아서는 경여를 옆으로 밀치고 문을 열었다. 어둠을 밝히며 침전으로 향하는 복도에 놓아둔 등이 은은하게 안을 비추고 있었다.

"무슨, 어떻게 그런 말을! 이러지 말아요. 돌려줘요, 아이를 돌려줘요!"

그를 따라 안으로 들어갈 수도 없고 내일 아침까지 기다릴 수도 없다는 조급함에 경여가 그의 팔을 붙잡았다.

바로 그때 몸을 돌리던 그의 가슴으로 경여가 부딪쳤다. 중심을 잃고 휘청거리는 경여의 양팔을 반사적으로 안은 그와 경여의 눈이 마주쳤다. 그의 주위로 결코 진하지 않은 작약향이 휘감았다. 그의 이성을 앗아가는 익숙한 체취였다.

갑자기 모든 것이 어둡고 어디선가 뜨거운 바람이 불어온 듯하다고 생각한 순간 경여는 그의 얼굴이 너무나 가깝게 느껴졌다. 그리고 화인을 찍듯 입술에 그의 입술이 겹쳐졌다.

무척 목이 말랐던 사람처럼 경여의 윗입술과 아랫입술을 번갈아 핥고 흡입하던 그는 경여가 스스로 열기 전에 침탈하듯 입 안으로

醉｜작약

침범해서 혀를 찾아내고 제 것으로 감아올렸다. 경여의 발끝이 그를 따라 올라갔다. 경여는 저도 모르게 그의 입술을 음미하듯 핥았다. 그것은 본능적이고 습관적인 반응이었다. 그러자 그가 무척 사랑스럽다는 듯 아랫입술을 깨물었다. 뒤이어 치유하듯 부드러운 혀가 닿았고.

그렇게 그는 너무나 익숙하게 입 안의 곳곳을 찾아내며 경여의 정신을 혼미하게 만들었다. 너무나 친밀하고 달콤하고 뜨거운 느낌에 가뜩이나 뒤로 젖혀진 고개로 그의 옷자락에 간신히 매달려 숨을 헐떡이던 경여는 그가 더욱 바짝 끌어당기는 바람에 몸이 밀착되자 흠칫 놀라 눈을 떴다. 옷으로는 감출 수 없게 달아오른 피부의 온도와 더불어 뜨겁고 단단하게 잇닿은 그의 일부 때문이었다. 탐욕스레 경여의 입술과 혀를 찾던 그가 몸을 뒤로 빼는 경여의 움직임을 감지했다.

두 사람의 눈이 마주친 순간 그는 시작했던 것과 마찬가지로 갑작스레 경여를 매정하게 밀쳐냈다. 그 반동으로 휘청이며 놀란 경여가 문지방 아래로 철퍽 넘어졌다. 넘어진 충격으로 인한 통증보다 그에게 밀쳐진 충격으로 인한 것이 더 컸다. 더구나 그는 일으켜 주는 대신 낮은 문지방을 넘어 그의 침전 내부로 들어섰다.

"가군."

경여가 올려다 본 제강은 지금까지 이성적인 듯 보이던 그와는 다른 모습이었다. 위험한 불꽃을 잔뜩 뿜어내고 있는 그가 나지막이 경고했다.

"이 문턱을 넘기만 해! 애도의 기간이고 뭐고 없을 줄 알아!"

그의 경고에 놀란 경여가 벌어진 입을 다물지 못했다. 분노 서린 그의 눈빛은 당장이라도 그녀를 침전 안으로 끌어들일 것 같았다.

"그걸 원해? 그래서 이래?"

경여가 세차게 고개를 가로저었다. 충격으로 말이 떨려나왔다.

"나, 나는 다만, 아이를 돌려달라고……."

그가 엄하게 말했다.

"자식을 품 안에 가둬키울 것 아니면 내버려둬! 아이는 충분히 잘, 돌봐주고 있어."

전 같으면 당장 손 내밀어 일으켜주었을 사람이!

그는 확실히 변했다. 마음이 떠나면 얼마나 무서운 사람인지 실감하는 순간이었다.

하지만 그런 그를 상대하기 위해서는 우선 자리에서 일어나야 했다. 경여는 분연히 일어나 옷과 손에 묻은 먼지를 털고 주먹을 단단히 틀어쥐었다.

"그걸 어떻게 알아요? 잘 있는지 확인해보지도 않고서! 염이를 직접 봤어요?"

"나도 그랬으니까! 나도 그렇게 자랐지만 이렇게 멀쩡하잖아."

순간 경여는 자신도 모르게 말부터 튀어나왔다.

"그래서 많이 외로움을 탔잖아요. 실상은 어머니를 많이 그리워했잖아요."

생각지 않은 과거의 언급에 그의 입매가 단단히 굳었다.

어머니.

모후의 장례식날 숨어서 울고 있던 열 살의 그와 일곱 살의 경여

취.작약

가 처음 만났었다. 어린나이에 죽음이라는 것이 무엇인지 모르던 경여였지만 울고 있던 그를 어떻게든 위로하려고 했다.

"아이는 놔둬!"

그가 추억을 떨쳐내며 여지없이 말했다.

"돌려줘요! 미운 건 그 애가 아니라 나인 거잖아요. 아이에겐 어머니가 필요해요."

"한때 위경여를 빼앗겼던 걸로도 부족해서 호가의 혈육을 이곳에서 자라게 해야 하나?"

마음 그대로 걸러지지 않고 튀어나왔다.

"그러면 애 딸린 과부와 혼인도 하지 말았어야죠!"

경여가 원망을 담아 내쏘았다.

"그러게!"

후회하고 있다는 의미가 담긴 그 말에 경여는 내심 상처받았다. 이후로 그는 또 얼마나 자주 후회하는 소리를 무심히 내뱉을까.

"이제 와 무를 수도 없는 일이니 어째요. 그리고, 어린아이가 뭘 알아요."

경여의 음성이 자조 섞여 떨려나왔다. 어떻게 해야 그의 마음을 돌릴 수 있을까 생각하니 한숨만 깊어지는데 그가 주저하듯 말했다.

"다시 내게서 도망치지 않는다고 어떻게 보장해?"

그에게 아이는 경여를 붙잡아 놓기 위한 볼모나 마찬가지라는 말이었다. 조금 전 후회한다는 말과는 다른 의미를 내포하기도 했다.

"안 그래요, 안 그럴게요."

"어차피 떨어져 지내야 할 아이야. 걱정하지 않아도 될 곳에 두었어."

"볼 수 있게 해줘요."

경여의 음성은 결연했다.

"그렇게 못 하겠다면?"

입구에 서서 거만하게 내려다보는 그의 음성에서는 무엇을 어떻게 할 수 있겠냐는 가소로움이 묻어났다. 그것이 경여의 마음에 불을 살랐다.

"그렇다면, 사람들이 있건 말건 당신을 귀찮게 할 거예요!"

"그래, 꽤 재미있겠어. 위경여가 혼인하더니 너무 노골적으로 덤벼드는 줄 알겠군."

그가 한껏 코웃음 쳤다.

잘못 생각한 듯했다. 경여가 다시 말을 바꾸었다.

"이곳을 지킬 거예요. 밤낮으로! 내게 아이를 돌려줄 때까지!"

그의 눈이 가늘어졌다. 싫은 눈치가 분명했다. 그렇지만 뭔가 조금 부족한 듯 더 강력한 협박이 필요했다. 그때 경여는 틈틈이 자신의 입술을 탐욕스럽게 훔쳐보는 그의 시선을 느꼈다.

"그리고 마을의 여자들도 움직일 거예요."

"여자들?"

엉뚱한 경여의 말에 그가 호기심을 감추지 못했다.

"아이를 가진 어미들에게 당신이 무슨 일을 했는지 말하겠어요."

과부 위경여가 왕제와 혼인한 것은 인정할 수 없겠지만 어미 된 입장이라면 확실히 그의 태도를 무정하다고 생각하며 경여를 동정할 수도 있겠다.

취작약

"그래서?"

양팔을 교차해 끼고 벽에 삐딱하게 기대선 그가 물었다.

"당신이 내게 아이를 돌려줄 때까지 도와달라고 할 거예요."

"어떻게……?"

아이를 돌려주고 말고는 오로지 그만이 결정할 수 있었다. 그런데 경여가 마을 여자들을 이용해서 뭘 하겠다고……?

그는 잘 이해가 되지 않는 표정이었다.

경여의 얼굴이 조금씩 붉어졌다. 아직도 불끈거리고 있는 그의 중심부에 슬쩍 시선을 주었다.

"남편들을 움직이게 만들 수 있어요."

그의 눈이 가늘어졌다.

"그러니까 뭘 어떻게 해서?"

"나를 돕기 원하는 여자들이 밤에 잠자리를 거부하면, 가군도 귀찮아질 거예요."

아이를 둔 어미들의 동정심을 이용해 집단으로 잠자리를 거부하는 시위를 하겠다고? 평화로운 예읍을 불화와 대립의 장으로 만들어보겠다?

그가 어이없어하며 빤히 경여를 쳐다보았다.

얼굴은 달아오르고 숨결도 고르지 못했지만 경여는 그의 눈길을 맞받았다.

다른 때도 아니고 그들은 지금 애도의 기간을 보내는 중이었다.

"우리, 둘만으로도 부족해서 마을 사람들까지?"

"그러니까요, 그런 불미스런 일이 없게 지금 부탁하는 거예요."

"이게 부탁인가?"

처음부터 이렇게 얄미운 여자였던가.

험악한 그의 불편한 눈빛을 견디며 경여가 말했다.

"그러니까, 처음부터 이러지 않았으면 좋았잖아요."

용기를 내서 눈썹을 치켜올려 그와 마주 보기를 시도했지만 그의 입가에 떠오르는 냉소와 노골적으로 바라보는 시선을 견뎌낼 수 없었다. 그는 얼마든지 밤새도록 이렇게 바라볼 수도 있을 것 같았다.

"염이를 돌려줘요! 더는 귀찮게 하지 않을게요."

그의 시선을 피하며 경여가 타협하듯 말했다.

"싫어! 이 기간이 지나면 실컷 품을 생각이야. 알아? 실컷 품을 생각이라고! 아이에게 그 모습을 보여주고 싶지 않거든 내버려둬."

아이 따위에게 방해받고 싶지 않은 것이 그의 본심이었다. 온전한 그의 것. 제강은 경여가 그런 존재이길 바랐다.

그의 노골적인 말에 경여의 얼굴이 빨갛게 달아올랐다. 그는 충분히 자신의 말을 실천하려 할 것이다. 이전에도 그러고 싶어 안달했으니까.

그가 팔짱을 풀고 바로 섰다.

"어미가 사랑스러우면 그 자식도 품에 안아준다는 옛말이 있지."

굳이 말해야 아느냐는 여운을 담아 흘렸다.

어미가 사랑스러우면 그 자식도 품에 안는다. 그러나 어미가 미우면 그 자식마저 외면하게 된다.

남녀 간, 부부 간의 오랜 관계를 통찰해 나왔을 격언!

위경여가 사랑스럽게 굴어야 그 자식에게도 자애로움이 베풀어질 수 있다는 언급이었다! 자고로 그 어미가 곱지 않은데 자식을 사랑하는 아비는 없다고 했다.

"그런데도 이런 위협이 가당키나 해?"

애교 혹은 적극적인 유혹이라면 또 몰라도!

그의 말에 그나마 경여의 없던 용기가 새삼 사그라들었다. 사랑스런 어미. 사랑스런 아내. 그에게 그런 존재가 될 수 있을까. 두렵고 떨리는 일이었다. 하지만 이대로 물러설 수도 없는 일이었다.

"잘 노는지만이라도 볼게요. 그렇게 어려운 일도 아니잖아요. 찾아봤지만 예궁에는 없는 것 같아요. 염이는 어디 있어요?"

경여가 작은 손을 모으고 애원했다. 당장 무릎이라도 꿇을 기세였다.

형식은 부탁이지만 사실상 협박이나 마찬가지여서 그는 기분이 상했다. 아이가 그렇게나 소중한 거냐고 묻고 싶은 충동을 겨우 삼켰다.

"화원에게 맡겼어."

화원 공주. 제강의 동복 남매. 결코 경여가 편하게 찾아가 만날 수 있는 존재는 아니었다. 그 사실을 너무나 잘 알고 있을 그가 선택한 사람으로는 그보다 더 적합한 이가 없을 것이다.

"왜? 화원이 구박이라도 할까 봐 걱정된다고 말할 참이야?"

"아, 아니요. 염이가, 아이가 낯을 많이 가려요."

"문언이 가끔 찾아봐줄 거야. 걱정할 필요 없어."

"나도 볼 수 있게 해줘요. 만나보고 싶어요. 정말로 잘 지내는지만이라도 확인할 수 있게 해줘요. 힘든 일을 많이 겪고 많이 놀랐어

요. 헤어지던 날도…… 너무 갑작스러워서……. 부탁이에요. 만나게
해줘요!"

경여의 눈가가 촉촉하게 젖어들었다.

그는 수백 수천 번 그의 발아래 엎드려 지난날을 후회하고 용서를
비는 위경여의 모습을 상상했다. 그리고 실제로 보고 싶기도 했다.
위경여의 우는 모습을 보면 조금이나마 위로가 될까.

"조금이라도 다른 짓을 하면 그땐……."

경여가 서둘러 고개를 가로저었다.

"안 그래요, 안 그래요. 정말요!"

이젠 도망치지 못한다. 밤낮없이 그녀 주위에 사람을 붙여놓기는
했다. 그럼에도 못 미더워 아이를 볼모처럼 따로 떼어놓았지만 언제
까지나 그럴 수도 없다.

천천히 그가 고개를 끄덕였다.

"내일 낮에 사람을 보낼게. 그렇지만 내가 허락할 때만 봐야 해.
다른 말이 들리면 그땐 그마저도 못 보게 할 거야."

"알겠어요."

경여가 목적한 바를 이루고 한결 밝아진 얼굴로 돌아가려는 그때
한 가지 의심이 든 그가 불러 세웠다.

"하나만 물어."

경여가 가볍게 돌아보았다. 아이를 보게 해준다는 말에 마음이 풀
려 따뜻하게 빛나는 눈빛과 연한 미소까지 짓고 있었다.

제강은 아주 잠깐 가녀린 허리와 납작한 경여의 배를 훑는 시선을
던졌다. 그녀에 대한 소식을 들은 후부터 계속 머릿속을 떠나지 않

던 의문이었다.

"왜, 왜 그 아이 말고는, 아이가 없지?"

애들에 둘러싸여, 적어도 서너 명이 넘는 아이들의 어미로 살고 있는 상상도 해보았던 그였는데 말이다.

"네?"

"왜 다른 아이가 없어?"

그는 상관없다고 말했건만 그 아이에 발목 잡히듯 다른 사내에게 떠난 여자가 왜!

그의 누이동생 화원 공주도 벌써 아이가 셋인데 말이다.

거짓말처럼 한순간 경여의 얼굴에서 표정이 사라졌다.

"그, 그건, 그 사람과 나만의 문제예요."

경여가 새침하게 일갈했다.

그 사람?

진제강이 모르는 호광과 위경여의 문제?

줄줄이, 해마다 아이를 배고 출산을 한다고 해도 이상할 게 없지만 단 하룻밤에 들어선 첫째아이 외에는 더 이상 혈육이 없다는 사실은 의외였다.

"그러니 묻고 있잖아, 왜 다른 아이들이 없냐고!"

그의 말투는 결코 친절하지 않았다.

"말하고 싶지 않아요."

그가 이를 갈듯 쏘아붙였다.

"호광과 위경여의 문제는 덮어둔다 쳐도, 내게도 자식은 필요하지. 이래도 내가 물을 자격이 없나? 응?"

그가 여유를 두지 않고 거듭 채근했다.

"아무런 문제가 없어?"

순간 그의 말은 날카로운 화살이 되어 경여의 가슴에 박혔다.

"문제가 있으면요? 무르고 싶어도 이젠 어쩔 수 없잖아요!"

빠르게 내쏘고는 회피하며 돌아서는 경여의 모습에서 그도 짐작되는 바가 있었다.

설마!

"아직도, 그 일이 싫어? 아직도 잠자리를 꺼리나?"

그때는 경여가 처음이고 어려서 그랬다고 생각했는데!

경여는 그의 말에 대답하지 않고 도망치듯 달려 시야에서 사라졌지만 그도 더 이상 붙잡지 않았다. 다만 그것을 직접 알아보기 위해서는 아직도 두 달을 더 기다려야 했다. 두 달이나!

취작약

14

　문언이 이른 새벽 혼자 깨서 이리저리 둘러보다가 발길이 닿은 곳
은 서가였다. 이끌리듯 찾아온 이곳. 왕제의 혼인식날 밤 이후로 그
는 몇 번이고 홀린 듯 이곳을 찾곤 했다. 경계가 느슨한 틈을 타 서
가에 침입한 도둑은 의외의 인물이었다. 정시중의 양녀 제명리. 더
구나 문언에게 들킨 사실을 안후에도 뻔뻔할 정도로 당당했다. 초대
된 손님들의 관심을 받는 일이 귀찮아져 피해 오다 보니 전경각이었
고 폭우에 발이 묶여 그림에 관심을 가졌을 뿐이라고 했다.
　"세상의 진귀한 보물을 예궁에서만 감춰두고 보는 건 옳은 건가요?"
　마치 제 것이기라도 한 것처럼 제명리는 당당했다.
　"우리 주군께서 위가와 혼인한 마당에 정공의 양녀께서 허락되지 않은
공간에 드신 게 알려지면 곤란하실 텐데요."
　"그렇기는 해요. 하지만 제가 곤란해지고 아니고는 왕제전하의 재사
께 달린 듯하네요."
　두려움 없는 제명리의 놀리는 태도는 문언이 비밀을 지켜줄 것을
확신하는 듯했다. 미모 하나로 세상 모든 사내들을 마음대로 할 수

319

있다고 착각하는 여자인가 싶어 문언은 슬쩍 불쾌해졌다.

"어떤 일에는 대가, 라는 게 따르기도 합니다."

"그래서 제가 가진 것 중 재사께서 원하는 게 있을까요?"

"이런! 사내가 미인에게서 원하는 바라. 흠."

문언이 노골적인 시선으로 여자의 머리부터 발끝까지 훑어보았다. 제명리는 익숙한 태도로 그의 눈길을 고스란히 받아냈다.

"찾으셨어요?"

경고를 주기 위해 시작한 일은 어느새 그의 통제를 벗어나버렸다.

그날 이후 문언은 가끔 이른 새벽의 전경각을 찾았다. 위사들의 경계가 삼엄해 혼인식 날 밤처럼 그녀가 이곳을 다시 찾기란 힘들 거라는 사실을 알면서도 발길은 저절로 제명리의 흔적을 따라 머물 곤 했다.

그런데 고요한 서가의 창을 통해 미묘하게 야명주에 비친 그림자가 어른거리고 있었다.

누굴까?

누가 그보다 먼저 일찍 일어나 서가 깊은 곳에서 시간을 보내고 있을까.

호기심 어린 문언이 발소리를 죽이고 안으로 들어갔다. 열람실의 창과 연이은 책상 쪽에는 아무도 없었다. 천천히 맞은편 서고를 향했다. 몇 개의 서벽을 지나 안으로 깊이 들어가니 한쪽 서벽에 등을 기대고 몸을 말고 앉아 야명주에 바짝 머리를 붙이고 책장을 넘기는 여자가 보였다. 순간 착각인 양 제명리가 고개를 들고 웃는 모습을 본 듯했다. 문언은 어둠 속에서 눈을 깜빡여 다시 정면을 응시했다.

취작약

깊이 몰입하여 책을 읽고 있는 이는 그의 상상 속 여자가 아니고 위경여였다. 언제부터 그러고 있었는지 잠자리에서 그대로 나온 듯 의복은 하얀색 침의 차림이었다. 검은 머리카락은 에둘러 틀어 올렸으나 머리장식이 없어 몇 가닥 목덜미 아래로 자연스레 흘러내린 상태였다.

예의가 아닌 줄은 알지만 문언은 반가움이 먼저 들어 외면할 수 없었다.

"비전하."

책으로부터 눈길을 든 경여의 얼굴에 반가운 웃음기가 돌았다.

"어, 재사, 이렇게 이른 시간에 어쩐 일이에요?"

"제가 묻고픈 말입니다만."

"아, 나는 잠이 오질 않아서, 생각해보니 이곳이면 잘되었다 싶었죠."

"호오. 그래서, 무슨 책을 읽고 계십니까?"

문언이 다가오는 사이 경여가 약간 당혹한 웃음을 지으며 읽고 있던 책을 등 뒤로 밀쳐두고 새로운 책을 집어 들었다.

"시가집이요."

경여가 맨 앞장을 접어 보였다.

문언은 감춘 책이 무엇인지 채근하지 않고 고개를 끄덕이며 대화를 이어갔다.

"마음에 드는 시는 찾으셨습니까?"

"네."

경여와 눈높이를 맞추기 위해 그가 몸을 구부려 경여와 마찬가지로 서벽에 등을 기대고 바닥에 편히 앉았다. 두 사람은 같은 방향을 보게 되었다.

"어떤 내용이 우리 비전하의 마음을 움직이던가요?"

경여는 대답 대신 볼을 붉히며 문언을 물끄러미 바라보기만 했다.

"왜요?"

문언이 부끄러운 듯 물었다.

"방금 재사께서 한 말요."

"네?"

우리 비전하.

비전하.

호부인에 익숙했던 호칭에서 이제 하도 듣다보니 자연스레 귀에 익기는 했다.

"재사는 너무, 쉽게 여자의 마음을 흔드는군요."

경여가 경계심을 풀고 다정한 눈빛으로 문언에게 말했다.

"제가요?"

"네, 아주, 위험한 사람이에요."

"하하, 주군보다 더요?"

"그이에 비할 바는 아니지만요."

농담처럼 던진 말에 경여도 농담으로 대꾸했다.

왕제궁의 누구나 그녀에게 예의를 차려 대하곤 했지만 문언만큼 살갑게 대하는 사람도 없었다. 그는 좋은 말벗이었다.

"흠, 그러시겠죠. 그래도 비전하, 무엇 때문에 마음이 흔들리셨는 지는 말씀을 해주셔야 다음에도 유용하게 써먹지 않겠습니까?"

취, 작약

"우리, 비전하, 라고 했어요, 재사께서."

"그거야 당연한……."

이렇게 초롱초롱 눈이 빛나는 여자였던가.

문언은 할 말을 잊었다.

"내가 정말로 그이와 혼인한 줄 알겠어요. 그리고 재사에게 그리 소중한 사람일 수도 있다는 생각이 드니까……."

"드니까?"

"설레요."

설렌다.

그 말을 듣는 문언의 가슴도 설렜다.

"흐음. 이제 곧 익숙해지실 겁니다."

"그럴까요."

문언은 일전에 조완의 물음에 답하며 위경여가 과부여도 상관없고 원수의 딸이어도 상관없다고 했지만 사실은 그녀의 심성이 올곧으며 예의염치를 안다는 사실이 좋았다. 권력을 탐하고 사욕을 탐하는 여자였다면 그는 주군의 눈에 씐 환상을 걷어내기 위해 위경여를 시험했을 것이다.

"왜 왕제전하의 아내를 일러 비(妃)라고 하는지 아십니까."

"좋은 인연을 맺기 바라는 마음인 거잖아요."

"예, 그렇지요. 우리 비전하께서 주군의 좋은 인연이 되기를 바라는 마음인 거지요. 자, 어디, 제게 비전하의 마음을 흔들어놓은 시를 들려주십시오. 어서요."

수줍게 얼굴을 붉히며 소리죽여 목소리를 고른 경여가 차분하게 천천히 시를 읊었다.

아내가 "닭이 울어요." 하니 (女曰鷄鳴)
남편이 "아직 어두운데?" (士曰昧旦)
그러자 다시 여자가 "일어나 밖을 좀 보세요." (子興視夜)

실제 자리에 누워 남편에게 말하듯 속삭이는 경여의 음성이 사랑
스러웠다.

닭이 울어요.

닭이 우네요.

퍽도 지아비와 한 자리에 누워 그 말이 해보고 싶었던가 보다. 그
러니 그 별것 아닌 시를 소중히 외고 있겠지.

아, 정말 이 못 말리는 비전하!

경여는 홀로 누운 차가운 잠자리보다는 이른 새벽 서가에 웅크리
고 앉아 아내도 되었다 지아비도 되었다 하며 제 마음을 위로하고
싶었던가 보다.

문언이 웃으며 다음 문구를 이었다.

"남편이 말하길, 샛별이 반짝이니 나가서 돌아다니며 오리나 기러
기를 사냥해 올까."

경여도 문언이 그 시를 안다는 사실에 눈을 빛내며 답했다.

"당신이 사냥해 오면 제가 안주를 만들게요."

"안주에 술을 더하며 해로할 거예요."

"금도 슬도 가까이 있으니 행복할 테죠."

어린 계집아이가 상대를 두고 소꿉장난하듯 행복하게 재잘대는 느낌.

남편님, 슬을 켤까요?

지아비님, 월금을 연주해요?

검소하고 알뜰하게 살 자신도 있었고, 그가 주는 것은 무엇이든 귀한 패옥처럼 소중하게 간직할 수도 있었다. 나무를 깎아 만든 것이든 흙을 구워 만든 것이든!

그녀의 말에 기분 좋게 퍼지는 제강의 웃음소리가 들려오는 듯했다.

경여가 하고 싶은 많은 것들이 오래되고 소박한 그 시 안에 담겨 있었다. 배를 주리고 거친 옷을 입어도 그 삶이 부러웠다. 잠시 몸을 숨겼던 노부부의 집에서 주인 부부가 살아가는 모습처럼!

방 안에 침묵이 찾아왔다. 그러나 시의 여운이 남아 달큰한 상상에 잠긴 그들은 그런 줄도 몰랐다. 두 사람의 입가에는 아직도 미소가 머물고 있었다.

"무엇이 그리, 부러우십니까?"

문언은 어깨를 으쓱하고는 말했다.

죽은 이도 살아나게 만드는 약수를 원하는 것도 아니고, 천 년의 삶을 보장하는 반도를 원하는 것도 아닌, 지아비와 함께 잠자리에 누워 닭 우는 소리 들어보는 소원이라니!

"뭐, 부러울 것 하나 없네요."

"그렇……죠?"

노부부보다 더 좋은 집과 이불, 음식을 먹으며 살고 있는데 무엇이 부러울까.

　그렇지만 경여의 자신 없는 음성.

　문언은 일부러 기를 북돋우려 경여가 듣기 좋아하는 말을 강조했
다.

　"그럼요. 우리 비전하도 이젠 얼마든지, 그렇게 말할 지아비가 계
시지 않습니까."

　"네, 그렇죠. 그렇긴 하죠."

　어쩌다 눈이 마주쳐도 흠칫 놀라게 되는,

　어쩌다 말 한마디 곱게 건네지도 않는,

　어쩌면 평생 한 이불, 베개를 나란히 하고 잠자려고도 하지 않는,

　그녀 스스로 그럴 수도 없을 것 같은,

　그런 지아비!

　누구의 잘못도 아닌, 그녀 자신으로 인해 그렇게 되어버린 차가운
사람.

　지난 5년간 마음속에 단 한 줄도 떠올릴 수 없었던 시구!

　"제정신이 아닌 것 같지? 매일 매일 이러고 싶은데 어떻게 제정신일 수
있겠어?"

　제법 냉정을 유지하더니 결국 어느 날 폭발해서는 그녀의 몸을 제
품 안에 가두고 참을 수 없다는 듯 집요하게 입술을 탐하던 그.

　공부도 책읽기도 그림 구경도 핑계고 뒷전이고 사람들의 이목을
피해 구석진 서벽으로만 경여를 몰아세우고 오로지 그녀의 몸을 안
는 데만 골몰하여 겉으로만 듣는 척하던 그!

　"내가 뭐라고 했어요, 제강?"

틈틈이 묻고 확인하는 새침한 경여의 물음에, 그녀의 입술과 젖가슴을 훔쳐보는 눈길로,

"음, 응? 오리를 원한다고? 기러기를 잡아 와야 해?"

마침내는 참지 못하고 그녀의 가슴을 간질이고 숨을 불어넣는 것으로도 모자라 아이처럼 빨던 그! 머리부터 발끝까지 이어지는 충격에 너무 놀라 도망치려는 경여의 허리를 그는 놓아주지 않았다.

부끄럽고 간지럽고 뜨겁고 생경한 그의 혀와 입술에 몸을 뒤틀며 빠져나오려고 보채던 경여는 한순간 몰려온 아찔한 감각에 더운 숨을 삼켰다. 그는 쾌락을 끌어내는데 지칠 줄 몰랐고 욕심이 많았다. 겨우 놓아준 후에도 그는 미리 그렇게 해두어야 나중에 경여가 아이를 낳아도 걱정 없다며 천연스레 거짓말까지!

"정말?"

천진하게 반문하는 경여에게 그렇다며 이번엔 이쪽도, 라며 거침없이 반대편 젖가슴을 손 안에 주무르고 입 안에 담고 물었다. 그녀가 도망갈까 천천히 부드럽게 했지만 경여는 뜨거운 숨결과 타액으로 젖어 묘하게 촉촉하고 부드러운 감촉에 진저리를 치며 못 견디고 서둘러 그의 머리를 들어 가슴에서 떼어놓았다. 유두 주위로 묻은 그의 타액이 식으며 서늘한 감촉으로 변하는 것조차 경여를 당황케 했다. 더는 그에게 허락하지 않겠다는 의지로 경여가 단호하게 옷섶을 여몄다. 예쁘게 존재감을 드러내며 솟은 유두를 훔쳐보던 그는 딴청을 피우며 어, 기러기는 눈치가 빨라서 좀 어려운데, 라고 말했다. 성의 없는 그의 속삭임조차 경여는 사랑했다.

언젠가 이 시의 부부처럼, 젊은 부부여도, 나이 든 부부여도 좋으

니, 함께 새벽을 맞이하고 정겨운 말을 나눌 수 있다면……!

단 한 번도 울지 않던 경여의 눈에서 갑작스레 눈물방울이 뚝뚝 떨어졌다.

문언이 당황해서 어쩔 줄을 모르다가 서둘러 소맷자락 속에서 손수건을 꺼내 건네주었다. 서둘러 눈물을 수습하려던 경여가 오히려 문언의 손수건으로 얼굴을 가리고는 서럽게 소리 내서 울었다.

문언은 머리카락으로 얼굴이 덮인 경여의 어깨에 시선을 맞추고 그대로 기다려주었다. 품에 안고 달래기에는 도무지 가까이 할 수 없는 너무 귀한 이였다.

경여는 한참을 울고 나서 눈물을 수습하고 고개를 들었다. 부끄러워서 다시는 문언과 눈을 맞추지 못할 것 같다고 생각하면서!

그때까지 말없이 기다려주던 문언이 깊은 숨을 들이쉬었다가 내쉬고는 진지하게 다짐을 두었다.

"비전하, 이제는 제 물음에 대답해주셔야 합니다."

"……예."

작은 음성이었지만 분명히 의미는 전달되었다.

"주군을, 왕제전하를 사랑하십니까?"

"예."

아직도 울음 끝에 어깨가 흔들리면서도 조금도 주저하지 않는 대답. 그러나 고개는 여전히 들지 못했다.

"그럼 왜, 호광 장군과 혼인하셨습니까?"

왜 그리 못 견뎌할 걸 먼저 버리고 아파하며 우냐고 묻는 것이었다.

취작악

15

"야망이 없는 사내라니, 그런 자를 무엇에 쓴단 말이냐."

선왕이 죽은 후 곧이어 일어난 이웃나라와의 전쟁에서 졌다. 국경 부근에서는 사람구경을 하기가 어려워졌다고 말할 정도로 마을들이 황폐해졌다. 대대로 누려오던 땅과 백성을 잃고도 새로 즉위한 왕은 전열을 가다듬고 이웃한 나라들과 동맹을 강화하여 불안에 떠는 백성을 위로하기보다는 귀족들의 다양한 요구에 휘둘리며 작은 나라 안의 녹을 먹는 자리만 늘려갔다. 그런 때에 위백양은 제강과 함께 국사를 논의하고자 했으나 제강이 관심을 보이지 않자 크게 실망했다.

야망이 없는 사내를 무엇에 쓰느냐!

확실히 경여를 대상으로 하는 말은 아니었다. 싸움에서 잃은 오라비에게도 간혹 하던 말이기는 했으나 한동안 들을 수 없었다. 그것은 아버지 위백양이 함께 산책하던 중 그녀에게 제강을 어떻게 생각하느냐고 묻는 말끝에 나온 말이었다.

수줍어하면서도 눈을 빛내며 그를 사랑한다고 말하는 경여의 반응을 씁쓸하게 지켜보던 아버지의 혼잣말 같은 그 말이 무엇을 뜻하는지는 몰랐으나 최근 들어 잦은 언성을 높이는 말들이 오가는 분위기를 경여도 알고 있었다. 두 사람의 밀담이 끝나고 제강의 뒤를 따라나서는 경여를 제지하며 위백양이 부른 것도 의외였다.

시작은 어린 시절의 만남. 그러나 경여가 연배가 같은 화원 공주의 지우로 들어간 후에도 어쩌다 마주칠 때마다 제강은 차가웠다. 화원과 다른 지우, 그리고 화원을 모시는 궁녀들에게까지 어쩌다 보이는 관심이 경여에게만은 예외였다. 마치 존재하지 않는 것처럼 무시하던 그여서 경여의 마음을 상하게 했다.

씩씩거리며 왜 자신을 미워하는지 모르겠다고 말하는 경여에게 화원은 아무렇지 않게 대답했다.

"오라버니가 특별히 너만 미워하는 건 아니야. 나는 하나밖에 없는 누이동생이잖아."

하지만 정비의 딸인 가원 공주의 못된 장난으로 개들에 쫓겨 나무 위에 매달리게 된 경여에게 도움의 손길을 내민 사람은 그였다. 그리고 그 틈에 떨어진 그녀의 패옥을 집어 든 사람도 그였다. 돌려달라고 말하는 경여를 물끄러미 건너다보던 그!

"네 것이라고?"

그리고 두 사람만 있을 때 슬쩍 내밀던 푸른 패옥 장식품! 자신의 것과 똑같은 패옥 장식은 오래전 그녀가 잃어버린 것이었다. 경여는 기억하고 있었다. 어린 시절 비밀장소에서 울고 있던 그를 발견했던 날을!

"너였던 거야?"

취작약

"제강이었어요?"

두 사람은 거의 동시에 어이없어하면서 웃고 말았다.

그리고 경여는 자라서 소녀에서 여자가 되었다.

위백양은 처음에 지켜보기만 했다. 가끔씩 정원과 서가에서 들려오는 웃음소리에 귀를 세우곤 했다. 점차 제강이 경여에게 몸이 달아 있다는 사실을 아는 듯도 했다. 그리고는 한동안 사소한 말다툼으로 발길이 뜸한 제강의 일을 물어보기도 했다. 그것이 남녀 간의 최후의 선을 넘는 문제로 불거졌다는 것을 안 위백양의 선택은 의외였다. 공식적인 손님으로 초대하여 함께 사냥을 즐기고 돌아온 밤에 굳이 하룻밤 자고 갈 것을 권하고는 경여를 그 방에 들여보냈다.

제강은 경여가 제 스스로의 선택이 아닌 아버지의 강요에 의한 것이라는 사실에 대해 화를 냈다. 아무 일도 없이 밤을 지새운 두 사람. 그렇지만 결국은 그것이 원인이 되어 경여는 그에게 몸을 허락했다.

아버지가 점찍어 허락해준 사내. 하지만 그가 아버지의 마음에 들지 않는다면!

경여는 부디 혼인으로 맺어지기까지 제강이 아버지의 눈밖에 나지 않기를 바랐다. 그러나 경여의 바람과는 달리 반목은 하루하루 긴장을 더해갔다.

그리고 급기야.

"역심을 품는 것이 야망입니까?"

이를 갈듯 터져 나온 그의 반발!

"대의와 역심을 구분하지 못하다니!"

위백양의 분노도 깊었다.

제강을 보기 위해 설레는 마음으로 차를 내기 위해 막 들어서려던 경여는 흠칫 놀라 그 자리에 멈춰 섰다. 어지간해서는 분노를 겉으로 드러내지 않던 그였다. 그런 그가 최근에는 경여 앞에서도 아버지를 썩 마음에 들어 하지 않는 기색을 내보였다.

순간 경여는 온몸의 기력이 흩어져버리는 듯 몸을 지탱해 서 있을 힘조차 사라졌다. 스르르 무너지듯 그 자리에 주저앉았다.

반목!

경여도 알고 있었다. 아버지와 제강은 제대로 섞일 수 없는 사람들이었다. 제강은 그것을 처음부터 숨기려고 하지도 않았다.

"위가의 딸인 게 마음에 들지 않았어. 하지만 그날 그 예쁘던 추억 속의 계집아이가 자꾸만 마음속에서 커져서 한 번은 확인해볼 생각이었는데."

"그런데……?"

"네가 너무 예뻐서. 너무 착해서, 위공의 딸이라는 것도 상관없을 것 같았지."

그가 아버지를 꺼린다는 사실을 그렇게 토로했었다.

결국 올 것이 오고야 만 것일까.

반목하지 말아요. 아버지가 얼마나 무서운 분인지 당신은 몰라요. 제발, 듣는 척이라도 해요.

제강이 약한 사람이 아니란 것은 그녀도 알고 있었다. 그러나 아버지를 이길 수 있는 사내인지는 아직 알 수 없었다. 다만 그가 왕제의 신분인지라 아버지도 당장은 무시할 수 없는 존재라는 것만 알

뿐!

"원하는 것을 갖지 못하는 것이 어떤 건지 모르는 게로군. 하긴 왕실에서 곱게만 자라 부족한 게 있었던가."

나지막한 아버지의 경고의 불똥이 누구에게 튈 것인지도 그녀는 몰랐다.

"욕심이 없다? 하! 원하는 것을 놓치고 피를 토하는 심정이 되어봐야 제대로 알겠지. 흠, 무엇이 대의인지도 모르는 것이! 빼앗기고 놓친 후에 후회해봐야 두고두고 잊지 못하지."

아버지가 쥐고 있는 패가 무엇인지도 그녀는 나중에서야 알게 되었다. 그녀의 운명과 무관하지 않다는 것도!

그래도 그날 경여는 화난 눈빛에 분노의 기색이 가시지 않는 제강을 달래기 위해 먼저 그의 품에 기댔다. 그런데 다른 때였다면 좋아라 하며 달려들었을 그가 슬쩍 피하며 경여의 몸을 떼어놓았다.

"제강."

"오늘은 그만 가봐야겠어, 왕께서 명하신 일이 있어 멀리 갈 거야."

순간 경여는 그가 아주 멀어져 버린 것 같은 느낌이 들었다.

"며칠이나?"

"두 달쯤 걸릴 거야."

"그렇게나 오래?"

경여가 불안한 눈으로 그의 소맷자락을 붙잡았다.

"서둘러 돌아올게. 그리고 돌아오면 혼인하자. 너를 빨리 위공에게서 데려와야겠어."

그 말이 그나마 경여를 안심시켰다. 그러나 걱정은 여전히 남아 있었다.

"아버지께는⋯⋯."

경여는 단단히 화가 난 아버지가 당장 어떤 반응을 보일지 걱정되었다.

"말씀드렸어. 언제쯤으로 날을 정할지 돌아와서 상의하자고 하셨어."

"응, 조심해서 다녀와요."

경여가 반쯤 웃으며 마지못해 고개를 끄덕였다.

결국 그를 배웅한다고 나선 길이 예궁까지 이어졌다. 조금만, 조금만 더 하던 것이. 그리고 제강은 그녀의 집에서 거절했던 것과는 달리 마음이 풀렸는지 경여를 안았다. 그의 몸은 뜨겁고 열정적이었다.

"널 두고 가는 게 마음이 안 놓여!"

제강은 불안감을 떨치고 싶은 듯 경여의 몸을 끌어안고 속삭였다.

그가 없는 동안 경여는 하루하루 돌아올 날을 꼽았다.

그 사이 아버지 위백양은 호광을 집으로 부르곤 했다. 경여를 그에게 소개한 이도 아버지였다. 호광의 시선은 경여에게서 떠나지 못했다. 처음 보는 거냐고 묻는 아버지에게 그는 경여를 세 번째 보는 거라고 말했다 그러나 경여는 그를 본 기억이 없었고 그의 과도한 관심이 싫었다. 일부러 피하는 일이 많았는데, 굳이 위백양은 중춘절의 행사에 호광을 불러 경여와 함께 내보냈다.

"벌써 혼인도 하기 전에 매여지낼 필요가 무어 있니. 함께 다녀 오거라."

제강과 함께였으면 흥미로웠을 중춘절의 행사도 눈에 들어오지

않았다. 모든 것에 관심을 잃은 경여의 표정을 살피던 호광이 아프
냐고 물었다. 경여는 작게 고개를 끄덕였다. 너무 일찍 돌아가면 아
버지가 싫어하겠지만 더 이상은 견딜 수가 없었다.

역시나 일찍 돌아온 경여에게 아버지는 무슨 일이냐고 물었다. 걱
정스런 호광이 나서서 경여가 식은땀을 흘리고 얼굴이 안돼 보여 그
만 돌아가자고 권했다고 말해주었다.

"몸살기가 있나 봐요."

사실은 때 이르게 새벽부터 월경의 기미가 보였고 가슴도 뭉치며
아프던 참이었다.

아직 어리고 젊은 것이 몸이 그리 약해서야, 하면서 아버지는 시
종을 시켜 약을 보내겠다고 했다. 그리고 호광을 붙들어 아직 시간
이 이르니 함께 술이나 한잔하자고 했다.

어떻게든 아버지와 호광의 지나친 관심에서 놓여난 것에 마음이
풀린 경여는 자신의 방으로 돌아와 시종이 내민 차를 마시고 자리에
들었다. 수레를 타고 오는 동안 마차의 흔들림에 어지러운 기운과
속이 좋지 않아 더는 버틸 수도 없었다.

몸이 뜨겁고 열이 나는 가운데 경여는 얼핏 꿈을 꾼 듯도 했다. 현
실이 반영된 꿈!

낮에 있었던 중춘절의 행사에 제강이 보였고 그는 경여를 가까운
숲으로 이끌었다.

"언제 돌아왔어요?"

왈칵 반가움에 그의 얼굴을 끌어안고 그 모습을 손으로 만져 확인
하려고 했지만 그의 숨결은 몹시 거칠었다. 경여는 다정한 말도 없

이 옷을 걷어내는 그의 손길이 싫어 밀쳐내기도 했으나 하나둘 옷가지가 떨어져나가고 급기야 경여는 알몸이 되었다.

"이러지 말아요. 싫어!"

이런 건 싫어.

경여는 미온적으로 저항했다. 그는 결코 경여가 싫어하는 일은 하지 않았기에 몸을 감추며 싫다고 말했다. 하지만 꿈속의 제강은 전과는 확연히 다르게 성급하고 거칠었다.

"그대를 원해! 그대를 원해왔어! 언제나 그대만을 바라보았어."

그대?

그의 말투가 이상했다. 그리고 그가 언제 이런 고백을 했었던가.

"그대가 나를 보아주지 않을 때도 그대만 원했어!"

으응? 그를 바라보지 않은 적이 있었던가.

경여는 이해되지 않으면서도 한편으로 그의 조급함을 이해했다. 거의 스무 날이나 그를 보지 못하고 있었던 것이다.

약기운에 꿈속의 정사는 너무나 생생했다. 그리고 새벽녘 서늘한 느낌에 일어나보니 그녀의 침상에는 혼자가 아니었다. 덮고 있던 이불은 어디로 사라져버리고 낯선 호광이 실오라기 하나 걸치지 않은 벗은 몸으로 곁에 누워 있었고 그녀 또한 마찬가지로 그의 팔 아래 누워 있었다.

간밤 거친 정사의 여파로 아랫도리가 욱신거렸다. 경여의 몸이 뻣뻣하게 굳었다. 뒤이어 터져 나오는 충격적인 비명과 울음!

경여는 어떻게든 그의 팔을 걷어내고 후들거리는 다리로 침상 아래로 내려앉았다. 잠든 와중에도 그녀를 놓지 않으려는 그의 손길이 따라붙었지만 경여는 소름 돋은 온몸을 잔뜩 웅크리고 그의 손길을 쳐냈다.

"놔요, 만지지 말아요. 건드리지 마!"

바닥에 아무렇게나 떨어져 있는 옷으로 몸을 가렸고 엉금엉금 바닥을 기어 멀리, 가능하면 그가 누운 침상으로부터 멀리 떨어졌다. 천천히 침상 위의 그가 눈을 뜨고 몸을 돌려 경여 쪽을 바라보았다.

"겨, 경여!"

잠이 덜 깬 충혈된 눈으로 그는 무슨 일이 벌어졌는지 모르는 듯 당황했다.

떨리는 손으로 제대로 팔도 꿰지 못하고 몸을 가리고 울면서 뒷걸음질 쳐 문가로 도망치는 경여의 모습을 확인하고는 자리에서 벌떡 일어났다. 처음 경여와 마찬가지로 그도 아무것도 걸치지 않은 모습이었다.

무슨 일이 있었는지 머릿속이 하얘져서 아무것도 떠오르지 않았다. 하지만 어제까지 꿈꾸던 그녀의 세상이 산산이 부서졌다는 것만은 분명했다. 그래서 더욱 무서웠다.

그 후의 과정은 느린 그림처럼, 현실이 아닌 것처럼 지나갔다. 이른 아침 경여의 방을 찾은 어머니의 충격 어린 표정. 급히 수습하며 그들 앞에 무릎을 꿇은 호광.

늦은 밤까지 위공과 술자리를 가졌고, 시종의 안내를 받았지만 비몽 간에 방을 잘못 찾은 듯하다고 말하며 용서를 구하는 말도, 혼인을 하겠다는 말도 모두 악몽처럼 느껴지기만 했다.

경여는 충격 속에서 눈물로 아버지에게 애원했다. 호광에게 시집

가지 않겠다고 버텼다. 정신적인 충격 때문인지 새벽녘 한 차례 피가 비쳤던 월경도 더는 진행되지 않았다. 그리고 몸살처럼 십여 일을 심하게 앓았다.

제강과 나누었던 행위들, 그것을 다른 사람과 나눌 수 있을 것이라고는 단 한 번도 상상해본 적 없었다. 아무리 깊이 잠들었다 해도 제 몸 안에 다른 사내가 들어왔는데 알지 못했다는 사실도 견딜 수 없었다. 눈을 감으면 술 취한 호광이 제 몸을 만지는 환촉에 치를 떨었다. 경여는 차라리 현실과 맞닥뜨리느니 죽고 싶었다.

몸을 씻고 또 씻었다. 그리고 어느 날은 목욕물 속에서 숨을 쉬지 않고 죽으려고도 시도해보았다. 걱정되어 들어온 어머니에게 발견되어 다시 살아나기는 했지만. 위부인은 다 식은 물 안에서 덜덜 떨면서도 나오려고 하지 않는 딸을 억지로 끌어냈다.

그런데 딸의 건강을 살피러 온 아버지는 냉정했다. 자애로운 얼굴로 다시 진제강에게 돌아갈 수 있겠냐고 잔인하게 물었다.

"무사히 살아 돌아온다면 말이지만!"

경여는 아버지의 말끝에 붙은 경고에 정신이 번쩍 났다.

놀란 경여에게 위공은 냉정하게 말해주었다.

유약한 태자가 걱정인 왕비에게 강건한 이복 왕자는 위협이 되지 않겠느냐고! 안전한 왕궁이 아닌 순행 길에서는 도적들과 만날 수도 있고 음심을 품은 자객의 손에 얼마든지 죽을 수도 있다고!

그것은 단순한 가정이 아니었다.

제강이 아무런 야심도 갖고 있지 않음은 이미 알고 있지 않느냐고, 그를 해치지 말아달라고 경여는 아버지의 발밑에 엎드려 눈물로 호소했다. 아버지가 원하는 것은 무엇이든 할 테니 그를 살려달라고 애원했다.

그제야 위공은 흡족한 표정으로 호광과의 혼인을 명했다.

"그 사람, 그분이 무사히 돌아오는 걸 본 후에요."

그리고 그가 무사히 돌아온 것을 확인한 후에는 이미 있어야 할 몸의 증상이 보이지 않았다. 어머니는 걱정스레 누구의 아이냐고 물었다. 제강이 떠나기 전 예궁에서 연이어 두 번의 관계를 갖기는 했지만 이후 짧은 월경이 있었고 이후 호광과 몸을 섞은 것 또한 사실이었다. 경여는 확신할 수 없었다.

두 달 전? 혹은 한 달 전?

분명한 것은 아버지와의 약속 때문이 아니라도 제강을 다시 볼 수 없다는 사실이었다. 자신의 입으로 호광과의 하룻밤을 이야기할 수는 없었다. 그저 지울 수 있는 단 하룻밤의 악몽 같은 일이었다면 어떻게든 견뎌볼 수도 있으련만!

아무 일도 없었어! 아무 일도 없었던 거야!

잠들기 전에 어떻게든 간절하게 되뇌어보지만 그런다고 아무 일도 없는 것으로 변하지는 않았다. 무엇보다 하루가 멀다 하고 찾아오는 호광과 어머니가 너무 자주 현실을 일깨워주었다.

아무것도 먹지 않고 잠도 제대로 자지 못해 푸석한 얼굴로 정신을 놓은 듯 방 안에만 칩거하고 있는 딸이 걱정된 위부인이 남편에게 딸을 살릴 방법을 찾아보라고 말했다. 하나밖에 없는 딸을 죽일 작정이냐고 눈물로 호소했다. 어떻게든 제강을 붙잡아보라는 의미였다.

하나밖에 없는 딸! 그러니 더욱 위백양은 그 딸을 나라를 위해 조금의 쓸모도 없는 왕자에게 줄 수 없었다. 그렇다고 경여를 죽게 만들 수도 없었다.

극약처방으로 그는 딸에게 협박했다. 왕을 도와 나라를 바로세울 수 있게 호광의 곁에 남지 않겠다면, 그 이유가 제강 때문이라면 언제든 왕비와 손잡고 그의 목숨을 거두겠다고 했다. 마침 이웃나라에서 날아온 형제간의 상잔에 의한 부고를 덧붙이기도 했다.

초점을 잃었던 경여의 눈이 충격으로 부릅떠졌다.

"저만, 저만 죽으면 돼요."

"아들에 이어 딸마저 앞서 죽는 꼴을 보라는 말이냐?"

위백양이 격노하여 말했다.

"못 살겠어요, 아버지. 눈 뜨면 지옥 같아 못 살겠어요."

"왜 못 살아? 몸을 망친 사내가 혼인하겠다고 하는데, 배 속의 아이 아비가 되겠다는데 왜 못 살겠다는 거냐?"

"못 하겠어요. 그 사람은 싫어요. 죽어도 싫어요."

경여가 강하게 도리질하며 눈물을 흘렸다.

"너만 죽어 끝날 것 같으냐. 어미애비 앞에서 목숨 내놓고 나면 그대로 끝날 것 같아? 너 꿈에도 못 잊는 사내도 그 길에 따라가게 해줄까?"

"아버지!"

"왜, 내가 못할 것 같으냐?"

위백양은 단지 그 한 마디를 내뱉었다. 표정 하나 변하지 않은 채로!

"안 돼요! 그 사람은 건드리지 마세요."

취. 작약

"모든 걸 놓고 죽겠다는 것이 정인만은 건드리지 말라고?"

위백양이 한껏 비웃었다.

"안 돼요! 그, 사람에게 무슨 일이 생기면 그때는 저도 따라 죽어요!"

귀여운 아이를 다루듯 위백양의 손이 경여의 오른쪽 뺨을 톡톡 쳤다.

"지조 깊은 열녀 하나 나겠구나. 정인을 위해 목숨도 걸겠다? 허면 못할 일도 없지!"

"제가 못할 것 같으면 얼마든지, 시험해보세요."

처음으로 위백양은 가늘게 뜬 눈으로 못마땅하게 경여를 쳐다보았다.

"그러면 너도 살아야지. 살아서 지켜보거라."

죽음에 대한 의지조차 마음대로 실행할 수 없다.

경여의 눈에 이상하게 감돌던 빛 하나가 사라졌다.

"시험은 않으마! 대신 너도 약속은 지켜야 한다."

맥이 풀리고 영혼이 빠져나간 듯 헛껍데기 같은 경여의 곁에는 항상 위부인이 있었다. 억지로 숨을 쉬고 먹고 마시고 잠자고. 아기처럼 씻기고 머리를 빗겨주고 뺨을 쓰다듬고 어깨를 안아주었지만 경여는 한동안 무감각했다.

죽는 것도 마음대로 할 수 없는 삶. 그런데 시간이 흐르고 더 지독한 일도 해야만 했다. 결국 경여는 자신의 혼인식 날 제강에게 그 날의 일을 말하지 않고는 그를 떨쳐낼 수 없었다.

그가 외국으로 떠난 것을 알았을 때 경여는 오히려 안도했다. 그러나 남편이 갑작스레 죽고 문언의 조문을 받으며 그가 다시 돌아왔음을 알았을 때 경여는 남편의 죽음마저도 의심하는 마음을 품었다. 아버지가 어이없게도 정말 제강과의 혼인을 계획하고 있음을 알았을 때 그 의심은 더욱 배가되었다.

어느새 야명주 없이도 볼 수 있을 만큼 날이 환하게 밝아 서가를 비췄다.

호광의 갑작스런 죽음!

문언은 모시는 주군을 의심했었다. 직접 입 밖으로 소리 내서 확인도 했다.

"왕제전하께서 호광의 죽음을 사주하셨습니까?"

그러나 돌아온 대답은 싸늘했다.

"내가 그자를 죽일 것 같으면 굳이 다섯 해를 참았다가 죽일 이유가 있나?"

그도 그렇겠다고 생각했었다. 그런데 경여의 말을 듣는 동안 새로운 의심이 생겼다. 왕제를 내치고 싶었을 때는 딸을 빼앗아 다른 사내에게 주고 지금의 왕이 죽을 것 같자 당장 제강이 필요했던 위백양이 다시 연결고리를 갖기 위해 사위까지 죽였을까.

"아버지는 위험한 분이에요."

경여가 말했다.

"왕제전하도 만만히 볼 분은 아닙니다."

그와 주군도 지난 5년의 시간을 맥 놓고 있었던 것만은 아니었다. 문언이 여유롭게 웃으며 말하고는 자리에서 일어났다. 그리고는 경여에게 손을 내밀었다.

取, 芍약

경여는 다정하게 내미는 문언의 손을 잡고 자리에서 일어났다.

미로 같은 몇 개의 서벽을 돌면서 문언이 앞서나왔다. 그는 어두운 모퉁이마다 경여를 위해 야명주로 발밑을 비춰주었다. 그런데 잘 따라오던 경여가 마지막 모퉁이를 돌던중 치마를 밟고 중심을 잃었다. 순간 생각할 겨를도 없이 문언이 경여의 허리를 채트려 안았다. 순간 두 사람 사이의 거리가 사라지며 마주 보게 되었다.

"괘, 괜찮으십니까?"

"예? 예."

의도치 않은 당혹한 상황에 두 사람 모두 어색해하며 서둘러 한 걸음씩 멀어졌다.

"조심하셔야겠습니다."

"예."

조금 여유가 생긴 그들은 서로 수줍은 미소를 지었다. 마주 웃음을 웃고 막 정면을 보는데 그들은 입구에 서 있는 제강을 보고 놀라 멈칫 섰다.

16

"주군."

문언이 놀라면서도 인사를 건넸지만 제강의 태도는 돌처럼 굳었다. 그의 눈길은 오로지 흐트러진 경여의 머리카락과 침의 차림에 고정되어 있었다. 지아비 아닌 외간 사내에게 보여줄 차림이 아니었다. 머리부터 발끝까지 경여를 훑는 눈빛은 차갑기만 했다.

"이른 아침부터 이렇듯 두 분 전하를 뵙다니요!"

문언이 실없는 농담을 던졌지만 소용없었다.

"언제부터……."

경여가 선득한 가슴을 졸이며 조심스레 입을 열었지만 그가 팔을 들어 제지했다.

"이곳이 밀회장소로는 그만이지."

그가 과거를 회상하듯 내뱉었다.

인적 드문, 허락되지 않은 이는 들어올 수 없는 곳.

"내 집 안에 가두어두기만 하면 될 줄 알았는데, 한 가지를 놓쳤군."

"주군!"

문언이 그의 의심에 당황하며 다급하게 말했지만 제지당했다.

"문언, 너는 따로 부를 테니 돌아가 있어."

"비전하께 그리하지 마십시오."

문언이 그들 사이를 막아섰다.

"참견하지 마라."

"그럴 수 없습니다."

제강의 눈빛에 매서운 푸른 광채가 났다.

"네가 정말 죽고 싶지 않고서야! 감히 내 앞을 가로막아!"

하지만 문언도 물러서지 않았다.

"비전하께 그러면 안 되십니다. 제가 말씀드릴 테니 일단 자리를 옮기시고 분노를 가라앉히신 후에……."

"이보다 더 냉정할 수 있을까!"

그리고는 문언을 밀치고 경여의 팔을 끌어 서가에서 끌어냈다. 문언이 그의 발밑에 엎드려 길을 막으려고 했지만 경여가 만류했다.

"재사, 그러지 마세요."

그러지 말아요.

말이 아닌 눈빛으로 오가는 문언과 경여 사이의 감정이 제강에게 좋게 보일 리 없었다. 제강은 서둘러 그들을 떼어놓으려는 듯 우악스럽게 경여를 잡아끌었다. 보폭 큰 그의 걸음을 종종걸음으로 뒤쫓는 경여는 거의 질질 끌려가다시피 했다. 언제 왔는지 계단 아래 자리잡고 앉아 있던 거위도 놀라 허겁지겁 날개를 펼치며 자리를 비켰다. 그는 잔걸음으로 반갑게 따라나서는 거위의 존재에게는 눈길도 주지 않았다.

"아파요, 조금만 천천히."

"가군! 아프다구요."

경여가 사정했지만 그는 단 한 번도 돌아보지 않았다. 거위는 아는 체도 않는다고 제 존재를 드러내듯 꽥꽥거리며 그들을 앞서거니 뒤서거니 하며 쫓아왔다.

회랑을 지나고 문을 넘고 담을 지나 그녀의 침전까지 도착했을 때에도 그는 여전히 분노로 가슴을 들썩였고 경여는 가쁜 숨을 내쉬었다.

시종들은 두려워하며 몸을 사렸다.

그는 거칠게 침상을 가린 휘장을 걷고 경여가 잠자다 빠져나온 그대로의 금침 위로 내던지듯 쓰러트렸다.

"사내가 그리우면 나를 찾았어야지!"

그의 오해를 확인하는 말이었다.

겨우 피가 통하게 된 손목의 통증과 함께 경여의 가슴이 욱신거렸다.

"그런 거, 아니에요! 들었어요? 그런 거 아니라고요."

경여가 아프고 시큰거리며 저린 손목을 쓸었다. 하지만 그가 당장이라도 위압적으로 덮쳐누를 듯하자 금침 위에서 뒷걸음질 쳤다.

"벗어!"

휘장 앞을 버티고 선 그로 인해 도망칠 곳도 없었다. 하지만 경여는 침상 발치 구석으로 몸을 물리며 말했다.

"오해……."

그가 아주 잠깐도 참을 수 없다는 듯 손에 닿은 경여의 침의 치맛
자락을 찢었다. 낮은 비명이 경여의 입에서 터져 나왔다.

"가군! 제강! 제발요, 이러지 말아요."

경여는 그의 분노를 피해 도망치려고 시도했지만 결국 그는 침상
발치의 휘장을 걷고 도망치려는 경여의 발목을 붙잡아 제게 끌어들
이고는 거칠게 한 팔로 그녀의 허리를 움켜쥐어 일으켜 세웠다.

경여는 한 치의 틈도 없이 그의 몸에 단단히 갇혀 옴짝달싹할 수
없었다. 심장은 맹수에 쫓긴 토끼처럼 벌렁거리고 숨조차 제대로 쉴
수 없었다.

경여는 처음엔 그가 문언에게 하는 말을 들었다고 생각했다. 그러
나 손목을 붙잡혀 침전으로 돌아온 후에야 그가 다른 오해를 하고
있다는 것을 알았다.

이른 아침 인적 드문 서가에서의 밀회. 다른 사람도 아닌 그녀와
그의 재사 문언을 상대로!

어떻게 그녀가 다른 사람도 아닌 그의 눈을 피해 밀회를 즐긴다고
생각할 수 있을까.

마른침을 삼키며 그를 올려다 본 경여가 비참하게 토로했다.

"어떻게 그런……! 이, 이상한 생각하지 말아요."

"어떤, 이상한 생각?"

그가 이를 갈듯 대꾸했다. 그는 조금이나마 그와의 사이에 틈을
두려는 경여의 시도를 제압하듯 감아 안은 왼 팔에 힘을 주었다.

"그런 거 아니라고 했어요."

강렬하게 쏘는 그의 시선을 견디지 못한 그녀가 어떻게든 자신의

팔로 자신과 그 사이의 방어막 역할을 기대했으나 그의 다른 한 손이 분명한 목적을 가지고 그녀의 치마를 걷어 올리자 낮은 비명을 지르며 그의 손을 서둘러 붙잡았다.

"이른 새벽 은밀하게 만나는 당신과 문언을 보고 내가 무슨 생각을 할 것 같은데? 응?"

그것도 의복조차 제대로 갖춰 입지 못한 상태로, 다정하게 마주 보고 웃으며 손을 잡는 그들을 보면서!

그의 태도는 상처입고 날뛰는 맹수와 다르지 않았다. 경여의 저항 따위는 무시하듯 손쉽게 떨쳐버리고 목적한 곳까지 다다랐다.

"이러지 말아요. 그런 거 아니라고 했잖아요!"

경여는 두려움에 떨면서도 온 힘을 다해 그의 손이 가장 은밀한 부위에 닿지 않도록 저항했다. 그럴수록 그녀의 가슴이 눌리며 그를 더욱 자극했다.

"문언이 먼저 유혹했다고 할 생각이야?"

"아니에요!"

"그래? 아무리 사내에 미쳐도 유혹할 사내가 따로 있지! 문언이 말이 돼?"

"아니에요! 그런 거 아니라고 했잖아요. 시, 싫어요!"

그의 가슴을 밀치고 꼬집고 할퀴어서라도 그의 행위를 막으려는 경여의 격한 저항에도 이를 악문 그는 속옷을 걷어내고 목적한 곳에 기어코 도달했다.

흐읍.

수치심에 꼭 감긴 경여의 눈에 눈물이 맺혔다. 전에는 단 한 번도 이런 식으로 무례하게 군 적 없는 그였다. 경여가 두려움으로 가늘게 몸을 떨었다.

"애도의 기간 따위 필요 없으면 내게 말했어야지!"

경여의 가장 은밀한 숲을 손바닥으로 덮은 그가 두 다리를 좁히며 그의 행위를 제지하는 경여의 안쪽 허벅지 깊은 안쪽을 더듬었다.

흐읍.

틈이 조금 벌어지는 순간 그는 한쪽 다리를 끼워 거칠게 경여의 다리 사이를 벌렸다.

"흐읏"

낯선 그의 행위. 이제 더는 그를 막을 방법이 없었다. 다시 중심부로 돌아온 그의 손길. 전혀 다른 사람의 것인 양 거칠고 투박한 그의 손가락 하나가 무지막지하게 확인하듯 그녀의 깊은 곳으로 침범하려고 했다. 경여가 비명을 지르며 수치심으로 머리를 그의 가슴팍에 묻고 그의 옷자락에 매달렸다.

어떻게든 지나가기를 경여는 빌었다. 이제 더는 감출 수 없으니 어떻게든 이 순간이 지나가기를!

하얗게 질린 경여는 숨조차 쉬지 못했다. 경여는 그의 가슴 앞섶을 움켜쥐고 고통에 얼굴을 찡그렸다.

"힘 빼!"

사내와 교합하고 질척거리며 잔뜩 물기를 머금고 있을 것이라고 생각한 그곳은 점막과 점막이 단단히 맞물려 있었다. 심지어는 더 깊은 안쪽까지 확인하려는 그의 손가락조차 받아들이지 않았다.

"하지 말아요."

"힘 빼라고! 안 그러면 다쳐!"

"당신이 생각하는 그런 거 안 했어요. 놔줘요!"

모욕적인 고백.

"그럴 리 없잖아요. 내가 왜!"

하지만 그에게는 소용없었다.

"왜? 왜냐고? 하! 그걸 몰라서 물어? 이른 새벽에 다른 사내와 속옷차림이나 마찬가지로 함께 있는 꼴을 봤는데도 그런 말이 나와?"

두 달! 곁을 비운 지 단 두 달 만에 다른 사내에게 가버린 여자가?

단단히 뒤틀리는 아랫배로 인해 경여는 무척 고통스런 신음 소리를 냈다. 그가 거칠게 헤집으면 그럴수록 경여의 신음 소리도 심해졌다.

"하지 말아요, 제발, 이러지 마요!"

안으로 침입하려는 그와 경여의 저항이 심해질수록 그곳은 더욱 쓰리고 아팠다. 어느 순간 경여의 깊은 안쪽 입구 쪽에서 애액과는 다른 느낌의 물기를 감지한 그가 손을 뺐다. 하지만 그것은 사내의 정액이 아닌 붉은 혈흔이었다. 기어코 그가 경여의 저항을 깨지 못하고 상처를 낸 것이었다.

그가 애초의 목적한 바를 확인하지 않은 채 경여를 놓아주었다. 힘없이 바닥에 무너지듯 주저앉는 경여는 충격으로 몸을 떨었다. 그도 이미 사라지고 없었다. 하지만 단단히 뭉친 아랫배의 통증이 가시지 않았다. 한 걸음도 떼어놓거나 움직일 수 없었다.

어이없는 그의 오해. 그리고 그것을 확인하려는 모욕적인 행동. 다른 사람도 아니고, 문언과의 관계를 오해하다니!

"비전하! 괜찮으셔요?"

그가 떠난 빈 방, 침상 휘장 안쪽에서 바닥에 무너져 앉은 그녀가 일어날 생각을 하지 않으니 시종이 어쩔 줄 모르고 묻고 있었다.

"의, 의원을 부를까요?"

"아니. 잠시, 잠시만 이대로 혼자 있고 싶어."

지금은 부끄러워 누구도 마주 볼 수 없을 것 같았다.

조심스레 발소리가 멀어지고 문이 닫히는 소리가 나고 정적이 감돌았다.

한때 꿈꾸던 그와의 혼인은 이렇지 않았다. 그럼에도 경여는 그가 왜 그토록 화를 내는지 아는 까닭에 그를 원망할 수도 없었다. 지금은 오해에서 시작되었다지만 얼마 지나지 않아 익숙해질 혼인생활의 일부라는 생각에 경여는 울듯이 웃었다.

그래도 그의 곁이어서 나을지도 모르겠다던 생각에 새삼 허탈한 웃음이 이어졌다. 그가 포기하지 않는다면 언제까지 이어질지 모를 두려운 밤들이 기다리고 있었다.

언제든 알게 될 일이고, 언제든 겪어야 할 일이야.

경여는 아랫배의 경련이 잦아들고 난 후에야 다리에 힘을 주어 겨우 자리에서 일어났다. 그가 억지로 헤집었던 아래가 무척 쓰리고 아팠다. 찢겨진 침의를 갈아입을 생각도 못하고 경여는 그대로 이불 속으로 들어가 몸을 웅크리며 눈을 감았다.

그날의 벌은 그것으로 끝인 줄 알았다. 기분 나쁜 오해도 그것으로 끝난 줄 알았다. 하지만 그날 밤 제강은 아침과 다를 바 없이 무서운 눈빛으로 경여의 침실에 들어섰다. 애도의 기간을 말하며 그의 출입을 사위는 시종의 만류도 소용없었다.

아침나절의 일로 끝냈던 것이 아니었던가.

오해에서 비롯된, 그가 주고자 하는 벌은 이미 충분할 만큼 받았다고 생각했는데 그는 아니었던가 보다.

머리를 빗어 내리던 경여는 그가 들어서는 것과 동시에 몸이 굳었다. 무엇 때문에 온 거냐고 물을 필요도 없었다. 그는 한마디 말도 없이 성큼 다가와 경여의 손을 잡아끌고 침상으로 향했다.

급격하게 경여의 몸이 굳어갔다. 물러설 곳이 없었다.

"아직도, 믿지 못해요?"

경여가 절망적으로 물었다.

그는 굳이 자신의 거동을 아침의 일과 연결시킬 생각은 없어 보였다.

"생각해보니까, 기다릴 필요가 없지 싶어."

다정하게 그의 애정을 갈구하고 몸이 조금 더 익숙해지거나 달리 긴장을 풀 수 있는 방법을 찾아보려던 경여의 마음도 급격하게 닫혔다. 그는 더 이상 기다려주지 않겠다고 말하고 있었다.

"벗고 누워."

그녀에게 개의치 않고 거침없이 옷을 벗는 그의 팔뚝에 울긋불긋하게 긁힌 상처가 보였다. 아침에 경여가 만든 것들이었다. 이것은 이미 예견된 또 다른 악몽의 시작이었다. 너무 빨리 악몽이 재현되고 있었다. 죽은 남편과의 사이에서 벌어지던 실랑이가 다른 이도 아닌 제강과의 사이에서 벌어진다는 것만 다를 뿐!

경여는 침의 옷깃을 틀어쥐고 침상 가에 서서 그를 무심하게 바라보기만 했다.

"힘으로 하는 거, 싫다며!"

"……그래요."

경여는 마지막 희망의 끈을 잡을 수 있을지도 모른다고 생각하며 그를 바라보았다. 하지만 이어진 그의 말은 선득했다.

"천천히는 장담 못 해. 하지만 두 번째는 네가 위에서 하게 해줄게. 이리 와."

그가 금침을 걷어치우고는 새하얀 요를 가리켰다.

그의 오해를 거두기는커녕 그녀 스스로 한 말이 도리어 올가미가 되어 그녀를 옥죄었다. 오늘이 아니라도 언젠가 한번은 겪어야 할 일이었다.

"그래도, 혼인하고 지금까지 기다려주었잖아요. 왜 꼭 오늘"

"기다려주는 게 위경여에게 도움이 안 될 것 같아서! 몸 달아 아무라도 좋다고 달려드는 꼴은 보고 싶지 않으니까!"

꼭 그렇게 말해야겠어요? 꼭 그렇게 내가 당신을 배신했었다는 걸 상기시켜 줘야 해요?

"그렇지 않다고 해도, 믿어주지 않을 거죠?"

아주 짧은 순간 그의 입가에 냉소가 떠올랐다.

경여는 참담한 마음으로 천천히 그의 명령에 따랐다. 손만 뻗으면 닿을 것 같은 그의 앞에 서서 허리띠를 푸는 손이 가늘게 떨렸다.

아침의 일이 있어 순순히 따를 거라고 예상하지 못했던 듯 그의 눈빛이 흔들렸다.

경여는 시선을 떨구고 떨리는 손으로 천천히 옷을 한 꺼풀씩 벗어
내고 완전히 드러난 알몸으로 그가 가리키는 요 위에 누웠다. 침착
하려고 해도 어쩔 수 없이 떨리는 몸을 두 팔로 교차해 가리듯 누운
경여는 그의 시선을 피해 벽 쪽으로 고개를 돌렸다. 이미 허벅지 안
쪽으로부터 시작된 미세한 경련은 기다리지 않고도 결과를 짐작하
게 해서 그녀를 절망시켰다.

가녀린 어깨와 투명한 살결, 그리고 팔 안에 감춰지지 않는 봉긋
한 젖가슴, 그리고 그녀 특유의 작약향이 나는 체취. 애도의 기간을
말하거나 다른 어떤 핑계로 모면하려 한다면 강제로 취하고 말겠다
고 생각했던 그였다. 하지만 경여는 아침과도 다른 태도로 저항하지
않았다.

더는 머뭇거릴 여유가 없었다. 그도 마침내 바지를 벗고 탄탄한
하체를 드러냈다. 경여의 곁에 눕자 부드럽게 닿는 살결의 감촉에
전율했다. 경여는 눈을 감지 않았지만 그를 바라보지도 않았다. 그
의 손길이 그녀의 어깨를 지나 젖가슴으로 내려오자 눈에 띄게 몸
을 떨었을 뿐이었다. 저도 모르게 밀쳐내려는 경여의 손길쯤은 가볍
게 제압한 그가 단단히 제 몸 아래 경여를 가두었다. 손 안에 들어오
는 가슴은 전보다 크게 느껴졌다. 절제되지 않는 충동에 다소 격하
게 마음껏 주무르고 일그러뜨리고 깨물어도 경여는 거친 숨만 몰아
쉬고 움찔하기만 했다. 부드럽게 다정하게 해달라고 애원해도 그녀
의 요구를 들어줄 생각은 없었다. 하지만 무반응의 경여는 실망스러
웠다.

그녀가 원해서 잠자리에 드는 것이 아니라는 사실을 시위하듯 저

취작약

항하지 않는 거라고 그는 생각했다. 하지만 확실히 뭔가 이상하다고 느낀 것은 그녀의 다리 사이에 자리를 잡고 나서였다. 가늘게 경련하듯 더욱 심하게 몸을 떤다고 느낀 순간 아침과 마찬가지로 경여의 몸이 그를 받아들이지 않았다. 위경여가 잠자리에 익숙한 여자가 되어 촉촉하고 뜨겁게 달궈진 몸으로 그를 맞는 것도 역겨운 일이지만 어떻게 해도 단단히 맞물린 경여의 여성은 전과는 달리 그의 일부를 한 치도 수용하지 못했다.

"입 벌려."

그는 경여가 그를 받아들이지 않기 위해 단단히 이를 악물고 그곳을 조이고 있다고 생각했다. 입으로는 저항하지 않으면서 되지도 않게 온몸으로 거부한다는 사실을 알려주고 싶었던 거라면 그도 걸맞은 대우를 해줄 생각이었다.

입술을 여는 경여의 입 안으로 그가 혀를 들이밀고는 깊은 입맞춤을 하며 시도했지만 결과는 마찬가지였다. 그의 입술은 이제 경여의 귓불과 목을 지나 젖가슴으로 내려왔다. 몸을 떠는 경여의 반응은 이제 더 이상 숨길 수도 없었다. 색스런 소리를 내며 번갈아 양쪽 젖꼭지를 핥고 빨던 그가 다시 점차로 내려가 배꼽에 닿았다. 그리고 더 아래로 내려가자 경여가 비명을 지르며 자리에서 움찔 일어나려고 했지만 그에게 제지당했다.

"새침하고 무지한 신부 역할을 하고 싶은 거 아닌가? 하던 대로 해! 가만히 있어!"

"제강, 가군!"

경여가 눈물로 흐려진 눈을 맞추며 고개를 가로저었다.

"해보자고! 부끄러워? 이걸 원한 게 아니야? 왜 이렇게 유난하게 굴어!"

"시, 싫어. 제발, 제발요."

그의 욕구를 무심하게 받아낼 수 있을 거라 믿었다면 오산이라는 것을 깨닫게 해줄 터였다.

"아니, 곧 원하게 될 거야. 너도 날 원한다고 말하게 될 거야."

내가 그렇게 만들어!

그가 이를 갈며 속으로 결의를 다졌다. 그렇게 몇 번을 저지당하며 그는 기어코 그곳에 닿았다. 메마르고 건조한 그곳이 질펀하게 젖어들어 그를 원하며 애원하게 만들 생각이었다. 경여의 여성은 점차 그의 혀에 반응하며 촉촉하게 젖어드는 것 같았지만 오로지 단 한 곳만은 단단히 맞물려 파르르 경련을 일으키기만 할 뿐 조금도 그를 허락하지 않았다. 몇 번을 시도해도 마찬가지였다.

경여는 더 이상 저항하기를 포기한 채 두 손으로 얼굴을 가리고 부들부들 떨고 있었다. 너무 놀란 그에게서 술기운도 달아나 버렸다. 허탈한 그가 놀라 잠시 머리를 들자 아침과는 달리 체념하여 수치심으로 눈을 꼭 감고 누워 있던 경여가 터져 나오는 낮은 비명을 삼키며 그의 몸 아래에서 빠져나왔다. 고통스럽게 입술을 깨물며 도망치듯 침상 구석으로 올라가 몸을 웅크리는 경여를 그가 물끄러미 바라보았다.

경여의 몸 상태를 확인하고 제강은 확실히 충격을 받았다. 아침의 일이 마음에 걸리기는 했지만 이런 일은 상상하지 못했다.

"이게 무슨 일이야?"

경여는 무릎을 꼭 말아 쥐고는 아무 말도 하지 않았다.

그가 천천히 침상에서 일어나 제 옷을 찾아 입는 사이 경여는 여전히 한쪽 구석에서 머리카락과 제 두 팔로 몸을 가렸다.

"내게 왜 이래? 응?"

그는 다시 경여가 있는 침상에 올라가 한쪽 발만 걸치고 앉아 숨을 골랐다. 그 사이 경여는 그가 바닥에 던져놓은 이불을 끌어올려 그 속으로 숨었다.

하지만 그가 허락하지 않았다. 그는 이불 속에 몸을 잔뜩 말고 숨어 있는 경여의 얼굴을 드러내게 했다.

"위경여! 대답해, 이게 무슨 일이냐고 묻잖아."

그가 다시 시도를 하는 줄 알고 어떻게든 그의 품에서 벗어나려고 경여가 바르작거렸다.

"싫어요, 하지 말아요!"

경여는 심하게 몸을 떨었다.

"그대로 있어! 더는 안 해. 안 할 테니까, 가만히 있어."

그가 이불째로 말아 든 경여의 몸을 제 무릎 위로 끌어올려 안았다. 경여는 이불이 충분한 완충 역할을 해준다고 생각했는지 제강의 가슴팍에서 고개를 파묻은 채 가만히 있었다.

"말해봐, 왜 이러는 거야?"

그녀도 몰랐다. 모르는 일을 그에게 말할 수는 없었다. 경여는 세차게 고개를 가로젓기만 했다. 그리고 조금씩 이불 속으로 더 깊이 몸을 숨겼다. 할 수만 있다면 평생 그에게 숨기고 싶은 비밀이었다. 머리카락도 보이지 않게 꼭꼭 숨어서 그가 아무것도 묻지 않고 떠나

주기를 바랐다. 하지만 그는 죽은 남편과는 달리 무슨 일이냐고 묻고 있었다.

"내, 내가 거, 거짓말을 했어요."

경여가 부들부들 떨며 고백했다.

"어떤 거짓말?"

"자, 잠자리, 못 해요! 안 돼요!"

기어들어가려는 말을 겨우 뱉어냈건만 그의 눈빛은 싸늘했다.

"거짓말도 적당해야 믿어주지! 전에는 했는데 지금은 안 된다고? 그게 말이 돼?"

"저, 정말이에요. 할 수 없어요."

경여의 눈빛은 조금도 흔들림이 없었다. 도리어 이제라도 비밀을 털어놓게 되어 다행이라는 체념 섞인 것이었다.

"될 것 같으면 그날 새벽에 그렇게 도망치지도 않았을 거예요."

제강은 과거의 일을 떠올렸다. 경여를 보는 것만으로도, 그녀 특유의 체취를 맡기만 해도 불끈 치솟는 욕정을 감당하기 힘든 자신과는 달리 경여는 남녀 간의 행위에 대해 희열을 느끼지 못한 것 같았다.

혼인 전이야 어려서 그럴 수 있다고 생각했다. 여자는 사내와 달리 운우지정의 기쁨에 대해 늦게 눈을 뜰 수도 있다고 주위에서 말해주었다. 그런데 경여는 사내를 충분히 알 만큼 겪었으면서도 하나도 변한 게 없었다. 아니, 변하기는커녕 이전보다 더 심하게 거부반응을 보였다.

그로서는 참담한 일이었다.

"나에게만 이러는 거야?"

문득 떠오른 그의 물음에 경여가 세차게 고개를 가로저었다.

왜 다른 아이가 없느냐고 물었을 때 경여는 호광과 자신만의 문제라고 했다. 하지만 이 문제 때문에 잠자리를 할 수 없었던 건가. 그래서 아이가 생기지 않았던 건가.

그렇지만 이제 더는 호광과 위경여만의 문제가 아니었다. 그와 경여 사이의 문제가 되기도 했다.

"그깟 하룻밤 아무려면 어때요. 아무렇지 않게 당신에게 가려고도 했어요. 정말 그렇게 하려고도 했어요. 내가, 내가 말하지 않으면 당신은 모를 수도 있으니까, 아니, 모를 테니까."

순간 제강은 호광과 혼인하던 날 경여가 했던 말들을 떠올렸다.

"안 돼요. 안 되는 걸 어째요. 없던 일처럼, 그냥 없던 일처럼 당신과 하룻밤을 보내면 다 잊을 수 있을 거라고 생각했어요. 그럴 수 있기를 바랐어요. 아무렇지 않을 수 있으면 그렇게 했을 거예요. 나라고 이러고 싶은 건 아니에요. 하지만 안 돼요. 당신이 만지면 겨우 잊을 수 있다고 생각했던 일이 떠올라요. 마음대로 안 돼요."

그럼 그때도?

"그래서 아이가 없었어?"

이번에는 아무런 반응도 하지 않았다.

잠시 생각에 잠겼던 제강이 시종을 불렀다. 그러자 이불 속의 경여가 움찔했다.

"왜, 왜요?"

그가 경여를 안은 그대로 명령했다.

"비전하가 아프다고 전하고 위가에 사람을 보내 위부인을 모셔라."

"안 돼요!"

그의 옷깃을 잡은 경여의 손이 필사적이었다.

시종이 알겠다고 전하고 방을 나가기 전에 경여가 고개를 들고 제지했다.

"제발, 안 돼요! 그러지 말아요."

자신의 상태가 민망하지만 어쩔 수 없었다. 어떻게든 그를 막아야 한다는 생각뿐이었다.

제강은 그녀의 말끝에 자신을 부르는 이름을 들은 것 같은 착각이 들었다. 그는 경여의 젖은 눈과 가늘게 떨리는 입술을 내려다보았다.

이 여자, 겉은 그대로인데 이전의 위경여는 아니다.

시종은 어떤 명령을 따라야 할지 모르겠다는 표정으로 멈추어서 그를 바라보았다.

"어서 전해!"

"제발요! 안 돼요! 어머니를 부르지 마세요."

경여가 다른 한 손도 마저 이불 속에서 손을 빼내 그의 옷자락을 잡고 애원했다. 이미 눈물로 젖은 얼굴을 들어 고개를 가로저었다.

경여의 태도는 그가 제대로 짚었다는 말이었다. 적어도 혼인 전에는 이 정도까지는 아니던 경여의 상태에 대해 위부인은 뭔가 알고 있을 거라는 추측이 맞았다.

"그러면 직접 말해. 이게 무슨 일인지!"

경여는 다시 심하게 고개를 가로저었다.

절대로 그에게만은 들키고 싶지 않았지만 몸이 따르지 않으니 결국엔 언젠가 들킬 수밖에 없었다.

"모르는 척해줘요. 그냥, 어떻게든 내가 해볼 테니까. 당신이 원하면 노력해볼 테니까, 조금만 시간을 줘요. 그리고 제발 어머니께는 말하지 말아요."

답답한 마음으로 제강이 경여를 내려다보았다. 그러나 한편으로는 시종에게 물러가라고 전했다.

다시 방 안에는 두 사람만 남았다.

경여의 몸이 정교를 거부한다.

너무나 확고하고 어이없는 사실을 앞에 두고도 제강은 믿을 수 없었다.

"언제부터야?"

경여는 그가 다시 시종을 부를까 봐 두려워하며 마지못해 대답했다.

"……그 사람과 혼인하고 나서."

생각하고 싶지 않은 현실을 잊기 위해서라도 경여는 순행에서 돌아온 그가 적극적으로 몸을 더듬었을 때 못 이기는 척 안기고 싶었다. 하지만 그러지 못한 이유는 수치심 때문이라고 생각했는데 정작 문제는 호광과 혼인한 후에 생겼다.

"그자가 무슨 짓을 했는데?"

"……."

처음부터 불가능했던 것이 아니고 혼인한 후에 그렇게 되었다면 상대에게 문제가 있었다는 짐작이었다.

"어떻게 했는데?"

다그치는 그의 음성에는 분노가 가득했다.

"위경여!"

작은 한숨과 함께 어렵게 경여가 입을 열었다.

"아무것도, 하지 않았어요. 그 사람은 나를 해치지 않았어요."

죽은 자를 두둔하는 것인가.

제강은 경여의 입에서 나온 그 사람, 이라는 말조차 치를 떨었다.

"그러면?"

힘으로 몇 번 경여를 제압해 시도해보려고도 했으나 번번이 경여의 몸은 그를 수용하지 않았다. 아니, 이후로는 호광이 정교를 나누려는 기미만 보여도 경여의 몸은 민감하게 배앓이를 하며 식은땀을 흘렸다.

"……모르겠어요. 그 사람을 받아들일 수 없었어요. 내 몸이지만 내 마음대로 되지 않았어요."

혼인한 부부가 되어 이런 상태로 다섯 해를 살아?

"그렇게 5년을 살았다고? 그자가 정말로 해를 끼치지 않았어?"

그 자신에게 그런 삶을 살라고 했으면 그대로 있었을까. 어떻게 해서라도 제 욕심을 채우기 위해 경여를 다그치지 않았을까. 호광 또한 얼마든지 힘으로 제압할 수 있는 사내이니, 더구나 혼인한 제 아내이니 무엇을 어떻게 한다고 해도 말릴 수 없었을 것이다. 그가 아무런 해도 끼치지 않았다는 사실을 제강은 믿을 수 없었다.

제강은 호광이 경여를 바라보던 눈빛을 기억하고 있었다. 5년이란 시간을 바라보기만 하면서 살지는 않았을 것이다. 호광뿐 아니라 그 어떤 사내라도!

그러나 경여는 맹렬하게 고개를 가로저었다.

"술에 취하면, 또 가끔, 화를 내기는 했지만 나쁜 사람은 아니었어요."

혼인 첫날밤부터 경여는 호광에게 다가오지 못하도록 못을 박았다. 호광도 경여가 품은 결심을 읽은 듯 자신의 잘못을 뉘우치는 듯 기다리겠다고 했다. 배가 불러오고 아기를 낳을 때까지는 어떻게든 경여의 심기를 건드리지 않으려는 태도였다. 경여의 뒤에 누가 있는지 알고 있기에 가능한 일이었다.

그렇지만 영원히 거부할 수는 없었다. 몇 번의 실패 후에도 그가 어쩌다 술에 취해 내실로 들어오는 날이면 사단이 나곤 했다. 경여는 심하게 저항했고 결국 작은 몸싸움으로부터 심한 모욕을 듣는 날은 그나마 다행이었고 어떤 날은 제대로 숨을 쉴 수 없을 정도로 심하게 폭력을 당하기도 했다.

그리고 어느 날에는 시종들이 달려들어 말리고 떼어놓지 않았다면 경여는 그날 밤 생명이 위태로웠을 것이다. 다음 날 술이 깬 그는 움찔 놀라며 피하는 경여에게 찾아와 사과했다. 그리고 경여는 불쑥 찾아온 위백양에게 수치스런 모습을 들키고 말았다. 아버지는 경여의 몰골을 그저 말없이 보고 돌아갔다. 이후 호광의 태도는 눈에 띄게 경직되었고 다시는 경여의 몸에 손을 대지 않았다.

"경여든 누구에게든 그 물건 쓰지 못하게 만들어줄까?"

낮지만 충분히 위협적인 장인의 한마디를 떠올리지 않을 수 없었던 것이다. 그런 시간들이 덧쌓이며 호광과 경여 사이에 묘한 관계가 형성되었다. 이상한, 오누이 같은 관계였다.

"정말이에요."

그러니 안심하라고? 그자를 용서하라고?

제강의 가슴이 심하게 들썩였다. 주먹을 틀어쥔 손은 분노로 뜨거운 피를 어떻게 진정시켜야 할지 몰라 떨렸다.

그는 경여를 내려놓고 성큼 방을 가로질러 문을 열고는 멈춰 섰다.

"그래서 도망쳤던 거야? 그래서 내게서 도망쳤어?"

"누구에게도 말할 수 없었어요. 당신에게는 더욱, 말할 수 없었어요. 알게 하고 싶지 않았어요. 어떻게 말해요. 내가 어떻게…….."

그렇게 사적이고 은밀한 일을! 그가 자신을 여자로 원하는 것을 아는데 그런 그와 정교를 나눌 수 없다고는 죽어도 말할 수 없었다.

가슴에서 시작된 고통이 전신으로 퍼져갔다. 그는 경여의 대답이 끝나기도 전에 거칠게 문을 닫고 밖으로 나갔다. 긴 회랑 끝까지 성큼성큼 걸어가던 그가 회랑의 기둥에 머리를 찧었다.

경여와 관련되어서는 무엇 하나 제 마음대로 되지 않았다. 가장 원했던 여자. 그러나 도무지 가질 수 없던 여자. 그 어떤 일도 용서하겠다고 했건만 끝까지 거부하던 여자!

그가 왕이 되지 못한 것은 누구의 탓도 아니라고 말하며 마지막까지 그의 가슴에 대못을 박던 여자. 결국 위백양의 손아귀에서 놀아나는, 위백양의 딸일 수밖에 없는 여자였다고 저주하게 만들었던 여자.

醉, 芍藥

그와도 꺼렸던 행위를 다른 사내와 한다?

정조를 잃었다고 경여가 말했었다.

그는 경여가 아버지의 명령에 따라 손님으로 머문 호광의 방으로 걸어 들어갔을 것이라고 생각했다. 하지만 지금 경여의 상태를 봐선 도무지 상상할 수 없는 일이었다.

위경여는 목에 칼이 들어와도 제 발로 진제강이 아닌 다른 사내에게 몸을 내줄 여자가 아니었다. 그렇다면……!

당시엔 생각지 못했으나 아무리 정욕에 눈이 먼 자라도 누가 감히 두려움 없이 위백양의 딸을 욕보일 수 있을까. 그 아비가 묵인하지 않고서야!

호광은 위백양의 분노를 사지 않고 운 좋게도 살아남았을 뿐만 아니라 경여와 혼인까지 했다. 위백양의 마음에 들지 않고서는 싸움에서 이기고 상을 받은 것처럼 그렇게 되지는 않았을 것이다.

대의멸친(大義滅親).

위백양이 그 말을 했을 때 경여의 상태를 알고 있었더라면 제강은 이래도 친딸을 이용해 대의멸친하겠냐고 퍼부었을 것이다. 당장 위백양과 위부인을 불러 그 앞에 경여를 끌어다 놓고 딸이 어떤 상처를 안고 5년의 시간을 살았는지 보여주고 싶었다. 하지만 누구보다 경여가 원치 않았다. 어쩌면 그에게도 드러내고 싶지 않았던 비밀일 것이다.

그래서, 그래서 혼인을 앞두고 도망친 것인가.

호광과의 혼인 때도 도망치지 않았던 여자가 그래서 차마 제 비밀을 감추고 싶어서 도망쳤던 것인가.

365

그제야 경여의 태도가 이해가 되었다.

아, 그런 여자를 두고 몇 날 며칠이고 모든 일을 작파하고 지겨울 정도로 원 없이 욕구를 풀어보겠다고 꿈꾸었다니! 실컷 품은 후에 잠이라도 실컷 자보겠다고 꿈꾸었다니!

제 여자 하나 지켜내지 못하고, 5년이나 지옥 속에서 헤매도록 놔두었으면서!

스스로가 한심해서 견딜 수가 없었다. 이마의 상처 따위 아무것도 아니게 그는 스스로에게 벌을 주고 싶었다.

수곤과 문언이 달려와 그를 말렸다. 그러나 이미 찢어진 살에서 피가 흐르고 난 뒤였다. 의원을 불러 상처를 소독하고 난 후 문언이 술을 권했다.

화주. 제강이 가끔 늦은 밤 술을 찾을 때는 잠을 청하기 위해서라는 것을 문언도 알고 있었다. 다음 날 아침 깬 후에도 두통에 시달리지 않도록 화주를 준비해두는 섬세함도 그의 몫이었다. 그럼에도 주군은 이른 새벽이면 자리에서 일어나 땀을 흘리며 몸을 단련하곤 했다. 술이 충분한 잠을 제공하지 못한다는 의미일 터.

"이제 비전하는 주군의 사람입니다. 그 상처 보듬어주시면 시간이 약이 될 테니 비전하도 곧 잊게 되실 겁니다."

후회해도 때는 늦다고 말하는 것이었다.

"문언, 경여가 당한 일, 알고 있어?"

"예."

"그날 새벽, 서가에서……?"

"예. 비전하는 왕제전하를 사랑하십니다. 예전에도, 그리고 지금도."

여자로서는 드러내고 싶지 않은 비밀이겠으나 어차피 주군에게는 상관없는 일이라고 문언은 생각했다.

"그, 일이 왕제전하께 문제가 되지는 않을 거라고 생각됩니다. 어차피, 과부인 걸 알고도 혼인하기로 하셨으니……."

그래서 그토록 분노 어린 그를 제지했던가. 그 자신이 경여에게 또 다른 상처를 줄까 봐서?

제강이 쓴웃음을 지었다.

문언은 모른다. 경여의 정확한 상태에 대해.

그가 어떻게 하면 경여를 괴롭힐까 고민하던 순간에도 경여는 그를 사랑하고 있었다. 제 몸이 망가져 속으로 타들어가는 가슴을 안고도 경여는 어떻게든 노력해보겠다고 울먹이며 고백했다.

그는 이대로 호광처럼 살 수는 없었다. 그러나 경여에게 노력이 필요하듯, 그에게도 한없는 인내심이 필요했다.

17

경여는 한참 후에야 겨우 이불 속에서 나와 옷을 갖추어 입고 그를 기다렸지만 제강은 다시 돌아오지 않았다. 꼬박 침상에 앉아 아침을 맞은 경여는 온갖 상념에 젖어 날이 밝은 줄도 몰랐다.

그래서 도망쳤던 거냐고 그가 물었다.

그런 일이 없었다면 아버지가 시키는 대로 그와 혼인할 수 있었을까.

손이 귀한 왕실이니 속히 아들을 낳으라고 하던 아버지 위공의 말을 떠올리자 새삼 피가 얼어붙는 듯했다. 어쩌면 그녀를 통해 자손을 볼 수 없다는 사실은 진제강에게 좋은 일이었다. 그의 목숨을 보전하는 일이기도 하고 아버지가 다른 방법을 도모하지 않아도 될 테니!

하지만 속사정을 알 리 없는 남들에게는 염과 그녀, 그리고 진제강이 가정을 꾸려 화목하게 사는 것처럼 보이는 것은 불가한 일일까.

잠자리도 못하는 여자를 아내로 맞을 수 없다고 소박을 놓을까.

취. 작약

아니면, 아버지 위공의 위세를 보아 차마 그렇게는 하지 않고 첩을 들일까.

둘 다 그녀로서는 견딜 수 없는 일이었다. 아무 일도 손에 잡지 못하고 하루를 보낸 경여는 전날 꼬박 날을 샌 뒤끝이라 일찍 자리에 들었지만 머리와 눈만 무거울 뿐 의식은 또렷해서 불편한 몸을 뒤척이기만 했다.

그가 어떤 결정을 하건 먼저 알려달라고 말해야겠다고 생각하며 뒤척이다 겨우 잠이 들었던 경여는 한순간 화들짝 놀라며 자리에서 일어났다. 깊은 어둠 속 휘장 밖에서 타인의 기척을 느낀 때문이었다. 5년 전 그날 이후 가위 눌리는 일은 다반사였지만 잠에서 깨는 것으로 탈출할 수 있었는데 이번에는 깨고 난 후에 더욱 선득한 느낌이 들었다.

"놀랄 것 없어."

지척의 어둠 속에서 낯익은 그의 음성이 들렸다. 조금은 가라앉은 음성이었다.

"……제강?"

예민하게 솟구쳤던 신경줄이 서서히 원상태로 돌아오는 데 시간이 걸렸다. 경여의 음성에 담긴 두려움을 읽은 그가 움직였다. 어둠 속에서 불꽃이 일었고 곧 촛대로 옮겨졌다.

그가 천천히 다가와 휘장을 걷고 침상에 걸터앉았다. 그도 잠에서 깬지 오래지 않은 듯 침의만 입고 있었다.

경여는 순간순간 아찔한 현기증이 일었다. 그가 무슨 말을 할지 두려웠기 때문이었다. 하지만 그의 말투는 부드러웠다.

"깊은 잠을 이루지 못해?"

호흡도 고르지 않고 심장은 고장 난 듯 불규칙하게 두드려댔다. 침전은 더 이상 경여에게 편안하고 안락한 장소가 아니었다. 묻는 의도가 궁금해 고개를 들어 시선을 맞추었던 경여는 바로 눈길을 피했다.

"어, 아니, ……그래요."

"그런 걸 내가 깨웠나?"

그의 음성에서는 미안함이 묻어났다.

멀리서 닭이 우는 소리가 들려왔다. 휘장 밖 창주위에도 푸른 빛 여명이 감돌았다.

경여가 불안정한 손으로 옷매무새를 고치며 물었다.

"벌써 새벽이에요?"

"음, 조금 있으면 날이 밝을걸."

어제와는 달리 그의 어조는 평온했다.

경여가 다시 한 번 불편한 마른침을 삼키며 용기를 내 그를 바라보자 이제껏 그녀에게서 시선을 떼지 않던 그가 반쯤 이불을 끌어올리고 있는 경여의 손을 바라보았다.

"문언, 재사가 어제 말하길, 본국에 돌아오길 잘한 것 같으냐고 묻더군."

"……그래서요?"

"지난 다섯 해, 내겐 의미 없이 지나가 버렸어. 그런데 돌아온 후로 하루하루가 때론 길고 때론 짧고, 때론 고통스럽고, 그렇더군."

그녀도 그랬다. 우여곡절 끝에 혼인하고 그의 울타리 안에 있다는 것을 확인한 후에도 마음은 안정되지 않고 있었다.

그는 이불을 말아 쥔 경여의 손이 가늘게 떨리는 것을 보고는 말했다.

"경계할 것 없어. 자는 모습을 잠깐 보고 나갈 생각이었어."

그는 자신의 말을 실천하듯 바로 자리에서 일어났다.

"어……."

경여는 그와 편히 이야기할 방법을 모를 뿐 함께 있고 싶지 않은 건 아니라고, 이후로 그들의 혼인은 어떻게 되는 거냐고 묻고 싶었지만 그를 붙잡지 못했다.

그가 나가는 길에 촛불을 껐으므로 방은 다시 어둠 속으로 묻혔다. 문을 열기 전 그가 잠시 주저하더니 돌아서서 물었다.

"내가 모르는 위경여의 비밀이 더 있나?"

그것은 그의 잠을 쫓은 몇 가지 의문 중 하나였다.

"네?"

"더는 내가 모르는 비밀이 없기를 바라니까."

그가 모르는 비밀. 두렵고 부끄러운 비밀을 이미 그에게 들켜버린 후였다. 그에게 말하지 못하는 비밀이 더 있던가.

"그래?"

"아니, 없어요."

경여가 주저하며 대답했다.

"말하지 않고서, 어떻게 감당하려고 했어?"

혼인한 이상 그가 진실을 알게 되는 것은 시간문제이겠으나 어떤 식으로든 그녀 스스로 말할 수 있는 내용은 아니었다.

"음? 하룻밤에도 몇 번씩 널 안으려고 달려들면 어쩌려고 했는지 묻고 있는 거야."

이전의 경험에 비추어볼 때 충분히 그러고도 남을 것이라는 사실을 그들 모두 알고 있었다. 한때 그런 생각밖엔 안하는 거냐고 경여가 그를 비난했었으니까. 타인들 앞에서는 멀쩡하다가도 어떻게든 기회를 보아 둘만 있게 되면 드러내곤 하던 그의 욕망. 어리고 수줍고 경험 부족의 경여로서는 감당하기 힘들던 요구들.

"이후로는 어쩔 거야? 지금이야 문제가 아니겠지만 기간이 지나고 나면, 그때도 지금처럼 혼자 둘 거야?"

그것은 은근한 압력이었다.

"노력, 해보겠다고 했잖아요."

마지못해 쥐어짜내듯 꺼내놓은 경여의 대답에 어둠 속 그에게서 웃음기가 묻어왔다.

"그럼 이제라도, 기대를 품어도 된다고?"

정말 치유가능한 문제일까.

경여는 보일 듯 말 듯 고개를 끄덕였다. 그가 정말 원한다면 노력해볼 생각은 있었다.

"그렇지만 약속은……."

자신 없는 경여의 음성이 잦아들었다. 마음대로 되지 않는 몸을 가지고 약속할 수는 없었다.

"아니, 약속해!"

그가 지금까지와는 달리 거칠게 말했다.

작은 한숨이 경여의 입에서 새어나왔다.

취, 작약

"그게 마음대로 될 것 같으면……."

경여의 말대로 몸이 마음대로 움직여줄 것 같으면 이런 상황을 맞지도 않았을 것이다. 하지만 스스로 치유할 길을 찾아 적극적으로 노력해본다면?

그가 새로운 조건을 내걸었다.

"문언이 말하길 아이를 보러 화원의 집에 다녀왔다고 하더군. 노력 이상의 결과를 보이면, 아이를 데려오지."

"저, 정말요?"

경여의 목소리가 숨길 수 없는 희망으로 빛났다.

아이와 함께 살 수 있다는 말에 반색하는 경여의 태도가 반갑지 않았지만 묵인했다.

"그래, 그러니 약속해."

"노력할게요."

정교(情交).

남녀 간의 애정을 섞는 행위. 또는 성적인 교합.

제강은 식은땀만 뻘뻘 흘릴 뿐 제대로 된 해답을 내놓지 못하는 의원들을 상대하거나 직접 의술관련 책을 찾는 일보다는 양생에 있어 일가를 이루었다는 이름 높은 도인을 찾기도 했고 정교에 대해 모르는 것이 없다는 밀교집단을 알아보기도 했다. 그리고 그가 마지막으로 찾은 곳은 기루와 유곽이었다.

단출한 미행으로 그가 왕제임을 감추고 아름답고 기교가 뛰어나며 다양한 가희들이 있는 기루와 유곽을 찾았던 제강에게 관심사는 오로지 정교에 관한 것이었다.

사내다운 탄탄한 골격과 볼수록 끌리는 귀공자스러운 외모에 그
의 앞에 선 가희들은 하나같이 추파를 던졌다. 그러나 제강의 관심
은 그들과의 직접적인 정교가 아니었기에 거리를 두고 물었다. 정교
를 나누고자 할 때 여자의 몸이 너무 긴장하여 열리지 않는 경우도
있는지, 그러한 때에는 어떻게 해야 하는지.

그녀들은 드물지만 기루에도 그런 여자들이 있다고 했다. 너무 어
린 나이에 준비도 되지 않은 채로 사내와 잠자리에 든 후 충격으로
그리 되기도 하고 워낙 잠자리에 대한 거부감이 있는 여자들이 있다
고. 때로 나쁜 일을 당하여 충격으로 그리 되기도 하고 처음부터 태
어나기를 그런 이도 있다고.

그런 여자들은 기루나 유곽 쪽에서는 필요 없는 존재가 되어 도태
되기도 하지만 사내를 받지 않는 뛰어난 가무실력을 가진 가희로 남
는 경우도 있다고 했다. 드물게는 시간이 흘러 정을 준 사내에게 몸
을 열게 되는 경우도 있지만 그것은 아주 드문 경우이고 제 의지로
도 어쩔 수 없는 경우들이어서 치유되지 않고 살아가기도 한다고!

치유되지 않는다는 말에 그의 미간에 주름이 생겼다.

"어쨌거나 마음이 중요합니다, 공자님!"

유녀는 마지막에 그렇게 말해주었다.

사내들의 욕구를 풀기 위해 찾는 유곽에서 단지 도구처럼 쓰일 뿐
인 여자에 대해 말한다는 것 자체가 생소한 일이었다. 그의 마음이
유녀를 움직였다.

"사내의 것은 크고 단단하고 길고 지속력이 있는 것을 높게 치지

만, 중요한 건, 부드러움이 따라야 합니다. 그렇지 못하면 운우지정에 있어 여자에게 통증만 줄 뿐이에요. 즐겁지 않은데 하고 싶은 마음이 들 리 없죠."

마음을 편히 해주는 것이 필요하다고, 사내가 아니라 여자 쪽에서 먼저 내켜서 정교를 나누는 행위가 싫지 않은 것임을 알게 해주는 것이 필요하다고 충고했다.

채근하지 말라고? 경여가 먼저 다가오기를 기다려?

이미 아이를 미끼로 확답을 받아내려 한 것은 괜찮은 걸까?

그의 미간에 작은 걱정이 새겨졌다.

그 모습을 바라보던 유녀가 웃음을 머금고 말했다.

"쉽지 않은 일이겠죠, 공자님?"

그리고 여자로서는 치명적인 결함을 안고 있음에도 포기하지 않는 사내를 정인으로 가진 얼굴도 모르는 그의 여자가 부럽다는 말도!

애도의 기간이 지나기도 전에 동침하여 근심거리를 만들까 걱정하던 왕제의 사람들은 이후 애도의 기간이 지났음에도 두 사람이 동침하지 않는다는 사실로 소란했다.

위백양과 손잡았을 뿐 과부 딸에게 관심이 있었던 게 아니었다는 추측에서부터 다양한 추론이 오갔다. 그런 그들을 더욱 근심케 한 것은 의원을 찾던 그가 한동안 유곽을 찾는다는 소문이었다. 그새 정이 떨어진 것은 환영할 일이라고 해도 후첩을 들여도 되는데 모양새가 좋지 않다고들 수군댔다.

믿을 수 없는 소문에는 귀를 막자고 하면서도 경여는 실망했다. 그는 기다리겠다고 했지만 언제일지도 모르는데 무한정 절제하고 참으라고 요구할 수는 없는 일이라는 걸 알면서도 실망감은 어쩔 수 없었다.

하지만 분노 가득한 화원 공주의 독설 앞에서는 경여도 할 말이 없었다.

아들 염을 만나기 위해 화원 공주의 집을 찾았을 때 본체만체하던 다른 때와 달리 함께 차를 마시자고 먼저 청했다. 부산한 아이들을 일사분란하게 다루는 어머니 화원의 모습은 생소하지만 부러웠다. 집 안 가득 아이들을 채우고 그 속에서 행복한 비명을 지르는 상상은 달콤한 고문이기도 했다.

화원은 한동안 물끄러미 마주 앉은 경여를 바라보았다. 오래전 오라비 제강과 지우 경여가 흐트러진 옷매무새를 하고 궁중 서가의 어두컴컴한 구석에서 밀회하는 모습을 발견했을 때만큼이나 쌀쌀했다.

"비께 중요한 것은 무엇이에요?"

"네?"

"생각보다 편안해 보여 묻는 말이에요. 오라버니를 보니 편치 않은 듯한데 비전하는 달리 보여서요. 재가하여 듬직한 지아비의 그늘에 있으니 좋은가요? 무엇 하나 부족할 게 없는 오라버니는 과부 혼인하게 해놓고 비께선 유유자적 전부(前夫) 자식도 보러 다니고, 어느 누가 불과 얼마 전 과부 된 여자라고 생각하겠어요?"

생각한 것을 오래 담고 있지 못하는 화원 공주인 걸 알면서도 경

여는 마음이 불편했다. 굳이 자신이 과부혼인 한 일은 시누이가 일
깨워주지 않아도 알고 있는 일이다.

"공주전하."

"왜요?"

"말씀이 지나치십니다."

"내가요? 무엇이요? 기대할 것도 없다 했지만 정말 이렇게 실망스
런 사람은 처음이에요. 남들 기함시키며 혼인을 했으면 내실에 잡아
두기라도 해야 할 것 아니에요! 호사가들의 입에 오르내리게나 만들
고, 이게 무슨 기막힌 일이에요?"

경여의 귓불과 얼굴이 뜨거워졌다. 그에 대한 소문이 이미 화원
공주의 귀에 들어갔다는 말이다.

"염이를 돌봐주시는 건 고맙게 생각하지만……."

"호장군의 자식이 오라버니의 보살핌으로 잘 자라는 것이 고마우
면 오라버니에게도 그런 아들 하나쯤 낳아주어야죠? 안 그래요? 그
런데 오라버니 요즘 어찌 지내는지는 좀 들으셨어요?"

"……네."

"시첩도 마다하던 사람이에요. 그런데, 유녀라니요. 그러다 나쁜
병이라도 생기면 어쩔 거냐구요. 다른 건 몰라도 혼인했으면 그런
문제는 생기지 않게 해야 하는 거 아니에요?"

여자로서의 수치심과 함께 경여가 결연한 의지를 드러냈다.

"곧 공주전하의 근심을 덜어드릴 수 있을 겁니다."

믿을 수 없다는 투로 화원 공주가 비꼬았다.

"정말요?"

"네."

화원에게 응대하며 자신있게 대답은 했지만 달리 방도가 있는 것도 아니었다. 지금껏 정교는 경여에게 있어 그가 원해서 나누었던, 비밀스런 남녀 간의 일에 불과했다. 어떻게 해서든 미루고 피하고 싶은 행위였다. 하지만 이제는 비록 불편하고 거북한 일에 불과할지라도 그와의 정교가 가능했으면 좋겠다는 생각마저도 들었다.

경여는 자신의 마음속에 오가는 갈등을 숨기며 화원에게 물었다.

"공주전하께 한 가지 묻고 싶은 게 있어요."

"뭔데요?"

화원이 새침하게 반응했다.

"공주전하는, 그, 일을 어떻게 견뎌요?"

"뭘, 견뎌요?"

화원의 미간이 모아졌다.

두 사람은 어려서부터 알아왔고 한때는 지우였고 혼인도 하였으니 그나마 물어볼 만한 사람이라고 생각했으나 문제는 그녀가 제강의 누이, 시누이이기도 하다는 것이었다.

"그, 부부 간의 일……."

경여의 말꼬리가 점차 사라져버렸으나 눈치 빠른 화원은 경여가 하려는 말을 이미 알아챘다. 화원이 주위를 살피며 나지막이 확인했다.

"잠자리, 말인가요?"

"네."

화원이 대답 대신 빤히 경여를 쳐다보았다.

"왜, 왜요?"

경여가 손수건으로 땀을 닦는 척하며 화원의 눈길을 피했다.

화원이 어이없는 표정으로 반문했다.

"그걸, 견딘다고 표현해요? 그렇게 싫다구요? 그래서 오라버니를 침전에 들이지 않는 거예요?"

"아, 아니, 그렇다는 것은 아니고……. 그, 그만 가봐야 할 것 같아요."

서둘러 자리에서 일어나 인사를 하고 사라지는 경여의 뒤에서 화원의 깊은 한숨이 이어졌다.

며칠 후, 경여의 노력은 생각지 않은 곳에서 발현되었다.

"비전하와 함께 가시겠다고 차비를 하라셨어요."

시종이 경여에게 말했다.

대부 정시중의 집에서 열리는 생일잔치를 겸한 연회를 두고 하는 말이었다. 정림과의 문제도 있어 참여하지 않을 줄 알았는데 그는 부부가 함께 참석하는 것을 선택한 것이다.

시종이 꺼내 든 너무 화려한 장식과 의복에 손사래를 치는 경여에게 시종이 답답하다는 듯 한숨을 쉬고 말했다.

"그곳에 가시면 정림 아가씨를 만나게 되실 텐데, 기세를 꺾어놓아야지요, 비전하."

시종의 반응이 자못 결연해서 경여가 무슨 말이냐고 묻지 않을 수 없었다.

"모르셨어요? 정림 아가씨는 왕제전하와 혼인말도 오가던 사이이

379

고, 또 그곳의 가희들도 모두 아름답다고 하던걸요."

"억지로 치장한다고 아닌 것이 가려지진 않는다. 그리고, 가군과
정림 사이는 혼인 전 일이야. 지난날을 두고 뒷말을 하는 건 좋지 않
아."

경여가 조용하지만 차분한 어조로 훈계했다.

경여는 자신 또한 남의 입에 충분히 오르내리기도 했지만 그런 식
의 입소문을 경계했다.

조금 풀이 죽은 시종이 그래도 못 참겠다는 듯 최대한 소리죽여
말했다.

"두 분 혼인하시기 전날도 정림 아가씨가 이곳에 다녀가신 걸 아
세요?"

경여의 반응에 상관없이 시종은 흥분해서 조잘댔다.

"늦은 밤에, 그것도 직접 말을 타고 오셔서 얼마나 울고불고 화를
내셨는지 몰라요. 거의 새벽이 다 되서 왕제전하께서 직접 모셔다드
렸다고 하던데요. 사람들 이목에 전혀 개의치 않고 어찌나 왕제전
하를 붙들고 서럽게 우셨는지, 어떤 이들은 혹여 왕제전하께서 정림
아가씨에게 책임질 일을 하셨는지도 모른다고……."

"말조심이 잘 안 되는 모양이구나."

경여가 지적하자 흠칫 놀란 시종이 네에, 하고는 움츠러들었다.
하지만 시종아이의 수다는 얼마 못 가 다시 시작되었다.

"정림 아가씨는 분명 화려하게 치장하고 왕제전하를 맞으실 거예
요. 비전하도 본래 아름다우시긴 하지만 그래도 오늘은 더욱 아름답
게 꾸미고 가셔요. 혼인하시고 처음으로 함께 나들이하시는 것이니

사람들의 관심이 쏠릴 겁니다."

"지나친 건 부족한 것만 못한 거야."

경여는 제 의지대로 의복과 장식으로 치장하고 준비했다.

대부 정시중의 생일을 맞은 연회는 그 규모가 꽤 화려했다. 왕족은 물론 나라 안의 이름 있는 고관대작들은 모두 참석했다. 그곳에서 그들은 화원 공주 내외를 비롯한 위백양 부부와 인사를 나누었다. 그녀의 친정아버지는 예리한 눈빛으로 경여의 얼굴과 요대 아래 복부를 살폈다. 진제강과 경여 사이에 흐르는 묘한 긴장감도 읽어내는 것 같았다.

"이제 곧 좋은 소식을 들을 수 있을까요?"

그것은 경여를 향한 보이지 않는 압력이었다. 경여는 제강의 뒤에 숨듯이 반 걸음 뒤로 물러섰다. 제강의 팔이 따라와 그녀를 제 곁에 세운 것도 거의 동시였다.

"이미 첫 손자는 보신 터에 조급하십니다."

예의상 웃음 지으며 대꾸하는 그의 말에 가시가 돋혔다.

"혼인을 했으면 우선 후손을 보는 게 중요하지요. 왕실도 그렇고, 우리 위가도 손이 부족한지라 기다려집니다."

"그러자면 아직 수줍음 많은 비가 한참 노력해야겠군요."

경여는 한순간이라도 그 자리에서 도망치고 싶었다. 하지만 제강의 표정은 가면을 쓴 듯 아무런 변화도 없었다.

일부러 그들 부부의 존재를 무시하는 정림의 태도도 신경 쓰였다. 외면하고 싶지만 의지를 배반하는 것 같은, 아직 갈망을 담은 눈길

로 그를 훔쳐보는 정림의 시선을 경여는 여러 차례 발견할 수 있었
다.

그리고 시종의 말대로 가장 자랑하는 것은 그곳 가희들의 춤과 연
주였다. 모든 이의 이목을 끄는 마지막을 장식한 공연은 정림과 가
희의 월금 연주와 춤이었다.

월금의 현을 뜯는 정림의 손길은 부드럽고 정확하면서도 선이 아
름다웠다. 음률에 맞춰 상체가 자연스레 흔들릴 때마다 다른 이도
그 흐름에 맞추고 싶을 정도였다. 월금의 현과 객석의 사람들 사이
를 오가며 긴 속눈썹이 감겼다 뜨이곤 할 때마다 그렇게 사랑스러울
수 없었다.

그리고 무대 위의 또 한 사람. 정림의 경쾌하고 은은하다가도 사
람의 마음을 움직이는 음률에 맞춰 천녀의 아름다움을 재현한 듯 벚
꽃 빛으로 물든 얇은 옷의 긴 소매 날리며 춤추는 가희의 모습은 보
는 이를 사로잡기에 충분했다. 서왕모를 모시는 아름다운 선녀 비경
에 비교되는 미인 제명리였다. 모두의 이목이 무대 위의 두 여자에
게 꽂혔고 어떤 이는 숨조차 멈추는가 하면 어떤 이는 자신도 모르
게 벌어진 입을 다물지 못했다.

정림과 혼인하면 제명리도 함께 얻을 수 있을 거라고 하는 말을
경여도 들은 적 있었다. 경여는 제강의 왼편 의자에 앉아서 그의 옆
얼굴을 훔쳐보았다. 진제강의 시선은 무대에서 떠나지 않았고 입가
에는 은은한 미소를 짓고 있었다. 가희 제명리를 보는 건지 정림을
보는 건지 알 수 없었다. 그러나 경여는 정림의 눈길이 제강을 향하
는 것은 놓치지 않았다. 아주 잠깐 시작할 때 제 아버지에게 보냈던

눈길 말고는 오로지 제강을 향해 안타까운 눈빛을 전하고 있었다. 마치 그녀가 연주하는 음률이 제강에게 표현하는 마음인 것처럼!

그의 이목을 무대가 아닌 자신에게 돌려놓고 싶다는 바람이 순간 경여를 사로잡았다. 천천히 경여의 손이 그의 팔걸이로 옮겨갔다. 뱀이 고운 흙 위를 기어가듯이 소리 없이 경여의 왼손이 팔걸이에 올려진 그의 왼손을 잡을 듯 말듯 선을 따라 올라갔다. 처음 아주 잠깐 의아한 제강의 눈빛이 머물렀을 뿐 그의 시선은 내내 무대 위에 고정되어 있었다.

사람들의 시선은 무대 위에 가 있어 경여의 움직임은 이목을 끌지 않았다. 그러자 차츰 경여의 대담한 또 다른 손길이 그의 팔걸이 사이의 틈새로 비집고 사뿐히 내려앉아 그의 허벅지 위를 더듬었다. 왼손은 그의 팔 위에 그대로 두었고 오른손은 왼손과 달리 닿을 듯 말듯이 아니고 천천히 원을 그리듯 손바닥까지 닿게 하여 분명하게.

그래도 제강은 미동조차 하지 않았다. 하지만 그의 허벅지 근육은 움찔 긴장하는 것이 그대로 손아래 피부로 느껴졌다. 조금 더 조금 더, 경여의 손은 안쪽으로 파고들었다. 체온의 전달은 꽤 뜨거웠다. 안쪽으로 향할수록 그 뜨거움은 더해갔다. 그리고 마침내 옷 위로 경여는 그의 몸 중 가장 변화무쌍한 곳에 다다랐다. 그곳은 마침 경여의 손길에 반응해 부드러움에서 강건함으로 변해가는 중이었다.

흠칫. 경여의 손길이 멈추었다. 그가 잠시라도 무대가 아닌 자신을 봐주기를 기대하고 벌인 일이었지만 생각과는 다르게 커져가는 것을 실감했다. 제강이 제 왼손 위에 놓인 경여의 손을 잡아 단단히 깍지를 꼈다.

그 순간 묘하게도 월금의 음률이 평정을 잃고 튀었다. 그 때문에 그에게 고정되었던 경여의 눈길이 무대 위로 향했다. 정림의 눈길이 그들의 의자 위 겹쳐진 손에 머물고 있었다. 그리고 경여에게 잠시 머문 눈길은 날카로웠다.

경여가 서둘러 후퇴하려 손을 치우려고 했지만 그가 더 빨랐다. 경여는 그의 오른 손이 자신의 허벅지 안쪽에 놓인 경여의 손을 더 이상 움직이지 못하도록 붙잡아 누르자 흠칫 놀라 다시 시선을 제강에게 보냈다. 그의 얼굴은 한 올의 변화도 없었다. 그러나 그의 이마에 맺힌 땀방울은 그가 결코 무심하지 않다는 사실을 짐작케 해주었다.

처음 도발한 쪽은 경여였지만 이제 고문을 당하고 있는 것은 그녀 자신인 것 같았다. 춤을 추고 있는 사람이 자신인 것처럼 경여의 호흡이 고르지 못했다. 단단히 깍지 낀 손을 통해 그의 맥박과 그녀의 맥박이 뒤섞였다.

어느덧 가희의 춤사위도 정림의 음악도 정점을 찍고 내려오는 중이었다. 음악이 끝나가는 것을 짐작하고는 경여의 손길이 다시 제자리로 돌아가려 했지만 그조차 그가 허락하지 않았다.

음악이 끝나고 마지막 현의 울림이 멈춘 후에 자리에 앉았던 사람들은 자리에서 일어났고 그도 그제야 천천히 경여의 손을 놓아주었다. 경여는 처음과 달리 급하게 그에게서 놓여났지만 그와 잡았던 손의 감촉과 허벅지의 감촉에 혼란스러웠다.

정림과 제명리가 예의 바르고 우아하게 인사를 하고 월금을 추스르고 무대 아래로 내려갔다.

정림과 가희에 대한 칭찬이 이어졌다. 대부 정시중도 몹시 흡족한 얼굴로 박수를 보냈고 다른 사람들의 축하인사를 받았다.

"왕제전하, 비전하!"

사람들을 지나칠 때마다 서둘러 예의를 갖춰 인사를 나누었다.

많은 시선들이 제강과 경여에게 쏠려 있었다. 그제야 경여는 처음으로 시종이 내주던 화려한 장식과 의복으로 입을 걸 그랬나 하고 후회했다.

제강은 잠시도 그녀가 멀어질 기회를 주지 않고 한 손을 잡아 제 옆에 바짝 붙여 세웠다.

놓아달라고 작은 소리로 말했지만 그는 들은 척도 하지 않았다. 결국 제강의 손에 허리를 감긴 채 마지못해 정림에게 간 경여가 인사치레를 했다.

"정말 훌륭한 연주였어요."

정림은 예의를 갖추면서도 새치름하게 인사를 받았다.

"아직은 부끄러운 실력입니다. 비전하의 슬도 훌륭하다고 들었습니다."

"정림의 월금에 비하면 아주 보잘것없어요."

"지나친 겸손도 때론 흉이지."

제강이 한마디 거들었다. 순간 경여의 얼굴이 붉어졌고 정림의 얼굴은 창백해 보였다. 정림의 눈길은 애타게 제강을 향하고 있었다. 가희 제명리에게 칭찬을 건네던 경여는 그 시선도 놓치지 않았다. 제명리 또한 춤출 때와는 달리 거리를 두는 표정으로 경여를 꼼꼼히 바라보았다.

"어쩌면 그토록 가볍고 아름다운지 천녀가 내려온 줄 알았어요."

경여의 칭찬에 그녀는 몸을 굽혀 인사했다. 같은 여자의 입장에서 보아도 그 작은 몸짓 하나에서도 감탄이 나올 지경이었다. 그러니 사내의 마음을 훔치는 것쯤은 일도 아니게 느껴질 터.

"의자매인 제명리입니다."

제명리는 춤을 출 때뿐만이 아니라 일상에서도 우아함이 몸에 배인 여자 같았다.

"왕제전하와 비전하를 뵙습니다."

눈매에 담긴 푸른빛이 무척 신비해 보였으나 제명리는 경여의 눈길을 피했다. 정림과 제명리의 태도가 혹시 조금 전의 제가 제강에게 보였던 치태를 그들이 본 것 아닌가 싶기도 하고 또 당장 그의 얼굴을 바라볼 수 없어서 경여는 잠시 바람을 좀 쏘이겠다며 자리를 피했다.

"멀리 가지 마."

제강의 말이 뒤통수로 날아왔지만 경여는 돌아보지 않고 사람들을 피해 후원으로 향했다. 빠져나가는 길에 경여는 조금 떨어진 곳에서 양팔을 가슴에 교차해 끼고 삼삼오오 이야기를 나누는 사람들을 지켜보는 문언을 발견했다.

문언은 때때로 이렇듯 다른 사람들 속에 섞여 있을 때면 표정을 알 수 없는 다른 사람 같았다. 경여는 언제고 그를 만나면 주려고 갈무리해둔 그의 손수건을 꺼냈다. 새벽 서가에서 갑작스레 터져 나온 눈물을 닦으라고 그가 주었던 물건이었다.

문언은 그녀가 건네는 손수건을 알아보았다.

取, 작약

"수가 놓였던데요."

경여가 호기심을 드러냈다. 잘 말리고 곱게 접던중 발견한 손수건의 오른쪽 아랫단에 놓인 수는 솜씨있게 공들인 것이었다.

"예."

"누구의 솜씨예요?"

그의 어머니일까? 아니면, 누이?

문언에 대해 아는 게 없다고 생각하며 호기심에 물었지만 그는 대답하지 않았다.

"누구인지는 몰라도 꽤 소박한 꿈을 사랑하는 분인가 봐요."

고급스런 비단실로 수를 놓았지만 반쯤 바람에 날린 듯한 민들레 씨앗이 줄기에 남아 있었던 것이다. 한 줄기 바람에 날리는 듯한 씨앗들과 함께.

하지만 문언은 예, 라고 간단히 대답만 했을 뿐 자세한 이야기는 하지 않았다.

경여가 화제를 바꾸었다.

"재사도 조금 전 공연 보았어요?"

"예, 비전하."

"아름답고 그림 같았죠?"

경여가 말하자 문언은 짓궂은 웃음을 지으며 낮게 물었다.

"비전하께도 그렇게 보이던가요?"

그것이 또 제가 한 행위를 꿰고 있는 듯 보여 경여는 얼굴을 붉혔다.

"그 시가집의 노래, 주군께 들려드리셨습니까?"

"네?"

그렇지 못하다는 사실을 알고 있을 문언의 질문에 경여는 당혹했다.

"아니요, 아직."

"주군의 행보가 전과 달라 다들 우왕좌왕합니다. 지난 다섯 해 동안 하지 않던 일까지 하시는 터라."

그를 모시는 이들의 혼란과 고통은 짐작이 갔다.

"공주전하로부터 벌써 몇 차례 불호령이 떨어져 한동안 모시는 자들도 곤혹스러워한답니다. 그 원망이 비전하께 향하는 건 아십니까?"

경여로서는 불편한 주제였다.

"그, 그런가요."

"제게 방도를 묻지만 저라고 달리 뾰족한 묘책이 있을 리가 없고, 잘못했다간 괜히 미움만 더 살 뿐인지라."

유구무언(有口無言).

문언이 그대로 지켜보다가는 물었다.

"허면, 비전하께서도 그대로 지켜보실 작정이십니까?"

경여가 체념 섞인 어조로 말했다.

"당장 내가 어쩔 수 있는 일이 아니에요."

이제껏 다정하기만 하던 문언의 눈빛이 질책 섞인 비난조로 변했다.

"답답하십니다. 새벽 닭 우는 소리를 들으려면 함께 밤을 보내야 하지 않겠습니까. 이제라도 혼인을 무르고 위공이 계신 친가로 돌아가시렵니까? 그러고 또 도망쳤다가 붙잡혀서 다른 사내와 혼인하셔도 괜찮으시겠습니까?"

협박에 가까운 문언의 말도 경여를 움직이지는 못했다.

"그런 일은 없겠죠. 어찌됐건 그이는 나를 버리지 않을 거예요."

"그렇게 확신이 깊으십니까."

"혼인하던 날 밤에 그이가 그랬어요. 다른 사내에게 빼앗기지도 않겠지만, 내 것이되 내 것이 아닌 여자가 되게 하겠다고."

미움이 깊어 내뱉은 말인 줄 알면서도 경여는 그 말에 기대고 있었다. 그러니 어쩌면 시간이 흘러 몸은 아니라도 그와 마음이라도 나누며 지낼 수 있는 날이 왔으면 좋겠다고 경여는 생각했다.

"그러면 종국에는 두 분께 해가 되는 일이라도 주군께서 그리 하겠다 마음먹으면 당하고만 계시겠단 말입니까?"

"재사, 그, 일은 정말, 내가 어쩔 수 있는 일이 아니에요."

"그것이 비전하의 사랑입니까? 두 사람을 망치는 일이 되어도 과거의 일을 떨치지 못하고 끝내는 두 분 모두 불행하게 되는 것, 그런 걸 원하십니까?"

경여의 눈빛이 흔들렸다.

그녀의 상처를 모르는 바 아니지만 이대로 과거의 불행을 재현한다면 이번에 불행해지는 것은 그녀뿐만 아니라 제강도 마찬가지였다. 문언은 가슴에 있는 말을 모두 토해내기로 했다.

"그때 왜 혼인하지 못했다고, 주군께 제대로 말씀해보셨습니까? 그런 선택을 하셨던 비전하의 희생이 사랑입니까? 주군이 원치 않는 희생이 사랑입니까?"

문언의 말은 신랄했다.

"하지만 그때는, 그때는……."

지금이야 그런대로 그의 앞에 서 있지만 그때만 해도 경여는 그의 얼굴은커녕 그림자만 봐도 고통스러워 경기를 일으킬 지경이었다.

"주군께서는 어떤 상황에서든 맞서 싸우는 쪽을 택하셨을 겁니다. 제가 잘못 안 걸까요."

"아니요, 재사의 말씀이 옳아요. ……옳을 거예요."

경여의 가슴이 심하게 오르내렸다.

그래요, 그이의 냉담함, 이해 못 할 바는 아니에요.

자존심인지 무언지 나는 잘 모르겠어요. 그이가 내 앞에서 다른 여자를 품는다고 해도, 몸이 따르지 않지만 어떻게든 노력해볼 테니 버리지만 말아달라고 애원해야 할까요?

경여는 자신이 조금 전 정림 앞에서 했던 행동을 떠올렸다. 그래 놓고도 그가 눈앞에서 다른 여자를 품는 걸 볼 수 있다고 생각하다니.

하지만 그것은 지금으로선 그녀가 가장 할 수 없는 일이었다.

할 수 없는 일. 하지만 해야만 하는 일!

경여는 호광과 혼인하기 전에도 남녀 간의 은밀한 행위를 즐기지 못했다. 그것은 처음의 충격이 가신 후로도 한동안 그랬다. 틈만 나면 그녀의 몸을 더듬는 제강과는 달리 그가 다섯 번을 졸라야 겨우 한두 번 관계를 맺는 정도였다. 다정하고 인내심 있게 경여를 이끌어야 함에도 참고 참았던 욕구를 겨우 풀어내는 정도이다 보니 그의 행위는 격해질 수밖에 없었고 그런 후에 경여는 잡힐 듯 잡히지 않을 듯 한동안 거리를 두곤 했었다.

"여자가 궁해서 유곽을 찾을 분이 아닙니다."

문언의 말이 아프게 가슴을 파고들었다. 호광이 누구를 품든 경여
는 상관하지 않았다. 오로지 제게로만 오지 않으면 된다고 생각했
다.

호광이 한때 했던 일.

평화로운가 하면 가끔씩 뒤집듯 풍파를 만들곤 했었다. 그중 한
가지가 제 앞에, 그의 침실에 여자를 들이고 경여에게 지켜보게 만
들기도 했었다.

만약 그 상대가 제강이라면, 그가 그런 일을 요구한다면 이번에도
참아내야 할까.

그와의 혼인이 두려웠던 가장 큰 이유!

제가 품어줄 수 없으니 다른 여자라도 품으며 살라고 넓은 마음으
로 이해하며 살아야 할까.

경여의 가슴이 아프게 조여들었다.

이제는 그도 그녀가 가진 비밀을 알아버렸다. 경여는 그가 어떻게
나올지 두려우면서도 궁금했다. 당장 친정으로 돌아가라고 하지 않
는 건 아직은 아무것도 결정하지 않았다는 걸까.

"주군과 하고 싶은 일이 비단 한 가지뿐입니까, 비전하?"

새벽 잠 깨서 닭 우는 소리 듣는 것 말고 더 하고 싶은 일?

화원에 이어 문언의 추궁까지 이어지자 더는 미룰 수 없다고 생각
하며 경여가 용기를 냈다.

"남녀의 일을 가장 잘 아는 이가 누구일까요, 재사. 의원 말고요."

"네?"

문언은 엉뚱한 경여의 물음에 당황했다.

경여는 용기가 사라지기 전에 얼굴이 붉어지는 것을 느끼며 말을 골랐다.

"내가, ……밤의 일이 좀, 서툴러요. 도움을 받으려면 누구에게 요청하는 게 좋을까요?"

가장 믿을 만한 조언을 구할 수 있는 이. 경여에게는 문언이 그랬지만 아무래도 주제가 주제이니 만치 쉽게 입이 떨어지지 않아 나중에는 겨우 알아들을 수도 없게 잦아들었다.

어지간한 일에는 당황하거나 말이 막히지 않는 문언도 난감했다. 그 자신 또한 관심 밖인 데다 잘 알지 못하는 영역이었다.

"정교와 관련해서는 유녀들이 잘 알겠지만, 그런 곳은 비전하께서 가실 곳이 못……."

아!

순간, 문언도 경여도, 최근 알 수 없는 제강의 행보에 대해 짐작했다.

그와 하고 싶은 일들은 비단 한 가지뿐이 아니다. 이대로, 그의 아내라는 이름만 가진 채 살 생각이 아니라면 병을 고치도록 하는 노력이 필요했다. 그가 어떤 여자를 품에 안아도 못 본 체하면서 살 수도 없으면서 이렇게 손 놓고 있을 수는 없었다.

경여는 문언의 말이 맞기를 바랐다.

붉어진 얼굴로 경여는 문언과 헤어져 서둘러 후원 쪽으로 걸음을 옮겼다. 열을 좀 식혀야 할 필요가 있었다. 아직도 경여의 호흡은 고

취작약

르지 못했다. 가슴도 심하게 두근거렸고 얼굴을 뜨겁게 달군 열기도 식지 않았다.

자신도 없으면서 그게 무슨 용기, 무슨 충동이었는지.

너무나 무모했다.

그를 어떻게 다시 볼까.

듣기 싫다 했어도 시종이 정림에 대해 했던 말들이 지나친 자극이 되었던 것이 사실이었다. 그게 아니면 그렇게까지 대담한 행동을 했을까. 경여는 정림에게 제강이 이제는 확실한 제 사내임을 보여주고 싶었다. 그리고 혹시라도 제강이 정림의 아름다움에 빠진다면 그렇지 못하게 이목을 흐트러뜨리고 싶었다.

얼굴에 손부채질을 하며 차분히 마음을 다스리려던 경여의 걸음은 제 뒤에서 들리는 발소리에 천천히 돌아보았다.

제강이었다.

헉.

겨우 진정되는가 싶던 가슴이 덜컥 내려앉았다. 사람이 있건 없건 그의 얼굴을 마주 보는 건 당장은 곤란했다. 그것이 반영되어 경여는 차츰 보폭을 넓히고 가속도를 붙였다.

돌아보고 저를 확인하고도 잡히지 않으려는 경여의 움직임을 포착한 그도 보폭을 넓혔다. 전 같으면 당장 열 걸음도 걷기 전에 경여의 낭창한 허리를 낚아채고도 남았을 그가 아직 불편한 걸음으로 속도를 냈다. 결국 얼마 못 가 경여는 그에게 허리를 붙잡혀 돌려세워지고 그의 팔과 가슴 사이에 단단히 갇혔다.

아앗.

돌려세워지며 그의 품 안에 갇혔을 때 경여는 자신도 모르게 외마디 비명을 질렀다.

쉬잇!

그가 경여의 입에 손을 대는 것과 거의 동시에 경여도 제 입을 막았다. 짧은 순간이었지만 쫓고 쫓기는 짧은 추격전으로 그들의 호흡이 꽤 거칠었다. 심장도 격하게 뛰었다.

"이렇게 도망칠 거면서 그런 대담한 짓을 해?"

그가 어이없는 듯 낮게 속삭였다.

그와는 달리 숨을 몰아쉬며 경여가 애원했다.

"놔줘요."

"싫어. 나도 이제부터 실컷 고문을 해볼 생각이야."

강한 소유욕을 드러내며 이미 그의 한 손은 경여의 허리에서 엉덩이로 내려갔다. 전혀 빈틈없이 바짝 붙여 안는 그의 손길에 의해 뜨거운 그의 몸 일부가 아랫배로부터 꿈틀거렸다.

"가군!"

경여가 새된 비명을 눌러 삼키는데 서둘러 그의 입술이 내려왔다. 그제야 갈증이 깊은 줄 안 경여도 입을 열어 그의 혀를 맞았다. 아직 가라앉지 않은 심장이 더욱 세차게 뛰었다. 조금 전 자신의 철없는 행위를 보상하듯 경여는 그의 혀를 달래고 그의 입술을 핥았다. 아찔한 감각에 취해 어떻게든 넘어지지 않기 위해 그의 목에 팔을 감고 매달렸다. 젖가슴을 찾아 감싸 쥐는 그의 단단한 손길은 감정을 조절하기 쉽지 않은 듯 결코 부드럽지 않았다. 옷 위로 유두를 찾아내 엄지로 자극하자 경여의 예민한 유두가 즉각 반응하며 고개를 들었다.

흐웃.

만지는 것만으로는 참을 수 없는 듯 그의 입술이 목덜미를 지나 옷자락을 헤치고 유두를 입에 머금었다. 그러나 자꾸만 옷자락 사이로 사라지자 벌어진 옷섶 틈으로 손을 넣어 제 입에 담기 좋도록 젖가슴을 손 안에 쥐고 끌어올렸다.

"아아, 제강!"

낯설고 두려우면서도 강렬한 감각이 전신을 훑어내려 갔다. 울렁이는 가슴을 진정시킬 수도, 아찔한 현기증을 멈출 수도 없었다. 조금 전까지 제 혀를 빨고 핥던 그의 혀가 젖가슴을 희롱하자 경여의 무릎에 더욱 힘이 빠졌다. 그럴수록 단단히 붙잡을 무언가에 기대지 않을 수 없는 경여는 그의 팔에 매달렸다. 뜨거운 입김과 젖은 혀가 닿았고 혀로 달래듯 희롱하다 탐욕스레 입 안에 머금고 빨아올리자 경여가 자지러졌다. 아들 염에게 젖을 물릴 때와는 너무나 다른 감각이었다.

아흑.

희롱하듯 촉촉하게 젖은 혀로 유실을 굴리고 아래에서 위로 빨아올리는가 하면 견딜 수 없다는 듯 살짝 이로 깨무는 것도 참을 수 없는 유혹이었다. 저릿저릿한 감각이 가슴으로부터 전류를 타듯 아래로 내려갔다. 몸의 중심부가 화르락 경련했다.

제가 먼저 한 유혹의 결과였다. 그러나 그의 손길이 아래로 더듬어 내려가고 치마 속으로 파고들어 허벅지 안쪽에 닿자 정신이 반짝 들었다. 뜨겁던 피가 순식간에 식어버렸다.

"그, 그만. 그만, 안 돼요."

그것은 희열에 몸을 떠는 음성이 아니었다.

천천히 제강이 고개를 들었다. 그의 눈은 확연하게 욕망으로 번뜩이고 있었다. 그와는 다르게 경여가 두려움 담긴 눈으로 고개를 천천히 가로저었다.

"싫다고?"

"시, 싫어요."

경여가 그의 눈을 피해 가슴에 얼굴을 묻었다. 그의 가슴이 크게 들썩였다. 그는 공연도중의 갑작스런 경여의 유혹이 노력해보겠다던 말의 실천인 줄 알았다.

"그럼 아까는 왜……?"

"당신이, 그 여자들을 바라보는 게 싫었어요. 그렇지만 내가 지나쳤어요."

경여가 미간을 찡그렸다. 아랫배가 뭉치듯 묵지근한 둔통과 함께 치골 근처로부터 강한 통증이 따랐다. 정교에 대한 강한 거부감 때문이었다. 그 모습을 바라보는 그의 가슴이 크게 들썩였다. 당장이라도 인적 드문 어둠 속 나무그늘로 이끌고 가 제 욕심을 채우고 싶은 욕구와 싸우는 것은 무척 큰 고통이었다. 그가 한 번 더 깊은 한숨을 내쉬고는 천천히 놓아주었다.

질시하는 마음 때문이었다고? 제 것을 남에게 빼앗기고 싶지 않아서?

"먼저, 돌아가."

그는 경여에게 어떤 비난도 하지 않았다.

취작약

도망치듯 그 자리를 벗어나려던 경여는 다리에 힘이 풀려 두 걸음도 채 걷지 못하고 바닥에 주저앉았다. 그가 성큼 다가와 경여의 팔과 허리를 잡아 일으켜주었다. 경여는 그가 멀어지기 전에 충동적으로 그의 가슴에 파고들었다. 밀쳐내지 않고 힘주어 안아주는 그의 몸이 잔뜩 긴장하는 것이 그대로 느껴졌다.

"미안해요."

그는 천천히 경여의 등을 안고 달래듯 위아래로 쓰다듬었다. 얇은 옷 아래 떨고 있는 경여가 느껴졌다. 제게 욕심을 내고 소유욕을 드러내는 것은 썩 나쁘지 않았다. 몸은 심하게 고통스러울지라도!

"참아보겠다고 했잖아. 미안하다는 말, 듣기 싫어. 하지 마."

"응."

경여가 고개를 끄덕여 수긍했다.

끝까지 갈 자신이 없으면 엉뚱한 곳에서 유혹하지 말라는 소리가 나올 것 같아 제강은 굳게 입을 다물고 경여의 몸을 떼어놓았다.

"의복 다시 잘 추스르고."

"음."

경여는 미간을 잔뜩 찌푸리고 있는 그에게 다시 미안하다는 말을 할 것 같아 서둘러 흐트러진 옷과 요대, 장식을 확인하고는 걸음을 옮겼다.

18

긴 머리카락을 말리는 일은 언제나 인내심을 요했다.

경여는 아침 햇살이 좋다고 느끼며 아직 마르지 않은 머리카락을 내려뜨린 그대로 내실과 목욕실 사이에 있는 통로의 마루를 맨발로 지났다. 예궁 내실만의 독특한 구조인 외부로 통하지 않는 작은 정원으로 가기 위해서였다. 그곳은 처음 건축물을 지을 당시부터 자리 잡고 있던 나무를 옮기지 않기 위한 배려 때문에 생긴 구조였다.

경여는 하늘을 가리고 사방으로 뻗은 줄기가 큰 그늘을 만드는 오래된 벚꽃나무의 무성한 잎을 마주 보며 다섯 개로 이루어진 완만한 계단중 두 번째에 앉았다. 지붕과 나무 사이 틈으로 새어 들어오는 그림같은 한 줄기 빛 아래 서늘한 바람을 맞으며 머리카락을 말렸다.

경여의 오른손에는 아기 손바닥만 한 반달 모양의 자단목 빗이 들려 있었다. 흔히 보기 힘든 최고급 자단목 빗은 아름답기도 했지만 어린 시절 사탕 값이라고 하면서 열여섯 생일을 맞던 해에 진제강이 선물한 것이었다. 호광과 혼인하기 전 제강과 관련된 모든 것을 친정 정원 나무 아래 묻어두었던 경여는 집에서 도망치기 전날 다시 파냈다. 깊이 묻어두었던 상자는 낡았지만 그 안의 물건들은 세월의 더께만 앉았을 뿐 그대로였다.

풍성한 머리를 빗거나 손에 감아올릴 때마다 익숙한 작약향이 났다. 평소 같으면 작약의 향은 마음을 안정시켜 주었겠지만 최근에는 효과가 없었다. 이른 새벽부터 늦은 밤까지 이런저런 고민을 해왔지만 딱히 답을 찾을 수 없어 마음이 조급해지고 있었다.

"주군과 하고 싶은 일이 비단 한 가지뿐입니까, 비전하?"

채근하던 문언의 말이 떠오르자 가는 한숨이 저절로 흘러나왔다.

그와 밤을 보내는 일! 오랜 악몽을 떨쳐내는 일!

그를 위해서 그리고 그녀 자신을 위해서 누구보다 원하는 일이었다. 하지만 몸은 제 것이 아닌 것처럼 의지를 배반하니 그것이 문제였다.

무심코 경여는 제 손바닥 위의 빗을 내려다보았다. 나무의 붉은 결을 따라 손가락으로 더듬어보았다.

한순간 그녀의 것이 더 예쁘다며 시샘하던 추억 속 화원 공주의 말이 들려오는 듯했다. 똑같다고 우기던 그와 정말 같으면 바꾸자고 주장하던 화원의 심술에 마지못해 바꾸자고 내밀던 경여의 손을 서둘러 제지하던 그!

"거봐요, 오라버니! 같긴 뭐가 같아."

화원은 겹쳐진 두 사람의 손을 새치름하게 흘겨보며 심술을 부렸다. 마음이 불편한 경여와는 달리 그의 태도는 여유로웠다.

"너도 나중에 정인에게서 받으면 되겠네."

결국은 속내를 그렇게 드러내던 그.

후에 둘만 있게 되었을 때 그가 낮게 투덜댔다.

"확인도 않고 아무거나 다 내줘?"

확인도 않고?

그제야 경여는 단아하고 탐스러운 꽃문양 사이에 숨겨진 글자를 발견했다.

취작약 醉芍約, 취경여 娶瓊紹[1].

"옥과 비단을 좋아하는 줄 몰랐어요. 욕심이 많으시네요. 왕자전하는."

저절로 입가에 떠오르는 미소를 깨물며 경여가 놀렸다. 그녀의 이름을 장난스레 바꿔놓긴 했지만 그가 하려는 말은 분명했다. 닳을까 두려워 혹은 누군가에게 들킬까 두려워 자주 만져보지도, 들여다보지도 못했던 그의 마음 한 켠을 들은 것 같아 이후로도 자단목 빗을 바라볼 때마다 가슴이 설레곤 했었다.

잠시 몸을 피해 있던 곳의 노인 부부는 이른 아침 일어나 바깥노인의 머리를 만져주었다. 잔소리가 싫다고 불평하는 것도 다 행복한 소리라며 늙어죽을 때까지 안사람이 살아 있어야 사내의 외양이 준수하다고 했다. 아닌 게 아니라 할머니의 손길이 미친 할아버지의 모습은 빈한한 살림에 누추할지언정 손과 발, 머리와 의복은 단정했다. 하지만 오래도록 사용해서 이미 손때 묻고 듬성듬성 이가 빠진 할머니의 빗을 새로 만들어주는 사람은 할아버지였다. 눈은 흐려졌

---

1   娶 : 장가들, 아내로 맞을 취. 瓊 : 옥 경. 紹 : 명주, 비단 려.

고 마디 굵은 손도 이미 젊은 시절의 날렵함과 섬세함을 잃었음에도 할아버지는 느리지만 조금씩 흔한 나무 조각을 제법 새 빗의 모양새가 나게 다듬고 있었다.

경여는 그들의 모습에 자신과 제강을 얹어보았다. 그는 부족할 것 없는 왕제이고 언제든 시중들어줄 이가 있겠으나 그가 나이 먹고 그녀도 나이 먹어 다정하게 마주 앉아 옛말하듯 이야기 나눌 수 있었으면! 이 노인네가 왜 안 오나, 하며 울타리 밖에 나가 기다리는 모습도!

그 모든 것이 가능하려면 경여는 한 가지 자신의 장애를 극복해야만 한다. 정시중의 연회에서 돌아온 후에도 그는 낮에 한두 번 찾아와 산책을 함께했을 뿐, 기다려주고 있었다.

어쩌면 그가 가장 원하는 일을 들어줄 수도 없으면서 다른 꿈을 꾼다는 건 어불성설이었다. 한때는 곤혹스럽고 그토록 감당하기 힘들던 행위. 하지만 그것은 연인이기 때문에 가능한 행위였다. 그가 강렬하게 원하고 있음은 분명했다. 그럼에도 그는 다만 기다려주고 있었다.

하지만 예궁이 자랑하는 전경각 서고에는 그녀의 문제를 해결해줄 답이 없었다. 사내의 양기를 북돋는 비법은 있어도 그녀의 문제를 해결해줄 답은 단 한 줄도 찾아낼 수 없었다. 화원 공주에게는 털어놓을 수 없었고 어머니 위부인에게 고민을 털어놓으면 아버지의 귀에 들어갈 테니 답답한 노릇이었다. 그렇다고 다른 사람도 아닌 그에게 도움을 요청할 수도 없었다.

생각만으로도 이미 숨이 덥고 얼굴이 달아오르며 답답한 경여의 눈에 자신을 향해 다가오는 그를 발견했다. 경여는 서둘러 아직 마르지 않은 머리카락을 틀어 올리고 돌계단 아래 놓인 맨발을 치맛단 안쪽으로 숨겼다.

　한가롭게 머리를 말리는 모습을 그에게 보인 적은 없었다. 그에게 흐트러져 보이지 않을까 하는 걱정은 다가온 그의 태도를 보고 사라졌다. 그는 경여의 치맛단 사이로 살짝 드러난 맨발을 보고도 못 본 척해주었다. 그리고 오히려 그가 오기 전과 마찬가지로 머리를 풀도록 시켰다.

　"그래도……."

　"다른 사내에게 보여주는 건 싫지만 여기서 볼 수 있는 사람은 나뿐이니까."

　그의 말에 경여의 뺨이 확 달아올랐다.

　"그리고 아직 다 마르지도 않았잖아."

　경여가 천천히 손을 올려 비녀를 뽑아내자 긴 머리카락이 흘러내렸다. 은은한 작약향이 바람을 타고 그에게 날아왔다.

　그는 찰랑이며 흘러내린 경여의 머리카락을 흡족하게 바라보다가는 경여의 손 안에 든 빗을 알아보았다.

　그의 입가에 엷은 미소가 피어올랐다.

　"가지고 있었어?"

　그가 다가와 곁에 앉고는 경여의 손에서 빗을 건네받았다.

　경여가 제 마음을 내보였다.

　"귀한, 거잖아요."

　"그사이 더 귀한 걸 얼마든지 가질 수 있었을 텐데."

취, 작약

일부러 드러내지 않으려고 해도 어쩔 수 없는 지난 다섯 해에 대한 질투.

"내겐 가장 귀한 거였어요."

그는 천천히 오래된 글자를 손과 눈으로 훑어보더니 그 빗으로 경여의 머리카락을 빗겨주었다. 경여는 등을 보이고 그의 손길에 머리를 맡겼다. 조심스레 머리카락을 쥐는 그의 손길과 빗어 내리는 행위가 등 뒤에서 느껴졌다.

그 일관되고 온화한 손길 때문일까. 그가 곁에 오기만 해도 몸이 굳고 긴장해서 따끔거리며 아프기까지 하던 피부가 차츰 진정되는 것 같아 가만히 눈을 감았다. 머리카락을 만지는 그의 손길은 한없이 부드러웠다. 그 어떤 애무보다 간절했다.

"미안해요."

경여의 입술이 저절로 열렸다. 계속 입 안에서 맴돌던 말이었다.

그는 빗질하는 손길 그대로 무심하게 물었다.

"뭐가?"

"당신을 힘들게 해서. 의도하지 않아도 자꾸만 그렇게 돼서."

문언의 말대로 그는 결코 경여의 희생을 반기지 않았을 것이다. 그때 조금 더 용기를 내서 몸의 상처보다 마음이 더 아프다고 고백하고 지금과는 다른, 조금은 다른 선택을 할 수 있었다면!

"미안하다고?"

"네."

"내게 말하지 않고 혼인했던 일이?"

"음."

"그날, 궁의 연회에서 도망쳤던 일은?"

"그것도."

경여가 가만히 고개를 끄덕였다.

그의 마음을 아프게 했던 일이라면 그 어떤 행위도 미안했다. 조금 더 일찍 그의 마음을 보듬어 안아줄 수 있었다면 좋았을걸.

"잘 돌아왔다는 말 한 마디 해주지 않았던 건?"

"그렇게 생각하고 있었어요. 마음으로는."

미안하다는 말.

그 말 한 마디로 지난 5년의 고통이 씻겨나갈 수 있을까.

"도망쳐서 내 속을 태웠던 일은?"

그의 말에 장난기가 묻어났다.

"많이, 걱정했어요?"

"그걸 말이라고 해?"

"어쩔 수 없었어요. 아버지도, 그리고 당신도 내게 스스로 잘못을 고칠 기회조차 주지 않았어요. 탐욕에 눈이 어두운 여자처럼 남편 잃은 지 얼마 되지도 않아 왕비의 자리를 꿰차기 위해 상식도 버린 여자로 만들어버렸어요. 먼저 용서를 구할 기회조차 빼앗아버렸어요."

그가 물었다.

"다시 기회를 준다면, 그때는 내게 먼저 올 건가?"

"네, 그러고 싶어요. 당신이 정말 마음으로 나를 원한다면!"

당신이 정말로 원한다면!

경여가 알고 싶은 것은 바로 그것이었다. 그녀 자신에 대한 보복

취.작약

이나 아버지에 대한 미움 때문이 아니라 그가 정말로 마음을 다해 자신을 원하고 있는지!

빗질하던 그의 손길이 멎었다. 그리고 그를 마주 보도록 경여를 돌려세웠다. 무엇 하나도 놓칠 것 같지 않은 그의 강렬한 눈빛에 경여는 오래 버티지 못했다. 가슴이 서늘해서 경여는 빈손을 꼭 움켜쥐는 것으로도 모자라 치맛자락을 움켜쥐었다.

"왜 그걸 의심해? 나는 언제든 위경여 앞에서 무력하기만 한 사내인데."

그의 입에서 나올 거라고는 기대하지 못한 다정한 음성.

가슴이 먼저 그 의미를 알고 세차게 뛰었다.

"정말 이런 나와, 살아줄 수 있어요?"

사실은 굳이 대답을 듣지 않아도 그의 마음을 알고 있었다.

이 사람은 아직도 나를 사랑해!

그를 향한 굳은 믿음이 내부로부터 확인되었다.

"내가 너 없는 지옥을 사는 게 좋겠어?"

아니요, 아니요!

경여가 천천히 고개를 가로저었다.

"이리 와."

그는 경여가 스스로 제게 와 안기기를 바랐다. 경여가 천천히 자신의 의지로 그의 가슴에 머리를 대고 그의 옆구리를 지나 등을 조심히 감싸 안았다.

"제강."

그녀의 몸을 감싸 안은 그의 팔에 힘이 들어가자 조금의 틈도 없이 두 사람의 몸이 밀착되었다.

경여는 그가 단단히 안아주니 없던 용기도 날 것 같았다.

"나, 버리지 않을 거예요?"

경여는 가장 큰 두려움을 토로했다.

"어떻게 다시 얻은 사람인데 버려."

"……전처럼 당신 안아주지 못하는데? 잘 안 될지도 몰라요. 많이 힘들게 할지도 몰라요."

"전에도 그랬어."

"네?"

"넌 전에도 날 무척 힘들게 했어."

조르는 쪽은 언제나 그였다. 경여에게도 조금은 자신감이 생겼다. 그에게 몸을 붙여 끌어안을수록 꿈이 아닌 현실이라는 걸 실감할 수 있었다.

이 남자! 이 세상 무엇과도 바꾸고 싶지 않은 남자를 다시 얻었다는 사실이 벅찬 감격으로 와 닿았다. 그런데 그의 한 부분이 유독 불편하게 경여의 몸에 닿고 있었다. 그들이 풀어가야 할 과제였다!

"그리고, 노력하겠다고 약속하지 않았나? 나는 기다리고 있는 중인데?"

그의 품에서 몸을 뺀 경여의 얼굴이 새빨개졌다.

어떻게 해야 하나. 뭐라고 말해야 하나.

"저기, 그게요, 가군……."

"응?"

확답을 들으려는 그에게 경여가 용기를 내서 고백했다.

"그게, 그러려고 했는데, 달리 방법을 모르겠어요."

"음?"

"서고에는 귀한 의학서적들도 많지만 그런 일에는 답이 없어요. 어떻게 해야 좋을지 모르겠어요. 의원에게 보여서 될 것 같지도 않고, 딱히 약이 있는 것 같지도 않고, 답답해서요. 가군과 약속한 것은 알지만, 그게…… 좀, 어려울 것 같아요."

"그렇다고 이대로 평생 살아갈 수는 없는 거잖아."

경여는 그의 한마디에 움찔했다.

그렇죠. 무한정 기다려달라고만 할 수는 없는 일이죠.

하지만 그가 다른 여자와 잠자리에 든다는 상상만으로도 가슴이 조여들었다. 이전에 정림과 다정한 모습을 본 것만으로도 심장을 난도질당하는 것 같았는데! 이제라도 후비를 맞으라고 권해야 하는 걸까. 다른 이도 아닌 그녀 자신의 입으로?

그런데 그가 새로운 제안을 했다.

"함께 방법을 찾아볼까?"

"네?"

"내가, 들은 바가 있는데."

당장 경여의 얼굴에 희망의 빛이 보였다.

"방법을 알아요? 고칠 수 있대요?"

조금 더 일찍 털어놓을 걸 그랬나 하고 경여는 생각했다. 경여 자신도 어쩌지 못하는 몸의 문제를 그에게 말해봐야 도움이 될 것 같지 않았는데, 부부 사이의 문제이니 어쩌면 부부가 풀어야 할 문제일 수도 있겠다는 희망이 생겼다.

"쉽지는 않은 일이라고 했어."

금세 경여의 얼굴에 실망하는 기색이 어렸다.

"그래도 노력해보겠다고 했잖아."

"네. 나, 어떻게든 노력해볼게요. 그러니까 가군도, 정말 정말 노력했는데, 몇 년쯤 후에 그래도 안 되면 하는 수 없지만 지금은 다른 여자 찾지 말아요."

그가 웃느라 가슴이 들썩였다. 그의 눈에는 이제야 예전의 경여로 보였다.

"내가 노력한다고요. 저, 전에도 가능했었으니까 어떻게 노력해서 고쳐볼 테니까, 그동안은……."

말하면서 생각해보니 자신의 욕심만 드러낸 것 같아 경여가 말끝을 흐렸다.

"그래, 그러니 내게도 약속해."

경여는 그의 말에 집중했다.

"더는 내게 아무것도 속이지 마. 나는, 꼭 몸을 나누지 않아도 널 만지고 안고 싶어. 그때마다 도망치지 마. 그럴 수 있어?"

"그래도, 되요?"

조심스런 경여의 반응에 그가 경여의 턱을 들어 올려다보게 했다. 엄하게 질책하는 그의 눈이 무슨 의미냐고 묻고 있었다.

"……하지 않아도, 만져도 되는지……."

경여가 부끄러워하면서 그의 눈을 피했다.

정교를 나누지 않아도 그를 만져도 되는 걸까? 지금도 경여는 그의 손을 잡고 싶은 충동을 억누르고 있었다. 그의 뺨, 때로 그의 입술, 그의 피부를 아기처럼 만지고 싶을 때가 있었다. 하지만 그의 욕구를 감당할 수도 없으면서 부추기는 건 옳지 않다고 생각했다.

"뭘, 하고 싶은데?"

생각지 않은 경여의 물음이 그를 흔들었지만 다정하게 물었다.

순간 경여의 두 뺨이 붉게 물들었다.

"날 만지고 싶어?"

그의 숨결이 지나치게 가까웠다.

그를 만지고, 그의 입술을 쓸어보고 입맞추고 싶었다.

"내가 안 된다고 한 적 있나? 왜 내가 싫어할 거라고 생각해?"

그의 말이 경여에게 용기를 주었다. 경여는 손을 들어 그의 뺨을 스치고는 천천히 그의 입매의 선을 따라 손으로 쓸어보았다. 그녀의 손길이 스치고 닿는 곳마다 더할 수 없이 뜨거워졌다. 경여는 천천히 고개를 들어 그의 입에 제 입술을 살포시 겹쳤다. 그는 경여가 좀더 쉽게 다가올 수 있도록 고개를 숙여 경여의 입술을 맞았다. 입술과 입술이 맞닿은 감각은 특별했다. 긴장감과 안도감이 뒤섞이는데 가슴은 세차게 뛰었다. 마치 그와 처음 입 맞추던 그 순간처럼!

경여가 조금 더 나아가 그의 윗입술을 먼저 물었다가 아랫입술을 빨았다. 한 번. 그리고 다시 한 번 더.

후웃. 경여가 작은 소리를 내며 입술을 떼고는 그의 가슴팍에 살포시 이마를 대고 거친 숨을 몰아쉬기만 할 뿐 눈도 들지 못했다.

그가 실망스런 음성으로 말했다.

"이게 다야?"

반짝. 경여가 고개를 들었다.

"더, 해요? 해도 되요?"

"그건 많이 가르친 줄 알았는데?"

그의 말에 용기를 낸 경여가 다시 한 번 고개를 들어 그의 입에 입맞추었다. 천천히, 그가 예전에 했던 것처럼 그의 윗입술을 핥고 살짝 벌어지는 아랫입술도 사랑스럽게 흡입했다가는 놓아주었다. 처음에는 경여의 하는 양을 보듯 가만히 있던 그가 호응하자 두 사람의 입술이 닿았다가 떨어질 때마다 작은 소리가 났다. 가볍게, 장난처럼 시작된 입맞춤은 서로의 뜨거운 숨결과 혀가 얽히고 타액이 오가며 깊어졌다. 한 팔은 단단히 그의 목에 감고 다른 한 손은 여전히 그의 뺨을 사랑스럽게 쓰다듬으며 숨을 고르던 경여가 눈을 빛내며 수줍은 미소를 지었다.

"더 하면 안 될 것 같죠?"

밀착한 그의 몸이 너무나 분명하게 그 존재감을 드러내고 있었다.

그도 더는 평정을 가장하지 않고 천천히 숨을 골랐다.

"기다릴 수는 있어. 하지만 나는 그자, 호광처럼 무심하게 지낼 수 없어. 너를 안지 않고 살 수도 없어. 그러니 말한 것처럼 노력해줘. 함께해. 두려워할 것 없어."

"그럴게요. 그럴게요."

노력해볼게요.

어떤 일이든 할게요.

그것이 나를 치유하고 당신을 위하는 일이라면!

이후로 그들 부부는 한 이불 속에서 잠을 잤다. 다시 그의 아침 의복정제의 일도 경여가 했다. 비록 완전한 부부로 맺어지지는 못했지만 하루 한 번은 경여가 그를 안아주고 그의 몸을 어루만졌다. 때때로 경여의 부드러운 손길이 그의 몸을 만지는 것만으로도 그는 낮고 뜨거운 숨을 뱉으며 잔뜩 긴장하곤 했지만 그래서 간혹 경여의 몸을 떼어놓고 도망치듯 거리를 두곤 했지만 그들은 조금씩 가까워지기 위한 노력을 했다.

그리고.

제강은 때때로 초저녁에 경여의 침전을 찾았다. 어느 때는 불쑥 경여가 목욕하는 도중에 안으로 들어와 함께하기도 했다. 그럴 때면 경여는 제 몸을 가리기에도 바빴고 눈을 어디에 둘지 몰라 당황했다.

"그냥 익숙해지는 거야. 뭘 하려는 게 아니야."

물속에서 그는 부끄러워하는 경여를 배려해 제 다리 사이에 가두고 등을 돌리고 기대도록 시켰다. 겨드랑이 사이로 그는 희롱하듯 경여의 젖가슴과 복부의 살결을 만지고 목덜미의 예민한 곳에 입술을 가져가는 사이 천천히 아래로 손을 내려 가장 은밀한 곳을 만져보기도 했다. 당장 그의 손이 닿자 경여의 다리가 닫혔다.

"괜찮아."

흑.

경여의 호흡이 가빠졌다.

천천히 기다려도 경여의 다리에서 힘이 빠지지 않자 그가 경여의 팔 사이로 손을 접어 세운 경여의 무릎에 대고 천천히 옆으로 밀었다. 아주 천천히 경여가 그의 손을 허용할 만큼 무릎을 열어주었다.

경여의 그곳에 닿았던 손이 허벅지로 옮겨갔다. 천천히 벌려 제 다리 너머로 놓고 다른 쪽도 그렇게 했다. 그의 손길이 닿지 않았지만 이제 경여는 그곳이 활짝 벌어진 느낌에 그의 오른쪽 어깨 쪽으로 고개를 돌렸다. 전 같으면 그의 손길이 닿을 거라는 생각만으로도 불쾌하게 아랫배의 경련이 시작되었겠지만 따뜻한 물 안에서는 조금 달랐다.

그가 경여의 왼쪽 귓불에서 목덜미를 타고 내려오며 젖은 경여의 몸을 핥으며 입 맞추었고 천천히 손을 내려 다시 벌어진 그곳을 온전히 왼 손바닥으로 덮었다. 그의 손을 치우게 될 것 같아 경여는 그의 오른팔에 매달리며 고개를 숙였다. 경여는 바들바들 떨고 있었다. 천천히 그의 중지가 경여의 가장 예민한 곳을 찾아내고 비비며 자극했다.

그의 다리 아래 겹쳐진 경여의 다리가 파들파들 거렸다.

"아, 제, 제강, 기분이 이상해요, 그, 그만. 그만요!"

천천히 그의 손이 떨어졌다. 그리고 그가 벌려놓았던 경여의 다리도 원상태로 되돌려졌다.

그가 경여의 몸을 자신과 마주 보게 했다.

"나는 네가 만져주는 게 좋아."

그의 손이 경여의 손을 잡아 물속에서 어느새 이미 잔뜩 흥분해 일어선 그의 남성으로 이끌었다. 주저하는 경여의 손을 이끌어 착한 학생처럼 그는 제 몸을 부드럽게 만지고 훑으며 탐험하게 했다.

전 같으면 결코 하지 못했을 대담한 행위지만 경여는 그를 위해, 그리고 자신의 호기심을 위해 자신에게는 없는 낯선 그의 일부를 애무했다. 때때로 그가 경여의 손 위로 겹쳐 조금 더 세게 쥐도록 만들기도 하며 주도하고 이끌었다. 경여는 자신의 손길 하나하나에 반응하며 몸을 떠는 제강을 보며 자신감을 회복해나갔다.

점차 그들에게 성의 금기는 사라졌다. 마침내 그들 사이에는 직접적인 정교가 없어도 서로의 몸을 만지는 일이 무척 자연스럽게 변해갔다. 시간을 둔 그의 인내심 깊은 노력이 효과를 보여 경여도 조금씩 반응을 보이기 시작했다. 그리고 가장 최근에 이르러 그들은 직접 몸을 결합하지는 못했지만 정교에 가까운 행위에 이르기도 했다.

그가 한 공간에 있기만 하면, 혹은 멀리서라도 그의 존재를 인지하는 것만으로도 경여의 몸이 반응했다. 전에는 어떻게든 이유를 만들어 경여를 만지고 싶어 하던 그였지만 이제는 경여가 먼저 그를 만졌다. 경여는 그의 입술을 탐하는 일을 즐겼고 그가 경여의 봉긋하고 탐스러운 젖가슴을 정성 들여 애무하고 베어 물고 빨면 자신도 모르는 감정에 고조되어 비명에 가까운 신음 소리를 내며 그를 안았다.

예전에는 그가 하는 모든 행동이 몸을 나누는 행위로 이어질까 두려워하던 경여가 변화하고 있었다. 제가 원하기만 하면 입맞춤만으로도 끝낼 수 있다는 사실에 안도했다.

제강은 너무 자주 울컥 경여가 제 몸을 품어줄 수 있지는 않을지 확인하고 싶은 충동으로 괴로웠지만 어떻게든 욕구불만을 해소해나갔다.

그러나 어느 새벽꿈으로부터 이어진 경여와 정교하는 상상은 그의 몸에 이미 걷잡을 수 없는 흥분을 일으켰다. 그대로 경여를 덮칠 것 같은 충동에 진 그가 돌아누워 스스로 제 몸을 훑으며 서둘러 진정시키려는데 한순간 곁에 누워 잠든 줄 알았던 경여가 겨드랑이 사이로 파고들었다.

순간 그의 숨결과 손길이 동시에 멈추었다. 이러지도 저러지도 못하고 있는 제강의 가슴에 손을 올리고 그의 살결을 쓰다듬던 경여의 손길이 차츰 내려와 그의 뜨거운 남성에 닿았다.

더는 숨길 수 없게 그의 숨결은 거칠고 뜨거웠다.

굉장히 비밀스럽고 은밀하게 그가 쥐었던 그 자리에 경여의 손이 닿았다. 이제 어떻게 만지면 그가 만족하고 흥분하는지 아는 경여가 제 몸의 일부를 어루만지듯 그를 달랬다. 어둠 속에서 아주 천천히, 느리게 경여는 그의 손길을 따라 그를 위로하는 방법을 실천했고 마침내 경여의 손 안에서 제강은 폭발하여 절정에 이르렀다.

그 짧고 강한 여운이 지나고 몸을 움직일 수 있게 되자 그가 천천히 모로 일어나 앉아 뒤처리를 했다.

그가 닦아주는 대로 손을 맡기고 모로 누워 경여는 그의 뒷모습을 말갛게 바라보았다. 한때 제 몸을 그토록 고통스럽게 만들고 압박하며 살아 있는 별개의 생명인 양 움직이곤 하던 그의 남성이 더 이상 두려움의 대상으로만 생각되지 않았다. 그녀의 손 안에서 너무나 순순하게 성을 내고 쾌락을 얻고 다시 원상태로 돌아갈 수 있다는 사실이 새로웠다.

그리고.

그의 등이 이처럼 외로워 보였던 때가 있었던가.

왜 이전에는 몰랐던, 그토록 쾌락에 몸을 떨며 신음하는 그의 모습이 쓸쓸해 보일까.

경여는 함께 그의 욕구를 충족시켜 주기 위해 노력했고 그가 정점에 도달했는데도 기쁘지 않았다. 쾌락을 찾는 그의 이전 모습은 항상 더 많은 것을 욕심냈고 주저하지 않았었다. 경여가 줄 수 있는 것 이상을 요구했었다. 감당할 수 없을 정도로!

그런데 지금은!

자신으로 인해 그조차 불행하게 만드는 것 같다는 생각에 경여는 울고 싶어졌다.

마침내 참지 못하고 천천히 자리에서 일어난 경여가 그의 등에 기댔다. 움찔. 탄탄한 그의 근육들이 잔뜩 긴장하는 게 느껴졌다. 경여는 그의 겨드랑이 사이로 팔을 넣어 그의 몸을 단단히 끌어안았다.

그는 경여의 몸이 닿고 바로 이어 긴 머리카락이 그의 맨 등을 간질이는 느낌이 좋았다. 소유욕을 드러내는 경여의 적극적인 애정표현 그 자체로 굉장한 자극이 되었다. 그런데 경여의 몸이 가늘게 떨고 있었다.

"왜, 그래?"

경여는 울고 있었다.

그가 당장 경여의 얼굴을 확인하려 했지만 경여가 그의 허리와 가슴을 감아 안은 팔에 더욱 힘을 주었다.

"그냥, 있어요. 제강, 그냥 있어요. 잠시만, 아주 잠깐만, 그냥 있어요."

"울고 있잖아. 왜 그래!"

그의 음성에 걱정이 담겼다.

"내가, 당신을 너무 힘들게 하는 거 같아요. 자괴감이 들어서……."

마음이 아파서 못 견디겠어요.

흐느낌으로 경여의 말이 끊겼다.

"왜 그런 마음을! 나는 지금 이대로도 좋은데."

완전히 본마음은 아니었지만 오늘처럼 경여가 그에게 관심을 가지고 적극적으로 뭔가를 하려고 한다는 사실이 좋았다.

"영영, 예전으로 돌아가지 못하면요? 당신, 언제까지 이런 식으로 견딜 거예요?"

"그렇게, 두지 않을 거잖아."

확신 없는 믿음.

"그래도요."

후우.

그가 짧은 숨을 내쉬었다.

"가끔, 이런 생각을 해. 예전에 내가 당신을 제대로 배려하지 못했던 벌이 아닌가 하고."

경여가 서둘러 도리질을 했다.

"그, 그런 거 아니에요. 그렇지 않아요. 예전에도, ……당신과 할 때 싫지 않았어요."

오히려 어둠 속에서 얼굴을 마주 보지 않으니 비밀스런 고백의 말이 나왔다.

그가 쓴웃음을 지었다.

茱 작약

"도망 다니기에 바빴으면서!"

그래서 기껏 일 년도 넘는 기간에 정교를 나누었지만 횟수로는 채 열 번을 넘기지 못했었다.

"아니요, 그건…… 사실 난 한 번으로도 버거운데, 두 번으로도 끝내려고 하지 않았으니까. 사실은, 하고 나면 무척 힘들었거든요. 하루 종일 기운도 없고. 목욕할 때도 몸에 난 자국들 때문에 어머니나 시종들에게 들키지 않으려면 또 그것도 힘들었고."

그가 신경 쓰지 못했던 부분들. 사내인 그와는 달리 경여에게는 그런 예민한 부분들이 남아 있었다는 걸 이제야 겨우 알게 되었다.

"그러면 왜……? 언제부터……."

다른 사람도 아닌 그에게 고백하려면 아무래도 용기가 필요했다.

경여가 호흡을 고르고 천천히 말했다. 감정이 격해지지 않기를 바랐다.

끝까지 남의 일인 듯 이야기할 수 있었으면!

"그날 밤 이후에, 그러니까 그 사람하고 그런 일이 있은 후에, 혼인하기 전까지는 몰랐어요. 그날 이후로는 그 사람과 한자리에 있지도 않았어요. 그러다가 아이를 낳고 그 사람이 어느 밤에 내실로 들어왔는데, ……끔찍하기도 했고 무서웠어요. 잘 기억나지도 않던 그날 밤이 떠오르는 것 같기도 하고."

"기억나지 않는다고?"

"음, 그날 낮부터 몸이 안 좋았어요. 아버지가 억지로 중춘절 행사에 가라고 해서 가긴 했지만 열도 좀 있고 속도 편치 않아서. ……너무 힘이 들어서 일찍 자리에 들었어요. 아버지가 몸이 좋지 않으면 약을 먹고 쉬라고 해서, 차를 마시고 누웠던 기억밖에는……."

차?

제강은 입 안이 바짝 타들어가는 듯했다. 저도 모르게 불끈 주먹이 쥐어졌다.

"그게, 그 밤의 일은 내가 부주의했던 거예요. 생각지 못한 일이어서."

"제집, 제방에서 그런 일을 당한 게 왜 당신 탓이야?"

분노가 그의 음성에 고스란히 묻어나왔다.

"아무것도 몰랐으니까! 내가 좀 더 일찍 깨서 알아챘어야 하는데!"

"상태가 좋지 않았다며!"

추측일 뿐이지만, 더 심하게는 그들을 떼어놓으려는 위공이 약에 무엇을 탔는지도 모르는 일이고!

미처 생각지 못했던 일이었다. 그러나 제강의 의심은 더욱 깊어졌다. 그의 등 뒤에서 숨죽인 흐느낌만 간간이 이어질 뿐 경여는 더 이상 말을 잇지 않았다.

바깥바람이라도 쏘일까.

그가 자리에서 일어나기 위해 경여의 팔을 풀려고 했다. 하지만 경여가 팔을 세워 그의 어깨에 매달리듯 감았다.

"아니, 그냥 있어요. 다, 이야기 할래요, 제강. 다시는 이럴 수 없을 것 같아, 오늘이 아니고서는, 다시는 이야기 못 할 것 같으니까. 들어줘요."

아직도 못한 말이 있었나.

"말해."

취.작약

경여가 숨을 고르며 울음을 삼켰다.

"사실은, 전혀 기억이 없는 거 아니에요. 제강. 나, ……그날 꿈속에서 당신을 안았어요. 당신이라서 허락했어요. 뭔가 이상하다고 생각했지만…… 당신이 원하니까 뿌리칠 수 없다고, 생각했어요."

"으음."

"사실은, 당신 떠나기 전날 두 번째 안았을 때부터 였나, 그 일이, 싫지만은 않았어요. 아프지만도 않았고. 그날 밤에도, 나, 당신이라고 생각했고…… 아주 잠깐, 좋았던 느낌도 있었던 것 같고……."

경여가 혀를 깨무는 것처럼 더 이상 말을 잇지 못했다.

결국은 그에게 고백하고야 말았다.

제강도 긴장하는 경여의 태도에서 민감하게 알아챘다.

좋았던 느낌?

그것이 가장 하기 힘든 고백이었다.

그전엔 불편하고 아픈 경험일 뿐이었는데, 예궁에서 그와 몸을 나누던 날부터 시작된 느낌. 뭔가 간지러운 듯한 느낌과 함께 움찔움찔 제 몸의 일부가 조여들며 반응하던 느낌. 그런데 깨어보니 낯선 사내가 누워 있었으니 청천벽력 같은 일처럼 느껴졌을 수밖에!

"제강, 나는 참을 수가 없었어요. 내가…… 당신 아닌 사람에게 몸을 허락했다는 사실도 참을 수 없고, 당신 아닌 사람에게 그런 느낌을 가졌다는 것도 참을 수 없었어."

그녀를 안으로 침잠하게 만들고 더욱 절망하게 만들었던 일. 마침내 경여는 제 스스로도 인정할 수 없던 사실을 다른 사람도 아닌 가장 숨기고 싶던 사람에게 토로했다. 더 이상 남의 일인 양 감정을 막

아내는 것은 불가능했다. 경여는 서럽게 흐느껴 울었다.

그가 경여의 팔을 잡아 제 가슴으로 끌어들여 품어 안고 달랬다. 그도 경여가 그런 고백을 하기가 쉽지 않음을 이해했다. 아무런 기억도 없다고 하거나 끔찍하게 아프고 고통스러웠다고 하면 덜 힘들었을지도 몰랐다.

"나는 견딜 수가 없었어요. 그날 이후로는 밤도 빼앗겨버려서, 잠시도 깊은 잠을 이룰 수가 없었어."

밤이 고통스럽고, 잠들까 봐 고통스런 나날이 오랫동안 이어져왔다. 또다시 무방비한 상태로 제 마음을 배신할 것 같은 스스로를 견딜 수가 없었다. 피로가 덧쌓여 신경줄이 예민해지고 죽을 것 같아도 차마 깊은 잠을 이룰 수 없었다.

"괜찮아, 경여야. 괜찮아. 이제 괜찮아, 내가 곁에 있을 거야. 이젠 안 떠나."

그가 경여의 머리카락에 머리를 묻고 작은 소리로 달랬다.

경여가 세차게 고개를 가로저었다. 경여는 그가 자신의 말을 이해하지 못했다고 생각했다.

"다른 사람과 그 일을 하고 이상한 느낌도 가졌다니까! 제강, 내가 음란한 여자가 된 것 같다고! 무슨 말인지 몰라요? 내가 다른 사람과 그 일을 했어요. 이상한 느낌도……."

그가 경여의 얼굴을 감싸 안고 서둘러 입술을 막았다. 그가 마음으로 달래듯 경여의 입술에 부드럽게 입 맞추었다. 처음엔 완강하게 거부하던 경여는 느리게 천천히 되돌려주었다.

다른 무엇보다 그 일이 경여의 가슴 밑바닥에 지울 수 없는 상처

취. 작약

로 각인되어 남았다는 사실을 그는 알아버렸다. 무엇이 경여를 이후에 여자로 만들 수 없었는지도!

"그건 나 때문이야, 경여. 내가 너를 그렇게 만들었던 거야. 네가 그런 여자라서 그런 게 아니야. 나 때문이야."

이제 겨우 여자가 되고 있었던 거야!

사내를 아는 여자가 보이는 반응을 보였던 것뿐이야.

그가 싫다는 경여를 몇 번이고 설득해 정교를 나누어온 결과였다. 의식을 혼미하게 만들고 몸을 무기력하게 만드는 것 외에 또 다른 성분의 약을 쓰지 않았다면 그것은 자연스런 신체적 반응일 수 있었다. 익숙해진 자극에 대한 몸의 반응!

하지만 경여는 그 사실 때문에 더욱 정교 자체를 받아들이지 못하고 있었다.

"……죽고 싶었어요. 당신을 다시는 볼 수도 없었어."

그것이 가장 두렵고 무서운 일이었다. 겉으로는 아무런 몸의 상처도 없으나 마음을 죽이는 일. 단지 하룻밤 사이에 벌어진 일로 경여의 삶은 생지옥이 되어버렸다.

가장 두려운 것은 이후로는 제강을 떳떳이 보지 못할 거라는 사실이었다. 이전에는 결코 그와의 이별 같은 건 꿈 한 자락에서조차 생각해보지 못한 일이었다. 그 공포를 견디고 살아내야 한다는 사실이 가장 무서운 일이었다.

"괜찮아, 경여야. 네가 없는 것보다는 그래도 네가 있는 편이 좋았을 거야. 그런 거 아무런 상관없다고! 나는 상관없어! 봐, 경여야. 이젠 아무 일도 아니야. 그건 그냥 지나간 일이야. 오래전 일이야."

그랬으면 얼마나 좋을까. 아무것도 아닌 일이면 얼마나 좋을까.

그러나 경여는 괜찮지 않았다. 무엇보다 그날의 기억을 떠올리게 만드는 아이가 있었다. 볼 때마다 새록새록 떠오르게 만드는!

고개를 가로젓는 경여의 두 팔을 그가 단단히 붙잡았다.

"그건 네 의지도 아니었고 불가항력이었던 거야. 네가 어떻게 할 수도 없는! ……잊어버려. 그동안 충분히 아팠으니까 이제는 잊어버려. 그래도 돼."

경여는 용기를 내어 올려다본 그에게서 눈을 뗄 수 없었다. 당장이라도 흔들어 정신을 차리게 만들 것 같은 그의 의지를 읽었다.

아무 위로가 되지 않을 것 같은 그의 말이 점차 경여에게 위로가 되었다. 사실을 말하면 더럽다고 말하거나 음란하다고 비난할 줄 알았는데 그는 모든 것이 괜찮다고 했다. 조금씩 경여의 울음이 잦아들었다.

한참 후에 경여가 고개를 들고 눈물을 훔치며 물었다.

"정말, 괜찮아요?"

"괜찮아."

"그럼 왜, 다시 시도해보지 않아요?"

하루에도 몇 번씩 그러고 싶은 그의 마음을 안다면! 그런 그의 행동이 경여를 더 멀어지게 할까 봐 두려운 심정이라는 것을 경여가 안다면!

"너의 마음이 먼저 원하길 기다리는 거야. 내가 하고 싶은 것보다 그게 먼저야."

"……제강!"

"그러니 울지 마, 경여야. 나는 너를 울리지 않는, 세상에 단 하나 뿐인 사내이길 원해."

"어, 그래요, 제강. 정말 그럴게요."

경여는 말 잘 듣는 아이처럼 손으로 남은 눈물을 훔쳐냈다.

19

그들이 맺어진 것은 그로부터 오래지 않아서였다.

그 전날 충분히 젖어들었던 경여의 몸은 처음으로 그의 손가락 마디를 수용했다. 그 사이 몇 번의 시도는 실패로 돌아갔기에 기쁨을 억누르며 너무 큰 기대가 실망으로 변할까 봐 그들은 거기서 만족했었다. 경여의 깊고 은밀한 여성 내부는 부드럽고 촉촉했다. 다만 입구 삼분의 일 부위에서 어떤 침입도 허용하지 않으며 심한 경련을 보여 통증을 유발하고 있었다.

젊은 인재들과 늦게까지 이어진 토론. 제강은 문언을 비롯한 젊은 인재들의 패기어린 의견을 듣기를 좋아했다. 그러나 그날은 한낮부터 아래로 몰리는 혈기가 그를 곤혹스럽게 했다. 어떤 일에도 집중하기 힘들었고 낮 시간이 무척 더디 갔다. 경여가 있는 침전으로 향하는 길에 이미 그는 걸음을 걷기가 힘들 정도로 단단히 발기해 있었다.

이래서는 경여에게 갈 수 없었다. 제 몸의 욕구를 푸는 것은 두 번째고 경여가 편히 받아들이게 만들어야 했다.

取, 작약

늦은 시간 침전에 딸린 목욕실에 물을 데우려는 시종들로 분주했다. 그러나 제강이 요구한 것은 차가운 물이었다. 아직은 너무 이르다고 안 된다는 시종들의 만류에도 불구하고 그는 기어코 찬물로 몸을 식혔다. 하지만 체온을 앗고 몸을 얼리는 물도 쉽게 그의 몸에 끓어오르는 열기를 가라앉히기 힘들었다. 조금 가라앉는가 싶던 그의 중심부 열기는 기어코 경여가 자고 있는 침전으로 들어서자 다시 빠르게 고개를 쳐들었다.

조심히 휘장을 걷고 다가간 그는 머리카락을 가지런히 내려뜨리고 한 팔은 이불 위에 내놓고 다른 한 팔은 베개 위에 반쯤 접혀 올려진 채로 잠이 든 경여를 발견했다. 늦은 밤인 줄은 알면서도 제강은 실망했다.

깊은 잠을 이루지 못한다는 경여가 고른 숨소리를 내며 잠든 모습을 보니 이래서는 당장 욕구를 채우자고 달려들 수도 없었다.

언제쯤 나는, 너를 곁에 두고도 무심할 수 있을까.

그의 입가에 쓴웃음이 감돌았다.

마음껏 만질 수도 품을 수도 없는 여자. 그 여자를 앞에 두고 그는 곁에 앉아 가만히 내려다보았다.

몸 달아하는 건 언제나 나지.

그들이 처음 정교를 나누던 날 주저하던 경여의 물음이 떠올랐다.

"꼭, 해야겠어요?"

그녀를 마음에 담았다는 사실을 인정하기 전까지는 견딜 수 있던 충동이 한순간의 강렬한 입맞춤으로 터져 나온 후에는 눈을 뜨고 감아도 오로지 경여만 눈에 들어왔다. 사람들의 이목을 피해 정원의 깊은 나무 그늘 혹은 서가의 구석에서 손을 잡고 젖가슴을 만지고 포옹하는 것만으로는 도무지 다스릴 수 없는 욕구는 오로지 그만의 것인 것만 같아 짜증 섞인 화를 내곤 하던 그였다. 달래다 안 되면 버럭 화를 내며 변덕스러운 그의 행동에 경여는 당혹스러워 나중에는 둘만 있는 기회조차 피하기도 했었다.

"손잡는 거, 입 맞추는 건 좋지만, 그 이상은 나중에 하고 싶은데……."

그의 기분을 상하지 않게 하면서 경여는 눈치를 살폈다.

"나중에 언제?"

"호, 혼인한 후에?"

실망감으로 입매가 굳은 그가 퉁명스레 물었다.

"원치 않는다고?"

"어, 음, 그게……."

경여는 그의 눈치를 살피며 말을 골랐다.

"아직은, 잘 모르겠는걸. 그냥, 조금, 무서우니까."

"무서워? 내가?"

"아니, 그래도 되는 건지……."

그의 욕망에 곤혹스러워하면서 얼버무리던 위경여.

그때 경여의 요구대로 기다려주었다면 좋았을까. 아니면 더 큰 상처가 되었을까.

그렇게 바라보기를 얼마. 어느 순간 경여의 호흡이 멈추는가 싶더니 눈을 반짝 떴다. 순간 몸도 뻣뻣하게 굳었다. 가위 눌려 꼼짝할 수 없는 것처럼 전혀 몸을 움직일 수 없는 것 같았다.

"내가 깨웠나?"

"……가군?"

겨우 그녀가 소리내서 그를 확인했다.

"음. 나야. 그러다 기절하겠어. 제대로 숨 쉬어."

그가 자리에서 일어나 잠자리에 들기 위해 천천히 요대를 풀고 상의를 벗어 그대로 바닥에 두었다. 그때까지도 경여는 숨도 멈추고 잔뜩 힘이 들어간 베개 위의 주먹 쥔 손을 풀지 못하고 있었다.

천천히 이불 위로 경여의 가슴이 들썩였다.

"나쁜 꿈을 꾸었어?"

"아, 아니요. 그저 조금 놀라서……."

그저 조금 놀랐을 뿐인데 숨조차 멈추고 기절할 것처럼 질려버리다니!

그녀의 밤이 그 자신의 불면과는 얼마나 천양지차인지.

이런 밤은 오늘로 족하다고 그는 생각했다. 이후의 움직임은 빨라졌다. 어제까지는 침상에 들 때 속바지만은 입고 있었지만 오늘은 그조차 벗어내고 완전히 실오라기 하나 걸치지 않은 알몸이 되었다.

"오늘은 안아볼 거야."

그가 제 몸을 확인해주듯 낮게 말했다.

이번에는 이불을 걷어내고 그가 경여의 몸을 반쯤 일으켰다. 제 의복인 양 앞섶을 열고 어깨 쪽으로 밀어내서 경여의 자리옷을 벗겨냈다. 말이 없는 가운데서도 그가 시키는 대로 옷소매에서 팔을 빼냈고 드러난 가슴을 부끄러워하며 양팔을 교차해 가리기도 했다. 그러는 와중에도 경여의 가슴은 크게 들썩였다.

제강은 거침없이 허리 아래로 가볍게 묶은 끈을 풀고 치마도 속옷도 제거했다. 소극적이지만 경여도 엉덩이를 들어 그를 도왔다.

"예쁘네."

그의 칭찬에도 경여는 입이 말랐다.

오늘은 안아볼 거라던 그의 말과는 달리 그는 경여를 옆으로 눕게 하고 그녀의 등에 제 가슴을 단단히 붙여 안았다.

"몸이 차요."

경여가 고개를 돌려 그를 향해 물었다.

"음, 그래서 내 비의 온기로 녹이려고."

장난스런 그의 말에 웃음이 묻어났다. 그러면서도 그는 경여의 겨드랑이 사이로 손을 넣어 젖가슴과 매끄러운 복부를 감싸 안았다. 맞물린 경여의 다리 사이로 그의 다리가 파고들었다. 주저하며 경여가 그를 맞았다. 허리 아래 밀착된 그의 몸은 무척 뜨거웠다. 복부를 쓰다듬던 그의 손이 조금씩 아래로 내려왔다.

경여의 숨결도 더워졌다. 벌써부터 침입자를 예상하고 자잘하게 물결치는 경여의 아랫배를 달래듯 그의 손길이 부드럽게 쓰다듬었다. 꽤 오랫동안, 익숙해지도록.

경여의 태도가 바뀐 것은 그가 자신의 몸으로 밀듯이 경여를 침상에 눕히고 그 위로 올라왔을 때였다. 어제까지만 해도 그의 손길을 자연스럽게 받아들이던 경여였다. 그래서 오늘밤은 다시 한 번 잠자리를 시도해보고 싶어 하루 온종일 몸이 달던 그였다.

마치 그제야 그가 하려는 행위가 무엇인지 알아챈 것처럼 경여가 그의 가슴을 밀치며 그의 몸 아래에서 빠져나오려고 바르작거렸다.

取. 작약

흐흑.

숨결도 거칠고 흐느끼는 듯한 소리가 새어나왔다.

"싫어?"

그의 낮은 음성에 경여가 천천히 고개를 가로저었다. 저항도 잦아들었다. 그리고 그는 너무 쉽게 그녀를 제압했다.

"다치게 안 해. 경여야, 널 다치게 안 할 거야."

그는 경여의 두려움을 다르게 오해하고 있었다.

"가군, ······제강?"

"그래, 나야."

"정말 당신인 거죠?"

그를 확인하기 위해서는 불을 켰으면 좋겠고 민망한 제 몸을 가리기 위해서는 어둠이 필요했다.

"제강!"

천천히 경여의 움직임이 사그러들었다. 악몽의 한 자락이 아님을 알았기 때문이었다. 바로 누운 그녀의 몸 위로 그가 몸을 실었다. 열기를 가득 품은 그의 살과 맞닿은 경여의 몸이 떨렸다. 하지만 정신을 차릴 새도 없이 제 몸 아래 그녀를 가둔 그는 사랑스러운 듯 경여의 머리카락과 이마, 뺨을 쓸다가 입술을 찾아 포갰다. 숨을 나누고 온기와 타액을 나누는 입맞춤이 이어지고 제강이 손으로 경여의 예민한 젖가슴을 만지고 흥분해 일어선 유두를 살짝 비틀듯 강하게 만지고 엄지손가락으로 유두를 쓸어 올리자 경여에게서 낮은 탄성이 새어나왔다.

조금 전과는 달리 젖가슴을 탐하는 그의 행동은 집요했다. 오른쪽 젖가슴을 입으로 물고 빠는 동안에도 다른 쪽을 그대로 두지 않고 손 안에 쥐고 마음껏 일그러뜨렸다. 그러는 동안에도 그녀 안으로 침입하려는 그의 또 다른 부분이 아랫배로부터 그 존재감을 드러내며 움찔거려 경여는 정신을 차릴 수가 없었다. 그가 유륜 주위를 핥거나 입 안 가득 물고 빠는 동안 저릿저릿한 감각이 몸의 신경을 타고 아래로 향했다.

그리고 어느 순간 그는 경여의 다리를 한껏 벌리며 그 사이에 자리를 잡았다. 뜨겁게 잇닿은 그의 몸이 적나라하게 닿았을 때 경여가 부르르 몸을 떨었다.

"제, 제강!"

"네가 원하면 언제든 그만둘 거야."

그가 다정한 말로 경여를 안심시켰다.

"으응."

경여가 고개를 끄덕였다.

그러자 그가 한 팔로 몸의 체중을 지탱하며 다른 한 손으로 경여의 이마로부터 눈썹, 콧마루를 따라 입술을 더듬었다. 그의 손은 오래 머물지 않았다. 목선을 타고 쇄골을 지나 봉긋한 젖가슴과 찬 기운에 솟아오르는 젖꼭지를 만지고는 다시 배와 배꼽, 골반을 지나 숲을 헤치고 벌어지고 갈라진 몸의 중심을 만졌다. 그의 손길이 배꼽을 지나치면서 조금 진정되었던 아랫배가 잔뜩 긴장하는 게 느껴졌다.

"……제강. 제강!"

스스로에게 각인시키듯 그의 이름을 부르는 속삭임.

예전 꿈인지 현실인지 모르는 그 밤에도 경여가 안았던 사람은 제강이었다. 다른 때보다 더 거칠고 술 냄새도 풍기고 이상하다고 생각했지만 경여는 그를 제강이라고 생각했고 그래서 반응했다. 그 밤 이후로 그녀가 겪은 모든 악몽은 시작되었다.

그래서 두려운 한편으로 경여는 정말 그가 맞는지 확인하고 싶었다. 엉덩이를 감싸고 연이어 허벅지를 타고 다시 안쪽의 예민한 곳을 만질 때 경여의 망설이는 손길이 단단히 체중을 지탱하고 있는 그의 팔 위로, 가슬가슬한 털과 단단한 근육을 훑듯이 만져졌다.

제강은 그녀도 자신의 행위에 호응하며 만지고 싶어 한다는 사실이 좋았다. 그가 경여의 손을 포개어 그의 얼굴로부터 목과 가슴, 복부와 그 아래로 내려가도록 만들었다. 잔뜩 피가 몰려 성을 내고 있는 그의 남성. 익숙하게 만들기 위해 이미 몇 번이나 만지고 때론 그녀의 손으로 절정에 올라 토해낸 그의 일부를 받아내기도 했던 경여가 새삼 사랑스럽게 그의 몸을 애무했다.

그러자 그의 뜨거운 손길이 그와 잇닿은 은밀한 안쪽을 보듬었다. 작고 뜨거운 그곳은 수줍게 떨며 이제 조금씩 부드럽고 촉촉하게 물기를 머금기 시작했다. 왜 여자의 그곳을 일러 꽃이라 했는지 알 것 같았다. 전에도 경여는 그를 품으면 한껏 벌어지곤 했다. 그는 작은 꽃잎들을 어루만지듯 부드러운 그곳을 만졌다. 그가 벌리고 밀어올린 허벅지로 인해 가장 바깥쪽의 꽃잎은 이미 수줍게 벌어져 있었다. 그는 안쪽의 꽃잎을 벌리고 그 안에 숨은 것을 찾아냈다.

경여가 과민하게 반응하며 앓는 소리를 냈다. 제 것처럼 손바닥 아래 만져지는 그곳을 쓸고 살짝 압력을 가해 안쪽으로 들어서는 이

물감이 느껴질 때 경여는 그의 팔 사이 겨드랑이에 팔을 끼고 다른 한 손으로는 그의 목에 팔을 감으며 매달렸다. 그녀도 어떻게 할 수 없는 그녀의 은밀한 곳에 위치한 근육이 필사적으로 그를 밀어내려고 했다. 이번에 실패하면 그는 또 언제 다시 시도해볼지 몰랐다. 다른 어떤 것보다 경여는 그가 실망하고 떠나갈까 봐 두려웠다. 경여는 부끄러움을 묻으려는 것처럼 눈을 감고 그의 펄떡이는 혈관이 드러난 목에 얼굴을 묻었다.

"가군, 잘 안 되면 어째요."

경여가 두려움을 토로했다.

경여의 입술과 지그시 눌러오는 젖가슴의 말캉하고 부드러운 감촉에 그는 새삼 몸을 떨었다.

그녀는 어떻게든 두려움을 감추고 싶었다. 다른 이도 아닌 진제강이니까 어떻게든 몸이 반응하기를 바랐다. 무조건 밀어내고 보려는 제 몸이 원망스러웠다. 그의 팔꿈치 위쪽을 만지는 손에 힘이 잔뜩 들어갔다. 지금 하려는 일이 무엇인지, 몸 아래에서 일어나는 일이 무엇인지 어떻게든 신경 쓰지 않으려고 했다. 그랬음에도 몸의 중심부가 이미 경련을 일으키며 경직되는 것을 감지하자 불안해졌다.

"하읏……. 아, 안 돼요. 잘 안 될지도 몰라요."

경여가 떨리는 음성으로 제 안에서 피어오르는 불안감을 다시 낮게 토로했다. 그간 몇 번의 실패와 고통, 뒤따르는 깊은 실망감을 떠올리는 것조차 두려웠다.

"제강, 나는……."

무서워요.

取,작약

경여는 그가 실망하게 될까 봐 두려웠다. 그가 지치고 실망해서 더는 시도하지 않고 포기하게 될까 봐! 그래서 결국은 다른 여자를 찾게 될까 봐!

"괜찮아, 경여야, 괜찮아. 긴장 풀어."

그런데 그녀의 숨결이 그의 살에 두 번째로 닿는 것과 거의 동시에 낯선 이물감이 그녀의 몸을 열면서 들어섰다.

"아앗!"

강하게 수축하고 조여서 절대 받아들이지 않을 것 같던 경여의 입구가 전과는 달리 아주 조금 약해진 사이 벌어진 일이었다.

"아."

여성의 중심부에 틈이 생기고 몸이 벌어지는 낯선 감각에 놀란 경여가 그를 바라보는 사이 그가 놓치지 않고 한 번에 관통하듯 경여의 몸을 갈랐다.

헉. 흐윽.

그의 남성을 수용하지 않기 위해 강하게 저항하는 그곳의 느낌에 저절로 그의 신음 소리가 터져 나왔다. 그를 맞은 조금 더 은밀한 곳은 뜨겁고 부드럽고 매끄러우며 수줍게 그의 남성을 감싸주었다.

하웃.

그의 귓전으로 경여의 신음 소리가 들렸다.

정말로 그의 남성이 그녀의 저항을 뚫고 안으로 들어섰다. 강하게 저항하며 단단히 그녀의 여성을 조이던 방해를 깨뜨리고서. 그 낯설고 뜨겁고 은밀하고 격정적인 이물감에 순간 그의 목을 안은 경여의 팔에 힘이 들어갔다. 아래에 힘을 주지 않기 위해서라도 경여는 그를 안은 팔에 매달리지 않을 수 없었다. 그녀의 온몸이 단단히 긴장했다. 뒤늦은 거센 저항이 경여의 내부로부터 파닥였다.

아훗. 아훗.

처음 경여를 안았을 때처럼 그곳은 그의 일부를 허용하지 않을 듯 꽉 다물려 있었지만 그가 강한 힘으로 작살을 꿰듯 안으로 파고들었다. 필사적으로 밀어내려는 저항은 남아 있었지만 특히 가장 비좁은 어느 공간을 힘겹게 통과하는 순간 그는 후련하게 거침없이 밀고 들어갔다.

하악. 경여가 극심한 통증을 참지 못하고 비명을 질렀다. 그녀의 의지와는 무관하게 그 어떤 사내도 받아들이지 않으며 단단히 닫혀 있던 여성이 열리는 것은 고통을 수반했다.

처음 사내를 맞는 것이 아니었고 출산 시 아이의 산도 역할을 해서 한껏 늘어나기도 했을 그곳이 그의 일부를 감당하지 못해 그녀 스스로에게 고통을 주었다. 그가 머물고 있는 순간에도 가장 연약하고 부드러운 그곳은 그를 밀어내려고 강하게 수축하고 있었다.

"아, 아파. 아파요, 제강!"

경여가 한쪽 팔은 그의 목에, 다른 팔은 그의 겨드랑이 사이로 단단히 끌어안으면서도 작은 소리로 애원했다.

"알아, 그래도 열어, 너를 품게 해줘, 경여. 나를 허락해줘."

그가 그대로 움직임을 멈추고 낮게 속삭였다.

하웃하웃.

그 순간에도 경여의 일부는 그를 밀어내기 위해 연신 파득대고 있었다.

芍, 芍약

"해, 해요. 참아볼게요."

제강이 체중을 지탱하지 않은 오른팔로 경여의 왼쪽 허벅지를 완전히 벌리고 위로 밀어 올리자 확실히 저항이 덜했다. 깊은 삽입에 그녀의 몸에서 쉴 새 없이 작은 경련이 일어났다. 두려운 듯 떨고 있는 경여의 몸이 고통을 호소하고 있었다. 경여가 품을 수 있는 이상으로 흥분한 그의 일부가 찢어낼 듯 내부를 팽창시키고 있었다. 경여는 본능적으로 등을 안쪽으로 말며 어떻게든 그와의 거리를 만들려는 움직임까지 보였다. 그를 받아들이기 위해 벌어졌던 무릎이 저절로 모아들었다.

천천히 그가 다시금 안으로 진입하자 경여가 그를 올려다보며 세차게 고개를 가로저었다.

"아, 아파요. 이제 더 이상은……."

아주 잠시 주저하던 제강이 고개를 가로저었다.

"아니, 조금만 참아. 더 깊이 안으로 들어갈 거야."

정교가 꼭 아픈 것만은 아니라는 것을 경여가 느끼게 해주고 싶었다. 불가능할 것만 같던 경여의 몸을 열었으니 이제 어떻게든 그것을 보여주고 싶었다.

"그, 그만……, 흐읍"

제강이 그 어떤 틈도 없이 경여의 엉덩이를 제 몸에 바싹 붙이자 경여가 날카로운 비명소리를 내며 그의 어깨를 물었다. 특히 그와 결합된 허벅지 안쪽으로는 아주 작은 떨림이 그대로 전달되었다.

하윽.

그가 빈틈 없이 단단히 경여를 끌어안고 팽창한 남성의 뿌리 끝까지 경여의 안으로 깊이 삽입했다. 안으로 모으며 힘이 잔뜩 들어간 경여의 한쪽 무릎을 위로 걷어 올리는 순간 더 이상은 닿을 수 없을 것 같던 경여의 깊은 곳까지 맞닿았다. 이전에도 경여는 부서질 듯 연약해 그 깊은 안쪽까지 들어가기를 포기하곤 했으나 지금은 아니었다. 그는 어떻게든 그녀의 모든 것을 가지고 싶었다. 그가 아닌 다른 사내가 오래전에 낸 상처를 지워내고 싶었다. 그가 주는 감각만을 경여가 기억하기를 원했다. 고통도 쾌락도!

하으으으읍.

경여의 몸이 조금 더 그에게 익숙해지기를 기다리지 못하고 그가 움직였다. 자비와 배려, 인내심보다는 갖지 못했던 것을 가져야 한다는 욕구가 더 컸다.

제 것이 아닌 이물질을 밀어내려는 경여 안의 움직임이 고스란히 전해졌다. 천천히 뒤로 물렸던 그가 이번에는 전보다 더 강한 힘으로 경여의 여성이 강하게 수축하는 저항을 깨고 더 깊이 전진했다. 그에 따라 몸의 한곳으로부터 시작된 경련이 경여의 전신으로 퍼져 나갔다.

파르르 떠는 부드러운 안쪽의 끝이 닿았다.

"아파. 아흑."

감당하기 힘든 그의 몸과 그를 받아들이지 않으려는 자신과의 싸움에서 경여는 고통을 겪고 있었다.

"괜찮아, 경여야. 괜찮아져."

숨을 고르지도 못하고 경여가 토로했다.

"그, 그만! 흐웃. 제강, 죽을 것 같아."

취.작약

"다 들어갔어. 이제 됐어. 이제 됐어."

제 몸의 일부가 제 것이 아닌 듯한 이상감각 속에서도 경여는 그가 하는 말, 이제 되었다는 말에 의지했다.

이제 됐다. 마음뿐 아니라 이제는 몸으로 제강을 품을 수 있게 되었다.

잠시 그대로 머물던 그가 제 몸의 요구를 견디지 못하고 천천히 몸을 물렸다. 그제야 조금 편안해진 경여가 마음을 놓으려는데 반쯤 물러서는가 싶던 그가 재차 다시 내부를 채우자 저도 모르게 비명을 질렀다. 그를 안은 팔에 날카롭게 손톱을 세웠다.

"가군! 제강! 흑."

아주 미세한 그의 움직임조차 경여의 몸을 진동시켰다.

"조금만, 조금만 참아."

좋아져. 좋아질 거야!

그녀가 다시 그를 받아들일 수 있도록 길들이는 것, 그리고 그가 언제든 그녀 몸에 들어갈 수 있도록 길을 내는 것. 익숙하게 만들고 그를 새겨서 이제 다시는 그를 거부하지 않도록 만들고 싶었다.

자비를 구하는 경여의 애틋한 눈빛과 신음 소리가 마음을 약하게 만들었지만 그는 욕구를 따랐다. 그가 물러나면 이대로 끝이 아니고 다시 들어올 줄 아는 경여가 본능적으로 몸을 붙여 따라왔으나 그는 분명하게 더 깊은 삽입을 위한 진퇴를 거듭했다.

세상에서 가장 부드럽고 뜨겁게 그를 맞아주는 곳. 그 느낌이 가장 예민한 제 몸을 통해 더해지자 가속이 붙듯 점차 그의 움직임이 빨라졌다.

하웃. 어흑. 어흑.

경여의 몸이 그를 수용하기는 해도 아직은 억지로 여는 것과 마찬가지였다. 그렇게 몇 번을 울듯이 앓는 소리를 내던 경여가 더 이상 소리를 내지 않았다. 그의 이름을 부르며 매달리던 경여의 팔이 한순간 힘없이 떨어졌다. 연이은 충격에 경여가 정신을 잃었다. 더불어 그의 몰입을 방해하며 밀어내기만 하던 거센 저항도 사라졌다. 그가 힘을 잃은 경여의 오른쪽 허벅지 아래로 손을 넣어 들어 올리자 조금 더 진입이 수월해졌다. 제 몸을 각인하듯 그가 깊이 몸을 묻었다. 만족스런 탄성이 절로 나왔다.

고집스레 밀어내려고만 하던 경여의 여성이 점차 그를 수용하기 시작했다. 울컥울컥 그를 위해 매끄러운 길을 내며 애액을 토해냈고 밀어내기보다는 더 깊은 안으로 초대하듯 그를 품고 놓지 않았다. 안으로 쳐올리지 않아도 그를 더 안쪽으로 끌어들였다.

극치감은 채 충분히 즐길 여유도 없이 찾아왔다. 그의 몸이 땀으로 젖어들었다.

두 번째는 한결 나아졌다. 그가 경여의 몸에 남긴 흔적으로 인해 훨씬 유연해졌다. 더구나 경여의 몸은 그가 그렇게 빨리 회복해서 다시 행위를 시작할 줄 모르고 처음보다는 이완되어 있어 훨씬 나았다. 그녀의 몸 안에서 단단해지고 팽창되는 그의 일부를 감지한 경여가 어둠 속에서 그의 눈을 확인했다.

이제 경여도 처음의 충격이 가셨는지 심하게 흐느끼거나 그를 제지하지 않았다. 그는 처음과는 달리 이번에는 천천히 경여의 몸을 압박하고 깊숙이 진퇴를 거듭했다.

제강, 당신이에요?

정말 당신이에요?

경여는 어쩔 수 없이 터져 나오는 신음 사이로 그의 이름을 불렀다. 그때마다 그는 답해주었다.

그래, 나야.

이젠 나 말고 아무도 당신을 이렇게 안지 못해.

나 말고는 누구도 당신을 안지 못해.

여기, 이곳은 이제 나만 들어갈 수 있어. 나만 품어야 돼.

그녀의 눈가에 촉촉한 눈물이 번졌다.

제 몸을 온전히 내주고 절정에 올라 격하게 소리를 내며 몸을 떠는 그의 몸을 단단히 끌어안았다. 두 번의 행위가 끝나고서야 그는 조금 여유가 생겼다.

천천히 몸을 물려 경여의 몸에서 완전히 나오는데 다시는 그를 수용하지 않을 듯 조여들던 것과는 달리 그의 남성이 낸 길을 기억하듯 천천히 다물렸다. 이제 경여의 몸은 더 이상 그를 거부하지 않았다. 세 번째는 젖가슴을 손 안에 쥐고 주무르며 핧고 강하게 빨아올리는 것으로도 부족해 깨물며 흔적을 남겼다.

이것도 나만 만질 수 있어. 누구에게도 허락하지 않아.

안을수록 더욱 격해지는 소유욕이 두려울 정도였다.

그날 밤 다섯 번에 걸쳐 욕구를 풀어낸 후에야 그는 경여를 재웠다. 매 순간마다 극치감은 너무 깊고 강렬해서 이전에는 결코 허락지 않던 곳까지 그는 제 몸을 새겨놓았다.

경여는 때때로 찡그리는 것으로 그치지 않고 흐느끼듯 울고 그의 어깨를 깨물기도 했으나 한 번도 그를 멈추게 하지는 않았다. 아니 멈추게 할 기운도 없었다. 탈진한 듯 땀에 젖어 얼핏 잠이 들었다가 제 몸 위로 올라오는 제강의 목에 팔을 감고 그 아래서 매달렸다. 그가 절정에 달해 분출한 체액으로 흥건하게 젖은 그곳은 집요한 제강의 움직임에 점차 동조하며 낯선 감각에 몸살을 앓았다.

도무지 끝이 없을 것 같은 행위는 여명이 지나도록 계속되었다.

20

세상모르고 빠져든 오랜만의 다디단 잠.

세상에 존재하지 않을 것 같은 쾌락의 여운으로 완전히 이완된 몸에 찾아든 잠은 꿀보다 더 달았다. 그보다 먼저 절정에 오르고 그의 몸이 채 빠져나오기도 전에 경여는 잠이 들었다.

그가 마지막 행위를 끝내고 잠들기 전 가늘게 몸을 떠는 경여에게 이불을 덮어주었다. 나른하고 깊은 잠이 행위의 여운처럼 뒤이어 찾아왔다. 그 와중에도 경여는 어쩌다 눈 떠보면 그가 곁에 있다는 사실에 안도했다. 그것만으로도 너무나 달콤하고 행복한 잠이었다.

하지만 어느 순간 그가 곁에 없어 실망하고 눈을 들었는데 아직도 주위는 어두웠다. 너무나 피로해서 도무지 눈을 뜰 수도 팔을 들어올릴 수도 없었다.

그래도 그를 확인하고 싶은 열망에 경여는 겨우 눈꺼풀을 들어올렸다. 그런데 그는 말끔하게 의복을 갖춰 입고 침상 가에 앉아 있었다.

"제강."

손만 뻗으면 닿을 수 있는 곳에 그가 있다는 사실, 그의 이름을 부를 수 있다는 사실, 그의 이름을 생각할 수 있다는 사실이 행복했다. 그러나 마음과는 달리 경여의 목소리는 잠겨 있었다. 처음엔 통증으로 인한 울음소리, 그리고 때로 감당하기 힘든 그의 격한 행위를 말리다가 어느 순간 희열로 바뀐 신음 소리가 밤새 이어졌었다.

그의 조심스런 손길이 이마를 지나 얼굴에 붙은 작은 머리카락들을 떼어주었다.

"몸이 아픈 거야?"

나지막한 그의 음성에는 염려가 짙게 배어 있었다.

이 세상에 존재하지 않을 것 같은 희열을 몇 번이고 그에게 안겨주던 단 한 명의 여자. 수컷으로서의 제 욕구를 수용하고 충족시켜주는 가장 소중한 여자, 위경여. 하룻밤 사이 그런 제 욕구를 충족하느라 너무 몰아세운 것은 아닌가.

"어디가 아파?"

경여는 그의 말에 의아했다.

조금 깊은 잠을 자다 깼을 뿐인데!

"아니. 잠이 너무 달아요."

경여가 눈을 감은 채로 고개를 가로저으며 말했다.

잠이 너무 달다.

그도 그랬다. 일정에 쫓겨 경여까지 깨우게 될까 봐 자리에서 일어났지만 그간 억눌렀던 욕구를 풀어내는 중간 중간에 찾아오던 그 짧은 수마는 너무나 달고 좋았다.

경여가 다시 이불 속 깊이 파고들었다.

"일어나야 해."

아픈 것이 아니라고 하니 다행이라고 생각하면서 제강이 경여의 어깨를 쓸던 손길로 슬쩍 이불을 들추었다.

"조금만, 응? 조금만 더 잘래요. 일어날 기운도 없어……요."

여전히 잠에 취한 음성이었다.

그러면서도 경여의 뺨을 더듬다가 내려온 그의 손이 입술에 닿자 물듯이 빨았다. 버릇처럼 입에 닿는 모든 것을 빨아대는 아이의 행동 같았다.

"배가 고플 거야, 일어나야지."

"으응."

스르르. 대답과는 달리 무거운 눈이 자연스레 감겼다. 그의 엄지손가락을 빨던 경여의 입술이 그대로 살짝 벌어졌다.

그러나 그는 경여가 더 깊이 잠드는 것을 허락하지 않았다. 톡톡 손으로 뺨을 건드리며 깨웠다.

"아응, 조금만 자고요. 아주, 조금만요."

경여가 몸을 뒤척이며 그에게 등을 보이고 모로 누웠다.

"경여야!"

아흥.

앙탈하는 아이처럼 다시 조금 경여의 몸이 그의 손길을 피했다. 조금만 더 귀찮게 하면 울려고 할지도 몰랐다. 그래도 제강은 포기하지 않았다.

"일어나봐. 저녁은 들고 자야지."

저녁이라는 말에 경여의 무거운 눈꺼풀이 열렸다. 그리고는 다시 몸을 뒤척여 그가 있는 쪽으로 돌아누웠다.

"으응? 저녁요? 아침이 아니고?"

"그래, 우리 게으름쟁이 마누라, 하루 온종일 잤어."

피곤할 테니 일어날 때까지 그대로 두라고 그가 침전을 나서며 시종에게 말해두었지만 해거름이 지나도록 일어날 기척이 없으니 걱정이 된 시종이 그에게 달려왔던 것이다.

"정말?"

그가 이불 속에서 경여의 몸을 끌어내 제 품으로 당겨 안았다. 경여는 그의 가슴에 얼굴을 비비며 팔을 웅크려 제 몸을 가렸다.

"아직도 부끄러워 해?"

그가 웃으며 속삭였다.

그래도 감출 수 없는 것이 뽀얀 살결을 가진 그녀의 온몸 구석구석 그의 손과 입술이 닿았던 곳은 열꽃이 피듯 울긋불긋했다. 시종이 내놓은 옷을 받아 경여의 한쪽 팔을 꿰던 그가 드러난 경여의 젖가슴에 눈이 닿자 참을 수 없는 듯 고개를 숙이고 덥석 입으로 베어 물었다.

"에구머니."

방 한쪽에 서 있던 시종이 놀라 얼굴을 붉히며 얼른 밖으로 나갔다.

"흐음."

경여가 낮게 신음 소리를 냈다. 그의 촉촉한 타액과 혀에 닿은 유두가 즉각 반응을 보이며 뾰족하게 일어섰다. 제강은 유두와 유륜 주위를 혀로 핥고 아래로부터 위로 빨아올리는 듯하며 흡입했다. 저릿저릿한 감각은 그가 정말 갈증을 달래기라도 하듯 빨아대는 동안 온몸으로 퍼져나갔다.

하아.

어젯밤 심하게 깨물리고 쓸린 터라 경여의 입에서 참을 수 없는 뜨거운 숨과 함께 신음 소리가 터져 나왔다. 그를 밀쳐내려던 손길이 온몸을 자극시키는 전율에 떨며 그의 목을 감았다.

"제, 제강."

잠결에 맞았던 마지막 행위에서 그녀의 몸을 전율시키던 감각의 여운이 떠올라 경여는 당혹해서 애원했다.

하도 사랑스러 어쩔 수 없는 듯 그가 입술을 댔다가 떨어질 때마다 물기 젖은 야릇한 소리가 났다. 강렬한 자극에 경여의 몸에서 잠이 달아났다.

"제, 제강! 제발!"

경여가 터져 나오는 신음 소리를 삼키며 가늘게 몸을 떨자 그도 마지못해 천천히 경여의 젖가슴에서 얼굴을 들었다. 그리고는 마저 남은 팔을 꿰고 엉덩이까지 덮는 유의 앞섶을 닫아 여며주었다. 둘 다 호흡이 고르지 못했다.

속옷도 하의도 필요 없다는 듯 그가 그녀의 몸을 가볍게 들어 안았다. 경여가 놀라며 그의 목에 팔을 감았다. 그 움직임에 그녀의 몸 깊은 안쪽에 남아 있던 그가 남긴 체액이 허벅지를 타고 흘렀다.

"아."

당혹한 경여가 미간을 찡그리며 그의 어깨에 얼굴을 묻었다.

"괜찮아."

그가 시종을 불러 목욕물은 준비되었냐고 묻고는 이부자리를 정리하도록 시켰다.

"목욕 시중은 내가 할 테니 따로 들어올 필요 없다. 그 사이 식사를 준비해둬."

그가 시종에게 말했다.

"예."

시종이 명을 받고 얼굴을 붉히며 물러갔다.

고개를 들어 그의 어깨 너머로 조금 전까지 자기가 누워 있던 자리를 내려다보던 경여의 얼굴도 달아올랐다. 경여가 누웠던 자리에는 어젯밤의 행위의 결과가 민망하게 흔적으로 고스란히 남아 있었다.

일정한 곳에 점점이 민망하게 얼룩진 새하얀 요.

또 다른 시종이 서둘러 감추며 재빠르게 움직이는 동안 그가 경여를 안은 그대로 창까지 걸어가 한 손으로 창문을 열었다. 밤꽃 향기 가득했던 방 안으로 상쾌한 밤공기와 꽃향기가 스며들었다.

"이제 내려줘도 돼요."

경여가 부끄러워하며 몸을 틀었다.

"괜찮겠어?"

"네."

말과는 달리 경여는 그가 내려주자 움찔하며 몸의 통증에 얼굴을 찌푸렸다. 아직도 몸 깊은 한가운데 굵고 단단한 그의 일부가 남아 있는 느낌이었다.

"기운 차리고 뜨거운 물에 몸을 좀 담가."

醉. 작약

마지못해 내려놓았던 그가 다시 경여를 번쩍 안아들고는 그대로 목욕실로 향했다. 오랜 기다림 끝에 그깟 하룻밤의 행위로 자리보전 하고 눕는다면 앞으로 마음대로 품을 수도 없었다.

"너무했어요."

경여가 어젯밤을 떠올리며 불만스럽게 토로했다.

"알아."

그도 순순히 인정했다.

"알아요?"

"음, 아는데, 멈출 수가 없었어. 너무 오랜만이라"

5년간의 참고 참았던 욕구를 풀어내는 데 하룻밤 열 번도 부족하 다는 것을 경여는 알까.

"그래도 어젯밤 내 아내는 싫지 않은 눈치였는데."

그가 조심스레 말했다.

"싫다고 할 기회도 주지 않았으면서."

"그래서, 싫었다고?"

두 번째까지는 첫 경험을 할 때나 다름없이 생경한 통증에 울며 매달렸지만 세 번째부터는 그가 여유를 찾고 예민한 성감대를 찾아 내며 함께 절정의 경지에 오르기 위해 공을 들이자 경여의 몸이 반 응했다. 경여는 그의 가슴을 밀치거나 팔에 매달리며 그 경계선에서 멈칫하고 두려움을 토로했지만 그는 경여가 과거에 머무는 것을 허 락하지 않았다.

경여는 얼굴을 붉히며 더 이상 어젯밤 잠자리에 관한 불만을 토로 하지 않았다.

"사실은, 제정신이 아니었어."

그가 토로했다.

경여의 입가에 살풋 웃음기가 떠오르자 그가 묻는 눈길을 주었다.

"전에, 처음 내게 입 맞추었을 때, 그때도 가군, 그렇게 말했어요."

"제정신이 아니었다고?"

"음."

냉담하던 그가 갑작스레 달려들어 입술을 빼앗은 후에 경여는 한동안 그를 피했다. 그런 경여의 손목을 붙들고 더 이상 도망치지 못하게 한 그가 토로했었다.

"내가 제정신이 아닌 것 같지? 이러고 싶은 마음뿐인데 어떻게 제정신일 수가 있겠어!"

그는 욕구를 감추려고도 하지 않았었다.

"그래서?"

경여가 얼굴을 붉히며 고백했다.

"그때는 조금, 무서웠어요."

기분 좋은 향과 뜨거운 물이 주는 나른함에 경여의 입에서 저절로 신음 소리가 나왔다. 그는 익숙지 않으면서도 다정하게 경여의 머리를 감겨주었고 물기도 털어주었다. 그리고 물 속에 잠긴 경여의 젖가슴을 부드럽게 쥐었다 놓으며 닦아주고는 당황하며 애써 오므리는 경여의 가장 은밀한 부위를 뽀득 소리가 나도록 제가 만들어낸 흔적을 지워주었다.

하룻밤에 다섯 번의 행위가 가능하리라고는 그도 그녀도 생각지 못했다. 그의 손이 멀어지고서야 경여는 용기를 내서 그를 쳐다보았다. 아무리 익숙해지려고 해도 잠자리에서의 그는 낯설었다.

"당신은 좀, 편해졌어요?"

"음."

"나는 기운이 하나도 없는데 당신은 기운이 넘쳐 보여요."

"다시 기운을 회복하도록 쉬게 해줄게."

물기를 닦아내고 다시 그가 경여를 품에 안았을 때 경여가 물었다.

"왜, 이렇게 잘해줘요?"

"음?"

경여가 수줍게 말했다.

"너무 다정하니까."

"내가?"

"음."

"겨우 이 정도를 가지고?"

그를 올려다보는 경여의 눈이 설렘으로 반짝였다.

"더, 뭘 해줄 건데요?"

제강이 장난스레 씩 웃었다.

"오리를 잡으러 갈 생각인데."

아직도 몸 곳곳에서 그의 손길이 느껴지는 것 같아 눈을 맞추지 못하던 경여의 눈에도 웃음기가 돌았다.

"오리만?"

"기러기는 눈치가 너무 빠르다니까."

"게으름쟁이!"

"누가 게으름쟁이인데! 벌써 오리 한 마리는 잡아 왔으니 그거 먹고 힘내자."

힘내자고?

"새벽에 못 한 거, 마저 해야지."

경여의 눈에 충격이 담겼다.

바로 조금 전에 쉬게 해준다고 해놓고서!

"그, 그렇게 하고도?"

"내가 뭘 했는데."

그는 천연스레 모른 체하며 걸음을 옮겼다. 그녀를 바라보고 보듬어 안는 그의 손길은 어젯밤처럼 은밀했다.

"오늘은, 정말 못 해요. 정말 안 될 것 같아요."

경여가 자그만 소리로 호소했다.

그도 경여의 몸이 무리인 것을 알고 있었다.

"음, 오늘은 안 해."

그가 웃는 얼굴로 경여를 안심시켰다.

다음 날도 경여는 고개를 가로저었다.

첫날 제어하지 못하고 경여를 품었던 탓에 결국 그는 이틀 만에 다시 금욕의 밤을 맞았다. 경여와의 정교가 가능하다는 것만으로도 흥분이 되었지만 제강은 결국 품고 싶을 때 제대로 품기 위해서는 절제가 필요하다는 것을 깨달았다. 꽃을 품되 짓이기지 않고 부서질까 염려하되 정교의 희열을 알게 해준다면 경여의 생각도 바뀌게 되

芍, 작약

리라.

사흘째 되던 날은 경여도 거부하지 않았다. 대신 경여는 한 번만
이라고 못을 박았다.

"그럼 천천히, 오래 해야겠네."

그의 말에 경여의 얼굴이 화르락 붉어졌다.

인내심 깊은 부드러운 그의 행위로 인해 경여는 조금씩 희열감이
무엇인지 알 것 같다고 생각했다. 이제껏 버겁다고만 생각했던 그의
행위가 경여에게 전혀 생각지 못한 감각을 불러일으켰다. 하지만 경
여는 의식적으로 그와 결합한 아랫도리로부터 느껴지는 낯선 감각
을 쉽게 받아들이려고 하지 않았다. 하지만 그는 집요했다. 일단 어
느 정점에 올라서자 경여는 흐느끼듯 울며 세차게 몸의 중심으로부
터 온몸으로 퍼져가는 낯선 감각에 대한 반응을 숨기지 않았다.

경여가 가진 상처 중 하나인 줄 안 그는 경여가 여자로서 성적 합
일의 기쁨을 인정하게 만들었다. 그것은 다른 누구도 아닌 그만이
줄 수 있는 것이었다. 뜨겁게 토해내는 애액과 함께 경여의 여성도
본능의 움직임에 순응했다.

아흑. 하아.

그가 허리를 움직여 제 몸을 치받으며 흔들 때마다 처음과는 다르
게 기분 좋게 조이며 제멋대로 수축하고 움직이는 경여의 여성이 고
스란히 그의 몸에 새겨졌다. 뿐만 아니라 자그맣게 토해내는 노래하
는 듯한 신음 소리는 그를 몹시 흥분시켰다.

"잘했어, 경여야. 잘하고 있어."

하아. 하아.

그를 갈망하며 들썩이는 경여의 몸을 안고 그는 더욱 높은 열정의
세계로 빠져들었다.

　　단잠에 빠졌던 새벽에 먼저 눈을 뜬 그가 깨웠다.
　　"경여야!"
　　"으음?"
　　경여는 반쯤 엎드린 채 그의 몸에 포개듯 닿은 상태로 자고 있었
다. 나른한 잠결에도 자신을 부르는 그의 음성은 사랑스러웠다.
　　눈도 뜨지 못하고 대답하는 경여의 귓전에 그가 속삭였다.
　　"들려?"
　　"……뭐가요?"
　　"닭이 우는데?"
　　배시시. 경여의 입가에 미소가 퍼졌다.
　　아, 이 사람. 잊지 않고 있었다. 그녀가 바라는 바를! 예전 한때 그
렇게 건성으로 듣는 것 같더니, 잊어버리지 않고 있었다.
　　이렇게 행복한 날이 오리라고 생각했던가.
　　이제 남은 건 단 한 가지. 아들과 좀 더 자주 있을 수 있도록 자리
를 마련해주었으면!
　　그런데 정말 멀리서 닭 우는 소리가 들려왔다. 메아리처럼.
　　정교를 나누려는 제강의 핑계로만 생각했는데!
　　"들려요, 제강. 내게도 들려요."
　　"아침거리가 필요해?"
　　그가 웃으며 물었다.

　　　　　　　　　　　　醉, 작약

"아니요, 아니요. 제강, 당신이 있으니까, 나는 됐어요."

"정말이지?"

"음. 그런데, 무슨, 왜 이래요?"

경여가 자신을 그의 몸 위로 끌어올리는 은근한 몸짓에 항의하며 눈을 반짝 떴다.

"나는 당신이 필요하니까."

"저기, 그렇게 너무 자주는 힘들어요. 약속해놓고!"

경여가 그의 손길을 제지하며 어렵게 토로했다.

"하룻밤에 두 번 정도는 자주도 아니야. 다른 부부들은 서너 번도 할걸."

"저, 정말요?"

믿을 수 없다는 경여의 표정에 웃음을 참으며 그가 짐짓 아무렇지 않게 고개를 끄덕였다. 어차피 경여가 누구를 상대로 확인해보지도 않을 테니 상관없었다.

그가 경여를 제 몸 위로 끌어올려 개구리처럼 경여의 몸이 그의 몸 위에서 자리 잡게 했다. 온화하고 부드러운 경여의 몸. 깃털처럼 가볍게 제 몸에 닿는 그 느낌만으로도 그는 전율했다.

"그러니 이 정도는 이제 익숙해져야지. 익숙해질 때까지만 할 거야."

나를 네 몸에 새기듯 네가 정교를 나누는 것을 좋아하게 만드는 것.

경여가 천천히 그의 한쪽 어깨와 가슴을 짚으며 상체를 일으키자 머리카락이 덩달아 부드럽게 그의 몸을 쓸었다.

그가 경여의 등줄기를 훑으며 부드럽게 쓸고 아래로 내려가더니 한 손으로 경여의 엉덩이 사이를 슬쩍 들어 올리듯 단단히 일어선 그의 남성을 천천히 경여의 몸에 꿰어 맞추었다. 경여가 그에 맞추듯 내려앉는 것과 거의 동시에 그가 기다리지 못하고 경여의 허리를 지그시 눌렀다.

　항상 그렇듯이 그가 가장 비좁은 어느 지점을 통과할 때면 경여의 입에서 뜨거운 숨과 함께 신음 소리가 절로 나왔다.

21

진화원은 아이들이 노는 데 정신이 팔려 점심식사도 거르고 있다는 시종의 말을 듣고 아이들을 훈육하러 찾아 나선 참이었다. 후원에서 목검을 만들어 놀고 있는 연년생 여덟 살, 일곱 살 아들 둘과 다섯 살 막내딸은 눈에 넣어도 아프지 않을 존재들이었다. 그러나 거칠 것 없이 오만방자한 아이들로 자라게 하고 싶지 않은 그녀는 아이들을 불러 때는 지켜가며 놀아야 하지 않겠냐고 혼내줄 참이었다.

막내딸과 같은 또래로 보이는 아이는 친혈육인 오라비 진제강이 맡긴 아이였다. 입을 옷이 부족한 것도 아니고 잠잘 거처가 없는 것도 아니고 먹을 음식이 부족하지 않으니 아이 하나 맡아줄 여유가 없는 것은 아니지만 화원은 내키지 않았다. 남의 핏줄을 받아들여 괜한 악연을 만드는 것은 아닌지 걱정도 되었고 아이 본 공은 없다고 혹여라도 건강상의 문제라도 생긴다면 괜한 원망을 들을 수도 있었기 때문이었다.

"말썽이 생기면 공주전하께 폐를 끼치지 않고 데려가시겠다고 하셨습니다."

아이를 처음 데려오던 날 수곤이 화원의 심기를 살피며 말했다.

오래지 않을 것이라고 하였는데 벌써 두 계절을 건너뛰고 있었다. 그 사이 집 안에서도 서로 데면데면하고 교류 없던 자신의 아이들과 위경여의 아이가 어느 사이 경계 없이 섞여 놀고 있었다.

"예궁의 재사께서 오셨습니다."

시종이 문언을 안내하고는 돌아갔다.

"이번에는 또 무얼 가지고 왔어요?"

화원이 새침하게 말했다.

문언이나 수곤이 가끔 찾아와 필요할 때 쓰라며 비단이며 아름다운 패옥을 전하기도 했고 비가 직접 만든 것이라며 의복과 정성껏 만든 견과류 간식들을 놓고 가기도 했던 것이다. 그때마다 화원은 냉랭하게 말했었다.

"먹을 것이 부족하거나 따로 차별하여 먹이지 않는다고 전해줘요."

문언은 화원 공주에게 부족함이 없음은 비께서도 알고 있으나 어머니의 마음으로 받아달라고 말하곤 했다. 처음엔 아이의 것이던 의복이 차츰 화원의 것이라고 따로 전해지기도 했다. 시큰둥하게 거절하려던 화원이 관심을 쏟지 않을 수 없는 것이 올케가 보내는 귀금속 장신구와 의복은 어디서도 쉽게 구할 수 없는 귀한 것들이었다. 처음에는 보기 싫다고 밀쳐두었다가 나중에 다시 꺼내 살펴보는 화원의 모습에 유준걸이 의미심장하게 미소를 짓기도 했었다.

"내가 불편해하더라고 전하지 않았어요?"

"공자를 맡아주시는 데 대한 고마움의 표시일 뿐입니다. 가진 것은 그 이상이라도 드리고 싶어 하시지만 부족한 게 없으신 공주전하이시니 때마다 고심하여 고르고 만드십니다. 그리고, 오늘은 공주전하께서도 좋아할 만한 소식을 가지고 왔습니다."

"무슨 소식요? 내게 붙인 혹을 떼어가기라도 한다던가요?"

싸한 화원의 말에 문언이 웃으며 그렇다고 했다.

"정말요?"

"예."

"흥! 그사이 비께서 오라버니를 잘도 어르고 달래셨나 보군요."

"시종더러 짐을 챙기라고 전해두었습니다. 그런데, 공자께선 어디 계십니까?"

"지금 아이들에게 가던 중이었어요. 함께 가요."

위경여의 아이는 처음엔 낯을 많이 가리며 사람들의 눈을 마주치지 않으려고 했다. 작은 어깨와 내리 깐 눈을 굳이 확인하려 하지 않았는데 오늘따라 제 아이들과 놀고 있는 아이의 해맑은 모습과 웃음소리에 이상하다고 생각하던 차였다.

말수 없고 조용한 아이. 그러나 예의 바른 아이는 제 어미가 보내온 의복과 간식을 전할 때도 고맙다는 말을 잊지 않는다고 했다. 어쩌다 넘어져 시종들이 일으켜 주고 옷에 묻은 흙을 털어주어도, 맛난 과자를 제 아이들과 똑같이 나누어주어도 아이는 수줍어하면서도 고맙다고 말했다며 두고 볼수록 미워할 수 없는 아이라고 했다.

저 아이가 호가의 혈육이 아니고 오라버니의 혈육이었다면!

화원도 제강이 경여를 놓지 못해 몹시 괴로워했을 당시 곁에서 지켜봐야만 했다. 아름답고 상냥한 경여였지만 위백양의 딸이라는 이유로 못마땅하게 생각했었는데 결국 그 사단이 나고서야 화원도 그것보라며 오라비를 붙들고 분한 눈물을 흘렸다.

화원의 뒤를 따르던 문언은 얼마 지나지 않아 격의 없이 노는 아이들을 발견했다. 역시 아이가 있는 화원의 집에 맡기자고 하기를 잘했다.

화원과 문언이 다가가자 한참 놀이에 빠져 있던 아이들 중 막내딸이 먼저 "어머니!" 하며 달려왔다.

"어머니!"

"어머니!"

일부러 더 자신을 봐달라고 소리를 높이며 서로 달려드는 세 아이들 뒤로 염이 뻘쭘하게 서서 그들을 바라보았다. 화원은 정신을 쏙 빼놓을 듯 소란한 아이들에 둘러싸여 먼저 막내딸과 눈을 맞추고 아이들 하나하나의 뺨과 이마에 입을 맞추고 부산을 떤 후에야 염의 존재를 확인하고는 순간 눈을 두 번 세 번 깜빡였다.

눈을 뜨고 꿈을 꾸기도 하나.

화원은 숨이 멎는 듯했다. 위경여의 아이는 어려서 저와 놀아주곤 하던 오라비 제강의 모습 그대로였다. 화원은 자신의 눈이 잘못된 것인지 이참에 확인하고 싶은 마음이었다. 눈을 깜빡이고 비비며 아이에게서 눈을 떼지 못하던 화원이 급하게 몸을 돌려 문언을 바라보았다.

오라비의 재사 문언은 눈이 밝은 사내였으니 그녀가 무엇을 말하는지 긴말하지 않아도 알아채리라.

"재사!"

화원의 음성이 촉박하자 문언이 다가왔다.

"왜 그러십니까, 공주전하."

"저, 아이 말예요. 위경여의 아들!"

제강과 혼인하였으니 올케가 되었음에도 화원은 아직 경여를 제대로 부르지 않고 있었다.

"재사가 보기에는 어때요? 왜 이렇게 낯이 익은 거죠?"

문언은 화원과는 달리 놀라지 않고 빙그레 웃음을 지었다.

"공주전하도 그렇게 느끼셨습니까?"

"알고 있었어요?"

비난 섞인 화원의 눈총에 그가 변명했다.

"선뜻 먼저 말하기 어려운 일이라."

"아이의 표정이나 행동이 어디선가 본 듯이 눈에 익어요."

"음, 그게, 왕제전하를 빼닮아서 그런 게 아닐까요."

문언이 아픈 데를 긁어주듯 말하자 화원의 눈이 커지며 잠시 숨이 멎었다.

"그렇죠? 재사가 보기에도 그래요? 나는, 내가 착각한 줄 알았는데. 아, 세상에!"

아, 그래서!

시종이 막 내놓은 간식을 가장 나중에 집어 들고 오물거리며 탐스럽게 손에 든 과일을 베어 먹고 있는 아이의 모습은 정말 누군가를 빼다 박았다. 한 치의 의심도 없이!

"하, 하지만 재사, 저 아이는 호광 장군의 혈육이잖아요. 오라버니와는 상관없는, 그게 가능한 일인가요?"

"주군과 비전하께서는 혼인 전부터 알던 사이라고 들었습니다."

문언이 가장 그럴듯한 추측을 내놓았다.

"그렇긴 해요. 그 여자가 혼인하겠다고 했을 때 오라버니가 얼마나 상심했었는지, 재사께서 그 자리에 안 계셔서 못 보았으니 망정이지!"

화원이 당시를 회상하며 깊은 한숨을 내쉬었다.

"상상도 못 할 거예요. 그런데 어떻게 이런 일이! 아, 세상에! 도대체 위경여가 오라버니에게 무슨 짓을 한 거예요? 오라버니에게도, 또 저 아이에게도 대체 무슨 짓을!"

문언이 서둘러 화원의 분노를 막아섰다.

"비전하가 의도하신 바가 아닌 줄 압니다."

"오라버니는 알아요? 이 사실을 알고 있어요? 그래서 내게 맡긴 거예요?"

"아니요, 모르시는 듯합니다."

"위경여가 말을 안 했다고요?"

염이 진제강의 아이라면 굳이 말을 하지 않을 이유가 없다. 그렇다면……!

문란한 위경여가 두 사내 사이를 오가며 제 아이의 아비가 누구인지도 몰랐다고? 그런 여자 하나 때문에 오라비가 고통을 겪었다고 생각하자 새삼 분노가 일었다.

"아마도. 주군께서 아셨다면 이렇게 공주전하께 맡겨두시지는 않았을 겁니다."

"위경여는요?"

화원이 답답한 듯 재차 토로했다.

"아무래도 모두가 호광 장군과 혼인하여 낳은 아이라고 생각하니, 밝히기 힘든 게 아닐까요?"

따로 밝힐 것도 없이 제강을 아는 사람들이라면, 더구나 그의 어린 시절을 알고 있는 사람들이라면 한눈에 알아볼 터였다.

"오라버니는 한 번도 저 아이를 보지 못했나요?"

"예."

"그럼 내게 맡긴 건 그냥 우연인 건가요?"

"어미와 떼어놓으려니 아무래도 마땅히 맡길 곳을 찾기 힘드셨고, 그 와중에 공주전하가 가장 무던하겠다고 생각하신 듯합니다."

화원 공주보다는 외가인 위공 쪽이 더 나을 수도 있으나 문언이 만류했던 것이다.

화원이 재차 확인했다.

"재사가 보기에도 확실한 거죠? 오라버니의 핏줄 같죠?"

"예."

"아, 불쌍하기도 하지. 저 아이, 어째요. 아픔이 클 텐데. 아, 세상에 무슨 이런 일이!"

문언의 미간에도 없던 주름이 잡혔다.

"공주전하께서 좀 도와주십시오."

"그 전에, 위경여를 만나봐야겠어요."

최근 들어 자주 낮에 기운을 차리지 못하고 있는 경여에게 문언이 찾아왔다. 억지로 기운을 내서 의복을 갖추고 반갑게 맞던 경여는 재사의 곁에 선 아들 염을 발견했다. 순간 놀라면서도 숨길 수 없는 기쁨으로 가슴이 먹먹했다.

"여, 염아!"

눈물을 그렁그렁하며 달려가 품에 안은 경여와는 달리 염은 문언과 시종의 눈치를 보며 조심스러웠다.

"어머니!"

"어디 보자, 염아. 잘 있었어?"

차츰 물기 젖은 눈으로 어머니를 응시하는 어린 아들이 고개를 끄덕였다.

"여기서 살아도 된다고 저 아저씨가 말했어요."

염은 문언을 올려다보며 재차 확인했다. 아직도 확실하게 믿기지 않는 듯 불안하게 흔들리는 눈빛이었다.

문언이 환하게 웃으며 고개를 끄덕였다.

"정말? 아주, 데려온 거라구요?"

경여가 시야를 흐리는 눈물을 훔치며 물었다.

"예, 주군께서 약속을 지키는 거라고, 그렇게 전하라고 하셨습니다."

약속. 그와 온전히 한 몸이 되면 그때는 아들을 데려다 주겠다고 했던 약속.

며칠 지나기는 했지만 그는 잊지 않고 있었던 것이다.

"염이의 거처는……?"

경여는 아들의 일과 관련해서 그로부터 아무런 언질도 받은 바 없었다.

취, 작약

"부족함 없이 준비하라고는 하였으나 비전하께서 살펴보시겠다면"

"가요, 함께 가보고 싶어요."

경여는 그날 염의 거처에서 아이가 노는 모습을 지켜보고, 식사를 떠먹여주고 직접 만들어 보냈던 옷을 확인하고 입히면서 보냈다. 하품을 하면서도 어머니에게서 떨어지기 싫어 졸음을 깨무는 아들을 위해 함께 있겠다고 약속했다. 염은 잠이 든 것 같다가도 어머니가 곁에 있는지 몇 번씩 눈을 떠보고 감기를 반복했다. 그때마다 머리를 쓰다듬어주면서 경여는 속울음을 삼켰다. 어쩌면 이제 사랑하는 아들과 지아비인 그와 함께 사는 꿈을 제대로 꿀 수 있게 되었다는 사실이 믿기지 않았다.

그런데 다음 날 새벽 생각지 않은 작은 소동이 생겼다.

가슴을 지분거리며 그가 잠을 깨웠고 곤한 몸을 이기지 못해 낮게 탄식하는 그녀의 몸 위로 그가 막 올라오는데 문이 열리고 휘장 밖에서 작은 인영이 다가오며 "어머니?" 하고 불렀다. 생각지 않은 방해자에 경여도 그도 놀랐다.

"여, 염아!"

경여가 서둘러 그의 몸 아래에서 빠져나오며 바닥에 떨어진 침의를 집어 들었다. 어이없이 욕망이 좌절당한 그의 거친 한숨소리도 들렸다.

이른 새벽잠이 깨서 자신이 누운 곳을 확인하고 전날의 일이 꿈인지 생시인지 알 수 없던 염이 곁에서 잠든 시종 몰래 경여의 침전을 찾은 것이었다. 놀라고 당황한 것은 염도 마찬가지였다. 전에도 그런 적이 있던 터라 반갑게 맞을 거라고 생각하고 어머니에게 달려갔으나 방문을 연 순간부터 휘장 안에서 들려오는 낯선 신음 소리는 어머니의 것인지 짐작할 수 없었던 것이다.

잠자리의 이불을 들추고 따뜻한 품으로 맞아주는 것이 아니라 당황한 기색이 역력해서는 서둘러 침의를 걸치고 휘장을 걷으며 자신을 맞는 어머니의 태도! 그리고 휘장 안에서 느껴지는 사나운 기세!

분명한 건 그 낯선 존재가 자신의 아버지가 아니라는 사실이었다.

"여, 염아, 왜 그러니. 무슨 일이야?"

한 사내의 아내이면서 한 아이의 어머니 역할이 충돌하는 낯선 경험에 경여는 선뜻 아이를 품에 안지는 못하고 침의자락을 꼭 여미는 한편 손을 뻗어 부드럽게 염의 머리카락을 쓸어주었다.

"꿈을 꾼 것 같아서⋯⋯. 어머니가 보고 싶어서."

아이의 말소리가 잦아들었다.

한 걸음 뒤로 물러서는 염의 모습이 경여를 아프게 했다. 예전 집에서처럼 그래서는 안 된다는 언질을 아이에게 주지 못한 것은 그녀의 책임이었다.

"잠자리가 바뀌어서 일찍 깼구나, 우리 아들."

흐트러지고 길게 내려뜨린 어머니의 머리카락이 낯설었던지 염은 경여의 머리카락을 손으로 만져보았다. 경여가 부끄러워하며 한 손으로는 침의자락을 꼭 여민 채로 붙들고 다른 손으로는 머리카락을 쓸어 넘겼다.

그사이 바닥에 아무렇게나 떨어져 있던 그의 침의를 여미던 허리

끈을 주워든 경여가 옷을 여미고 끈으로 고정하고는 염의 손을 잡아 문으로 향했다.

"좀 더 자도 돼, 염아. 염이를, 데려다 주고 올게요."

경여가 휘장 안을 향해 작은 소리로 말했다.

"시종은 뭘 하고!"

아직도 분이 풀리지 않은 듯 그의 음성에는 화가 가라앉지 않았다.

"아이가 놀라요."

경여가 휘장 안쪽을 향해 조심스레 말하고는 밖으로 나왔다.

"누구, 예요?"

문턱을 넘고 몇 걸음을 내딛은 후에야 염이 작은 소리로 물었다.

"어? 그게, 염아. 그게 있잖니."

경여의 입이 바짝 말랐다.

뭐라고 말을 해야 아이가 이해해줄까.

아버지라는 호칭은 어린 염에게는 죽은 호광뿐이다.

"염아."

경여가 아들의 손을 잡고 함께 걸으면서 적당한 설명을 생각하는 사이, 염이 물었다.

"그 사람이, 어머니를 괴롭힌 거예요?"

"응?"

"어머니가 울려고 하는 소리, 들었어요."

순간 경여의 얼굴에 열이 올랐다. 부부의 침상에서 벌어지는 운우지락을 아이에게 이해시키기는 불가능했다.

"숙부님한테 혼내달라고 해요!"

"응?"

"숙부님이 그랬어요, 어머니도 나도 괴롭히는 사람이 있으면 숙부님이 혼내줄 거라고."

"여, 염아, 아니야. 그분은…… 나를 괴롭힌 게 아니야. 염아, 그분은 네 아버지셔."

"아버지는 돌아가셨잖아요."

염은 혼란스러운 음성으로 격하게 말했다.

"응. 새, 아버지셔."

"그런데 왜 어머니 방에 있어요?"

"혼인하면 원래 그러는 거야. 염아."

"아버지는 그럼 왜 안 그랬어요?"

염은 경여의 대답에서 모순을 찾아냈다. 전에는 아버지와 함께 자는 모습을 한 번도 본 적이 없었는데 지금은 왜 그런 거냐고 묻고 있는 거였다. 새아버지의 존재 자체가 염에게는 혼란 그 자체였다.

어디서부터 풀어야 할지 혼란스러우면서도 경여는 솔직하게 대답했다.

"그건, 내가 원치 않았거든."

"저 아저씨는 원하고요?"

염의 음성에는 비난이 섞여 있었다.

"아버지, 라고 불러야지, 염아."

염은 아무런 말도 하지 않았다. 제 방에 도착하고 다시 자리에 누우면서도 염은 경여의 품에 안기지 않았다. 경여는 무언가 허전한 느낌을 지울 수 없어 아이가 누운 침상 곁에 앉았다.

"염아!"

"자요."

"자면서 말하기도 하나?"

경여가 놀리자 아이의 감은 눈이 파르르 떨렸다.

"염아, 어머니에게 나비인사 해주지 않을래?"

염의 속눈썹이 들리고 맑은 눈빛이 경여를 응시했다. 해야 하나 말아야 하나 망설이는 품새를 경여도 느낄 수 있었다.

하지만 곧 염은 마음을 굳힌 듯 고개를 가로저었다.

"다음에, 어머니 냄새 나면요."

순간 경여는 등줄기로부터 서늘한 감각이 지나가는 것을 느꼈다. 아이의 예민함은 경여가 애써 감추려고 했던 것까지 이미 눈치 채고 있었다.

"어? 으응. 그럼 좀 더 자렴."

경여는 염의 침전에서 나온 후에야 떨리는 손으로 붉어진 얼굴을 감쌌다.

자신의 침전으로 돌아온 경여를 맞은 제강은 경여가 휘장 밖에서 새로운 침의를 갈아입고 돌아와 제 옆에 누운 후에도 아무런 말도 하지 않았다.

"자요?"

숨소리는 고르지만 그가 잠들지 않았다는 것은 경여도 알았다. 경여는 왠지 모를 불안과 상실감을 떨치기 위해 그의 품에 파고들었다. 그제야 벼르고 별렀던 사람처럼 그가 낮게 으르렁거렸다.

"애를 돌보는 시종은 뭘 한 거야? 한번만 더 방해하면 이번엔 외가로 치워버릴 거야."

저절로 경여의 입에서 한숨이 새어나왔다.

"당신까지 왜 그래요? 아직 어려서 그런 거잖아요."

"그 애가 뭐라고 했는데?"

그가 날카롭게 물었다.

"피곤해요. 우리, 조금만 더 자요, 가군."

감정을 삭이느라 그의 가슴이 들썩였지만 더는 아무 말도 하지 않았다.

그와 염, 그리고 그녀 자신.

비록 새아버지와 의붓아들이라는 불안한 관계로나마 가족이라는 이름 아래 한 집안에서 기거하게 되었다. 처음부터 호감을 가질 수는 없어도 잘 지낼 수 있기를 바라는 것은 무리일까. 염이 다섯 해를 함께한 아버지의 존재를 지우고 그 자리에 제강을 혈육으로 받아들일 방법은 없을까.

경여가 낮게 한숨을 쉬고는 그의 몸을 둘러 안은 팔에 힘을 주었다. 정말 다시 잠을 청하기 위해 눈을 감았다. 비틀리고 꼬인 삶이 제자리를 찾아간다고 느꼈던 것은 그녀만의 착각인지도 모른다는 생각이 더 그녀를 침잠하게 만들었다.

경여는 이후에도 틈틈이 염과 시간을 가졌다. 하지만 전에는 경여의 품 안에 안기고 장난스레 젖가슴을 주무르던 아이는 새아버지라는 존재를 경여의 침전에서 발견한 새벽 이래 품 안으로 파고들지 않았다.

취작약

아이를 배신한 나쁜 어머니가 된 것 같은 찜찜함이 경여를 더욱 고민하게 만들었다. 그와 그녀, 그리고 염이 함께하는 세상이 조금 멀어진 듯했다.

22

진제강이 궁궐에서 귀가한 것은 사흘 후였다. 밤도 깊은 늦은 시각이어서 오늘 밤도 궁에서 잠깐 눈을 붙일 것이라고 수족들은 예상했으나 그는 굳이 예궁행을 고집했다. 왕의 지병이 악화된데다 처리해야 할 업무도 해도해도 끝이 없을 정도로 많았다. 그가 사흘 전 늦은 밤 궁에 불려갈 즈음만 해도 당장 국상을 당하지 않을까 염려하는 분위기였지만 어젯밤 위기는 넘긴 듯하다고 했다.

그사이 제강은 중요한 상소와 업무를 처리하고 그 내용을 왕에게 보고하고 곁을 지키기도 했다. 다소 형식적이기는 했으나 왕이 살아 있는 이상 비준은 거쳐야 했으므로 의례히 진행해왔으나 가끔은 기력이 너무 쇠한 왕이 깊은 잠에 빠져 보고하지 못하는 날도 많았다.

하루가 멀다 하고 예궁에서 왕궁으로 오가는 길은 아무리 젊은 사내라도 힘겨운 일이었다. 그래서 예궁이 아닌 왕궁 지척에 임시로 거처를 구하도록 제안하는 이들이 많았으나 제강은 그런 요구들을 물리쳤다. 우선 경여가 예궁을 좋아하기도 했고 아직은 수많은 적들이 있는, 안전이 보장되지 않는 임시거처에 경여를 두고 싶지 않았다. 그렇다고 경여가 없는 곳에서 밤을 보내고 싶지도 않았다.

제강은 예궁에 도착하자 뻐근한 뒷목과 긴장된 어깨근육을 달래며 수레에서 내려 내궁으로 향했다. 경여의 나긋한 손길로 안마를 받는다면 그대로 스르르 단잠에 빠질 것 같았다.

그런데 모시던 시종이 당혹한 태도로 말했다.

"어, 저, 주군, 비전하께서는……."

이미 잠이 들었어도 상관없다고 생각하며 시종의 말을 물리치려는데 시종이 고개를 저으며 말했다.

"비전하께서는 내궁에 계시지 않습니다."

"음?"

그제야 그의 걸음이 멈추었다.

"이 늦은 시각에 내궁이 아니면 어디. 설마 아직도 전경각에 있나?"

그의 시선이 어둠 속에 묻혀 있는 전경각으로 향했다. 경여는 최근 염을 위해 그림풀이를 넣은 책을 만드는 데 깊이 빠져 있었다.

"아닙니다. 비전하께서는 낮에 친가에서 연락을 받고 위부로 가셨는데, 아직 돌아오지 않으셨습니다."

"위부?"

그의 미간에 힘이 들어갔다.

"아이는?"

"예?"

"아이도 함께 데려갔나?"

그제야 시종은 그가 염 공자의 동행유무를 묻고 있음을 알아챘다.

"아, 아니요. 혼자 가셨습니다."

격하게 온몸을 휘감았던 불안은 그 말에 다소 잦아들었다.

"당분간 외출을 삼가라는 말을 전하지 않았던가?"

태후의 일족과 삼왕제 진현회, 호정엽까지 가세하여 반기를 드는 조짐이 보이고 있어 부쩍 조심하도록 이르던 차였다. 그의 걸음은 시종의 말을 확인해볼 셈인 양 다시 내궁 침전으로 향했다.

시종의 말대로 경여가 있어야 할 침전은 불이 꺼진 채 적요했다.

시종들이 서둘러 주위의 불을 밝혔다.

"그게, 위부인께서 편찮으시다는 전갈을 받으신 터라 잠시 다녀오시겠다고 하셔서. 전하께서도, 재사께서도 계시지 않은 터라 따로 알리지는 못했습니다."

혼인하고 처음 친행이었다. 그것도 어머니 위부인의 병이라는데 가보지 않을 수 없었을 것이다. 다른 곳도 아닌 친가 위부이니 경여의 안전은 크게 염려하지 않아도 되었다.

하지만 제강은 마음이 놓이지 않았다. 아침 일찍 사람을 보내 당장 돌아오도록 해도 되겠으나 그의 조급한 마음이 문제였다.

"말을 준비시켜라."

"예?"

아니, 함께 돌아오려면 수레가 나으려나.

"위부로 간다."

"전하, 이 밤중에 말씀이십니까?"

밤중이 아니라 새벽이라도 그가 사실을 안 이상 그대로 잠을 청할 수 없었다.

늦은 밤 생각지 않은 손님을 맞은 위부의 사람들도 당혹하기는 마찬가지였다. 그러나 위백양만은 침의차림으로 나와 그를 맞으면서도 불쾌한 내색 없이 너털웃음을 지었다.

"나는 또 내일쯤이나 오시려나 했더니."

경여를 부르면 그가 오리라는 것을 알고 있었다는 말이었다.

"비는 어디에 있습니까?"

예의를 걷어낸 제강이 메마르게 말했다.

"이 늦은 밤에 어디에 있겠습니까. 안 그래도 돌아가겠다는 걸 제어미의 소원도 있고 해서 자고 가라 붙잡았더니 마지못해 머무르고 있습니다."

그에게 위부는 결코 좋은 추억이 깃든 곳이 아니었다.

"오늘은 돌아갔다가 차후에 다시 찾아뵙겠습니다."

"어허, 이런. 사위께서 몹쓸 곳에 온 것도 아닌데, 이러시면 아랫사람들도 이상하게 생각하지 않겠습니까. 어미도 어미지만 경여도 몸이 썩 좋아 보이지는 않아 일찍 자리에 들었으니 늦은 시각 깨우기엔 좋지 않습니다."

위공의 말이 제강의 불안을 더욱 부추겼다.

"그럼 할 수 없군요. 저도 하룻밤 묵고 가겠습니다. 장인께서도 그만 쉬십시오, 아침에 뵙겠습니다."

돌아서는 제강의 뒷모습을 바라보는 위백양의 입가에 미소가 떠올랐다. 혼인 후에도 정시중의 딸과 친교가 있는 것 같다든가, 전에 없이 한낮부터 유곽을 찾는다든가 하던 소문들을 일소하는 기회였다. 그로서는 사라진 딸을 먼저 찾아냈다며 달려와 혼인하겠다고 했을 때부터 이미 왕제의 감정을 알아채기는 했다. 그래서 애도의 기간이 끝나기 무섭게 경여의 임신소식을 들을 수 있을 줄 알았건만 둘 사이가 소원하다는 제보를 받아들고 의아했다. 정시중의 생일연회에서도 둘 사이를 짐작하기 어려워 어미의 병을 핑계삼아 경여를 불러들여 가까이 두고 보자고 생각한 것인데 단 하룻밤도 못 참고 달려온 사위의 태도는 더 두고 볼 것도 없었다.

염을 낳은 후 경여가 호광과의 사이에 더 이상 자식을 두지 않은 것은 조금 걸리는 일이었지만 왕제와는 혼인 전부터 서로 좋아하던 사이니 경여도 굳이 잠자리를 꺼리지는 않을 거라고 생각했다.

당장 오늘밤만 해도 같은 방, 같은 침상 위에 누울 테니 기회가 없지는 않을 테지.

위백양은 나름의 염두를 굴렸다.

제강은 당장 경여를 확인할 생각에 빠른 걸음으로 경여의 거처로 향했다.

낮에 수레에 흔들리며 친가에 오고 어머니의 병수발을 하느라 지친 듯 경여는 고른 숨을 내쉬며 잠들어 있었다. 침상의 휘장 안쪽에서 익숙하게 풍겨오는 작약 향기만으로도 그의 마음은 안정되는 것 같았다.

위부로 달려오는 동안, 그리고 장인을 대응하는 동안은 미처 깨닫지 못한 감정을 그도 인정하지 않을 수 없었다.

이러고도 위경여 따위 아무것도 아니라고 큰소리칠 수 있나? 단 하룻밤도 곁에 두지 않고는 견딜 수 없으면서?

하지만 경여를 그의 공간이 아닌 다른 곳에 두는 것은 불안한 일이었다. 혹여라도 잠이 든 경여를 놀라게 하는 것은 아닌가 하는 마음이 들었지만 이미 그녀가 머무는 방문을 열고 들어선 후였다. 혹시라도 놀라지 않게 불을 켤까 싶어 침상을 확인하는데 이미 그의 기척에 잠이 깬 경여가 부스스 침상에서 몸을 일으킨 후였다.

"제, 제강? 가군?"

경여는 믿을 수 없는 듯 눈을 비비며 어둠 속에서 그를 확인했다. 어린아이 같은 그 모습이 사랑스러웠지만 그는 부러 퉁명스레 말했다.

"허락도 없이 친정나들이라니. 게다가 외박까지?"

그간 축적된 피곤함은 경여의 안전을 확인한 순간 풀린 긴장과 함께 한꺼번에 몰려왔다. 그는 자연스레 겉옷을 벗고 침상 위로 올라갔다.

경여가 곁의 자리를 내주며 걱정스레 물었다.

"아니, 이 밤중에 어떻게 왔어요?"

"처가에 오는 걸 내가 좋아할 것 같았어?"

"알지만, 어머니가 아프셔서요."

염을 데려오고 싶었지만 참았다는 말은 하지 않았다.

"나를 기다려서 함께 와야지."

"그렇긴 하지만 사흘째 집에도 들어오지 못했잖아요. 바쁜 줄 아니까."

"이대로 끝내지 않을 줄 알아. 지금은 피곤하니까 넘어가는 거야."

그가 뻣뻣한 어깨와 등근육의 고통에 낮게 신음 소리를 내며 자리에 누웠다. 경여는 아직도 믿을 수 없는 듯 그를 바라보다가는 천천히 그의 팔과 옆구리 사이에 파고들었다.

"어디 아파요?"

경여가 부드럽게 그의 복부로부터 가슴으로 쓸어 올리며 물었다. 몸은 당장이라도 피곤하다고 하면서도 그의 몸 일부는 반사적으로 반응하고 있었다. 그가 경여의 손을 잡아 제 옆구리로 가져다놓았다. 마음은 간절하지만 여기선 경여를 안을 수 없었다.

"그만 자. 내일 당장 돌아가자."

"당신과 함께요?"

"음."

이렇게 오지 않았어도 내일은 돌아가려고 했는데.

"어깨, 결리죠?"

목도 뻣뻣하고.

"음."

경여가 살며시 자리에서 일어났다.

"어디 가려고?"

그의 음성은 이미 한껏 잠이 묻어 있었다.

"어디 안 가요. 엎드려 봐요."

"괜찮아."

"괜찮긴 뭐가, 어서요!"

그는 더 이상 버티지 않고 낮은 신음 소리를 내고는 익숙한 자세로 엎드렸다.

경여가 그의 목으로부터 단단히 굳은 어깨의 근육을 풀어주기 위해 제법 힘주어 누르자 그가 한 번 더 낮게 소리를 냈지만 그의 무거운 눈꺼풀은 다시 열리지 않았다.

경여는 익숙한 손길로 그의 목과 등의 긴장을 풀어주었다. 간간이 통증을 삼키지 못하고 신음 소리를 내던 그가 잠시 후 고른 숨소리를 내며 낮게 코고는 소리를 냈다. 곤한 그의 잠을 방해할까 봐 경여는 그대로 달빛에 의지해 그의 곁에 누웠다.

경여는 그의 체취를 마음껏 들이쉬었다. 그의 가슴이 평온하게 오르내리는 것을 바라보는 것만으로도 가슴이 벅차올랐다. 그와의 잠자리가 점점 더 편안해지고 기다려지기는 했지만 지금처럼 곁에서 잠든 모습을 보는 것만으로도 좋았다. 더구나 오늘처럼 전혀 기대하지 않은 밤에, 기대하지 않은 곳에서라면 더욱.

다음 달에 경여의 몸에 변화가 생겼다.

회임한 사실을 가장 먼저 알려준 것은 시종이었다. 아침나절 기운을 차리지 못하고 식욕을 잃은데다 가슴이 뭉치고 아프다고 하자 최근 그들 침전에서의 열기를 아는 시종이 넌지시 회임한 것이 아닌지 물어왔다. 하지만 바로 닷새 전 짧지만 월경이 비쳤던 것을 생각하면 시종의 반응은 때 이른 것이었다.

"의원을 불러볼까요?"

시종은 경여의 회임을 확신하는 듯 말했다.

"괜히 번거롭게 할 뿐인데."

"속이 편치 않으시다면서요, 비전하. 유륜 주위도 더 짙어지시고. 하루 이틀의 일이 아니니 약 처방을 받아보는 것도 좋을 듯합니다."

어느새 시종은 경여의 몸을 세심하게 살폈던가 보다.

조심스레 내민 경여의 맥을 짚던 의원은 시종과 마찬가지로 회임한 이의 맥이라며 축하 인사를 건넸다. 시종도 그것보라는 듯 환하게 웃었다. 하지만 경여는 아직도 선뜻 믿을 수 없었다.

"그럴 리가. 닷새 전 월경이 있었는데요."

의원이 빙그레 웃으며 말했다.

"비전하의 맥은 틀림없는 임산부의 맥입니다."

"정말요?"

"예, 이런 일을 오진할 수는 없지요."

"그래도……."

"아, 간혹 그런 일도 있습니다. 착상혈이 비춘 걸지도요. 월경으로 착각하기도 하는데 아기님이 자리를 잡을 때 착상혈이 생기기도 하고 그것을 월경으로 오해하는 경우도 있습니다. 틀림없으니, 왕제전하께 기쁜 소식을 전하셔도 되겠습니다."

착상혈?

확신에 찬 의원의 말에 기뻐하면서도 순간 어지럼증이 격하게 찾아와 경여는 앉은 의자의 바닥을 짚었다. 경여는 전에도 그런 적이 있었다. 때 이른 월경이 찾아왔나 했는데 하루 정도로 짧게 끝나버렸던 적이! 그리고 아이가 들어섰다. 원치 않는다고 생각했던 아이가!

축하의 말을 전하는 시종과는 달리 경여는 아직도 얼떨떨한 심정이었다.

정말로 그 사람의 아이를 배 속에 품고 있다고?

이전 염을 가졌을 때는 임신기간 내내 죽을 것 같았던 경여였다. 여자인 걸 저주하며 자고나면 깨는 꿈이길 얼마나 바랐던가. 그렇지만 하루하루 배는 불러오고 새로운 생명이 배 속에서 거부할 수 없는 존재로 움직였던 기억.

"전하께서도 화원 공주께서도 무척 기뻐하실 겁니다. 서둘러 알리시고, 저어, 이제라도 격한 잠자리는 피하셔야 하지 않을까요?"

시종이 얼굴을 붉히며 나름의 근심을 털어놓았다. 왕제가 예궁에 머무는 날이면 어느 때는 초저녁부터, 또 어느 때는 이른 아침까지 민망한 신음 소리가 끊이질 않았던 것이다.

조심해야 한다는 시종의 말이 떠오른 것은 그날 밤 제강이 뜨거운 손길로 안으려 했기 때문이었다.

"가군!"

경여가 그를 제지했다.

얼굴을 붉히고 조금 떨어져 거리를 두고 조심스레 회임한 것 같다고 말했을 때 그의 반응도 예전의 기억을 떠올렸음을 알았다.

"의원에게는 보였어?"

"네, 체기가 있는 줄 알았는데 회임한 맥이 틀림없다고."

"이리 와봐."

그가 조심스레 그의 곁으로 다가오는 경여의 허리를 가볍게 안아 제 무릎에 끌어 앉혔다. 그는 경여의 옷 위로 아직 아무런 표식도 없는 아랫배에 손을 올려놓았다.

"여기쯤 있을까?"

"아직은 몰라요."

경여가 부끄러워하며 그의 품에 더 깊이 파고들었다. 그는 크고 두꺼운 손으로 경여의 배를 부드럽게 어루만졌다.

"제강."

"응?"

"아니, 그게…….."

코끝이 시큰해지며 말보다 먼저 눈물이 앞을 가렸다.

"무슨 말을 하려다 말아?"

"아니, 아직도 잘 믿기지 않아서요."

염을 가졌을 때와는 너무나 달랐다.

"그렇지?"

"꿈도 꾸지 않았는데."

"꿈?"

"태몽요. 누구는 잉어를 품 안에 잡았다고도 하고, 또 누구는 탐스러운 복숭아를 따서 집에 돌아왔다고도 하는데, 태몽이라는 것이 너무 생생해서 깨고 나서도 잘 잊혀지지 않는다고 해요."

"용이 깃드는 꿈이라면 내가 꾼 것도 같은데."

"당신이요?"

"음. 이레쯤 전 일인데, 아침 일찍 연무장에서 보니 짙은 하늘 구름 속에서 황룡이 꿈틀거리는 거야. 따라가 보니 이곳 침전으로 들어가더군."

자연스레 경여의 입가에 미소가 걸렸다. 확실히 첫 아이인 염과는 달랐다. 회임소식이 까무러칠 만큼 슬프지도 않았고 태몽에 관한 이야기도 함께 나누고!

취, 작약

"당장 의원을 다시 불러 확인해볼까?"

경여가 그를 안은 팔에 힘을 주고 매달리며 고개를 가로저었다.

"밤이 깊었어요. 하룻밤쯤 기다리지 못할 이유가 없어요."

"그런가. 그래도 내일은 일찍 불러서 확인해보자고!"

"네."

아버지로서 그가 무척 들뜨고 설레고 있다는 사실을 경여는 온몸으로 느꼈다. 회임 사실을 안 순간 죽고 싶었던 지난번에 비하면 확실히 지금의 설렘은 낯선 감정이었다.

며칠 후.

시누이인 화원이 찾아왔다는 말에 침상에 누워 있던 경여의 몸이 바짝 긴장했다.

"혼자서 오셨니?"

"예."

경여는 서둘러 자리에서 일어났다. 머리와 의복을 갖추어 입자면 화원 공주를 기다리게 만들 터였다.

아직 한낮이 되려면 멀었지만 오랜만에 보는 시누이에게 경여의 모습은 게으른 모습으로 비춰질 것이다. 경여는 시종들을 서두르게 해 겨우 최소한의 단장을 하고 허겁지겁 화원이 기다리는 정원으로 달려갔다.

고고한 자태로 정자 안의 나무 의자에 앉아 차를 마시던 화원이 빠른 걸음으로 다가오는 경여를 바라보았다. 살짝 치켜 올라간 화원의 눈초리는 곱지 않았다. 그녀의 부군 유준걸이 가끔 예궁의 소식을 전하곤 했지만 한낮이 되도록 자리보전하고 누워 있는 안주인 경여에 대해서는 안 그래도 밉던 차에 좋게 볼 수 없었다.

"공주전하."

경여가 숨을 고르며 인사를 전했다.

화원의 날카롭고도 꼼꼼한 눈길이 경여의 머리부터 발끝까지 훑었다.

"비전하의 아침이 조금 늦는 모양이에요."

이미 시종을 통해 알아본 모양이었다.

"어, 그게, 몸이 좀 좋질 않아서요."

"안주인이 게으르면 시종들도 금세 따라 배우죠."

화원의 부드러운 말에 실린 의미는 매서웠다.

"이제 곧 나라 안의 살림도 맡아 하실 분이 그러면 되겠어요?"

그런데도 경여의 표정에서는 일그러지거나 기분 나쁜 흔적을 찾아볼 수 없었다.

"좀 더 신경 쓰도록 할게요, 공주전하."

변명하기보다는 조금 부끄러워하는 듯도 보이는 경여의 태도에 화원도 누그러졌다.

"확실히 요즘 오라버니를 두고 더 이상 나쁜 소문이 돌지는 않네요."

경여의 얼굴이 순간 붉어졌다.

"일전에 보내준 물건들은 잘 받았어요."

"사실은, 공주전하의 안목에 마음에 들어 하실지 몰라서 걱정이 많았습니다."

"까다로운 시누이라고 말하는 건가요?"

화원의 눈썹이 치켜 올라갔다.

"아니요, 그것이 아니고 워낙 공주전하께서는 부족한 게 없으시니까."

"비전하께서도 곧 그렇게 되실 텐데요. 왕궁의 예법은 차근히 배우고 계신가요?"

왕의 지병은 더 이상 가망이 없는 수준이었고 그에 따라 왕제 진제강의 업무와 책임도 더 가중되고 있었다.

"예, 공주전하. 많은 책임이 따르는 일이고, 그이의 성정을 아시듯이 저 또한 번거로운 일들을 좋아하지 않는 터라 마음만 급하고 잘 되지는 않습니다."

애도의 기간도 지키지 않고 급하게 혼인까지 한 이유를 두고 말이 많건만 세간의 소문과는 다른 말이었다. 위백양과 그의 딸이 왕비 자리에 연연한다는 것은 이미 모르는 이가 없을 정도였다.

"그래도 어려서부터 지우로 궁의 분위기를 아니까 그리 어렵진 않을 테죠. 위공 부녀가 무엇을 원하는지 모르는 이가 없잖아요?"

"그렇지 않습니다."

화원이 심술궂은 태도로 놀렸다.

"흠, 하기는! 오라버니에게 새로운 여자들도 생길 수 있으니 뭐, 왕비 자리가 썩 좋지 않을 수도 있겠네요. 일신의 가군이라면 부인의 눈치를 볼 수밖에 없겠지만 아무래도 제왕이 되시면 비께서도 마음고생을 할 수밖에 없겠죠."

누구나 아는 말이지만 차마 언급하지 않고 피해 가는 주제를 화원은 굳이 피하지도 않았다.

"예, 저도 그이도 원치 않는 자리입니다. 비단과 재물을 조금만 바라던 어느 가난한 부인의 그 마음, 저라고 다르지 않은 듯합니다."

순순히 인정하는 경여의 말에 얼핏 화원의 얼굴에 웃음기가 어렸다.

"비전하께서도 남편이 둘이었으니 오라버니가 부인을 하나 더 얻는다 해도 투기하시면 안 될 듯한데요."

노골적인 화원의 말에 경여의 얼굴이 순간 해쓱해졌다.

"내 말이 틀렸나요?"

"그렇지 않습니다."

"그러면 정림의 상심한 마음도 달래고 제위를 더욱 공고히 하기 위해 오라버니가 정대부의 딸과 혼인해도 이해하시겠어요?"

경여는 흔쾌히 가(可)하다고 대답하지 않았다.

"이해해줄 수 없는가 보군요."

그러면 그렇지, 하는 표정이 화원의 얼굴에 스쳤다.

"지금의 왕께서 오라버니를 후계자로 지목하셨다곤 해도, 아직은 오라버니의 입지가 단단하진 않아요. 그쯤은 비께서도 알고 계시겠죠?"

그렇던가. 경여는 의아했다. 그가 비록 5년간의 외유를 하고 돌아와 국내 정세에 예리하지 않다고 해도 혼인관계로 맺어진 아버지 위공과 정치적 목적이 같으니 전폭적인 힘을 실어줄 거라고 생각했고, 화원 공주의 부군이자 왕제 진제강의 지우이기도 했던 유준걸도 무시할 수 없는 존재였다.

酔작약

"태후의 일족인 후씨와 가원 공주의 부마일족, 그리고 이번 혼인으로 반감을 가진 정씨, 그리고 이복왕제 또한 반발하고 있어요. 한때는 왕실에 힘이 되어주었던 호가마저 이번 예의를 벗어난 혼인으로 인해 심기가 좋지 않다고 들었어요."

화원 공주의 말에 경여도 수긍하지 않을 수 없었다. 다른 사람은 몰라도 호정엽은 결코 진제강을 지지하지 않을 것이다. 힘없는 왕이 그를 지목한다고 해도 남은 자들이 순순히 따르지 않을 수도 있다는 것이 최근 팽팽하게 긴장된 정가의 분위기였다.

그래서 최근 재사 문언을 비롯해 예궁의 기류도 심상치 않았다. 싫다는 그를 굳이 정치 일선에 밀어올린 사람이 자신이라고 생각하니 경여는 새삼 그에게 미안해졌다.

잠시 후 시종이 다가와 경여의 앞에 차를 내려놓으며 말했다.

"전하께서, 비전하께서 일어나시면 드리라고 전하신 물건이 있습니다."

경여가 곤혹스러운 표정으로 나중에, 라고 말했지만 화원이 호기심 어린 눈으로 끼어들었다.

"비밀이 아니면 굳이 나중으로 미룰 필요가 있어요?"

화원의 말이 대답이 된 듯 시종이 정자 밖에서 대기하고 있던 악사 셋을 불렀다.

악사들은 자리를 잡고는 맑고 경쾌한 음률을 연주하기 시작했다. 그리고 시종이 경여 앞에 비단보자기에 덮인 옥판을 두 손으로 바치고 서 있었다. 펼친 보자기 위에는 투명하면서도 신비한 보랏빛을 내며 빛나고 있는 자수정 가락지와 팔찌가 제 색을 뽐내며 자리하고 있었다.

"아름답네요."

경여가 천천히 가락지를 손가락에 끼고 팔찌를 착용하자 시종이 상을 물렸다.

악사와 자수정.

그 의미를 되새기느라 화원의 눈이 가늘어졌다. 화원의 눈이 경여의 아랫배에 머물자 경여의 뺨이 붉어졌다.

화원이 화제를 바꾸었다.

"비전하께 좋은 소식이 있는 모양이에요."

"예."

그래서 아침잠이 늘었던가. 피부는 더 투명해지고?

아이 셋을 낳은 화원은 제강이 보낸 악사와 자수정이 무슨 뜻인지 모르지 않았다. 그것은 태교를 위한 배려였다. 호광을 위해 아들을 낳아주었으니 제강을 위해서도 아들을 낳아주어야 하지 않느냐고 다그쳤던 일이 떠올라 화원은 조금 미안한 마음이 들었다.

여전히 오라비에게 영향력을 행사할 뿐 아니라 후사를 이을 혈육까지 잉태한 올케의 심기를 불편하게 해서는 안 될 것 같았다. 하지만 한편으로는 오늘 찾아온 이유를 떠올리자 마음이 무거웠다.

두 사람 사이에 아들을 낳는다면 염은 어떻게 될까. 굳이 혼인하여 낳은 아들이 있는데 다른 사내와의 혼인에서 낳은 아이를 두고 왈가왈부한다면 더 복잡해지기만 하지 않을까.

그것은 진제강 부부가 이후 풀어야 할, 결코 가볍지 않은 숙제였다.

"오라버니 반응은 어때요?"

"좋아하세요."

그렇기도 하겠지. 다른 이도 아닌 위경여에게서 혈육을 갖는다는 사실이 꽤 좋기도 할 것이다.

"달리, 유난을 떨지는 않구요?"

악사와 자수정 정도에서 끝내는 거냐고 비아냥거리는 것이기도 했다.

"예."

위경여가 시시콜콜 수다를 풀어낼 것을 기대하지도 않았지만 답은 너무 짧았다. 좋다는 건지, 싫은 건지 알 수 없었다.

"그 아이, 염이라고 했나요? 지난번에 데려간 그 아이는, 잘 지내요?"

"예."

"아이가 어미를 그리는 거야 당연하겠고, 오라버니와도 잘 지내요?"

경여는 화원 공주가 왜 염을 화제로 삼는지 알지 못한 채 미온적으로 대답했다.

"아직은…… 서로 낯가림이 있는 듯합니다."

그도 염도 갖은 핑계를 대며 서로를 대면하는 일을 꺼리고 있었다.

"둘 다 이해 못 할 바는 아니죠. 오라버니 입장에서는 비께서 다른 사내와 혼인했던 것도 아직 충격일 텐데, 자식까지 보았다고 생각하면 더 그렇겠죠. 아이를 맡긴 것도 그렇지만 데려가겠다기에 또 놀랐어요."

창백한데다 쓸쓸한 눈으로 화원을 응시하던 경여는 그저 시선을 비껴냈을 뿐이었다. 화원은 잔인할 정도로 그런 경여를 빤히 응시했다.

"알겠지만, 아이는 시샘이 있어요. 친혈육도 그러는데, 두 분의 아이가 생기면 그 아이는 외조부에게 맡겨도 좋겠죠."

"아이는 어미와 있어야 한다고 생각합니다, 공주전하."

"그래서 어쩔 생각이에요?"

"염이는 아직은, 어린아이일 뿐입니다. 어미가 멀쩡히 살아 있는데 할아버지에게 맡기는 건 저로서는 생각해보지 못한 일입니다."

새로운 아이가 생겼으니 혹이나 다름없는 아이를 외조부에게 맡기겠다는 의도는 없다?

경여가 하는 말의 여운을 되씹던 화원이 말했다.

"조금 뻔뻔하다는 생각은 안 들어요? 남의 아이를, 더구나, 오라버니 가슴을 그렇게 아프게 해놓고 이제 와서 남의 자식을 오라버니 집 안에서 키우겠다구요?"

"공주전하!"

경여의 안색이 창백하게 질렸다.

"사람들이 나처럼 생각하지 않겠어요? 아니면 원래 위경여가 그렇게 뻔뻔한 사람이었어요?"

잔인하게 몰아세우는 방법으로도 경여가 아무런 반응이 없자 한숨을 내쉰 화원 공주가 말했다.

"그 아이, 염이요, 오라버니를 많이 닮았어요."

醉, 작약

화들짝 놀란 경여의 시선이 화원과 마주쳤다.

"처음 들어요? 그런 생각, 안 해봤어요?"

"……."

침조차 삼키지 못하고 핏기를 잃은 경여의 얼굴을 바라보던 화원이 말했다.

"확신이 없는 거군요. 뭐, 알아서 하실 테니 나도 더는 상관하지 않겠지만, 그래도 혹여 내게 도움을 청할 일이 있다면 말해도 좋아요."

화원은 할 말을 다하고는 자리에서 일어섰다.

경여가 따라 일어서며 말했다.

"좀 더 머물다 가셔도 좋을 텐데요."

화원의 눈빛에 얼핏 심술 섞인 장난기가 어렸다. 그럴 때는 꼭 제강을 보는 듯하다고 경여는 생각했다.

"내가 결코 편치 않으실 텐데요?"

"한때는 지우이기도 했고, 또 지금은 제 가군의 누이 되시니 잘 지내고 싶어요, 공주전하."

경여의 진심이었다.

화원의 눈꼬리가 가늘게 떨렸다.

"그건, 시간을 좀 더 보아서요. 나는, 오라버니를 아프게 했던 위경여를 다시 보지 않겠다고 생각했었거든요."

그래서 이전 호광의 생전에 참석한 궁의 공식적인 연회자리에서 몇 번 지나칠 때에도 원망 가득 미움 가득한 눈빛이었다.

배웅하는 경여와 함께 걷던 화원이 물었다.

"남편의 말로는 두 분 사이가 예전 같지 않다 하고 재사의 말로는 좌장들이 낯 뜨거워 몸 둘 바를 모르게 봄빛이라던데, 누구의 말이 옳은 건가요?"

지난번 경여가 언급한 잠자리에 대한 찜찜함을 털어버리고 싶었던 것이다.

"나쁘지 않습니다."

경여의 붉어진 얼굴로도 대답은 충분해 보였다.

"비께서 더 잘하셔야 할 거예요. 오라버니 아프게 했던 만큼 그 이상으로 더 잘하지 않으면 내가 결코 오라버니의 비로 인정해주지 않을 거예요."

단호한 화원의 말에서 경여는 작은 희망을 읽었다.

"예, 공주전하."

23

화원이 다녀간 후로 세 달이 지났다.

그동안 마른 몸매의 경여는 동그랗게 부풀며 올라온 배를 숨길 수 없었는데 염은 아직도 모르는 체했다.

그제는 수곤이 찾아와 어렵게 말을 꺼냈다. 시종들을 물리고도 뜸을 들여 말을 하는 품새가 아직도 뭔가 걸리는 게 있는 듯했다. 예궁의 내실과는 관련없는 일을 하는 수곤이 굳이 그녀를 찾을 일은 없었다.

"염 공자께서 아침나절에 저를 찾아오셨습니다."

"왜요?"

"최근에 매일 오셔서 연무장 주변을 구경하곤 하셨는데, 그날은 대뜸 제게 검술을 가르쳐달라고 하셨습니다."

"그러기엔 아직 어리지 않아요?"

경여가 웃으며 물었으나 수곤의 표정은 진지했다.

"어리긴 하시지만 수련하는 일이 성장에 도움은 됩니다."

"그래요? 그런데 장군께 직접 배우고 싶다고 해요? 맹랑하네요."

수곤이라면 예궁 최고의 무장이었다. 그런 그를 찾아가 스승으로 삼고 싶다고 했다는 건 꽤 대담한 행동이었다.

"예, 그래서 왜 검술을 배우려고 하는지 여쭈었습니다."

경여도 틈날 때마다 염과 함께 전경각 후원을 함께 산책하며 언젠가는 그곳에 있는 책들을 아들이 다 읽기를 바란다는 욕심을 들려주었었다. 그러기 위해서는 학문적으로 조예가 깊은 조완과 친분을 쌓기를 바랐는데 염의 관심은 달랐던 모양이다.

"염이가 뭐라고 해요?"

잠시 말을 고르던 수곤이 대답했다.

"저와, 주군을 이기고 싶다고 하셨습니다."

"네?"

아이의 제법 결기 있고 엉뚱한 행동이라고 웃어넘기려던 경여의 얼굴에서 웃음기가 사라졌다. 왜 수곤이 이야기를 풀어놓기 전에 망설였는지 알 것 같았다.

"아직 어리신 건 맞지만 눈매에 어린 분노는 제법 당차 보였습니다."

그저 무예에 대한 호기심 때문이라면 굳이 그도 염려하지 않았을 것이다.

"하, 하라는 공부는 안 하고 그런 엉뚱한 생각을 하고 있었나 보네요. 혼을 내야겠어요."

경여는 그렇게 말하며 서둘러 수습했다.

"아직, 아무에게도 말하지 않았습니다, 비전하."

수곤이 먼저 경여의 마음을 읽은 듯했다.

取 작약

"그래요?"

"비전하께도 말씀드리지 않으려고 했습니다만, 염공자의 태도가 어리다고만 보기에는 좀……."

분노가 깊어 보였다는 말은 재차 입에 담지 못했다.

수곤은 예궁에서, 그것도 제가 모시는 주군의 그늘 아래서 그 은혜로 자라날 어린아이가 가슴에 분노를 품고 해를 끼치는 존재가 될까 우려하고 있었고 경여 또한 수곤의 우려를 알아챘다. 경여는 알겠다고 말하며 재차 아이의 요구에 대해서는 함구하도록 당부했다.

하지만 수곤이 떠난 후에 경여는 염의 말을 곱씹었다.

수곤, 그리고 새아버지 제강을 이기고 싶다고?

문언이나 당사자인 제강은 웃어넘길지 몰라도 경여로서는 뜨끔할 수밖에 없었다.

경여는 예궁에서 은밀한 공간을 만들고 그곳에서 놀이에 빠져 있는 염을 찾아냈다. 서둘러 다가가던 경여가 잠시 멈칫했다. 염의 주위에는 제법 영리하게 생긴 하얀 털을 가진 중강아지가 장난스레 꼬리를 치며 부산스레 맴돌고 있었다. 그녀에게서 염을 떼어내기 위해 보러간다던 강아지가 제법 자란 것이다. 아이의 외로움을 달래준 공로는 인정하나 경여에게는 어린 시절의 좋지 않은 경험으로 개를 꺼렸으므로 제게 큰 위협이 되지 않아도 선뜻 다가설 수 없었다.

강아지가 먼저 쪼르르 경여에게 달려가려 하자 염의 시선이 따라왔다.

"가만히 있어, 거기 앉아."

강아지는 어린 주인의 말에 복종했다. 겨우 안심한 경여가 강아지가 앉은 자리를 멀리 피해 아들에게 다가갔다.

"어머니."

염은 혼자 조완이 만들어준 정교한 나무 인형을 가지고 놀았다.

"어, 할아버지 댁에 다녀왔다면서, 염아."

제법 정교한 성을 쌓는 놀이를 하는 중이어서 흘깃 어머니의 존재를 살피고는 여전히 자신만의 놀이세계에 빠져 있었다. 고개만 끄덕이고 시선은 그대로인 채 인형을 옮기고 있었다. 전에는 어떤 흥미로운 일에 빠져 있어도 경여 앞에서는 눈을 마주하던 아이였는데.

아이와 시선을 맞추는 것은 결국 경여의 일이었다.

"할아버지 댁에서는 즐거웠어?"

"망아지를 얻었어요."

기뻐할 일이겠으나 크게 기뻐하는 기색도 아니었다.

"그래? 좋았겠네."

얼핏 염의 시선이 경여의 배에 머물렀다.

"어, 전날에는 분명히 엄마 배 속에 들어 있다고 했는데, 다음 날 아침 일찍 가보니까 일어서서 엄마 꽁무니에 숨어 있는 거예요."

말간 눈으로 자신을 바라보던 망아지를 떠올린 듯 얼핏 염의 입가에 미소가 걸렸다. 날이 춥지 않았으니 망정이지 한 겨울이었으면 얼어죽었을지도 모른다고 했다.

"할아버지가 네게 주신다고 했어?"

"네. 더 크고 좋은 말을 주신다고 했는데, 저는 그 녀석이 좋았어요."

"네가 탈 수 있으려면 아직 한참 더 자라야겠네?"

"네."

"그러면 그동안 말타기도 배워야겠네. 아버지께도 좋은 말들이 있을 텐데, 한번 보여달라고 할까?"

"아니요."

염은 제강과 관련된 것은 무엇이든 거절했다. 그런 아이 같지 않은 태도로 늘 경여의 가슴에 그늘을 드리웠다. 염이 먼저 아이처럼 제강에게 안기기도 하고 떼도 쓰고 하다 보면 나을 거라고 생각했으나 아들은 조금도 그럴 의사가 없어 보였다. 그런 태도는 제강도 마찬가지였다.

오늘 오후도 잠시 차를 마시러 오겠다는 통보를 받고 경여는 부랴부랴 염을 찾고 제강이 그곳으로 오도록 시종에게 알려두었던 참이었다. 그녀에게 가장 소중한 두 명의 남자가 끝내 자의로는 먼저 대면하지 않으려고 하니 이렇게라도 하는 수밖에 없다.

"염이와도 함께 시간을 보내요. 염이도, 당신도 겉도는 모습 보기 싫어요. 가군, 나는 당신의 아내이기도 하지만, 또한 아이에게 책임이 있는 어미라고요. 배 속의 아이도 중요하지만 염이도, 내가 낳은 아이예요. 내, 마음을 한 번이라도 생각해봤어요? 나는 지금껏 당신의 마음을 풀기 위해 노력해왔어요. 나의 노력이 부족하던가요?"

불만 가득한 눈빛이었지만 그의 입에서 나온 퉁명스런 말은 달랐다.

"누가 뭐래? 난 그저, 만날 시간을 내기 어려웠던 것뿐이야."

정말 그랬다면 기다리지 못할 경여도 아니었다. 그는 다만 차일피일 미루고 있을 뿐이었다.

경여가 한숨을 내쉬고 어조를 골랐다.

"다른 건 생각하지 말고, 내 아이로만 봐줘요. 내가 좋은 아내가 되면 당신도 염이를 가족으로 대해줄 거라고 생각했어요."

다른 사람은 몰라도 당신마저 그 아이에게 손가락질 하지 말아요!

파르르 쫓아왔던 화원이 닦달하지 않아도 경여 또한 충분히 아팠다. 하지만 그를 제대로 품어줄 수도 없으면서 아이를 보아달라고만 할 수 없어 미루었던 일이 점점 더 고착되고 있을 뿐이었다.

"그래서 함께 살고 있는 것 아닌가. 그걸로는 부족해?"

염에 관한 주제가 둘 사이에 나오기만 하면 그의 미간에는 없던 주름이 생겼다.

"한 지붕 아래 살기만 한다고 가족은 아니죠."

"한꺼번에 너무 많은 걸 변화시키려고 하지 마."

마침내 불편한 심기를 드러내며 그가 말했었다.

똑같이 고집불통인 사내들.

오늘은 먼저 어린 아들을 붙들고 이야기를 해봐야겠다고 생각하며 경여가 염의 옆 자리에 천천히 자리를 잡고 앉았다. 그 사이 도드라진 배가 드러나자 염의 시선이 머물렀다.

낯선 어머니의 모습을 더는 무시할 수 없었던 듯 염이 물었다.

"왜 그런 거예요?"

처음엔 요대를 느슨하게 맸지만 이제는 요대를 하지 않는 모습도 낯설기는 마찬가지였을 것이다.

"으음, 염아, 여기 엄마 배 속에 우리 염이 동생이 있거든."

경여가 일부러 둥근 배 위에 손을 올려놓았다.

"동생, 요?"

호기심으로 잔뜩 눈썹을 치켜 올린 염의 모습은 신기할 정도로 누군가를 닮아 있었다.

"만져볼래?"

바로 얼마 전 시종들이 경여의 배를 만졌던 일로 심하게 혼쭐이 났을 때 염도 그 자리에 있었던 터라 머뭇거리며 고개를 가로저었다.

"아픈 거, 아니에요?"

"아니, 그렇지 않아."

경여가 환하게 웃으며 부드럽게 배를 쓸었다.

"아가에게 인사해봐, 염아. 아, 그리고 보니 우리 염이에게 나비인사 받아본 지도 꽤 되었네. 그렇지?"

"새아버지에게 해달라고 하면 되잖아요."

염은 더 이상 미룰 이유가 없자 퉁명스레 말했다.

"어? 엄마는 아버지에게 받는 것보다 우리 염이에게서 받는 것이 더 좋은데."

그러자 아이의 눈이 숨길 수 없게 반짝 빛났다.

"정말요?"

"음."

경여가 고개를 끄덕이며 염에게 팔을 내밀자 염이 반짝 일어나 경여의 무릎 위에 마주 앉았다. 경여도 염도 저절로 웃음이 나는 건 그들의 나비인사 방식의 한 절차이기도 했다. 아이의 몸을 바짝 안은 경여와 어머니의 목에 팔을 두른 아들. 그리고 서로의 얼굴을 마주 보고 이마를 맞닿고 서로의 속눈썹이 마주 닿게 한 후에 간질이듯이 속눈썹을 스치듯 하는 인사. 나비의 날개짓처럼 가벼워서 나비인사, 혹은 속눈썹의 움직임이 흡사 나비를 닮아 나비인사.

몇 번을 그렇게 누가 먼저랄 것도 없이 인사를 나누던 그들은 키득거리며 웃었다.

이제 조금 풀어진 걸까 하는데 염이 어머니의 가슴에 얼굴을 묻었다가는 젖가슴이 아닌 볼록한 배를 스치듯 살짝 만져보았다.

"너도 이런 때가 있었어."

경여가 사랑스런 눈길로 아이를 내려다보며 말했다.

"정말요?"

고개를 들고 눈을 맞추고 무엇인가 더 물어보려던 아이는 조금 먼 발치로 경여의 등 뒤에 서서 둘의 모습을 바라보는 사람을 발견하고는 흠칫 놀라며 서둘러 몸을 일으켰다.

경여가 염의 반응을 보고는 허리에 손을 짚고 천천히 몸을 일으켰다. 제강이 멀지않은 곳에 있음을 아는 건 아들의 태도로 충분히 감지할 수 있었다. 그러지 말라고 해도 아이는 마치 제 있을 곳이 아닌 곳에 와 있는 것처럼 제강만 보이면 몸을 숨기기에 바빴다. 도망쳤다가 예궁으로 붙잡혀 왔을 때 이후로 건장한 사내의 모습에 경계가 심했지만 제강에게는 특히 더했다.

"가군!"

경여는 그와 다정한 모습을 보이는 것이 염의 불안감을 덜어줄 수 있을지 속으로 염려하며 웃는 얼굴로 그를 맞았다. 강아지에게 가는 척하며 멀어지려는 염의 손을 잡은 손에 힘을 주는 것도 잊지 않았다.

"왜 맨바닥에 앉아."

그가 다가오며 잔소리를 했다.

"어, 염이랑 잠깐 노는 중이었어요. 그렇지?"

경여가 염을 향해 고개를 숙이고 시선을 맞추었다. 염은 경여의 치맛자락 뒤에서 고개를 돌리고 겨우 대답했다.

"네."

아이는 경여가 손만 놓아주면 당장이라도 멀리 달음질쳐 나갈 것 같았다.

"무거운 몸으로 무리하지 마."

그의 관심이 염에게도 미쳐서 뭐라고 한마디 다정하게 말을 걸어주면 좋을 텐데 경여의 바람과는 달리 낯선 긴장감만 오갔다.

"이렇게라도 움직이는 게 더 좋은 거라고 의원이 말했어요. 그래서 당신이 바쁘면, 염이와 걸어보려구요. 아, 염아, 아버지께 인사드렸던가."

염은 여전히 제강의 반대편으로 고개를 돌리고는 숨으려고만 했다.

"아, 염이가 외할아버지 댁에 갔다가 망아지를 얻었대요. 그렇지?"

끊어질 듯 겨우 이어지는 대답.

"네."

"어른을 보고 대답해야지."

경여가 다정하게 어르자 염이 경여를 사이에 두고 제강을 올려다보았다.

투명한 살결에 짙고 고른 눈썹, 반달처럼 맑은 홑겹의 눈매와 푸른빛이 감도는 눈동자, 조금은 반항적으로 닫은 입술.

제강의 머리에 맨 처음 떠오른 것은 한때 그의 피를 말리며 증오했던 한 사내를 닮지 않았다는 사실에 대한 안도였다. 그리고 두 번째는 어딘가 낯이 익다는 것!

"이름이, 염이라고?"

"네."

진제강에게 염은 죽은 호광이 남긴 껄끄러운 그림자인 양 신경 쓰고 싶지 않던 존재였다. 하지만 마주하고 보니 어린아이일 뿐이었다.

제강이 급하게 화젯거리를 찾았다.

"이곳에도 망아지들은 태어나는데. 네가 원하면 얼마든지 구경해도 돼."

"네."

"다음번에 우리, 함께 가볼까?"

경여가 그들의 대화에 끼어들자 염이 느리게 고개를 가로저었다.

"왜?"

제강이 아이에게 사로잡힌 시선 그대로 물었다.

"제 망아지는 따로 있어요."

"어디에 있는데?"

염이 말해도 되는지 눈치를 보듯 경여와 눈을 맞추었다.

"친정에 갔다가, 막 태어난 망아지를 보고 마음에 들었대요."

"외할아버지가 네게 주시겠다고 했니?"

"네."

"그래도 어미 곁에서 좀 더 자라야 할 텐데?"

"알아요. 기다릴 수 있어요."

"내가 그보다 더 좋은 말을 줄 수 있는데?"

제강이 아이를 시험하듯 물었다.

"그래도 이미 내 것으로 정했어요."

제강이 알겠다는 듯 고개를 끄덕이자 염의 불안한 표정이 누그러졌다. 그 사이 강아지가 그와 염 주위를 돌며 장난스레 뛰놀자 경여보다 제강이 더 촉각을 곤두세웠다.

"개는 이곳에 두지 말라고 했을 텐데!"

염이나 경여가 아닌 시종을 향하는 그의 눈에 비난이 담겼다.

"비가, 네 어머니가 개를 무서워하는 것, 아니?"

그가 이번에는 염을 향해 말했다.

경여는 그의 말이 염에게 좋지 않은 영향을 줄까 우려하며 서둘러 말했다.

"괜찮아요, 가군, 잘 훈련되어 있어서 염의 말을 잘 듣는걸요."

하지만 염은 작은 소리로 경여를 부르고는 잡힌 손을 풀려고 했다. 못내 불편한 자리에서 벗어나고 싶은 모양이었다.

"어머니."

"멀리 가지 마라, 염아."

"네."

대답하기가 무섭게 아이는 서둘러 강아지와 함께 멀어졌다.

남겨진 두 사람은 염이 사라진 쪽을 바라보았다. 경여는 그들의 짧은 만남이 아쉬웠고 저를 혼내는 것이라고 오해할까 싶어 마지막은 더욱 안타까웠다.

"그 말은 안 해도 좋았을걸. 염이도 알고 있어서 조심하고 있었는데요."

"염, 이라고?"

"네."

이름!

그간 단 한 번도 묻지 않던 이름!

그래, 조금도 관심을 보이지 않던 아이의 이름을 묻는 건 나쁘지 않은 거겠지.

염!

아이에게 어떤 성을 붙여줄 것인지는 제강의 몫이었다.

호염? 진염?

"조금, 걸을까?"

그가 괜찮겠냐고 묻듯이 경여를 바라보았다. 경여가 고개를 끄덕이며 자연스레 그의 팔에 자신의 팔을 걸쳤다.

한참을 그렇게 말없이 걷는데 그가 말했다.

"재사 말이 나를 많이 닮았다더군."

뿐인가. 화원도!

그렇지만 제강은 문언이나 화원이 그의 호기심을 자극하기 위해 던진 말인 줄 알았다.

"당신이 보기에도…… 그런 것, 같아요?"

취, 작약

경여는 그가 아이를 그들의 불행한 과거의 장애물이 아닌, 그저 있는 그대로의 아이로 봐주기를 원했다. 염이 누구의 아이인지 굳이 캐묻지 않아도!

그간 제강에게 염은 불편한 존재였다. 없는 듯 모른 척하고 싶은 존재였다. 한때 경여를 잃게 만들었던 존재라는 사실을 떠올리면 제강은 지금은 죽고 없는 호광과 더불어 아이에 대한 적개심으로 심장이 들끓었다. 경여의 마음을 아프게 할 걸 알면서도 언젠가 아이에게 해코지를 하게 될 것 같아 두려운 마음도 있었다. 그래서 보지 않으면 된다고 생각했는데, 그의 주변 사람들은 아는지 모르는지 틈날 때마다 그 아이를 상기시켰다. 그리고 최근 들어서는 경여 본인이 더욱 강경하게!

그를 닮았다던 문언의 말도 경여의 바람을 알기에 어떻게든 둘 사이를 회복시켜 보려는 뻔한 술수라고 생각하던 그였다. 그래서 듣기 싫다고 엄하게 경고하던 그였다.

그런데 이제 보니 문언의 말이 거짓이 아닌 듯했다.

가능성이 있던가.

제강이 머릿속으로 따져보았다.

국경순시를 떠나기 전날 제가 경여를 안고 채 한 달도 안 되어 경여가 호광에게 몸을 버렸다. 불행한 와중에 경여가 그 아이를 호광의 아이로 착각할 수도 있나.

정말 내 아이냐고 묻는 것은 경여를 아프게 하는 일이겠지?

아이를 얼마나 배 속에 품고 있었느냐는 물음은 차마 입에서 떨어지지 않았다. 꼭 입으로 확인해야만 받아들일 수 있을까. 마음으로 믿어줄 수도 있지 않을까.

그런데 경여가 그의 마음을 알고 있었던 것처럼 말했다.

"염이는, 조금 일찍, 여덟 달 반 만에 세상에 나왔어요."

보통은 열 달을 배 속에 품어야 출산을 한다. 하지만 경여는 계단에서 내려오다 밀쳐져 발을 헛디딘 후에 갑작스런 진통으로 그렇게 되었다고 말해주었다.

제강은 경여가 했을 마음고생이 새삼 느껴졌다.

그가 주저하면서도 나지막이 인정했다.

"내, 아이였어!"

경여는 조금 떨어진 거리에서 강아지와 꼬리잡기 장난을 치며 놀고 있는 아이를 바라보았다.

"당신이, 보기에도 닮았어요?"

경여는 부정하지 않았다.

그래서 둘 사이가 회복될 수 없게 되기 전에 어떻게든 만나게 하려고 했었던가.

"처음부터 알고 있었어?"

"……아니요."

경여가 슬픈 눈으로 고개를 가로저었다.

"그러면?"

"당신을 그리워해서 그런 줄 알았어요. 아이를 보면서 당신을 닮았으면 했으니까. 그런데 어머니도 그렇고, 재사도, 아이를 돌봐주던 유모도, 나쁜 아니라 공주전하도 하나같이 당신이 아버지냐고……."

호광의 그늘에서는 알아보지 못하던 사람들도 제강의 곁에서는 더욱 두드러지는 모양이었다.

"화원이 당신에게 직접 말했어?"

"네."

"그 성질머리에 좋게 말하지는 않았을 텐데?"

"음, 그랬어요."

혼인한 이후로 평소에는 제 주장을 하지 못하던 경여가 그를 찾아 아이를 내놓으라고 항의하러 왔던 날이 떠올랐다.

지금 뱃속의 아이처럼, 경여가 제 몸을 빌려 낳은 아이라면!

"사람들의 생각을 바꿔놓기는 쉽지 않을 거야."

"알아요."

지금 와서 염이 누구의 혈육인가가 그토록 중요한 것인가. 세상 사람들에게 있어 염은, 위경여의 아이는 호광과 혼인해서 낳은 호광의 아이였다. 그리고 지금 경여는 진제강과 혼인한 그의 아내였다. 결국 염이 누구의 혈육이든 간에 지금은 그가 위경여의 모든 아이들의 보호자였다.

"염이가, 낯을 많이 가리는 모양이야."

"네, 전에는 안 그랬는데, 나와도 떨어져 지내고 돌봐주던 사람들도 온통 낯이 서니까 그런가 봐요."

진염!

제강은 어쩐지 그 성이 아이에게 더 잘 어울린다고 생각했다. 사람들의 생각을 바꾸기가 쉽지는 않을 거라고 그 스스로 말했지만, 이대로 확실히 해두지 않으면 아이가 자라면서 받을 고통이 클 것이다. 그래서 경여가 보다 못해 서두르고 있는 것이다.

작은 아이를 상대로 있지도 않은 책임을 추궁해오다니!

그가 지금껏 해온 속 좁은 행동이 얼마나 잘못된 것인지 새삼 느꼈다. 아이를 향한 그의 시선을 확인한 경여의 눈가도 촉촉하게 젖어들었다.

염.

"진염."

그가 낮게 아이의 이름을 읊조렸다.

"제강!"

이렇게 쉽게 받아들일 사람이었나.

그랬으면서 그토록 애를 태웠나.

"왜? 내 말이 틀렸어?"

경여가 고개를 가로젓고는 천천히 다가가 그의 가슴에 머리를 묻었다. 그가 주었던 상처도 씻은 듯 사라져버렸다.

"아니, 그래요. 맞아요."

맞을 거예요. 그러길 바라요.

누가 뭐래도 당신이 내 아이들의 아버지가 맞아요!

경여의 가슴이 저릿했다. 그걸 아는 듯 그가 큰 손으로 부드럽게 경여의 목으로부터 척추를 따라 등을 쓸었다.

이럴 거면서 왜 그렇게 속을 태웠어요?

이렇게 순순히 받아줄 거면서!

"미리 알아보지 못해서 미안해. 아이를 미워했던 것도!"

"미워했어요?"

취,작약

경여가 눈물을 훔치며 그의 얼굴을 올려다보았다. 알고 있었지만 그에게서 직접 확인해보고 싶었다.

"음. 저 녀석 때문에 당신과 헤어졌으니까."

"사실은, 나도 그랬어요. 그래서 더 염이에게 미안해요. 아이가 어려서 병치레를 많이 했거든요."

임신기간 내내 경여는 제대로 먹지 않았다. 입덧이 가라앉은 시기에도, 무언가 먹고 싶은 것이 생각나도 제 자신과 아이를 벌주듯이 일부러 더 먹지 않았다. 출산한 이후에도 젖을 찾는 아이에게 마지못해 조금만 젖을 물렸다. 결국 젖몸살로 열이 나고 젖이 불어 고통스러운 경험을 하고 나서야 아이를 미워한 죄를 자신이 받았다는 생각이 들었다.

이후로는 아이를 정성껏 돌봤다. 하지만 그녀가 한 모든 일들이 아이에게 나쁜 영향을 미쳤다고 생각하니 두고두고 미안해졌다.

"내가 그때, 어떻게든 데리고 도망쳤어야 했어."

제강이 회한에 잠겨 말했다.

"그때 당신과 혼인했어도, 나는 당신 많이 아프게 했을 거예요. 나는 그 일, 잊을 수 있다고 생각했지만 아직도 가끔은 악몽을 꿔요. 부지불식간에 생각나면 가슴이 답답해져서……."

죽을 것만 같았다. 아무 일도 없었던 것처럼 자신을 속이고 제강을 속이고 혼인했더라도 그 속임은 오래 가지 못해 들통 나고 말았을 것이다. 그러면 더욱 괴롭고 견딜 수 없었을 것이다. 시간이 흐르고 마음이 자라서 어떻게 그에게 그 밤의 일을 고백할 수 있었는지 몰라도 어린 나이에는 결코 쉽지 않은 일이었다. 만약 그랬다면, 그

가 말했듯이 부부가 되어 정교 없는 잠자리를 5년간이나 참아낼 수
는 없었을 것이다.

부른 배 때문에 그의 품에 빈틈없이 폭 안기지는 못했지만 그가
다정하게 한 손으로는 경여의 등을 쓸어주고 다른 손으로는 배를 쓰
다듬었다.

바로 그때 그를 경계하고 피하던 아이가 다가와 어머니 경여의 치
맛자락을 붙잡으며 슬쩍 그들에게 기댔다. 제 어머니 경여는 자신의
것이라고 주장하는 것처럼! 그것을 알면서도 전과는 달리 제강의 손
이 천천히 아이의 머리로 옮겨왔다. 염의 눈이 도전적으로 제강을
올려다보았다.

"어머니 울리지 마요!"

생각지 않은 염의 경고에 제강이 눈썹이 슬쩍 올라갔다.

"뭐?"

"어머니 아프게 하면 내가 혼내줄 거예요."

"그럴 일은 없는데! 그래도 혹시 모르니까 네가 옆에 있어야겠네."

그래서 경여는 제강과 염의 사이에서 함께 산책할 수 있었다. 염
의 강아지까지 졸래졸래 따라왔지만 마음이 들떠 전처럼 두렵지 않
았다. 괴롭기만 했던 과거를 지나 이런 날이 올 거라고는 전혀 생각
지도 못했던 일이었다.

경여는 그에게 굳이 왕이 되고 싶지 않으면 되지 않아도 상관없다
고 말했다. 그러나 제강이 말했다. 장인 위백양이 원하는 일이어서
가 아니고, 재사 문언뿐 아니라 그를 바라보고 받드는 자들이 바라
는 것은 결국 나라를 편안히 하는 것이고, 자신들의 꿈을 제대로 펼

칠 수 있도록 하는 왕의 존재라고!

그날 아내로만 바라보고 싶었지 아이의 어미로까지는 인정하지 않았던 사실에 용서를 구하는 제강에게 경여는 고개를 끄덕이며 받아주었다.

춘수, 하묘, 추선, 동수.

오래전부터 왕가의 전통으로 철 따라 하던 사냥 일정이었다.

추선. 늦가을의 일정에 따라 그들은 번거롭지 않게 최소의 정예호위만 이끌고 나서기로 했다. 현재의 왕이 제위에 오른 후 지병이 들쑥날쑥해서 궁 밖을 벗어난 적이 없고 보니 소식만으로도 국인들은 설렜다.

추선의 일행은 왕의 쾌유를 빌기 위해 무분별한 살육을 피하기로 하고 형식적인 사냥 일정에 전국의 왕궁 사냥터를 둘러보기로 했다. 추선 행사는 결국 영토순행이나 마찬가지였다.

젊고 패기 넘치는 왕제는 전국의 곳곳을 순시하며 가장 시급하게 필요한 일들을 결정하고 억울한 자들의 소리를 직접 들었다. 진척이 더딘 진행 중인 제방공사와 성 보수공사를 하는 일을 직접 감독하고 민심을 살피는 일도 겸했다.

왕이 병약해서 단 한 번도 시행하지 못했던 일. 나라를 통치하는 왕이 실존하고 있음을 백성들에게 보이고 내실을 기하는 일.

그렇다고 행렬을 과장되게 하는 것도 그는 꺼렸다.

쉽게 움직일 수 있도록.

나라의 공식 행사 중 하나로서 위엄을 보일 정도로만.

왕자 시절 몇 차례의 국경순시 경험으로 그는 백성들이 무엇을 원하는지 알고 있었다. 길게는 한 달을 작정하고 계획한 일이었지만 제강은 가능하면 보름 이내에 돌아오리라 작정했다. 과거의 경험이 그를 불안하게 만들었다. 그러나 더욱 불안한 사람은 경여였다.

왕의 지병이 언제 악화될지 모르는 불안한 상황에서 궁성에서 멀어지는 일은 결코 좋지 않았다. 경여가 문언에게 불안을 토로했지만 문언은 빙그레 웃으며 말했다.

"주군께서도 충분히 고려하셨을 겁니다. 대책도 나름 방비하셨겠지요."

"재사께서 말려보시면 안되겠어요?"

"이미 일의 진행상 취소는 불가합니다. 제가 막는다고 들으실 분이 아닙니다."

제강은 순행을 떠나기 전날 이른 저녁에 그녀의 침전으로 왔다. 다른 날은 늦게까지 참모들과 긴 시간 논의하느라 짬을 내지 못하던 차여서 경여는 함께 산책을 나가는 게 어떤지 물었다. 피곤해서 일찍 쉬려고 들어온 건데 싫은 건 아닌지 염려가 되었으나 그는 흔쾌히 따라나섰다.

처음엔 앞서거니 뒷서거니 하며 걷던 경여가 언제부턴가 그의 팔을 끼고 걸었다. 경여의 살가운 태도에 그의 눈썹이 슬쩍 치켜 올라갔다.

"왜요?"

"다른 사람 같아서."

"내가요?"

"음. 염이 곁에 있을 땐 내 아내 위경여가 맞나 싶은데, 이럴 땐 영락없는 내 비가 맞는 것 같고."

"놀리지 말아요."

"언제까지 내가 아들 눈치를 보면서 비를 만져야 해? 어차피 녀석도 크면 다 알게 될 텐데."

그가 불만스레 투덜거렸다.

"그래도, 가군. 염이가 조금 예민하단 말예요."

사실 전에는 그가 가장 어려운 사람이었지만, 지금은 염이 가장 어려운 존재였다.

"염이 녀석, 조금만 자라면 여자를 붙여줄까 봐."

그가 엉뚱한 해결책을 제시했다.

"뭐여요?"

"풋사랑이라도 앓아봐야 우리 마음을 알 것 아냐."

"말도 안 돼. 정말 그러기만 해요!"

그의 팔을 꼬집고 때리면서도 경여는 가까운 미래를 상상하며 즐거워했다.

선선한 가을바람을 음미하던 그가 말했다.

"그러고 보니, 요즘은 계절이 어떻게 변하는 줄도 모르겠군."

"그렇죠? 요즘은 내게 무슨 일로 그리 바쁜 건지도 말해주지 않아요."

조심스레 경여가 불평을 토로했다.

"일전에 태후께서 다녀가셨다고 들었어요."

"음."

사이도 좋지 않은 그들 관계에서 늦은 시간 은밀하게 다녀갈 만한 일이 무엇인지 경여는 걱정스러웠다. 하지만 그는 왜 태후가 다녀갔는지 이유를 말하려 하지 않았다.

"가군!"

그는 제 팔 위에 올린 경여의 손을 쓰다듬었다.

"비는 걱정하지 않아도 돼. 요즘은 태교에만 신경 쓰기에도 바쁘지 않나?"

"무슨 일이에요? 당신은 거친 싸움 한복판에 있는데 나는 그냥 내실에서 한가로이 지내는 거 불편해요. 내가 가군에게만 의지하는 여자가 되길 바라요?"

경여의 말이 그의 마음을 움직였다. 실제로 가장 위험한 고비를 넘기고 있는 것이 사실이고 철저히 준비하고 있다고 해도 앞일이 어찌 될지 알 수 없는 일이기도 했다. 아이 둘을 가진 과부가 되어 사내들의 계략에 휘말려 또 누군가에게 팔려 가는 여자가 되게 만들어서는 안 되었다.

"내, 욕심일 뿐인가?"

"그럼요."

짐작도 못한 채 그렇게 우기는 경여의 대답에 그가 웃었다.

"나쁜 일이 아닌 건 분명해."

"태후께서 왜 가군을 찾으신 거예요? 깊은 밤에 은밀하게 찾으실 이유가 없잖아요."

"그분은 친정 집안을 온전히 보전하고 싶으셔서."

"그게, 무슨 말이에요?"

"지금은 그 정도만 하지. 돌아오면 제대로 이야기해줄게. 약속해."

경여도 부족한대로 그의 약속을 거듭 확인하는 선에서 만족할 수밖에 없었다.

"그만 들어갈까? 비에게 줄 선물이 있는데."

"선물이요?"

"음."

내실로 돌아와 그가 먼저 건넨 것은 푸른 옥을 깎아 만든 빗이었다.

"예뻐요."

경여가 기쁨을 감추지 못하고 말했다.

그리고 그가 꺼내놓은 또 하나의 선물은 화첩이었다. 맨 앞장은 왕실 특유의 황금색 비단으로, 고급스레 광택 나는 무명실로 짠 매듭으로 제본까지 한 꽤 넓지만 얇은 화첩.

"뭐예요?"

기대로 눈을 빛내는 경여를 앞두고 그의 귀볼이 슬쩍 붉어졌다.

"흠, 태교와는 상관없는 건데."

"응?"

"펼쳐봐."

호기심으로 책장을 넘기는 경여의 숨결이 점차 불편해졌다. 두 뺨도 붉어졌다. 그가 경여의 어깨 너머로 다가와 함께 그림을 감상했다.

처음에는 단순히 아름다운 산수화처럼 보이던 그림들은 어느 순간 단순한 산수화가 아니고 생전 처음 보는 춘화로 다가왔다.

붓의 선이 그처럼 세밀할 수 있을까 의심스러울 정도로 선이 고왔다. 그림의 강도는 책장을 넘길수록 분명해졌다. 첫 번째 장의 그림은 어린 소년과 소녀였다. 짙푸른 색으로 뒤덮인 동굴 같은 공간에 이마가 맞닿을 것처럼 마주 보고 앉아 있는 아이들. 허리띠에 매달린 주머니에서 홍옥처럼 빨간 사탕을 꺼내려고 고개 숙인 여자아이.

경여의 입가에 빙그레 미소가 걸렸다. 그리고 다음 장은 왈가닥처럼 나무 위에 자리 잡은 조금 더 자란 소녀, 그 아래 내려오라고 설득하고 있는 듯한 청년. 그림 왼쪽 하단에 도망치듯 사라지는 맹견의 뒷태. 화원 공주의 지우시절 가원 공주의 잦은 심술로 위기에 처했던 그녀를 구해준 이는 제강이었다.

그리고 막 중심을 잃고 넘어질 것 같은 여자를 받아 안은 사내의 품 안에 들어가며 천진하게 올려다보는 여자와는 달리 슬쩍 벌어진 옷 섶 사이로 드러난 가슴골에 시선을 빼앗기고 절대 놓지 않을 듯 품에 안은 그.

산과 들의 아름다운 색감과 경치 속에 한적하게 자리한 한 칸짜리 누각 안의 모습도 있었다. 사방에 살랑대는 얇은 비단 장막을 둘렀지만 바람에 날리는 사이 긴 옷소매 사이로 드러난 여자의 여린 팔과 넓게 벌려진 허벅지 위로 몸을 겹친 사내의 드러난 엉덩이가 육감적으로 눈길을 잡아끌었다.

중춘절로 보이는 어느 만개한 봄날, 개울과 폭포 흐르는 산 아래 흐드러지게 분홍빛으로 꽃 핀 꽃나무 옆에서 나뭇잎을 따먹는 사슴이 한편에서 지켜보는 것도 모른 채 뒷목선이 아름다운 여자가 어깨

취작약

와 등의 부드럽게 흐르는 선을 반쯤 드러낸 채로 사내의 몸 위에 올라타고 엉켜 있기도 했다. 사내의 허벅지 위로 걸터앉아 땅에 닿은 여자의 무릎과 종아리의 투명한 살결과 선이 묘하게 자극적이었다.

때로는 달밤, 때로는 천상의 별이 쏟아져 내려올 것 같은 하늘을 배경으로, 깊은 입맞춤에 완전히 몰입해 있기도 하고 때론 전라의 천녀를 끌어안고 있는 사내의 완전히 벗은 모습도 보였다.

부부의 혼인 첫날밤인 듯 붉은색 일색의 촛불 아래서 신부의 뽀얗게 빛나는 벌려진 다리 사이로 막 진입하려는 사내의 그것이 민망하게 그림 한가운데에 드러나 있기도 했고, 연작 같은 그 다음 장 그림에는 칠흑같이 빛나는 머리카락을 내리고 서가로 보이는 책상 위에 앉은 사내의 다리 사이에 무릎을 꿇은 하얀 자리옷의 여자가 가녀린 손으로 사내의 그것을 만지며 입에 머금으려 하는 것도 있었다. 목욕실 벽에 한 팔을 딛고 선 물기 젖은 사내의 등과 그 사이로 안겨붙은 여자의 입술에서는 당장이라도 뜨거운 숨이 전해질 듯했다.

그림의 주제는 명확했다. 같은 인물로 보이는 연인들의 노골적인 애정행각. 더욱 놀라운 것은 그림 속에 등장하는 배경들이 낯익다는 것과 남녀 또한 얼핏 드러나는 뒷모습이나 옆모습이 무척 친숙해 더욱 묘한 느낌을 냈다는 것이다. 예궁의 풍경들, 그리고 그와 그녀. 춘화이면서 춘화가 아닌 듯 보이는 그림들은 무척 정성 들여 만든 것이 분명했다. 민망하긴 했지만 아름답지 않다고 말할 수 없는 그림들이었다.

"조완의 그림이네요."

붉어진 얼굴로 고개를 든 경여가 제대로 알아보았다.

"음, 세상에 하나밖에 없는 선물이야."

"함께 무엇을 그리 논의하는지 모르겠다고, 재사가 걱정하던데, 이것 때문이었네요?"

"그랬어?"

"조완이 먼저 그리겠다고 하지는 않았을 테고, 음험하고 노골적인 주군을 만나 곤혹스러웠겠어요."

그는 굳이 부인하지 않았다.

"뭐, 처음엔 좀 당황하는 듯했지만 나중에는 한마디만 언질을 주어도 잘 알아서 하더군. 아마 조완도 제게 이런 재주가 있었는지는 몰랐을걸?"

조완이 이런 그림을 그릴 사람이 아니라는 것은 경여도 알고 있었다. 그런데 무엇보다 분명한 것은 그림 속 남녀가 나누고 있는 정교의 행위들이 무척 자연스럽고 아름답게 보이며 정욕을 부추기고 따라 하고 싶게 만들지언정 꺼리는 행위로는 보여지지 않는다는 사실이었다.

"뭐라고 하면서 그리라고 했어요?"

경여가 붉어진 얼굴을 손으로 감싸며 물었다.

"내 수줍은 비가 나의 환상을 이뤄주기 원한다고."

"세상에! 정말 그렇게 말한 건 아니죠?"

"왜 아냐! 내가 없는 동안 매일 봐줘야 해. 한 번 했던 거, 두 번 못 하진 않겠지."

"제강! 정말 그랬다고요?"

경여가 당혹스런 얼굴을 감추지 못하고 재차 확인했다.

"왜, 야한 시를 즐겨 읽는 비가 새삼스레."

"내가 뭐요?"

"비가 즐겨 부르는 시, 말야."

"그게 뭐요?"

"몇 편 읽어봤는데 꽤 노골적이고 야하던데. 내 그림보다 덜하다 곤 할 수 없지."

"야하다니, 뭐가 노골적이란 말예요?"

경여가 분한 듯 하품을 하며 기지개를 켜고 침상 쪽으로 가는 그의 뒤를 따랐다.

"아니라고?"

"아니에요!"

바짝 약이 오르고 상기된 경여의 얼굴에 웃음을 머금은 그가 말했다.

"흐음, 계명, 그 시만 해도 그래."

"계명이, 뭐가요?"

그가 침상의 휘장을 걷으며 딴청을 피웠다.

"달빛이 좋은데, 불을 끌까?"

"계명이, 뭐요?"

그가 촛불을 끄고 돌아와 눕고는 그녀에게 곁에 누우라고 금침을 두드렸다.

"계명이, 어떻다고요?"

경여가 보챘다.

"새벽에 달게 잘 자는 지아비에게 말을 걸잖아. 닭이 울어요, 하

517

고."

"그게 뭐요?"

"그 새벽에 깨서 무얼 하자는 거야."

"그래서 야하다고요?"

"음."

"정말로, 당신이 준 그림보다 더?"

"그렇다니까."

"엉터리! 우기기쟁이! 예나 지금이나."

스읍. 그가 경고를 담아 혀를 찼다.

"가군에게 어딜!"

"자기 마음대로 해석하고. 아, 그러고 보니 제 가군 같은 분이 또 있던데요."

"응?"

"재사가 알려줬어요, 시경에 닭이 우는 시 한 편이 더 있다고."

"그래?"

"한번 들어볼래요?"

"음. 또 뭘 잡아 오라는 그런 내용은 아니지?"

키득거리며 경여가 웃었다. 처음 만났던 일곱 살 계집아이처럼, 눈을 뗄 수 없게 만들던 열여섯 살 소녀처럼.

닭이 울어요. 조정에 대신들이 모였겠어요.

비가 말해요.

왕이 대답하기를,

닭울음소리가 아니라 쇠파리 소리가 아닌가?

슬며시 그의 입가에도 엷은 웃음이 피어올랐다. 그 부드러운 입매를 혀로 핥고 입술을 빨아보고 싶은 충동을 감추며 경여가 다음의 내용을 이어갔다.

날이 밝았어요. 조정 대신들이 많이 모였겠어요.

비가 말해요.
왕이 대답하기를,

날이 밝은 게 아니라 달빛이 비추는 거지.

거기까지 말한 경여가 그를 올려다보았다.
"누구를 닮은, 게으른 왕이죠?"
"정말 쇠파리 소리에, 달빛을 여명으로 착각했을 수도 있지."
"그렇게 말할 줄 알았어요. 그런데 비의 걱정이 무언지 알아요?"
"무언데?"

뭇 벌레 윙윙 날아도 그대와 함께 단꿈을 즐기고 싶지만,
대신들 모였다가 그냥 돌아갈 테니 저 때문에 당신이 미움

받는 건 원치 않아요.

"어때요?"

경여가 또 그의 반응을 구했다. 하지만 모르쇠로 일관하는 그.

"뭐가?"

"뭔가 느껴지는 것 없냐구요."

겨우 졸라서 들은 그의 결론은 엉뚱했다.

"그러니까, 즐기고는 싶은데 지켜보는 눈들이 신경 쓰인다?"

"그, 렇게 들려요?"

경여가 어이없어 새초롬하게 물었다.

입가에 웃음기 하나 머금지 않은 그가 말했다.

"음, 그리고 당장 궁 안의 닭들을 치워버려야 겠어."

"왜요?"

"내 비가 닭소리 때문에 새벽잠을 못 이루니까."

"그게 어디 닭울음소리 때문이에요?"

"그러면?"

"시도 때도 없이 달려드는 사람이 누군데?"

붉어진 얼굴로 울컥하다보니 말도 곱게 나가지 않았다.

하지만 그도 지지 않았다.

"잘 자고 있는 사람을 깨우는 건 누군데?"

종종 그의 곁에 누워 있다는 사실이 믿기지 않고 그 시간들이 아까워 달빛을 불빛 삼아 그를 바라보다가 들킨 적은 있었다. 하지만 결코 그가 말하는 의미로 깨웠던 것은 아니었다.

취.작약

"아, 정말!"

단박에 부정하고 싶지만 아주 없는 말도 아니어서 경여는 약이 바짝 올랐다. 그 밤이 격렬한 새벽의 정사로 이어졌던 것도 사실이었다.

"이봐, 지금도 일찍 자야 할 사람 붙들고 있는 게 누구신가?"

"흥! 말 안 시킬 테니 어서 주무셔요, 가군."

경여가 새침한 음성으로 말하며 그에게서 등을 돌리고 돌아누웠다.

"음, 잘 자."

쌕쌕거리며 숨소리를 가라앉히지 못하는 경여를 두고 그는 제법 진지하게 잠든 척했다. 그러다 오래지 않아 슬쩍 그녀의 가슴으로 한 팔을 뻗어오자 경여가 새된 소리와 함께 그의 팔을 아프게 꼬집었다.

"이잇, 정말 못된 잠버릇!"

그녀의 반응에 큭큭거리며 그가 웃었다. 그리고 더는 속내를 감추지 않고 바짝 몸을 붙이며 을렀다.

"한 번만 할까, 밤새 괴롭혀 줄까. 응? 선택해."

경여가 제 몸에 얽힌 그의 팔을 풀어내려 애쓰며 낮게 푸념했다.

"배 속의 아이가 뭐라고 생각하겠어요?"

"제가 어떻게 생겨난 줄 알게 되는 거지."

일말의 부끄러움도 없이 그가 낮게 속삭였다.

결국 그는 경여의 얕은 저항을 물리치고 침의를 벗겨내고는 기어이 알몸으로 만들어 제 몸 위로 올라오게 만들었다.

뜨거운 열락이 그들의 침전을 뒤덮었다.

그가 없는 궁실은 너무나 적막했다. 많은 이들로 북적였지만 경여는 순행을 떠난 그의 빈자리가 크게 느껴졌다. 지금은 가벼이 몸을 움직일 수 없는 상태이지만 다음엔 혼자 염려하고 뒤척이는 일 없이 꼭 따라가야겠다고 마음을 정했다.

그런 생각 때문이었을까. 아니면 떠나기 전 이른 새벽 그가 다짐을 둔 말 때문이었을까.

그는 얼마 전 호광의 유모였던 노파가 염을 찾아왔던 일을 알고 있었다. 호가의 누구도 염을 만나게 해서는 안 된다고 다짐을 두었다.

밤잠을 못 이루다 보니 낮에도 피곤했던 경여는 오후에 잠시 누웠다가 꿈자리가 좋지 않아 놀라 깼다. 그래서 하루 두 번 전해지는 그의 순행 소식을 들을 겸 문언에게 찾아가 이야기 하는 도중 급한 인편이 허겁지겁 달려왔다.

문언을 발견하고 막 입을 열려던 시종이 경여를 보고는 함구했다.

경여가 눈치껏 자리를 피해주자 그제야 입을 열었다. 그것은 왕제로부터의 연락이었다. 순행을 시작한 지 이레 만에 환궁한다는 전언!

뛰어 들어가 어찌 된 일이냐고 묻고 싶었지만 그러면 다시 입을 닫아버릴 것 같아 경여는 제 시종 하나를 두고 돌아왔다.

떨어지지 않는 걸음이었다. 서둘러 돌아온 시종에게 이유를 물으니 그가 낙마하여 다쳤다고 했다.

朱 작약

낙마! 그것은 첫 남편 호광의 일과 겹쳐져 죽음과 같은 의미로 들렸다. 순간 경여의 얼굴이 창백하니 질려 안절부절못했다.

"어, 어떻게, 어찌시다가"

"비전하!"

손과 다리에 힘이 풀려 무너지듯 자리에 주저앉은 그녀를 시종들이 서둘러 일으켜주었다.

"잘은 모르옵고, 말은 그 자리서 죽었고 왕제전하께서는 수레로 돌아오시는 중이라고 합니다."

경여는 손이 떨리고 가슴이 서늘해서 그의 환궁소식을 들을 때까지 제대로 끼니를 넘기지 못했다. 막연한 두려움이 그를 잃을지도 모른다는 공포심으로 교체되어 그 누구의 위로도 와 닿지 않았다.

피를 말리는 시간이 지났다. 마침내 그가 돌아왔다는 소식에 참지 못하고 바람처럼 그를 보기 위해 내달렸다. 가슴이 선득선득 피가 돌지 않는 듯해서 경여는 아무것도 눈에 들지 않았다. 오로지 그를 부축하고 호위하는 무장들 사이에서 선연하게 걸어 들어오는 제강을 확인한 순간 마음이 놓여 정신줄을 놓았을 뿐이었다.

제강은 호위와 부축을 받으며 침전으로 향하다가 멀리서 비를 따르는 시종들의 외침소리를 들었다. 그리고 그야말로 숨이 목전에 차도록 제게로 돌진하듯 달려와 안겨드는 경여의 등과 허리를 휘청이며 다급하게 감싸 안았다.

윽.

경여가 포옹하며 달려드는 바람에 다친 갈비뼈가 우득 소리를 내자 저절로 신음 소리가 났다.

"이게 무슨 일이야!"

젖가슴의 말캉한 느낌이 옷으로는 감출 수 없게 느껴졌다. 게다가 경여 특유의 향내가 자제력을 덧입을 준비도 못한 그를 혼란스럽게 했다.

아, 이 여자가 정말 누굴 잡으려고!

제강이 자제력을 끌어올리며 숨을 몰아쉬었다.

경여 또한 그의 내음을 확인하듯 깊은 숨을 들이 내쉬었다. 그리고는 조금 안도하며 그의 품에 안겨서 웅웅거리듯 말했다.

"다행이에요, 가군! 정말 다행이에요."

"비에게는 알리지 말라고 했는데?"

딱딱하게 잔뜩 긴장한 몸으로 제강이 문언에게 책임을 묻듯 비난의 눈빛을 보냈다. 그러나 문언은 고개를 가로저었다.

"무서웠어요, 당신을 못 보게 될까 봐."

소식을 듣고 나쁜 상상을 하던 그 순간을 떠올린 듯 경여는 가늘게 몸을 떨었다.

"못 보긴 왜 못 봐. 이렇게 멀쩡한데."

멀쩡하다고?

그제야 경여는 불안에 떨게 만든 이유를 떠올렸다. 순서가 틀렸던 것이다. 그의 안위를 먼저 확인했어야 했는데!

"아, 정말 다친 곳은, 다친 곳은 없어요? 괜찮아요?"

경여가 그로부터 몸을 떼고 제강의 몸을 확인하려고 했으나 그의 큰 손이 경여의 뒤통수를 누르듯 그대로 꼭 붙안고 있어서 겨우 그의 얼굴만 올려다보았을 뿐이다.

"뭐, 나쁘지 않은데. 음, 썩 나쁘지 않아. 이런 환영을 받을 거라고는 생각 못 했지. 좀 더 상처가 났으면 어쩔 뻔했지? 이보다 더 열렬하게 환영해주었을까."

무심하게 놀리는 그의 말도 경여의 심장을 졸이게 만들었다.

"무슨 그런 말을!"

멀쩡하게 걸어 나갔다가 주검으로 돌아온 호광의 모습이 겹쳐지던 불길한 상상을 경여는 떨쳐내며 진저리를 쳤다.

"어, 저어, 비전하, 전하께서는 당장 치료를 받으셔야 하는데……."

수곤이 그렇게 말했지만 경여에게 다른 사람의 소리는 들리지 않았다. 그의 얼굴을 확인해보기 위해 경여의 오른손이 그의 가슴과 목을 지나 그의 뺨에 닿았다. 그리고 까치발을 든 경여가 그의 목에 드러난 맨살에 숨결을 불어넣었다.

순간 그의 몸이 가늘게 떨렸다. 그리고 이어 다른 쪽 팔도 들어 올린 경여가 입맞춤을 위해 그의 얼굴을 끌어 내렸다. 그는 경여가 이끄는 대로 고개를 숙여 경여의 입술에 닿았다. 조금은 수줍어하면서도 경여는 그에게 잘 배운 대로 애태우듯 그의 입술을 핥고 빨며 간질였다.

흠흠.

어흠.

문언을 비롯한 그들 주위에 서 있던 무장들이 눈 둘 바를 모르고 헛기침을 하거나 숨을 골랐다. 하지만 정작 제강과 경여는 지켜보는 것만으로도 사람의 가슴에 불을 지르면서도 대담하게 남의 이목에는 개의치 않고 서로가 주는 감각에 몰입해 있었다. 입술과 입술이 닿았다가 떨어질 때마다 쪽쪽거리는 소리가 묘하게 유혹적이었다. 젊은 무장들의 마음을 흔들어놓기에 충분했다.

비전하가 이런 분이었던가.

어지간히도 속이 탔던 모양이라고 문언은 짐작했다.

그렇지만 정도껏 해야지 그들의 행동은 환한 대낮에 보기에는 확실히 민망했다. 수곤을 비롯한 다른 무장들의 얼굴은 점차 홍조로 가득했다.

문언이 서둘러 다들 흩어지라고 손짓을 했다.

그 후에도 그들의 염장질은 계속되었다. 경여가 그의 아랫입술을 살짝 물었다가 놓으면 이번에는 제강이 경여의 윗입술을 사랑스럽게 핥았다. 곧이어 경여가 다시 그의 윗입술을 빨아들이면 조금 후에는 제강이 경여의 혀를 찾아 빨아들였다.

아무도 말리지 않으면 이러다가는 이 자리에서 서로의 몸을 탐할 것 같은 착각마저 들었다.

"흠흠!"

문언이 눈치를 주었지만 소용없었다.

그런데 한순간 언제까지고 떨어지지 않을 줄 알았던 두 사람의 입술이 떨어졌다. 그러나 경여는 그의 몸에서 떨어지지는 않았고 오히려 그의 가슴팍에 뺨을 댔다. 사랑스러움을 감출 수 없었던지 이번에는 그가 경여의 입술을 찾아 되돌려주었다. 촉촉한 입술이 맞물렸다 떨어지고 다시 이어지는 소리는 듣는 이를 민망하게 만들었다.

그러기를 얼마. 경여가 뭐라고 속삭였는지 잠시 후 제강이 큭큭거리며 웃고는 눈을 들어 주위를 보았다. 문언이 정도껏 해야 하는 것 아니냐고 눈썹을 치켜 올려도 제강의 얼굴에 떠오른 웃음은 사라지지 않았다.

"문언뿐이야."

제강이 말했다.

경여에게 하는 말이었다.

"왜 그러십니까?"

문언이 의아해하며 물었다.

"이 사람이, 부끄러워서 얼굴을 못 들겠다는데."

아아, 참으로 일찍도 깨달으셨네!

"저는 또 우리 비전하께서 부끄러움도 모르는 분인 줄 알았습니다."

"문언!"

제강의 타박에도 문언의 놀리는 태도는 여전했다.

"뭐, 좀 심하기는 하셨습니다. 다들 도망쳐버렸으니까요."

"어떻게 해요."

작은 신음 소리와 더불어 그의 허리로 내려와 그를 안은 경여의 팔에 힘이 더욱 들어갔다.

문언이 의원을 부르러 가며 낮게 말했다.

"할 것 다 하고 뒤늦게 난처하시다니 제가 피해드리지요."

제강이 어서 가라고 눈짓을 했다.

문언이 몇 걸음 옮기다가는 다시 돌아보았다. 그리고 조금 전과는 달리 진지한 음성으로 말했다.

"비전하께서 많이 놀라셨나 봅니다. 괜찮으시다고 충분히 위로를 해주셔야 할 듯합니다."

제강이 어린아이를 달래듯 경여를 안고는 고개를 끄덕였다.

"갈비뼈를 상해서 너무 꼭 끌어안으시면 불편하다는 말씀도 하시는 게 좋을 듯한데요."

문언의 말에 경여가 서둘러 그의 품에서 몸을 뗐다.

"아, 이런! 많이 아파요?"

"갑자기 풀밭에서 나온 독사에 놀랐던 거야."

그것은 사건의 일부에 불과했다. 사실은 처음부터 예상했던 기습이 있었다. 일부러 삼왕제의 계획을 알고 함정을 파고 기다렸던 것인데 싸움의 와중에 예기치 않은 상황이 발생했다.

그래도 경여가 진정되기까지는 한참이 걸렸다.

사실 그의 말투는 별일 아니라는 듯 가벼웠지만 실제는 굉장히 위험한 순간이었다. 놀란 말이 허둥대다 독사의 몸통 일부를 밟았고 놀란 독사도 튀어 오르듯 말을 물어 순식간에 말이 쓰러져버렸다. 만약 말의 아래에 깔렸다면 제강도 결코 가벼운 상처로 끝나지는 않았을 것이다.

그 후 이야기

　결국 왕은 체력의 고갈로 오래 버티지 못했다.

　슬픔 가운데 왕의 장례가 치러졌다. 제위찬탈과 왕제암살 미수의 주동자로 밝혀진 삼왕제의 자결이 뒤따랐고, 그를 따르던 몇몇 소수 귀족들의 숙청도 이루어졌다. 그 사이 호광의 계모와 그 아들이 호가의 재산을 탐해 형을 독살하려 한 음모가 밝혀져 참형에 처해졌다. 호정엽은 삼왕제와 공모한 의심을 받았으나 끝까지 자신의 결백을 주장했다. 결국 그를 수도로부터 먼 땅에 배치하는 것으로 일단락 지었다.

　그리고 진제강의 제위식이 이루어졌다. 장례는 성대하게, 제위식은 검소하게 치러졌다. 그렇다고 하더라도 경여는 회임한 몸으로 일정을 따라가는 일은 꽤 버거웠다. 틈틈이 그가 괜찮은지 살피고 물어왔지만 경여는 피로한 기색을 숨길 수 없었다. 눈 밑의 검은 그림자부터 그랬다.

　위경여는 산달이 되어 아들을 낳았다. 내심 딸을 바랐던 경여와는 달리 산모와 아이가 무사한 것을 확인한 제강은 주위로부터 밀려드는 축하인사에 함박웃음을 감추지 못했다.

"그래도 위공께서 순순히 물러나셨습니다."

함께 정사를 논의하며 후원을 걷는 동안 문언이 먼저 입을 열었다.

"약속했던 일이니까."

제강이 왕위에 오르면 기회를 보아 위백양이 관직을 버리고 정계에서 물러나기로 약속했었다. 위백양이 누누이 주장해왔던 것처럼 개인의 영달을 꾀하는 것이 아니라면 왕의 친인척들이 중한 지위에 있는 것은 결코 도움이 되지 않는다고 문언이 주장했기 때문이었다. 더구나 한바탕의 피바람이 몰아친 후에는 나는 새도 떨어뜨릴 것 같은 왕비의 아버지, 왕의 장인이라는 존재를 견제할 세력이 존재하지 않았다.

위백양은 스스로 지난 전쟁에서 복구한 땅의 성을 쌓는 데 지금껏 모은 재산의 전부를 내놓겠다고 했다. 그러나 그가 아무리 제강의 비위를 맞추려 해도 제강은 그를 용서할 수 없었다. 딸조차도 계획한 일의 도구로밖에 여기지 않아 평생 가슴에 맺힌 한과 상처를 주었던 일을 잊지 않았다. 더구나 자라는 아들에 끼치는 영향을 고려하면 더욱 더!

경여와 위부인이 받을 상처를 생각하지 않았더라면 당장이라도 더 큰 벌을 내렸을 것이다. 그러나 노구의 몸으로 국경 근처에서의 성을 쌓는 일을 감독하는 것도 결코 쉬운 일은 아닐 터였다. 제강은 그가 도성 안으로 다시 돌아오지 않기를 바랐다.

"제 손에 피를 묻히지 않았으니까 그 정도에서 그친 거야."

제강이 말했다.

호광의 죽음을 두고 하는 말이었다. 제강의 낙마사고 이후에 경여가 두려워하는 이유에 대해 문언이 말해주었다. 제강의 목숨을 담보로 경여를 호광에게 보냈다는 사실을 들은 제강의 분노는 깊었다. 왜 그토록 경여가 불안에 떨며 안절부절못했는지도 알게 되었다.

그러나 한편으로는 혜안으로 위백양이 강하게 주장하여 경여와 아들을 흉악한 시가의 모자로부터 친정으로 돌아오게 한 일도 고려했다. 하마터면, 경여와 염이 계속 호가의 집에 남아 있었다면 그들의 목숨도 어찌 되었을지 몰랐다. 재물을 탐하는 욕심이 사람을 해하는 데까지 이르렀는데 거치적거리는 힘없는 여자와 아이쯤 두려워하지는 않았을 것이다.

병 주고 약주는 자. 위백양은 제강에게 아무리 해도 이해할 수 없는 존재였다. 그가 왕이 되자 순순히 물러나는 것도 그랬다.

"후회한 적 있으십니까?"

문언이 조심스레 제강에게 물었다.

"음?"

"그때, 위공의 제안을 받아들여 제위에 대한 욕심을 품으셨다면, 비전하와 오래 이별하지 않았을 테니 말입니다."

훗.

제강이 씁쓸한 표정으로 먼 산을 바라보았다.

"후회하지, 경여와 헤어져 있던 시간 동안 후회하지 않은 적이 얼마 없어."

그 후로 그의 삶이 멈춰버린 거나 마찬가지였으니 당연한 일이었다.

"이런 말씀 드리면 아프시겠지만, 제가 보기에는 그때 받아들이지 않기를 잘하셨습니다."

"왜?"

"선왕의 치세를 겪어보았기에 백성들은 지금 주군의 치세가 자신들에게 좋은 줄 아는 것입니다. 아마도 당시 위공의 제안을 받아들였다면 혈육을 폐하고 권력에 눈이 먼 왕제로 기억할지도 모릅니다. 약자에게는 온정이 따르는 법이니까요. 어쩌면 그래서 더 두 분의 사랑도 강고해졌고, 백성들도 폐하의 선정을 제대로 알게 되니 잠깐의 아픔은 있었지만 현명하게 잘 넘기신 겁니다."

그렇게 보기에는 경여 모자가 가진 상처가 컸다.

"경여를, 비를 어떻게 생각하나, 문언?"

제강이 갑자기 화제를 바꾸어 물었다.

"예?"

"자네가 비와 잘 지내는 건 알아. 그런데, 속내가 궁금하다고! 무엇 때문에 경여에게 그리 잘 대하는지."

"그야 당연히 비전하인걸요."

"경여를 제외한 다른 여자들에게 말도 걸지 않는 걸 알아. 감히 내 여자를 넘볼 리는 없을 테고, 이유가 무엇이냐?"

문언은 오래 뜸을 들이지 않았다. 빙그레 웃고는 대답했다.

"돌아오시고 바로, 연회가 있었습니다."

"그랬지."

"그날 유독 많이 취하셔서 제가 침전으로 모셔다드렸습니다."

그랬던가.

취작약

"주군께서, 그날 무엇을 보셨던지, 한숨처럼 말씀하시길 돌아오지 말걸 그랬다고, 하셨습니다."

"기억나지 않아."

"예, 그렇게 돌아오길 원하셨는데, 단 하루 만에 돌아오지 말 걸 그랬다고 하시던 모습이, 무척 외로워 보였습니다."

그가 부지불식간에 경여의 이름을 부르며 울었다는 사실은 말하지 않았다.

"그래서, 날 도우려고 했다고?"

주군의 마음을 빼앗은 여자에 대한 단순한 호기심은 아니었다. 비록 충동적으로 늦은 밤의 조문을 핑계 삼아 경여를 만나보게 되었지만.

"예, 그래서 비전하께 호기심을 가졌다가, 아름답고 사랑스런 분이셔서 좋아하는 마음을 품지 않을 수 없었습니다."

여리지만 강단 있고 불행한 일을 당하고 치유하기 힘든 상처로 인해 스스로는 헤어 나오지 못하던 여자를 돕고 싶었다. 그의 힘닿는 데 까지!

"그래서 다른 여자에게는 관심을 갖지 않나? 정림에게 관심이 있었던 건 아니야?"

의심스런 제강의 눈빛에 문언이 고개를 가로저었다.

"정림 아가씨는 제가 주군의 마음을 돌려놓아 비전하께 간 줄 알고 저를 미워합니다."

"정림은 좋은 여자야."

제강의 태도에는 미안함이 담겨 있었다.

"예, 그렇지요. 여장부 같은 분이시던데요."

문언은 왕제의 혼인소식을 듣고 폭우를 뚫고 달려왔던 정림을 떠올리며 말했다.

"그래서 좋아한다고?"

문언이 서둘러 말길을 돌렸다.

"제 마음은 제가 잘 아니 염려 마시고, 어쨌거나 제게 빚진 게 있으신 겁니다."

제 공을 알아달라고 내놓고 자랑하는 문언이 아님을 아는 제강이 웃었다. 괜한 호기심에 여러 봉변을 당했으니 그럴 만도 했다.

"그래서 갚으려고 한다."

문언의 표정에 장난기가 담겼다.

"어떻게요?"

"빨리 좋은 여자를 찾아서 혼인해. 그리고 아들을 낳아라."

문언의 미간이 살짝 좁아졌다.

"비가 딸을 낳으면 자네 아들에게 주지. 우리, 사돈이 되는 것 어때?"

문언은 당장 감읍하기는커녕 차분히 생각에 잠겼다. 그와의 사돈 관계를 떠나 사랑하는 딸을 주겠다는데 썩 내키지 않는 태도라니!

제강이 언짢은 눈썹을 치켜뜨고는 물었다.

"왜? 싫은가?"

"아니요, 뭐, 제가 딸을 낳아 염 왕자님과 혼인을 시켜도 되지 않겠습니까?"

문언의 말에는 뼈가 있었다.

취작약

염! 그 아이를 생각하면 제강의 마음이 편치 않았다. 어른들의 잘 못으로 인해 앞으로 살아가면서 받을 상처를 생각하면 더욱!

그런 아이를 문언에게 맡겨도 될까.

제강은 슬쩍 놀리는 말로 지나쳤다.

"아들을 낳을 자신은 없나 보군."

"우선은, 우리 비전하 같은 분이 어디 있을지 찾아봐야겠군요."

헐.

"욕심이 지나치면 어림도 없지."

제강의 도발에 문언이 슬쩍 속내를 드러냈다.

"아니요, 있기는 있습니다만."

으응?

제강의 표정에 솔깃 호기심이 드러났다.

"그런데?"

"저를 많이 미워해서요."

"어디에 있는데? 말해봐, 내가 좀 도와줄 수도 있지 않겠나."

그러자 문언이 불신 가득한 눈빛으로 제강을 바라보며 고개를 가로저었다.

"아니요, 사양입니다. 우리 비전하라면 몰라도!"

"경여와 너무 자주 시시덕거리는 건 용서 안 해! 비와 어울릴 시간 이면 빨리 여자를 찾아서 혼인하고 가정을 이루라고!"

"아, 그게 쉽지 않은 일이라."

제강이 아주 고소하다는 듯 기회를 놓치지 않았다.

"왜, 내게 잘난 체하던 재사 문언은 어디로 갔지?"

"원래 중도 제 머리는 잘 못 깎는 법입니다."

문언이 순순히 인정했다.

그때 멀리서 그들에게 다가오는 경여가 보이자 제강은 당장이라도 집어삼킬 듯 눈을 떼지 못했다. 다른 사람의 이목을 가리지 않는 그는 문언이 있건 말건 경여의 몸을 끈적한 눈길로 더듬었다. 아직 몸이 회복되지 않은 경여가 거리를 두며 작은 한숨을 내쉬자 그의 눈이 가늘어졌다. 아들 염과 문언 앞에서만은 어떻게든 체면치레를 하고자 새침을 떠는 경여가 마음에 들지 않아서였다.

"꽃을 보러 가요."

활짝 만개하여 절정으로 치달은 후 이제 막 지려는 작약꽃이 아쉬웠던 것이다.

"다녀오십시오."

문언은 화제가 바뀌어 안심한 듯 그들의 등을 떠밀 기세였다.

"재사도 함께 가요."

제강은 문언과 경여 사이에 오가는 눈빛이 마음에 들지 않았다. 그래도 그는 곧 마음을 다스리고 경여에게 말했다.

"재사가 마음에 둔 여자가 있다고 하는데?"

순간 문언과 경여 사이에 다시 비밀스런 눈빛이 오갔다. 문언이 눈짓으로만 그치지 않고 고개를 가로저었지만 경여가 미안한 표정을 지으며 고개를 끄덕였다.

"알고 있다고? 그러면서 내게는 말하지 않았단 말이지?"

약속위반!

경여가 당황하며 변명했다.

醉.작약

"그게, 재사께서 다른 사람은 몰라도 가군에겐 알리지 말라고 두 번 세 번 다짐하는 바람에."

"흠. 그래? 재사! 우리는 오랜만에 부부간의 정을 돈독히 할 테니, 재사는 그만 사라져주시지."

제강이 심술궂게 말했다.

그렇지만 문언은 어떻게든 자리를 지키려고 들었다. 경여가 어디까지 이야기할지 못내 불안한 모양이었다.

"누구야, 재사가 관심을 두고 있는 여자가?"

제강이 문언은 그 자리에 없는 듯 경여의 목덜미를 간질이며 속삭였다.

"어, 그게……. 가군도 보았을 거예요."

그의 고문 섞인 유혹까지 더해지자 경여가 주저하다 결국 털어놓았다.

"비전하!"

문언이 당황하며 말을 막았다.

"문언, 너는 저리 가라니까! 말해봐, 내가 보았다니, 언제? 어디서?"

경여가 문언의 면전에서 이야기를 하기는 미안했던 듯 제강의 팔을 끌어 모후의 전각으로 방향을 잡았다.

"전에 대부 정시중의 집에 자주 다니셨다 들었어요."

위백양을 속이기 위해 정시중의 딸 정림과 어울리던 때가 있었다. 경여의 태도는 그 사실을 알고 있는 듯했다. 정림이 아름답고 재주 있는 의자매에 관한 이야기를 했던 것도 같았으나 제강은 시치미를 떴다.

"그런데?"

경여의 눈이 제강의 뒤로 문언에게 향했다.

"미안해요, 재사. 나는 이이에게 거짓을 말하지 않겠다고 약속을 해서."

제강은 험악한 눈으로 경여를 독촉했다.

"그러니까, 누구, 누구냐니까?"

"그곳 가희 중 한 사람이에요."

"가희?"

대부 정시중의 가희라고?

"재능이 뛰어나 이름이 꽤 알려졌다고 하던데요. 가희이기도 하지만 양녀로도 삼았다고 하고."

가희이자 양녀.

제강이 귀국한 이후에 정시중의 집안에 자주 드나들었다는 사실은 모르는 이가 없었는데, 정작 본인만 기억이 안 난다고 하니 난감할 따름이었다. 그녀도 함께 정시중의 연회에 갔던 날 정림과 더불어 무대를 장악했던 여자. 그래서 더욱 경여가 몸 달았던 여자였는데.

제명리는 확실히 현명하고 아름다운 여자였다.

경여가 또 다른 문언의 비밀에 대해 말했다.

"재사께서 요즘 전기를 쓰고 있는 걸 모르셨어요?"

그것은 제강이 눈치가 없어서라기보다는 오로지 경여에게 푹 빠져 보이는 것이 없기 때문이었다.

醉. 작약

"전기라고?"

결국 문언의 입에서 한숨이 새어나왔다.

"비전하, 정말 너무하십니다."

문언은 가장 듣기고 싶지 않은 비밀까지 화제에 오르자 더는 자리를 지키고 있을 필요가 없어졌다. 그는 잔뜩 볼이 부어서는 서둘러 사라졌다. 그의 뒤로 제강의 웃음소리가 크게 들렸다.

책략가 문언이 병법서가 아닌 시와 노래 나부랭이를 적은 전기를 끄적거린다고?

전기. 특별한 날 무대 위에서 공연하기 위해 만든 공연극을 위한 원본.

다른 이도 아닌 문언이 시인묵객들이나 끄적이는 전기를 귀족가문의 양녀인 가희를 위해 쓰고 있다니!

당장 그를 하늘처럼 떠받드는 수곤을 비롯한 무장들이 안다면 어이가 없어 가슴을 칠 일이었다. 조완같은 샌님 사가처럼 무슨 그런 일을!

하아.

한순간 화원 한 가득 펼쳐진 만개한 작약꽃을 확인하고는 경여의 입에서 탄성이 나왔다. 그는 마치 제가 주는 선물인 양 뿌듯하게 아름다운 전경을 바라보았다.

"너무 아름다워요. 그죠?"

경여의 말에 그가 장난스레 대답했다.

"아니."

"예쁘지 않다구요?"

경여가 의아한 얼굴로 그를 돌아보았다.

"음."

또 무슨 심술을 부리려고 그러나 하는, 미심쩍은 얼굴이었다.

"이번엔 꽃밭을 망가뜨리면 안 돼요."

경여가 걱정스레 다짐을 두었다.

"안 그래."

"그런데 정말 이렇게 탐스런 작약이 아름답지 않다구요?"

"음, 나는 내 아내, 내 비가 더 예쁜데!"

처음엔 입술에 살짝 힘이 들어가는 것 같더니 경여가 눈을 빛내며 물었다.

"정말요?"

"음, 그렇다니까."

"음, 우리 가군은 정말, 눈치 하나는 빠르네요. 꽃이 더 예쁘다고 했으면 화를 내려고 했는데."

그리고는 화사하게 웃었다. 꽃의 아름다움 따위는 빛이 바랄 정도로!

위경여에게 사랑받을 일을 모를 진제강이 아니었다.

"정대부께 청해서 내가 그 가희를 부르려고 해요. 그, 제명리의 마음에 드는 전기는 문언이 쓰기로 했고, 나도 돕기로 했어요. 좋은 날에 문무백관 귀족대신들을 초청해서 공연을 보여주면 나쁘지 않죠?"

경여가 마지막 비밀까지 털어놓았다.

제강도 문언의 마음을 사로잡은 여자가 누군지, 문언이 쓴 전기의

취, 작약

내용이 무엇인지 몹시 궁금해졌다. 꽤 즐거운 계획이었다.

"언제쯤 볼 수 있을까?"

그가 채근했다.

"당신이 문언을 좀 자유롭게 놔주고, 앞으로 내 잠도 빼앗지 않으면 음, 서너 달 후에는?"

"그렇게나 오래? 그깟 게 뭐 그리 힘들다고!"

경여의 표정이 새치름해졌다.

착한 경여의 심기를 잘못 건드렸음을 그도 곧바로 깨달았으나 이미 늦었다.

"그렇게 쉬울 것 같으면, 당신이 한번 써볼래요?"

흠칫. 순간 그의 표정이 당황하며 돌변했다.

"아, 아니. 난 그런 건 안 해!"

경여의 눈매가 새치름해져 더욱 그를 몰아붙였다.

"문언은 사랑하는 제명리를 위해 그 정도도 하는데, 당신은 그게 안 된다고요? 전기는 고사하고 시 한 편이라도."

"그건, 그건 다른 거야. 나는 간지러운 그런 말 안 해!"

"그렇단 말이죠?"

새침한 경여가 그의 손길을 차갑게 떼어냈다.

"왜?"

"생각해보니까 나는, 가군에게서 이렇다 할 연서도 받아보지 못한 거 같아요."

"말로 하는 것 이상으로 보여줬다고 생각하는데?"

"아니요, 내게 마음을 담은 시 한 편 가져오기 전까지는 앞으로,

내 몸에 손댈 생각도 말아요!"

"뭐? 그런 억지가 어디 있어?"

"여기요!"

문언 때문에 결말은 엉뚱하게 튀어 제강은 난처한 표정으로 경여의 마음을 풀려고 했지만 쉽지 않았다.

"그런 걸 원하면 진작 말했어야지, 애까지 둘 낳아놓고는 새삼 무슨!"

그는 철없는 아이를 대하듯 혀를 찼다.

"아이를 둘이나 낳은 여자는 연서도 받지 못해요?"

전에 없이 쌀쌀한 경여의 태도로 봐선 정말 남의 시라도 베껴 와야 할 듯했다.

그런데 전기도 쓴다는 문언이면 시 한 편 뚝딱, 어렵지 않겠지?

제강은 그 길로 문언을 찾아 시 한 편 적어내라 요구했지만 문언도 그의 요구에 응하지 않았다.

"왕비전하께서 원하신 것은 제가 지은 시가 아닐 텐데요."

얄밉게도 문언은 그런 식으로 발뺌을 했다.

"그리고 왕비전하께서는 명민하셔서 제가 지은 것인지 폐하께서 지은 것인지 한눈에 알아보실 겁니다."

눈을 가늘게 뜨고 못마땅하게 문언을 쏘아보았지만 그의 말이 옳았다. 결국 경여와 동침하기 위해서는 늦은 밤까지 어떻게든 만들어내고 적어내야 했다.

제강은 오기가 생겼다.

까짓 몇 글자 되지도 않는 시가 뭐 어렵겠어!

취. 작약

하얀 종이를 책상에 펼쳐두고 늦은 밤까지 제강은 뚫어져라 머리를 쥐어뜯으며 고민에 고민을 거듭했다.

연시, 염가라!

우습게 보았던 시 한 편은 생각보다 쉽게 떠오르지 않았다.

슬쩍 도움을 구하기 위해 부른 조완은 마음을 드러내는 것이 중요하다고만 강조했다.

마음, 진심이라.

말로 하는 것은 쉬웠지만 종이에 글을 써서 고백하는 것은 또 달랐다.

처음엔 경여를 감동시켜 눈물 흘리게 만들 멋진 시를 쓰리라 작정했지만 점차 거울에 비추듯 자신의 모습을 진지하게 들여다보게 되었다.

어머니의 죽음을 슬퍼하던 어린 나이에 만난 경여의 앳된 모습도 떠올랐고, 마음에 드는 글을 읽어주곤 하던 모습도 떠올랐다. 정작 그는 어떻게든 경여의 손을 한 번이라도 더 잡아볼까, 봉긋 솟아 있는 젖가슴을 만져볼까 온통 신경이 가 있어서 천진한 모습으로 읽어주는 시가 귀에 들어올 리 없었는데도!

어려서 맺은 마음
단 한 번도 변한 적 없지.
그대는 지아비와 닭 우는 소리
한 베개 베고 누워 듣길 원한다지만
나는 내 몸 아래에서

그대의 새벽노래 끊이지 않길 원해.

새벽노래!

경여의 앓는 듯한 신음 소리.

그가 제 몸에 들어차고 나가며 압박할 때마다 앓는 듯 새어나오는 그 더운 신음 소리.

비약이 아니라 그의 귀에는 아름다운 노랫소리처럼 들렸다. 그의 몸을 들뜨고 끓게 만드는!

처음엔 한 편의 시로 그럴 듯해 보였다. 내노라하는 시인들 앞에서도 거침없을 것 같은 마음에 뿌듯한 마음이 들었다. 하지만 붓을 놓고 다시 음미하며 읽어보니 얼굴이 조금 뜨거워지는 듯도 했다.

아무리 은유라지만 그가 읽기에도 너무나 노골적으로 들렸다. 속마음을 토로한 것은 맞지만 경여가 원하는 것은 이런 얼굴 붉힐 시구가 아닐 것이다.

아무래도 애틋함이 없지? 오로지 몸만 탐하는 사내처럼?

그가 종이를 구겨서 내던지고 다시 마음을 다스려 새로이 써보자 생각하는데 시종이 한마디 거들었다.

"폐하, 밤이 늦었습니다."

밤이 늦은 줄은 그도 알았다. 하지만 시문이 없으면 잠자리에서 아내에게 환영받지 못하니 이 짓을 하는 게 아닌가. 그런데 정작 이 문제의 발단인 문언은 지금쯤 천하태평으로 발 뻗고 꿈자리에 들었을 것을 생각하자 갑자기 부아가 치밀었다.

아, 이게 다 문언 때문이다. 이 시각에 쓸데없이 이런 고민을 하고 있다니! 쓰고 익히고 정리해야 할 책략서는 쓰지 않고 하필이면 이상한 전기 나부랭이는 쓴다고 말해가지고!

그는 눈앞의 종이를 구겨버리고 자리에서 와락 일어섰다. 이제나 저제나 그를 기다리던 문 밖의 시종은 꾸벅꾸벅 졸고 있었다.

그래, 그만 자야지, 자고 봐야지.

새벽이 되어서야 그는 경여가 잠든 침전으로 들어섰다.

"왜 이렇게 늦어요?"

경여가 잠결에 들어오는 그를 맞으며 물었다.

"결정해야 할 것들이 좀 많아서."

제강은 시치미를 뗐다.

"시는요?"

움찔.

"어, 적어두었어. 내일, 내가 조례에 나간 후에 일어나서 읽어봐."

"음. 피곤할 텐데 어서 자요, 제강."

경여는 아무런 의심 없이 그의 품 안으로 들어왔다.

"그래."

음심이 발동한 그가 경여의 침의 사이로 손을 넣어 매끄러운 복부의 맨살을 쓰다듬었다. 그의 손길이 젖가슴으로 올라오자 경여가 낮게 말했다.

"가군, 아직 몸이 아물지 않았어요."

왕자 융을 낳고 한 달이 겨우 지났을 뿐이다. 모성으로서의 경여가 아닌 그의 여자로 돌아오려면 아직 한 달은 더 기다리는 것이 좋다고 했다.

"알아."

그가 낮게 한숨을 쉬었다.

당장 내일 아침 문언을 닦달해서 뭐라도 하나 받아내야겠다고 제
강은 생각했다. 그렇지 않으면 정말 자신의 속마음을 고백해야 할
까.

사실은 경여가 호광과 혼인하고 다섯 해를 살며 더는 그녀가 없는
삶을 견디지 못할 것 같았다고. 그래서 어찌하며 살고 있는지만 보
자고 사람을 보냈더라고. 그것이 욕심이 되어 경여가 행복해 보이지
않는다면 늦게라도 그녀를 훔쳐내기로 작정했었다고. 그 일을 실천
하기 전에 호광이 죽어 도리어 일이 꼬여버렸다고.

경여가 그의 계획을 알았다면 과연 무어라고 할까.

도망쳤다가 때를 보아서 위백양의 딸이 아닌, 그를 사랑했던 여자
위경여로 그에게 돌아오고 싶었다는 고백은 이미 들었다. 아이가 마
음에 걸렸지만 그러면 아이까지도 받아줄 것이라고 생각했었다고.

제강은 더는 고통이나 어떤 희생 없이 있는 그대로, 경여를 사랑
하고 싶었다. 사는 동안 마음을 주고 내 몸보다 더 아끼는 누군가를
사랑할 수 있다는 사실이 제강은 행복했다. 경여가 없는 제 삶이 어
떠했는지 알기 때문에 더욱더!

아, 정말 경여를 위해 마음을 드러낸 시 한 편쯤 제대로 적어봐야
겠다고 제강은 잠들기 전에 생각을 고쳤다.

完.

또 다른 이야기의 전조

"그, 아이, 딸인가?"

둘째 융을 낳고 오래지 않아 다시 배가 부른 경여.

제강은 다섯 달째 되어 제법 동그랗게 부른 배를 한 경여를 보는 즐거움으로 입가의 미소가 떠나지 않았다. 그는 막 목욕을 마치고 나와 뽀얀 살결을 드러내며 발그레한 얼굴로 침의를 갈아입는 경여를 눈에 새겨넣을 듯 바라보더니 뜬금없이 물었다.

이때쯤이었던 것 같은데, 하면서 혼잣말을 하고 난 뒤였다.

"뭐라고 했어요?"

"자네 보기엔 비의 태중 아이, 딸인 것 같아?"

그는 경여를 시중드는 나이 든 여관에게 묻고 있었다. 하지만 그의 시선은 당장이라도 눈 안에 넣거나 삼켜버릴 듯 경여의 모습을 좇았다.

여관은 당혹한 태도로 답을 내리지 못한 채 비를 바라보았다.

딸이냐고? 급하기도 해라.

"가군도 참, 벌써부터 그런 걸 어떻게 알아요?"

뿐인가. 둘째 융을 가졌을 때 예궁의 시종들이 신기롭게 경여의 부른 배를 만져보는 것을 발견한 이래 다시는 잊지 못할 차가운 음성으로 감히 누가 비의 몸에 손을 대냐고 추궁해 시종 누구도 그녀의 배를 만져볼 엄두를 내지 못했다. 그런데 보는 것만으로 태중 아이가 딸인지 묻다니. 그의 억지는 갈수록 태산이었다.

경여가 물러가도 좋다고 여관을 내보낸 후 그에게 물었다.

"왜요? 딸을 원해요?"

그가 문언과 한 약속을 알기에 새삼 조급증이 드는지도 몰랐다.

"아니. 융을 가졌을 때와는 좀, 달라서."

융의 태몽은 그가 꾸었지만 지금 배 속의 아이 태몽은 경여가 꾸었다는 것도 다른 점이었다. 꿈속의 그가 장난스레 가져온 커다란 자수정이 너무 아름답게 빛나서 경여가 제게 달라고 욕심을 냈다.

경여는 어쩌면 딸일 수도 있겠다고 생각했다. 그런데 그의 얼굴에는 이제 실망감도 찾아볼 수 있었다.

딸을 원했던 게 아닌가.

경여가 그를 빤히 쳐다보았다.

"실망이라는 거예요?"

"뭐, 딸을 바라기는 했지만. 음, 융이 때와는 좀, 다르니까, 난 사실 기대를 했는데 말야."

쩝. 실망을 감추는 태도가 분명해서 경여는 의아했다.

무슨 기대를 했다는 걸까? 그리고 딸을 원한다고 말하면서도 왜 반기지 않는 태도일까?

"융이 때는 어땠는데요? 나는 잘 모르겠는데."

그의 입가에 웃음이 피어올랐다. 상상만으로도 즐거운 눈치였다.

"흠, 평소엔 수줍은 우리 비가 수시로, 시도 때도 없이 내게 달려들곤 했지."

"뭐라구요? 내가 언제?"

"생각 안 나? 내가 일부러 손대지 않으면 어떻게든 내게 달라붙었어. 어느 날은 낮잠을 자고 있다기에 잠깐 침전에 들렀는데 말야."

경여는 일곱 달이 지나 제법 부른 배를 그러안고 옆으로 누워 자고 있었다. 창을 통해 살랑거리며 들어온 부드러운 바람이 휘장을 불듯이 건드리곤 하던 조용한 침전. 꿈인 듯 고른 숨소리를 내며 잠을 자던 경여가 자다 깨서는 홀린 듯 눈에 넣을 듯 마냥 바라보고 있던 그와 눈이 마주쳤다.

언제 왔냐고 묻던 경여의 호흡이 가빠지더니 괜시레 얼굴을 붉히고는 태동을 핑계 삼아 그의 팔을 끌어 제 배를 만지게 했다. 그리고는 팔을 뻗어 그의 목에 팔을 감고는 유혹적으로 입술을 물고 빨았다. 그것이 한낮의 정사로 이어졌다.

어느 날인가는 막 사냥을 마치고 돌아온 그 앞에 나타나 붉어진 얼굴로 당혹스러워하면서도 서둘러 그를 침전으로 이끌기도 했다. 어느 날은 함께 손을 잡고 산책을 하던 중에 걸음을 멈추고 발그레한 뺨과 더운 숨을 고르지 못하며 당혹해하기도 했다.

"그래서 난 기다리는 중인데, 이번엔 통 그런 일이 없으니까, 아무래도 그 아이는, 계집아이 같아."

"엉터리!"

그는 제법 억울한 음성으로 푸념했다.

"이렇게 진심을 몰라주다니! 내가 이른 새벽부터 그 많은 일들을 처리하고 왜 한낮에, 혹은 초저녁에 일찍 돌아오는지 알아? 그게 다 내 비가 날 필요로 할 때 곁에 있으려고 노력하는 거라고!"

하지만 그의 기대와는 달리 경여는 달아오른 얼굴로 그를 유혹하는 일이 없었다. 그것이 얼마나 실망스러운 일인지 경여가 안다면!

"원하면 말을 하지 그랬어요?"

전보다 더 부풀고 짙어진 유륜과 볼록한 배를 드러내는 것이 부끄러워 그의 앞에서 어떻게든 감추는 데 급급하던 경여는 그가 둘째 융을 가졌을 때와 마찬가지로 임신한 저를 원한다는 사실에 안도했다.

"내가 말 안 했나? 비가 먼저 원하는 게 중요한 거지."

그의 말대로 태어난 아이는 여아였다. 그는 그들의 셋째아이에게 진예라는 이름을 주었다. 훗날 아홉 살의 나이 차 나는 오라비 염을 졸졸 따라다니며 정작 제 약혼자인 문윤을 괴롭히는 영악한 공주로 자라났다. 그런가 하면 그들의 둘째 아들 융은 어머니와 여동생의 사랑을 두고 염과 제법 당차게 싸웠다. 하지만 아이다운 장난으로만 그치지 않아 어머니 경여에게 근심을 안겼는데, 무엇으로도 형인 염을 이길 수 없자 어느 날 앙심을 품고는 염에게 소리쳤다.

"가! 가버려! 없어져!"

아이의 것이라고는 볼 수 없게 융의 음성은 원망 가득했다.

"융아!"

"가버렸으면 좋겠어."

씩씩대며 돌아선 융이 다시 한 번 읊조렸다.

"그게 무슨 소리야, 형에게?"

경여의 엄한 질책에 철없는 융이 소리쳤다.

"진짜 내 형도 아니잖아요!"

어린 아들의 생각지 않은 말에 하얗게 질린 경여의 눈앞이 캄캄했다. 다른 이도 아닌 그녀의 아들이 제 앞에서 하는 말이라고 믿고 싶지 않았다. 순간 휘청이며 쓰러지는 경여를 안아 올린 것은 염이었다.

"어머니!"

"비전하!"

경여가 쓰러졌다는 소식은 당장 큰 파란을 몰고 왔다. 태의가 달려왔고 진염과 진융, 진예가 걱정스런 얼굴로 그 자리를 떠나지 못했다. 그녀의 가장 지척에서 지킨 이는 다름아닌 제강이었다.

"너무 근심하지 마십시오, 폐하."

태의가 진중하게 비의 맥을 살핀 후 말했다.

"괜찮다고?"

"예, 회임하셔서 기가 약해지신 듯합니다. 임산부에게 어지럼증은 흔히 있는 일입니다."

태의가 전한 소식은 다른 때였다면 반가웠겠으나 상황이 상황인지라 분위기는 영 무거웠다. 제강이 천천히 자리에서 일어나더니 둘째 아들을 쏘아보았다.

"융이, 너! 따라오거라."

"예."

융은 하얗게 질린 얼굴로 아버지를 따랐다.

"염이는 어머니가 깨실 때까지 자리를 지키고."

"예."

그 와중에도 호기심덩어리 진예는 시종의 옆구리를 찔러 회임이 무어냐고 작은 소리로 묻고 있었다.

"예아는 그만 돌아가보렴."

염이 불편한 심기를 어린 동생에게 풀었다.

"어머니가 깨시는 것 보고 갈래요."

"태의가 괜찮다고 하는 말, 들었잖아. 언제 깨실지도 알 수 없고."

"그래도……."

평소와는 달리 엄한 염의 태도에 진예는 거스르지 못하고 시종과 함께 어머니의 침전을 떠났다. 그제야 염의 입에서 낮은 한숨이 새어나왔다.

회임, 이라는 태의의 말을 제대로 알아들은 사람은 염이었다. 창백한 어머니를 내려다보는 염의 표정은 착잡했다. 아름다운 어머니를 또 다른 누군가와 나누어야 한다는 사실은 결코 즐거운 일이 아니었다. 염은 경여가 그 자신만의 어머니이기를 원했다. 말썽쟁이 융에 이어 귀찮게 구는 예아 따위 그는 원한 적도 없었다. 바람 불면 날아갈 것 같은 몸으로 연이어 동생들을 낳고도 또 얼마나 더 낳을 생각인지.

아직은 회임했다는 사실을 알 수 없게 어머니의 가슴도, 배도 전과 다름없어 보였다.

얼마나 시간이 흘렀을까.

파르르 떨리는 속눈썹에 이어 경여가 의식을 차리고 눈을 떴다.

"염아."

경여가 안도하며 아들을 불렀다.

"그대로 누워 계세요. 일어나면 또 어지러우실 거예요."

"아니, 아니야. 괜히 네게 걱정을 안겨주었구나."

염은 기어이 일어나겠다는 어머니를 도와 몸을 일으키는 데 부축했다. 자리에서 일어난 후에도 경여는 아들의 목에 팔을 감아 멀어지려는 염을 품에 안았다.

"왜, 왜 이러세요?"

"어미가 아들을 안아보겠다는데 왜냐고 묻다니. 못된 녀석!"

"폐하께 붙들려 간 융이 걱정을 하시는 게 좋을 걸요."

염이 무덤덤하게 말하자 경여의 팔이 스르르 풀렸다.

"융이가 왜?"

"폐하께서 어머니가 쓰러지신 정황을 물으셨어요."

경여가 가늘게 몸을 떨었다.

"가버려! 진짜 내 형도 아니잖아!"

부정하고 싶은 현실.

"폐하께서 아셨다고?"

"네."

한숨이 절로 났다. 그간 위태위태했지만 이번에야말로 그가 호되게 융을 꾸짖을 것이 자명했다.

"어, 어디로 가셨는지……."

경여가 서둘러 침상에서 내려오려고 하자 염이 말렸다.

"아무도 못 말리게 화가 나셨어요. 어머니가 달려가 또 쓰러지시면 이번엔 저까지 혼내려 하실걸요."

"쓰러지지 않아. 아까는 잠깐 어지러워서……."

사실은 융의 말에 기함하고 놀라서였다.

"또, 회임하셨어요?"

"응?"

"태의가 폐하께 하는 말, 들었어요."

"아. 그게, 염아!"

성장한 아들, 더구나 자랄수록 지아비의 모습을 닮아가는 염에게 새로이 태중의 아이 소식을 전하는 것을 미뤄오던 마음을 들킨 듯했다.

민망함에 얼굴을 붉히는 어머니의 모습은 이미 태의가 확인해주기 전에 알고 있었다는 말이었다. 그럼에도 기쁜 소식을 공표하지 못한 것은 첫째 아들의 눈치를 보기 때문이라는 것도.

"얼마나 더 많은 동생들을 안겨주셔야 만족하실래요?"

남들은 후비나 시첩도 없이 어머니 경여만을 총애하는 왕에 대해 좋은 의미로 말을 했지만 염의 생각은 달랐다.

"염아, 융의 말은 마음에 두지 마라. 샘이 많고 아직 어려서, 뭘 몰라서 그래."

경여는 애써 화제를 돌렸다.

어쩌면 어리고 뭘 몰라도 가장 솔직한 거죠.

"저는 외할아버지께 가겠어요."

그가 전부터 생각해왔던 말을 꺼내놓자 경여의 표정에서 핏기가 사라졌다.

취,작약

"염아!"

융과 예아에게는 엄한 모습도 보이는 어머니가 그에게만은 단 한 번도 질책을 하지 않는 것조차 그는 불편했다.

"온국의 태자자리 따위, 저는 관심 없어요. 그리고 융의 말대로 내 진짜 성은 진가가 아니고 호가인지도 모르죠."

그는 최근 왕이 무엇 때문에 대신들과 신경전을 벌이고 있는지 알고 있었다.

"염아, 그렇지 않아. 몇 번을 더 말해야……."

"그리고 예아 말에 펄쩍 뛰는 폐하의 과민반응도 더는 보고 싶지 않습니다. 이곳이 제게 편하겠어요? 그래도 어머니는 제가 이곳에 머물기를 바라십니까?"

"염아!"

"편히 쉬세요."

"외할아버지께 간다는 말, 못 들은 걸로 할 거야."

경여의 말에 나가려던 염이 멈춰 서서 천천히 돌아보았다.

"융이와 예아가 있잖아요, 어머니."

"융이와 예아가 너는 아니야. 배 속의 아이도 소중하고, 융이, 예아도 소중하지만 내겐 염이 네가 있어야 해."

"힘드실 텐데요? 폐하와 융이 반목하는 걸 보면 마음이 편치 않으시잖아요. 제가 없는 편이 더 나아요. 폐하께는, 태자자리, 제가 원치 않는다고 말해주세요."

그는 끝내 곧 배가 불러오는 어머니 모습을 보고 싶지 않다는 말은 가슴에 꾹 눌러 담았다. 왕과 왕비가 서로 깊이 사랑하고 있음을 인정하지 않을 수 없었다.

"염아!"

"부르시면 올게요. 가끔 얼굴 보여드리면 되잖아요, 어머니."

"지척도 아니잖니! 그곳으론 못 보내. 정 가려거든 차라리 예궁으로 가거라. 아니면 내가 너 있는 곳으로 갈 거야."

"어머니도 참! 폐하께서도 허락지 않으실 거예요."

"그래, 그러니, 너도 생각을 바꿔."

당장이라도 울 것처럼 촉촉하게 젖은 어머니와 눈이 마주친 염이 나지막이 한숨을 내쉬었다.

"이제 저도 다 자랐어요. 어머니. 언제까지 붙들어두실 수는 없잖아요."

"너 일부러 떠날 필요도 없잖니."

어머니에게 아들은 언제까지나 어린 아들일 뿐이었다.

이래서는 어머니를 이길 수 없겠다고 판단하며 염은 아버지 제강과 천천히 의논해야겠다고 생각했다.

"쉬세요."

"남을 거지? 외할아버지께 당장 가겠다는 거 아니지?"

진염에게 외할아버지 위백양은 든든한 버팀목이었다. 언제든 그가 하려는 일을 지지해주고 격려해주는 믿음직한 존재였다. 그런데도 어머니는 그가 외가와 가까워지는 것을 경계하고 있었다. 처음엔 숙부 호정엽을 가까이 하지 말라고 하더니 이제는 외할아버지까지! 외할아버지는 단 한 번도 어머니를 나쁘게 평가한 적이 없었는데도!

이복동생인 융과 예에게는 아버지와 어머니의 존재만으로 충분하겠지만 그 자신에게는 그들의 존재를 대신해줄 외할아버지와 외할머니가 필요했다.

왜 그렇게 외할아버지를 싫어하세요?

언젠가 염은 어머니에게 묻고 싶었다. 외삼촌을 전쟁터에서 잃고 의지할 이 없이 외로운 노인일 뿐이었다. 하지만 지금은 시기적으로 좋지 않았다. 근심 가득한 어머니를 마음 편히 쉬게 해주는 것이 필요하다고 염은 생각했다.

"지금 당장은 안 가요, 어머니. 융이 녀석 어쩌고 있는지 찾아볼게요. 그만 쉬세요."

염이 방을 떠난 후에도 경여는 마음이 놓이지 않았다. 아버지 위공이 했던 말이 떠올랐다.

"굳이 어미 말을 붙들어 메어둘 필요가 없다는 걸 아니? 어미는, 어린 제 새끼가 있는 곳을 떠나지 못한다. 특히 모성애가 강한 말은 더하지."

왜 그토록 아버지가 뒤늦게 염에게 관심을 가지는지 의아했던 경여는 마음에 둔 근심을 떨치지 못했다. 아버지 위공이 떠나겠다고 했을 때 적이 안도했지만 언제든 혈연으로 맺어진 인연을 이용해 먼 곳에서도 그녀와 아이들에게 영향을 미칠 수 있는 존재였다.

제 말로 다 자랐다고는 해도 경여는 아직 염이를 떠나보낼 수는 없었다. 더구나 다른 이도 아닌 아버지에게 보내는 것은 아들 염에게도, 지아비 진제강에게도 좋지 않은 일이었다. 그가 돌아오면 염을 보내지 않을 방법에 대해 함께 의논해봐야겠다고 경여는 생각했다.

– '또 다른 이야기의 전조' 完.

글을 마치며

타국에서의 어느 밤, 외로움에 사무친 한 남자에게 고국의 소식이 연이어 들립니다. 그중 마음에 떨칠 수 없는 사연. 한때 제 몸처럼 사랑했으나 이제는 남의 아내가 되어버린 여자가 남편을 잃고 다시 혼자가 되었다는 소식!

서늘했던 그의 가슴이 다시 뛰기 시작합니다. 그리고 어쩌면 하늘이 다시 준 절호의 기회를 놓칠 수 없다는 초조감에, 그간 억눌렀던 분노까지 가세하여, 애증의 감정을 어쩌지 못해 그는 스스로가 두렵기까지 합니다.

그 밤, 남자의 혼란스런 마음만으로도 가슴 절절하겠다, 면서 단편으로 썼던 글이 바로 '희생'입니다.

처음 의도는 서머셋 모옴의 '약속' 같은 여운이 남는 짧은 단편을 써보고 싶었어요. 그런데 두 사람의 이야기가 점점 길어지기 시작하는 거예요. 특히나 감추고 싶은 이야기를 꺼내놓게 만드는 재사 문언이라는 존재와 시경에 나오는 '계명', 일명 닭이 우는 시요. ^^

취. 작약

그리고 '기억의 저편'에서 다하지 못한 상처에 대한 치유 이야기!

연재 시에는 보여드리지 않았던 어린 시절의 경여는 어린 시절의 신이만큼이나 천진하지만 당차고 자신의 주장을 당당히 하던 여자였습니다. 아마도 그대로 자랐다면 정림보다 더 의연하게 제 사랑을 쟁취했을 거라고 믿습니다. 그러나 아버지의 어긋난 야망으로 인해 경여와 제강, 그리고 아들 염까지 꽤 오래 고통을 받습니다.
경여의 성장한 아들 염의 이야기는 '포로(가제)'에서 이야기하려고 떼어두었어요. 그의 상처를 치유해줄 아름답고 재치있는 아가씨와 함께 이야기가 펼쳐질 겁니다.

'취(醉), 작약'이 장편으로 길어지게 된 또 하나의 결정적 원인제공은 테레사 라우어의 '그녀의 불편한 진실'입니다. 그 책을 읽던 중 제강의 이야기만이 아닌, 경여의 이야기를 해야겠다고 생각했거든요.
현대에는 당연히 강간에 대한 상처를 치유하는 과정에 대해 과학적 근거와 심리상담 치료들이 있지만 경여는 당장 사랑을 잃는다는 사실에 놀라 제 상처가 얼마나 큰지 몰랐다가 뒤늦게 제강과 함께 풀어갑니다.

그리고, 정말 하고 싶었던 메시지는 문언의 말 속에 담겼는데요,
한때 제목이기도 했던 '희생'은 상대의 가슴을 아프게 하면서까지 혼자 떠안는 것이 아니라는 거죠. 그러나 그 어떤 사랑이 자신을 담보하지 않고 이기적으로 이루어지던가요. 나를 위해 어쩔 수 없이

상대를 희생하는 것, 사랑에 빠진 사람에게 그것이 가능할까요. '희생'은 결국 사랑이 가진 속성 중 하나가 아닌가 생각합니다.

그리고, 한때 개인적으로도 작약 향기에 취해 있었는데요, 모 브랜드의 피오니 향수를 좋아합니다. 시경에도 옛 연인들은 사랑을 확인하면서 작약꽃을 주고받더라구요. 그래서, 제강이 작약꽃에 취해 꽃을 얻는 건 다시 사랑을 찾는다는 의미로, 제목에 담았습니다.

칙칙하고 무거운 이야기를 풀어놓은 것이 아닌가 걱정스럽기는 합니다. 그래도 정말 오랜만에 인터넷 글 연재를 럽펜에서 시작했는데, 글 읽어주시고 한마디씩 코멘트를 잊지 않으며 격려하고 질책해주셨던 분들께 마음으로부터 깊은 감사를 전합니다.

다음에는 무거운 이야기 아니고, 신선하고 유쾌한 사랑이야기를 가지고 돌아올게요. 아마도 나쁜 남자 개과천선 이야기 '보노보 프로젝트', 어쩌면 팬픽에 가까운 '드림 커플', 또는 고양이 캐터리 복길 씨와 함께 사는 '고양이왕자'일지도!

2012년 작약꽃 피는 계절에,
이진현.

취.작약